民國期刊資料分類彙編

文心雕龍學

國家圖書館出版社

圖書在版編目(CIP)數據

文心雕龍學 / 耿素麗,黄伶選編. —北京:國家圖書館出版社,2010.7
(民國期刊資料分類彙編)
ISBN 978 - 7 - 5013 - 3841 - 2

Ⅰ.文… Ⅱ.①耿…②黄… Ⅲ.文心雕龍—文學研究—文集 Ⅳ.I206.2 - 53

中國版本圖書館 CIP 數據核字(2010)第 105282 號

書名 民國期刊資料分類彙編·文心雕龍學
著者 耿素麗 黄伶選編
責任編輯 耿素麗

出版 國家圖書館出版社 (100034 北京西城區文津街 7 號)
(原北京圖書館出版社)
發行 010 - 66139745 66175620 66126153
66174391(傳真) 66126156(門市部)
E-mail btsfxb@ nlc. gov. cn(郵購)
Website www. nlcpress. com → 投稿中心
經銷 新華書店
印刷 河北三河弘翰印務有限公司

開本 889 × 1194 毫米 1/16
印張 38.75
版次 2010 年 7 月第 1 版 2010 年 7 月第 1 次印刷
印數 1—500(套)

書號 ISBN 978 - 7 - 5013 - 3841 - 2
定價 560.00 圓

出版說明

本書是我社推出的大型系列叢書《民國期刊資料分類彙編》中的一種，收入民國期刊中有關文心雕龍學研究的文章近六十篇。內容涉及《文心雕龍》導讀、校勘、箋注及其作者劉勰的研究等。其中不乏在相關研究領域深有影響的大家，如趙萬里、郭紹虞、楊明照等人的力作。這些文章，代表了當時學術研究的最高水平，也是當今相關領域研究中不可或缺的參考文獻。將其輯錄成冊，旨在進一步推動龍學及相關學術研究。

在編排本書的過程中，我們遵循的原則是：

一、全書採取影印的方式出版，以存文章全貌。

二、由於所收文章來自不同的刊物，故在版面方面存在很大差異。對此，我們儘量做了統一，如將文章的版心改為一致。但對於橫排、豎排的情況則一仍其舊。

三、本書所收文章以時間先後為序編排。

四、在所收入的文章中，有不完整者，雖經極力搜討亦未成全璧。為向讀者提供線索，依然收入本書之中。『文心雕龍分析之研究』一文就屬於這種情況。

還要說明的是，囿於條件所限，民國期刊中有關文心雕龍學研究的論文尚有未收入本書者，只得留待以後時機成熟時再做補編。

編　者

二〇一〇年七月

目録

〇〇文心雕龍黃注補正

李詳

文心雕龍有明一代校者十數家。朱鬱儀梅子庾王損仲其尤也。梅氏本有注。取小遺大。瑣瑣不備。北平黃崑圃侍郎注本出。始有端緒。復經獻縣紀文達公點定。糾正甚夥。盧敏肅刊於廣州。即是本也。顧文達止舉其凡。黃氏所待勘者。尙不可悉舉。合肥蒯禮卿觀察。鄉病黃注之失。曾屬余爲注。會以授學子而止。然觀察之盛心所期余者不可沒也。時過亹亹。淹留無成。每取此書觀之。粗有見地。志愀茅蕝。以啟後人。略以日課之法行之。日治一二條。稍可觀覽。準元吳禮部戰國策校注之例。名曰黃注補正。中有甚契於心。匪言可喻。將復廣求同志。共成此業。海內君子有善治是書者。若能助余張目。則於瑞安孫氏之外。孫氏札迻內有文心雕龍一種研求字句體準高郵王氏與余書異未嘗不可別樹一幟云。宣統紀元三月李詳

宗經　注。爾雅序。爾雅者。所以通訓詁之指歸。敘詩人之興詠。綜絕代之離辭。辨同實而異號者也。釋詁一篇。周公所作。釋言以下。或言孔尼所增。子夏所足。叔孫通所益。梁文所補。

正曰、爾雅序、不舉郭璞姓名。猶爲小疵。釋詁以下。乃魏張揖進廣雅表中語。事在郭先。綴於景純之後誤矣。

奏啓　王觀教學注。元作黃。從魏志改。

正曰、太平御覽九百六、引魏名臣奏、有郎中黃觀上書云云。黃字不當輒改。

詔策　淵嘿黼扆

補曰、漢書成帝紀贊、臨朝淵嘿。尊嚴若神。

雜文、自連珠以下。擬者間出。杜篤賈逵之曹。劉珍潘勗之輩。

補曰、杜篤連珠云、能離光明之顯。長吟永嘯。文選蜀都賦注嵇康幽憤詩注秀才入軍詩注引　賈逵連珠云、夫君人者。不飾不美。不足以一民。文選景福殿賦注引　潘勗擬連珠云、臣聞媚上以布利者。臣之常情。主之所患。忘身以憂國者。臣之所難。主之所願。是以忠臣背利而修所難。明主排患而獲所願。藝文類聚五十七引　惟劉氏之作未見。

練字　尚書大傳、有別風淮雨。帝王世紀云、列風淫雨。別列淮淫。字似潛移。淫列義當而不奇。淮列理乖而新異。傳毅制誄。已用淮雨。

補曰、案盧氏文弨鍾山札記卷一、引已用淮雨下。據宋本有元長作序。亦用別風。八字當補入。又云古文苑載傳毅作北海靖王興誄云白日幽光。淮雨杳冥。今雕龍誄碑篇所載。爲後人易以氛霧杳冥矣。蔡中郎集中有太尉楊賜碑云、烈風淮雨。不易其趣。今俗閒本淮雨改作雖變。余所見者宋本也。安知烈風不亦出後人所改乎。元長序無考。唯陸思衡九愍有思振袂於別風之語。於彥和所舉之外。又得此二證。

正緯　通人討覈。謂起哀平。注、書洪範疏、緯候之書。不知誰作。通人討覈。謂起哀平。

正曰、書疏即用彥和語。所稱通人。指張衡之奏而言。取此以證。殊不足憑。

原道　炎皞遺事。紀在三墳。注、三墳書久亡。元吳萊三墳辨云云。紀文達昀評本謂此宜先注三墳。而以書亡僞託之書附於後。且書出毛漸。宋人已言之不得引元人之說。

正曰、毛漸事、見直齋書錄解題。謂漸得之民間。不云出於漸也。

辨騷　淮南作傳 至 王逸以爲云云。

補曰、今俱見洪興注楚辭章句、補注後。紀評謂班固王逸二條失注。此並列在楚辭。而失之目曉。案淮南序離騷傳。亦見楚辭章句。

奏啓　甄毅考課。

補曰、太平御覽二百十四、引魏名臣奏、駙馬都尉甄毅奏曰、漢時公卿皆奏事。選尚書郎試。然後得爲之。其在職自費所發書詣天子前發省便處。當事輕重口自決定。或天子難問。據案處正、乃見郎之割斷才技。魏則不然。今尚書郎皆天下之選。才技鋒出。亦欲騁其能於萬乘之前。宜如故事。令郎口自奏事自處。當案毅奏僅見於此。未知鮑彥和所指否。魏志文德甄皇后傳。封兄子毅爲列侯。毅數上書陳時政者是也。

誄碑　碑者埤也。上古帝皇。始號封禪。樹石埤岳。故曰碑也。周穆紀跡於弇山之石。亦立碑之意也。又宗廟有碑。樹之兩楹。事止麗牲。未勒勳績。

補曰、劉氏寶楠漢石例卷一云、紀功德亦以石。但不名碑。故史記封禪書引管子秦始皇本紀、並云刻石。不言立碑。墓用石名碑。與刻石紀功德名碑。皆始於漢。文心雕龍謂碑名肇自上古。其說恐非。又兩楹不得有碑。是蓋指中庭之碑言也。

議對　春秋釋宋魯桓務議。

補曰、錢氏大昕十駕齋養新錄卷十四云、文心雕龍議對篇、春秋釋宋魯侯務議二句。注家皆未詳。（詳案時黃注已出錢氏未見）惠學士士奇云、案文當作魯僖預議。（詳案又見惠棟九曜齋筆記卷一）預與與同。轉寫譌爲務耳。詳案史記酈生陸賈列傳、將相和調則士務附。集解徐廣曰、務一作豫。豫與預通。此作務議。亦未爲不可也。

事類　夫以子雲之才。而自奏不學。及觀書石室。乃成鴻采。注、揚雄荅劉歆書、有詔不可奪奉。令尚書賜筆墨錢六萬。得觀書於石渠。

正曰、左思魏都賦劉逵注引作得觀書於石室。北堂書鈔博學篇筆篇引並同。戴氏震方言疏證、錢氏繹方言箋疏、於揚荅劉書。咸據選注及雕龍此篇改渠爲室。黃氏所引乃誤本也。

頌讚　相如屬筆。始讚荊軻。

補曰、漢書藝文志雜家有荊軻論五篇。班固自注、軻爲燕刺秦王。不成而死。司馬相如等論之。案王氏應麟漢藝文志考證引彥和論、繫於荊軻論下。而未辨論與讚岐分之故。詳疑彥和所見漢書本作荊軻讚。故采入頌讚篇。若原是論字、則必納入論說篇中。列班彪王命嚴尤三將之上矣。

養氣　胎息之邁術。

補曰、後漢書方術傳、王眞能行胎息服食之法。章懷注、漢武內傳曰、王眞字叔經、上黨人。習閉氣而吞之。名曰胎息。

仲任置硯以綜述。

補曰、北堂書鈔著述篇、謝承後漢書、王充貧無書。往市中省所賣書。一見便憶。門牆屋柱。皆施筆硯。而著論衡。

原道　乾坤兩位。獨制文言。言之文也。天地之心哉。

補曰、阮文達揅經室集文言說本此。

㓷詩緝頌。

補曰、紀文達云、㓷卽剸字。說文訓爲齊。言切割而使之齊。與詩意無涉。古帖制字多書爲㓷。此㓷字疑爲制之訛。史記五帝本紀、依鬼神以㓷義。注曰、㓷有制義。是三字相亂已久。不必定用本訓也。詳案張守節史記正義論字例云、制字作㓷。緣古少字。通共用之。史漢本有此古字者、乃爲好本。據此㓷卽制字。既不可依說文訓㓷爲齊。亦不必辨制㓷相似之譌也。

右稿李君恩遽錄此見寄。蓋從筆記摘出。未第編次。俟此書賡續竣事。本報再爲按序定爲完書云。

記者識

○文心雕龍黃注補正（續五十七期）

李詳

辨騷 紀評云、離騷乃楚詞之一篇。統名楚詞爲騷。相沿之誤也。

補曰、周中孚鄭堂札記云、史記太史公自序屈原放逐著離騷。又云作辭以諷諫。連類以爭義。離騷有之。漢書遷傳屈原放逐。乃賦離騷。皆舉首篇以統號其全書。據此知彥和亦統全書而言。紀氏殆未審也。

詮賦 傳曰、登高而賦。可爲大夫。注漢藝文志登高能賦。可以爲大夫●

正曰、劉向所引出於毛詩定之方中傳。故云傳曰。毛傳登作升。傳言凡九能。可以爲大夫。升高能賦居其第五。正義云大夫臣之最尊。故責其九能。

賦者鋪也。鋪采摛文。體物寫志。

補曰、毛詩關雎序。詩有六義。二曰賦。正義云、賦者。鋪陳今之政教善惡。其言通正變。兼美刺。又云直陳其事。不譬喻者。皆賦辭。案彥和鋪采二語。特指詞人之賦而言。非六義之本源也。

雜文 雖文非拔羣而意實卓爾。

補曰、漢書景十三王傳贊。夫唯大雅。卓爾不羣。文用此。

嘒若參昴

補曰、毛詩小星篇。嘒彼小星。維參與昴。傳曰、嘒微也。參伐也。昴留也。箋云、言此處無名之星。亦隨伐留在天。案彥和借譬雜文。正用箋義。不得以紀文達童而習之之說棄之不引也。紀評於黃注原道篇引易及大戴禮云此等皆童而習之之典能讀文心雕龍者不患其不知此數條

銘箴

斯文之興。盛於三代。夏商二箴。餘句頗存。注、逸周書文傳解引夏箴云、中不容利。民乃外次。呂氏春秋名類篇引天降災布祥。并有其職。

補曰、案嚴氏元照蕙櫋雜記。據呂覽謹聽篇引周箴夫自念斯學德未暮。謂三代皆有箴。不獨夏商。嚴氏畢此為周箴餘句之證。

矢言之道蓋闕。

補曰、段氏玉裁說文注云、蓋闕疊韻字。案二字雖見論語。而義近歟。後如盍各言提之類。六朝人所習用也。

章句　章句無常。而字有條數。四字密而不促。六字格而非緩。

補曰。錢少詹十駕齋養新錄據此謂駢儷之文。宋人或謂之四六。梁時文字已多用四字六字矣。

論說　莊周齊物。以論爲名。紀評。物論二字相連。此以爲論名。似誤。錢辛楣同年云。

補曰。錢說見十駕齋養新錄。引王伯厚云。莊子齊物論。非欲齊物也。蓋謂物論之難齊也。邵子詩。齊物到頭爭。恐誤。按左思魏都賦。萬物可齊於一朝。劉淵林注。莊子有齊物之論。劉琨答盧諶書。遠慕老莊之齊物。文心雕龍論說篇。莊周齊物。以論爲名。是六朝人已誤以齊物二字連讀。詳案莊子齊物論。郭象注。夫自是而非彼。美已而惡人。物莫不皆然。是非雖異而彼我均也。正是齊物之意。六朝自有此讀。故邵子宗之。其觀物外篇云。莊子齊物。未免乎較量。亦讀與詩同。非誤也。文達少詹似皆未得其旨。

明詩　二言肇於黃世。竹彈之謠是也。

補曰、黃生義府云、此未知詩理。蓋斷竹續竹。飛上逐宍。必四言成句語脈緊。聲情始切。若讀作二言。其聲嘽緩而不激揚。恐非歌旨。若昔人讀黃絹幼婦外孫虀臼成二言四句。此實妙解文章之味。又古文八字用四韻者。老子知足不辱。知止不殆。韓非名正物定。名倚物徙。是也。

○○文心雕龍黃注補正（續五十八期）

李詳

雜文　極蠱媚之聲色

補曰、文選張衡南都賦、侍者蠱媚。善注、蠱已見西京賦。案西京賦、妖蠱豔夫夏姬。善注、左氏傳子產曰、在周易女惑男謂之蠱。蠱媚也。又張衡思元賦、咸姣麗以蠱媚。

體性　筆區雲譎文苑波詭

補曰、揚雄甘泉賦、於是大厦雲譎波詭。注孟康曰、言厦屋變巧。乃爲雲氣水波相譎詭也。

頌讚　子雲之表充國孟堅之序戴侯武仲之美顯宗史岑之述熹后或擬清廟或範駉那雖淺深不同詳略各異其褒德顯容典章一也至於馬融之廣成上林雅而似賦何弄文而失質乎

補曰、彥和此論本之摯仲治文章流別論。御覽五百八十八引流別論云、昔班固爲安豐戴侯頌。史岑爲出史頌。和熹鄧后頌。與魯頌體意相類。揚雄趙充國頌。頌而似雅。傅毅顯宗頌。文與周頌相似。而雜以風雅之意。若馬融廣成上林之屬。純爲今賦之體。而謂之頌。失之遠矣。

諧隱 漢世隱書十有八篇。歆固編文錄之歌末。

補曰。歌末當作賦末。漢書藝文志雜賦十二家。隱書居其末。孟堅云。右雜賦十二家。二百二十三篇。核其都數。有隱書十八篇在內。則作賦末宜矣。

祝盟 臧洪歃辭。氣截雲蜺。劉琨鐵誓。精貫霏霜。而無補於晉漢。反爲仇讎

補曰。黃原引後漢書臧洪傳。無不激揚下。當添入自是之後。諸軍各懷遲疑。莫適先進。遂使糧儲單竭。兵衆乖散。原引晉書劉琨傳。以勢弱而退下。當添入末波許琨爲幽州刺史。共結盟而襲匹磾。請琨爲內應。而爲匹磾邏騎所得。琨別屯故征北府小城。未之知也。來見匹磾。匹磾遂留琨。會王敦密使匹磾殺琨。匹磾遂稱有詔收琨。遂縊之。如此方與彥和本文無補晉漢反爲仇讎相應。

明詩 張衡怨篇清典可味

補曰、黃注於衡詩。但作其辭曰云云。不記所出。案御覽八百九十三載衡怨詩
曰、秋蘭嘉美人也。嘉而不獲用。故作是詩也。此是詩序。當並錄之。詩與黃
引同。明梅慶生凌雲本並作清曲。紀文達云、是清曲。曲字作婉字解。黃據
困學紀聞改。非也。

晉世羣才稍入輕綺。張潘左陸。比肩詩衢。

補曰、沈約宋書謝靈運傳論。降及元康。潘陸特秀。律異班賈。體變曹王。縟
旨星稠。繁文綺合。

回文所興則道原爲始

補曰、困學紀聞卷十八評詩、云、詩苑類格、謂回文出於竇滔妻所作。文心雕龍
云、回文所興、則道原爲始。又傳咸有回文反覆詩。溫嶠有回文詩。皆在竇
妻前。翁元圻注引四庫全書總目宋桑世昌回文類聚提要。藝文類聚載
曹植鏡銘。回環讀之。無不成文。實在蘇蕙以前。詳案梅慶生音注本云、宋
賀道慶作四言回文詩一首。計十一句。四十八言。從尾至首讀。亦成韻。而

道原無可考恐慶字之誤也。

風旨　相如賦仙氣號凌雲蔚爲辭宗

補曰漢書叙傳述司馬相如蔚爲辭宗。賦頌之首。

史傳　陸機肇始而未備王韶續末而不終

補曰隋書經籍志晉紀四卷陸機撰晉紀十卷宋吳興太守王韶之撰史通正史篇晉史洛京時陸機始撰三祖紀晉江左史自鄧粲孫盛王韶之已下相次繼作遠則偏記兩帝近則唯叙八朝案陸機止記宣景文三帝是肇始未備也。宋書王韶之傳韶之私撰晉安帝陽秋成時人謂宜居史職即除著作佐郎使續後事訖義熙九年是續末而不終也。黃注俱未了悉。

封禪　陳思魏德假論客主問答迂緩且已千言

補曰今本陳思王集魏德論存六百餘字俱係答辭案北堂書鈔一百四引曹植魏德論栖筆寢牘含光而不朗矇竊惑焉。此審是客問語矇竊惑焉四字本張衡西京賦張賦作蒙。

書記　東方朔之難公孫注東方朔傳有答客難無難公孫宏事

補曰、御覽六百四東方朔與公孫宏書蓋聞爵祿不相貴以禮同類之游不以遠近爲是故東門先生居蓬戶窌穴之中而魏公子一朝以百騎日寵之。呂望未嘗與文王同席而坐。一朝讓以天下半。夫丈夫相知何必以撫塵而游。垂髮齊年偃伏以日數哉。案玩其辭氣。似與孫宏不協。疑即是此書。

銘箴　揚雄稽古始範虞箴作卿尹州牧二十五篇及崔胡補綴總稱百官

補曰、後漢書胡廣傳、初揚雄依虞箴作十二州二十五官箴。其九箴亡闕。後涿郡崔駰及子瑗、及臨邑侯劉騊駼、增補十六篇。廣復繼作四篇。凡四十八篇。文甚典美。乃悉撰次首目。爲之解釋。名曰百官箴。案黃注引文章流別。未知原補有劉騊駼。又不著崔氏父子之名。及胡公所補凡幾篇。故據廣傳益其未備。

論說　論語以前經無論字紀評云觀此知古文尙書梁時尙不行於世故不引論道經邦之文然周禮郤有論字

補曰、困學紀聞卷十七評文 文心雕龍云、論語以前經無論字。晁子止云、不知書有論道經邦。閻箋論道經邦乃晚出書周官篇。本考工記或坐而論道來。案文達之評據此。又紀聞何箋云、論道經邦本於古文尙書。未可以詆彥和。又云、劉彥和或不讀古文尙書。此何氏爲彥和左袒。又云書中議對篇即引議事以制。此則何氏卓見。可以證彥和不引論道經邦之疎。蓋彥和本文士。於經學不甚置意。且當時並不知古文尙書爲僞也。

原道　余友丹徒陳祺壽星南云、原道名篇。本淮南原道訓。而黃注遺之。

辨騷　卜居標放言之致

補曰、陳星南云、論語微子篇隱居放言。集解引包咸云、放置也。不復言世務。案卜居有云、吁嗟默默兮誰知吾之廉貞。故彥和以放言美之。詳案此句下云寄獨往之才。亦言漁父鼓枻而去。獨往不返也。陳說甚碻。

知音　古來知音多賤今而思古所謂日進前而不御遙聞聲而相思昔儲說始出子虛初成秦皇漢武恨不同時既同時則韓囚而馬輕

補曰、抱扑子廣譬篇貴遠而賤近者常人之情也。信耳而遺目者古今之所患也。是以秦王歎息於韓非之書。而想其爲人。漢武慷慨於相如之文。而恨不同世。及既得之。或不能拔。或納說而誅之。或放之乎究散。彥和之論本此。

銘箴　王朗雜箴水火井竈繁辭不已

補曰、藝文類聚十八魏王郎雜箴、家人有嚴君焉。井竈之謂也。俾冬作夏。非竈孰能俾夏作冬。非井孰閑。

程器　魏文以爲古今文人類不獲細行

補曰、魏文帝與吳質書、古今文人類不獲細行。鮮能以名節自立。

馬融黨梁以黷貨

補曰、黃注引融傳、不及黷貨。今當添入。融傳先是融有事忤大將軍梁冀。

冀諷有司奏融在郡貪濁免官。惠棟後漢書訓纂。三輔決錄注云、融爲南郡太守。二府以融在郡貪濁。受主記掾岐肅錢四十萬。融子叉強受吏白向錢六十萬。布三百匹。以肅爲孝廉。向爲主薄。

知音　君卿脣舌而謬欲論文乃稱史遷著書諮東方朔於是桓譚之徒相顧嗤笑

補曰、案此事無考。史記太史公自序索隱桓譚云、遷所著書成。以示東方朔。朔皆署曰太史公。此史遷著書諮東方朔之證。惟彥和指此爲君卿所稱。而譚嗤之。不識譚此言上下。或有詆君卿之說。索隱僅就朔言太史公證之。此則余妄測之論。所謂聊勝無也。

文篇

○○文心雕龍黃注補正（續六十一期）　李詳

總術　今之常言有文有筆以爲無韻者筆也有韻者文也夫文以足言理兼詩書別目兩名自近代耳顏延年以爲筆之爲體言之文也經典則言而非筆傳記則筆而非言請奪彼矛還攻其楯矣

補曰、彥和言文筆別目兩名自近代。而顏延年以爲筆之爲體言之文也。案此尙言文筆未分。然南史顏延之傳、言其諸子。竣得臣筆。測得臣文。又作首鼠兩端之說。則無怪彥和詆之矣。惟南朝所言文筆界目其理至微。阮文達擘經室文集有學海堂文筆策問。其子阮福擬對附後。即文達所修潤也。今摭其要。以爲彥和左證。策問云、問六朝至唐皆有長於文長於筆之稱。如顏延之云、竣得臣筆。測得臣文是也。何者爲文。何者爲筆。福擬對引金樓子立言篇云屈原宋玉枚乘長卿之徒。止於辭賦。則謂之文。至如不便爲詩如閻纂善爲章奏如伯松若此之流汎謂之筆吟詠風謠流連哀思者謂之文而學者率多不便屬辭守其章句遲於通變質於心用徒能揚搉前言抵掌多識然而挹源知流亦足可貴筆退則非謂成篇進則不云取義神其巧惠筆端而已至如文者惟須綺縠紛披宮徵靡曼脣吻遒會情靈搖蕩福附案云福讀此篇呈家大人大人曰此足以明六朝文筆之分福又引彥和無韻者筆有韻者文謂文筆之義此最分明蓋文取乎沈思翰藻吟詠哀思故以有情辭聲韻者爲文筆從聿亦名不聿聿述也故直言無文采爲筆詳案阮氏父子所斷斷於文筆之別最爲精審而以情辭聲韻附會彥和之說不使人疑專指用韻之文而言則於六朝文筆之分豁然矣

夸飾　披瞽而駭聾

補曰枚乘七發發瞽披聾

書記　並杼軸乎尺素抑揚乎寸心

補曰陸機文賦函緜邈于尺素。吐滂沛乎寸心。

哀弔　賦憲之謚孫云當作議德紀評賦憲二字出汲冢周書王伯厚困學紀聞已有考證不德妄改爲議德

補曰困學紀聞二卷周書謚法惟三月既生魄。周公旦太師望相周王發。既賦憲受臚于牧之野。原注今本缺誤文心雕龍云賦憲之謚出於此案伯厚所采周書出宋范鎭編定六家謚法中。孫云作議德者。孫無撓也見明吳興凌雲本黃注前列元校姓氏有兩孫氏一汝澄字無撓一孫良嗣字文若非見凌本則不知爲無撓也

才略　吉甫文理則臨丹成其采

補曰吉甫晉應貞字貞有臨丹賦。見類聚八。

史傳　及至縱横之世史職猶存秦并七王而戰國有策蓋錄而弗叙故即簡而爲名也

補曰案劉向戰國策序以爲戰國游士輔所用之國爲之策謀。宜爲戰國

策向畫改原名國事短長事語長書修書諸名。然終以彥和卽簡爲名爲正觀。與言戰國有策加一有字。則指史策明矣。劉知幾史通六家篇論戰國策。亦襲彥和之說。

議對　對策者以第一登庸

補曰。此指公孫宏天子擢宏對爲第一事。黃注置於公孫對下。失其次矣。

誄碑　杜篤之誄有譽前代吳誄雖工而他篇頗疎

補曰。案藝文類聚四十七載篤大司馬吳漢誄云。篤以爲堯隆稷契。舜嘉皋陶。伊尹佐殷。呂尚翼周。若此五臣。功無與疇。今漢吳公。追而六之。乃作誄曰。朝失鯁臣。國喪爪牙。天子愍悼。中宮咨嗟。四方殘暴。公不征茲。征茲海內。公其攸平。泯泯群黎。賴公以寧。勳業既崇。持盈守虛。功成卽退。名勒丹書。功箸金石。與日月俱。其餘他篇未見。

孝山崔瑗辨絜相參觀其序事如傳詞靡律調固誄之才也

補曰。藝文類聚十二蘇順（順字孝山）和帝誄略云。往代崎嶇。諸夏擅命。爰茲發號。

民樂其政。奄有萬國。群臣咸秩。大孝備矣。閟宮有恤。出昔姜嫄。祖妣之室。本支百世。神契惟一。又卷十五崔瑗竇貴人誄云。若夫貴人天地之所留神。造化之所殷勤。華光曜乎日月。才智出乎浮雲。然猶退讓。未嘗專寵。樂慶雲之普覆。悼時雨之不廣。憂國念祖。不敢迨遑。彥和所謂序事如傳。詞靡律調。於此可見一斑。

崔駰誄趙劉陶誄黃

補曰。案後漢書崔駰傳。所著詩賦銘頌書記表七依婚禮結言達旨酒警二十一篇。劉陶傳言作七曜論。匡老子。反韓非。復孟軻。及上書言當世便事條教賦奏書記辨疑凡百餘篇。蔚宗所記。皆不言有誄。彥和差遠范氏。乃作此云。宜具目覩。所未詳矣。

哀弔　蓋不淚之悼。故不在黃髮。必施夭昏。

補曰。書鈔卷一百二引文章流別論。哀辭者以施之童殤夭折。不以壽終者也。情主於痛殤。而辭窮乎愛惜。

補曰、書鈔卷一百二引文章流別論、哀辭者、哀痛爲主。而緣以歎惜之辭。

書記　公幹牋記麗而規益子桓弗論故世所共遺

補曰、魏志邢顒傳載楨諫曹植書云、家丞邢顒。北土之彥。少秉高節。玄靜澹泊。眞雅士也。楨誠不足同貫斯人。竝列左右。而楨禮遇殊特。顒反疏簡。私懼觀者將謂君侯習近不肖。禮賢不足。採庶子之春華。忘家丞之秋實。爲上招謗。其罪不小。以此反側。又王粲傳注引典略植答魏文帝書云、楨聞荆山之璞。曜元后之寶。隨侯之珠。燭衆士之好。南垠之金。登窈窕之首。貂𤞿之尾。綴侍臣之幘。此四寶者、伏朽石之下。潛汙泥之中。而揚光千載之上。發彩疇昔之外。亦皆未能初自接於至尊也。夫尊者所服。卑者所修也。貴者所御。賤者所先也。故夏屋初成。而大匠先立其下。嘉禾始熟。而農夫先嘗其粒。恨楨所帶。無他妙飾。若實殊異。尚可納也。此皆彥和所言麗而規益者。魏文典論論文、但以琳瑀書記爲雋。而云公幹壯而不密。是不重楨之文。故言弗論。黃注僅引魏文與吳質書。於論字之原。猶未悉也。

○○文心雕龍黃注補正（續六十二期）

興化李詳

原道　臯𪇆遺事紀在三墳

補曰、孔安國尚書序伏羲神農黃帝之書。謂之三墳。正義、案周禮小史職掌三皇五帝之書。鄭元亦云其書卽三墳五典。但鄭元以三皇無文。或據後錄定。孔君以爲書者。記當時之事。若當時無書。後代何以得知其道也。

聲律　凡聲有飛沈至不出兹論

補曰、周春雙聲疊韻譜、卷七論文心雕龍此段云、案飛者揚也。沈者陰也。雙聲隔字而每舛者。雙聲必連二字。若上下隔斷。卽非眞雙聲疊韻。雜句而必睽者。疊韻亦必連二字。若雜於句中。卽非正疊韻。雙疊得宜。斯陰陽調合。轆轤交往。逆鱗相比者。總指不單用也。迂其際會。謂陰陽不諧。雙疊不對。乃文字之吃。便成疾病。矣和者。卽雙聲也。故曰異音相從。韻者、卽疊韻也。故曰同聲相應。雙聲故曰難契。至難。疊韻故曰易遣。甚易。選和作韻。大綱不出乎此。蓋彥和精於音韻者。故其論如右。左礙尋右。末滯討前。可與休文、前有浮聲。後須切響。互相發明。蓋既用一雙疊字樣。必再用一雙疊字樣以配之也。原注吃引韓非口吃。與此無涉。和引楊升庵東董是和東中是韻。引之費解。案周引原注即黃注也。

宗經　河圖孕乎八卦。洛書韞乎九疇

補曰、漢書五行志、劉歆以爲虙羲氏繼天而王。受河圖則而畫之。八卦是也。禹治洪水。賜雒書。法而陳之。洪範是也。易繫辭、河出圖。洛出書。聖人則之。正義孔安國以爲河圖則八卦是也。洛書則九疇是也。

養氣　煩而即捨。勿使壅滯

補曰、左傳昭公九年、先王之樂。所以節百事也。故有五節。遲速本末以相及也。中聲以降。五降之後。不容彈矣。於是有煩手淫聲。慆堙心耳。乃忘平和。君子弗聽也。物亦如之。至於煩。乃舍也已。無以生疾。又云、勿使有所壅閉湫底。以露其體。杜注、湫集也。底滯也。露羸也。

灑翰伐性

補曰、呂氏春秋本生篇。靡曼皓齒鄭衛之音。務以自樂。命之曰伐性之斧。
刃發如新
補曰、莊子養生主篇。庖丁曰、臣之刀十九年矣。所解數千牛。而刀刃若新
發於硎。郭注、硎砥石也。
時序　其餘風遺闡蓋蔑如也
補曰、漢書東方朔傳贊、其流風遺書蔑如也。師古注。言辭義淺薄不足偁。
仲宣委質於漢南 至 海隅
補曰、曹植與楊德祖書、仲宣獨步於漢南。孔璋鷹揚於河朔。偉長擅名於
青土。公幹振藻於海隅。
序志　歲月飄忽性靈不居
補曰、孔融論盛孝章書、歲月不居。
擘肌分理
補曰、張衡西京賦、剖析豪釐。擘肌分理。

文苑

文心雕龍札記夸飾篇評（黃侃）

語之所貴者意也意有所隨意有所隨者不可以言傳也然而不可不期其必傳古之爲言有舉而隱者矣有曲而中者矣意之既得雖言可遺也言之雖傳縱從無害也蓋十口相傳謂之爲古俗語不實流爲丹青皇初之事莫非敻邈毒之飾言自此以來人智開明而學術日趨貞信然而言辭不能必與意相符文辭不能必與言合軌則夸飾之病終無由以畢祛後之人知其逾而止其濫斯可矣今人有言夸飾在用文豈循檢其於用舍之宜言之不亦明審矣哉今且求之經傳以徵夸飾之不能祛更爲析言夸飾所由成之理而終之以去夸不取飾之說往古之書未經[illegible]飾刪定者若山經[illegible]藏之屬其言奇偽不恒雖可以考見先民之思智而或爲薦紳所不言今亦無庸研論至如經傳所載孔孟所言其間夸飾之文在在有之略舉數事如下大戴禮五帝德篇宰我問於孔子曰昔者予聞諸榮伊言黃帝三百年請問黃帝者人耶抑非人耶何以至於三百年乎孔子曰生而民得其利百年死而民畏其神百年亡而民用其敎百年故曰三百年由孔子之言論之黃帝三百年飾詞也殷辛暴虐書有明文而孔子曰紂之不善不如是之甚也由此言之狀殷辛之惡者亦多飾詞也楚語昭王問於觀射父曰周書所謂重黎實使天地不通者何也若無然民將能登天乎對曰司馬氏寵神其祖以取威於民曰重實上天黎實下地遭此絕亂而莫之能禦也由此言之書所謂之地天通者亦飾詞也

（未完）

▲文　苑▲

▲文心雕龍札記夸飾篇評（黃侃）（續）

孟子曰說詩者不以文害辭不以辭害志以意逆志是爲得之如以辭而已矣雲漢之詩曰周餘黎民靡有孑遺信斯言也是周無遺民也由此言之言周民無遺亦飾詞也孟子又曰盡信書則不如無書吾於武成取二三策而已矣仁人無敵於天下以至仁伐至不仁而何其血之流杵也趙注曰經有所美言事或過若康誥曰冒聞於上帝甫刑曰帝清問下民梓材曰欲至於萬年又曰子子孫孫永保民人不能聞天天不能問民萬年永保皆不可得爲書豈可案文而皆信之哉由此言之書之所載多飾詞也以上所言皆飾偽所陳也更求之九流莊子秋水篇曰至德者火弗能熱水弗能溺寒暑弗能害禽獸弗能賊非謂其薄之也由此推之傳記所爲寓言皆飾詞也列子黃帝篇曰庖犧氏女媧氏神農氏夏后氏蛇身人面牛首虎鼻此非有人之狀而有大聖之德張注曰人形貌自有偶與禽獸相似者古諸聖人多有奇表所謂蛇身人面非被鱗伏行無有四支牛首虎鼻非戴角垂胡曼額解頤亦如相書龜背鵠步鳶肩鷹喙耳由此推之諸書所說奇狀傀形無非飾詞也淮南子氾論訓曰世俗言曰饗太高者而彘爲上牲葬死人者裘不可以藏相戲以刃太祖軵其肘枕戶而臥者鬼神蹠其首此皆不著於法令而聖人之所不口傳也夫神明獨饗彘者何也以爲彘者家人所常畜而易得之物也故因其便以尊之裘者難得貴賈之物也無益於死者而足以養生故因其資以讋之相戲以刃必爲過失過失相傷其患必大故因太祖以累其心戶牖者風氣之所從往來而風氣者陰陽相捔者也離者必病故託鬼神以伸誡之也由此推之世俗恒言有所託意者皆飾詞也此皆古之人已知之矣（未完）

文苑

文心雕龍札記夸飾篇評（黃侃）（續）

漢世王充好爲辨詰瑣碎米鹽著爲書虛語增儒增藝增之篇凡經傳飾詞一概加以抨擊世或甚韙其論而實不達詞言之情彼其言曰世俗所患患言事增其實著文垂辭詞出溢其眞稱美過其善進惡沒其罪何則俗人好奇不奇言不用也故譽人不增其美則聞者不快其意毀人不溢其惡則聽者不愜於心聞一增以爲十見百益以爲千使夫純樸之事十剖百判審然之語千反萬畔言審莫過聖人六藝萬世不易猶或出溢增過其實如仲任言意在檢正文詞一切如實然後使人不迷其辨別妖異禨祥之言駁正帝王感生天地感變諸說誠足以開蔽曚矣至謂文詞由此當廢飾增則謬也近世汪中知古人文詞有曲有形容說祖之充而不能明其故以爲但欲鬯其意而已是終不得實明濟之言謹求其故有五說焉一曰言有不能斥其事則玄言其理也書敘堯之德欽明以下四十餘言若欲歷敘其事則繁而不殺數百千言而仍不能盡故括以欽明恭讓而堯之德可知表以旣睦昭明於變而堯之所以親九族辨百姓和萬邦者可知此一事也（未完）

文苑

文心雕龍札記夸飾篇評

黃侃（續）

二曰言有不能指其數則渾括其事也書言禹九山刊旅九州滌原九澤既陂此不得歷言九川山澤禹皆已至言此而禹功所被之廣可知歷指爲反於文爲害此二事也三曰言有不能表其精微而假之物象易傳曰聖人有以見天下之賾而擬諸形容象其物宜言龍戰於野而陰陽鬬爭之理寓焉但言陰陽鬬爭義不斷也言黃裳元吉而得中過職之理存焉但言得中居職義不斷也此三事也四曰言有不能斷限而模略以爲詞書曰欲至萬年此非眞欲萬年然云欲至某千某百年則不詞也詩曰子孫千億此亦非謂眞能衆多如此然云子孫某百某十人則亦不詞也此四事也五曰言有質而意不顯文而意顯者如云晏子一狐裘三十年一裘誠不必經一世之長然但云晏子狐裘久而不易則其久如何不可知而晏子之儉德不顯如云積甲與熊耳山齊甲多誠不能與山比峻然但云叙甲甚多則其多如何不可知而光武之武功不著此五事也總而言之文有飾詞可以傳難言之意文有飾詞可以省不急之文文有飾詞可以摹難傳之狀文有飾詞可以得言外之情古文有飾擬議形容所以求簡非以求繁降及後世夸張之文連篇積卷非以求簡祇以增繁仲任所譏彥和所誚固宜在此而不在彼也

（已完）

亡矣

未完）

▲文 苑▼

文心雕龍附會篇評

（黃侃）

晉書文苑左思傳載劉逵三都賦序曰傳辭會義抑多精致彥和此篇專有附辭會義之言（傅附同類通用字）正本源林然則附會之說舊矣循玩斯文與鎔裁章句二篇所說相備然鎔裁篇但言定術至於術定以後用何道以聯屬衆辭則未暇晰言也章句篇致意安章至於章安以還用何理以斟量乖順亦未申說也二篇各有首尾圓合首尾一體之言又有綱領昭暢內義脈注之論而總文理首尾之術必宜更有專篇以備言之此附會篇所以作也附會者總命意修辭爲一貫而衆草創討論修飾潤色之功績者也大抵著文裁篇必有所詮表之一意約之爲一句引之爲一章長短之形有殊而所詮之一意則不異或以質直爲體或以文飾爲貌文質之形有殊而必有所詮所詮必一則不異纂處水出辭精微談理高下之等有殊而奢求一所詮則不異累字以成句累句以成章累章之狀有殊而累衆意以詮一意則不異王輔嗣之說易也曰衆之所以得成存者主必致一也動之所以得咸運者原必無二也物無妄然必由其理統之有宗會之有元自統而尋之物雖衆則知可以執一御也由本而觀之義雖博則知可以一名舉也故夫執知文辭之衆亦可以執一御乎彥和此篇言整派者依源理枝者循幹端萬塗於同歸貞百慮於一致使衆理雖繁而無倒置之乖羣言雖多而無棼絲之亂曰非明致一之義焉能言之如此其簡易哉雖然文之所詮必爲一而不能有兩出矣而所以詮則無定假令所詮易了雖一言可明所詮緊細則必衆衆多所詮以成一所詮此彥和所云大體文章類多枝派者也即實論之一句之文必集二字以上二字者各含一所詮然則雖謂一句亦集衆所詮以成一所詮可也此衆所詮與彼一所詮相待而成兩端雖其文枝葉扶疏總理紛雜對彼所共之一所詮亦祇處一端之地何也彼衆所詮無一不與此一所詮相係一也衆所詮之間又無一不自相係以歸於彼一所詮二也是故爰其名曰源派曰本枝曰主朋（章句篇贊曰理資配主辭忌失朋）無過兩端而已矣

（未完）

文苑

文心雕龍附會篇評（黃侃）（續）

荀子曰辭也者兼異實之名以論一意也辨說也者不異實名以喻動靜之道也楊倞注曰辭者論一意辨者明兩端也文辭界理雖衆成辭雖多執非舉一端以明一端說知斯義也離合同異否盡歟能文變多方而兩端可盡處旋機以觀大運顯情僞以極變化爲有終難失統之譏時枝繁贅之患乎或謂事理之變滅亦紛紜但設兩端豈能該括不悟一端既定得其環中變雖無窮而繁中則一所繫相共爲得而不目以一端哉且思理本係有恒數可求綴其爲義相反爲類有殊而反義之名緣正同而立離一不成是故每有一所詮其所務之衆所詮必與此一所詮有必不能離之故用思者懸此而不憂渙散辨體者類此而不憂凌雜叢章者賴此而貫員若浮詞斷臬者賴此而能配合事類故曰銘箴所縱各有所近雖無體統雖得蓋總定勢之說與此合章之設亦如此矣據此言之文之成立蓋有定法篇章字句皆具不易之規隱顯繁簡皆合必然之例雖隨手之變難以定法相繩及

其成篇必與定法相會然巧者密合拙者多狂陂術者易爲功闇理者雖爲美辭之體實有辨有納辨者言事或繁或簡皆足達情納者言事或繁或簡皆難喻意知語言以辨爲貴則文辭以巧爲功雖無術者未嘗無闇合之時而有術者則易收其美之績但言非盡意之器故傳意之道亦多每有文章所詮畢同而設辭則異或本隱以之顯或從易以至難或沿波以討源因枝以振葉是以綴文之理例雖有可言綴文之格式難以強立語其較略亦惟曰句必比敘義必關聯而已論其方術亦惟曰密於接附工於改易而已考其功績亦惟曰統首尾合涯際而已總上所論可成六義章句長短必有所詮所詮必一一也凡一所詮待衆所詮二也此衆所詮對一所詮而爲兩端三也思有恒數苟知致一則衆義部次不憂淩雜四也文有定法曉術者易成五也雖有定理而無定式循理爲之必無敗績失據之患六也若夫浮詞炫博虛響取神隸事於失倫之所置句於無用之地雕鎸數語而於結構無關修飾一字而於句義罔益雖勞苦之情或倍蓰於恒俗其於附會蓋無取焉

（已完）

書文心雕龍後

林樹標

讀劉彥和文心雕龍一書。觀其文體浮靡繁縟。不越六朝窠臼。似無足傳者。然而卒與日月爭光。山川煥綺。垂久遠而不沒者何哉。道存焉耳。夫文者載道之器也。辭達而已。魏晉時。去聖既遠。道喪文弊。一時文人。浮煙漲墨。競尙夸飾。欲求一振葉尋根。觀瀾索源。辭尙體要。旨歸切實者。渺不可得。聖道之衰。尙可言乎。彥和崛起。知夫道沿聖以垂文。聖因文而明道也。於是仰觀吐曜。俯察含章。旁及動植。粤稽載籍。本此立言。蔚哉炳矣。雖其辨體例。明篇章。後學或能踵武之。要其原道徵言。宗經大旨。則鮮能及焉。黃魯直謂論文。文心雕龍。不可不讀。非以其旨遠言中乎。且文人相輕。自古而然。有文無行。辭人通病。而彥和則怊悵夫知音。耿介於程器。誠以鬼谷有日進遙聞之說。司馬有竊妻受金之舉。故爲之杜漸防微。其垂範後世。倜乎遠矣。雖欲無傳。弗可得已。嗟夫。道之所存。師之所存也。文心雕龍一書。雖以之經緯區宇。彌綸彝憲可也。豈獨爲藝苑之秘寶也夫。

晨報副鐫

一九二二年十二月四日

文藝談

文心雕龍的研究

楊鴻烈

本篇共分七段如下：一，導言；二，劉勰的略傳同他的論著；三，劉勰對於當代文學革新積極的建設方面的言論；四，劉勰對於當代文學的批評方面的言論；五，劉勰論文學和時運的關係；六，文心雕龍全書的根本缺點；七，結論。

一 導言

我們考察學術思想的變遷，實在要經過啟蒙，全盛，蛻分，衰落的四個時期。全盛以後的情形，就如梁任公先生所說：「凡一學派，當全盛之後，社會中希附末光者日衆；陳陳相因，固已可厭；其時此派中精要之義，則先輩已濬發無餘；承其流者，不過捃摭末節以弄詭辯。……而豪傑之士，欲創新必摧舊，遂以彼爲破壞之目標。」這個現象，凡是看過學術史的都可以知道。所以說凡一種制度，學術，風氣，當他極盛時代，就流露出他的缺點來；那時就時伏着極少極微的反抗分子，發爲日代興的俊特分子。有這樣一往一復的現象，學術思想方纔能够有進步；不過這極少極微的分子，人人多忽略罷了。

現在且說我們中國的文學。從齊代以來，做文章的就專注重修辭的功夫，並且理由要說外面漂滿，事情要做得純密，還要講究奇偶；從表的一方面去看，固是很好，可惜從齊梁以後就弄得太過了。於是雕句越壯密，圖對越工整，就現了浮豔靡麗，華而不實的毛病。那時代文學的狀況，看以下所引的話就可知一斑。

（1）南齊書文苑傳論，把當時文章的弊病和來源說得明白：「一則啟心閑繹，託辭華曠，雖存巧綺，終致迂回。宜登公宴，本非准的。而疏慢闡緩，膏肓之病，典正可採，酷不入情。此體之源，出自靈運而成也。次則緝事比類，非對不發，博物可嘉，職成拘制；或全借古語，用申今情；崎嶇牽引，直爲偶說；惟覩事例，頓失精采，此則傅咸五經，應璩指事，雖不全似，可以類從。次則發唱驚挺，操調險急，雕藻淫艷，傾炫心魂；亦猶五色之有紅紫，八音之有鄭衛；斯鮑照之遺烈也。」這很可看出雕琢的不自然的文學流行的情形了。

（2）隋書李諤傳，李諤上書說：「自魏之三祖，更尚文詞，忽人君之大道，好雕蟲之小藝。下之從上，有同影響，競逐文華，遂成風俗。江左齊梁，其弊彌甚，貴賤賢愚，惟務吟詠。遂復遺理存異，尋虛逐微。競一韻之奇，爭一字之巧。連篇累牘，不出月露之形；積案盈箱，惟是風雲之狀。」

從以上的話看來，就可以知道從晉代到陳文學墮落的大概了。像這樣的情形，無怪乎人人都討厭排偶，就不得不存矯正的念頭。於是在這駢偶雕繡的時代，就暗伏着一位抱文學革新的劉彥和，可惜當時既無人唱和，後人又只以他那部極有價值的文心雕龍當做修辭書去讀，就把他立言的宗旨失掉了。所以我把我讀了此書的意見寫出來給大家討論。一方面可以知道他主張自然的文學，——要用自然的思想情感來描寫，——是積極的建設；在那一方面，他矯正當時不可一世的雕琢的文學，依據他自定的標準去施上的批評是消極的破壞；再說他能看出並且能夠闡明文學和時運的關係；這就是他全書的三大好處。他這書最大的缺點，最壞的地方，就是「文筆不分」；換句話說，就是他把純文學和雜文學的界限完全的打破混淆不分罷了。在他那文學觀念已經入了確定明晰的時代，他偏要出來立異，要想以文載道，這是他最大的錯誤！我這篇文章的目的，固然是要表明他在當時算得一個文學的革新家，但他的缺點，總是不替他掩飾的。

（本節完）

文藝談

文心雕龍的研究

楊鴻烈

二　劉勰的略傳同他的論著

按南史本傳說：『劉勰，字彥和，東莞莒人也。……勰早孤，篤志好學，家貧，不婚娶。……梁天監中，兼東宮通事舍人。……初，勰撰文心雕龍五十篇，論古今文體。……既成，未為時流所稱，勰欲取定於沈約，無由自達，乃負書候約於車前，狀若貨鬻者；約取讀，大重之，謂深得文理，常陳諸几案。……敕與慧震沙門於定林寺撰經，證功畢，遂求出家；先燔鬢髮自誓，敕許之，乃變服改名慧地云。』由這段小傳看來，他受佛教的影響，實在不小！他少依沙門僧佑居，所以就能博通經論，區別部類，集錄起來作了一篇序文；他所著的這部文心雕龍，條理非常之精密，在我們中國古書裡頭像這樣有系統的專著，真是少極了！我們不能不說他是很得力於佛經的研究了。他的論著，固然不限於以上所說的兩種，如南史所說：『勰為文，長於佛，都下寺塔，及名僧碑誌，必請勰製文。』但是我們只研究文心雕龍這一部有價值的論著，其餘的就不管他了。

我們研究文心雕龍，最先必定要知道他的命名，同他的內容，現來分兩段來說：

文心雕龍命名的意義　文心雕龍何以要如此的命名呢？劉彥和解答說：『夫文心者，言爲文之用心也。昔涓子琴心，王孫巧心，心哉美矣，故用之焉。古來文章，以雕縟成體。豈能取騶奭之群言雕龍也。』（序志篇。）這幾句話，很可以算做他這部書名的訓詁定義了。

文心雕龍的內容　按黃叔琳說：『此書分上下二篇，其中又自析爲四十九篇，合序志一篇，篇共五十；依元本分十卷。……』，這是篇散的內容。若是自大體去看，又可以分做兩大部分：第（一）部分包括，原道，徵聖，宗經，正緯，辨騷，直至議對，書記，等二十五篇，劉彥和曾作一段收束說：『蓋文心之作也，本乎道，師乎聖，體乎經，酌乎緯，變乎騷，文之樞紐，亦云極矣。若乃論文敘筆，則囿別區分，原始以表末，釋名以章義，選文以定篇，敷理以舉統，上篇以上，綱領明矣。』第（二）部分，包括：神思，體性，風骨，通變，定勢，直至程器，序志二十五篇；劉彥和也作一段收束說：『至於割情析采，籠圈條貫，摛神性，圖風勢，苞會通，閱聲字，崇替於時序，褒貶於才略，怊悵於知音，耿介於程器；長懷序志，以馭羣篇，下篇以下，毛目顯矣。』（序志篇。）我們看他這書何等樣的系統周密，成爲專門的著述；但是隨書經籍志硬把他列入集部，眞是無眼光識見　這一層章實齋在文史通義就說過的了。

三　劉勰對於當代文學革新積極的建設方面的言論

在劉彥和那時代，正是『尋虛逐僞，競一韵之奇，爭一字之巧』的時代，所以他首先就標出一個文學的自然主義出來；就是要先有自然的情感和思想然後自然的描寫，用來矯正那時代文學的趨勢。我們看他說：

『夫玄黃色雜，方圓體分；日月疊璧，以垂麗天之象；山川煥綺以鋪理地之形；此蓋道之文也。仰觀吐曜，俯察含章，高卑定位，故兩儀既生矣，惟人參之，性靈所鍾，是謂三才。爲五行之秀，實天地之心。心生而言立，言立而文明，自然之道也。傍及萬品，動植皆文：龍鳳以藻繪呈瑞，虎豹以炳蔚凝姿；雲霞雕色，有踰畫工之妙；草木賁華，無待錦匠之奇：夫豈外飾，蓋自然耳。至於林籟結響，調如竽瑟；泉石激韻，和若球鍠；故形立則章成矣，聲發則文生矣。夫以無識之物，鬱然有彩；有心之器，其無文歟。』（原道篇。）

又說：『春秋代序，陰陽慘舒，物色之動，心亦搖焉。蓋陽氣萌而玄駒步，陰律凝而丹鳥羞；微虫猶或入感，四時之動物深矣。若夫珪璋挺其惠心，英華秀其清氣，物色相召，人誰獲安？是以獻歲發春，悅豫之情暢；滔滔孟夏，鬱陶之心凝；天高氣清，陰沈之志遠；霰雪無垠，矜肅之慮深。歲有其物，物有其容；情以物遷，辭以情發；一葉且或迎意，虫聲有足引心，況清風與明月同夜，白日與春林共朝哉。是以詩人感物，聯類不窮，流連萬象之際，沈吟視聽之區。』（物色篇。）

道兩段只是泛論人和自然界發生情感思想的情形。既有了情感思想，就該自然的描寫出來，所以他又說：

『寫氣圖貌，既隨物以宛轉；屬采附聲，亦與心而徘徊。故灼灼狀桃花之鮮，依依盡楊柳之貌，杲杲爲出日之容，瀌瀌擬雨雪之狀，喈喈逐黃鳥之聲，喓喓學草虫之韻，皎日嘒星，一言窮理，參差沃若，兩字窮形，並以少總多，情貌無遺矣。』（同上）

又說：『夫鉛黛所以飾容，而盼倩生於淑姿；文采所以飾言，而辯麗本於情性。故情者，文之經，辭者，理之緯，經正而後緯成，理定而後辭暢，此立文之本也。昔詩人什篇，爲情而造文。辭人賦頌，爲文而造情。（情采篇。）

「爲情造文」，正如胡適之先生說：『要有話說，方纔說話。』「爲文造情」就是「無病而呻」了。這幾句話，眞把文學的根本，都揭明白了。他又從文學的自然不自然上去定作文時的快樂或痛苦。他說：

『率志委和，則理融而情暢；鑽礪過分，則神疲而氣衰。……故淳言以比澆辭，文質懸乎千載；率志以方竭情，勞逸差於萬里。古人所以餘裕，後進所以莫遑也。』（養氣篇。）

這段話眞精湛極了！他說的「率志」，就是說根據自己的性情思想；「委和」就是要順自然。我們看秦漢以上的文章都是很質樸自然的。像那首：『日出而作，日入而息，鑿井而飲，耕田而食，帝力何有於我哉！』的擊壤歌，何等樣的自然。那些什麼廿泉賦，怎麼能同這樣的價值比較，眞是「淳言以比澆辭，文質懸乎千載」了！擊壤歌自然是天籟，作者一點不費力；揚雄那樣大文豪，只是被皇帝逼着，費了大力，竟自到他做夢見自己腸臟都淌出來，眞是痛苦極了，文章的價值，也就很低；眞是「率志以方竭情，勞逸差於萬里，古人所以餘裕，後進所以莫遑」了！這是他建設方面的言論。

（本節完）

晨報副鐫
一九二二年十月二六日

文藝談

文心雕龍的研究

楊鴻烈

四　劉勰對於當代文學的批評方面的言論

劉彥和既標出文學的自然主義，所以凡是雕琢的文品在當時極盛的，他都加以消極的破壞；他最利害的方法，就是先定出標準，然後逐一的加以批評。例如比興篇，他就以爲：「比類雖繁，以切至爲貴；若刻鵠類鶩，則無所取。」夸飾篇說：『自宋玉景差夸飾始盛；相如憑風，詭濫愈甚。故上林之館，奔星與宛虹入軒；從禽之盛，飛廉與鷦鷯俱獲。及揚雄甘泉，酌其餘波，語瑰奇則假珍於玉樹；言峻極則顛墜於鬼神。至東都之比目，西京之海若，驗理則理無不驗，窮飾則飾猶未窮矣。又如子雲羽獵，鞭宓妃以饟屈原；張衡羽獵，困玄冥於朔野；孌彼洛神，既非罔兩，惟此水師，亦非魑魅，而虛用濫形，不其疎乎？此欲夸其威而飾其事，義睽剌也。』事類篇說：『引事乖謬，雖千載而爲瑕。陳思羣才之英也，報孔璋書云葛天氏之樂千人唱，萬人和，聽者因以蔑韶夏矣，此引事實之謬也。按葛天之歌，唱和三人而已。相如上林云：「奏陶唐之舞，聽葛天之歌，千人唱，萬人和」，唱和千萬人，乃相如接人，然而濫侈葛天，推三成萬者，信賦妄書，致斯謬也。陸機園葵詩云：「庇足同一智，生理合異端，」夫葵能衛足，事譏鮑莊；葛藟庇根，辭自樂豫，若譬葛爲葵，則引事爲謬；若謂庇勝衛，則改事失眞，斯又不精之患。夫以子建明練，士衡沈密，而不免於謬，曹仁之謬，高唐，又曷足以嘲哉。』指瑕篇說：『陳思之文，羣才之俊也，而武帝誄云：「尊靈永蟄」，明帝頌云：「聖體浮輕」，浮輕有似胡蝶，永蟄頗疑於昆虫，施之尊極，豈其當乎。左思七諷，說孝而不從，反道若斯，餘不足觀矣。潘岳爲才，善於哀文，然悲內兄則云感口澤；傷弱子則云心如疑，禮文在尊極，而施之下流，辭雖足哀，義斯替矣。若夫君子擬人，必於其倫，而崔瑗之誄李公，比行於黃虞，向秀之賦嵇生，方罪於李斯，與其失也雖寧僭無濫，然高厚之詩，不類甚矣。』這樣從形式上列舉的批評，在本書裏多得不可勝說。至如統括的從實質方面來批評的話，如夸飾篇說：『後進之才，獎氣挾聲，軒翥而欲奮飛，騰擲而羞跼步，辭入煒燁，春藻不能程其豔；言在萎絕，寒谷未足成其凋；談歡則字與笑並，論慼則聲共泣偕，信可以發蘊而飛滯，披瞽而駭聾矣。然飾窮其要，則心聲鋒起；夸過其理，則名實兩乖。』隱秀篇說：『凡文集勝篇，不盈十一，篇章秀句，裁可百二，並思合而自逢，非研慮之所求也。或有晦塞爲深，雖奧非隱；雕削取巧，雖美非秀矣。故自然會妙，譬卉木之耀英華；潤色取美，譬繒帛之染朱綠。』像這樣的話，在別的篇章裏是很多很多，總之，他是極力的排斥雕琢的不自然的文學罷了。這就是他的消極的破壞方面的言論了。

劉彥和在中國文學界又算是第一個的批評家，換句話說，就是中國文學上的批評，自他開始。他這種先定標準而後批評，很相當於歐洲文學上的「法定的批評」。所謂「法定的批評」的意義，就如莫爾登所說：『批評家就好像個判官；他下一個判詞說那篇的藝術工夫是好的或是壞的，那篇是比較好的或是極懸劣不堪的；他先定下正確的原理；再指出瑕疵的地方；他所堅持的標準使他能做幾種藝術品的較量。這樣常被人稱爲價值的批評。』（『文學的近代研究』三百十七頁。）在文心雕龍裏，除了以上純粹是消極的破壞批評而外，如他批評離騷經，以爲『楚辭者，體慢於三代，而風雅於戰國，乃雅頌之博徒，而詞賦之英傑也。』這就是因爲『其骨鯁所樹，肌膚所附，雖取鎔經意，亦自鑄偉辭。』所以『離騷九章朗麗以哀志，九歌九辯綺靡以傷情，遠遊天問瓌詭而惠巧，招魂招隱耀豔而深華，卜居標放言之致，漁父寄獨往之才，故能氣往轢古，辭來切今，驚采絕豔，難與並能矣。』（辨騷篇。）像這樣詳密精至的批評文學，在中國大概是沒不容易找得的。此外如明詩篇樂府篇詮賦篇都有相類的批評，足見劉彥和實在又算得中國空前的一個文學批評家。

（本節完）

星期五　中華民國十一年十月二十七日　晨報附刊　即舊曆壬戌年九月初八日　第一版

晨報副鐫

一九二二年十月二七日

文藝談

文心雕龍的研究

楊鴻烈

五　劉勰論文學和時運的關係

文學本質的變異性，有時間空間的不同，因爲『不問古今東西，所謂文學，都是時勢——包括時間和環境二者——自己造成的用以照自己的明鏡，』這是日本廚川白村所說的話；這樣的意思，就可以相當於這裡所說的時運了。我們中國第一能懂得文學和時運的關係的人，也是劉彥和。他說：『時運交移，質文代變，古今情理，如可言乎？昔在陶唐，德盛化鈞，野老吐何力之談，郊童含不識之歌。有虞繼作，政阜民暇，薰風詩於元后，爛雲歌於列臣，盡其美者，何乃心樂而聲泰也。至大禹敷土，九序詠功。成湯聖敬，猗歟作頌。逮姬文之德盛，周南勤而不怨；大王之化淳，邠風樂而不淫；幽厲昏而板蕩怒，平王微而黍離哀。故知歌謠文理，與世推移，風動於上，而波震於下者。』（時序篇。）他從文學史上一一的舉來證明這個道理，我且引他關於三國以後文學和時運的話來說。他以爲：『自獻帝播遷，文學蓬轉；建安之末，區宇方輯；魏武以相王之尊，雅愛詩章；文帝以副君之重，妙善辭賦；陳思以公子之豪，下筆琳瑯；並體貌英逸，故俊才英蕤：仲宣委質於漢南，孔璋歸命於河北，偉長從宦於青土，公幹徇質於海隅，德璉綜其斐然之思，元瑜展其翩翩之樂，文蔚休伯之儔，于叔德祖之侶，傲雅觴豆之前，雍容衽席之上，灑筆以成酣歌，和墨以藉談笑。觀其時文，雅好慷慨，良由世積亂離，風衰俗怨，並志深而筆長，故梗概而多氣也。……晉雖不文，人才實盛：茂先搖筆而散珠，太沖動墨而橫錦，岳湛曜聯璧之華，機雲標二俊之采，應傅三張之徒，孫摯成公之屬，並結藻清英，流韻綺靡，前史以爲運涉季世，人未盡才，誠哉斯談，可爲歎息！……自中朝貴元，江左稱盛，因談餘氣，流成文體，是以世極迍邅，而辭意夷泰，詩必柱下之旨歸，賦乃漆園之義疏。故知文變染乎世情，興廢繫乎時序，原始以要終，雖百世可知也。』（見同上。）自從他看了這機密以後，如劉知幾的史通言語篇，顧炎武的日知錄和章太炎的菿漢微言，都有相同的論調，不過此處不是專研究這個問題的地方，只好略而不議；我們只消認識文心雕龍有這一點好處就夠了。

（本節完）

晨報副鐫

一九二二年十月二八日

文藝談

文心雕龍的研究

楊鴻烈

六　文心雕龍全書的根本缺點

我們中國從晋代以後，文學的觀念就漸漸的確定；所謂「文筆之分」，就是純文學和雜文學有分別，狹義的文學和廣義的文學有分別，這是文學觀念進化的一件可喜的事！所以那時就有「長於筆，長於文」的話頭。「文」就是純文學，「筆」就是雜文學。如顏延之說『竣得臣筆，測得臣文』就是一例。在古代也就有把「記事之文」叫做「筆札」的，如漢書樓護傳就有說『谷子雲筆札』的話，但要到了劉彥和齊梁的時代，這「文」「筆」纔明明白白的分而爲二。但是劉彥和却矯枉過直，把這個區分打破，偏於復古一面，接着唐代那般古文傳統派出來，這個區分，就簡直不存在了！這樣始作俑之人，我不能不說是劉彥和！我不能不爲文心雕龍下一個「白玉之玷」的批評！我們在先且舉出那時代「文筆之分」的諸家的理由來，然後又再把劉彥和所主張矯枉過直的謬見和所影響於他這部書的情形說一說，就可證明我這種批評，不是吹毛求疵！不是以今非古，不是奇劇！

中國純文學觀念的明晰，這種演進的情形，要拿阮元的揅經室集中學海堂文筆對所證集的歷史上的證據來吃。現在節錄在下面：晉書上說：『蔡謨文筆議論，有集行於世。』宋書傅亮傳說：『爲副登廬之始，文筆皆是記室參軍滕演；北征廣固，悉委長史王誕；自此而後，至於受命，表策文誥，皆亮辭也。』南史顏延之傳說：『宋文帝問延之諸子才能，延之曰：「竣得臣筆，測得臣文。」』北史魏高祖紀說：『帝好爲文章詩賦銘頌，有大文筆，馬上口授，及其成也，不改一字。』魏書溫子昇傳：『張皐寫子昇文筆，傳於江外。』北齊書李廣傳說：『廣[illegible]；廣卒後，[illegible]集其文筆十卷，託魏收爲之叙。』陳書陸琰傳：『其所製文筆，多不存本，後主求其遺文，撰成二卷。』劉師知傳說：『師知好學，有當世才，博涉書傳，工文筆。』徐伯陽傳說：『伯陽年十五，以文筆稱。』這些零碎的史料，固是可以看得出那時「文」和「筆」是分得清清楚楚的；但是對於「文」和「筆」的意義，說得最明切透澈的，不能不推梁元帝的那一部金樓子上的話了！金樓子裏的立言篇說：『古人之學者有二，今人之學者有四：夫子門徒，轉相師受，通聖人之經者謂之儒。屈原宋玉枚乘長卿之徒，止於辭賦，則謂之文。今之儒博窮子史，但能識其事不能通其理者謂之學。至如不便爲詩如閻纂，善爲章奏如伯松，若此之流，汎謂之筆。吟詠風謠，流連哀思者謂之文。而學者率多不便屬辭，守其章句，遲於通變，質於心用。學者不能定禮樂之是非，辯經教之宗旨，徒能揚榷前言，抵掌多識，然而挹源知流，亦足可貴。筆退則非謂成篇，進則不云取義，神其巧惠，筆端而已。至如文者，惟須綺縠紛披，宮徵靡曼，脣吻遒會，情靈搖蕩。』在這樣文學觀念明晰確定的時代，偏偏這位不達時務的劉彥和就來打破這樣的分別，使文學的觀念，又趨於含混！又使文筆不分！（本節完）

晨報副鐫

一九二二年十月二九日

文藝談

文心雕龍的研究

楊鴻烈

六　文心雕龍全書的根本缺點　（續）

我們看他開首在總術篇說風那般主張文筆分判的，他說：『今之常言，有文有筆，以為無韻者筆也，有韻者文也。夫文以足言，理兼詩書；別目兩名，自近代耳。顏延年以為筆之為體，言之文也。經典則言而非筆，傳記則筆而非言。請奪彼矛，還攻其楯矣。何者？易之文言，豈非言文。若筆不言文，不得云經典非筆矣，將以立論，未見其論立矣。』他這種話在名詞的含義和推理的方式上都有極大的錯誤。因為他自己對於「文」的含義和人家的就不一樣；他以為「文」是拿來「足言」的，而人家卻以「吟咏風謠，流連哀思」的纔叫做「文」。這樣名詞的含義，顯然是不同的。但他卻用那種自造的邏輯和「經典」的大帽子，拿來反對「文筆之分」。在他以為易繫的文言，說明明是「足言」的「文」，但卻不是如人家所說『屈原宋玉枚乘司馬之徒，止於辭賦』那樣的「文」」。他的主張是：『予以發口為言，屬筆曰翰，常道曰經，述經曰傳。』這麼一來，就把一個已經成熟了的明白，具體，完全的文學定義，攪變得一個亂七八糟，烏煙瘴氣的了！你看他好好的一篇有條理的文心雕龍，除了頭幾篇辨騷，明詩，樂府……是在純文學的範圍內，旁的如神思，體性，風骨，通變，定勢，物采……是關於修辭學——純文學的形式方面以外，就牽扯得寬泛了！原道，宗經，就談到哲學方面去了！史傳，就含混了文史的界限！此外雜文學裡的什麼頌讚，祝盟，銘箴，誄碑……也都魚龍不分，涇渭莫辨，隨便的扯來，有什麼價值！這真是全書的缺點！鑄下了一個大錯！

七　結論

在以前幾章裡，我已經將文心雕龍產生的時代背景，作者的生平和本書的內容，優點和劣點一一的說過；我們由此總可以承認劉彥和實在是有很大的抱負，有猛烈的改革精神，對於那個時代靡麗的文學想把他改造成為自然的文學。但或者有人必定懷疑說：「劉彥和既是有革新的言論，何以要等到隋唐之復古，文體方纔一變呢？怎麼不像現在新文體變動這麼快呢？」這卻有幾種原因：當時的文字宜高雅，新時的文字宜通俗，所以當時的文字缺乏普遍性質，就不容易令人懂，容易傳播，很少能引起同情，很少有知音了！這就是劉彥和工具的一個大缺點。劉彥和既是當時偏寫，勢力薄弱，他的文章，在那時候，自然是不入俗眼，遂致淹沒一生！所以他在知音篇劈口就喝歎了！『知音其難哉！音實難知，知實難逢，逢其知音，千載其一乎！』後來他在序志篇結尾又說：『茫茫往代，既沈余聞；眇眇來世，倘塵彼觀也。』看他又何等樣的躊躇滿志！總之，我們現在知道了許多文學革新家，也應該要知道千多年前的一位鬱而不彰的文學革新家！

一九二二，十，二，脫稿於北京高師。

☆ ☆ ☆ ☆ ☆

書文心雕龍明詩篇後

李冰若

夫詩緣情而綺靡，情感物而搖蕩，興會標舉，宮商叶響，手舞足蹈，莫匪自然。是以葛天之民，操牛尾而歌；重華之庭，鼓瑤琴以詠。溯求原始，發自初民。及乎鴻苞漸啓，文明日新，承流嬗變，體製遂繁。四言五言，樹槼㦸於姬漢；長短句法，並雜出乎樂章。詩孕其葩，騷揚其烈，膏澤演溢，芳馨彌遠。建安諸子，樹風骨而高騫；江左羣英，煥辭華以秀發。世有詩人，乃見專集，綜其意旨，微異前賢。蓋昔人制作，取裨政教；今代吟詠，重抒性情。立本既殊，分支乃異；或憐風月，狎池苑，述恩榮，敍酣宴，慷慨以任氣，磊落以使才；或縱玄談，抽幽思，託遊仙，記山水；情極貌以寫物，辭刻意而求新。體多變遷，格有升降，文心詩品，論之詳矣。彥和書勒雕龍，才擅繡虎，深探赤人，獨獲玄珠，創批平文藝之先河，實文林曠代之奇箸。明詩一篇，論窮要妙，平章詩囿，源流井然，窺莊老告退，而山水方滋，慨風格漸夷，而詞采是競。要言不煩，洞中肯綮。後人或以其衆流包舉，獨遺陶公，致使隱逸之宗，不與曹劉之列；滄海有遺珠之歎，白璧來微瑕之譏；斯言頗當，抑有辯焉。陶公歸田園居之作，讀經飲酒之篇，味淡聲稀，文疏旨隱；此在南朝文學，自爲異幟。獨張正如熊蹯豢豹之鞭，忽有太羹玄酒之設，是非別具賞心，必也難適衆口。彥和斯篇，由源及流，舉正遺變，偶爾失檢，若云無識，竊謂不然。何則？古人箸書，始末互闡，全豹未睹，豈容執着。觀文心之尙自然，重情致，驗性習，覘風會，審聲律，述駢麗，昭示弘軌，發明滋多，原非毚泛以隨波，詎云寶匏而賤玉。且文經詞緯，既抉源以立言；爲文造情，復糾繆而闢俗；痛言志之不符，懲末流之忘本；丁寧再三，諒非阿世。所述流別，綱舉目張，非若鍾氏比附失當，更異子野偏脊儒效；論世平情，似可恕矣。蒙篤好斯文，遙企前哲，風簷展誦，能已于言？贊曰：

神州文學，權輿詩歌；情性騰鑠，律呂克和。詩騷沛澤，嬗派彌多，猗歟劉子，究源析波！明詩抽緒，正變無訛。

文心雕龍札記

黃侃

題詞及略例

論文之書尠有專籍。自桓譚新論王充論衡雜論篇章。繼此以降。作者間出。然文或湮闕。有如流別翰林之類。語或簡括。有如典論文賦之儕。其敷陳詳覈。徵證豐多。枝葉扶疏。原流粲然者。惟劉氏文心一書耳。雖所引之文。今或亡佚。而三隅之反。政在達材。自唐而下。文人踊多。論文者至有標蘗門法。自成部區。然紬察其善言。無不本之故記。文氣文格文德諸端。蓋皆老生之常談。而非一家之眇論。若其悟解殊特。術測異方。雖百喙爭鳴。而要歸無二。世人忽遠而崇近。遺實而取名。則夫陽剛陰柔之說。起承轉合之談。吾儕所以為難循。而或者方矜為勝義。夫飲食之道。求其可口。是故鹹酸大苦。味異而皆容於舌肸。文章之嗜好。亦類是矣。何必盡同。今為講說。計自宜依用劉氏成書。加之詮釋。引申觸類。既任學者之自為。曲暢旁推。亦因版業而散見。如謂劉氏去今已遠。不足誦說。則如劉子玄史通以後。亦罕嗣音。論史法者。未聞庋閣其作。故知滯於迹者。無向而不滯。通於理者。靡適而不通。自媿迂謹。不敢肆為論文之言。用是依傍舊文。聊資啟發。雖無卓爾之美。庶幾以免戾爲賢若夫補苴罅漏。張皇幽眇。是在吾黨之有志者矣。
文心舊有黃注。其書大氐成於幕客之手故紕繆弘多。所引書往往爲今世所無。展轉取載而不
注其出處。此是大病。今於黃注遺挩處。偶加補苴亦不能一一徵舉也。
瑞安孫君札迻有校文心之語。並皆精美。茲悉取以入錄。今人李詳審言有黃注補正。時有善言。
間或疏漏。茲亦采取而別白之。
序志篇云。選文以定篇。然則諸篇所舉舊文。悉是彥和所取以爲程式者。惜多殘佚。今凡可見
者。並皆繕錄。以備稽考。唯除楚詞文選史記漢書所載。其未舉篇名但舉人名者。亦擇其佳篇。隨
宜迻寫。若有彥和所不載而私意以爲可作楷槷者。偶爲抄撮以便講說。非敢謂愚所去取盡當
也。

原道第一

原道　序志篇云。文心之作也。本乎道。案彥和之意。以爲文章本由自然生。故篇中數言自然。一
則曰心生而言立。言立而文明。自然之道也。再則曰夫豈外飾。蓋自然耳。三則曰誰其尸之。亦神
理而已。尋繹其旨。甚爲平易。蓋人有思心。卽有言語。既有言語。卽有文章。言語以表思心。文章以

代言語惟聖人爲能盡文之妙所謂道者如此而已此與後世言文以載道者截然不同詳淮南王書有原道篇高誘注曰原本也本道根眞包裹天地以歷萬物故曰原道用以題篇此則道者猶佛說之「如」其運無乎不在萬物之情人倫之傳孰非道之所寄乎韓非子解老篇曰道者萬物之所然也萬理之所稽也理者成物之文也道者萬物之所以成也故曰道理之者也物有理不可相薄物有理不可以相薄故理之爲物之制萬物各異理而道盡稽萬物之理故不得不化不得不化故無常操無常操是以死生氣稟焉萬智斟酌焉萬事廢興焉莊子天下篇曰古之所謂道術者果惡乎在曰無乎不在案莊韓之言道猶言萬物之所由然文章之成亦由自然故韓子又言聖人得之以成文章韓子之言正彥和所祖道者玄名也非著名也玄名故通於萬理而莊子且言道在矢溺今曰文以載道則未知所載者卽此萬物之所由然乎抑別有所謂一家之道乎如前之說本文章之公理無庸標楬以自殊於人如後之說則亦道其所道而已文章之事不如此狹隘也夫堪輿之內號物之數曰萬其條理紛紜人鬢蠶絲猶將不足仿佛今置一理以爲道而曰文非此不可作非獨昧於語言之本其亦膠滯而罕通矣察其表則爲諛言察其裏初無勝義使文章之事愈猾愈削寖成爲一種枯槁之形而世之爲文者亦不復撢究學術研尋

眞知而惟此欵言之尙然則階之厲者非文以載道之說而又誰乎通儒顧寧人生平篤信文以載道之言至不肯爲李二曲之母作誌斯則矯枉之過而非通方之談方來君子庶無譽焉

俯察含章　易上經坤六三爻詞含章可貞王弼說爲含美而可正是以美釋章

草木賁華　易釋文引傅氏云賁古斑字文章皃王肅符文反（此類隔切音）如虎賁之賁云有文飾黃白皃

和若球鍠　書皋陶謨曰戛擊鳴球球玉磬也鍠說文曰鐘聲廣韵作鐄云大鐘戶盲切

形立則章成矣聲發則文生矣　故知文章之事以聲采爲本彥和之意蓋謂聲采由自然生其雕琢過甚者則寖失其本故宜絕之非有專隆樸質之語

肇自太極　易繫辭上韓注曰太極者无稱之稱不可得而名取有之所極況之太極者也據韓義則所謂形氣未分以前爲太極而衆理之歸言思俱斷亦曰太極非陳摶半明半昧之太極圖

乾坤兩位獨制文言　言之文也天地之心哉　周易音義曰文言文飾卦下之言也正義引莊氏曰文謂文飾以乾坤德大故特文飾以爲文言案此二說與彥和意正同儀徵阮君因以推衍爲文言說而本師章氏非之今並陳二說於後決之以己意

古人無筆硯紙墨之便。往往鑄金刻石。始傳久遠。其著之簡策者。亦有漆書刀削之勞。非如今人下筆千言。言事甚易也。許氏說文。直言曰言。論難曰語。左傳曰。言之無文。行之不遠。此何也。古人以簡策傳事者少。以口舌傳事者多。以目治事者少。以口耳治事者多。故同爲一言。轉相告語。必有愆誤。原注、說文言从口从䇂、䇂、愆也。是必寡其詞。協其音。以文其言。使人易於記誦。無能增改。且無方言俗語雜於其間。案此語誤。始能達意。始能行遠。此孔子於易所以著文言之篇也。古人歌詩箴銘諺語。凡有韻之文。皆此道也。案音韵與言語並興、而文字尚在其後。爾雅釋訓主於訓蒙。子子孫孫以下用韵者三十二條。亦此道也。案陳伯弢先生謂訓即大司樂以樂語教國子興道諷誦言語之道、文即道盛德至善之道、此義精塙無倫。孔子於乾坤之言。自名曰文。此千古文章之祖也。爲文章者。不務協音以成韻。修詞以達遠。使人易誦易記。而惟以單行之語。縱橫恣肆。動輒千言萬字。不知此乃古人所謂直言之言。論難之語。非言之有文者也。案此數語、可證阮君此文實具救弊之苦心。惟古人言語亦有音節、亦須潤色修飾、故大司樂稱以樂語教言語、而仲尼亦曰、言之無文、行而不遠矣。非孔子之所謂文也。文言數百字。幾於句句用韻。孔子於此發明乾坤之蘊。詮釋四德之名。幾費修詞之意。冀達意外之言。原注、說文曰、詞、意內言外也。蓋詞亦言也、非文也。文言曰、修辭立其誠。說文曰、修、飾也。詞之飾者、乃得爲文、不得以詞即文也。案此語亦稍誤、言語有修飾、文章亦有修飾、其修飾者、雖言亦文也、其不修飾者、雖名曰文、而實非文也。要使遠近易誦。古今易傳。公卿大夫皆能記誦。以通天地萬物。以警國家身心。不但多用韻。抑且多用偶。案此數言、誠爲精諦、卽如樂行憂違。偶也。長人合禮。偶也。和義幹事。偶也。庸言庸行。偶也。上位下位。偶也。同聲同氣。偶也。水濕火燥。偶也。雲龍風虎。偶也。本天本地。偶也。无位无民。偶也。勿用在田。偶也。潛藏文明。偶也。道革位德。偶也。偕極天則。偶也。隱見行成。偶也。學聚問辨。偶也。合德合明合序合吉凶。偶也。先天後天。偶也。存亡得喪。偶也。餘慶餘殃。偶也。直內方外。偶也。通理居體。偶也。凡偶皆文也。於物兩色相偶而交錯之。乃得名爲文。文卽象其形也。原注、考工記曰、青與白謂之文、赤與黑謂之章、說文曰、文、錯畫也、象交文、然則千古之文莫大於孔子之言易。案此論又信矣、孔子以用韻比偶之法。錯綜其言。而自名曰文。何後人之必欲反孔子之道。而自命曰文。且尊之曰古也。

案阮君尚有書梁昭明太子文選序後。及與友人論古文書。皆推闡其說。又其子福有文筆對。文筆對。太長。茲節錄二文於左。並見揅經室三集二

書梁昭明太子文選序後

昭明所選。名之曰文。蓋必文而後選也。非文則不選也。經也。史也。子也。皆不可專名之爲文也。案此言亦微誤、經史子亦有文、有韻、其文者安得不謂之文哉、故昭明文選序後三段。特明其不選之故。必沈思翰藻。始名之

爲文始以入選也。或曰。昭明必以沈思翰藻爲文。於古有徵乎。曰。事當求其始。凡以言語著之簡策。不必以文爲本者。皆經也。史也。子也。案此語亦未諦。韵語不必著簡策。又經史皆有文。尚書堯典。偶語甚多。詩三百篇。全爲文事。老子亦用韵用偶。言必有文。專名之曰文者。自孔子易文言始。案此不如用莊陸之說爲正。取於文飾以爲文言。非文言以前。竟無文飾。傳曰。言之無文。行之不遠。故古人言貴有文。孔子文言。實爲萬世文章之祖。此語又不誤 此篇奇偶相生音韻相和。如青白之成文。如咸韶之合節。非清言質說者比也。非振筆縱書者比也。非結屈澀語者比也。是故昭明以爲經也史也子也。非可專名之爲文也。專名爲文。必沈思翰藻而後可也。自齊梁以後。溺於聲律。案此語最爲分明。駢體之革爲古文。以此致之。彥和雕龍。漸開四六之體。至唐而四六更卑。然文體不可謂之不卑。文統不可謂之不正。自唐宋韓蘇諸大家以奇偶相生之文爲八代之衰而矯之。於是昭明所不選者。反皆爲諸家所取。故其所著非經。卽子。非子。卽史。案以此評八家。攻之反以譽之矣。求其合於昭明所謂文者。鮮矣。案以下有數語略之。如必以比偶非文之古者而卑之。則孔子自名其言爲文者。一篇之中。偶句凡四十有八。韻語凡三十有五。豈可以非文之正體而卑之乎。案以下有數行刪去。

與友人論古文書

夫勢窮者必變。案以上有數行刪去、情弊者務新。文字矯厲。每求相勝。其間轉變。實在昌黎。昌黎之文。矯文選之流弊而已。案此語亦有疵、文起八代之衰、乃後人以譽昌黎者、昌黎未嘗以此自任也、天監以還、文漸浮詭、昌黎所革、祇此而已、阮云矯文選之流弊、與文起八代之衰、皆非知言、案以下尚有數行略去、

案阮氏之言。誠有見於文章之始。而不足以盡文辭之封域。本師章氏駁之。見國故論衡文學總略篇、以為文選乃裒次總集。體例適然。非不易之定論。又謂文筆文辭之分。皆足自陷。誠中其失矣。竊謂文辭封略。本可弛張。推而廣之。則凡書以文字。著之竹帛者。皆謂之文。非獨不論有文飾與無文飾。抑且不論有句讀與無句讀。此至大之範圍也。故文心書記篇。雜文多品。悉可入錄。再縮小之。則凡有句讀者。皆為文。而不論其文飾與否。純任文飾。固謂之文矣。即樸質簡拙。亦不得不謂之文。此類所包。稍小於前。而經傳諸子。皆在其籠罩。若夫文章之初。實先韻語。傳久行遠。實貴偶詞。修飾潤色。實為文事。敷文摛采。實異質言。則阮氏之言。良有不可廢者。即彥和泛論文章。而神思篇以下之文。乃專有所屬。非泛為著之竹帛者而言。亦不能徧通於經傳諸子。然則拓其疆宇。則文無所不包。揆其本原。則文實有專美。特雕飾逾甚。則質日以漓。淺露是崇。則文失其本。又況文辭之事。章采為要。盡去既不可法。太過亦足召譏。必也酌文質之宜。而不偏

蠱奇。偶。之。變。而。不。滯。復。古。以。定。則。裕。學。以。立。言。文。章。之。宗。其。在。此。乎。

河圖孕乎八卦洛書韞乎九疇。　漢書五行志曰劉歆以爲虙羲繼天而王受河圖則而畫之。八卦是也。禹治洪水賜雒書法而陳之洪範是也。又曰。初一曰五行以下。凡此六十五字。皆雒書本文。彥和云洛書韞乎九疇正同此說。紀氏謂彥和用洛書配九宮說同于盧辯是又不詳考之言。

唐虞文章。　案彥和以元首載歌益稷陳謨屬之文章則文章不用禮文之廣誼。

業峻鴻績。　案業績同訓功。峻鴻皆訓大。此句位字。殊違常軌。

剬詩緝頌。　李詳云。案張守節史記正義論字例云制字作剬緣少古字。通共用之。與漢本有此古字者乃爲好本据此則剬卽制字。既不可依說文訓剸爲齊。亦不必辨制剬相似之訛謹案李說是也。

觀天文以極變。　易賁彖傳曰。觀乎天文以察時變。觀乎人文。以化成天下。

發輝事業。　周易音義曰。發揮。音輝。本亦作輝。義取光輝也。

道沿聖以垂文聖因文以明道。　物理無窮非言不顯非文不傳。故所傳之道。卽萬物之情。人倫之傳。無小無大靡不并包紀氏又傳會載道之言。殊爲未諦。

道心惟微。　此荀子引道經之言。而枚賾僞古文𥠖以入大禹謨。其辯詳見太原閻君尙書古文疏證。

文心雕龍札記續

黃侃

徵聖第二

徵聖　此篇所謂宗師仲尼以重其言。紀氏謂爲裝點門面。不悟宣尼贊易序詩制作春秋所以繼往開來。唯文是賴。後之人將欲隆文字於既頹。簡羣言而取正。微孔子復安歸乎。且諸夏文辭之古。莫古於帝典。文辭之美。莫美於易傳。一則經宣尼刋著。一則爲宣尼所自修研。論名理則眇萬物而爲言。董正史文則先百王以垂範。此乃九流之宗極。諸史之高曾。求之簡編。明證如此。至於微言所寄。及門所傳。貴文之辭。尤難悉數。詳自古文章之名。所包至廣。或以言治化。或以稱政典。或以目學藝。或以表辭言。必若局促篇章。乃名文事。則聖言於此。爲隘文術。有所未宏。周鑒二代。郁郁乎文。此以文言治化也。文王既沒。文不在茲。此以文稱政典也。餘力學文。此以文目學藝也。文以足言。此以文表辭言也。論其經略。宏大如此。所以牢籠傳記。亭毒百家。譬之溟渤之寬。衆流所赴。機衡之運。七政攸齊。徵聖立言。固文章之上業也。近代唯阮君伯元。知尊奉文言。以爲萬世文章之祖。猶不悟經史子集一概皆名爲文。無一不本於聖。徒欲援引孔父。以自寵光。求爲隆

高先自滅削此岡千慮之一失然持校空言理氣肊論典禮以爲明道實殊聖心者貫三光而洞九泉曾足以語其高下也

辭欲巧　鄭曰巧謂順而說也孔疏言辭欲得和順美巧不違逆於理與巧言令色之巧異案此詩所謂有倫有脊者也

或簡言以達旨四句　文術雖多要不過繁簡隱顯而已故彥和徵舉聖文立四者以示例

喪服舉輕以包重　黃注所云緦不祭曾子問篇文小功不稅檀弓篇文鄭注曰日月已過乃聞喪而服曰稅大功以上然小功輕不服

邠詩聯章以積句　七月一篇八章章十一句此風詩最長者

儒行縟說以繁辭　据鄭注則儒行所舉十有五儒加以聖人之儒爲十六儒也

昭晰　孫君云元本晰作哲哲爲晰之借晰乃晣之訛說文日部昭晢明也易曰明辯晢也釋文云晢乂作哲後正緯明詩總術篇昭晰字元本皆作哲按彥和用經字多異於今本如發揮作發輝是也

四象　彥和之意蓋與莊氏同故曰四象精義以曲隱正義引莊氏曰四象謂六十四卦之中有

實象。有假象。有義象。有用象。
辭尙體要。弗惟好異。　僞古文尙書畢命篇。政貴有恆。辭尙體要。不惟好異。某氏傳。辭以體實爲要。故貴尙之。若異於先王。君子所不尙。
雖精義曲隱。　案自易稱辨物正言。至正言其精義並用。乃承四象二語。以辨隱顯之宜。恐人疑聖文明著。無宜有隱晦之言。故申辨之。蓋正言者。求辨之正。而淵深之理。適使辨理堅强。體要者制辭之成。而婉妙之文。益使辭致姱美。非獨隱顯不相妨礙。惟其能隱。所以爲顯也。然文章之事固有宜隱而不宜顯者。易理邃微。自不能如詩書之明。菿春秋簡約。自不能如傳記之周詳。必令繁辭稱說。乃與體製相乖。聖人爲文。亦因其體而異。易非典要。故多陳幾深之言。史本策書。故簡立褒貶之法。必通此意。而後可與談經。不然。視易爲卜筮之庾辭。謂春秋爲斷爛之朝報。惑經疑孔之弊。滋多於是矣。
銜華佩實。　此彥和徵聖篇之本意。文章本之聖哲。而後世專尙華辭。則離本浸遠。故彥和必以華實兼言。孔子曰。質勝文則野。文勝質則史。文質彬彬。然後君子。包咸注曰。野如野人。言鄙略也。史者。文多而質少。彬彬者。文質相半之貌。審是。則文多者。固孔子所譏。鄙略。更非聖人所許。奈之何後人欲去華辭而專隆樸陋哉。如舍人者。可尙於中行者矣。

宗經第三

宗經　漢書儒林傳序。六藝者。王敎之典籍。先王致郅治之成法也。蓋古之時。道術未裂。學皆在於王官。王澤旣竭。學亦分散。其在於詩書禮樂者。唯宣尼能明之。宗經者。則古昔稱先王而折衷於孔子也。夫六藝所載。政敎學藝耳。文章之用。隆之至於能載政敎學藝而止。挹其流者。必撢其原。攬其末者。必循其柢。此爲文之宜宗經一矣。經體廣大。無所不包。其論政治典章。則後世史籍之所從出也。其論學術名理。則後世九流之所從出也。其言技藝度數。則後世術數方技之所從出也。不覩六藝。無以見古人之全。而識其離合之理。此爲文之宜宗經二矣。雜文之類。名稱繁穰。循名責實。則皆可得之於古。彥和此篇所列。無過擧其大端。紀氏謂强爲分析、非是。若夫九能之見於毛詩。六辭之見於周禮。尤其淵原明白者也。此爲文之宜宗經三矣。文以字成。則訓故爲要。文以義立。則體例居先。此二者又莫備於經。欲得師資。舍經何適。此爲文之宜宗經四矣。謹推劉旨。擧此四端。至於經訓之博厚高明。蓋非區區短言所能揚搉。

皇世三墳。至大寶咸耀。　此數語用僞孔尙書序義。彼文曰。春秋左氏傳曰。楚左史倚相能讀三墳五典八索九丘。卽謂上世帝王遺書也。先君孔子生於周末。覩史籍之煩文。懼覽者之不一。遂乃定禮樂。明舊章。刪詩爲三百篇。約史記而修春秋。讚易道以黜八索。述職方以除九丘。

書標七觀。　案七觀所屬之篇。皆在伏生二十九篇內。若信爲孔子之語。何以不及百篇。疑此爲伏生傳益之言。非今古文之通說也。

詩列四始。　詩序舉風雅頌之後。卽云是爲四始。詩之至也。鄭云。始謂王敎興衰所由。則始卽指風雅頌。非謂關雎爲風始等也。齊詩四始。尤與毛詩四始不同。

旨遠辭文二句。　正義曰。其旨遠者。近道此事。遠明彼事。是其旨意深遠。若龍戰於野。近言龍戰。乃遠明陰陽鬬爭。聖人變革。是其旨遠也。其辭文者。不直言所論之事。乃以義理明之。是其辭文飾也。若黃裳元吉。不直言得中居職。乃云黃裳。是其辭文也。韓康伯注曰。變化無恆。不可爲典要。故其言曲而中也。其事肆而隱者。事顯而理微也。

書實記言四句。　藝文志曰。書者古之號令。號令於衆。其言不立具。則聽受施行者弗曉。古文讀應爾雅。故通古今語而可知也。

詁訓同書。　詩疏曰。毛以爾雅之作。多爲釋詩。而篇有釋詁釋訓。故依爾雅訓而爲詩立傳。据此。

則詩亦須通古今語而可知。故曰詁訓同書。

婉章志晦。　此左氏義。上文五石六鷁之辭。乃公羊說。其實春秋精誼。並不在此。欲詳其說。宜覽

杜元凱春秋經傳集解序。

覽文如詭。　案尙書所記。卽當時語言。當時固無所謂詭也。彥和此語。稍欠斟酌。然韓退之亦云

周誥殷盤佶屈聱牙矣。

論說辭序則易統其首。　謂繫辭說卦序卦諸篇。爲此數體之原也。尋其實質。則此類皆論理之

文。

詔策章奏則書發其原。　謂書之記言。非上告下。則下告上也。尋其實質。此類皆論事之文。

賦頌歌讚則詩立其本。　謂詩爲韻文之總匯。尋其實質。此類皆敎情之文

銘誄箴祝則禮總其端。　此亦韻文。但以行禮所用。故屬禮。

紀傳銘（朱云、當作移、）檄則春秋爲根。　紀傳乃紀事之文。移檄亦論事之文耳。

禀經以製式。二句。　此二句爲宗經篇正意。

體有六義。　此乃文能宗經之效。六者之中。尤以事信體約二者爲要。折衷羣言。俟解百世。事信

之徵也。芟夷煩亂。翦截浮辭。體約之故也。

正緯第四

正緯　說文曰。讖驗也。案讖之爲物。皆執後事以驗前文。非由前文以得後事。老子所謂前識。中庸所謂前知。皆持玄理以推測後事。非能明照方來。若數毛髮於盤水也。左氏所載童謠之應。如鴝鵒來巢。火中取虢。咸由後事比合前文。然謠諺始作之時。必不知有魯虢之事。蓋人事雖繁。皆在思慮之內。文義雖衆。皆具因禪之能。展轉分合。雖五經常語。未始不可作百代讖詞用也。古世人神雜糅。故隆於禨祥。迄周而舊污未滌。春秋史官所記。侈陳豫察之言。要之非聖人所作也。讖驗之隆。始於陰陽家。以明讖之術說經。始於道聽塗說之今文學。以讖爲緯。殽亂經文。始於哀平以來。曲學阿世之儒。何以明其然也。晚周學派六家。老子言有道之國。其鬼不神。又言前識者道之華而愚之首也。則道家不得有讖。中庸言素隱行怪。吾不爲之。子不語怪力亂神。夫子言天道不可得聞。則儒家不得有讖。墨子雖尊天明鬼。而非命。非命者。事不得前定。則墨家不得有讖。名家檢正形名。無詭之言則絕。亦不得有讖。法家出於老子。而旁取名家。施於人事。而貴隨時。亦不得有讖。唯獨陰陽家本出於司天之官。而末流營於禨祥。泥於小數。鄒衍深觀陰陽消息而作怪迂之變終始大聖之篇十餘萬言抽巫祝之緒而下爲方士關利原瀛海九州之說令世主甘心至死而不悟秦時方士入海者還奏亡秦者胡之讖始皇將死復有璧遺鎬池之訛言此皆方士之詐譌而實濫觴於鄒衍矣南公之讖曰楚雖三戶亡秦必楚南公亦陰陽家也張蒼爲秦柱下史故不得不從時主所好而治陰陽賈生傳之則五曹官制以著顧其致用獨在五德終始之說耳觀賈生鵩賦之辭曰命不可說孰知其極是知前知之談通儒所未篤信也武皇好神仙與秦政異世同蔽董仲舒既以引經治獄授張湯又身爲巫師作土龍以求雨彼固工於揣摩人主之情者也漢主好儒兼好神仙儒與神仙雖不合於陰陽則有可緣飾者故推陰陽以說春秋今春秋繁露有陰陽位陰陽終始諸篇明其以鄒子南公之道逡書於儒籍矣仲舒雖不得志又以大愚見詘於其徒然其說則已深入於漢主之心神仙之福未來而巫蠱之禍踵起甲兵興於闕下儲貳縊於窮閻則仲舒有以致之也然盛漢之時談陰陽者其能不過推災異淫鬼神而猶不敢淆亂先王之典籍故劉向校書不見有緯圖書秘記之目此即緯家所謂河圖洛書本文、厓在天文家當時頌美朝廷者其能事亦盡於稱說符命自王莽引經作讖以伏戎於莽爲己之應當世阿諛苟合之士始欲竄亂聖經以投主好然五經明白近人事作僞傅會其事甚難由是引舊讖而益新文變其名曰緯以爲經顯緯隱而皆出自聖人斯足以營惑觀者通人討覈謂緯候起自哀平此至塙之言案以時事人情而合者也光武以劉氏苗裔興遠同少康之光復本不待緯候以自崇然親見王莽假符命四十二章以愚民故亦欲假符命以明劉氏之當再立赤伏符之至適會其時光武雖心知其僞而亦不得不端拜以受矣既以緯興卽宜尊緯君信於上臣和於下於是緯之力超越於經西漢之儒說經不過非聖意而猶近人情東漢之儒則直以神道代聖言以神保待孔子以圖讖目聖經於是春秋爲漢制法之說昌微言大義由此斬矣雖或有骨鯁之士辨論其失而習俗移人賢者不免康成大師篤信圖讖至於爲緯作注六藝論云六藝皆圖所生凡所注書徵引易說詩說皆緯書也降及宋孝武世始禁圖讖然鄭學既行爲鄭學者不得不兼明圖讖是故圖讖之學在漢則用以趨時而在六朝則資以考古劉氏生於齊世其時緯學猶未盡衰故不可無以正其失所獻四諍洵爲剴明自隋焚圖緯此學遂亡縱有殘餘祇供博覽近世今文學者於讖緯亦不能鉤潛發微徒依阿舊說而已因讀劉文善其精允復爲推論如上

緯書今存者有乾鑿度二卷稽覽圖二卷辨終備一卷通卦驗二卷是類謀一卷坤靈圖一卷皆易緯也明孫瑴輯古微書（無河洛緯）清趙在翰輯七緯皆甄錄佚文可備參考說易緯者張惠言有易

緯略義。

神龜見而洪範耀。　九疇本於雒書。故莊子謂之九雒。先儒不言龜負。惟中候及諸緯言之。洪範偽孔傳乃用其說。劉又用偽孔說也。

孝論。　卽孝經論語。

倍摘千里。　孫云此與下文倍摘字並與適通。方言云。適牾也。倍適猶背迕矣。

八十一篇皆託於孔子。　据隋志則託於孔子者只七經緯耳。

或說陰陽或序災異。　其端皆開自仲舒。觀五行志及仲舒傳可見。

桓譚疾其虛偽。　後漢書載論讖事錄之如左。

是時帝方信讖。多以決定嫌疑。方伎傳序云、光武尤信讖言、士之赴趣時宜者、皆馳騁穿鑿、爭談之也、故王梁孫咸名應圖籙、越登槐鼎之任、譚復上疏曰云云。帝省奏愈不悅。其後有詔會議靈臺所處。帝謂譚曰。吾欲讖決之何如。譚默然良久。曰。臣不讀讖。帝問其故。譚復極言讖之非經。帝大怒曰。桓譚非聖無法。將下斬之。譚叩頭流血。良久乃得解。

尹敏戲其深瑕。　案戲字不誤。後漢書儒林傳曰。帝以敏博通經記。令校圖讖。使蠲去崔發所爲王莽箸錄次比。敏對曰。讖書非聖人所作。其中多近鄙別字。頗類世俗之辭。恐疑誤後生。帝不納。敏因其闕文增之曰。君無口。爲漢輔。帝見而怪之。召敏問其故。敏對曰。臣見前人增損圖書。敢不自量。竊幸萬一。帝深非之。此文所謂戲卽增闕事也

張衡發其僻謬。　案平子檢覈僞迹。至爲精當。今錄後漢書傳所序於左。

初光武善讖。及顯宗肅宗因祖述焉。自中興以後。儒者爭學圖緯。兼復附以妖言。衡以圖緯虛妄。非聖人之法。乃上疏曰云云。

無益經典。而有助文章。　此言誠諦。然如易緯所說。有足以證明漢師說易者。書緯亦有可以考古曆法者。未可謂於說經豪無所用也。

文心雕龍札記續

黃侃

辨騷弟五

班固曰。賦者古詩之流也。自變風終陳夏。而六詩不見采於國史。然歌詠匈懷。本于民性。聲詩之作未遽廢。稽尋檢左氏內外傳文所載當世謳誦。不一而足。若南蒯之歌。昭公十二年 萊人之歌。哀公五年 齊人之歌。哀公二十一年 申叔儀之歌。哀公十三年 以及魯人之讖。臧孫。鄭人之誦子產。其結言位句。與三百篇固已小殊。而大體無別。是知詩句有時而變。通詩體相承而無革。降及戰代。楚國多材。屈子誕生於舊郢。孫卿退老於蘭陵。史記正義。蘭陵縣屬東海郡。案今山東兗州府嶧縣東五十里。並爲辭人之宗。開賦體之首。觀孫卿所作賦及佹詩。是四言爲多。而成相之辭則句度長短儳互。屈子天問太招及九章諸亂辭。亦盡四言。惟離騷遠游之類。織以長句。而間以語詞。後世遂以此體爲楚辭所獨具。檢國語載晉惠公改葬共世子。臭達於外。國人誦之曰。貞之無報也。孰是人斯而有是臭也。貞爲不聽。信爲不誠。國斯無刑。媮居幸生。不更厥貞。大命其傾。威兮懷兮。各聚爾有。以待所歸兮。猗兮違兮。心之哀兮。歲之二七。其靡有徵兮。若翟公子。吾是之依兮。鎮撫國家。爲王妃兮。此先於屈子二百餘年。而其句度已長於舊式史記載優孟歌孫叔敖事亦先於屈子又南土之舊音也然則屈子之作其意等於風雅史記、國風好色而不淫、小雅怨誹而不亂、若離騷可謂兼之、而其體沿自謳謠自承宣尼刪訂之緒餘而下作宋賈馬楊之矩矱論其大名則併之於詩察其分流則別稱為賦班固之論可謂深察名號推見原流者已自彥和論文別騷於賦蓋欲以尊屈子使離騷上繼詩經非謂騷賦有二觀詮賦篇云靈均唱騷始廣聲貌是仍以離騷為賦矣隋書經籍志別楚辭於總集意蓋亦同舍人觀其序辭云王逸集屈原已下迄劉向云云是仍以楚辭為總集矣惟昭明選文以楚辭所錄為騷斯為大失後之覽者宜悉其違戾焉楚辭是賦、不可別名為騷、離騷二字、亦不可截去一字、紀評至謬、

淮南作傳　案國風好色而不淫已下至與日月爭光可也數語今見史記屈原傳知史公作傳即取離騷傳序之文

羿澆二姚與左氏不合　案班孟堅序譏淮南王安作傳說羿澆少康二姚有娀佚女皆各以所識有所增損非譏屈子用事與左氏不合彥和此語蓋有誤

漢宣嗟歎　見漢書王褒傳

孟堅謂不合傳　誤如前舉

雖取鎔經意。亦自鑄偉詞。　二語最諦。異於經典者。固由自鑄其詞。同於風雅者。亦再經鎔湅。非徒貌取而已。

招魂招隱。　招隱宜從楚詞補注本作大招。

卜居標放言之致。　李云。陳星南云。論語微子篇隱居放言。集解引包曰。放。置也。不復言世務。案卜居有云。吁嗟默默。誰知吾之廉貞。故彥和以放言美之。侃案。卜居命龜之辭。繁多不殺。故曰放言。放言。猶云縱言。陳解未諦。

中巧者獵其艷辭。　中巧。猶言心巧。

酌奇而不失其眞。翫華而不失其實。　彥和論文。必以存眞實爲主。亦鑑於楚艷漢侈之流弊而立言。其實屈宋之辭。奇華者其表儀。眞實者其骨榦。學之者遺神取貌。所以有僞體之譏。試取賈生惜誓、枚乘七發、相如大人、楊雄河東諸篇細翫之。可以悟摹擬屈宋之法。蓋此諸篇。莫不工於變化。非夫沿襲聲調。剽剝采藻。所敢卬跂也。

彥和以前論楚辭之文。有淮南王離騷傳序。太史公屈原傳。漢書蓺文志詩賦略序。王逸楚辭章句序及諸篇小序。楚辭章句十六卷。自屈原賦二十五篇爲七卷。其餘爲九卷。招魂、大招、惜誓、招隱士、七諫、哀時命、九懷、九歎。附以王逸自作九思。爲十七卷。宋洪興祖補注最善。朱熹集注。改易舊章。不爲典要。清世惠定宇戴東原二君。並有屈原賦注。戴注曾見之。惠注未見。言楚辭音者。隋志錄五家。又云隋時有釋道騫善讀之。能爲楚聲。音韻清切。至今傳楚辭者。皆祖騫公之音。尋漢書言九江被公能爲楚辭。召見誦讀。爾則楚辭之重楚音。其來舊矣。五家之音。雖佚。然旁商遺響激楚餘聲。千載下於方語中得之。

明詩弟六

古昔篇章。大別之爲有韻無韻二類。其有韻者。皆詩之屬也。其後因事立名。支庶繁滋。而本宗日以猾創。詩之題號。由此隘矣。彥和析論文體。首以明詩。可謂得其統序。然篇中所論。亦但局於雅俗所稱爲詩者。則時序所拘。雖欲復古而不可得也。品物詞人。盡於劉宋之季。自爾迄今。更姓十數。詩體屢變。好尙亦隨世而殊。談詩之書。充盈篇幅。遡觀舍人之論。殆無不以爲已陳之芻狗者。傍有記室詩品。班弟詩才。祇限梁武之世。所舉諸人。今日或不存隻字。此與彥和之詩。皆運而往矣。自我觀之。詩體有時而變遷。詩道無時而可易。欲求上繼風雅。下異謳謠。革下里之庸音。紹詞人之正軌。則固有共循之術焉。曰本之情性。協之聲音。振之以文采。齊之以法度而已矣。歷觀古今詩人成名者。罔不如此。夫然。故彥和仲偉之論。雖去今遼邈。而經緯本末。自有其期。□□者又烏得而廢之者哉。詩體衆多。源流清濁。誠不可以短言盡。往爲詩品講疏。亦未卒業。茲但順釋舍人之文云爾。

詩者持也。 古微書引詩緯含神霧文。

黃帝雲門理不空絃 理不空絃者。以其既有樂名。必有樂詞也。

至堯有大唐之歌。 唐一作章。尙書大傳云。報事遂歸二年。譈然。乃作大唐之歌。鄭注曰。大唐之歌。美堯之禪也。据此文。是大唐乃舜作以美堯。則作大章者爲是。樂記曰。大章章之也。鄭注曰。堯樂名。

九序惟歌。 僞大禹謨文。

五子咸怨。 僞五子之歌文。

順美匡惡。 詩譜序。論功頌德。所以將順其美。刺過譏失。所以匡救其惡。

秦皇滅典。亦造仙詩。 史記秦始皇本紀。三十六年。使博士爲仙眞人詩。及行所游天下。傳令樂人謌絃之。案上文三十五年。盧生說始皇曰。眞人者。入水不濡。入火不爇。凌雲氣。與天地久長。於是始皇曰吾慕眞人自謂眞人不稱朕。

辭人遺翰至五言之冠冕也。　往作詩品講疏於此辨之甚析。茲錄如左。

文心雕龍明詩篇曰又古詩佳麗或稱枚叔徐陵玉臺新詠有枚乘詩八首、謂青青河畔草一、西北有高樓二、涉江采芙容三、庭中有奇樹四、迢迢牽牛星五、東城高且長六、明月何皎皎七、行行重行行八、此皆在十九首中、玉臺又有蘭若生春陽一首、亦云枚乘作、其孤竹一篇蓋傅毅之辭後漢書、傅毅、字武仲、當明章時、孤竹、謂十九首中之冉冉孤生竹一篇也、比采而推兩漢之作乎文選李善注云古詩蓋不知作者或云枚乘疑不能明也詩云驅車上東門阮嗣宗詠懷詩注引河南郡圖經曰、東有三門、最北頭有上東門、案此東都城門名也、故疑爲東漢人之辭、又云游戲宛與洛古詩注曰、漢書南陽郡有宛縣、洛、東都也、案張平子南都賦注引摯虞曰、南陽郡治宛、在京之南、故曰南都、南都賦曰、夫南陽者、眞所謂漢之舊都者也、詩以宛洛並言、明在東漢之世此則辭兼東都非盡是乘明矣尋李注所言是古有以十九首皆枚乘所作者故云非盡是乘孝穆撰詩但以十九首之九首爲乘所作亦因其餘句多與時序不合爾案明月皎夜光一詩其稱節序皆是太初未改曆以前之言詩云玉衡指孟冬而上云促織鳴東壁下云秋蟬鳴樹間玄鳥逝安適是此孟冬正夏曆之孟秋若在改曆以還稱節序者不應如此然則此詩乃漢初之作矣又凜凜歲云暮一詩言涼風率已厲涼風之至候在孟秋月令、孟秋之月、涼風至、而此云歲暮是亦太和以前之詞也推而論之五言之作在西漢則歌謠樂府爲多而辭人文士猶未肯相率模效。李都尉從戎之士。班婕妤宮女之流。當其感物興歌。初不殊於謠諺。然風人之旨。感槩之言。竟能擅美當時。垂範來世。推其原始。故亦閭里之聲也。按漢書藝文志云。自孝武立樂府而采歌謠。於是有代趙之謳。秦楚之風。皆感於哀樂。緣情而發。亦可以觀風俗。知厚薄云。歌詩二十八家中。除諸不繫於地者。有吳楚汝南歌詩。燕代謳雁門雲中隴西歌詩。邯鄲河間歌詩。齊鄭歌詩。淮南歌詩。左馮翊秦歌詩。京兆尹秦歌詩。河東蒲反歌詩。雒陽歌詩。河南周歌詩。河南周歌聲曲折 周謠歌詩。周謠歌詩聲曲折 周歌詩。南郡歌詩。都凡十餘家。此與陳詩觀風。初無二致。然則漢世歌謠之有十餘家。無殊於詩三百篇之有十五國風也。摯仲洽文章流別論曰。古詩有三言四言五言六言七言九言。大率以四言爲體。而時有一句二句雜在四言之間。後世演之。遂以爲篇。古詩之三言者。振振鷺鷺於飛之屬是也。漢郊廟歌多用之。唐山夫人安世房中歌、安其所、豐草葽、雷震震諸篇、皆三言、郊祀歌練時日、太乙況、天馬徠、諸篇皆三言、五言者。誰謂雀無用。何以穿我屋之屬是也。案當舉郊特牲伊耆氏蜡辭草木歸其澤一句、爲詩中五言之始見者、於俳諧倡樂多用之。凡非大禮所用者、皆俳諧倡樂、此中兼有樂府所載歌謠、六言者。我姑酌彼金罍之屬是也。樂府亦用之。如悲歌、悲歌可以當泣、遠望可以當歸二句、猛虎行、饑不從猛虎食、暮不從野雀棲二句、又上留田行前四句、皆以六言成句者也、七言者。交交黃鳥止於桑之屬是也。案從鳥字斷句亦可、宜舉詩也日蹙國百里二句、於俳諧倡樂亦用之。樂府中多以七字爲句、如鼓吹鐃歌中、千秋萬歲樂無極、江有香草目以蘭、此外不能悉舉、古詩之九言者。洞酌彼行潦挹彼注茲之屬是也。案此仍從潦字斷句、詩三百篇實無九言、當舉卜居之與波上下偸以全吾軀、（句末乎字爲助聲）九辯之吾固知其鉏鋙而難入、不入歌謠之章。按烏生篇、唶我秦氏家有遊蕩子、及白鹿乃在上林西苑中、皆九言、所謂不入歌謠之章者、蓋因其希見爾、以摯氏之言推之則五言徘諸倡樂所多有藝文志所列諸方歌謠宜在徘諸倡樂之內。而文心雕龍明詩篇猥云成帝品錄三百餘篇朝章國采亦云周備而辭人遺翰莫見五言此以當世文士不爲五言並疑樂府歌謠亦無五言也。今考西漢之世爲五言有主名者李都尉班婕妤而外有虞美人答項王歌。見楚漢春秋、卓文君白頭吟。李延年歌。前四語、蘇武詩四首。其無主名者樂府有上陵。前數語 有所思。篇中多五言、雞鳴。陌上桑。長歌行。豫章行。相逢行。長安有狹邪行。隴西行。步出夏門行。艷歌何嘗行。艷歌行。怨歌行。上留田。里中有啼兒一首、古八變歌。艷歌。古咄唶歌。此中容有東漢所造、然武帝樂府所錄、宜多存者。歌謠有紫宮諺。長安爲伊賞作歌。無名人詩八首。上山采蘼蕪一、四坐且莫諠二、悲與親友別三、穆穆清風至四、橘柚垂華實五、十五從軍征六、新樹蘭蕙葩七、步出城東門八、以上諸篇或見樂府詩集、或見詩紀、古詩八首。五言四句、如采葵莫傷根之類、大抵淳厚清婉其辭近於國風。不雜以賦頌。此乃五言之正軌矣。自建安以來。文人競作五言篇章日富然閭里歌謠則猶遠同漢風。試觀所載清商曲辭五言居其什九託意造句皆與漢世樂府共其波瀾。以此知五言之體肇於歌謠也。彥和云。不見五言。此乃千慮之一失唯仲偉斷爲炎漢之製其鑒審矣。

清典可味。典一作曲紀云曲字是曲字作婉字解李詳云梅慶生淩雲本並作清曲御覽八百九十三引衡怨詩曰秋蘭嘉美人也嘉而不獲故作是詩也此是詩序詩與黃引同

仙詩緩歌　黃引同聲歌當之紀氏議之是也

暨建安之初至此其所同也　此節轉錄詩品講疏釋之如左

詳建安五言毗於樂府魏武諸作慷慨蒼涼所以收束漢音振發魏響文帝兄弟所撰樂府最多雖體有所因而詞貴獨創聲不變古而采自己舒其餘雜詩皆崇藻麗故沈休文曰至於建安曹氏基命三祖陳王咸蓄盛藻甫乃以情緯文以文被質言自此以上質勝於文也若其述歡宴愍亂離敦友朋篤匹偶雖篇題雜沓而同以蘇李古詩爲原文采繽紛而不能離閭里歌謠之質故其稱景物則不尙雕鏤敘胸情則唯求誠懇而又緣以雅詞振其英響斯所以兼籠前美作範後來者也自魏文已往罕以五言見諸品藻至文帝與吳質書始稱公幹五言詩之善者妙絕時人蓋五言始興惟樂歌爲衆辭人競效其風隆自建安既作者滋多故工拙之數可得而論矣。

何晏之徒。率多浮淺。　晏詩紀載二首。玆錄以備考。

擬古　失題

江左篇製至挺拔而爲俊矣。　此節轉錄詩品講疏釋之如左。

謝靈運傳論曰在昔中興。玄風獨盛。爲學窮於柱下。博物止乎七篇。馳騁文辭。義殫乎此。自建武(愍帝年號)暨於義熙(安帝年號)。歷載將百。雖比響聯辭。波屬雲委。莫不寄言上德。託意玄珠。遒麗之辭無聞焉爾。續晉陽秋(宋永喜太守檀道鸞撰書已佚此見因學紀聞及文選注引)曰。自司馬相如王褒楊雄諸賢。世尚賦頌。皆體則詩騷。傍綜百家之言。及至建安。而詩章大盛。逮乎西朝之末。潘陸之徒。雖時有質文。而宗歸不異也。正始中。王弼何晏好莊老玄勝之談。而俗遂貴焉。至過江。佛理尤盛。故郭璞五言始會合道家之言而韻之。詢及太原孫綽轉相祖尚。又加以三世之辭。而風騷之體盡矣。詢綽並爲一時文宗。自此學者悉化之。擄檀道鸞之說。是東晉玄言之詩。景純實爲之前導。特其才氣奇肆。遭逢險艱。故能假玄言以寫中情。非夫鈔錄文句者所可擬。況若孫許之詩。但陳要妙。情既離乎比興。體有近於伽陀。徒以風會所趨。仿效日衆。覽蘭亭集詩。諸篇共恉。所謂琴瑟專一。誰能聽之。達志抒情。將復焉賴。謂之風騷道盡。誠不誣也。文心雕龍時序篇曰。自中朝貴玄。

江左彌盛。因談餘氣。流成文體。是以世極屯邅。而辭意夷泰。詩必柱下之旨歸。賦乃漆園之義疏。故知文變染乎世情。興廢繫乎時序。原始以要終。雖百世可知也。此乃推明崇尙玄虛之習成於世道之艱危。蓋恬憺之言。謬悠之理。所以排除憂患。消遣年涯。智士以之娛生。文人於焉託好。雖曰無用之用。亦時運爲之矣。

又案袁孫諸詩傳者甚罕。文選載有江文通擬孫廷尉詩。可以知其大概。茲錄袁宏詠史詩二首。孫綽秋日詩一首以備考。

宋初文詠。至此近世之所競也。　此節轉錄詩品講疏釋之如左。

謝靈運傳曰。靈運博覽羣書。文章之美。江左莫逮。論曰。爰逮宋氏。顏謝騰聲。靈運之興會標舉。延年之體裁明密。竝方軌前秀。垂範後昆。文心雕龍明詩篇曰。宋初文詠。體有因革。莊老告退。而山水方滋。儷采百字之偶。爭價一句之奇。情必極貌以寫物。辭必窮力而追新。此近世之所競也。案孫許玄言。其勢易盡。故殷謝振以景物。淵明雜以風華。浸欲夐規洛京。上繼鄴下。康樂以奇才博學。大變詩體。一篇既出。都邑競傳。所以弁冕當時。扢揚雅道。於時俊彥。尙有顏鮑二謝之倫。謝瞻　謝惠連　要皆取法中朝。力辭輕淺。雖偶傷刻飾。亦矯枉之理也。夫極貌寫物。有賴於深思窮力追新。亦資於博學。將欲排除膚語。洗盪庸音。於此假塗。庶無迷路。世人好稱漢魏。而以顏謝爲繁巧。不悟規摹古調。必須振以新詞。若虛響盈篇。徒生厭倦。其爲蔽害。與勦絕玄語者。政復不殊。以此知顏謝之術。乃五言之正軌矣。

四言正體。　五言流調。　摯虞文章流別論曰。雅音之韻。四言爲正。其餘雖備曲折之體。而非音之正也。

詩有恆裁八句。　此數語見似膚廓。實則爲詩之道。已具於此。隨性適分。四字已將古今家數派別不同之故。包舉無遺矣。

離合之發。　茲錄孔融離合詩一首以備考。

離合作郡姓名字詩

漁父屈節。水潛匿方。（離魚字）與旹進止。出行施張。（離日字二字合成魯）呂公磯釣。闔口渭旁。（離口字）九域有聖。無土不王。（離或字二字合成國）好是正直。女回於匡。（離子字）海外有截。隼逝鷹揚。（離乙字二字合成孔）六翮將奮。羽儀來彰。（離鬲字）蛇龍之蟄。俾也可忘。（離虫字二字合成融）玟璇隱耀。美玉韜光。（去玉成文不須合）無名無譽。放言深藏。按轡安行。誰謂路長。（離與字手字二字合成舉）

回文所興二句。　李詳云。困學紀聞十八評詩云。詩苑類格謂回文出於竇滔妻所作。文心雕龍云云。又傅咸有回文反復詩。温嶠有回文詩。皆在竇妻前。翁元圻注引四庫全書總目宋桑世昌回文類聚提要。藝文類聚載曹植鏡銘。回環誦之。無不成文。實在蘇蕙以前。詳案梅慶生音注本云。宋賀道慶作四言回文詩一首。計十一句。四十八言。從尾至首讀。亦成韻。而道原無可考。恐原爲慶字之誤。侃案道慶之前。回文作者已衆。不得定原字爲慶字之誤。

文心雕龍札記（續）

黃侃

樂府第七

古者詩歌不別。覽虞書、毛詩序、樂記。則可知矣。漢書藝文志亦云。誦其言謂之詩。詠其聲謂之歌。宋書樂志云。哥者樂之始。舞又歌之次。詠歌舞蹈。所以宣其喜心。喜而無節。則流淫莫反。故聖人以五聲和其性。以八音節其流。而謂之樂。然則樂以節歌。歌以詠詩。詩雖有不歌者。藝文志引傳曰、不歌而誦謂之賦、而歌未有非詩者也。劉向校書。以詩賦與六藝異略。故其歌詩亦不得不與六藝之詩異類。然觀藝文志所載。有樂府所采歌謠。吳楚汝南歌詩已下、至南郡歌詩、有郊廟所用樂章。泰一雜甘泉壽宮歌詩十四篇、宗廟歌詩五篇、此即郊祀歌十九首、又有諸神歌詩、送迎靈頌歌詩二家、有歌詠功烈樂章。漢興以來兵所誅滅歌詩十四篇、有帝者自撰歌詩。高祖歌詩、又出行巡狩及游歌詩、蓋武帝作、又李夫人及幸貴人歌詩、疑亦武帝所作、有材人名倡所作歌詩。詔賜中山靖王子噲及孺子妾冰未央材人歌詩、謂以未央材人所作詩、賜噲及冰也、又黃門倡車忠等歌詩十五篇、有雜歌詩。雜各有主名歌詩、雜歌詩、臨江王及愁思節士歌詩、此則凡詩皆以入錄。以其可歌。故曰歌詩。劉彥和謂子政品文。歌與詩別。殆未詳攷也。及後文士撰詩者。衆緣事立體。不盡施於樂府。然後詩之與歌。始分區界。其號稱樂府而不能被管絃者。實與緣事立題者無殊。徒以蒙樂府之名。故亦從之入錄蓋詩與樂府者自其本言之竟無區別凡詩無不可歌則統謂之樂府可也自其末言之則惟嘗被管絃者謂之爲樂其未詔伶人者遠之若曹陸依擬古題之樂府近之若唐人自撰新題之樂府皆當歸之於詩不宜與樂府殽溷也漢書禮樂志唯載房中歌郊祀歌宋書樂志稍廣之自郊廟享宴大射鐃歌相和舞曲莫不悉載然亦限於樂府所用而止隋書經籍志總集類有古樂府八卷樂府歌辭鈔一卷歌錄十卷古歌錄鈔二卷晉歌章八卷吳聲歌辭曲一卷陳郊廟歌辭三卷樂府新歌十卷樂府新歌二卷而梁亡書復有樂府歌詩以下十餘部其所收寬狹今不可知要之以但載樂府所用者爲正其有並載因題擬作若後之樂府詩集者蓋期於博觀而非所以嚴區畫也郭茂倩曰凡樂府歌辭有因聲而作歌者若魏之三調歌詩因弦管金石造歌以被之是也有因歌而造聲者若清商吳聲諸曲始皆徒歌既而被之弦管是也案此本宋書樂志文有有聲有辭者若郊廟相和鐃歌橫吹等曲是也有有辭無聲者若後人之所述作未必盡被於金石是也案彥和作樂府篇意主於被管弦之作然又引及子建士衡之擬作則事謝絲管者亦附錄焉故知詩樂界畫汙漫難明適與古初之義相合者已今略區樂府以爲四種一樂府所用本曲若漢相和歌辭江南東光和之類是也二依樂府本曲以制辭而其聲亦被弦管者若魏武

依苦寒行以製北上。魏文依燕歌行以製秋風。是也。三依樂府題以製辭。而其聲不被管弦者。若子建士衡所作是也。四不依樂府舊題。自挧新題以製辭。其聲亦不被弦管者。若杜子美悲陳陶諸篇。白樂天新樂府是也。從詩歌分途之說。則惟前二者得稱樂府。後二者雖名樂府。與雅俗之詩無殊。從詩樂同類之說。則前二者爲有辭有聲之樂府。後二者爲有辭無聲之樂府。如此。復與雅俗之詩無殊。要之。樂府四類。惟前二者名實相應。其後二類。有樂府之名。無被管弦之實。亦視之爲雅俗之詩而已矣。

彥和此篇大恉。在於止節淫濫。蓋自秦以來。雅音淪喪。漢代常用。皆非雅聲。魏晉以來。陵替滋甚。遂使雅鄭混淆。鐘石斯繆。彥和閔正聲之難復。傷鄭曲之盛行。故欲歸本於正文。以爲詩文果正。則鄭聲無所附麗。古之雅聲。雖不可復。古之雅詠。固可放依。蓋欲去鄭聲。先爲雅曲。至如魏氏三祖所爲。猶且謂非正響。推此以觀。則簡文賦詠。志在桑中。叔寶耽荒。歌高綺艷。隋煬艷篇。辭極淫綺。彌爲曹魏之罪人矣。彥和生於齊世。獨能抒此正論。以挽澆風。洵可謂卓爾之才矣。然鄭聲之生。亦本自然。而厭雅憙俗。今古不異。故正論雖陳。聽者藐藐。夫惟道古之君子。乃能去奇響以歸中和。周禮大司樂。凡建國禁其淫聲過聲凶聲慢聲。注曰。淫聲。若鄭衛。過聲。失哀樂之節。凶聲。亡國之聲。若桑間濮上。慢聲。惰慢不恭。据此是淫過凶慢之聲。歷代所有。特以政化淸明。故抑而不作耳。及後禮樂崩壞。敎化陵遲。則雖君子亦耽俗樂。故魏文侯聞古樂則唯恐臥。聽鄭衞之音則不知倦。子夏譏新樂進俯退俯。姦聲以濫。溺而不止。及優侏儒。獶雜子女。不知父子。是知樂音之有奇袤。自上世而已然。（啓子太康之鍇嗚箎聲、已非正聲。至後孔甲好音、殷辛爲淫聲以變正聲。是音之不雅、自古有之矣。）雅頌既亡。彌復猖獗。歷代雖或規存古樂。而不足以奪時所慕尙者。至於今日。樂器俗。樂聲亦俗。而獨欲爲雅辭。歸于正義。此必不可得之數也。君子詠都人士之詩。所以寄懷於出言有章之君子也。

自漢魏有雜曲。至於隋唐。其作漸繁。唐之燕樂。尤稱爲盛。後遂稱其歌詞者曰詞。宋之燕樂。亦雜用唐聲調而增廣之。於是宋詞遂爲極多。于樂府外又別立題署。實則詞亦樂府之流也。凡塡詞依古調爲之者。與前世擬樂府無異。蓋雖依其平仄。仍未能被之管弦。正言其體。特長短句之詩耳。以其製篇擇詞。有殊於雅俗之詩。因而別爲區域。然則七言殊於五言。律詩異乎古體。又何不可判畫之。有故。凡有聲之詞。宜歸樂府之條。無聲之詞。宜附近體之列。如此則名實俱當矣。

錄古樂府之書。史志以宋書爲最詳最精。其書所錄。自晉宋郊廟燕享之詩。及晉世所用相和曲舞曲鼓吹。饒歌。莫不備載。晉書特依放之耳。南齊書樂志所載樂詞。止于郊廟燕享之辭。其餘不錄。蓋以歌辭至繁。難可盡錄。乎總集以郭茂倩樂府詩集所錄爲最備。其推考源流。解釋題號。又至該洽。求古樂府者未有能舍是書者也。今先順釋舍人之文。次錄樂府詩集每類序說于後。古樂府部署。變遷。蓋可得其較略矣。

塗山歌於候人　至西音以興。　此本呂氏春秋本音篇。案觀此。則後世依古題以製辭。亦昉于古。塗山有候人之歌。其後曹風亦有候人之篇。則曹風依放塗山也。有娀有燕燕之歌。其後邶風亦有燕燕之篇。則邶風依放有娀也。孔甲有破斧之歌。其後豳風有破斧之篇。則豳風依放孔甲也。然則製題相同。託意則異。莊子言折楊皇荂入于里耳。尋其本則折楊者非卽雅詩之折柳樊圃乎。皇荂者非卽雅詩之皇皇者華乎。漢鼓吹鐃歌有朱鷺。朱鷺鳥也。而何承天私造樂府曰朱路。朱路車也。漢有上邪。邪語辭也。何承天曰上邪。邪曲也。此則但取聲音。不問義指。同彼舊題。抒我新意。蓋其法由來久矣。

情感七始。　漢書律歷志引書曰。予欲聞六律五聲八音七始詠。古文作在治忽，鄭作在治曶。釋之曰。七始。天地四時人之始也。大傳曰。七始天統也。鄭注曰。七始謂黃鐘太蔟大呂南呂姑洗應鐘蕤賓也。房中歌七始華始。正用書義。此則七音之起。起自虞時。而國語說武王克商。於是乎有七律。韋昭曰。

七律爲音器用黃鐘爲宮。太蔟爲商。姑洗爲角。林鐘爲徵。南呂爲羽。應鐘變宮。蕤賓變徵也。是二變爲武王所加。左傳昭廿五年疏云。此二變者。舊樂無之。聲或不會。而以律和其聲。調和其聲。使與五音諧會。謂之七音。由此也。武王始加二變。周樂有七音耳。以前未有。七案七始詠爲今文。異文未可信。据國語說。昭明若此。蓋七音實始于武王。周禮曰。文之以五聲。文略故也

武帝崇禮始立樂府。　此据漢書禮樂志文。樂府詩集則云。孝惠時夏侯寬爲樂府令。始以名官。至武帝乃立樂府云。

朱馬以騷體製歌。　案朱馬爲字之誤。漢書禮樂志云。以李延年爲協律都尉。多舉司馬相如等數十人。造爲詩賦。佞幸傳云。是時上欲造樂。令司馬相如等作詩頌。延年輒承意絃歌所造詩。謂之新聲曲。据此朱馬乃司馬之誤。

暨後郊廟四句　案後漢書曹褒傳。顯宗卽位。曹充上言。請制禮樂。帝善之。詔曰。今且改太樂官曰太予樂。歌詩曲操。以俟君子。据此後漢之樂。一仍先漢之舊。宋書樂志。漢明帝初。東平憲王制舞歌一章。薦之光武之廟。又章帝自作食舉詩四篇。後漢樂詞之可攷者僅此。

至於魏之三祖。至　韶夏之鄭曲。　宋書樂志。載相和歌辭。駕六龍。當气出倡。厥初生。當精列、天地間。當度關山、

惟漢二十世。(當薤露)關東有義士。(當蒿里行)對酒歌太平時。(當對酒)駕虹蜺。(當陌上桑)皆武帝作登山而遺望。(當十五)棄故鄉。(當陌上桑)皆文帝作又晉荀勗撰清商三調舊詞施用者平調則周西(短歌行)、對酒(短歌行)、爲武帝詞。秋風(燕歌行)、仰瞻(短歌行)、別日(燕歌行)、爲文帝詞。清調則晨上(秋胡行)、北上(苦寒行)、願登(秋胡行)、蒲生(塘上行)爲武帝詞。朝日(善哉行)、上山(善哉行)、朝游(善哉行)、爲文帝詞。我徂(善哉行)赫赫(善哉行)爲明帝詞。此外武帝有碣石(大曲步出夏門行)、文帝有西山(大曲折楊柳行)、園桃(大曲煌煌京洛行)、明帝有夏門(大曲步出夏門行)、王者布大化(大曲櫂歌行)、諸篇。陳王所作被于樂府者。亦十餘篇。蓋樂詞以曹氏爲最富矣。彥和云三調正聲者。三調本周房中曲之遺。隋書曰清樂其始卽清商三調是也。並漢末舊曲。樂器形制。並歌章古詞。與魏三祖所作者。皆被于史籍。平陳後獲之。高祖聽之善其節奏曰此華夏正聲也。然則三調之爲正聲其來已久。彥和云三祖所作爲鄭曲者。蓋譏其詞之不雅耳。

傳玄曉音三句。　案晉書樂志曰武帝受命泰始二年。詔郊祀明堂禮樂權用魏儀。但改樂章。使傳玄爲之辭。凡十五篇。又傳玄造四廂樂歌三首。晉鼓吹曲二十二首。舞歌二首。宣武舞歌四首。宣文舞歌二首。鞞舞五首。

張華新篇二句。　案張華作四廂樂歌十六首。晉凱歌二首。黃注但舉舞歌。非也。

然杜夔調律。至後人驗其銅尺。 魏志杜夔傳曰。夔以知音爲雅樂郎。後以世亂奔荊州。荊州平。太祖以夔爲軍謀祭酒。參太樂事。因令創制雅樂。夔善鐘律。聰思過人。時散郎鄧靜尹齊善詠雅樂。歌師尹胡能歌宗廟郊祀之曲。舞師馮肅服養曉知先代諸舞。夔總統研精。遠考諸經。近采故事。教習講肄。備作樂器。紹復先代古樂。皆自夔始也。晉書律歷志云。武帝泰始九年。中書監荀勗校太樂八音不和。始知後漢至魏。尺長于古四分有餘。勗乃部著作郎劉恭依周禮制尺。所謂古尺也。依古尺更鑄銅律呂。以調聲韵。以尺量古器。與本銘尺寸無差也。汲郡盜發六國時魏襄王冢。得古周時玉律及鐘磬。與新律聲韵闇同。于時郡國或得漢時故鐘。吹律命之皆應。勗銘所云此尺者。勗新尺也。今尺者。杜夔尺也。荀勗造新鐘律。與古器諧韵。時人稱其精密。惟散騎侍郎陳留阮咸譏其聲高。聲高則悲。非興國之音。亡國之音哀以思。其人困。今聲不合雅。懼非德正至和之音。必古今尺有長短所致也。會咸病卒。武帝以勗律與周漢器合。故施用之。後始平掘地得古銅尺。歲久欲腐。不知所出何代。果長勗尺四分。時人服咸之妙。而莫能厝意焉。史臣案勗於千載之外。推百代之法度。數既宜。聲韵又契。可謂切密。信而有徵也。而時人寡識。据無聞之一尺。忽周漢之兩器。雷同臧否。何其謬哉。世說稱有田父于野地中得周時玉尺。便是天下正尺。荀勗試以校己所治金石絲竹皆短校一米云。隋書律曆志云。炎曆將終。而天下大亂。樂工散亡。器法湮滅。魏武始獲杜夔。使定音律。夔依當時尺度。權備典章。乃晉武受命。遵而不革。至泰始十年。光祿大夫荀勗奏造新度。更造律呂。又云。諸代尺度一十五等。一周尺。　漢志王莽時劉歆銅斛尺。　後漢建武銅尺。　晉泰始十年荀勗律尺。爲晉前尺。　祖冲之所傳銅尺。　祖冲之所傳銅尺。其銘曰。晉泰始十年。中書考古器。揆校今尺。長四分半。所校古法有七品。一曰姑洗玉律。二曰小呂玉律。三曰西京銅望臬。四曰金錯望臬。五曰銅斛。六曰古錢。（案宋史律曆志曰、古物之有分寸、明著史籍者、惟有古錢而已、）七曰建武銅尺。姑洗微强。西京望臬微弱。其餘與此尺同。（已上背銘文、凡八十二字、）此尺者。勗新尺也。今尺者。杜夔尺也。今以此尺爲本。以攷諸代尺云。謹案。如隋唐志言。則勗尺合於周尺。而杜夔尺長於勗尺一尺四分七釐。不合甚明。阮咸譏勗。則唐志所謂謬也。荀勗尺不可考。宋王厚之鐘鼎款識有古尺銘云。周尺漢志鎦歆銅尺後漢建□（阮元云、建下一字、戈旁可辨、蓋武字也、）銅尺晉前尺並同。此則依仿晉前尺而鑄者。得此以求古律呂。信而有徵。彥和所言。蓋亦唐志所云雷同臧否者也。　又隋志云。晉時始平掘地。得古銅尺。實比晉前尺一尺三分七毫。

陳思稱李延年閑於增損古辭。　案李延年當作左延年。左延年魏時之善鄭聲者。見魏志杜夔傳晉書樂志增損古辭者取古辭以入樂增損以就句度也是以古樂府有與原本違異者有不可句度者或者以古樂府不可句度遂嗤笑以爲不美此大妄也　晉書樂志曰魏雅樂四曲騶虞伐檀文王皆左延年改其聲晉武泰始五年張華表曰案魏上壽食舉詩及漢氏所施用其文句長短不齊未皆合古蓋以依詠弦節本有因循而識樂知音足以制聲度曲法用率非凡近所能改二代三京襲而不變雖詩章詞異興廢隨時至其韵逗皆繫於舊有由然也據此是古樂府韵逗有定故采詩入樂府者不得不增損其文以求合古矣

子建士衡並有佳篇　案子建詩用入樂府者惟置酒（大曲野田黃雀行）明月（楚調怨詩）及鼙舞歌五篇而已其餘皆無詔伶人士衡樂府數十篇悉不被管絃之作也今案文選所載自陳思王美女篇以下至名都篇陸士衡樂府十七首謝靈運一首鮑明遠八首（謝玄暉鼓吹曲樂府所用）繆熙伯以下三家挽歌皆非樂府所奏將以樂音有定以詩入樂需有增損至于當時樂府所歌又皆體近謳謠音鄰鄭衛故昭明屏不入錄乎

軒岐鼓吹漢世鐃挽　鐃歌卽鼓吹挽歌卽相和辭之蒿里戎喪殊事謂鐃歌用之兵戎挽歌以給喪事也

繆襲所致。　案繆襲作魏鼓吹曲十二首。又挽歌一首。

子政品文二句　此据蓺文志爲言。然七略既以詩賦與六蓺分略。故以歌詩與詩異類。如令二略不分。則歌詩之附詩。當如戰國策太史公書之附入春秋家矣。此乃爲部類所拘。非子政果欲別歌于詩也。

文心雕龍札記續

黃侃

詮賦第八

自淮南作離騷傳以來。論賦之言。略可見者數家。宣帝好楚辭。徵被公召見誦讀。帝又云。辭賦大者與古詩同義。小者辨麗可喜。辟如女工有綺縠。音樂有鄭衛。今世俗猶以此虞說耳目。辭賦比之。尚有仁義風諭鳥獸草木多聞之觀。賢于博弈遠矣。此贊揚辭賦之詞最先者。其後劉向（藝文志所載詩賦類論語）、楊雄（法言所載凡數條）、桓譚（新論有道賦篇。其他篇載楊子雲論賦語數則）、班固（兩都賦序）、王充（論衡所載）、魏文帝（典論論文）、陸機（文賦）、皇甫謐（三都賦序）、摯虞（文章流別）、皆有論賦之詞。而以虞所論爲最明暢。綜切可以與舍人之說互證。其言曰。

賦者。敷陳之稱。古詩之流也。前世爲賦者。有孫卿屈原。尚有古詩之義。至宋玉則多淫浮之病矣。楚詞之賦。賦之善者也。故楊子稱莫深于離騷。賈誼之作。則屈原儔也。又曰。古之作詩者。發乎情止乎禮義。情之發。因辭以形之。禮義之旨。須事以明之。故有賦焉。所以假象盡辭。敷陳其志。古詩之賦。以情義爲主。以事類爲佐。今之賦。以事形爲主。以義正爲助。情義爲主。則言省而文有例矣。事形爲本。則言當而事無常矣。文之煩省。辭之險易。蓋由于此矣。假象過大。則與類相遠。逸辭過壯。則與事相違。辨言過理。則與義相失。麗靡過美。則與情相浮。此四過者。所以背大德而害政敎。是以司馬遷割相如之浮說。揚雄疾辭人之賦麗以淫。觀彥和此篇。亦以麗詞雅義。符采相勝。風歸麗則。辭翦美稗。爲要。蓋與仲治同其意恉。然自魏晉以降。賦體漸趨整鍊。而齊梁益之以姸華。江鮑徐庾之作。蓋已不逮古。處自唐迄宋。以賦取士。創爲律賦。用便程式。命題貴巧。選韻貴險。其規矩則有破題領接之稱。其精采限于聲律對仗之內。故或謂賦至唐而遂絕。由其體盡變。非復古義也。今之作者。亦惟取法摯劉之言。以合六義之恉。斯可矣。

論賦原流。以本師所說爲核。評古之作者。以張皋文氏之言爲精。茲並錄之。

國故論衡辨詩篇一節　略

七十家賦鈔序　略

鋪采摛文二句。　李云。詩關雎正義云。賦者。鋪陳今之政敎善惡。其言通正變。兼美刺。又云直陳其事。不譬喻者。皆賦辭。案彥和鋪采二語。特指辭人之賦而言。非六義之本原也。

傳云三句。　李云。此毛詩定之方中傳文。毛傳登作升。傳言九能。能賦居第五。

結言揑韻。　揑即短之譌別字。逢盛碑命有悠揑。悠揑即修短也。廣韻上聲二十四緩短都管切。

揎同上。

荀況禮智。　荀子賦篇所載六首禮知雲蠶箴及篇末佹詩是也茲錄禮知二篇于左。

荀卿禮賦　略

荀卿知賦　略

宋玉風釣。　宋賦自楚辭文選所載外有諷笛釣大言小言五篇皆出古文苑。張皋文氏以爲皆五代宋人聚斂假託爲之。今錄釣賦一篇于左

宋玉釣賦　略

陸賈扣其端。　賈賦今無可見。

皋翔已下品物畢圖。　皋賦今無可見。漢書皋傳曰皋爲文疾受詔輒成。故所賦者多。（校皋賦百二十篇見藝文志、）　司馬相如善爲文而遲故所作少而善于皋。

草區　草木賦文選無載者。茲錄魏文帝柳賦（西京雜記載枚乘柳賦一篇。恐非眞作。）以示例。

魏文帝柳賦幷序　略

枚乘兔園　古文苑載有此文錯脫不可理。今就其所知校釋如左。

枚叔梁（王）菟園賦

修竹檀欒均 夾池水句 旋菟園均○旋、回旋之旋。並馳道句○並、步浪切。臨廣衍均 長穴坂均○長穴二字有誤、即坂字形近訛。故有似乎西山均 西山隑隑

徑一作正、於崑崙均○於字疑衍、貇即貌字、觀相物芴焉芴即物字之誤、焉字涉下而衍、子兮字之誤也、

均○企立之貌、邮一作郵、焉隴隗均○即隗字、高貌、巷路二字有誤、崣移崟巖紆即紆字、加山爾、從涉上而誤、巍均 𨂂即巍之誤、巍或作巍、歸旁俗書

或作來、所謂追來爲歸也、山文誤爲巛、焉上有捝、暴熛句 激揚塵埃均 蛇上有捝、龍句 奏林薄句 竹疑衍、游風踊焉句 秋風

揚焉句 滿庶庶焉句 紛紛紜紜句 騰踊雲亂均 枝葉翬散均 摩疑當作靡、來涉上而形誤、幡幡均 焉谿谷沙

石句 涸波沸日句 湲浸即湲之訛、疾東流句 連焉轔轔句 陰發緒此三字有誤、菲菲句 闇闇讙擾句 昆即臨之省、

雞蝭一作弟、蛙均○即䳺鵡也、倉庚密切句 別鳥相離均 哀鳴其中句 若乃附巢蹇鷙二字有誤、之傳於列樹也。

句 欐欐讀與蓰同、若飛雪之重弗麗三字有誤、也句 西望西山句 山鵲野鳩均 白鷺鶻桐均○蓋鵃字之誤、鸛鶂鶬

鶂均 翡翠鴝鵒均 守蓋鵃字之訛、爾雅、鵃、天狗、狗戴勝句 巢枝穴藏句 被塘臨谷均 聲音相聞句 啄讀爲咮、尾離

屬均 翺翔羣熙均 交頸接翼均 闒而未至句 徐飛㹶猶均○即颯沓、往來霞水句 離散而沒合句 疾疾

紛紛均 若塵埃之間白雲均 也予之幽冥句○予字有誤、究之乎無端均 于是晚春早夏句 邯鄲襄國易

陽之容麗人及其燕適子相子予之譌、讀爲與、雜遝而往款均 焉單馬接軫相屬均 方輪錯轂均 接服何

字有誤、驂句 披銜跡蹶均 自奮增絕均 怵惕騰躍句 水字有誤 意而未發均 因更陰逐心相秩奔一作奮一

作奪、六字有誤、與墮隧字同 林臨河句 怒氣未竭均 羽蓋緌緌字之訛起句 被以紅沫均 濛濛若雨委雪均 高冠扁

翩均○即翩之省、焉長劍閑均○文選宦者傳論注引作閈蓋論爲岸、焉左挾彈均、焉右執鞭均 焉日移樂襄句 游觀西園均 之

芝二字幷下衍、芝涉 芝成宮闕句 枝葉榮茂均 選擇純熟句 挈取含苴均○讀與咀同 復取其次句 顧賜從者均 於

是從容安步均 鬪雞走兔均 俛仰釣射均 烹熬炮炙均 極歡到莫均 若乃夫郊采桑之婦人兮袿

裼錯紆均 連褰方路均 靡䏔陀之訛、長髮句○即髮之訛、便娟數顧均○文選謝靈運會吟行注引作者袾桑之女、連褰方路、靡陁長髮、便娟數顧、

芳溫往來句 接精之訛 神連即神字訛衍、未結句 已諾不分均 縹倂絶讀爲進靖之訛、句○請儐囑讀爲笑連便均

不可忍視也句 於是婦人先稱曰句 春陽生兮萋萋均 不才子兮心哀均 見嘉客兮不能歸均 桑

萋蠶飢中人望奈何句

偉長博通　徐幹賦典論所稱玄猿漏卮圓扇橘賦四篇並皆不存。所存賦無一完者。惟齊都賦一篇多見徵引。劣能窺其體勢耳。

彥伯梗概　袁宏賦存者亦無完篇。晉書文苑傳曰。宏有逸才。文章絕美。累遷大司馬桓溫府記室。溫重其文筆。專綜書記。後爲東征賦。賦末列稱過江諸名德。而獨不載桓彝。時伏滔先在溫府

又與宏善苦諫之。宏笑而不答。溫知之甚忿。而憚宏一時文宗。不欲令人顯問。後游青山飲歸。命宏同載。衆爲之懼。行數里。問宏云。聞君作東征賦。多稱先賢。何故不及家君。荅曰。尊公稱謂非下官敢專。既未遑啟。不敢顯之耳。溫疑不實。乃曰。君欲爲何辭。宏卽荅云。風鑒散朗。或搜或引。身雖可亡。道不可隕。宣成之節。信義爲允也。溫泫然而止。宏賦又不及陶侃。侃子胡奴嘗于曲室抽刃問宏曰。家君勳迹如此。君賦云何相忽。宏窘急荅曰。我已盛述尊公。何乃言無。因曰。精金百汰。在割能斷。功以濟時。職思靜亂。長沙之勳。爲史所讚。胡奴乃止。從桓溫北征。作北征賦。皆其文之高者。嘗與王珣伏滔同在溫坐。溫令滔讀其北征賦。至聞所聞于相傳。云獲麟于此野。誕靈物以瑞德。奚授體于虞者。疚尼父之洞（世說新語文學篇注作慟）泣。似實慟而非假。豈一性（世說注作物）之足傷。乃致傷于天下。其本至此便改韻。珣云。此賦方傳千載。無容率爾。今于天下之後。移韻徙事。然于寫送之致。似爲未盡。滔云。得益寫韻一句。或爲小勝。溫曰。卿思益之。宏應聲荅曰。感不絕于余心。愬（世說作泝）流風而獨寫。珣誦味久之。謂滔曰。當今文章之美。故當共推此生。

組織之品朱紫二句。　本司馬相如語意。西京雜記載相如之詞曰。合綦組以成文。列錦繡以爲質。一經一緯。一宮一商。此賦之迹也。若賦家之心。控引天地。總覽人物。錯綜古今。此得之於內。不可得而言傳。

辭翦美稗　美當作荑。孟子告子上。不如荑稗。荑與稊通。

頌讚弟九

產和分序文體。自明詩以下凡二十篇。韻文之屬十又一。明詩盡諸讖加以封禪一首是也。詳夫文體多名。難可拘滯。有沿古以爲號。有隨宜以立稱。有因舊名而質與古異。有創新號而實與古同。此唯推迹其本原。診求其旨趣。然後不爲名實玄紐所惑。而收以簡馭繁之功。茲先錄本師辨詩一節。次就頌讚當篇釋之。

辨詩見國故論衡

頌　周禮太師注曰。頌之言誦也。容也。誦今之德。廣以美之。是頌本兼誦容二誼。以今考之。誦其本誼。頌爲借字。而形容。頌美。又緣字後起之誼也。詳大司樂以樂語教國子。興道諷誦言語。注曰。倍文曰諷。以聲節之曰誦。疏曰。諷是直言之。無吟詠。誦則非直背文。又爲吟詠以聲節之。又瞽矇諷誦詩。注曰。謂闇讀之。不依詠也。蓋不依詠者。謂雖有聲節。而仍不必與琴瑟相應也。然則誦而依詠。即與歌之依詠者殊。故左傳襄十四年云。衛獻公使太師歌巧言之卒章。師曹請爲之。公使歌之。遂誦之。又廿八年傳云。叔孫穆子食慶封。使工爲之誦茅鴟。又毛詩鄭風子衿傳云。古者教以詩樂。誦之歌之。絃之舞之。據此諸文。是詩不與樂相依。卽謂之誦。故詩嵩高烝民曰。吉甫作誦。國語周語曰。瞍賦矇誦。楚語曰。宴居有師工之誦。樂師先鄭注云。勑爾瞽。率爾衆工。奏爾悲誦。此皆頌字之本誼。及其假借爲頌。而舊誼猶時有存。故太卜其頌千有二百。卜繇也。而謂之誦。籥章龡豳頌。風也。而謂之頌。瞽矇諷誦詩。後鄭曰。諷誦詩。謂廞作柩。謚時也。諷誦王治功之詩以爲諡。則誄也。而亦謂之頌。九夏之章。後鄭以爲頌之類。則樂曲也。而亦可謂之頌。此頌名至廣之證也。厥後周頌以容告神明爲體。商頌雖頌德而非告成功。魯頌則與風同流。而特借美名以示異。是則頌之誼。廣之則籠罩成韻之文。狹之則唯取頌美功德。至于後世。二義俱行。屬前義者。原田裘韠。屈原橘頌。馬融廣成。本非頌美。而亦被頌名。屬後義者。則自秦王刻石以來。皆同其致。其體或先序而後結韻。或通篇全作散語。如王子淵聖主得賢臣頌是。又或變其名而寔同頌體。則有若贊。彥和云、頌家之細條。有若祭文。彥和云、中代祭文、兼贊言行。有若銘。左傳論銘云、天子令德、諸侯計功、大夫稱伐、又始皇上泰山刻石頌秦德、而彥和銘箴篇稱之曰銘。有若箴。國語云、工誦箴諫。有若誄。彥和云、傳體而頌文。有若碑文。彥和云、標序盛德、昭紀鴻懿、此碑之制也、漢人碑文多稱頌、如張遷碑名表頌、此施于生者、蔡邕胡公碑云、樹石作頌、胡夫人靈表稱頌曰、此施于死者、有若封禪。彥和云、頌德銘勳、乃鴻續耳、其實皆與頌相類似。此則頌名至廣用之者。或以爲局頌類至繁。而執名者不。知其同。然故不。可。以。不。審。察。也。文章流別論云。頌。詩之美者也。古者聖帝明王功成治定而頌聲興。于是史錄其篇工歌其章以奏于宗廟告于鬼神故頌之所美者聖王之德也。則以爲律呂。或以頌聲。或以頌形。其細已甚。非古頌之意。昔班固爲安豐戴侯頌。史岑爲出師頌。和熹鄧后頌。與魯頌體意相類。而文辭之異。古今之變也。楊雄充國頌。頌而似雅。傅毅顯宗頌。文與周頌相似。而雜以風雅之意。若馬融廣成上林之屬。純爲今賦之體。而謂之頌。失之遠矣。案仲治論頌。多爲彥和所取。然于頌之原流變體有所未盡故今補足之如上云

秦政刻文　史記載泰山琅琊臺之罘東觀碣石會稽刻石文凡六篇。獨不載鄒嶧山刻石文。茲錄于左。

李斯鄒嶧山刻石　略

案秦刻石文多三句用韻。其後唐元結作大唐中興頌。而三韻輒易。清音淵淵。如出金石。說者以爲楙體。而不知遠效秦文也。茲錄于左。

元次山大唐中興頌 幷序　略

孟堅之序戴侯　文今佚。

武仲之美顯宗　並有上頌表見文選責躬詩注。而文皆佚。

史岑之述熹后　此史岑字孝山。在和帝時。與王莽時謁者史岑字子孝者爲二人。見文選出師頌注。和熹頌今亦佚。

班傅之北征西巡　班有竇將軍北征頌。東巡頌。南巡頌。傅有竇將軍北征頌。西征頌。惟班之北征頌文在古文苑。今錄于左。

班孟堅竇將軍北征頌　略

馬融之廣成上林　廣成頌見後漢書本傳。上林無可考。黃注謂上林疑作東巡。案全後漢文十八有東巡頌佚文。其體頗與廣成相類。

崔瑗文學　案南陽文學頌見全後漢文四十五。蓋南陽文學官志之頌也。茲錄于左。

崔子玉南陽文學頌　略

陳思所綴以皇子爲標　文見全三國十七。茲錄于左。

陳思王皇太子生頌　略

頌惟典雅至汪洋以樹義　陸士衡文賦云。頌優游以彬蔚。李善注云。頌以褒述功美。以辭爲主。

故優游彬蔚。案彥和此文敷寫似賦二句，即彬蔚之說；敬慎如銘二句，即優游之說。

贊　彥和兼舉明助二義，至爲晐備。詳贊字見經，始于皋陶謨。鄭君注曰：明也。蓋義有未明，賴贊以明之。故孔子贊易，而鄭君復作易贊。由先有易而後贊有所施。書贊亦同此例。至班孟堅漢書贊，亦由紀傳意有未明，作此以彰顯之，善惡並施，故贊非贊美之意。太史書每紀傳世家後稱太史公曰，亦同此例。荀悅改名曰論，自是後或名序，或名詮，或名評，或名議，或名述，或名奏，要之皆贊體耳。至于歷敘紀傳用意爲韵語，首自太史公自序，班孟堅敘傳則曰述，茉紀，范氏則又改用贊名。而後史或全不用贊，如元史。或其人非善則亦不贊，如明史流賊傳是。此緣以贊爲美，故歧誤至斯。劉向列女傳亦頌孽嬖。史贊之外，若夏侯東方畫贊，則贊爲畫施。陸士龍榮啓期贊亦同。郭景純山海經爾雅圖讚，則贊爲圖起。此贊有所附者，專以助爲義者也。若乃空爲贊語，以形狀事物，則是頌之細條，故亦與頌互稱。陸士衡高祖功臣頌，與袁彥伯三國名臣贊同體；郭景純山海經圖讚，與江文通閩中草木頌同體；晉左貴嬪有德柔頌，又有德剛贊，文體如一，而別二名，故知相通。蓋始自相如贊荊軻，而其文不傳，無以知其結體何若。後之爲贊，則大都四言用韵爲多。又施之于人事，若戴安道閒游贊之屬；施之于技藝，若崔子玉草書勢之屬，皆贊之流類矣。贊之精整可法，以范蔚宗後漢書贊爲最。自云贊自是吾文之傑思，殆無一字虛設。由今觀之，自陸袁以降，誠未有美于詹事者也。

伊陟贊于巫咸　書序文。

以唱拜爲贊　漢代祝文亦稱贊。饗見郊祀志。

託贊褒貶　謂紀傳後史記稱太史公曰漢書稱贊曰之類。

紀傳後評　謂太史公自序述每篇作意。如云作五帝本紀第一之類。漢書敍傳亦放其體而云述高祖本紀第一。諸紀傳評皆總萃一篇之中。至范氏後漢書始散入各紀傳後。而稱爲贊。其用韵則正馬班之體也。

景純注雅　案景純爾雅圖讚。隋志已亡。嚴氏可均輯錄得四十八篇。茲擇其茂美者錄于左。並錄山海經圖贊數首于後（山海經圖贊、今亦殘闕、茲依全晉文一百二十二鈔、）

郭景純爾雅圖贊　山海經圖贊　並略

事生奬歎　案奬歎卽託贊褒貶。非必純爲贊美。

促而不廣　案四言之贊。大抵不過一韵。數言而止。惟東方畫贊稍長。三國名臣序贊及漢書偶一換韵。至崔子玉草書勢。蔡伯喈篆勢。隸勢。則又似賦矣。唐世司空圖二十四詩品。造語精警。亦贊之美者也。

補文心雕龍隱秀篇 幷序

黃侃

今本文心雕龍隱秀篇自始正而末奇至朔風動秋草朔字。紀氏以永樂大典校之。明爲僞撰。然於波起辭間一節。復云純任自然。彥和之宗旨。卽千古之定論。是仍爲僞書所給也。詳此補亡之文。出辭膚淺。無所甄明。且原文明云思合自逢。非由研慮。卽補亡者亦知不勞妝點。無待裁鎔。乃中篇忽羼入馳心溺思嘔心煅歲諸語。此之矛盾。令人笑詫。豈以彥和而至于斯。至如用字之庸雜。舉證之闊疏。又不足誚也。案此紙亡於元時。則宋時尚得見之。惜少徵引者。惟張戒歲寒堂詩話引劉勰云。情在詞外曰隱。狀溢目前曰秀。此眞隱秀篇之文。今本既云出於宋槧。何以遺此二言。然則贋跡至斯愈顯。不待考索文理。而亦知之矣。夫隱秀之義。詮明極艱。彥和既立專篇。可知於文苑爲最要。但篇簡俄空。微言遂闕。是用仰窺劉旨。旁緝舊聞。作此一篇以備搴採。然褚生續史。或見哂於通人。束皙補詩。聊存思於舊制。其辭曰。
夫文以致曲爲貴。故一義可以包餘辭。以得當爲先。故片言可以居要。蓋言不盡意。必含餘意以成巧。意不稱物。宜資要言以助明。言含餘意。則謂之隱。意資要言。則謂之秀。隱者言具於此。而義存乎彼。秀者理有所致。而辭效其功。若義有闕略。詞有省減。或迂其言說。或晦其訓故。無當於隱也。若故作才語。弄其筆端。以纖巧爲能。以刻飾爲務。非所云秀也。然則隱以複意爲工。而纖旨存乎文外。秀以卓絕爲巧。而精語峙乎篇中。故曰情在辭外曰隱。狀溢目前曰秀。大則成篇。小則片語。皆可爲隱。或狀物色。或附情理。皆可爲秀。目送歸鴻。易手揮五絃。難隱之喻也。玉在山而草木潤。淵生珠而岸不枯。秀之喻也。然隱秀之原。存乎神思。意有所寄。言所不追。理具文中。神餘象表。則隱生焉。意有所重。明以單辭。超越常音。獨標苕潁。則秀生焉。此皆功存玄解。契定機先。非塗附之功。非雕染之事。若意本淺露。語本平庸。出之以廋辭。加之以華色。此乃蒙羊質以虎皮。刻無鹽爲西子。非無彪炳之文。粉黛之飾。言尋本質。則僞蹟。章明矣。故知妙合自然，則隱秀之美易；取假於潤色，則隱秀之實已乖。故今古篇章充盈篋笥，求其隱秀，希若鳳麟。陸士衡云：雖紛藹於此世，嗟不盈於余掬。蓋謂此也。今試分徵前載，考彼二長。若乃聖賢述作，經典正文，言盡琳瑯，句皆韶夏，摘其隱秀，誠恐匪宜。然易傳有言中事隱之文，左氏明微顯志晦之例，禮有舉輕以包重，詩有陳古以刺今，是則文外重旨，唯經獨多。至若禹拜昌辭，不過慎身數語；孔標詩旨，蔽以無邪一言；書引遲任之詞，祇存三句；傳敘大武之頌，惟取卒章。是則舉彼話言，標爲殊義，於經有例，亦非後世創之也。孟子之釋書，文武成一篇，洵多隱義；謝安之舉經訓，訏謨二語，偏有雅音。舉例而思，則隱秀之在六經，如琅玕之盈玉府，更僕難數，鑽仰爲窮者矣。自屈宋以降，世有名篇，略指二三，以明隱秀。若夫離騷依詩以取興，九辨述志以諫君，賈誼弔屈以自傷，楊雄劇秦以寓諷，王粲登樓，歎匏懸之不用；子期聞笛，慼麥秀於爲墟；令升晉紀之論，明金德之異包桑；元卿高帝之頌，明煬失之同魚藻。他若古詩十有九章，皆含深旨；詠懷八十二首，悉寓悲思；陳思有離析之哀則託情於黃髮公幹含卓犖之氣故假喻於青松雖世遠人遐本懷難盡昭晳以意逆志亦可得其依稀焉又如先士茂製諷高歷賞屈賦之靑靑秋蘭小山之萋萋春草班姬之團團明月稽生之浩浩洪流子荊陟陽之章用晨風爲高唱興公天台之賦叙瀑布而擅場彥伯東征泝流風以盡寫送之致景純幽思述川林以寄蕭瑟之懷至若雲橫廣階月照積雪吳江楓落池塘草生並自昔勝言至今莫及且其爲秀亦不限於圖貌山川摹寫物色故所遇無故物王恭以爲佳言思君若流水宋帝擬其音調延年疏誕詠古有自寓之辭曹公古直樂府有悲涼之句故知叙事敍情皆有秀語其必連篇累牘不出月露之形積案盈箱唯是風雲之狀爭奇一字競巧一韻然後爲秀哉蓋聞玉藻瓊敷等中原之有菽錯金縷采異芙蕖之出波隱秀之篇可以自然求難以人力致要之理如橐籥與天地而罔窮思等流波隨時序而前進綴文之士亦唯先求學識次練體裁摹雅製以定習課精思以馭篇然後窮幽洞微因宜適變斲輪自辨其疾徐伊摯自喻其甘喋古來隱秀之作詎云其不可復繼

哉。

贊曰。意存。言表。婉而。成章。川含。珠玉。瀾顯。圓方。若發。穎豎。託響。非常。千金一。字歷久。逾芳。

劉彥和底文學通論

胡侯楚

第一章　文學底起原

「夫玄黃色雜，方圓體分；日月疊璧，以垂麗天之象：山川煥綺，以鋪理地之形：此蓋道之文也。」

「旁及萬物，動植皆文：龍鳳以藻繪呈瑞，虎豹以炳蔚凝姿；雲霞雕色，有踰畫工之妙；草木賁華，無待錦匠之奇。夫豈外飾？蓋自然耳。至如林籟結響，調如竽瑟；泉石激韻，和若球鍠。……」

上面兩段說的是自然界的美。玄的天，黃的地，顏色糅雜；圓的天，方的地，形狀分明。這種色和形的對比，豈不是美嗎？太陽和月亮，好似雙白璧附著在天空中；山和水，呈現着種種的華彩鋪陳在地面上。這種景物的對偶，豈不又是美嗎？至於雲霞的燦爛，非畫工所能描畫得出，其美更不說了。不獨此也，一切動植物也是美的。龍鳳虎豹的斑斕，花草樹木的榮華，皆無須藝術家施其創造手腕而自然奇妙。至如風過林梢，嗚嗚的叫，好似竽瑟的調諧；泉激石上，砰砰地響，好似球瑝的宛轉，其美又更不必說了。

自然界既有這樣的不可思議的美，吾人日處其間，耳目之所接觸，幾無往而非美。美的刺激既多，心靈不能不被感動；心靈既被感動，情感不能不被激發；情感既被激發，言語就不知不覺地衝口而出了；然而言語每受空間和時間的限制，不得不求其所以代表語言者，於是文學生焉。所以劉氏論文學誕生的過程說：

、「心生而言立，言立而文明。」

面

「與天地並生。」

這句簡單明瞭的話做了他論文學起原的斷語。這種是解，他雖不肯輕易放過，所以他又反覆地申說文人與自然界的關係。

「山沓水匝，樹雜雲合；
目既往返，心亦吐納；
春日遲遲，秋風颯颯；
情往似贈，興來如荅，」

這是物色篇後面所附的贊語，紀昀以為：「諸贊之中，此為第一，正因其題目佳耳，」現在把牠翻譯出來：

山嶽重疊，
江河縈環，
綠樹叢叢，
白雲片片。
文人既經反復地觀賞，
心海亦就澎湃而震蕩。
春日徐徐地消
逝着；
秋風颯颯地叫
號着。
文人拿情感贈給他，
他拿詩興來報答。

啊！我們知道了，文人與自然原來是如朋友一般，彼此間精神上是時相往來贈答的。——然而文人筆竟是被動，不啻爲自然所引誘，所以他又說：

「物色相召，人誰獲安？」

換言之，文人乃被自然界玩弄了。文人之情，每隨自然界變遷而變遷。春天來了，愉快之情便暢發起來；夏天來了，抑鬱之心便凝結起來；天氣高爽的時候，便感覺着陰沈而曠遠；冰雪無垠的時候，便感覺着嚴肅而幽深。四時變遷之足以影響於文人之情者有如此。此猶其大焉者，小言之，就是一葉之微，一蟲之細，往往感動文人之心。至如明月之夜，清風徐來；春林之朝，白日初昇；文人之心弦更不知怎樣地顫動了。欲知此言不虛，且看下文。

「獻歲發春，悅豫之情暢；滔滔孟夏，鬱陶之心凝，天高氣清，陰沈之志遠；霰雪無垠，矜肅之慮深。歲有其物，物有其容；情以物遷，辭以情發。一葉且或迎意，蟲聲有足引心，况清風與明月同夜，白日與春林共朝哉！」

自然與文人的關係既是這樣的密切，所以文藝的創作，每每是模倣自然。他說：

「原道心以敷章。」

原道者，即模倣自然之謂也。道心者，自然界之精神也。文藝的創作，不僅是模倣自然之表面，且模倣其精神也。他又舉實例以證明之：

「取象乎河洛。」

取象者模倣也，河洛者模倣之對象也。由這樣看起來，自然乃藉藝術家的創作而留其痕跡在作品中，藝術家又可在作品中賞鑑自然。所以他又說：

「道沿聖以垂文，聖因文而明道。」

按此種見解，頗類似亞里士多德的學說。姑引亞氏詩學中之一節，以資參照。（亞氏雖然只是說詩，其實用以說明一切文藝或一切藝術也無不可。）

「大體言之，詩之發生，原因有二，皆從人之性情之所流露者：第一原因有人類的模倣性。模倣者乃人類兒童時代本然所備也。（即本能之謂）人類之所以異於其他動物之點，即在於此。人類最初的知識，皆從模倣得來。同時人類感覺着被模倣之物，可依經驗證明之。」（據松浦嘉一日譯本譯出）

黑田鵬信所著藝術學綱要中有一段話，也可引來做參攷的資料。

「事實上，模倣是佔居人類的本能，或衝動的大部分的。像兒童的生活，差不多全是模倣，……把佔居於從兒童至大人的生活的大部分的模倣和藝術相結合，而設想起來，就可以明白藝術方面，有很多都是由模倣成功的。……把藝術的起原從模倣上說明的學者，從柏拉圖亞里士多德以來，有很

多的……」（據俞寄凡譯本）

如其這些學者都說的不錯，那麽，在這里似乎有舉些具體一點的例子來說明這「模倣說」的必要○就是：音樂是模倣風聲，水聲，鳥聲，蟲聲的；舞蹈是模倣蝶飛雀躍的；建築是模倣鳥的構巢，獸的營穴的；圖書雕刻更是直接模倣自然界的一切了：文藝亦不外乎將對象反映於文字間罷了○

雖然，這不過是專就「起原」而說罷了，「起原」與「目的」有別○縱令文學的起原可拿「模倣說」來說明，然決不能說文學的目的即在於此，換言之，作者的動機容或是因受了自然的引誘或刺激，然他所創造的作品，只是以逼肖自然爲滿足嗎？實爲一大疑問，所以近代有藝術爲「表現的」而非「再現的」的主張○

溫基斯德 Winchester 在他底文學評論之原理裏會這樣地說過：

「一切藝術之目的，不在模倣，而在蓄意；不在重現（按即再現）實在事物，而在表現其對於事物之印象○」（據景昌極譯本第五章）

上面那些話，雖然好似離題太遠，畫蛇添足，（從起原說到目的）但實在有聲明之必要的○

（本章完）

劉彥和底文學通論(續)

胡俟梵

第二章　文學的內質與外采

什麽叫做文學的外采呢？什麽叫做文學的內質呢？思想情緒是也。什麽叫做文學的外采呢？辭藻是也。「言以足志，文以足言。」這是說文學是達意的。「情欲信，辭欲巧。」這可見文學又是表情的。思想要求正確，情緒要求眞摯，辭藻要求巧妙。換言之，就是說內質要求充實，外采要求完美。所以劉氏說：

「志足而言文，情信而辭巧，迺含章之玉牒，秉文之金科矣。」

他又說：

「聖文之雅麗，固銜華而佩實者也。」

銜華就是外采完美的意思，佩實就是內質充實的意思。這是說內質應該與外采並重。假使沒有充實的內質，縱合外采如何完美，算不得好的文學作品了。

他又拿物類來比譬地說：

「水性虛而淪漪結，木體實而花萼振，文附質也。虎豹無文，則鞹同犬羊；犀兕有皮，而色資丹漆；質待文也。」

水和木本是最質樸的東西。有時水上風生，微波蕩漾；枝頭蕊放，鮮花燦爛，這是以文加於質上，完成其美也。虎豹之皮假如沒有斑紋，犀兕之皮假如不加丹漆，牠們美不美呢？除去質上之文，其美便破壞無餘了。總之，文學作品乃以本質爲主，以文采爲副，正副俱備（即所謂：文質彬彬）才算是好的作品。劉氏不是這樣地說嗎：

「情者文之經，辭者理之緯。經正而後緯成，理定而後辭暢。此立文之本源也。」

這是說文學應特別注重內容，必內容充實而後形式乃美。所以文人應當爲內容而造形式，不應當爲形式而造內容。換言之，就是應當先有內容，後有形式。所以他極力恭維三百篇，却看不起辭賦：

「詩人什篇，爲情而造文；辭人賦頌，爲文而造情。」

假如不顧內容，只重形式，一味塗脂抹粉，裝腔賣調，說假話，無病呻吟，在劉氏看來，認爲是「忽眞」，「逐文」，「言與志反」，眞宰弗存」。請看他下面的一段話：

「志深軒冕而汎詠皐壤，心纏幾務而虛述人外，眞宰弗存，翩其反矣。夫桃李不言而成蹊，有實存也；男子樹蘭而不芳，無其情也。夫以草木之微，依情待實，況乎文章，述志爲本，言與志反，文豈足徵？」

這段話說得透澈極了。無靈魂的作品，眞令人討厭啊！

溫期斯德也曾這樣地說過，且把他引來，以供參證。

「欲求高而且久之文學價值，必其情之所自出，懇摯而可貴。若反乎此者，則弄文飾情，必爲變態的，無病呻吟的，或別種詐僞的情感也。」（見文學評論之原理第三章）

這是說文學內質中的情緒，必須懇摯，乃爲可貴。

「純文學如詩詞小說者，其本旨在喚起感情，而其中之知識原素亦未可置之不論也。純文學高下之分，大抵以其所含之眞理而定。而曰知識原素之在純文學，無幾何價值之可言，則誠謬矣。……………一切懇摯健全之情，未有不起於甚深之眞理者。而眞正偉大之書，亦未有無理智者也。最純之文學莫如詩，而品定其高下，亦大部分以其潛伏於感情之豐富正大之思想爲準。」（見文學評論之原理第五章）

這是說文學內質中之思想是寄居在情感之中，而有主宰情感之權力，思想必豐富正大，乃爲可貴。

「謂作品之僅以形式見賞，而毫無關於其意義者，必不盡然。蓋形式非他，傳達意義之導體耳。……精神疏減，則作品之生氣消。大家嘗有僅以文章得名者，實爲不幸。而情感強烈，想像豐富，超過其理者爲尤甚。是皆急於傳達情感，而忽其潛伏於情之眞理者也。」

「欲形式之完備，當求確稱其情思。形式乃內容之表現，含其發表力則無足賞矣。人於稱賞文章時，必及於其意義，緣文字之要，實在於此。」（見文學評論之原理第六章）

這是說文學之外采，必待內質之充實，而始完美，且內質實居尤重要的地位。

（本章完）

劉彥和底文學通論

胡侯棼

第三章　文學的作用與效用

文學的作用是什麽？我們不妨說是文學活動的現象○文學的效用是什麽？我們不妨說是文學活動的影響○文學活動的現象是怎麽樣？劉氏似乎有這麽兩方面的說法，據我看來：一方面是創作時作者自身活動的現象，他方面是創作成功後讀者活動的現象○

先說創作時作者自身活動的現象吧○爲要避免抽象起見，最好拿其他具體的活動來比譬地說明●下面且搜集劉氏的話：

「訓詩緝頌，斧藻羣言○」

「鎔鈞六經……雕琢情性……」（以上原道）

「陶鑄性情」（徵聖）

「性靈鎔匠」（宗經）

「採摭英華」（正緯）

「憑軾以倚雅頌，懸轡以馭楚篇。」（辨騷）

「陶鈞文思」

「玄解之宰，尋聲律而定墨；獨照之匠，闚意象而運斤。」

「規矩虛位，刻鏤無形。」（以上神思）

「故童子雕琢，必先雅製。」（體性）

「孚甲新意，雕畫奇辭。」

「捶字堅而難移，結響凝而不滯。」（以上風骨）

「長轡遠馭，從容按節。」（通變）

「鎔範所擬，各有司匠。」

「繪事圖色」（以上定勢）

「雕琢其章」（情采）

「規範本體謂之鎔，剪截浮詞謂之裁。……譬繩墨之審分，斧斤之斲削矣。」（鎔裁）

「練万洞金，剖字鑽響。」（聲律）

「裁文匠筆」（章句）

「運裁百慮」（麗辭）

「圖狀山川，影寫雲物。」（比興）

「酌詩書之曠旨，剪揚馬之甚泰。」（夸飾）

「山木爲良匠所度，經書爲文士所擇；木美而定於斧斤，事美而制於刀筆。」（事類）

「綴字屬篇」（練字）

「譬諸裁雲製霞，不讓乎天工；斲卉刻花，有同乎神匠矣。」（隱秀）

「檃括於一朝」（指瑕）

「刃發如新，腠理無滯。」（養气）

「若築室之需基構，裁衣之待縫緝。」（附會）

「執術馭篇，似善弈之窮數。」（總術）

「屈平聯藻於日月，宋玉交彩於風雲。」（時序）

「寫氣圖貌，……屬彩附聲……」

「不加雕飾，而曲盡毫芥。」（以上物色）

「圖物寫貌」（才略）

歸納上面三十餘條，我們可以知道劉氏對於作者活動的現象有種種不同的比譬。一是比作木工，如「斧藻」「定墨」「運斤」「審分」「斲削」「斧斤」「刀筆」「檃括」「雕削」等 都屬這一類。二是比作陶工，如「陶鈞」就是屬這一類。三是比作金工，如「鎔」「鑄」「雕琢」「刻鏤」等，都是屬這一類。四是比作織工，如「裁」「剪」「織」「結」「綴」「屬」等，都是屬這一類。五是比作畫工，如「繪」「圖」「寫」等，都是屬這一類。六是比作御者，如「馭」就是這一類。

現在說到讀者活動的現象了。作者旣如工人一般地運用其手段創造作品，那些作品呈現於讀者的眼前時，讀者將要怎樣地活動起來呢？劉氏說：

「辭之所以能鼓天下者，乃道之文也。」

這是說文學作品能鼓動讀者的情感，而使之生共鳴作用。共鳴的結果：一方面是普遍，一方面是永久。什麼叫做普遍？就是說情感之被鼓動，不是少數區域或少數人，而是天下人人都被感動。什麼叫做永久？就是說情感之被鼓動，不是只限於當代，而是此後世世代代的人都被感動。所以他說：

「木鐸起而千里應，席珍流而萬世響。」

千里者普遍也，萬世者永久也，應者響者共鳴作用也。

以上說完了文學的作用，下面說文學的效用。效用者活動之影響也。換言之，即文學作品旣經過了作者和讀者間種種的作用，而對於個人或國家社會所貢獻的利益也。

劉氏說：

「遠稱唐世，則煥乎爲盛；近褒周代，則郁哉可從：此政化貴文之徵也。」

這是說文學所加於政治的影響。文學盛，則政治昌明。唐堯時，文物燦爛，海內昇平，故孔子曰：「巍巍乎其有成功也，煥乎其有文章。」周承唐虞夏商之後，文化更形完備，國勢更增强盛。故孔子曰：「郁郁乎文哉，吾從周。」

他又說：

「鄭伯入陳，以文辭爲功；宋置折俎，以多文擧禮：此事蹟貴文之徵也。」

這是說文學所加於事業的影響。事業有賴文辭美妙而成功，且留永久之紀念者。襄公二十五年，鄭伐陳，告捷；子產獻捷於晉。斯時也，晉爲霸主，鄭不奉晉之命而伐陳，犯了專伐之罪。然而晉何以不討鄭專伐之罪呢？實賴子產一番美妙的言辭之功。宋人享趙文子，賓主酬酢間的談話，孔子叫學生們把他筆記下來，這是爲什麽緣故呢？因爲他們所談的話每多文辭啦。前者賴文而促事業之成功，後者賴文而垂事業於不朽：文學之裨益於事業者有如此。

他又說：

「褒美子產，則云言以足志，文以足言；泛論君子，則云情欲信，辭欲巧：此修身貴文之徵也。」

這是說文學所加於個人人格的影響。子產說話，理由充足，詞句美妙，所以孔子極力地褒揚他，他的人格因而增高了。「君子」這個名稱本是代表一些人格崇高的人。孔子論起君子來，必說情感要眞摯，文辭要美妙。此二者皆足以證明文學之於個人人格確有密切之關係也。

文學的效用，劉氏所說的，不過如此。

（本章完）

書林叢訊

文心雕龍講疏提要

范文瀾著

紹興范仲澐氏、撰文心雕龍講疏十卷。仲澐嘗受學蘄州黃季剛之門。黃君爲太炎先生高第弟子。通訓詁。善聲均。以選學名于時。嘗主北京大學文學講席。撰文心雕龍札記如干首。爲衣鉢以授生徒。於舍人論文秘旨。間有所闡明。故凡游其門者。莫不喜選學。譚雕龍。范君劬學。傳習師訓。廣爲講疏。旁徵博引。考證詮釋。於舍人之旨。惟恐不盡。於黃氏之說。唯恐或遺。亦已勤矣。維、古、人、注、疏。自有、體、例。或通、故、訓、以、見、指、歸。或明、義、理、以、發、與、窔。或專、考、證、以、究、本、元。在本書之索解不同。而注疏家之義類亦異。所以。漢。儒。之。傳。羣。經。必賚。訓。詁。晉賢。之。解。老。莊。須暢。玄。言。李善。之。注。文。選。有待。考。證。皆依本文立說。無取枝贅。即尼山之於周易。三傳之於春秋。韓非之於老氏。雖成專書。百世循誦。然亦。必。依。經。說。事。起例。發。凡。共成。條。貫。嚴辨。去。取。劉氏文心。都五十篇。其二十五篇。辨章文體。二十四篇。雕琢文心。序志一篇。自具體例。其所以擣摭利病。商榷文藻。縱貫橫通。盡美盡善。惟其統論古今。博綜載籍。選言鑄詞。皆有柢據。不有注釋。未易誦習。學者淹該。能如李善之注文選。以注文心。根極文史。采緝雅言。徵引出處。發明章句。則彥和之功臣。文苑之鈐鍵矣。若其紕繆不精。漏略迻誤。於所援據。不詳出處。此黃。叔。琳。氏。之。罪。大。功。小。所以。見。譏。於。士。林。也。講疏之作。援輯羣書。攷證根據。意求詳贍。不憚裒集。乃其割裂篇章。文情不屬。以數繁注。不按章句。旁引文論。鈔撮全篇。囿于師說。並所案語。明詩則羅列詩品。辨騷則全載騷經。誄碑則雜鈔杜蔡諸篇。樂府兼收茂倩叙錄。如此。宗經。則。當。采。擧。經。史傳。則。宜。錄。全。史。自非。四。庫。提。要。注疏。未。宜。如。此。余以卽凡取石他山。用以攻錯。亦宜斷章取義。意以發明本篇爲止。勿取其多。以爲繁富。又若章句、汎論篇章。無可采擷。所宜從簡。則反致詳。時序、總括文史。推演變遷。本宜

加詳。則反從略。總觀全書。一以黃氏札記之繁簡爲詳略焉。札記所牽涉者。雖連篇累牘。未厭其多。札記所不及者。祇依黃注箋釋。略有出入。黃氏札記。自爲一書。注疏自有義例。當以本書爲體。未可倚紗襲爲能。倚論昔賢。取則不遠。今之君子。宜矜式焉。章用

火坑

7

通訊處：綏遠，包頭縣，西北民報社，楊令德轉。

火坑社出版

十五年四月三十日

目錄

書情采篇後

佩心

我國過去的幾千年中，文學的創作，雖然已經有無數不朽的作品；然而關於文學批評方面，除了那些烏烟瘴氣的講究什麼「章法」「氣調」而外，幾乎沒有一部像樣的批評文學的著述；有之，要算劉彥和氏文心雕龍一書了。其中雖然也不盡屬於文學的批評，然而我們又何敢過事苛求呢？

情采，我覺得是該書中最精彩的一篇。他眼看着當時的文人，「體情之製日疎，逐文之篇愈盛」，所以著這篇文去矯正這種弊病，眞可謂「對症下藥」。其對於文學的評論，異常透徹，以至使我在讀完的時候，幾乎不相信在南北朝的時代，會有這樣的見解！

藝術分爲三類：美術，音樂和文學是。不意彥和氏當時的分類，也正是如此。他說：

「立文之道，其理有三：一曰形文，五色是也；二曰聲文，五音是也；三曰情文，五性是也。」

還與現代的分類，豈非正「不謀而合」嗎？

從次，他以爲文學作品的上乘，應當是文質彬彬。他說：

「……夫水性虛而淪漪結，木體實而花萼振，文附質也。虎豹無文，則鞹同犬羊；犀兕有皮，而色資丹漆：質待文也。」

這裏所謂「文」，便是文學上的修辭，「質」便是作品內涵的情感或思想。

文學是眞情的表現，所謂行乎不得不行，止乎不得不止。又據日本厨川白村氏的見解：「生命力受了壓抑而生的苦悶懊惱，乃是文藝的根柢。」* 所以彥和氏對於文學的創作，主張「爲情而造文」，這是何等的見解！如果你本來「心非鬱陶」——也就是厨川白村氏所謂苦悶——却偏要作許多無病呻吟，去沽名釣譽，甚至演出「志深軒冕而汎詠皐壤，心纏幾務而虛述人外」的笑話，那便是「爲文而造情」，便失掉了文學上的眞實性，沒有絲毫價值可言。「眞宰弗存，翩其反矣！」無怪乎彥和氏要慨乎其言之了。

末了，我們知道彥和氏的作品，乃是駢體文，更使他透徹的思想，穿了美妙的衣衫。所以我們可以說彥和氏的文章，便很合乎他理想的標準——文質彬彬，這個大概不算過譽吧？周作人氏謂「文藝批評的本身，便應當是一篇文藝」* 我讀了情采篇後，乃更覺得可相信了。

（十五年一月三十日。）

註一，見魯迅譯苦悶的象徵頁二。

註二，見自己的園地。

書評

讀文心雕龍講疏

李笠

文心雕龍講疏十卷，洋裝一厚冊，紹興范文瀾箸，民國十四年十月一日出版，天津東馬路新懋印書局發行。

劉勰文心雕龍在古書中之價值，既盡人而知之；舊注之疏舛，亦學者所公認也。南開大學教授范君仲澐應社會之需要，別撰新疏，詳贍宏博，學者便之。書成，郵以示余，以余亦嘗從事於劉書也。春秋之義，責備賢者，笠於劉書，既已相嘗甘苦，而旁觀者明，其亦何能已於言乎？管見所及，以爲范書當增補者凡若干事，當整理者凡若干事，臚列如次。其有乖繆，幸仲澐與海內賢達有以教之。

甲　當增補者

一　書考

宋明以來，畧錄之學不講，凡注釋古書者，類不以書本之來歷爲意。清儒極力提倡，注書家始漸重書評：如孫氏之詁墨，王氏之解韓，俱有目錄提要，可以爲例。近人箸作，復多忽此：劉文典之淮南集解，與范君文心講疏，胥同此失。

文心書考可分二類：(1)梁以後正史藝文經籍諸志暨官私書目，有否記載，卷數有否變遷，可次爲書目表，附於卷首。(2)前人書目有提要者，如讀書敏求記士禮居藏書題跋記四庫全書提要之類，並當采爲書評，次書目表之後。前人文集藏有文心序跋者，亦當廣爲搜集，方稱完備。（明梅慶生音注本文心雕龍，有顧起元序，都穆及朱謀㙔跋，楊升庵與張禺山書，黃叔琳注本删去，茲亦宜重爲收入。）

二　箸者年譜

凡研究某種箸作，書本之來歷既欲明白，而作者之行事，亦有同等之重要也。如能比次彥和行事，撰一年譜，則誠快事。惟彥和事蹟，梁書與南史本傳已不能詳，旁證材料，又甚缺乏，則此項工作，良非易易耳。（案彥和事蹟，文心書中亦有足資考覈者，如時序篇云「暨皇齊馭寶，運集休明，太祖以聖武膺籙，……中宗以上哲興運，……揚言讚時，請寄明哲。」則文心一書，成於齊世可知，卷首題梁劉勰者非也。紀昀顧千里曾爲訂定此類可爲纂修年譜之材料。

三　劉勰遺文

劉勰遺箸，惟有文心雕龍行於世，嚴可均輯全梁文錄文心雕龍序（據梁書南史本傳御覽六百一）辨惑論（據弘明集八）暨剡縣石城寺彌勒石像碑銘（據藝文類聚七十八）三篇。序已見文心書中（即序志篇）論銘二文，亦宜附錄，以見劉氏文藝之一斑。或以論附論說篇，銘附銘箴篇，以資啓發，不更愈於范疏自序所謂『凡古今人文辭可與文心相發明印徵者，耳目所及，悉採入錄』乎？

（以上三條並關於本書範圍之外者）

四　旁證

講疏論說篇注二『陸士衡云『論精微而朗暢，說煒曄而譎誑；』彥和云『論者倫也，說者悅也。』』神思篇注一『陸士衡曰『恆患意不稱物，文不逮意』彥和亦曰『暨乎篇成，半折心始。』』皆以議論相類者爲比證。此等比證，有種種妙用，茲非討論範圍，不復贅及。惟依此例推，有更顯明而甚重要者數處，當補入。例如顏氏家訓文章篇云「夫文者原出於五經，詔命策檄，生於書者也；序述論議，生於易者也；歌詠賦頌，生於詩者也；祭祀哀誄，生於禮者也；書奏箴銘，生於春秋者也」當與文心宗經篇「論說辭序，則易統其首；詔策章奏，則書發其源；賦頌歌讚，則詩立其本；銘誄箴祝，則禮總其端；紀傳銘檄，則春秋爲根」互證。又文章篇云「……自古文人，多陷輕薄：屈原露才揚己……但其損居多耳」一大段，當與文心程器「……自古文人類不護細行，……略觀文士之疵：相如竊妻而受金，……豈曰文士必其玷歟？」一大段互證。

五　引書出處

講疏自序云「今觀注本，紕繆弘多，所引書往往爲今世所無，展轉取載，而不著其出處，顯係淺人之爲。」此言極是，而疏中仍有出處未明者，是自相矛盾也。且引書之詳標出處，所以便檢覈防舛譌，非惟限於今世所無者已也。故疏中引書篇章未明之處，並宜補政，茲爲

分别摘舉如次

（A）增舊注之未盡者：一卷七頁引史記，二十一頁二十三頁引尚書大傳，二卷二頁引家語，八十三頁引尚書大傳，三卷二頁引闕子，七卷六頁引毛詩傳，十卷二頁引淮南子，八頁引呂氏春秋水經注藝文類聚淮南子，十五頁引尹文子淮南子呂氏春秋莊子，老子左傳，二十四頁引左傳，二十六頁引文選注，並不注明篇章。十卷二十四頁引陸賈新語，書亦今世所無，而不考爲何書轉引，或何人輯本，總覺疏略。

更有不注出處而冠以黃注二字者：如二卷九十一頁黃注引山海經，四卷十七頁黃注引韓詩外傳，二十三頁黃注引晉書，三十四頁黃注引通志，五卷三十二頁黃注引韓非子，三十五頁黃注引晉書，五十頁（八）與（十四）二條黃注曰左傳，同頁黃注曰管子，五十四頁黃注曰淮南子，八卷二十頁黃注引左傳，二十八頁黃注云左傳杜氏注，九卷十頁黃注曰左傳，十八頁黃注引左傳之類，皆是也。

更有進者，注釋引書，固當明其出處，尤宜有一定體例，雖極瑣碎之處，亦不可忽過。右舉講疏引黃注，忽稱『引』忽稱『曰』，亦瑣碎處不注意之一也。黃注之出處不詳者，講疏爲之考定，如原道篇「玄黃」黃注引易范疏加「坤卦文言」四字；「方圓」黃注引大戴禮記，范疏加「曾子天圓篇」五字，皆不復冠以黃注字樣，良以眉目既變，不可復歸原人，而掌故出處，亦無標明注者之必要，方法至爲安洽也。而九卷十七頁黃注引兒寬傳，范疏於『兒寬』上加『漢書』二字，亦既與原注面目不同矣，而復冠以黃注字樣，何乃鑿枘且與前例不一致歟？此瑣碎處不注意之二。上半部於黃注既多爲考定出處，而下半部復多仍舊注之簡陋，備標列『黃注』二字以塞責，是無異示人以工作之尚未完畢也。此不合體例者三。十卷六頁（八）條注云「以下皆引黃注，不復備舉。」因此同頁（九）至（十二）條之引左傳八頁（二）條之引呂氏春秋，皆不記年數與篇名，此種辦法，亦工作未完之表示，其失既如上述，即退一步言，假定此法爲合，而九卷以前引黃注，既不煩逐條標明「黃注」字樣，何以至十卷（八）條始示「省文之例」乎？此不合體例者四。

（B）新疏之不詳出處：例如聲律篇贊曰「轡滑榆槿」，黃注「禮內則『槿荁枌榆免薨滫瀡以滑之』」，范疏易之云「槿，禮記作荁，釋文曰菜也。」注語較黃為明晰，而刪去內則二字，則轉令出處不詳，此引書之不詳出處一也。四卷三十八頁（十六）「般者，謂智慧也」，不引譯語出處，此釋義之無據二也。一卷二頁（八）引孔子曰，十五頁（九）引荀卿子曰，不言見於何書何篇，此援語之不明來歷三也。三卷十六頁（九）云「傅毅有明帝誄及北海王誄」，錄兩誄文辭，而不注明載於何書，此引作品之不詳出處三也。

復次，三卷二十八頁注（八）引胡廣弔奚齊文，云「載藝文類聚」，注（九）引王粲弔奚齊文，則不注出處，二十九頁注（十）引彌衡弔張衡文，不注出處，注（十一）陸機弔魏武帝文，則云「見文選」，則引作品之詳其出處與否，似若信手拈來，不規定律矣。又胡廣、王粲、彌衡弔文，俱列其辭，陸機弔魏武，則不錄其文，亦體例之未純者。

六　注釋

講疏視黃注已為繁博，而重要之處須補注者尚多：即如樂府篇云「匹夫匹婦，謳吟土風，詩官采言，樂盲被律。」案采詩制度，為文學史上重要問題，黃注不言，是其疏也；講疏仍之，殊覺闕然。今案揚雄方言引劉歆云「三代周秦軒車使者、遒人使者，以歲八月巡路，求異代語僮歌謠。」此劉氏所謂詩官採言也。食貨志「……春秋之月，羣居者將散，行人振木鐸以采詩，獻之太師，比其音律，以聞於天子。」此劉氏所謂「詩官采言，樂盲被律」也。何休公羊宣十四年傳注言「男女同巷，以夜相績……飢者歌其食，勞者歌其事。」云云，亦足為「匹夫匹婦謳吟土風」之注腳。

七　校勘

文心舊校疏陋，正與舊注同。私肊改竄，不注原作，一陋也；注別本而不指名，二陋也。清顧千里、黃丕烈、馮舒有朱墨校本，矜慎精塙，為劉書開一新紀元。吾邑孫氏玉海樓有傳錄本，其閒可以糾正講疏之處甚多，足知文心一書校勘之役，不可緩也。例如鎔裁篇云「駢拇枝指，用侈於性；附贅懸疣，實侈於形。二意兩出，義之駢枝也；同辭重句，文之肬贅也。」『二意』顧校引活字本作『一意』，當據正。蓋上下二句『厕』與『重』同，『駢枝』與『贅肬』義又同，而『二』與『同』異，對句不稱，可疑一也。且二意兩出，何侈於性？不能謂之駢枝明矣。詞義不通，可疑二也。則『二』之爲『一』，塙切不移，即無所據之本，猶當改之矣。而講疏云：「二意兩出者，謂二義踳駁，不可貫一，必決其取舍，始能綱領昭暢，文無滯機也」，牽强附會，疏于校讐之過也。

八　補輯

講疏搜輯諸人校注，至爲賅博，但餘聞勝義，雜見錯出於各家札記文集者，尚多未及，如錢大昕十駕齋養新錄，姚範援鶉堂筆記之類，所宜補采者也。

乙　當整理者

一　正文與注疏之別異

原文與注疏當有別異，此不待言也。惟別異之分量，能愈多則愈善耳。范疏與原文別異之處，只在行格之高低，有時則并不分高低；——如一卷三頁引黃先生論文辭封略，四頁接正文「人文之元……」之類。——又以注疏過於繁縟，翻檢正文，頗覺困難。愚謂更當益以二事如次：

(A)注疏之字體須略小。(B)注疏宜統列正文之後。庶正文與注疏之別異愈臻明晰，而篇幅之形式，亦可隨之減短。

(B)條尤有特別討論之價值。講疏以正文分段，疏亦分列各段之後，疏之繁者，上下二段，須隔六七葉，殊失聯絡之精神，而勞於檢查。然此猶無關指要，更有義例不可通者：彥和論文，恒以二種性質相近之文體合爲一題，而分析討論其讚語，則仍合二體也。例如祝盟篇前段論祝，後段論盟，而讚則兼祝盟也。講疏遇此類篇章，則亦分二組，前組綴於論祝之後，後組附贊語之末，在形式觀之，似題屬於祝，讚隸於盟，何乃不相稱乎？然以後段講疏插入贊前，亦不可行，蓋贊惟數語，不宜距離太遠，此(B)項之主張所以不可少也。

二　注疏自身之區別

講疏之性質，至少可分三類。⑴正注：數典及詮文之屬是也。⑵旁注：上述旁證及所引近人論文（如二卷六十頁錄章炳麟辨詩……）之屬是也。⑶附注：與劉書有關係之文學作品是也。⑴⑵兩項尚可勉强並列，⑶項非另闢位置不可。余謂關于⑶項者，須分二種辦法：（A）詳注其出處而不錄作品，併入⑴項。（B）凡有關係作品，統錄於全書之後，而於⑴注中留一索引。依此辦法，則繁縟者更臻減約；全書之條理，自益明晰。

唐寫本文心雕龍殘卷校記

趙萬里

敦煌所出唐人草書文心雕龍殘卷,今藏英京博物館之東方圖書室。起徵聖篇,訖雜文篇,原道篇存讚曰末十三字,諧讔篇僅見篇題,餘均亡佚。每頁二十行至二十二行不等。卷中淵字,世字,民字,均闕筆,筆勢遒勁,蓋出中唐學士大夫所書,西陲所出古卷軸,未能或之先也。據以遂校嘉靖本,其勝處殆不可勝數,又與太平御覽所引,及黃注本所改輒合,而黃本妄訂臆改之處,亦得據以取正,彥和一書傳誦于人世者殆遍,然未有如此卷之完善者也。去年冬余既假友人容君校本臨寫一過,以其有遺漏也,復假原影本重勘之,其見于御覽者亦附著焉。即以三夕之力,蕺錄成校記一卷,序而刊之,以貿並世之讀彥和書者。丙寅花朝日記。

徵聖第二(唐寫本篇名均頂格寫)。

則聖人之情見乎文辭矣(正文依嘉靖本[一])唐寫本[二]無文字。案今本有文字,蓋涉上下文而衍,當據刪。

先王聖化　聖化作聲教。

夫子風采　風采作文章。

以多方舉禮　方作文。案黃注本依孫校,改方作文,與唐本正合。

此事蹟貫文之徵也　蹟作績。

然則忠足而言文　忠作志,而作以。案黃本依謝校,改忠作志,與唐本正合。

迺含章之玉牒,秉文之金科矣　迺作乃。

喪服舉輕以包重　包作苞。

書契斷決以象夬　斷決作決斷,夬訛史。

文章昭晰以象離　象作効。

五例微辭以婉晦　以作而。

故知繁略殊形　形作制。

變通會適　會適作適會。案上云卽引逭時,與此句相對成文,則以作適會

一,即四部叢刊所印之本。

二,以下校語句首"唐寫本"三字均從省。

爲是，當據唐本乙。

是以政論文必徵於聖必宗於經　作是以論文必徵於聖，窺聖必宗於經。

案唐本是也，黃本依楊校，政上補子字，必宗於經句下，補稚圭勸學四字，臆說非是。

弗惟好異　弗作不，惟作唯。

故知正言所以立辯　辯作辨。

辭成無好異之尤　成下有則字。案則字當据補。

辯立有斷辭之義　立下有則字，義作美。案則字當据補。

雖欲此言聖　此言作訾。案黃本改作訾，與唐本正同。

弗可得已　弗作不，已作也。

猶或鑽仰　猶作且。

胡寧勿思　胡寧作寧曰。

若徵聖立言　無若字。

贊曰　贊作讚。此下各篇均同。

宗經第三

其書言經　言作曰。案太平御覽六百八引言亦作曰，與唐本正合。

洞性靈之奧區　奧區作區奧。

自夫子刊述而大寶咸耀　刊作删，咸作啟。案御覽六百八引此文正與唐本合，黃校一本咸作啟，當據改。

義既極乎性情　極作挻　案御覽六百八引作埏，以下文辭亦匠於文理句例之，則作埏是也。唐本作挻，即埏字之譌。

辭亦匠於文理　於作乎。

聖謨卓絕　謨作謨。案黃本謨改謨，與唐本正合。

而吐納自深　無而字。案唐本是也，今本即涉上文而衍。

夫易惟談人神致用　談下有天字，人作入。案御覽六百八所引，均與唐本合，當據訂。

固哲人之驪淵也　固作故。

而訓詁茫昧　訓詁作詁訓，茫作芒。

昭昭若日月之明離離如星辰之行　明上有代字，行上有錯字。案今本譌脫，當據補。

書昭灼也　昭作照。

詩主言志　主作之。

𢽾最附深衷矣　無𢽾字。案𢽾即最之譌而衍者，御覽六百八引亦無𢽾字，黄本改作故，並非是。

禮記立體　記作以。案御覽六百八引，與唐本合，當據改。

據事制範　制作制。

章條纖曲　此下有執而後顯，採掇片言，莫非寶也，春秋辨理，十六字。案御覽六百八引亦有此文，黄本已据御覽增，惟片字誤作生。

諒以邃矣　以作已。

此聖人之殊致　人作文。案作文義較長。

至根柢槃深　至下有於字，槃深作盤固。

是以往者雖舊，餘味日新　雖作唯，餘上有而字。案而字今本脫，當據補。

後進追取而非晚　晚作晚。案黄本曉改晚，與唐本正合。

前修文用而未先　文作久。案唐本作久是，先疑即完字之譌。

紀傳銘檄則春秋爲根　紀作記，銘作盟。案唐本作盟是，黄本引朱云"銘當作移"，臆說未安。

終入環內者也　者也二字無。

若禀經以製式　製作制。

是仰山而鑄銅煮海而爲鹽也　仰作即，也上有者字。案者字今本脫，當據補。

四則義直而不回　直作貞。

揚子比雕玉以作器　揚上有故字。案故字今本脫，當據補。

勵德樹聲　勵作邁。

正末歸本　正末作極正。

不其懿歟　歟作哉。

致化歸一　歸作惟。

正緯第四

斯之謂也　之作其。

好生矯誕　誕作託。

事論昭晳　晳作哲。案黄本依許校，改晳作哲，與唐本正合。

按經驗緯　按作酌。

倍譎千里　譎作摘。

經顯聖訓也緯隱神敎也　聖作世（下同），兩也字無。

而今緯多於經　今字無。

商周以前　以作已。

圖籙類見　圖籙作綠圖。

緯何豫焉　豫作預。

原夫圖籙之見　原字無，圖籙作綠圖。

故知前世符命　世作聖。

於是伎數之士　伎作技。

謂起哀平　謂下有僞字。案僞字，今本脫，當據補。

至於光武之世　於字無。

曹褒撰讖以定禮　撰作選。

尹敏戲其深瑕　深瑕作浮假。案此文與上句"桓譚疾其虛僞"，相對成文，則唐本作浮假是也。

荀悅明其詭誕　誕作託。

論之精矣　論字無。

白魚赤烏之符　烏作雀。

黃金紫玉之理　金作銀，理作瑞。案黃本依孫校，改理爲瑞，與唐本正合。

是以後來辭人　後作古。

採摭英華　採作捃。

平子恐其迷學　恐作慮。

滎河溫洛　滎譌采。

糅其雕蔚　糅作採。

辨騷第五

小雅怨誹而不亂　誹作誹。案黃本依許校，改誹作誹，與唐本正合。

可謂兼之　兼之二字無。案唐本是也，此文即承下文"蟬蛻穢濁之中，浮游塵埃之外"爲句，兼之二字，當是後人妄加。

崑崙懸圃　懸作玄。案黃校引一本亦作玄，與唐本正合。懸玄古通，楚辭天問淮南地形訓均作懸圃，自以作懸爲是。

然其文辭麗雅　辭字無。

以爲皆合經術　術作傳。

揚雄諷味　諷作諛。

可謂鑒而弗精翫而未覈者也　弗作不,也作矣。

稱湯武之祗敬　湯武作禹湯。

典誥之體也譏桀紂之猖披傷羿澆之顛隕規諷之旨　此四句脫。

同於風雅者也　於作乎。

豐隆求宓妃　豐上有駕字。案此處上下文均三字爲句,駕字當據唐本補。

鴆鳥媒娀女　鴆上有溉字,娀作娀。案唐本是也,今本有脫誤,當據訂。

康回傾地　康訛粟。

夷羿彃日　彃作斃。案唐本是也,黃本依孫校,改彃爲彈,臆說未安。

木夫九首　天作夫。案黃本依謝校,据招魂改天作夫,與唐本正合。

土伯三足　足作目。案黃本依朱校,据招魂改足作目,與唐本正合。

摘此四事　摘作指。

異乎經典者也　乎作於。

語其本誕則如此　本作夸。案唐本是也,當據訂。

體憲於三代而風雅於戰國　雅作雜。案唐本是也,今本即涉下文"乃雅頌之博徒"而誤。

雖取鎔經意　意作旨。

亦自鑄偉辭　偉作緯。案唐本是也,緯辭與上句"經意"相對成文,緯誤作偉,則文不成義矣。

故騷經九章　故字無。

九歌九辯　辯作辨。

綺靡以傷情　綺靡作靡妙。

瑰詭而惠巧　惠作慧。

招魂招隱　招隱作大招。案唐本是也,黃本引馮校,與唐本正合。

耀艷而深華　深作采。

故能氣性轢古　性作往。案唐本是也,當據改。

自九懷以下　以作已。

遽躡其跡　跡作迹。

故才高者菀其鴻裁　菀作苑。案唐本是也，苑與蘊通，廣雅云"蘊，聚也"，是其義。

酌奇而不失其眞　其眞訛作居貞。

不有屈原　原作平。

壯志煙高　志作采。案作采，于義爲長。

絕益稱豪　作艷逸錙毫。案黃本引朱校，據宋本楚辭改作艷溢錙毫，與唐本正合，惟逸作溢，乃聲近之訛。

明詩第六

聖謨所析　謨作謨。案唐本是也，本書謨謨多形近互譌。

詩者持也　詩上有故字。案今本脫故字，當據補。

有符焉爾　有上有信字。案此文疑當作信有符焉，爾字衍。

昔葛天氏樂辭云玄鳥在曲　天字氏字云字均無。案此文疑當作昔葛天樂辭，玄鳥在曲，方與下文黃帝雲門，理不空綺相對成文，今本衍氏字云字，唐本奪天字，均有誤，然終以唐本近是。

黃帝雲門理不空綺　綺作絃。案唐本是也，黃本引朱校"綺當作絃"，與唐本正合。

至堯有大唐之歌　唐作章。案御覽五百八十六引作唐，黃校引一本作章，與唐本正合，章唐古通用。

及大禹成功　功字無。

五子咸怨　怨作諷。案作諷義較長，御覽五八六引亦作諷，與唐本正合。

子夏監絢素之章　監作鑑。案唐本作鑑，與御覽五八六引合。

可與言詩　詩下有矣字。案今本脫矣字，今據補。

風人輟采　輟作掇，采作彩。

酬酢以爲賓榮　爲作成。

所以李陵班婕妤見疑於後代也　妤字無。案妤字可省，御覽五八六引亦無妤字，與唐本正合。

按召南行露　召作邵。案御覽五八六引亦作邵，與唐本正合。

閱時取證　證作徵。案黃校引一本，及御覽五八六引，均作徵，與唐本正合。

比采而推　采作彩。

兩漢之作乎　兩上有故字，乎作也。案御覽五八六引兩上有固字，固故音近而訛,疑此文當作固兩漢之作也,今本有脫誤。

至於張衡怨篇　於作如。

清曲可味　曲作典。案黃校改曲作典,與唐本及御覽五八六引均合。

暨建安初　安下有之字。案唐本是也,與黃本正合。

五言騰踴　踴作躍。

唯嵇旨清峻　旨作志。案唐本是也,與黃本正合。

乃應璩百一　一作壹。

張潘左陸　作張左潘陸。案唐本是也,與御覽五八六引合,今本誤倒,當據乙。

或析文以爲妙　析作析。

嗤笑徇務之志　嗤作羞,徇作侚。案御覽五八六引嗤亦作羞,與唐本正合。

崇盛亡機之談——亡作忘。案唐本是也,與御覽五八六引合。

而辭譎一揆　辭作輒。

莫與爭雄　與作能。

挺拔而爲俊矣　俊作儁。案唐本作儁,與御覽五八六引合。

莊老告退而山水方滋　莊作嚴。案御覽五八六引亦作嚴,與唐本正合。

而情變之數可監。監作鑒案御覽五八六引亦作鑒,與唐本正合。

若夫四言正體雅潤爲本五言流調清麗居宗　雅上清上均有則字。案御覽五八六引亦有兩則字,與唐本正合,當據補。

叔夜含其潤　含作合。案御覽五八六引亦作合,與唐本同。

茂先凝其清　凝作擬。案御覽五八六引亦作擬,與唐本正合。

景陽振其麗　振作艷。

鮮能通圓　通圓作圓通。案唐本是也與御覽五八六引合,今本誤倒,當據乙。

忽之爲易　之作以。案御覽五八六引亦作以,與唐本合。

離合之發　離合作合離。

則明於圖讖　則下有亦字,明作萌。案御覽五八六引亦作萌,與唐本正合,當據改。

回文所興　回作迴。

樂府第七

既其上帝　既作暨。

葛天八闋　闋作闕。案唐本是也，與黃本合。

自成英以降　以作巳。

殷驚思於西河西音以興　驚作整。案呂氏春秋音初篇云"殷整甲徙宅西河，猶思故處，實始作爲西音"，此文當本呂覽，自以作整爲是；整驚盤均形近致誤。

音聲推移　音作心。

及夫庶績　及下有四字。案唐本是也，當據補；黃本依許校，改及作匹，非是。

詩官採言　採作采。

樂育被律　育作胥。案唐本是也，當據改；一本作盲，非是。

志感絲篁氣變金石　篁作簧，石作竹。

精之至也　至作志。

制氏紀其鏗鏘　鏗作鏗。案唐本是也，與黃本正合。

叔孫定其容與　與作典。

於是武德興乎高祖　乎作於。

暨武帝崇禮　禮作祀。案漢書禮樂志云"武帝定郊祀之禮，乃立樂府"，則當以作祀，于義爲長。

朱馬以騷體製歌　製作制。

河間薦雅而罕御　薦作篤。

至宣帝雅頌詩效鹿鳴　頌字無，詩下有頌字。案唐本是也，當據訂。

邇及元成　邇作逮。

暨後郊廟惟雜雅章　後下有漢字，雜作新。案唐本是也，當據訂。

觀其兆上秦引　兆作北。案唐本是也，與黃本正同。

荀最改懸　最作晶。案唐本是也，與黃本正同。

聲節哀急　哀作稍。

故阮咸譏其離聲　聲譌磬。

和樂精妙　樂下有之字。案唐本是也，當據補。

晉風所以稱遠　遠作吳。

若夫艷歌婉變　變作戀。

怨志訣絕　作宛詩訣絕。案，唐本近是，疑此文當作怨詩訣絕，與上句相對。

成文。

自此階矣　階作偕。

詩聲曰歌　詩作咏。

故陳思稱李延年閑於增損古辭　李作左。案唐本是也,左延年,魏時之善歌者,見魏志杜夔傳。

觀高祖之詠大風　觀作靚。

咸有佳篇　咸作亟。

至於斬伎鼓吹　斬伎作軒岐。案唐本是也,當據訂。

而並總入樂府　並字無。案唐本是也,當據删。

繆襲所致　襲作朱。

故略具樂篇以標區界　具作序,界下有也字。案唐本是也,當據訂。

詮賦第八

鋪采摛文　采作彩。

昔邵公稱公卿獻詩師箴賦　卿字無,箴下有瞽字。案御覽五八七引箴下亦有瞽字,周語云,"天子聽政,使公卿至於列士獻詩,瞽獻典,史獻書,師箴,瞍賦,矇頌,百工諫",據此則瞽字當從唐本及御覽訂。

劉向云明不歌而頌　劉上有故字,云字無。案御覽五八七引與唐本正合,今本有脫誤,當據二書訂。

結言拉韻　拉作短。

然賦也者受命於詩人招字於楚辭也　然下有則字,人下有而字,招字作拓字。案唐本是也,御覽五八七引此文辭下有者字,餘均與唐本正合,今本有脫誤,當從二書訂補。

宋玉風鈞　鈞誤均。案當依黃本作風鈞。

遂客至以首引　至作主,首作守。案御覽五八七引至亦作主,與黃校及唐本均合,當據改。

極貌以窮文　貌上有形字。案唐本是也,當據補。黃本依曹校,于貌上補聲字,與御覽五八七雖合,但未可據訂。

順流而作　順作循。案唐本是也,與御覽五八七引合。

枚馬同其風　同作播。案御覽五八七引作洞,又與唐本異。

與翔已下　翔作朔。案唐本是也,與御覽五八七,及黃本引曹校均合。

夫京殿苑獵述行序志　夫上有若字,序作敘。案唐本是也,與御覽五八七引合,當據補。

辭以理篇　辭作亂。案唐本是也,與黃本同,御覽五八七引作詞,與嘉靖本同誤。

造致文契　作寫送文勢。案御覽五八七引此文,與唐本正合。

閔言稱亂　言作馬。案唐本是也,與魯語正合。

故知殷人輯頌　輯作緝。

斯並鴻裁之寰域　寰作環。

庶品雜類　庶作庶。案唐本是也,與黃本引曹校正合。

則觸發致情　致作置。

斯又小制之區畛　制作製。

宋發巧談　巧作夸。案作夸義較長,御覽五八七引亦作誇。

枚乘菟園　菟作兔。案御覽五八七所引,與唐本正合。

賈誼鵩鳥致辨於情理　鵩鳥作長服,理作裏。

朋約以雅贍　朋約作明絢。案唐本是也,與御覽五八七引正合。

構深瑋之風　瑋作偉。案唐本是也,與御覽五八七引正合。

合飛動之勢　合作含。案唐本是,與御覽五八七所引,及黃本均同。

並辭賦之流也　作並詞賦之英傑也。案唐本是,與御覽五八七所引,及黃本均同。

發端必遒　端作篇。案御覽五八七所引,與唐本正合。

彥伯梗槩　梗槩作槩梗。

故義以明雅　以作必。案唐本是也,與御覽五八七所引,及黃本均合。

物以情觀　觀作視。案御覽五八七引與唐本合,作視義較長。

文雖新而有質　新作雜。

色雖糅而有本　本作義。案作義是也,御覽五八七所引,及黃校引一本均作儀,亦其證。

無貴風軌　貴作實。

此揚子所以追悔雕蟲貽誚於霧縠者也　悔下有於字。案唐本是,與御覽五八七所引,及黃本均合。

分歧異派　作異流分派。

柷滯必揚　柷作抑，揚作揚。案唐本是，當據改。

言曠無隘　曠作曠。

辭翦美稗　作詞翦稊稗。案唐本是也，當據訂。

頌讚第九

咸墨爲頌　墨作黑。案唐本是也，呂氏春秋古樂篇云"帝嚳命咸黑，作爲聲歌"，是其證。

以歌九韶　韶作招。案唐本是也，御覽五八八所引，及呂氏春秋古樂篇均作招，與唐本正合。

自頌已下　頌上有商字。案唐本是也，當據補與御覽五八八引合。

容告神明謂之頌　容上有雅字，明字無。

風雅序人事兼變正頌主告神義必純美　事上義上均有故字。案御覽五八八引此文，正與唐本合，今本有脫字，當據補。

魯人以公旦次編商人以前王追錄　兩人字無。案唐本是也御覽五八八所引，正與唐本同，當據刪。

斯乃宗廟之正歌　正作政。

非讌饗之常詠也　讌饗作饗讌，常作恒。案御覽八八引此文，與唐本合。

晉輿之稱原田　輿作輿。案唐本是也，黃本依曹校改輿作輿，與唐本正合。

直言不詠　言不作不言。

丘明子高並諜爲誦斯則野頌之變體浸被乎人事矣　誦均作頌，乎作於。

情采芬芳　情采作辭采。案唐本義較長。

又覃及細物矣　又作乃，及下有乎字。

至於秦政刻文　於作乎。

史岑之述僖后　僖作燕。案唐本亦誤，僖當作熹，燕即熹字之譌。

或範垧那　垧作駉。案唐本是也，御覽五八八所引，正與唐本合，黃本亦同。

至於班傅之北征西逝　逝作征。案唐本是也，傅毅有西征頌，御覽卷三百五十一引之。

豈不褒過而謬體哉　過作通。

辭不變旨趣　變作辭。

及魏晉辨頌　辨作雜。

原夫頌惟典雅　惟作維。案御覽五八八引此文，正與唐本合。

唯纖曲巧致　唯作雖，曲巧作巧曲。案唐本是也，御覽五八八引此文，正與唐本合。

興情而變　興作與。

其大體所底　底作弘。案唐本是也，御覽五八八引作宏，底即宏字之譌。

讚者明也　明也下有助也二字。案黃本從御覽五八八引，補助也二字，與唐本正合。

及益讚於禹　讚作贊。案御覽五八八所引，與唐本正合。

嗟歎以助辭也　也字無。

及史班固書　固作因。

頌體以論辭　作頌體而論詞也。案御覽五八八引以亦作而，與唐本正同。

又紀傳後評　後作後。案黃本依朱校，據御覽改後爲後，與唐本正同。

及景純注雅　注下有爾字。案唐本是也，當據補。

義兼美惡　義作事。案御覽五八八引作讚，與唐本又異。

然其爲義　然下有本字。案唐本是也，黃本據御覽于然下增本字，與唐本正合。

昭灼以送文　昭作照。

容體底頌　體作德。

鏤影摛文　文作聲。案唐本是也，黃本作鏤彩摛文，非是。

擎理有閑　擎作文。案唐本是也，當據改。

年積逾遠　積作迹。

祝盟第十

祀徧羣臣　祀作禮，臣作神。案唐本是也，當據改。

是生黍稷　黍稷作稷黍。

資乎文辭　乎作于。

昔伊祈始蜡　祈作耆。案唐本是也，黃本依柳校，改祈作耆，與唐本正同。

土反其宅　反作反。案唐本是也，黃本依許校，改及作反，與唐本正同。

變在茲矣　變作蝬。

舜之祠田云荷此長耜耕彼南畝四海俱有　四上有與字。案唐本是也，與字當據補。御覽八十一引尸子云，"舜兼愛百姓，務利天下，其田歷山也，荷彼耒耜，耕彼南畝，與四海俱有其利"；觀路史後紀十二注及王應麟困學紀闓十,即彥和此文所本,是其證。

即郊禋之祠也　祠作辭。

則雩禜之文也　則作即。

掌六祀之辭　祀作祝。案唐本是也,與黃本正合。

夙興夜處言于附廟之祝　處作寐,附作祔,祝作祀。

多福無疆　疆作彊。

所以寅虔于神祇嚴恭於宗廟也　虔作虔。案唐本是也,當據改。

春秋已下　春上有自字。案唐本是也,當據補。

祀幣史辭。祀作祝,幣作弊。

至於張老成室致善於歌哭之禱　於作如,成作賀,善作美。案唐本是也,檀弓下云:"晉獻文子成室,晉大夫發焉,張老曰,'美哉輪焉,美哉奐焉,歌於斯,哭於斯,聚國族於斯'",即此文所出,當據唐本訂正。

獲佑於筋骨之請　佑本祐。

可謂祝辭之組纚也　纚作麗,也上有者字。案者字當據唐本補。

漢之群祀　漢上有逮字,之作氏。案逮字當據唐本補。

肅其旨禮　旨作百,案唐本是也,與黃校所引一本合。

既總碩儒之儀　儀作義。

異於成湯之心　於作乎。

侲子毆疾　侲作振,疾作疫。案作疫,是也,與黃本依王氏校改正合。後漢書禮儀志云:"大儺謂之逐疫,選中黃門子弟,十歲以上,十二以下,百二十人爲侲子",是其證。

同乎越巫之祝　乎作於,祝作說。

至如黃帝有祝邪之文　祝邪作呪耶。

唯陳思誥　誥下有咎字。案唐本是也,陳思王有誥咎文。

若乃禮之祭祀　祀作祝。

祭而兼讚　讚作贊。

蓋引神而作也　而作之。

然則策本書贈因哀而爲文也　贈作賵,而字無。

誄首而哀末　首作體。

頌體而祝儀　祝作視。

太史所作之讚因周之祝文也　作太祝所讚因祝之文者也。

凡羣言發謡而降神務實　發作務。

在於無媿　媿作愧。

班固之祀濛山　祀濛山作祠涿山。案唐本是也，文選顏延之曲水詩序注，王儉褚淵碑文注，虞羲詠霍將軍北伐詩注，宣德皇后令注，丘遲與陳伯之書注均引班固涿邪山祝文，今本譌涿爲濛，遂使後人無從考索矣。

奠祭之恭哀也　奠祭作祭奠。

騂毛白馬　毛作旄。案唐本是也，騂旄出左襄十年傳，當據改。

以及要契　以作弊，契作契。

崇替在人　替作朁。案唐本是也，與黃本正同。

呪何預焉　作祝何豫焉。

若夫臧洪歃辭氣截雲蜺　歃辭作唾血，氣作辭。

而無補於晉漢　晉漢作漢晉，而字無。案晉漢當據唐本乙。

反爲仇讐　反上有而字。

故知信不由衷　不由作由不。

獎忠孝　獎下有乎字。

共存亡戮心力　作存亡戮力。

宜在殷鑒　在作存。

忠祀欽明　作忠祀唾血。

銘箴第十一

大禹勒筍簴而招訓　筍作箕，而作以。案御覽五九〇引而亦作以。

武王戶席題必戒之訓　戒作誡。案御覽五九〇所引，與唐本正合。

則先聖鑒戒　則字無，先作列　案唐本是也，御覽五九〇所引，正與唐本合。

故銘者名也　無故字。

觀器必也正名審用貴乎盛德　必也作必名焉，盛作慎。案御覽五九〇引盛亦作慎，與唐本合，今本疑出宋人所改，又據唐本則此文當於焉字用字處斷句，又與今本異。

臧武仲之論銘也　武字無。

曰天子令德諸侯計功大夫稱伐　此三句脫。

夏鑄九牧之金鼎周勒肅慎之楛矢　鼎字矢字均無。案御覽五九〇所引與唐本正合。

魏顆紀勳於景銘　銘作鐘。案唐本是也,與晉語七,及御覽五七〇所引均合。

孔悝表勒於衛鼎　勒作勤。案唐本是也,與御覽五九〇所引正合,黃本同。

靈公有蒿里之謚　蒿作奪。案莊子則陽篇,及張華博物志均有衛靈公葬得石槨文。

吁可怪矣　作噫可怪也。案御覽五九〇所引與唐本正合。

趙靈勒跡於番禺跡作迹,番禺作潘吾。案唐本是也,御覽五九〇引此文,亦作番吾,張榜本韓子外儲說左上正作潘吾,與唐本合,番潘古通用。

秦昭刻博於華山　博作傳。案唐本是也,與御覽五九〇所引合,黃本依朱氏校改同。

吁可笑也　笑作笑。案唐本是也,與御覽五九〇所引合,黃校同。

亦有疏通之美也　有作其。

若班固燕然之勒　若字無。

張昶華陰之碣　昶作旭。

橋公之鉞吐納典謨　橋作橋,鉞作鉞,吐上有則字。案唐本是也,與御覽五九〇引合(御覽引作鉞,與今本同)。

漁硤戒銘　戒作武。案唐本是也,當據改。

而居博奕之中　中作下。案御覽五九〇所引,與唐本正合。

而在白杵之末　白杵本杵白。案御覽五九〇所引,與唐本正合。

唯張采劍閣　采作載。案唐本是也,御覽五九〇所引,正與唐本合,黃本依謝氏校改同。

其才清采　作清采其才。案此處其才與清采相對成文,則其殆寄字之誤。

勒銘岷漢　勒銘作詔勒。案御覽五九〇所引,正與唐本合。

箴者　下有針也二字。案唐本是也,當據補。

斯文興　文下有之字。案唐本是也,御覽五八八引同。

及周之辛甲百官箴一篇體義備焉　及字無,箴下有闕唯虞箴四字。案唐本是也,御覽五八八引同。左襄四年傳曰,"昔周辛甲之爲大史也命百官官箴王闕,于虞人之箴曰,'芒芒禹跡,畫爲九州,經啟九道,民有寢廟(中略)獸臣司原,敢告僕夫'",即此文所出,各本偶脫,當據唐本補訂。

楚子訓民於在勤　民作人。案與御覽五八八所引合。

箴文委絕　委作萎。案與御覽五八八所引合。

彝經可徵　可作有。案唐本是也，御覽五八八引同。

信所謂追清風於前古攀辛甲於後代者也　所作可，信字無。案唐本是也，御覽五八八引同。

溫嶠傅臣　傅一侍。案唐本是也，御覽五八八引同。晉書溫嶠傳云"嶠在東宮，數陳規諷，獻侍臣箴"，是其證。

引廣事雜　作引多而事寡。案唐本是也，與御覽五八八，及黃校引一本均合。

義正體蕪　正下有而字。案唐本是也，當據補。

乃寘巾履　履作屨。

得其戒慎而失其所施　戒作禰，所字無。

憲章戒銘　戒作武。案唐本是也與御覽五八八引合。

名目雖異　目作用。

故文資確切　資作質確作礭。案唐本是也，與御覽五八八引合，黃本依朱改同。

所以箴銘異用　異作寡。

罕施代　施下有後字。案唐本是也，與御覽五八八引合，黃本施下有於字，即後字之譌。

唯秉文君子宜酌其遠大焉　秉作乘，大下有者字。案唐本是也，當據訂。

銘實表器　表器作器表。案唐本是也，器表與下句德軌相儷見義。

敬言乎履　作警乎立履。案唐本是也，當據訂。

誄碑第十二

其詳靡聞　詳作詞。案唐本是也，當據改。

在萬乘　在上有其字。案唐本是也，當據補。

逮尼父卒　父下有之字。案唐本是也，與御覽五九六引同。

觀其慭遺之切　切作辭。

至柳妻之誄惠子　妻作嫠。

暨乎漢世　乎作于。

文實煩穢　煩作繁。

沙麓撮其要而摯疑成篇　麓作鹿,摯作執,其字無。案明抄本御覽五九六,引此文有其字,餘與唐本同。孫仲容疑摯疑當作摯虞,是也。

孝山崔瑗　孝山作蘇順。案孝山乃蘇順字,此處不當稱字,當從唐本訂改。

觀序如傳　觀下有其字,序下有事字。案唐本是也,與黃本同。

潘岳構意　意作思。

能徵厥聲者也　徵作徵。

文皇誄末旨言自陳　末誤未,旨作百,言下有而字。

若夫殷臣誄湯　誄作詠。案唐本是也,當據改。

始序致感　感作感。案唐本是也,與御覽五九六所引合。

景而效者　景作影。

道其哀也悽焉如可傷　道作述,如作其。

碑者埤也　埤作裨。案與御覽五八九所引同。

上古帝皇　皇作王。案與御覽五八九所引同。

始號封禪　始作紀。案與御覽五八九所引同,當據改。

樹石埤岳　埤作裨。案與御覽五八九所引同。

亦石碑之意也　石字無。

事止麗牲　正作止。案唐本是也,與御覽五八九所引,及黃校均合。

自後漢以來　以作已。

周乎衆碑莫非清允　乎作胡。案唐本是也,與御覽五八九引合。蔡中郎文集有汝南周勰碑,陳留太守胡碩碑,太傅胡廣碑,今本胡譌作乎,則文義殊乖矣。

自然而至　至下有矣字。案唐本是也,與御覽五八九引合。

有慕伯喈　慕作摹。

志在碑誄　作志在於碑。案御覽五八九引在下亦有於字。

溫王郤庾　郤作郗。案郗即郄,唐本是也,與御覽五八九引合。

最爲辨裁　裁下有矣字。案唐本是也,與御覽五八九引合。

此碑之制也　制作致。案唐本是也,與御覽五八九引合。

事光於誄　光作先。案唐本是也,與御覽五八九引合。

是以勒石讚勳者　石作器。案與御覽五八九引同。

樹碑述已者　已作亡。案作亡,義較長。

寫實追虛　實作遠。

銘德慕行　慕作纂。案作纂義較長。

文采允集　文采作光彩。

顧影豈忒　忒作戢。

哀弔第十三

事均夭橫　橫作枉。案與御覽五九六引合。

而霍侯暴亡　侯作嬗。案與黃校引一本，及明抄御覽五九六引均合。

及後漢　及上有降字。案唐本是也，與御覽五九六引合。

始變前戒　戒作式。案唐本是也，與御覽五九六引合，黃本據謝氏校改同。

亦彷彿乎漢武也　作亦髣髴乎漢式也。

至于蘇慎張升　慎作順。案唐本是也，與御覽五九六引合。

雖發其情華而未極心實　情字無，極下有心字。案明鈔御覽五九六引亦無情字，疑此文當作雖發其華，而未極其實。

實踵其美　踵作鍾。

觀其慮善辭變　善作贍。案與明鈔御覽五九六引合。

情洞悲苦　悲作哀。

莫之或繼也　也字無。

故譽止於察惠　於作乎。

觀文而屬心則體奢奢體爲辭則雖麗不哀　奢均作夸。

晉神至也　神下有之字。

及晉築虎臺　虎作虒。案唐本是也，與御覽五九六引合，黃本據孫氏校改同。

使蘇秦　作史趙蘇秦。案唐本是也，與御覽五九六引合，黃本孫補同。

或驕貴而殞身　而作以。

或狷忿以乖道　以作而。

或美才而兼累　美才作行美。

及平章要切　平作卒。案御覽五九六引，及黃校引一本，均與唐本合。

意深文略　文略作反騷。

並敏于致語　語作詰。案唐本是也，當據改。

褒而無聞　聞作間。

各志也　各下有其字。案唐本是也,與御覽五九六合。

降斯以下　以作已。案與御覽五九六合。

辭定所表　定作之,表作哀。

迷方告控　告作失。案與黃校所引一本合。

雜文第十四

辭盈乎氣　辭作辨。

故日新殊致　新下有而字。

氣實使之　之作文。案唐本是也,當據改。

本麗風駭　本作夸。案與御覽五九0引合,唐本是也。

始瓶末正　瓶作邪。案唐本是也,與御覽五九0引合。

揚雄覃思文闊　覃作淡。

其辭雖小　其上有絲連二字。

凡此三者　作凡三此文誤。

暇豫之末造也　豫作預。

自對問以後　以作已。

雜以諧謔　謔作調。

吐典言之裁　裁作式。

張衡譏間　間誤問。

景純客傲　景純作郭璞。案唐本是也,當據改。

庾凱客杏　凱作敳,杏作諮。案唐本是也,黃本據欽校,改凱爲敳,與唐本正合。

意榮而文粹　粹作悴。案唐本是也,與黃本所據朱校合。

無所取裁矣　裁作才。

原茲文之設　原下有夫字。

乃發憤以表志　以作而。

此立本之大要也　本作體。

自七發以下　以作已。

入博雅之巧　博雅作雅博。

植義純正　植作拵。

自桓麟七說以下左思七諷以上　以均作已。

壯詞吹獵　吹作田。案與御覽五九〇引合。

窮瑰奇之服饌　瑰作瑰。

甘意摇骨體　體作髓。案唐本是也，與御覽五九〇引合，黄本引楊校同。

豔詞動魂識　動作洞。案與御覽五九〇引合。

而終之以居正　終上無而字。案與御覽五九〇引合

然諷以勸百　以作一。案唐本是也，與御覽五九〇引，及黄本均合。

子雲所謂先騁鄭衛之聲　先字衛字之字均無。案與御覽五九〇引合，疑

　古本如此。

唯七厲叙賢　厲作例。

里醜捧心　醜作醜。案唐本是也，與御覽五九〇引同，黄本謝氏校改同。

唯士衡運思理新文敏　運字理字均無。

豈慕朱仲五寸之璫乎　仲作中。

磊磊自轉　磊磊作落落。

或典語暫間　語作誥。案唐本是也，與黄本同。

各入討論之域　域作域。案唐本是也，與黄本同。

故不曲述　述下有也字。

學堅多飽　多作才。案唐本是也，當據改。

唱若參昴　唱作彗。

甚爾之心於焉祗攪　之下有徒字，於字無。案唐本是也當據訂。

讀文心雕龍

陳延傑

余嘗謂齊梁間批評文學者有二專書：一詩品，一卽文心雕龍也。前既讀詩品爲之論，今復論文心焉。據時序篇有皇齊馭寶之句，此書蓋成於齊末云。

南史本傳，劉勰撰文心雕龍五十篇，論古今文體。案序志篇云，『位理定名，彰乎大易之數，其爲文用，四十九篇而已。』彥和只云四十九篇，蓋除序志一篇而言也。若合計之，則其篇數仍與本傳同。自原道迄書記二十五篇屬上篇，備列各體，每體皆原始釋名，評流派，論作法。自神思迄程器二十四篇屬下篇，極論文術。序志一篇，蓋所以馭羣篇也。概言之，則上篇論文之體裁；下篇說修辭原理之方法也。故此書可標目爲二曰文體論，曰修辭說。茲分述其梗概焉。

一　文體論

劉勰之文體論，約有四端：（一）分類，（二）緣起，（三）流派，（四）體式，茲一一說明之。

自劉向父子校書編七略，有六藝，諸子，詩賦等略，於是文體漸著。逮魏晉六朝，而文體之名益繁。文家承其體式，故辨別文體，其說不淆。梁蕭統著文選，別文體爲三十九種，乃分類之最早者。劉勰深被蕭統愛接，故其文學亦當受其影響。勰之論文體，有與統同者，有與異者。若宗經篇以經爲羣言之祖；正緯篇述漢代緯候甚詳盡，且發其僞，以有助文章，故亦論列。此皆昭明文選所不采者。至於騷，詩，銘，箴，誄，碑，哀弔，論，說，檄，移，章，表等，與文選大體不出入，此其所同也。他若樂府，文選則納於詩中；祝盟，則又載在辭之一體也。雜文則包括對問，七，連珠三體，與昭明同者。諧隱卽後世所謂俳賦者，文選則括於賦內。若夫史傳體，文選又不載，云『至於記事之史，繫年之書，所以褒貶是非，紀別異同，方之篇翰，亦已不同。』文選又不取諸子文，云『老莊之作，管孟之流，蓋以立意爲宗，不以能文爲本，今之所撰，又以略諸。』二者彥和幷論列，此其異也。詔策篇則兼詔册教戒四體，封禪卽文選之符命也。奏啓篇又兼上書，啓，彈事，奏記之體，議對爲駁議對策之文，文選亦不收。書記兼書與牋者，此則互有異同者也。試比較如左表：

雕龍與文選文體分類異同表

雕龍文體分類	文選文體分類
經	無
緯	無
騷	騷
詩、樂府	詩
賦、諧隱	賦
頌讚	頌、贊、史述贊
祝盟	辭
銘箴	銘、箴
誄碑	誄、碑文、墓誌、行狀
哀弔	哀文、弔文、祭文、哀策
雜文	對問、七、連珠
史傳	無
諸子	無
論說	設論、史論、論
無	序
無	文、策問
詔策、戒、敎	詔、令、册、教
檄移	檄、移
封禪	符命
章表	表
奏啓	上書、啓、彈事、奏記

議對	無
書記	書、牋

觀右表，彥和所論文體，不下三十有餘種，較諸昭明之說，則爲簡括。即論之一體，文選則分爲三：設論居首，史論次之，論又次之，茲不免粗漏矣。文選設論之體，取東方朔答客難，班固答賓戲，揚雄解嘲三首。而彥和以此納諸雜文，爲對問之體，其識見在昭明之右。

梁任昉撰文章緣起，凡八十四題，所以著爲文章名之始。彥和論文體原始，與此亦有異同者。如離騷，楚屈原所作；賦，宋玉所作；四言詩始韋孟；七言詩始漢武柏梁聯句；銘始秦皇登會稽山刻石銘；弔文起賈誼弔屈原文；對問始宋玉；七始枚乘；連珠始揚雄；策文始漢武帝策封三王；移文始劉歆移書讓太常博士；封禪首司馬相如；書記始司馬遷報任少卿書；箴始漢揚雄九州百官箴；對以晁錯對策爲舉首，皆同也。昉以五言詩始李陵與蘇武詩，勰頗以爲疑，云『至成帝著錄三百餘篇，朝章國采，亦云周備，而辭人遺翰，莫見五言，所以李陵班倢伃見疑於後代也。』此與昉異者。按蘇軾，洪邁，亦幷疑陵與武五言，爲後人擬作，彥和說是。（詳見拙著蘇李詩考證）至於樂府，昉以爲古詩，此與文選列樂府於詩同，彥和則別立其目，以爲創自漢武帝也。頌者，彥和云，『秦政刻石，爰頌其德。』是頌始秦始皇刻石，昉則以爲起自漢王褒聖主得賢臣頌。昉以讚始司馬相如荊軻讚，彥和云，『至相如屬筆，始讚荊軻。』此其所同也。祝文，雕龍謂始伊耆蜡辭，昉以爲始董仲舒祝日蝕文。至於盟文，緣起不著其目，雕龍亦未著其始，余按當始臧洪歃辭，彥和以誄始魯哀公尼父誄，碑起於蔡邕，較任說差長。（文章緣起，誄，漢武帝公孫弘誄，碑，漢惠帝四皓碑，此說未允。）又以哀辭始黃鳥詩，亦與昉說異。至於諧隱之文，昉未著其目，彥和則以諧辭出淳于髡說甘酒，隱言兆自荀卿蠶賦也。若夫史傳始於司馬遷，諸子肇自鬻子，此彥和之論也。論說之體，彥和未明著其始，揆其意旨，殆以論始自班彪王命論，說始自李斯逐客書乎？文章緣起以論創自漢王褒四子講德論，又不列說體，余按論之體，以四子講德爲先，彥和說長；說自趙良說商君始也。昉又以詔起秦時璽文，彥和茲不詳，按當起漢高帝入關告諭。文章緣起及文選有令無戒，雕龍則有戒無令，以戒始漢高祖手敕太子，甚是。又以教始鄭弘守南陽條教。檄文，昉云起陳琳檄曹操文，彥和以爲始自隗囂移檄告郡國。案彥和說是。若夫章，表，奏，啓及議等，二家又各不同。昉以表始淮南王安諫伐閩表，奏始漢枚乘奏書諫吳王濞，啓始晉吏部山濤作選啓，議始漢韋玄成奏罷郡國廟議；雕龍則以孔融薦禰衡表爲章表之始；賈誼務農疏爲奏之始，啓則無聞焉，以吾丘壽王駁挾弓爲議之始。此則各有其意旨，不可強同者。

魏晉之間，始有文學論，或評文體之正變，或論文章之得失，頗詳贍可觀。其號爲一書者，則有摯虞文章流別論，於詩，賦，箴，銘，哀，誄，頌，七，雜文之屬，咸溯其起原，考其正變，且於諸家作品之得失，亦多評品，誠古今論文之大成也。唯其書已佚，今羣書所引，尚十餘則，略可資證焉。又有李充翰林論，亦品藻古今各體之文，唯羣書所引，亦僅七則。彥和論文體流派變遷及其優劣，當於二書有所依據焉。辨騷論騷經，九章，九歌，九辨，遠遊，天問，招魂，招隱，卜居，漁父等辭，可謂妙解文理矣。至云『自九懷以下，遽躡其迹，』此即東方，劉向皆擬九章者也。明詩篇敍詩之變遷有四：其一，明建安詩體與兩漢之作迴異，蓋體有文質也。其二，明嵇，阮之詩，爲正始標的。鍾氏詩品謂：『阮籍詠懷之詩，可以陶性靈，發幽思，言在耳目之內，情寄八荒之外，會於風雅，厥旨淵放，歸趣難求。』又謂：『康詩露才頗傷淵雅之志，然託喻淸遠，良有鑒裁，亦未失高流。』與彥和所評相近。劉師培云：『魏初歌詩，漸趨輕靡，嵇，阮矯以雄秀，多爲晉人所取法，故彥和評論魏詩推重二子也。』斯得其旨矣。其三，論晉代詩。詩品以張協，潘岳，並原出王粲；左思近公幹；陸士衡學陳思，繁文盛藻，所謂體變曹，王者也。東晉時，玄風獨扇，故孫綽，許詢，袁，詩皆平典似道德論；郭景純亦會合道家之言而韻之，此晉詩變遷之大略也。其四，論宋代詩。案義熙時，殷仲文，謝叔源起，始革孫，許之風，及謝靈運出，興會標舉，爲山水詩之祖，故云，莊，老告退，而山水方滋也。樂府篇論漢樂府靡麗，言似過高，不知漢尚質，而樂府亦多質也。魏，晉間，樂府差入兩漢調，若武帝北上衆引，甚有悲涼之句；文帝燕歌行，情韻兼勝，所謂渾融無迹，會於騷，雅者也。至於子建，士衡樂府諸什，並標能擅美，獨映當時矣。詮賦篇先敍楚，漢以來作者，若荀子，宋玉，枚乘，相如，賈誼，王褒，班固，張衡，揚雄，王延壽十家辭賦之得失，足審大凡，後述魏，晉時王粲，徐幹，左思，潘岳，陸機，成公綏，郭璞，袁宏等優劣，亦深切著明。案楚賦多諷諭，有風人之旨，西漢則流於工，東漢以來，又多逞麗詞，唯左思矯之以徵實，建安七子，獨王仲宣有古風，至晉陸士衡，已用排體，流至潘岳，首尾絕俳，唯孫綽天台山賦，爲清新特出。彥和此篇，亦止言其各家之旨耳。頌文於漢，推揚雄趙充國頌，班固安豐戴侯頌，傅毅顯宗頌，而以班，傅之北征，西巡，馬融之廣成，上林爲謬體失質，此本文章流別論云。贊之文，以班固稱首，至於郭璞爾雅動植讚，則以爲頌之變。祝之文，以蜡辭祠田爲最古，商周祝辭，亦自寅恪，春秋以後，彌趨於諂矣。漢魏間，又近於祈禱祭奠，信所謂體失之漸也。盟文只舉晉漢二篇，蓋要誓之著者。銘之文，論三代鑄於鼎盂，秦人刻於山，漢又遷於碑，而諸家得失，亦可考見。論箴以揚雄，崔，胡爲長，至於潘勗，溫嶠等作，較蕪雜矣，然箴之佳者，有陸雲逸民箴，李充學箴，彥和殆未論及。誄碑之文，以漢作爲工，魏，晉諸碑，終非其亞。劉師培云：『晉人碑銘之文，若傅玄江夏任君墓銘，孫楚牽招碑，潘岳楊使君碑，潘尼楊肅侯碑，夏侯湛平子碑，均以漢作爲楷模，然氣清辭暢，則晉賢之特色，非惟孫綽，王導，郗鑒，庾亮，庾冰，褚裒諸碑已也。』斯又足補彥和之所不及。哀辭以徐幹行女篇，潘岳金鹿澤蘭辭爲悽婉有法。至於弔文，則以賈誼，揚雄，班彪，蔡邕等弔屈原文，相如弔二世文，胡廣弔夷齊文，阮瑀弔伯夷文，禰衡弔平子文，陸機弔魏武文，均爲佳作，良有鑒裁焉。雜文論三體流派得失頗扼要。劉師培云：『晉代雜文傳於今者，如夏侯湛抵疑，束晳玄居釋，王沈釋時論，曹毗對儒，均爲設論，自是以外，騷莫高於九愍（陸雲作）七莫高於七命（張協作）連珠舍士衡所作外，傳者鮮矣。』亦與彥和互相發明也。諧隱文，歷舉春秋以來迄於晉凡十有餘家，各言其得失，皆所謂本體不雅者也。劉師培云『晉人之文，如張敏頭責子羽文，陸雲嘲褚常侍，魯褒錢神論，亦均諧文之屬。』此彥和所未列者。史傳篇，論漢魏以來各家優劣，亦爲定評。劉師培云：『彥和此篇於晉人所撰史傳，舍推崇陳壽三志外，其屬於後漢者，則宗司馬彪，華嶠之書，謂勝袁，謝，辭；張諸作；其屬於晉代者，惟舉陸，干，鄧，孫，王五家，於王隱，虞預，朱鳳，曹嘉之之書，則略而弗舉，是猶論魏，吳各史深抑陽秋，吳錄諸書也。劉氏史通外篇，謂中朝華嶠，陳壽，陸機，束晳，江左王隱，虞預，干寶，孫盛，並史官之尤美，著作之茂撰，亦與彥和之說互明。』此引證頗明著，足審大凡矣。諸子篇論戰國諸子之文，瑰瑋奇詭，以爲有越世高談自開戶牖之概，非妄譽也。秦，漢來，則舉呂氏，淮南，陸賈，賈誼，揚雄，劉向，王符，崔寔，仲長統諸家，蔓延雜說，不及戰國多矣。晉人只舉杜夷一家，亦依採戰代者也。劉師培云：晉人所撰子書，文體亦異，其以繁縟擅長者，則有葛洪抱朴子外篇，其質實近於魏人者，則有傅玄傅子及袁準正論，此亦可補雕龍者。論之文，列舉班彪王命論，嚴尤三將軍論，傅嘏才性論，王粲去伐論，嵇康聲無哀樂論，夏侯玄本玄論，王弼注易及老子，何晏道德論，李康運命論，陸機辨亡論，此皆可法者也。至若宋岱，郭象，王衍，裴頠之論文，則以爲般若絕境，蓋譏其近於玄焉。劉師培云：『晉代論文，其最爲博大者，惟陸機辨亡五等，干寶晉紀總論諸篇。東晉之世，則紀瞻太極，庾闡蓍龜，殷浩易象，羅含更生，韓伯辨謙，支遁消搖，均理精詞雋，不事繁詞。又張韓不用舌論，王脩賢才論，袁宏去伐，明謙二論，孫盛太伯三讓，老聃非大賢論，戴逵放達爲非道論，釋疑論，殷仲堪答桓玄四皓論，亦均清穎有致，雅近王，何。若孫綽喻道，體近於嵇，王坦之廢莊，體近於阮，亦其選也。至若劉寶崇讓，潘尼安身，雖爲史書所載，然文均繁縟。其論事之文，以江統徙戎，伏滔正淮爲尤善。擇而觀之，可以得作論之式矣。』援引極博，足補彥和之缺。說之文，以范雎，李斯，鄒陽，馮衍四家爲最著，亦以善言事也。至詔策之文，似以魏晉爲極軌。詔書而外，戒，敎之佳者，又以漢，魏爲典雅也。檄文推隗囂檄郡國，陳琳檄豫州，鍾會檄蜀，桓公檄胡，移文推劉歆移太常，陸機移百官，亦爲定論。封禪文，信以司馬相如封禪爲首唱，若揚雄劇秦美新，班固典引，皆模擬長卿者。至於邯鄲淳魏受命述，陳思魏德論，殆以相襲而不能超前轍者焉。章表文，於漢則左雄，胡廣，並爲傑筆。三國孔融，諸葛亮，陳琳，阮瑀，曹植，晉張華，羊祜，庾亮，劉琨，張駿，皆章表之英也。然晉代表疏，詞雖壯麗，其弊多失之煩冗，此則與漢魏異者。奏啓文，論秦漢以來迄於晉各家作風，以及晉與兩漢異同之故，幷深切著明。駁議之文，列舉賈誼，吾邱，孔安國，賈捐之，劉歆，張敏，郭躬，程曉，司馬芝，應劭，何曾，秦秀，傅咸，陸機十餘家之得失，足審大凡。對策論董仲舒，鼂錯，公孫弘，杜欽，魯丕五家之作，於以見其優劣焉。書記文先舉春秋時繞朝，鄭子家，巫臣，子產四書，爲行人善辭者；次列史遷報任少卿書，楊惲報孫會宗書，揚雄答劉歆書，皆書札之健者。至若崔瑗，阮瑀，孔融，應璩，亦詞翰翩翩矣。若夫嵇康絕交書，趙至與嵇蕃書，又晉代之首唱，陳遵禰衡，則以爲尺牘之偏才，亦定論也。牋之文，以崔實，黃香，劉楨，劉廙，陸機五家爲工。此皆論各體流派者。

論詩文體式，在魏則有文帝典論論文；在晉則有陸機文賦，雖
略而不備，但可爲首創也。彥和於文章各體，研覈至當，然亦本文
帝士衡之說而擴充之者也。明詩篇曰『四言正體，則雅潤爲本；
五言流調，則清麗居宗。』詮賦篇曰『原夫登高之旨，蓋覩物興
情。情以物興，故義以明雅；物以情觀，故詞必巧麗。麗詞雅義，符采
相勝，如組織之品朱紫，畫繪之著玄黃，文雖新而有質，色雖糅而
有本。』此卽文帝所謂詩賦欲麗；陸機所謂詩緣情而綺靡，賦體
物而瀏亮也。于頌曰『頌惟典雅，辭必清鑠。敷寫似賦，而不入華
侈之區；敬慎如銘，而異乎規戒之域。揄揚以發藻，汪洋以樹義。唯
纖曲巧致，與情而變。』此文賦所謂頌優游以彬蔚也。蓋頌所以
述功美，以辭爲主，故貴優游，不可妄譽也。贊之篇體，彥和主促而
不曠，云：『必結言於四字之句，盤桓乎數韻之辭；約舉以盡情，昭
灼以送文。』此蓋頌家之細條也。祝之體式曰『祈禱之式，必誠
以敬；祭奠之楷，宜恭且哀。』盟之體式曰『序危機，獎忠孝，共存
亡，戮心力；祈幽靈以取鑒，指九天以爲正；感激以立誠，切至以敷
辭。』此衡文之至當者也。銘箴篇曰『箴全禦過，故文資確切；銘
兼褒讚，故體貴弘潤。其取事也，必覈以辨；其摛文也，必簡而深。』
此又與文賦銘博約而溫潤，箴頓挫而清壯，同一樞紐。誄碑篇曰：
『誄之爲制，蓋選言錄行，傳體而頌文，榮始而哀終；論其人也，曖
乎若可覿，道其哀也，悽焉如可傷。』又曰『屬碑之體，資乎史才，
其序則傳，其文則銘。』此亦文賦所謂碑披文以相質，誄纏綿而
悽愴也。哀辭大體則云情主於痛傷，而辭窮乎愛惜；弔文亦以哀
而有正，若華過韻緩，則化而爲賦，此論文至簡也。雜文三者，乃文
章之枝派，故體式亦不同。對問云『原茲文之設，迺發憤以表志；
身挫憑乎道勝，時屯寄於情泰；莫不淵岳其心，麟鳳其采，此立本
之大要也。』七云『觀其大抵所歸，莫不高談宮館，壯語畋獵；窮
瓌奇之服饌，極冶媚之聲色；甘意搖骨體，艷詞洞魂識；雖始之以
淫侈，而終之以居正。』連珠云『夫文小易周，思閒可贍；足使義
明而辭淨，事圓而音澤，磊磊自轉，可稱珠耳。』論三體作法，各極
其詣，得意旨矣。諧辭之體，要在辭雖傾回，意歸義正。隱語則云或
體目文字，或圖象品物，纖巧以弄思，淺察以衒辭，義欲婉而正，辭
欲隱而顯，此亦論及微矣。按諧隱文，卽古賦，今所謂謎也，皆所以
使人自悟而以論諫者，故文選以此歸納於賦之內。至於史傳之

文，則云析理居正，唯素心乎於諸子，則云博明萬事，亦以約言得其作法者。論之文，取其義貴圓通，辭忌枝碎，與文賦論精微而朗暢同旨。說之文曰：『自非譎敵，則唯忠與信，披肝膽以獻主，飛文敏以濟辭，此說之本也。而陸氏直稱說煒曄以譎誑，何哉？』此與文賦異者，陸主譎誑，彥和則尚忠信焉。詔策曰：『授官選賢，則義炳重離之輝；優文封策，則氣含風雨之潤；勅戒恆誥，則筆吐星漢之華；治戎燮伐，則聲有洊雷之威；眚災肆赦，則文有春露之滋；明罰勑法，則辭有秋霜之烈。』彥和分析詔策之作法，可謂詳且盡矣。論檄之式曰：『植義颺辭，務在剛健，插羽以示迅，不可使辭緩；露板以宣衆，不可使文隱。必事昭而理辨，氣盛而辭斷，此其要也。若曲趣密巧，無所取才矣。』洵爲確論。移文與檄體義大同。封禪篇曰：『茲文爲用，蓋一代之典章也，搆位之始，宜明大體；樹骨於訓典之區，選言於宏富之路，使意古而不晦於深，文今而不流於淺，義吐光芒，辭成廉鍔，則爲偉矣。』彥和以封禪文爲大著作，故鄭重說之，足明作法。章表篇曰：『是以章式炳賁，志在典謨；使要而非略，明而不淺；表體多包，情僞屢遷，必雅義以扇其風，清文以馳其麗。』蓋重辭令以華實相勝焉。於奏文，則云『夫奏之爲筆，固以明允篤誠爲本，辨析疏通爲首。』與文賦奏平徹而閑雅同旨。於啓文，則云『必斂徹入規，促其音節，辨要輕清，文而不侈。』足以審其大略。議之體曰：『文以辨潔爲能，不以繁縟爲巧；事以明覈爲美，不以深隱爲奇。』對之文曰：『對策揄揚，大明治道；使事深於政術，理密於時務。』議對之要，可謂確切矣。書記曰：『詳觀書體，本在盡言；言以散鬱陶，託風采，故宜條暢以任氣，優柔以懌懷，文明從容，亦心聲之獻酬也。』斯言亦篤焉。要之論文之作法，雖有子桓，士衡開其端，然實大備於彥和矣。

二　修辭說

晉陸機善解情理，作文賦，以述先士之盛藻，論作之之利害所由，誠所謂曲盡其妙矣，所論雖畧，實修辭說之首創也。彥和著文心，自神思以下二十四篇，皆修辭說也，其意旨殆亦本士衡歟？

彥和修辭說，首言神思，蓋沈思可以馭羣言也。此篇要旨有三：一論思考之神變不可測，次論思之遲速，末論其刊改，重在苦思，並妙入微茫矣。陸機文賦云『其始也，皆收視反聽，耽思傍訊，精騖八極，心遊萬仞；其致也，情曈曨而彌鮮，物昭晰而互進，飲羣言之瀝液，漱六藝之芳潤。』彥和意旨，殆與此同。

次於體性篇論文品與作者才性之關係。文品大要分八種。典雅，遠奧，精約，顯附，繁縟，壯麗，新奇，輕靡是也。此八品，於文學之體品評甚當。次論才性影響於文品者，蓋人之稟賦各異，故其文體亦不同，是人與文有相類者。又論文品之善，在於所染，所謂情性所鑠，陶染所凝者，並練才之至要也。

風骨即魏文帝所謂氣也。魏文云：『文以氣爲主，氣之淸濁有體，不可力強而致。』故其論孔融，則云體氣高妙；論徐幹，則云時有奇氣；論劉楨，則云有逸氣。蓋作者風骨各不同焉。故凡爲文者，須蔚風力，嚴骨鯁。若徒繁雜失統，索莫乏氣，則又無風骨矣。

通變篇謂因時代而文品有變，且推論黃唐，迄於宋齊文雅俗之際，所謂一代有一代之作風也。劉師培云：『彥和以魏晉之文爲淺者，亦以用字平易，不事艱深，即練字篇所謂自晉以來用字率從簡易也。』斯言甚是。魏晉文淺淡，特任自然，非齊梁以下所可逮。又言前代作篇，後相因革者，亦通變之數也。

定勢篇謂文體不同，而修辭之方法亦異：若章表奏議，則主典雅；賦頌歌詩，則主淸麗；符檄書移，則主明斷；史論序注，則主覈要；箴銘碑誄，則主宏深；連珠七辭，則主巧豔。是此即上篇所論詩文之體式也。典論云：『蓋奏議宜雅，書論宜理，銘誄尚實，詩賦欲麗。』彥和此篇與魏文意旨同，又加詳焉。

情采篇以文采爲作文之要旨，尤必本情性，所謂爲情而造文則可，爲文而造情則不可。孔子曰：『言以足志，文以足言，言之不文，行之不遠。』志者，即情也；文者，即采也。因情以敷采，而文遠矣。此與風骨篇趣意相似，彼以氣爲主，此則以情爲主也。

鎔裁篇謂櫽括情理，無使矛盾者，先標三準，即鎔也，今所謂鍊意。次討字句，即裁也，今所謂鍊詞。其大旨要在以繁而不可刪，略而不可益，爲作文之極致。

聲律，即所謂聲之文也。永明末，沈約，謝朓，王融，周顒等善識聲韻，多創聲律論。彥和此篇，蓋即沈休文與厥書而暢達之者也。至謂響有雙疊，雙聲隔字而每舛，疊韻雜句而必睽，即沈氏所謂一篇之內，音韻盡殊，蓋謂一句之內，不得兩用同紐之字及同韻之字也。彥和謂聲有飛沈，沈則響發而斷，飛則事颺不還，即沈氏所謂前有浮聲，後須切響，兩者之中，輕重悉異，謂一句之內，不得純用濁聲之字或淸聲之字也。（此段參用劉師培中古文學史之說。彥和論聲病雖簡括，究不若隱候之詳且盡也。又論和與韻曰：『屬筆易巧，選和至難，綴文難精，而作韻甚易。』斯亦不易之論。齊，梁時，以文章有韻者曰文；無韻者曰筆。推彥和之意，蓋謂無韻之筆易作，而難得者和；有韻之文雖工，而韻有一定，故易爲也。

章句篇有四事：一章法，蓋謂章總一義，而不可失其次序。二句法，此僅考字數，詩則泝自二言至七言者。三押韻，此論轉韻當折之中和。四語助，論之亦甚切要也。

比興篇先平論興比，亦自可采。按比者，比方於物也，諸言如者，皆比辭也；興者，託事於物也，詩文諸擧草木鳥獸以見意者，皆興辭也。此比與興之別也。次又論興義亡而比傳，亦甚確。蓋詩，騷兼比興，漢以後賦，頌起，比盛而興義亡，此漢之文所以劣於周歟？

夸飾篇有二旨：上古詩書，雖多夸大修飾之言，然辭不害意，故可。秦，漢間宋玉，景差，揚，馬之徒起，夸飾始盛，又多逸常理，故不可。至云『使夸有節，飾而不誣，亦可謂之懿，』此持平之論。彥和之意，蓋不廢夸飾，但欲去泰去甚耳。

事類卽鎔裁篇所謂酌事以取類者，蓋以古人文章，引成辭古事，而證明其論旨者也。又以古之能文章者，在才與學，才自天受，學以養成，凡引古事，取舊辭，唯學是賴焉。其學不徒貴博，取事貴約，捃理須覈，此則善據事類者也。

練字篇先論漢，魏以來至於晉用字繁簡之不同。故劉師培云：『晉文異於漢，魏者，用字平易，一也；偶語益增，二也；論序益繁，三也。』彥和所論三則，殆盡之矣。次說避字形有四條：一避詭異，若𡁯呶是也。二省聯邊，卽半字同文者，此當避三接以上，三接者，蓋三個同偏旁之字也。黃叔琳說：張載雜詩洪潦浩方割，沈約和謝宣城詩刷羽汎清源之類。三接之外，則曹子建雜詩綺縞何繽紛，陸機日出東南隅行璚珮結瑤璠，五字而有聯邊者四，宜有字林之譏也。若賦則更有十接二十接不止者矣。援證甚確鑿。三權重出，卽忌同字者，然複字病究小也。四調單複，論字之肥瘠，卽多畫與少畫者。彥和擧此四條，得練字之要矣。

隱秀篇文缺而不詳，元，明刊本，珠玉潛水而瀾表方圓下，涼風動秋草上，皆闕四百餘字，今本從錢功甫校本鈔補，紀昀云：『此一頁詞殊不類，究屬可疑。』按所補之文，駢麗細弱，不若彥和之自然，信出於僞撰也。

指瑕篇蓋論文字之瑕者；所擧陳思之武帝誄，明帝頌，潘岳之金鹿哀辭，崔瑗之李公誄，向秀思舊賦，並指摘瑕疵，頗可以爲戒。又論字樣之所變勸䙝之無恥注解之訛謬辨物之失理舉此四條，亦古人作文大戒也。

養氣篇論作文務在清和其心調暢其氣。三代辭質者，氣盛也；漢以來尙文者，氣衰也故爲文宜養氣。神思篇云『陶鈞文思貴在虛靜，』與此篇實相發明焉。

附會者，卽後世所謂章法也凡命意結句，論之甚確。此與鎔裁篇之撮辭以舉要章句篇之章總一義相補焉。

總術篇，論文筆之分頗得大體。劉師培云『卽雕龍篇次言之，由第六迄於第十五，以明詩，樂府，詮賦，頌贊，祝盟，銘箴，誄碑，哀弔，雜文，諧隱諸篇相次，是均有韻之文也。由第十六迄於第二十五，以史傳，諸子，論說，詔策，檄移，封禪，章表，奏啓，議對，書記諸篇相次，是均無韻之筆也。此非雕龍隱區文筆二體之驗乎？』以此觀之，筆之爲言述也，故其爲體惟以直質爲工據事直書弗尙藻采若夫偶語韻詞，始可謂之文耳。

時序篇綜述唐，虞，三代，戰國，漢，魏，晉，宋文學之變遷，最爲詳盡。至於齊，梁，則闕而不言，蓋當代之文未可論定焉。

物色篇，敍四時物色之感人，情景並妙。蓋情動於中，而形於言，無所感則不能作文，有所感而不微妙則又不成文，彥和此篇，眞會心之論。又論齊，梁人寫景物專傾於形貌，如字之印泥，亦甚中時弊者。陳子昂所謂齊，梁間采麗競繁，而寄興都絕，是刻畫之病，亦文人所當忌矣。

才略篇評論虞，夏以來迄於晉之文學作者，而於文學得失，品評恭當，眞文囿之巨觀。此與時序篇微有不同，彼總論其世，此則各論其人也。

知音篇敍述文人相輕，可謂洞見。又論人之於文，有耆好之差，合己則嗟諷，異己則沮棄，故眞識者務博觀也。又說閱文有六觀：一位體，卽主意與情性也。二置辭，蓋言辭之使法也。三通變，此殆通變篇所謂斟酌文質雅俗之際乎。四奇正，此卽定勢也。五事義，又事類篇所謂據事以類義者也。六宮商，卽音調，則聲律篇論之詳矣。

程器篇論古今文人之不護細行者，推其意旨，蓋文人亦當修行焉。又進而論學文者，必達於政事，曰：『摛文必在緯軍國，負重必在任棟梁，窮則獨善以垂文，達則奉時以騁績。』是文之爲用亦大矣。

序志，即全書之總序，所謂自序者也。觀古人著書，序皆在後，莊子天下篇，乃莊子之自序也。他若史記，漢書，法言，潛夫論之類，莫不皆然。彥和著序志，殆亦有取於此歟？

以上爲雕龍上下篇之梗概，乃推而論之曰：中國文學之有批評者，其風氣自魏晉間始開之。魏文著典論，陳思序書，應瑒文論，大抵並出於人倫月旦之風，與詞賦詼諧之習焉。暨晉陸機著文賦，摯虞著流別論，李充著翰林論，觀茲數家，或臧否當時之才；或詮品前修之文；或汎舉雅俗之旨；或撮題篇章之意，此風漸隆矣。然皆各執隅隙，得其一體，尙未能總詩文而融於一爐也。齊，梁之際，譏評始盛，鍾嶸造詩品，舉古今五言詩，論其優劣，亦云博贍矣，然於文猶缺畧也。迨彥和著文心雕龍，始綜論古今文體，又說及修辭，庶幾乎備矣。山谷云，史通，文心雕龍，皆學者要書，信夫！

丙寅，七月十日南京。

文心雕龍明詩篇書後

張世祿

詩序曰「在心爲志，發言爲詩，情動于中，而形於言。」是以詩之爲物，外有其形，內有其質。所謂「詩有恒裁，思無定位」；裁者，詩之形，思者，詩之質也。質雖不離乎形，而思不爲體所囿。

發乎情，止乎禮義，此思之極則也。故曰「詩者持也，持人性情。三百之蔽，義歸無邪。」詩之爲教，敦厚溫柔，可興可觀，可群可怨，事父事君，其用既大，其質必正。葛天樂辭，載民敬常，達功依德，遷之賢善，莫不咸聽。堯歌大唐，民事以得。舜造南風，必樂聲泰。祈招詩云：「形民之力，而無醉飽之心。」蓋將順其美，匡救其惡。四始彪炳，六義環深，無非在正得失，美教化者也。夫發乎情，民之性也；止乎禮義，先王之澤也。自王澤殄竭，禮義衰亡，世風日下，詩亦隨之；喜怒哀樂，罕有發而中節者矣。漢代古詩，婉轉附物，怊悵切情。冠冕之作也。韋孟諷詩，匡諫之義，繼軌

周文。至於建安，世積亂離，風衰俗怨，志深筆長，慷慨任氣，磊落使才，則專以氣骨擅勝者矣。迨夫正始，詩雜仙心，何晏浮淺，阮嵇峻深；要皆開玄風之先路者矣。是以應璩百一，辭譎義貞，獨立之遺直也。降及元康，旨縟力柔，有辭人淫麗之尤矣，有晉中興，玄風獨振，爲學窮于柱下，博物止乎七篇，自建武暨乎義熙，歷載將百，波屬雲委，莫不寄言上德，託意玄珠；儒術清儉，殷爲歸俗；蔑棄禮義，莫甚于此。沈約謂叔原始變太玄之氣。然叔原委蛇宋世，卒嬰刑禍，篇什流傳絕尠。晉宋之英，其陶公乎？貞志不休，安道苦節，寄迹在酒，與道隆汙，辭與婉愜，蓋原出于應璩也。是時玄風漸息，而佛圖迭盛。元嘉以後，詞人大都耽心內典，而山水放情。所謂「老莊告退，山水方滋；」極貌寫物，窮力追新；而先王禮義之陳迹，益復邈不可覩。持情之義，既己不彰，敦厚之教，亦歸隱滅。所謂「鋪觀列代，情變之數可監」者也。此詩之當明者一。

摯虞文章流別曰：「古之詩有三言四言五言六言七言九言，古詩率以四言爲體，而時有一句二句雜在四言之間，後世演之，遂以爲篇。」準此以論，則後代各體，悉已兆其于三百篇中。漢初四言，韋孟首唱，實則繼軌周文。五言之體，周代已具，亦非創自李陵。舉凡三六雜言，聯句共韵，離合所

發，回文所興，惟能漸次循其所自，而不能斷其創始何人。是以古詩結體散文，直而不野，爲五言之冠冕。嚴馬之徒，屬辭無方，蓋以體無所承故也。建安驅辭逐貌，惟取昭晰，亦惟騰踴于五言耳。太康析文以爲妙，流靡以自研；元嘉窮力追新，儷采百字之偶，爭價一句之奇，而要皆孕出五言四言體製之囿。詩有恒裁，恆者，常也，體有漸變，而無特異。此所謂「撮舉同異，而綱領之要可明」者矣。今者每言創作新體；夫體不能以強作，形固無以自成；必也有其漸變之迹，而後具生生之象。此詩之當明者，又其二也。

彥和謂「四言正體，雅潤爲本；五言流調，清麗居宗；」質固不離于形也。然華實異用，惟才所安；隨性適分，鮮能通圓；則思不必爲體所囿矣。總之，體有所承，思必已出；苟情發乎中節，言合于通裁；斯乃所謂攤質佩華，質形象美者矣。

劉勰評傳

劉節

一、傳略

劉勰字彥和，莞東莒人。父尙，曾爲越騎校尉。勰早孤，家貧不婚娶，篤志好學。依沙門僧祐居，遂博通經論。爲文長於佛理，都下寺塔及名僧碑誌必請勰製文。勰生於齊時。梁天監中拜東宮通事舍人，遷步兵校尉，兼舍人如故，深被昭明太子愛接。後敕與慧震沙門於定林寺撰經證，功畢遂求出家；先燔鬢髮自誓，敕許之，乃變服改名慧地云。初勰撰文心雕龍在蕭齊時，旣成，未爲時流所稱；欲取定於沈約，無由自達。乃負書候約於門，狀若貨鬻者。約取讀，大重之，謂『深得文理』。嘗自叙其書曰：『蓋文心之作也。本乎道，師乎聖，體乎經，酌乎緯，變乎騷』。又曰：「夫文章之用，實經典之支條；而去聖稍遠，文體解散；辭人愛奇，言貴浮詭；飾羽尙畫，文繡鞶帨；離本彌甚，將遂訛濫。蓋周書論辭，貴乎體要；尼父陳訓，惡乎異端；辭訓之異，宜體於要；於是搦筆和墨，乃始論文。』自漢魏以來，論文之什雖多，而皆『未能振葉以尋根，觀瀾而索源；不述先哲之誥，無益後生之慮。』（序志篇語）此文心雕龍之所爲作也。

二、論文理

西漢以後，文體日敝；迨及六朝，藻飾益甚。談文之士，泛論纖悉，而實體未該；侈爲辭賦，而未能深識器奥。若彥和雕龍，則可以言文學原理矣。彥和以文原於「道」，而「道」即自然之文。

夫文家之爲文，猶畫家以五采描山川動植百物之象；樂師以五音協風雨蟲禽萬籟之聲。文家以文字代五采五音，而寫萬物之聲音狀貌，使之紋然而成章，冷然而切響而己。此言自然之文本已在天壤間，即後人所謂『文章本天成，妙手偶得之』之意也。然而發揮彪炳，本在乎心；必心中先有自然之文，然後文情以生，道體以立。故彥和曰：

『文之爲德也，大矣！與天地並生者何哉？夫玄黃色雜，方圓體分；日月疊璧，以垂麗天之象；山川煥綺，以鋪理地之形，此蓋道之文也。仰觀吐耀，俯察含章；高卑定位，故兩儀生焉。惟人參之。性靈所鍾，是謂三才；爲五行之秀，實天地之心；心生而言立，言立而文明，自然之道也。傍及萬品，動植皆文；龍鳳以藻繪呈瑞，虎豹以炳蔚凝姿；雲霞雕色，有踰畫工之妙；草木賁華，無待錦匠之奇；夫豈外飾，蓋自然耳！至於林籟結響，調如竽瑟；泉石激韵，和若球鍠；故形立則章成矣，聲發則文生矣。夫無識之物，鬱然有彩；有心之器，其無文歟！』

觀夫此，可知彥和確以天地間有自然之文。人生天地之後，得秀氣鍾毓；心靈之中，亦自鬱然有彩；則文之本原，實先於人矣。雖然，文之本原起於自然成彩之現象。但自然現象，有如日月經天，江河行地之嚴者；有如風馳雲譎，雨灑雷鳴之變者；有如天高氣爽，月朗風輕之清者；則孰爲可貴乎？在彥和之意，以爲文德之大者，『乃道之文也。』故原道篇贊曰：

『道心惟微，神理設教；光采元聖，炳耀仁孝；龍圖獻瑞，龜書呈貌；天文斯觀，民胥以傚。』如是，則彥和所謂文，必如日月經天，江河行地之嚴矣。故屈子離騷，而彥和貶之曰：『雅頌之博徒。』

彥和既以道爲文之本原。然而文之於道，猶四肢百體之在人身。因心以應事，然後肢體之用靈；體道而運思，然後文章之制備。是故感物言志，因文明道者，有藉乎思力矣。神思篇曰：

『思理爲妙，神與物遊。神居胸臆，而志氣統其關鍵；物沿耳目，而辭令管其樞機。樞機方通，則物無隱貌；關鍵將塞，則神有遯心。』

可見文之本原雖在於道，而文之司南，實係乎思也。夫神思方運，妙用自生。言其來源，無非心意，窮其究竟，不可方物。故彥和云：

『意授於思，言授於意；密則無際，疏則千里；或理在方寸，而求之域表；或義在只尺，而思隔山河。是以秉心養術，無務苦慮；含章司契，不必勞情也。』（神思篇）

蓋言文思出於自然，不可力强而至也。我於此得彥和論文理之一要點矣：彥和以道爲文之原，而道在於自然；思爲文之用，而思神於偶得；則發爲文章，而後有言外之旨。正所謂『思入希夷，妙絕蹊徑。』

體道運思，練心綴采，摛文之理備矣。而文之興也，必有感而作。否者，如畫匠之畫，依類象形，漫無神采。夫人稟七情，應物斯感，感物言志，此文所以因情而生也。故情動而言形，理發而文見。文章之道，不外情理而已。心有所感，情有所遷，四時百物，皆足以成美文。物色篇曰：

『歲有其物，物有其容；情以物遷，辭以情發。一葉且或迎意，蟲聲有足引心；況清風與明月同夜，白日與春林共朝哉？是以詩人感物，聯想不窮；流連萬象之際，沈吟視聽之區；寫氣圖貌，即隨物以宛轉；屬采附聲，亦與心而徘徊。』

故風雅之興，志思憤蓄；而吟咏情性以諷其上，此爲情而造文也。六朝文士，心非鬱陶，率至煩濫，流弊不返，皆爲文而造成也。雖然，感物言志，莫非自然；而體道運思，如有其情，則又有個性存焉。夫言在於心，無不沿隱以至顯，因內而符外。故才有庸儁，習有雅鄭；各師成心，其異如面。況夫文學者因感而言志，寫情以表性者哉？彥和云：

『才力居中，肇自血氣；氣以實志，志以定言；吐納英華，莫非情性。』

則文學之有個性，彥和亦以爲不可掩之事實矣。

文章之能表個性者，其爲風骨乎？風骨篇曰：

『詩總六義，風冠其首，斯乃化感之本原，志氣之契符也。是以怡情述性，必始乎風；沈吟鋪辭，莫先乎骨；故辭之待骨，如體之樹骸；情之含風，猶形之包氣。』

此因『練於骨者，拆辭必精；深乎風者，述情必顯。』（風骨篇）如是，然後體性風發於文章，情采藻溢乎詞苑；洞曉情變，曲昭文理，則文章之格成矣。風骨篇曰：

『夫翬翟備色，而翾翥百步，肌豐而力沈也；鷹隼乏采，而翰飛戾天，骨勁而氣猛也。文章之才，有似乎此。若風骨乏采，則鷙鳥集翰林；采乏風骨，則雉竄文囿。唯藻耀而高翔，固文筆之鳴鳳也。』

是則風骨有待乎情采矣。若夫骨采未圓，風辭未立，則不足以言文學矣。吾述此篇既竟，彥和之論文理從可知矣。今總其要曰：『夫文本乎道，運乎思；感物所言志，植骨以樹體；則情采動人，而文章之理備矣。』

三、論修辭

孔子曰：『言以足志，文以足言，情欲信而辭欲巧。』此文心雕龍，所以侈言修辭也。情采篇曰：『夫水性虛而淪漪結，木體實而花萼振，文附質也。虎豹無文，則鞹同犬羊；犀兕有皮，而色資丹漆，質待文也。』

是思致，體性，天道，物理，皆文之材質而已；而所以敷章，摛詞，以成文彩；則又在乎修辭學矣。孔子云：『言之不文，行之不遠。』蓋文章之道，本藉乎修辭，修辭之方甚深，故特為詳說之。彥和論文，以原道為先；其修辭學，則徵聖為要。故言：『道沿聖以垂文，聖因文而明道。』（原道篇）則以聖人為大文豪，六經為大著作；文必徵聖，辭必宗經；宗經篇曰：

『三極彝訓，其書曰經。經也者，恒久之至道，不刊之鴻敎也。故象天地，效鬼神，參物序，制人紀，洞性靈之奥樞，乃文章之骨髓也。』

彦和尊經如此，其修詞之根本觀念即從此出。彼以爲文能宗經，體有六義：

『一則情深而不詭，二則風淸而不雜，三則事信而不誕，四則義直而不回，五則體約而不蕪，六則文麗而不淫。』（宗經篇）

有此六義，則齊梁駢麗之風，可轉而爲銜華佩實之文矣。此劉彦和修辭學之根本觀念也。

修辭之要，必先鍛思。蓋因運用之法不散，則修辭絜要，不至紛綸無主矣。從來文士，皆有此弊。

神思篇曰：

『夫神思方運，萬塗競萌；規矩虛位，刻鏤無形；登山則情滿于山，觀海則辭溢於海。……方其搦翰，氣倍詞前；曁乎篇成，半折心始。何則？意翻空而易奇，言徵實而難巧也。』

此可謂深抉詞人所心苦而不能言者矣！欲救其弊，將如之何？彦和曰：

『陶鈞文思，貴在虛靜；疏瀹五臟，澡雪精神；積學以儲寶，酌理以富才，研閱以窮照，馴致以懌辭。然後元解之宰，尋聲律而定墨，獨照之匠，闚意象而運斤，此蓋馭文之首術，謀篇之大端也。』（神思篇）

是修辭之第一要着，然後『總術』以馭篇，『附會』以合體，則文思就緒，首尾該備矣。

夫文體多術，共相彌綸；一物携貳，莫不解體。故乘一總萬，選要治繁，按部整伍，以待情會，因時順機，動不失正，然後規範本體，綱領照暘；此『總術』之道，斷章之功也。何謂『附會』？彥和曰：

『謂總文理，統首尾，定與奪，合涯際，彌綸一篇，使雜而不越者也。』

是故草創文體，先標三準：

『履端於始，則設情以位體；舉正於中，則酌事以取類；歸餘於終，則撮辭以舉要。』

馭文若是，則條理通達，而詞華不濫矣。

定勢篇曰：

『章，表，奏，議，則準的乎典雅；賦，頌，詩，諷，則羽儀乎清麗；符，檄，書，移，則楷式於明斷；史，論，序，注，則馳範於覈要；箴，銘，碑，誄，則體制於宏深；連珠，七辭，則從事於巧豔；此循體而成勢，隨變而立功也。』

此言情致異區，交變殊術。爲文者當因情以立體，即體而定勢。然文之任勢，如機發失直，澗曲湍回，自然之趣也。苦執此不變，則又失通變之義矣。故六朝文士，牽涉浮華；『意新者以密會得巧，苟異者以失體成怪』（定勢篇）流風不返，文格日弊。故彥和言『定勢』而又佐之以通變。其言曰：

『設文之體有常，變文之數無方，何以明其然耶？凡詩賦書記，名理相因，此有常之體也。文，辭，氣力，通變則久，此無方之數也。名理有常，體必資於故實；通變無方，數必酌乎新聲，故能騁無窮之路，飲不竭之源。』

是故程性須定，而通變無方。當時文士競效宋作，而忽略漢篇。而不知『青生於藍，絳生於蒨。雖踰本色，不能復化。故練青濯絳，必歸藍蒨；矯訛翻淺，還宗經誥。斯斟酌乎質文之間，而檃括乎雅俗之際，可與言通變矣。』（通變篇）則彥和論修辭之要猶在乎『矯訛翻淺，還宗經誥』而已。此上為彥和論鍛思，行文，製體，敷章之要，乃修辭學之內在者，下更述文字辭華上之鎔裁修飾之道。

自漢以來，文章家皆通小學。司馬相如之凡將篇，揚子雲之纂訓篇，班孟堅之倉頡篇，深明訓詁，淵源爾雅，故能苑囿奇文，異體相資。自晉宋之後，率多簡易。一字詭異，則羣句震驚。彥和謂：『義訓古今，興費殊用。趣舍之間，不可不察。』（章句篇）是以綴篇練字，必須揀擇。其要有四：

『一避詭異，二省聯邊，三權重出，四調單複』

練字之後，進之以章句。章句篇曰：

『夫設情有宅，置言有位；宅情曰章，位言曰句。故章者，明也。句者，局也。……夫人之言，因字而生句，積句而成章，積章而成篇。篇之彪炳，章無疵也；章之明靡，句無玷也；句之清英，字不妄也。』

此言文組織之原理甚善，而鍛鍊章句之法有二；一則剪截浮詞，敷文以顯意；二則尋聲抽緒，綴情以歸趣。鎔裁篇曰：

『句有可削，足見其疏；字不得減，乃知其密。精論要語，極略之體；游心竄句，極繁之體；謂繁與略，隨分所好。……思贍者善敷，才覈者善刪；善刪者去字而意留，善敷者辭殊而意顯。』

此所謂剪截浮詞，敷文顯意之說也。章句篇曰：

『聯編積句，如繭之抽緒；原始要終，體必鱗次。啟行之辭，逆萌篇中之意；絕筆之言，追媵前句之旨；均能文外綺交，內義脈注；跗萼相銜，首尾一體。』此即尋聲抽緒，綴情歸趣之說也。章句旣工，文格差偺，則進論聲律。

夫音律之始，本於人聲。故言語者，『樞機文章，律呂脣吻』而已。文章體雜，皆有聲氣；聲調不諧，則節奏紛亂，是後人所謂文家之吃也。彥和生齊梁之時，文必有韻；聲律一道，爲文家要技。其言曰：

『將欲解結，務在剛斷；左礙而尋右，末滯而討前；則聲傳於吻，冷冷如振玉；辭靡於耳，累累如貫珠矣。』

彥和謂文章擇韻甚易，選和至難，蓋因『韻氣一定，餘聲易遣；和體抑揚，遺響難契。』此理昭昭，頗易明也。作韻雖易，而轉韻又難。聲律篇曰：

『兩韻輒易，則聲韻微躁；百句不遷，則脣吻告勞；妙才激揚，雖觸思利貞；曷若折之中和，庶保無咎。』

已上所論，關於遣字鍊聲之理。更進而述其飾詞摛藻之法。

夫五音比而成韶夏，五色雜而成黼黻，五情發而爲詞章。故文辭摛藻，自然之理也。物色篇曰：『凡摛表五色，貴在時見；若青黃屢出，則繁而不珍；窺情風土之上，鑽貌草木之中；吟咏所發，志惟深遠；體物爲妙，工在密附，巧言切狀，如印之印泥；不加雕削，而曲寫毫芥；故能瞻言而見貌，即字而知時也。』

又曰：

『善於飾辭者，莫不因方以借巧，即勢以會奇』。『是以四序紛迴，而入興貴閑；物色雖繁，而拆辭尚簡；使味飄飄而輕擧，情曄曄而更新也。』此即劉彥和所謂修詞之極致矣。

修辭飾句之法，彥和所論，皆散入各篇。今爲之撮聚其精要，約得四類。

一、『據事以類義，援古以證今，』此引證之意也。文章之法，於直敘，解說之外，頗有需乎引證。彥和頗重視之，論其要法曰：『取事在約，校練務精，據理須覈，用舊合機，不啻自其口出』則引證確切，所以贍篇章也。

二、『比事符理，擬議以起情。』此興是也。比興之義，足以生動文致。彥和曰：『夫興之托喻，婉而成章；稱名曰小，取類也大；……夫比之爲義，取類不常。或喻於聲，或方於貌，或擬於心，或譬於事。』總其爲義，比類合誼，以切爲要；驚視廻聽，資此效績。

三、『麗辭偶句，事不孤立。』此所謂對仗也。彥和曰『蓋因造化賦形，支體必雙；心生文辭，運裁百慮；高下相須；自然成對；』又曰：『辭之儷體，凡有四對……偶辭　，言對所以爲優也；並貴之學，事對所以爲難也；幽賞同志，反對所以爲優也；並貴共心，正對所以爲劣也。……是以言對爲善，貴在精巧；事對爲先，務在允當；……迭用奇句，節以雜佩，乃其貴耳。』夫對仗乃六朝風尚。彥和之論，適時之說。而易文言，詩，書儷語甚多。彥和之意，亦爲希風經誥，不背時宜也。

四、『獎氣挾聲，華詞窮飾。』夸飾篇曰：『夫「形而上者謂之道，形而下者謂之器」。神道難摹，正言不能追其極：形氣易寫，壯辭可得喻其眞。……是以言峻，則嵩高極天，論狹，則河不容舠，……是以後進之才，獎氣挾聲；軒翥而欲奮飛，騰擲而羞跼步；辭入煒燁，春藻不能呈其艷；言在萎絕，寒谷未足以成其凋；談歡，則字與笑並；論慼，則聲共泣偕；可以發蘊而飛滯，披瞽而駭聾矣。』兩漢辭人，夸飾風盛；齊梁文士，綺靡益甚；故彥和曰：『使夸而有節，飾而不誣，亦可謂之懿也。』

此篇所述，彥和論修辭之術已備。今總結其要曰：『心定而後音結，理正而後擒藻；文不滅質，博不溺心；正采耀乎朱藍，間色屏乎紅紫；可謂雕琢其章，彬彬君子矣。』此彥和氏修辭學也。

四、論文體

分類之用，所以規範學術之境界，區別品物之種目。故區類文學之體制，可以推察該時代之盛衰，及可作家之聲價。劉彥和生齊梁之時，文敝日甚。一方欲希風經誥，振本而末從；一方又因風氣所趨，不能不講求詞章，故其論文體頗異於六朝文士。當時有一常言：『有韵者文，無韵者筆。』文筆之分，彥和最不贊許。其言曰：

『夫文以足言，理兼詩書；別目兩名，自近代耳。』

彥和最服膺孔子，卽根據其言，以駁當代文士。在彥和之意，以爲文分經傳。其言曰：

『予以爲發口爲言，屬筆曰翰；常道曰經，述經曰傳；經傳之體，出言入筆。』

彥和論文，以宗經，徵聖爲本。故其分類文體，卽以經傳爲別。細考文心雕龍之篇目，適與其所言相合。其書首五篇爲總論文理，卽彥和所謂：『本乎道，師乎性，體乎經，酌乎緯，酌乎騷，』是也。原道，徵聖，宗經，三篇，彥和欲以示文家之師表，使不墮於淫濫。正緯，辨騷，兩篇，則純爲『事豐奇緯，辭富膏腴，無益經典，有助文章，』之意。辨騷篇曰：

『酌奇而不失其眞，翫華而不墜其實；則顧盼可以驅辭力，咳唾可以窮文致；亦不復乞靈於長卿，假寵於子淵矣。』

於此足見首五篇，非歸文體之例，頗顯然也。至於明詩以後二十篇，皆爲文學體製矣。前十篇曰：明詩，樂府，詮賦，頌讚，祝盟，銘箴，誄碑，哀弔，雜文，諧讔，其中以韵文爲多，首以明詩，蓋經爲綱也。後十篇曰：史傳，諸子，論說，詔策，檄移，封禪，章表，奏啟，議對，書記，多記述之文，首以史傳，舉傳爲領也。彥和曰：

『論，說，辭，易，則易統其首；詔，策，章，奏，則書發其源；賦，頌，謌，讚，則詩立其本；爲銘，誄，箴，祝，則禮總其端；記，傳，移，檄，則春秋爲根。』可見彥和以經傳爲文體之綱領不謬矣。茲將各類立表於下，各抽釋諸篇精要語以解釋之，以見彥和論文體之梗概。

（甲）經

（一）詩——『詩者持也，持人情性；三百之蔽，義歸無邪；持之爲訓，有符焉爾；大舜云：「詩言志，謌詠言。」是以在心爲志，發言爲詩；舒文載實，其在茲乎！』

（二）樂府——『樂府者，「聲依永，律和聲」也。攷其本源，匹夫庶婦，謳吟風土；詩官採言，樂盲被律；故知詩爲樂心，聲爲樂體，此樂府之義也。』

（三）賦——『賦者鋪也。鋪采摛文，體物寫志也。然賦也者，受命於詩人，拓宇於楚辭者也。六義附庸，蔚成大國，遂客主以首引，極聲貌以窮文，斯蓋別詩之原始，命賦之厥初也。』

（四）頌——『頌者，容也。所以美盛德而述形容也。夫化偃一國謂之風，風正四方謂之雅，容告神明謂之頌。頌主告神，義必純美。』

（五）讚——『讚者，明也，助也。昔虞舜之祀，樂正重讚，蓋唱發之辭也。漢置鴻臚，以唱拜爲讚，遷固史書，則託讚以褒貶；約文以總錄，頌體以論辭，此讚之體製也。』

（六）祝——『古者祝史陳信，資乎文辭，即郊禋之詞也。若乃禮之祭祀，事止告饗，而中代祭文，兼讚言行，祭而兼讚，蓋引神而作也。』

(七)盟——『在昔三王，詛盟不及，時有要誓，結言而退。夫盟之大體，必序危機，獎忠孝存亡，戮心力，祈幽靈以取鑒，指九天以為正，感激以立誠，切至以敷辭，此其所同也。』

(八)銘——『周公慎言于金人，仲尼革容于欹器，則先聖鑒戒，其來久矣。故銘者，名也。觀器必也正名，審用貴乎盛德，此銘之為體也。』

(九)箴——『箴者，所以攻疾，防患，喻鍼石也。 夫箴頌於官，銘題於器，名目雖殊，警戒實同。』

(十)誄——『周世盛德，有銘誄之文，大夫之材，臨喪能誄。誄者，累也。累其德行，旌之不朽也。詳夫誄之為制，選言錄行，傳體而頌文，榮始而哀終。』

(十一)碑——『碑者，埤也。上古帝皇，紀號封禪；樹石埤岳，故曰碑也。後代用碑以石代金，自廟徂墳，猶封墓也。』

(十二)弔——『弔者，至也。詩云：「神之弔矣！」言神至也。君子命終定謚，事極理哀。故賓之慰主，以至到為言也。』

(十三)哀——『賦憲之謚，短折曰哀。哀者，依也。悲實依心，故曰哀也。』

(十四)雜文——(對問)——『原夫茲文之設，乃發憤以表志。身挫憑乎道勝，時屯寄於情泰；莫不淵岳其心，麟鳳其采，此立本之大要也。』

〔七辭〕——『觀其大抵所歸：莫不高談宮館，壯語畋獵；窮瑰奇之服饌，極蠱媚之聲色；甘意採骨體，艷詞動魂識；雖始之以淫侈，而終之以居正，然諷一勸百，勢不自反。』

〔連珠〕——『自揚雄以下，擬者間出。欲貫明珠，多穿魚目。唯士衡運思，理深文敏。夫文小易周，思閑可贍；足使義明而詞淨，事圓而音澤，磊磊自轉，可稱珠耳。』

『詳夫漢末雜文，名號多品。或典，誥，誓，問；或覽，略，篇，章；或曲，操，弄，引；或吟，諷，謠，詠；總括其名，並歸雜文。』

(十五)諧讔——彥和曰『竄盤鄙諺，俚首淫哇，苟可箴戒，載於禮典。故知諧辭讔言，亦無棄矣。諧之言皆也。淺辭會俗，皆悅笑也。讔者，隱也。遯辭以隱意，譎譬以指事也。蓋讔語之甲，被於傳記。大者興治濟身，其次弼違曉會；意生於權譎，而事出於機急；與夫諧辭，可相表裏者也。然文辭之有諧讔，譬九流之有小說也。』

(乙) 傳

(一)史傳——『傳者轉也。轉受經旨，以授於後。實聖文之羽翮，記籍之冠冕也。』

(二)諸子——『諸子者，入道見志之書。』又曰：『博明萬事爲子，適辨一理爲論』

(三)論——『聖哲彝訓曰經，述經叙理曰論。論者，倫也。倫理無爽，則聖意不墜。詳觀論體，條流多品；陳政則與議說合契；釋經，則與傳註參體；辨史，則與贊評齊行；銓文，則與敘引共紀。』

(四)說——『說者，悅也。兌爲口舌，故言資悅懌，過悅必僞。凡說之樞要，必使時利而義貞；進有契於成務，退無阻於榮身；自非譎敵，則唯忠與信；披肝膽以獻主，飛文敏以濟辭，此說之本也。』

(五)詔策——『詔策之文，在昔尋兼誥誓；降及七國，並稱曰令；秦幷七國，改名曰制；漢初定儀，則命有四品：一曰策書，二曰制書，三曰詔書，四曰戒敕；戒敕州部，詔告百官，制施赦命，策封王侯。策者，簡也；制者，裁也；詔者，告也；敕者，正也；此詔策之大略也。』此外又有敎命。皆詔策之流也。』

(六)檄——『檄者，皦也。宣露於外，皦然明白也。凡檄之大體，或述此休明，或序彼苛虐；指天時，本人事；雖本國信，實參兵詐；譎詭以馳旨，煒燁以騰說。故其植義颺辭，務在剛健。必事昭而理辨，氣盛而辭斷，此其要也。』

(七)移——『移者，易也。移風易俗，令往而各隨者也。故檄移爲甲，事兼文武；其在金革，則逆黨用檄，順命資移；所以洗濯民心，堅同符契；意用小異，而體義大同。』

(八)封禪——『戒愼以崇其德，至德以凝其化，七十有二君所以封禪矣。茲文爲用，蓋一代典章也。』

(九)章表——『古者天子垂珠以聽，諸侯執玉以朝。敷奏以言，則章表之義也；明試以功，則授爵之典也。原夫章表之爲用也，所以對揚王庭，昭明心曲，既其身文，且亦國華；章以造闕，風矩應明；表以致禁，骨采宜耀。循名課實，以章爲本也。』

(十)奏——『奏者，進也。言敷於下，情進於上也。夫奏之爲筆，固以明允篤誠爲本，辨析疏通爲首。强志足以成務，博見足以窮理；酌古御今，治要總繁，此其體也。』

(十一)啟——『啟者，開也。高宗云：「啟乃心，沃朕心。」取其義也。孝景諱啟，故兩漢無稱；魏國牋記始云啟聞：奏事之末，或云謹啟。陳政言事，既奏之異條；讓爵謝恩，亦表之別幹，此啟之大略也。又表奏确切，號曰讜言。』

(十二)議——『議之言宜，審事宜也。雜議不純，故曰駁也；故議貴節制，經典之體也。』

(十三)對——『對策者，應詔而陳政；射策者，探事而獻說。二名雖殊，即議之別體也。夫駁議偏辨，各執異見；對策揄揚，大明治道。使事深於政術，理密於時務；酌三五以鎔世，而非迂闊之高談；馭權變以拯俗，而非刻薄之僞論；風恢恢而能遠，流洋洋而不溢，王庭之美對也。』

(十四)(書記——〔書〕——『書者，舒也。舒布其言，陳之簡牘；取象於夬，貴在明決而已。詳總書體，本在盡言；言以散鬱陶，託風采，故宜條暢以任氣，優柔以懌懷，文明從容，亦心聲之獻酬也。』

〔牋記〕—『記之言志，進己志也。牋者，表也。表識其情也。原牋記之爲式，既上窺夫表，亦下睨乎書；使敬而不懾，簡而無傲；清美以惠其才，彪蔚以文其響，蓋牋記之分也。』此外又有譜，籍，簿，錄，爲總領庶黎之用；有關於醫，歷，星巫者，曰方，術，占試；有用於申憲述兵者，曰律，令，法，制；有用於百官詢事者，曰關，刺，解，牒；有用於萬民達志者，曰狀，列，辭，諺。凡此二十八種，廛路淺言，有實無華。』而彥和曰：『並述理於心，著言於翰；雖藝文之末品，而政事之先務也。』

右列各項，其境域攔入圖，籍，簿，錄，以劉彥和之廣義文體觀。其實齊梁文士之作品，及仲洽流別所顓取者，即定勢篇所謂賦，頌，詩，歌，移，檄，書記，史，論，序，註疏，銘，碑，誄，連珠，七辭各體，則純粹之文學體製也。』

五、總評

凡學說之成，先由簡陋而漸趨完備。自彥和以前論文之作，皆片言隻語，鮮有明確之論。彥和少受家庭環境之壓迫，勵志於學。又生於齊梁之世，文學界元氣墮落，綺靡日甚，故文心多爲矯正時弊之論。彥和深明佛典，論文長於析理；故文心說理精密，條貫有序；折衷古今，獨出妙解；能實行其『不可不同，不可苟同』之宣言，此文心雕龍價值之可貴也。

彥和論文以道爲自然之文，而文章爲道之表現，比六朝文士所未嘗言也。彥和疾當世文士之泛濫詞苑，故論文宗經。蓋以六經爲軌爲載道之文，可以挽齊梁綺靡之風，而後世迂儒之空疏文字，動輒引文以載道爲張目。不知彥和所謂道者，乃自然之文也。雖然，彥和之說，亦不免儒學之影響；故情文並茂如離騷者，而以博徒當之，無乃兩漢以來儒學之沈溺人心所至歟？其次言文當有感而作，不可爲文造情，遇事藻飾，枉徇文采，此所以文敝也。斯言實能洞中竅要。

彥和以前，論修辭者，如魏文帝，沈隱侯，陸士衡；論文體者如虞仲洽，李翰林，任彥升，皆有所作；而家家數語，未窮本源，遠不及彥和之作，後來居上，亦理所當然也。綜計彥和論文有二長：一、重實尙文，惟求眞理致，眞感情，夸飾華詞爲文家分內事。二、論修辭不偏鍛字棟句一面，如神思，鎔裁，物色，時序諸篇，頗能深抉文心，妙得文理，陸士衡以後第一人也。即唐宋以後之文士，亦未能過之。

（完）

文學批評家劉彥和評傳

梁繩禕

一、序言

批評學在文學上的重要，和航海家的指南針一樣。牠給作家許多有益的暗示，又給讀者許多明了的指導。一個偉大的批評家，他的光亮不但歷歷的照出舊像的真形，同時亦清晰的指出新途的方向。他雖不能自己代表一個時代的作風，但一個時代的作風變遷，常源於他們。在西洋文學的批評已成了專學，一般學者也有專精致力於此的，社會的重看批評家，有時還駕乎詩歌小說名家以上。像萊辛(Lessing) 馬太安諾德(Matthew Arnold) 泰因(Taine)以及現代的喬治勃蘭特(George Brandes)，全是以批評名家的。他們評論的勢力都很偉大，有時單詞片語，都要傳遍全世，不用說這種批評是文學進化極有關的助力。

我國過去文學界，在世界文學史上的地位，不能太加非薄；但談到文學的批評，便使我們不能開口了。嚴格講，除去惡意的嘲罵和廣告性的標榜以外，幾乎全沒有這回事。因此許多人看批評更不值一錢，一談到便像存着『文人相輕』的意義。文藝的作家亦喜歡以自信為高尚，說什麼『一藝之成，彼皆有以自得，不能執市人而共喻之。』這種孤芳自賞的風尚，本來自有得益的地方，我們不能非難。不過盤容鏡畢竟是不可廢的，自賞的孤芳得着衆賞，似乎更可喜；萬一自己嗅覺不靈敏，所賞的並不是芳，也正可以借人賞來改動一次。照這樣說，批評似乎不是全無益於作家了。再看一看社會上了解文學的程度，反抗惡政府的水滸傳看成誨盜，反抗大家庭的石頭記看成誨淫，這種明顯的作品，尚且如此，深刻的更不必說了。羣衆的賞鑑力薄弱是不免的，但許多年裏竟沒有一個批評家真能解釋一篇作品的真意，我國的過去的批評真算可憐了。

在過去可憐的文學批評史中，尋一點萌芽，我們不得不推重千餘年前的劉彥和。他著了一部專論文學的書，叫作文心雕龍。他有則有法的反抗舊作風。雖然當時正在駢儷全盛的時代，隱微的弱小的反抗力，不生什麼功效；但談到精神上，却是光芒萬丈。他嘔心血和時代宣戰，不被人賞識，弄到賣書自卑，以求達官貴人的品題，已是很可悲了。更想不到一千年來，談文學的人除去摭拾他的單詞片語供給談話資料外，更沒有人領會他的本旨。現在文心的本子，寫着元校的人氏有三十四個，多是不知名的。黃叔琳注解這本書，自己說：『旁稽博考，益以友朋見聞，兼用衆本比對，正其字句，更歷寒暑，乃得就緒。』他似可以慰劉氏的岑寂，然除去作了一點校刊注解以外，對於他立言的旨趣，絲毫沒有發明。不幸的劉氏，眞被冷落了千年。人類的通性，喜歡娛樂，不愛聽教訓，小說家和詩人的成名，比批評家容易十倍。賞鑑小說詩歌是人類的本能，了解批評家的價值，非有高尚的智慧不可，批評家的不易爲人知，似乎是理所當然。

在現在談批評學，劉彥和是不值依戀的，我也不是在文心雕龍裏求解脫。我只是說明我國文學批評的一點萌芽，我只是說明一個反抗時代作風的批評家。

二、劉彥和傳畧

彥和的事迹，李延壽南史有篇傳，是抄撮梁書成的。通篇三百六十七字，除錄序志一段夢話外，僅二百四十九字。在這種簡單的史料裏，我們於劉氏的精神，實在不能知道什麽。我作這篇傳，除憑姚思廉的梁書劉勰本傳外，他的家世大略，是參酌劉秀之傳得來的，他的性行，是從文心雕龍推勘來的。文獻無徵，聖人也只有興歎，這篇的簡陋，實在是沒法的事。

劉勰字彥和，東莞莒人。他祖父名靈眞，是宋朝司空秀之的弟，司徒劉穆之的從姪。他的父親劉尙，作過越騎校尉。劉氏自從彥和的高祖劉爽以來，家門很發達，出了幾個名將名相。我們給他畫一個世系如左：

- 劉爽（山陰令）
  - 仲道（餘姚令）
    - 粹之（晉陵太守）
    - 秀之（司空）——景遠（前軍將軍）
    - 靈眞——尙（越騎校尉）——勰
  - 穆之（司徒）

這五世裏邊，劉家不絕的作官，榮華富貴到了頂點。但等到宋朝亡了，他家便漸漸衰落了。劉勰生時已經很貧，他的父親死的很早。他自己篤志好學，不結婚，跟着沙門僧佑住。僧佑是梁朝一個有名的和尙，現在所傳的弘明集十四卷，就是他所集的。彥和從他那裏博通了經論，他區別部類，抄錄序跋，成了定林寺的經藏。他又好文學，很看不起當時文學界雕琢靡離的作風，又覺着歷來論文學的人，都碎亂無體要，不足以救時；他自己便作了文心雕龍五十篇，論文體的變遷，修詞的方法，却歸本到自然。書成後沒有人過問，想和當時大文豪沈約商定，從無呈達，一天他便背上書作賣的樣子，在沈約的車前等着。沈約看過他的書很推重並稱讚他深得文理，常常擱在案上。

天監初年，他應中軍臨川王宏的聘，作記室。又升到車騎倉曹參軍。外放作太末令，政聲很好。又作仁威南康王的記室，兼着東宮通事舍人。當時祭祀七廟，已用了果類，二郊農社還用牛羊，他便上表說二郊應當和七廟一樣，後來皇帝從了他的話。（事在天監十六十八年間）升步兵校尉，仍兼着舍人。昭明太子很愛接他。他作文長於佛理，都下的寺塔名僧的碑誌，必請他作文。奉皇帝的命令，和慧震沙門在定林寺撰經，完了以後，他燒去鬚髮，自誓求出家，皇帝許了他，他便變了服裝，改名作慧地，不久就死了。

看他這一段事迹，有兩點應該注意：第一他的大部精力，都用在佛典，作文心雕龍的時候，還在齊朝——時序篇說：『暨皇齊馭寶』又說：『今聖曆方興，文思光被』可證——彥和還在少年，業已殫精去區別定林寺經了，作文心不過治佛經一種副業。天監以後，開始從事政治生活，仍然不忘佛法，看他表請二郊農社用蔬果薦可以知道。晚年捨身爲僧，更不必說，所以文心雕龍只是他少年草草的作品。第二他以一個文學的革命家，忽被昭明太子愛接，文心雕龍又見重於沈約，昭明是文選的纂緝者，沈約是四聲的創始者，他們的文字，都很雕琢華麗，和劉氏的主張不同，怎能相愛接，相推重呢？大約昭明是個風雅的太子，彥和也是有才華的人，並且他任東宮通事舍人在中年以後，他已不談文學了，有時得儲君假以詞色，是容有的事。沈約的重文心不過以五十篇文字，出於一貨鬻者之手，擱在案上，亦不過以奇事奇情可玩就是了。至於劉氏立言的意旨，他並不領會的。舊史家傳一個無足重輕的和尚，自樂引一二大人先生以爲重，其實劉氏論文，在當時固一無知音。我們看昭明太子沈約等的史傳和二人的流傳的文集，和劉氏沒有一件事的關係，亦沒有一句話的稱道，便知道話不假了。

三、劉氏的著作

劉氏爲文既長於佛理，他的大部精力又消於整理佛經，則他的重要工作，當然在此。又史稱『都下寺塔和名僧碑誌，必請勰製文』當然此等碑銘傳誌的文字，亦不在少。劉氏信佛法，當時道士者流，多喜謗佛，劉氏多爲辯護，如現在弘明集中有滅惑論一篇，就是這一類作品的代表。不過這許多著作中，有的佚亡，有的不是我們討論的範圍，我們所說的是文學批評家的劉彥和，所以只好拿文心雕龍來講。文心分上下兩篇，爲文五十，劉自爲區別，說：

若乃論文叙筆，則囿別區分，原始以表末，釋名以章義，選文以定篇，敷理以舉統，上篇以上，綱領明矣．至於割情析采，籠圈條貫，摛神性，圖風勢，苞會通，閱聲字，崇替於時序，褒貶於才略，怊悵於知音，耿介於程器，長懷序志，以馭羣篇，下篇以下，毛目顯矣．

看這段可知劉氏的原書只分上下兩篇．今本分成十卷，卷各五篇，只是整理好玩，並沒意義．像劉辯騷放在第一卷末尾，尤爲荒謬．下篇二十五篇的次序更零亂，沒有條理，時序才略兩篇體例相同，理當相隣，乃把中間夾了一篇物色，不倫不類．現在按牠們的意義大略，分成八組，爲閱讀便利起見，不敢說適當．

1. 文學本原論　原道，徵聖，宗經，正緯．(四篇)
2. 文章流別論　辯騷，明詩，樂府，……議對，書記．(二十一篇)
3. 文學家功力論　神思，物色，養氣．(三篇)
4. 修詞分論　情采，麗詞，夸飾，鎔裁，章句，等．(十六篇)
5. 文學家的品格和器用　程器．(一篇)
6. 文學的批評觀　知音，體性．(二篇)
7. 文學的環境與作者的才情　時序，才略．(二篇)
8. 批評宣言　序志．(一篇)

自來論文心雕龍的人，都以爲是中國書中的極有條理，極有組織的．章實齋說：『文心雕龍之於論文，乃專門名家，勒爲成書之初祖矣．文心體大而慮周』．這並不是妄加推許的，我們始讀文心時亦覺其秩然五十篇有成書的條理．不過一細加考索，全書五十篇的標題意義非常含混，次序亦錯亂凌雜．下篇二十五篇既非依螺旋法論列，亦不按鱗次法推勘．一篇裏邊自成首尾，互相關聯的地方絕少．所以我說這本書似有條理，實無條理，似成篇段，實無篇段可說．大要因爲劉氏既以治佛經餘暇，治此晨昏朝夕隨時論列，並不曾作一個一貫的思索，立一個統一的計畫．一方面又想標題的整齊，定用兩個字，遂含混至此．拿成書的體例講，文心並無甚可觀，所可取的只是他幾點特識．

四、劉彥和爲什麽作文心雕龍

劉彥作文心雕龍的原因，在他的傳裏，業已略略提出，現在詳細說明於下．第一是發於立言的責任心．他說：

夫宇宙綿邈，黎獻紛雜，拔萃出類，智術而已．歲月飄忽，性靈不居，騰聲飛實，制作而已．夫有肖貌天地，稟性五才，擬耳目於日月，方聲氣乎風雷，其超出萬物，亦已靈矣．形同草木之脆，名踰金石之堅，是以君子處世，樹德建言，豈好辯哉，不得已也．

他覺得生下來作一個人，是很可以自豪的事；肉體容易死敗，建言卻是千古的盛業，所以很興奮的要作個作家.第二是發於對歷來批評家的不滿心.他說：

詳觀近代之論文者多矣，至於魏文述典，陳思序書，應瑒文論，陸機文賦，仲洽流別，宏範翰林，各照隅隙，鮮觀衢路.或臧否當世之才，或銓品前修之文，或汎舉雅俗之旨，或撮題篇章之意.魏典密而不周，陳書辯而無當，應論華而疏略，陸賦巧而碎亂，流別精而少功，翰林淺而寡要.又君山公幹之徒，吉甫士龍之輩，汎議文意，往往間出，並未能振葉以尋根，觀瀾而索源.不述先哲之誥，無益後生之慮.

他舉出許多論文名家一統斥為『鮮觀衢路』為『無益後生.』他以為他們都沒有見到文學的本源，因此他便想自己建立一個批評紀元.除以上兩個原因外，使他不能不說話的便是當日文學界的病的狀態.現在引幾段文字說明這種情形.

啟心閑繹，托詞華曠，雖存巧綺，終致迂迴，宜登公宴，未為準的.而疏慢闡緩，膏肓之病，典正可采，酷不入情.……緝事比類，非對不發，博物可嘉，職成拘制，或全借古語，用申今情，崎嶇牽引，直為偶說，惟睹事例，頓失情采.此則傅咸五經，應璩指事，雖不全似，可以類從.次則操調險急，發倡驚挺，雕藻淫豔，傾炫心魂.……（南齊書文苑傳論）

江左齊梁，其弊彌甚.……遂復遺理存異，尋虛逐微，競一韻之奇，爭一字之巧.連篇累牘，不出月露之形；積案盈箱，惟是風雲之狀.（隋書李諤傳諤上書）

建武以還，文卑質喪，氣萎體敗，剽剝不讓，儷花鬭葉，顛倒相尚.（李習之祭韓侍郎文）

為文之士，亦多漁獵前作，戕賊文史，抉其意，抽其華，置齒牙間，遇事蠭起，金聲玉耀，誑聾瞽之人，徼一時之聲.雖終淪棄，而其奪朱亂雅，為害已甚.（柳子厚與友人論文書）

看以上幾段文字，當日文學界的大概情形，可以想見.劉氏亦說：

去聖久遠，文體解散，辭人愛奇，言貴浮詭，飾羽尚畫，文繡鞶帨，離本彌甚，將遂訛濫.

我們知道這時是『競一韻之奇，爭一字之巧，』『儷花鬭葉，顛倒相尚，』『離本訛濫』的時代，劉氏出來矯正，全書即對此立言.劉知幾說：『詞人屬文，其體非一，譬甘辛殊味，丹素異彩，後來祖述，識昧圓通，家有詆訶，人相掎摭，故劉勰文心生焉.』他的意思以為劉氏作文心雕龍的動機，只在造一種平情圓通的批評，初不知劉氏是有所爲而爲的來矯弊。

五、文心雕龍的基本觀念

前已說明劉氏作文心雕龍的主要原因，在於矯正當時文學界的作風，所以他的書中有幾個重要觀念，雖然不曾列專篇討論，但全書都充滿這種精神。論文學的流別，論修詞，隨時隨地都發揮他這幾個觀念。這實在是讀文心雕龍第一應當明了的，也就是形成劉氏在批評史上偉大的主質。現在簡單說明於下：

A.他爲矯正當時雕琢淫濫的作風，所以提倡自然抒寫的文學，他說：

心生而言立，言立而文明，自然之道也。——原道

又說：

夫豈外飾，蓋自然耳。——原道

又說：

人秉七情，應物斯感，感物吟志，莫非自然。——明詩

他在原道篇，把文學的章節比作草木受風的蕭蕭聲，泉水激石的汩汩聲，說是與天地並生，和天地同心，這是何等的灑落，何等的天籟，然而也只是申明他這言立文明，感物吟志，不加外飾的自然主義。他又說：

鉛黛所以飾容，而盼倩生於淑姿；文采所以飾言，而辯麗本於情性。故情者文之經，辭者理之緯，經正而後緯成，理定而後詞暢。——情采

情性是文學的本體，文采只是枝葉。美是本原的，而不是附加物的。所以文學的眞美，也只是赤裸裸的情性表見，不是駢儷的講求；正如盼倩之美生於淑姿，不在乎鉛黛的修飾。河畔浣紗的西施，不減她的光豔；陋質如無鹽的，雖然衣以錦繡，貯以金屋，恐怕人仍有望而却走。齊梁人冥索於聲音采色之末，以希成美的作品，所以劉氏告他說：『美是自然的，不是造作的』

B.他爲矯正當時無病呻吟的作風，所以提倡眞實的文學。他以爲文學的目的，只在描寫實感實情實景；這正和托爾斯泰論文學的三個標準，首先標出眞實一樣。他說：

昔詩人什篇，爲情而造文；辭人賦頌，爲文而造情。何以明其然？蓋風雅之興，志思蓄憤，而吟詠情性，以諷其上，此爲情而造文也。諸子之徒，心非鬱陶，苟馳夸飾，鬻聲釣世，此爲文而造情也。故爲情者要約而寫眞，爲文者淫麗而煩濫。（情采）

他很看不起這種爲文造情的人，說他們的目的是鬻聲釣世，在這種動機下的作品，當然不值一文錢了。他們志深軒冕，而汎詠皐壤，心纏幾務，而虛述人外，所說的全非所想，完

全是一種虛僞的表見。再甚的便是章實齋所說『借老之婦，學杞梁妻的哭夫，同心一德之朝，其臣亦作楚怨』，這便是病狂，說不上文學。所以劉氏的主張只是『寫實』只是『爲情造文』他又說：

窺情風景之上，鑽貌草木之中，吟詠所發，志惟深遠，體物爲妙，功在密附。故巧言切狀，如印之印泥，不加雕削，而曲寫毫芥。故能瞻言而見貌，卽字而知時。——物色

所謂巧言切狀，如印之印泥，就是純粹的客觀的描寫。

C. 他爲矯正當時剽竊因襲的作風，所以提倡文學的創造。文學的變化是無盡的，如聘無窮之路，如飲不竭之泉。一時代有一時代的文學，一個人應創造一個人的時代。認文理之數盡的，多是一班笨伯，疏於通變之數的。從歷史上看自皇帝以至於魏晉，一代和一代不同，可知我們的重要在乎創造。他說：

夫青生於藍，絳生於蒨，雖踰本色，不能復化。桓君山云：『予觀新進麗文，美而無採，及見劉揚言詞，常輒有得』，此其驗也。故練青濯絳，必歸藍蒨。——通變

他以爲青絳雖踰藍蒨的本色，然而畢竟不能不推重藍蒨。繼承一個作風的作家，容許勝過開山的人，不過終不能比創始人精神上的偉大。看他這種評價，可知他是很看重創作的。

以上是他原書的三個基本觀念，明白這三個基本觀念，始可以理會他的許多頭緒紛繁的講論。

六、文學的正本歸原論

正本歸原論實在就是劉氏實現他的文學主張的一種方術，因爲他自己喜歡用這一類名詞，所以我們也不妨聚積關於這一類的主張，名之爲正本歸原論。

他的正本歸原論，可以徵聖宗經兩篇作代表，其他錯出於各篇的也不一而足。他以爲我們作文，應當師法古代的聖人，應當學經書的建言修詞；因爲聖人的文章，銜華而佩實，有簡言達旨，博文該情，明理立體，隱義藏用的種種好處。經書是聖人作的，學經書可以使文情深而不詭，風淸而不雜，事信而不誕，義直而不回，體約而不蕪，文麗而不淫。他先把經和聖人之文建設在他的理想文學地位，然後說文學本來是這樣的，我們只須正本歸原就好了。這是他托古改制的一種詭計。他在宗聖以前，先辯明仲尼不是徒事華詞，這是很可注意的。

本來劉彥和很可以自由發表他的主張，不必借什麼聖什麼經來做招牌；但他因爲增加他言論的效力，所以取了這種陳倉暗渡的辦法。信古不信今，幾乎成了國人的特

性。告他說你應該這樣作，他是不相信的；要說古聖人是這樣，他便無異詞了。因此古來許多思想家，創出許多經天緯地的學說，都喜歡托之不相干的人，劉氏也只是抄演舊戲就是了。

以法古作解放，在文學史上有很多的例，韓退之矯駢儷的毛病，却提倡古文。就是胡適之提倡新詩以前，也有一個時期專讀古詩不讀律詩。通變前的復古，紀昀以爲因

> 求新於俗尚之中，則小知師心，轉成纖仄，明之竟陵公安，是其明證。故挽而求之古。蓋當代之新聲，既爲非濫調，則古人之舊式，轉屬新聲。

這話有一部分的理由。但主要的原因，也正因爲古代作風，近於自然，可以正後世文勝質的毛病。所謂禮失而求諸野，如此而已。

七、文學流別論

在談文學流別以前，應當先明白劉氏文學的定義。大約他的定義和近來章太炎差不多，就是凡以文字著於紙帛謂之文，論其法式，謂之文學。所包含的非常之多。章太炎說他猶不知無句讀文，（見國故論衡文學總略）實在是無根之談。他在書記篇中把譜籍簿錄方術占試都歸納在裏，能說沒有無句讀文嗎？

他的文學定義，既然下得如此之廣，當然流別上也就包羅萬有了。大約從辯騷到書記二十一篇，都是講流別的。他的講法，黃叔琳說的很好，他說：

> 備列各體，一篇之中，遡發源，釋名目，評論前制，後標用法。

他這大規模的講論，很可使人佩服他的精神。但是結果却失敗了。因爲範圍包得太多，所以議論都不免膚淺了。並且他自己是講文學的人，硬把史傳諸子亂談一起，當然沒什麼成績。單看他二十一篇的次序標題，已經弄得凌亂顚倒。騷是詩的流變，他講文學流別，却列之於第一，而明詩反在後。雜文一個題目，理當列在最後，以位置無可歸類的文字；但他却放在中間，以七發連珠充數。等到末一篇書記，還不會講完他的文學定義所包的東西，於是就把譜籍簿錄、方術占試、律令法制、符契券書、關刺解諜、狀列辭諺二十四種文體，一概拉在裏面，牽強附會，橫堆硬湊，幾乎成了全書的污點。

我國自從晉朝就有文筆的分別，就是純文學和普通文章的分別。雖然他們的講法很幼稚很籠統，但學術是以分析而進步，所以這種分別，終是有益的。劉氏生在文筆業已分別的時代，硬將二者混而爲一，以完成一個廣漠的文

學的定義，實在是在時代的潮流上開倒車．他在總術篇駁文筆的話，完全是閉着眼睛說，不着一點痛癢．他始終不曾看人家用詞的含義和他一樣不一樣，只是說他自己的話，所以全無是處．章太炎的文學總略也和他同樣的無聊．

愈是不成道理的道理，愈有人當作金科玉律信從．我們看截至現在，還有一部分講文學史的人，正在經史子集，百家九流亂說一起，我們眞不想再說什麽廣義的文學．是講不好的，拿文章的名目和表面分類，必至於抵牾不通．文心雕龍的失敗，正是我們絕好的徵驗．

就一個文體論一個文體，劉氏的話也有很多可取的，不過大體上既如上述，微枝末節正不必再行論列．

八　文學家功力論

功力論就是講學文學的方法的．本來可以把講修詞的情采等十餘篇包羅在內；但這幾篇實在被後人說得濫而又濫了，我們理會一部書在理會牠的特點，不在追求牠的普通的質量，所以我另提出牠們，不加論列．以下只把在劉氏的時代可稱起他的卓見的幾點，簡單說明於下：

A．身心的修養　自來學文學的人，都以傷命困神，模仿古人爲美談．看歷史上許多文人銷鑠精膽，蹙迫和氣，秉牘驅齡，灑翰伐性的經過，眞令人短氣了．誰知古人所造的鳥迹蟲書，竟至害盡天下聰明才智之士呢！鄙鄙的不足道，我們看文起八代之衰的韓退之是怎樣？他在進學解裏說：

口不絕吟於六藝之文，手不停披於百家之篇．……貪多務得，細大不捐，焚膏油以繼晷，恒兀兀以窮年．

像這種不要命的在字紙堆中討生活，充其量也不過作幾篇佶屈聱牙的形似古文罷了，眞是所爲何來呢？劉氏說：

器分有限，知用無涯，或慚鳧企鶴，瀝辭鐫思，於是精氣內銷，有似尾閭之波；神志外傷，同乎牛山之木．怛惕之盛疾，亦可推矣．——養氣

爲作幾篇文章而得病，這是如何的可憐呀！何況下這種死工夫去尋求字句，亦作不出好東西．他說．

率志委和，則理融而情暢；鑽礪過分，則神疲而氣衰．

又說：

淳言以比澆詞，文質懸乎千載；率志以方竭情，勞逸差於萬里．——養氣

神疲氣衰，還會作出好東西麽？因此劉氏的主張，只是『率志委和』．他說：

是以吐納文藝，務在節宣，清和其心，調暢其氣，煩而卽捨，勿使壅滯，意得則舒懷以命筆，理伏則投筆以卷懷．逍遙以針勞，談笑以藥勌，常弄閑於才鋒，賈餘於文勇，

使忍發如新，湊理無滯，雖非胎息之邁術，斯亦衛氣之一方。——養氣

他的意思，是先把神志弄清明，再乘着興會去作文。梁任公說：『文學家最重的是想像，神經太健康的人，必不易當文學家。』（見文史學家之性格及其預備，在清華講演，十二年十一月學燈轉錄）這大約因爲許多文學家多是不合於他的時代，一般人便以爲他有神經病。其實任公的話全是不對的。許多文學家不合於時代，多是因爲他們感情太熱烈，思想太高尙，出乎一般庸衆之上。換句話說，就他們的神經太健康。我們不能以合乎庸衆與否，作神經健康與否的表徵。我相信屈原的神經比楚國當時一般人都要健康一點；正如逃在日本的梁任公的神經，比光緒時代中國的貴賤男女都健康一點一樣。所以劉氏說把神志弄明白，——養一付非常健康的神經，——再來作文，正自不錯。

B.自然的觀察　劉氏深信自然界的情景，和人的情感至有關係，他說：

獻歲發春，悅豫之情暢；滔滔孟夏，鬱陶之心凝；天高氣淸，陰沈之志遠；霰雪無垠，矜肅之慮深。歲有其物，物有其容；情以物遷，辭以情發。——物色

因爲自然界可以轉移我們的感情，感情又是文學的主成分之一。當然文學的出發點，有一部分建築在觀察物色之上，詩人的職務，自然有如他所說：

流連萬衆之際，沈吟視聽之區；寫氣圖貌，既隨物以宛轉；屬采附聲，亦與心而徘徊。

他又很贊成純粹客觀的景物描寫，他說：

窺情風景之上，鑽貌草木之中，吟詠所發，志惟深遠，體物爲妙，功在密附。故巧言切狀，如印之印泥，不加雕削，而曲寫毫芥。故能瞻言而見貌，卽字而知時。——物色

關於自然界本體的描寫，和自然界與人生的關係，他都注意到；獨至於人生的本體，他却沒有顧及。這似乎是很大的一個缺點。我國過去的文人像蘇子由等都知道觀察自然，遊歷名山大川，至於人生社會，却不注意了。這和劉氏同犯一種毛病，研究文學的人，不可不注意。

C.興會的文學

興會的文學，是以他的自然主義爲本，和他的身心修養相呼應的。他以爲只要把神志弄淸明，佳文佳句，都是得之於有意無意之間，不是可以連篇累牘，苦心力造的。苦心力造不但無益，並且還要弄巧成拙。他說：

思有利鈍，時有通塞，沐則心覆，且或反常；神之方昏，再三愈黷。——養氣

物有恆姿，而思無定檢；或率爾造極，或精思愈疎．——物色

或理在方寸，而求之域表；或義在咫尺，而思隔山河．是以秉心養術，無務苦慮，含章司契，不必勞情也．——神思

他這種話是很有道理的．文學家的工力，是用在思考觀察修養，在臨文之前，不在屬文的時候．精思勞情於字句，是違反興會的，自然要失敗．我舉一個例如下：黃魯直有一句詩是『高蟬正用一枝鳴』，『用』字開始作個『抱』，還不失爲一句明白話．繼改作『占』，便不如『抱』了．再改作『帶』，就不通．蟬不能帶枝，亂飛亂鳴，像盲丐的帶彈琴．現在的定本作『用』，便更不通了．枝不是蟬的發音器，蟬又不能像人擊枝作聲，怎能說『用枝鳴』呢？這種無理取鬧的層層改定，正是精思愈疎的絕好例證．現在還有人把『正用一枝鳴』作名句，把黃氏更改的過程，作修詞的例證．我只佩服他不用思想就是了．與會的文學，亦是我們應當提倡，而劉氏正不爲無見．

D．辭類的採擇

自從胡適之反對用典，以爲用典的人，多是笨拙而不能造詞的．一般作語體文的人，受了這種暗示，競尚造詞，一有用過去詞類的，便以爲是沒有創作力，甚或悲歎爲語體文的墮落．這實是一種荒謬的師心自用的見解．采用古辭絕不是用典，並且是我們絕大的一種權利，正如承襲祖宗遺產一樣．若用古辭便是沒創造力，則我們漢字也不該用了．此後一代一代，一個人一個人，都要先造下文字再來作文，才足以表見我們的創造力．天下豈有此理？何況造詞一事，亦談何容易．沈尹默月夜詩（見新青年四卷一號）羅志希以爲可以代表象徵主義（Symbolism），胡適之說：『幾百年來那有這種好詩；』（胡適文存答朱經農書）其實這首詩的第一句『霜風呼呼的吹着，』『霜風』一個詞就有些生澀不通．拿霜來形容風，既有些不妥．說風帶着霜，則有風之夜必無霜，又不合於情理．大約這一類生堆硬湊的詞類，正可以代表我國現在語體文造詞的程度．知道語體文詞類的缺乏，和造詞的不易，則采擇已成的辭類，正是我們當今的急務．劉氏說：

灼灼狀桃花之鮮，依依盡楊柳之貌，杲杲爲出日之容，瀌瀌擬雨雪之狀，喈喈逐黃鳥之聲，喓喓學草蟲之韻，皎日嘒星，一言窮理，參差沃若，兩字窮形，並以少總多，情貌無遺矣．雖復思經千載，將何易奪？——物色

他以爲古人精心制造好的詞類，後人未必遂能超過，所以

正不妨採用，他說：

後進銳筆，怯於爭鋒，莫不因方以借巧，即勢以會奇，善於適要，則雖舊彌新矣。——物色

因方借巧，即勢會奇，這是何等便宜的事！近來許多聰明的作家，早已自由采用成辭，這實在是好的現象。不過古詞只是供適要時採擇，若專以堆疊美詞爲能，把應享的權利，變了必盡的義務，自然就靑黃屢出，繁而不珍，那是應用的失術，和劉氏採撮古詞的主張，不相干的。

九、文學的批評觀

我國的文學家，喜歡談自得，他們以爲世俗的評論，並沒有標準，作家也正不必管人家怎樣評論，橫豎我有自己的見解和興趣。這一類的論調，可以拿章實齋的知難作代表，他覺得遇合之知，同道之知，身後之知，都是很難，所以歸結到闇然自修，不以有涯之生，逐無涯的毀譽。這話給作家講，是可以的；批評家便不承認了，劉氏說：

辭理庸儁，莫能翻其才；風趣剛柔，寧或改其氣！事業深淺，未聞乖其學；體式雅鄭，鮮有反其習。各師成心，其異如面。——體性

又說：

夫綴文者情動而辭發，觀文者披文以入情，沿波討源，雖幽必顯。世遠莫見其面，覘文輒見其心。豈成篇之自深，患識照之自淺耳。夫志在山水，琴表其情，況形之筆端，理將焉匿？故心之照理，譬目之照形，目瞭則形無不分，心敏則理無不達。——知音

他以爲文學既是作者的表見，人類的情感智識是相通的，一個人既可了解，當然他的作品更可了解，只要我們有靈敏的眼光。他相信文學平通的批評是可能的，所以纔建設他的批評論。他提出幾件批評上很重要的信條，如左：

1. 不要貴古賤今。
2. 不要崇己抑人。
3. 不要信僞爲眞。
4. 要去個人的偏見。
5. 要有宏博的學識。
6. 要以是非作是非。
7. 要用分析的批評。

這七條積極消極的意見，都是很好的。貴古賤今是歷來批評家的通病，崇己抑人是才人的慣性，信僞爲眞是妄人的必然，他在知音篇都辯明他們的不當，茲不證引。以下簡單引幾句原文說明(4)(5)(6)(7)四項：

(4) 去偏見，他說：

矣。篇章雜沓，質文交加，知多偏好，人莫圓該。慷慨者逆聲而擊節，醞藉者見密而高蹈，浮慧者觀奇而躍心，愛奇者聞詭而驚聽。會己則嗟諷，異己則沮棄，各執一隅之解，欲擬萬端之變，所謂東向而望，不見西牆者也。——知音

(5)博學識，他說：

凡操千曲而後曉聲，觀千劍而後識器。故圓照之象，務先博觀。閱喬嶽以形培塿，酌滄波以喻畎澮。無私於輕重，不偏於憎愛，然後能平理若衡，照辭如鏡矣。——知音

(6)唯是非，他說：

及其品列成文，有同乎舊談者，非雷同也，勢自不可異也。有異乎前論者，非苟異也，理自不可同也。同之與異，不屑古今，擘肌分理，唯務折衷。——序志

(7)貴分折，他說：

將閱文情，先標六觀：一觀位體，二觀置詞，三觀通變，四觀奇正，五觀事義，六觀宮商。斯術既形，則優劣見矣。

以上是劉氏論批評的話，以下再舉他麗詞篇論屬對的實在批評如左，爲閱時醒目起見，將原文書成一表。

麗詞之體，凡有四對。

名稱	解釋	例證	評論 理由	斷案
言對	(雙比空詞)	修容乎禮園，翱翔乎書圃（見長卿上林賦）	偶詞胸臆	易
事對	(並舉人驗)	毛嬙鄣袂，不足程式；西施掩面，比之無色（宋玉神女賦）	徵人之學	難
正對	(事異義同)	漢祖思枌榆，光武思白水（孟陽七哀）	並貴同心	劣
反對	(理殊趣合)	鍾儀幽而楚奏，莊舄顯而越吟（仲宣登樓）	優顯同志	優

文學的批評到屬對，已落了下乘。他的話又很簡單，但我請閱者注意他的方式。我國人的評論，多是亂講一片，像這樣有定義有例證有理由有斷案的有法有則的批評，是很少的。劉氏的好處不僅在他自己的批評，而在他的批評方法。

十、文學的品格和器用

在劉氏的時代，大約一般文人，很不爲社會所看重。他見魏文帝說：『古今文人類不護細行，』韋誕又痛詆羣才，他覺得很傷心，說：『後人雷同，混之一貫，吁可悲矣！』他以爲文學家的品格，不一定壞，古來的文人誠然蕩檢逾閑不

道德的行爲很多，但將相武人亦未嘗無疵咎．反之文人之中像屈原賈誼等的忠貞，又何嘗一爲文人便墮品格呢？他又以爲將相武人品格的平均律，不一定好於文人；不過他們位尊特達，文士職卑多誚罷了．古來名將名相亦有許多長於文詞的，因爲地位高，人便不以文人看他．把文人中的事功家除去，當然所剩的只有虛誕之士了．

中國人自來看不起文學家，文學家自家亦承認是雕蟲小技，聖哲不爲．於是從技術的不值錢，輕視到人格．偏偏文學家又多蕩檢逾閑的人，於是『文人無行』成了固定的名詞．劉氏這種辯護，只算是解嘲．所謂文人固然貪贓，武人未嘗不殺人放火，何以獨責怪我們呢？其實文學家的被羣衆憎惡，絕不因位卑，也不因提出了一部的事功者不算數．乃在他的『蕩檢逾閑』．因爲他的思想特別銳敏，他的感覺特別靈活．他了解現實社會的禮法制度不滿意，又不能忍受，當然要『蕩檢逾閑』．一般醉生夢死的羣衆，不能了解他，當然要唾罵攻擊，看不起了．他的精神和品格，是立在時代之前，超乎羣衆之上的．劉氏乃拉他和一般武人政客較短論長，豈非可笑？

在中國文學家不但爲羣衆所看不起，一般理學先生亦竭力攻擊．這大約是過去一部分冒牌的文學家自身所招起，但他們的攻擊法却不可不附帶一辯．現代人的話不便證引，我們且舉清初幾個大師的話作例：

人一以文士自居，便無足觀．——孫夏峯

僕以足下質甚美，性甚淳，世味未染，天良未汨，既不弋名，又不謀利，亦何苦疲精役慮，爲此玩物喪志之習？縱習之而工，文如班馬，詩如李杜，亦何補於身心，何益於世道耶？——李二曲

吟詩作賦，非學也，而棄日廢時，必不可者也．『空梁落燕泥，』工則工矣，曾何益於治理？『僧推月下門，』駁則駁矣，曾何補於民事？『雞聲茅店月，人迹板橋霜，』新則新矣，曾何當於事理？——朱舜水

他們除去漫罵以外，只是文學沒有用，並且所謂用只是直接有關於治理，有補於民事．初不知應用云者，並不限於民事治理，亦不限定爲直接的．理學家的言心言性，科學家的言聲言光，從表面上直接的本體的言，皆爲無用，將全擴之爲不足稱學嗎？當然是不可的．若從因果的關係考察，以聲光的原理造應用的器械，以心性研究的結果，規定人生合理的道德倫理標準，能說牠沒用嗎？文學亦然，從淺見表面言，自然是無用，但牠可以通人類的情感，可以鼓鑄社會的思潮，可以表見社會的罪惡，這不是用處嗎？這全和治理民

生沒關嗎？從文學史上看，但丁神曲和意大利的影響，尼采作品和德意志的影響，托爾斯泰屠格涅甫等和俄羅斯的影響，這種器用，恐怕正不在小罷！朱舜水分離文學的個體而責用，尤爲無理。文學的有用與否，當看牠整個的全部的如何，不容拆散以求。當從文學史上看牠有用與否，不容指出一兩個冒牌的文學家的作品無用，遂斷定全部無用。卽以一篇文學而言，其有用與否亦當看他整個的意義的如何，不容摘牠的單詞片語以求其用。若就單詞片語以求用，則用途卽在本文裏，或爲美的點綴，或爲情的表見，或爲意的申明。不求這種用，問牠有何補於民生？有何益於政治？天下豈有此理？數學是爲世所公認有用的科學，但吾要請問$a^2-b^2=(a+b)(a-b)$有何補於民生？有何益於政治？朱舜水是個有用的學者，但我們拉出他身上一個細胞，問牠直接有何益於民生？有何補於政治？恐怕亦直好說沒用罷。

看了以上的話，可知道文學家的器用，是怎樣。但劉氏却覺得文學家品格雖不壞，似乎終不大有用，所以他很主張文學家再去作些事業。他說：

君子藏器，待時而動，發揮事業，固宜蓄素以弸中，散采以彪外，楩枏其質，豫章其幹，摛文必在緯軍國，負重必在任棟梁。窮則獨善以垂文，達則奉時以騁迹，若此文人，應梓材之士矣。——程器

文學家的事業就是文學。——自然一個文學家，亦可以一個人的資格去作其他事業。但文學的有器用，和其他事業是一樣的。這一點劉氏似乎見得不甚透澈，所以他勸文人直接去作現實的事業。

十一、文學的環境與作家的才情

時序和才略兩篇，一篇是概論歷史上政治和文學的關係，一篇是總論歷來作家的才情，可算文心雕龍的兩篇結束文字。紀昀說：『才略篇體大思精，眞文囿之巨觀。』體大是不錯的，聚數千年的作者，一一如數家珍而品其高下，這是何等偉大的氣概！思精便不易說了，用一千五百個字，評論一百以上的作家，是不能精的。我們不再討論這簡單籠統的批評了。以下把時序篇論文學和環境的一部分，簡單說一說：

他以爲質文的代變，係於時運的交移，換句話說，就是文學以環境爲轉移的。在專制時代，帝王的勢力非常大，所以他論環境就以主權的作中心，以看文學的流變。本來論文學的環境，只注意這一點，自有偏而不全之感。然而在歷來論文學只注重作家的才情，而不管他的環境之中，能夠有人來談談時序，也所謂慰情聊勝於無了。通篇約一千三

百言，論陶唐以來，至於南齊，總不外文變染乎世情，興廢繫乎時序之意。他論三代以前說：

昔在陶唐，德盛化鈞，野老吐何力之談，郊童含不識之歌。有虞繼作，政阜民暇，薰風詩於元后，爛雲歌於列臣，盡其美者，何乃心樂而聲泰也。至大禹敷土，九序詠功，成湯聖敬，猗歟作頌。逮姬文之德盛，周南勤而不怨，太王之化淳，邠風樂而不淫。幽厲昏而板蕩怒，平王微而黍離哀。故知歌謠文理，與世推移，風動於上，而波震於下。

又論三國時代說：

觀其時雅好慷慨，良由世積亂離，風衰俗怨，並志深而筆長，梗概而多氣也。

他所觀察的政治和文學的關係影響，大致是不錯的。我國南北文學的分野，至爲分明，有漢一代爲南方文學全盛時代，唐山夫人房中詩，漢武帝秋風詞，都是楚聲賦的流源本出於騷，賈誼等北人，後來亦作南聲。當日文學界中幾全爲楚化，劉氏很看出這種關鍵和源淵，他說：

爰自漢室，迄於成哀，雖世漸百齡，辭人九變，而大抵所歸，祖述楚詞，靈均餘影，於是乎在。

看這一段，可知道他於文學的地方色采亦很有了解。劉氏不肯論當代的作家和政治，說『颺言讚時，請寄明哲。』大約是避於恩怨之間，和政治的勢力。他既不肯盲目的贊揚，鄙薄的話又不能自由，所以不如置而不論。

十二、結論

我拿我讀文心雕龍所得的印象，給他寫成這篇傳。我唯一的目的，在拂拭去許多年來劉氏身上的積垢，使他的眞實面目得以露出。我申明了他的幾點卓識，同時亦毫不客氣的批評他的幾個謬論。我不願罵古人一無聞知，我也看不起拿自己的或現代的見解，去附會古人。我覺得自己業已竭盡所有的能力來客觀的說明他的眞象，至於所說是不是他的眞像，却有賴於以後批評我的人去證明，我不敢有什麼堅決的自信。此外還有幾句聲明的話，就是文心裏隱秀一篇，有人證明久已亡佚，現在本子上的一篇是後人的僞作，爲史料的眞實起見，當然概不證引，雖然他也仿着文心說了許多可取的話。

顧黃合斠文心雕龍跋

陳準

劉氏之書自成一家昭晰羣言發揮衆妙海內學者所公認也但校本絕少注釋不詳所以校讎者非窮源討流終難折衷余於劉氏之書頗有研究之志苦無善本耳但就所知者惟弘治甲子吳門刊本（按顧黃合校引活字本即此本也）嘉靖庚午新安刊本（顧黃合校引汪一元即此本也）辛丑建安刊本癸卯新安刊本萬曆乙酉南昌刊本（天一閣書目爲舊曆七年張象之序即此本也）漢魏從書本兩京遺編本繡谷亭書錄解題云錢功甫有阮華山宋刊本秘不肯示人所以傳於世者極少也餘杭譚中義藏有顧黃合斠本十卷至詳吾邑孫仲容先生段此本傳錄乃從孫先生所校本轉移書眉以留其眞蓋抑劉氏之幸矣顧黃合斠本李慈銘越縵堂日記云顧黃二氏据元刊弘治活字本嘉靖汪一兀本朱墨合校足爲是書第一善本原道時序篇紀氏云此書實成於齊代今題曰梁按顧氏云此所題非也時序篇有暨皇齊馭寶運休明是彥和此書作于齊世又人文之先肇自太極幽贊神明易象爲先顧氏所引舊本作讚是也素王述訓莫不原道心以敷章黃注云以敷一作裁文不明來曆今此本注元刊本以敷章作裁文活汪本同足見是書之勝於各本也近來敦煌有唐人寫本艸書文心雕龍殘卷十篇爲燕京趙萬里先生校記一卷足以匡正各本之先余鑒唐人寫本雖不成帙亦是瓌寶爰附於後羽翼而行余友范君仲澐（文瀾）有文心雕龍講疑之作以未見此本爲恨乃轉告樸社囑其集貲刊行余感良友之愛亟付剞劂俾此書流傳海內學者有所共鑒焉

劉勰的作文方法論

——讀文心雕龍的札記——

戚維翰

自來學者對於讀書的方法說的很多，而對於作文的方法却罕有言及，大家都以爲「文無定法」「只能意會不可言傳。」這種「神妙不測」的論調，並非他們故意保守神祕，不肯把「金針度人」，實由他們平日讀書多抱了一個「述而不作」的信條，把創作一層看得非常神奧，以爲非「生而知之」的聖人便沒有「神而明之」的本領。

只有梁時的劉勰他却「當仁不讓，」「別樹一幟，」大膽地起來做一部評論文學的文心雕龍，把歷來的文體和作品毫不客氣的加以評論以外，還討論到如何作文的方法，以貢獻後學，他眞是一個中國空前的批評文學家了。現在將我在文心雕龍中所見到的關於作文方法一點，述之於下，以供同好的參考。

（一）文思

文思就是作者的意思，也就是文章的內容，這是作文最重要的立足點，也是作文第一步的出發點。若文思不清，則其文不是「雜亂無章，」便是「言之無物；」換言之，就是文章的內容不充實。在作文以先，我們應怎樣的預備，才可使文章的內容充實呢？劉勰說？

陶鈞文思，貴在虛靜，疏瀹五臟，澡雪精神。積學以儲寶，酌理以富才，研閱以窮照，馴致以懌辭。——神思篇

這就是說鍛鍊文思的時候，應該虛心靜氣，澄清頭腦；能這樣便可「神與物遊，」「物無隱貌。」所謂「寂然凝慮，思接千載，悄焉動容，視通萬里，吟詠之間，吐納珠玉之聲，眉睫之前，卷舒風雲之色；」也不難做到。不過思想的源泉，並非可以從天而降，必要經過「致知格物」的工夫而後可以「豁然貫通。」所以他又主張「積學，」「酌理，」「研閱，」「馴致」四種工作，以廣求學識，博通事理，多研究，多觀察，而善訓練。這四種工作的確都是構成思想的根本材料，爲學作文者所萬不可少的經驗。心理學中曾告訴我們想像是綜合已經分析舊觀念所構成之新觀念，那末若無經驗，則文思卽無從而生了。故學作文者不但要善思，而且

要多事閱歷才可。不然，徒事強思，就免不了他所說的弊端；他說：

臨篇綴思，必有二患：理鬱者苦貧，辭溺者傷亂。——神思

他補救這二患的方法說：

博見爲饋貧之糧，貫一爲拯亂之藥，博而能一，亦有助乎心力矣。——神思

所謂「博見」就是廣事閱歷；「貫一」就是貫通事理。閱歷多而事理通，則握管揮毫，自覺文思汩汩而「左右逢源」了。

（二）結構

譬之築園，文思是一塊地基，要在這基上築個美麗清雅的花園，則孰地宜築室，孰地宜建亭，何處適於栽花，何處適於植木，餘如鑿池引流，堆山疊石，通橋闢徑，養鳥蓄鹿，……在在都有賴於匠心的布置；所以文章內容的結構，亦是極其重要而須「煞費苦心」的事。我們每當執筆行文之際，往往思緒萬千，感無從下手之苦，這就是不知善於「鎔裁」的緣故。怎麼叫做「鎔裁」呢？劉勰說：

規範本體謂之鎔，剪截浮詞謂之裁；裁則蕪穢不生，鎔則綱領昭暢，譬繩墨之審分，斧斤之斲削矣。——鎔裁篇

由此可見文思的紛紜，非經過翦裁不可。不過若不先定個標準，究竟孰取孰舍，要行翦裁，亦是「談何容易」。所以劉勰說：

凡思緒初發，辭采苦雜，心非權衡，勢必輕重。是以草創鴻筆，先標三準：履端於始，則設情以位體；舉正於中，則酌事以取類；歸餘於終，則撮辭以舉要。然後舒華布實，獻替節文，繩墨以外，美材既斲，故能首尾圓合，條貫統序。——鎔裁

他所說的三個標準，意思就是說，第一步，立定文意和文體；第二步，把要用的文材排成次序；第三步，把文中的要點提綱挈領的揭出，使讀者易於領會。先定了這三個標準，再施以翦裁，那取舍之間，自然容易翦裁得當，便會合乎「情周而不繁，辭運而不濫」的法度。

剪裁是取材料的方法，但僅有材料，而無適當的章句以表達之，也不免陷「白玉之玷」的遺憾。所以劉勰對於作文的章句方面，亦極注重。他說：

夫人之立言，因字而生句，積句而成章，積章而成篇。篇之彪炳，章無疵也；章之明靡，句無玷也；句之清英，字不妄也。振本而末從，知一而萬畢矣。——章句篇

他以爲篇的彪炳，由於章的明靡，而章的明靡，又由於字的清英而來，可見他的修辭之著重，尤在練字。他對於練字的標準說：

綴文屬篇，必須練擇：一避詭異，二省聯邊，三權重出，四調單複。詭異者，字體瓌怪者也。……聯邊者，半字同文者也。……重出者，同字相犯者也。……單複者，字形肥瘠者也。——練字篇

像這般嚴格的練字，眞個要「善爲文者，富於萬篇，貧於一字」了。

但作文者若過注意於「咀文嚼字」，「鍛章練句」，往往易陷全文不一貫的毛病。所以劉勰說：要

章句在篇，如繭之抽絲，原始要終，體必鱗次。

啓行之辭，逆萌中篇之意，絕筆之言，追媵前句之旨。故能外文綺交內義脈注，跗萼相銜，首尾一體。——章句

（三）描寫

文學是感情的流露，一個人的腦海中被情感之流澎湃到最高點時，便迫得他有不能不寫之勢；若心湖裏風平浪靜，而欲強事搆思，故意做作，那他的作品便是「無病呻吟」，雖「連篇絫牘，不出月露之形，積案盈箱，惟是風雲之狀，」有何文學的生命可說？有何文學的價值可言？鄭板橋論作詩道：「興到千篇未爲多，興無一字懶吟哦」，眞是至理名言！劉勰主張的文學之描寫的方法，亦深合此旨。他說：

昔詩人什篇爲情而選文；辭人賦頌爲文而造情。何以明其然？蓋風雅之興，志思蓄憤，而吟詠情性，以諷其上，此爲情而造文也。諸子之徒，心非鬱陶，苟馳夸飾，鬻聲釣世，此爲文而造情也。故爲情者要約而寫眞，爲文者淫麗而煩濫。——情采篇

他的主張「爲情造文，」反對「爲文造情，」已言的很透徹明瞭。他所以如此主張的理由，因爲情感是文章的生命，詞華是文章的服飾，若文無生命，雖詞華寫得如何美麗，也不過是木偶衣冠，總不能顧盼生姿，令人感動，所以他又說：

夫鉛黛所以飾容，而盼倩生於淑姿；文采所以飾言，而辯麗本於情性。故情者文之經，辭者理之緯；經正而後緯成，理定而後辭暢；此立文之本源也。——情采

文學既是感情的流露，感情是自然的產物，非人力所能巧造，所以抒寫的時候，亦當以情感之濃淡爲依歸。情感濃時，則握管揮寫，便會如「行雲流水，」一瀉千里，令人不能自已。若情感一淡，而欲強事凝思抒寫，雖費盡「鉤心鬬角，」亦難收良美的效果。古人云：「踏破鐵鞋無覓處，得來全不費工夫，」的是經驗之談。劉勰對於此點，大概亦深得其中三昧。他說：

吐納文藝，務在節宣，清和其心，調暢其氣，煩而卽捨，勿使壅滯；得意則舒懷以命筆，理伏則投筆以卷懷；逍遙以針勞，談笑以藥勧；通倦——常弄閑於才鋒，賈餘於文勇，使刃發如新，湊理無滯。——養氣篇

他所謂「節宣」，就是現在所謂「文藝的節產，」如文藝的思想未成熟，感情未熱烈時，正應待時而作，不可勉強。左太冲的三都賦，搆思十年；歌德的浮士德悲壯劇自十二歲做起，直到八十二歲方成；達文齊的名畫 last supper，亦畫了十二年之久；可見文藝的節產亦是文人應注意的一件事。所謂「意得舒懷」「理伏投筆，」亦便是說作文當

從容率情，優柔適會。——養氣

秉心養術，無務苦慮；含章司契，不必勞情。——神思

萬不可：

銷鑠精膽，蹙迫和氣，秉牘以驅齡，灑翰以伐性。——養氣

這便是劉勰的「會文」之道。

劉勰對於文學的創作，既具有這般的眼光，如此的見解，所以他雖生於文風綺靡的六朝時代，尙能獨具心裁，做出一部亙古未有的批評文學的文心雕龍的巨著。眞偉大啊，批評文學家的劉勰！

十七，七，十九日於北平師大

文氣的辨析

郭紹虞

姚鼐古文辭類纂序目云：『所以爲文者八曰：神，理，氣，味，格，律，聲，色。神理氣味者文之精也。格律聲色者文之粗也。』粗迹易知，精義難明，何況「神」「理」「氣」「味」四者之中，尤以文氣之說爲最易混淆，曰氣機則近於神矣，曰氣韻則近於味矣，曰精氣，曰元氣，則又近於理矣。茲所以專就文氣之說一辨析之。

用抽象名詞以論文，本已不易捉摸；何況再加以昔人之好作玄談，不着邊際，與濫用術語不審名理！所以文氣之說，遂難有定論。我們第一步必先確定其義界，使術語之濫用者得以明劃，第二步再分別其性質，使玄談之抽象者歸於切實，則文氣之說，或未必定爲不可捉摸之問題也。

气本象形字，其本訓爲雲氣，雖其噓吸出入，並無定形，但論其本義，初非絕對抽象的名詞。其後一再引伸，以指天地之元氣，以指吐納之氣息，以形容流動之氣象，於是由具體而進於抽象了。由是再展轉引伸，以指個人之氣稟，以指修養之氣質，以指環境之氣習，於是復由述自然現象者一變而論及人事，一變而爲倫理之術語了。其後再進一步以指行文之氣勢，於是始爲文學批評上之術語。所以嚴格而講，文氣之說，不過指行文之氣勢言耳。但以與上述引伸諸義，不能無相互的關係，所以錯綜糾紛，各執一端，而其說亦遂以淆，或探求其所以致之之本，或指出其所以致之之法，於是文氣之說遂似乎本無定論了。

其由於論行文之氣勢而探求其所以致此之本者，爲說亦互異：

或由氣稟言者，是就先天的稟賦而言，則有才氣體氣之殊。才氣分高下，體氣別陰陽。才氣相等，體氣不妨互異；體氣相同，才氣或有差異。文心體性篇謂：『才有庸儁，氣有剛柔』，最爲確論。魏文之論文氣，就才氣言，所以淸濁有體，而巧拙有素。姚鼐之論文氣，就體氣言，所以各有偏勝，而文變多端。要之均就作者的稟賦而言，易以現代用語，即是論作者個性的問題。

或由氣習言者，是就後天不自覺的薰染而言，則又有氣運風氣之別。氣運隨時代爲轉移，文心時序所謂『時運交移，質文代變』；『風衰俗怨，梗概多氣』者是也。風氣因風土而不同，漢書地志所謂『剛柔緩急，繫水土之風氣』者是也。易以現代用語，則又是作者環境的問題。

或由氣質言者，是就後天自覺的修養而言，故能不爲環境所左右．語其方法，卽昔人所謂養氣，所謂變化氣質．而其着手，又有積極消極，內感，外鑠之別．其主積極者：或重在積理，卽李翺所謂『理辨則氣直，氣直則辭盛，』而魏禧於宗子發文集序發其旨；或重在練識，卽韓愈所謂『識古書之眞僞，』所謂『無迷其途，』而魏禧於答施愚山侍讀書闡其義．或重在勵志，亦卽韓愈所謂『不得其平則鳴，』而彭士望於與魏冰叔書明其說．或重在尙學，此卽柳宗元所謂本之書詩禮春秋易以取道之原，所謂參之穀梁孟荀莊老國語離騷太史以旁推交通而以之爲文者．一是間接的學文與養氣，一是直接的學文而得其氣韻．其主消極者重在寡欲，此卽惲敬所謂『作文之法不過理直氣充，理實須致知，氣充須寡欲』也．要其義則本於韓愈『無誘於勢利』一語得來．上文所述，大抵多主於內感．至如蘇轍欲得高山大野可登覽以自廣，則其所謂『氣可以養而致』者，又全重在外鑠了．這一些話，要之又均是作者修養的問題．

或由氣象言者，則又就氣稟氣習氣質三者混合的態度言之．而錢謙益遂別爲香氣光氣，以創爲鼻觀望氣之術．欲於文的氣象進窺人的氣韻，則又是近人所謂人格的表現的意義．

其由於論行文之氣勢，而指出其所以致此之法者，亦有數說．或於文外求之，則有主靜主敬諸說．主靜所以舒其氣．文心養氣篇云：『吐納文藝，務在節宣，淸和其心，調暢其氣，煩而卽捨，勿使壅滯．』此雖非養氣工夫，卻是衛氣方法．柳宗元反其語云『未嘗敢以昏氣出之，』亦是此意．魏禧許十重詩序遂本以拈出「靜」一字，謂詩文必有靜氣以爲之根．此意若以現在用語釋之，近於所謂感興，蓋靜氣以爲之根，卽所以待感興之自來也．主敬又所以斂其氣．此卽柳氏『未嘗敢以矜氣作之』之說，而章學誠文德篇遂本以拈出「敬」字，謂『文繁而不可殺，語變而各有當，要其大旨，則臨文主敬，一言以蔽之矣．主敬則心平而氣有所攝，自能變化從容以合度也．』此意若亦以現在用語釋之，卽是所謂精神的集中，卽所以擒住此感興而已．蓋斂而又斂，則粗心浮氣，自然鏟除，修辭自能合度矣．

或於文內求之，則更有論體論氣之別．一是氣外論氣，一是就氣論氣．羅汝懷與曾侍郞論文書謂：『文家論氣當兼論體，體殊而氣亦殊．』此就體以論氣者．其就氣論氣者，大率本於韓愈氣盛言宜之說．劉大櫆論文偶記謂：『文須筆輕氣重．』重亦盛也．不過行文氣勢如何能盛，亦有種種相反之說．李德裕謂：『氣不可以不貫，』（窮愁志）而曾國藩謂『爲文行氣宜縮多而伸少．』（雜著）一主調遂，一主收斂，似乎相反．實則李氏別氣與勢言之，所以再說『勢不可以不息』．曾氏則混氣與勢言之，蓋卽本李德裕論勢之說，一轉其論調耳．姚鼐與姚石甫書云：『大抵文章之妙，在馳驟中有頓挫，頓挫中有馳驟．』馳驟則貫，頓挫則縮矣．曾國藩家訓中復云：『陽剛者氣勢浩瀚，陰柔者韻味深美．浩瀚者噴薄而出之，深美者吞吐而出之．』噴薄則氣貫而壯，吞吐則氣縮而澀矣．此本一件事的兩方面，所以猶不甚相反．至如古文家之欲氣力有餘於文之外，化堆重處爲空虛，（曾國藩語）

與考據家之不欲以後人之巧利勝前人之拙鈍，以爲詮釋之繁無掩於其氣之浩然，（羅汝懷語）則尙虛尙實正相反背，然其以氣盛爲目的，固無不同，不過一欲以巧勝之，一欲以拙濟之耳.

關於文氣種種的說法，大率備是.我們於此可知諸家所以多岐說之故，只由於立脚點不同耳，只由於觀察的方面不同耳.至其中心問題，固無不以行文之氣勢爲焦點.所以現在所應討論者，卽在於行文之氣勢的一點.

我以爲關於文氣的辨析，不外上述的兩大端：一是所以致之之本，一是所以致之之法.前者是因氣以論文，所以所說的只是種種方面與文氣的關係；後者是因文以論氣，所以所說的又是文氣在文章中間的作用.我們再明晰些說，卽前者是批評方面的問題，而後者是創作方面的方法.

何以文氣是創作方面的方法呢？蓋古文家之所謂文氣，與駢文家之所謂聲律，實在有同樣的性質，——至少有一部分屬同樣的性質.駢文家爲什麼要講聲律？卽因爲不欲其文之「吃」.劉勰文心雕龍聲律篇云：『凡聲有飛沈，響有雙疊.雙聲隔字而每舛，疊韻離句而必睽.沈則響發而斷，飛則聲颺不還，並轆轤交往，逆鱗相比，迂其際會，則往蹇來連，其爲疾病，亦文家之吃也.』古文家爲什麼要講文氣？卽因爲欲其文之「貫」.李德裕窮愁志文章論云：『氣不可以不貫，不貫則雖有英辭麗藻，如編珠綴玉，不得爲全璞之寶矣.』曰「吃」，曰「貫」，本是同一意思，不過一就消極言，一就積極言耳.劉氏又云：『聲畫妍蚩，寄在吟詠；吟詠滋味，流於字句；字句氣力，窮於和韻.』這不是說駢文家的聲律也所以調其吟詠的氣勢嗎？李氏又云：『古人辭高者，蓋以言妙而工，適情不取於音韻，意盡而止，成篇不拘於隻耦.故篇無足曲，辭寡累句，譬諸音樂，古辭如金石琴瑟，尙於至音；今文如絲竹鞞鼓，迫於促節.則知聲律之爲弊也甚矣！』這不又是說當重文氣不當重聲律，而文氣也有代替聲律的作用嗎？蓋古文家之所謂文氣，近於自然的音調，而駢文家之所謂聲病，則屬人工的音律.文氣以有聲律的性質，所以曾國藩以爲欲氣盛全在段落清，須於古人段落分束張起中領取其妙境妙用，則已有揣摩其音節的意義了.聲律也以有文氣的性質，所以陸厥與沈約書說明昔人亦明音律之理，舉『魏文屬論深以淸濁爲言，劉楨奏書大明體勢之致』爲例，竟以氣勢之說爲音律論之先聲了.此所以謂文氣與聲律至少有一部分屬同樣的性質也.

文學工具不外兩種：直接的是文字，間接的是語言.中國文字以有單音與孤立兩種特質，故適於駢儷韻律的體裁.駢文家之講究聲病，不外利用文字的特點以完成人工的音律而已.古文家之好論文氣，也不外利用語勢之浩瀚流利以自然的音調見長耳.『出辭氣斯遠鄙倍矣.』文而論氣，其最初本是指語言而言者.聲律所以成文字的美，氣勢所以顯語言之長，其性質相近而異其作用，此所以文氣與聲律得以相濟而相代也.

明白文氣與聲律之同點，所以可以相代；明白文氣與聲律之異點，所以又可以相濟．駢文雖重在聲律，而也未嘗不重在氣勢．曾國藩著柯文編序云：「瑰偉奇麗之辭，曾無才力氣勢以驅使之，有若附贅懸疣，施膠漆於深衣之上．」此即李德裕所謂「編珠綴玉，不得爲全璞之寶．」蓋只重人工，不尙自然，則下者自成爲附贅懸疣，而高者亦不過編珠綴玉而已．古文家之攻擊駢文，即因其短在氣勢．至於古文雖重在氣勢，實在也不能一偏．而「磔裂章句，隳廢聲韻」（裴度讓韓愈語）曾燠駢體正宗自序謂文無取於冗長．「吃文爲患，累句不恆，皆如躄舞而無綴兆之位，長嘯而無抗墜之節，亦可謂不善變矣．」古文之失，即在於忽視文字的美點，所以阮元劉師培等以之爲「直言之言，論難之語，非言之有文者．」蓋自然的音調，與人工的音律，本也不妨相輔以濟其美也．我們試看律體的拗句，即可明白此理．律體本是聲律的結晶，本是一種最諧和的聲律，何以要故作拗句呢？何以於故作拗句之後仍能不覺其拗呢？這即是出於語氣之自然，所以能如此耳．沈約云：「天機啓則律呂自調，六情滯則音律頓舛，」蓋人工的音律本從自然的音調中出，故自然的音調，有時亦能闇合人工的音律．此彥和養氣所以重在「意得則舒懷以命筆，理伏則投筆以卷懷」也．

何以文氣又是批評方面的問題呢？則以氣出於自然，而聲律出於人工．「絲不如竹，竹不如肉，」其所以不如者，即以愈遠於自然，其個性愈不易表顯故也．昔人稱齊梁間詩，謂爲「興寄都絕，」者亦是此意．由於這些關係，所以人工的聲律雖易於依循，只能作創作的方法，助修辭的技巧，而不能於其間窺出作者的個性．其能於韻律中猶逗露眞性情者，即由於以自然的氣勢濟之，固不是聲律本身可以表現個性也．所以聲律只是創作的方法而無關於批評．至於自然的聲氣，雖不易捉摸，而儼若有一定的音節，或宜於高聲朗誦，或宜於低聲密吟，體會玩索，似乎也有着手的途徑，所以一方面也近聲律的性質，得爲創作的方法，而一方面因聲求氣，若有作者之精神意氣存乎其間．「雖百世而後如立其人而與言於此」（姚鼐答翁學士書）所以又成爲批評方面的問題．這種若有作者之精神意氣存乎其間者，即昔人所謂氣象．就一部分言，或氣稟，或氣習，或氣質，都可以表示氣象，而要以此三者混合的整個的表現爲多．故氣象云者，就作者言，即是人格性情之流露；就作品言，即是所謂風格．昔人以氣象不外天地之氣化，故論風格亦每以陰陽剛柔爲言．姚鼐復魯絜非書云：「天地之道，陰陽剛柔而已！文者天地之精英，而陰陽剛柔之發也．其得於陽與剛之美者，則其文如霆，如電，如長風之出谷，如崇山峻崖，如決大川，如奔騏驥；其光也如杲日，如火，如金鏐鐵；其於人也，如馮高視遠，如君而朝萬衆，如鼓萬勇士而戰之．其得於陰與柔之美者，則其文如升初日，如清風，如雲，如霞，如煙，如幽林曲澗，如淪，如漾，如珠玉之輝，如鴻鵠之鳴而入寥廓；其於人也，漻乎其如歎，邈乎其如有思，㬉乎其如喜，愀乎其如悲．觀其文，諷其音，則爲文者之性情形狀舉以殊焉．」此言說得最妙．昔人所論，如邵公濟英氣和氣之說，魏禧山分水分之說，惲敬榆枱氣袍袖氣之說，曾國藩義氣仁義之說，大率相同．所以文氣之說，其又一意義即爲風格．風格萬殊，所以只舉二端言之者，舉其極以概其餘耳．姚氏固云：「夫陰陽剛柔，其本二端，造物者糅而氣有多寡進絀，則品須億萬，以至於不可窮，萬物生焉．故曰「一陰一陽之爲道．」夫文之多變亦若是已！」

所以文氣之說，就狹義言，是即文以求氣，其言氣恆與「勢」相混，唐宋文人之論氣者多主之；就廣義言，是因氣以品文，其論氣又與「神」爲近，清代文人之論氣者多主之．

一七，一〇，一四．

梁代之文學批評

姚鵷雲

詩文批評之作。首推魏文典論晉世淸談。此風尤盛。翰林流別。畧有數家。下逮齊梁之際。鍾嶸詩品。攷示源流。尙論利病。尤爲精審。同時劉勰亦著文心雕龍。二書出後。遂爲文學批評之宗。

批評之作。必在作品已盛之後。梁代文學爲六朝最。試觀隋書經籍志集部所載。自漢至梁凡四百餘家。而梁占其八十。當五之一矣。文學發達如此。批評產生固宜。梁時批評旣盛。故其派別亦多。大概分之。可得三類。一反文派。裴子野是。二主文派。說有同異。三折衷派。顏之推是。茲請分別言之。

一，反文派　梁初齊之遺賢猶存。沈約任昉。誘納後進。何遜劉勰之倫。並蒙推輓。故梁之文學。實緣永明體之餘風。惟裴子野略持異論。崇實反文。子野松之曾孫也。承其先世史學。不尙麗靡之詞。嘗删沈約宋書爲宋略二十卷。約見而自歎不逮。子野爲文。速而典。其制作多法古。與今體異。所箸雕蟲論。言宋以後文章之弊。雖未嘗直詆當時。實深譏永明以來之文體也。

雕蟲論曰：『宋明帝博好文章。才思朗捷。嘗讀書奏。號稱七行俱下。每有禎祥。及幸

讌集。輒陳詩展義。且以命朝臣。其戎士武夫。則請託不暇。困於課限。或買以應詔焉
，於是天下向風人自藻飾。雕蟲之藝。盛於時矣。』

梁鴻臚卿裴子野論曰：『古者四始六藝。總而爲詩。既形四方之氣。且彰君子之志。勸
善懲惡。王化本焉。後之作者。思存枝葉。繁華蘊藻。用以自通。

『若悱惻芳芬。楚騷爲之主。靡漫容與。相如和其音。由是隨聲逐景之儔。棄指歸而無
執賦詩歌頌。百帙五車。蔡應等之俳優。楊雄悔爲童子。聖人不作。雅鄭誰分。

『其五言爲家，則蘇李自出，曹劉偉其風力，潘陸䒦其枝葉，爰及江左，稱彼顏謝，箴
繡鞶帨。無取廟堂。宋初迄於元嘉。多爲經史大明之代。實好斯文。高才逸韻。頗謝前
哲。波流相尚。滋有篤焉。自是閭閻年少。貴游總角。罔不擯落六藝。吟咏情性。學者
以博依爲急務。謂章句爲顓魯。淫文破典。斐爾爲功。無被於管絃。非止乎禮義。深心
主卉木。遠致極風雲。其興浮。其志弱。巧而不要。隱而不深。討其宗途。亦猶宋之風
也。若季子聆音。則非興國。鯉也趨庭。必有不敢。荀卿有言。亂代之徵。文章匿而采
斯著。豈近之乎。』

裴氏生當文勝之時。有此矯枉之論。尚質闢文。實開北朝之先聲。

至其謂擯落六藝。吟詠情性。若不勝其惋惜者然。不知文與經分。自漢固已如此。而吟詠情

性。自是文學之眞精神。而文學之本身價值。亦實在乎此。觀簡文帝與湘東王書曰。『謝固巧不可階。裴亦質不宜慕』。豈爲相抑，實允論也，

二，主文派　劉勰文心雕龍五十篇分上下二卷。上卷自原道徵聖宗經以至議對書記凡二十五篇。分論文體。下卷自神思體性。以至程器敍志凡二十五篇。泛論原理。故其自序曰：『蓋文之作也。本乎道。師乎聖。本乎經。酌乎緯。變乎騷文之樞紐。亦云極矣。若乃論文敍筆。則囿別區分。原始以表末。釋名以章義。選文以定篇。敷理以舉統。上篇以上。綱領明矣。至於割情析表。籠圈條貫。摛神性。圖風勢。苞會通。閱聲字。崇替於時序。褒貶於才略。耿介於程器。長懷於序志。以馭羣篇。下篇以下。毛目顯矣』。蓋其上卷在明綱領。下卷在顯毛目。茲采其批評標準。略分經學。修詞。聲律。文筆四類。以與他家比較言之。

(甲)經學　文心雕龍序曰：『唯文章之用。實經典枝條。五禮資之以成。六典因之致用。君臣所以炳煥。軍國所以昭明。詳其本源。莫非經典。而去聖久遠。文體解散。辭人愛奇。言貴浮詭。飾羽尙畫。文繡鞶帨。離本彌甚。將遂訛濫。蓋周書論辭。貴乎體要。尼父陳訓。惡乎異端。辭訓之異。宜體於要。於是搦管和墨。乃始論文』

此言文章本源經典。說與宗經篇相表裏。是其發憤著書者。殆欲矯正當時頽廢之文風也。故

其宗經篇曰：

『故論說辭序。則易統其首。詔策章奏。則書發其源。賦頌歌讚。則詩立其本。銘誄箴祝。禮則總其端。紀傳銘檄則春秋爲根，……』

蓋自漢儒以來。經學勢力膨大。當時文人。深以不通經爲可恥。劉氏既不見知於時。乃欲借著作以言。故不如此說。則難以博取當世同情矣。請徵諸顏之推說而益信。

顏氏家訓文章篇曰；『夫文章者原出五經。詔命策檄。生於書者也。序述議論。生於易者也。歌詠賦頌。生於詩者也。祭祀哀誄。生於禮者也。書奏箴銘。生於春秋者也。』

顏氏此言。乃因當時驚采絕豔。流韻輕靡。故其論又曰：

『自古文人。多陷輕薄……每嘗思之。原其所積文章之體。標舉興會。發引性靈。使人矜伐。故忽於操持。果於進取。今世文士。此患彌切。』

以上畧述諸家經學之說。玆更求其修詞之方。

(乙)修詞　齊梁文學既重藻繢。遂侈言用事。不知直尋。於是主張文學眞美者。有自然之說。而以文心詩品爲之代表。

(一)自然　文尙自然。乃見眞美。徒重修飾。則失之人爲。故文心雕龍原道篇曰：

『仰觀吐曜。俯察含章。高卑定位。故兩儀既生矣。惟人參之。性靈所鍾。是謂三才。

爲五行之秀。人實天地之心生。心生而言立。言立而文明。自然之道也。傍及萬品。動植皆文。龍鳳以藻繪呈瑞。虎豹以炳蔚凝姿。雲霞雕色。有踰畫工之妙。草木賁華。無待錦匠之奇。夫豈外飾。蓋自然耳。』

此言宇宙萬品。形形色色。仰觀俯察。皆具條理。胡以如此。是曰自然。故其明詩篇有曰。

『人稟七情。應物斯感。感物吟志。莫非自然。』

又物色篇曰：『是以詩人感物，聯類不窮。流連萬象之際。沈吟視聽之區。寫氣圖貌。既隨物以宛轉。屬采附聲。亦無心而徘徊……。』

蓋物色之動目往心感『情以物遷。辭以情發』莫不本之自然。固無須乎用事，請再證以記室之言。

鍾嶸嘗品古今五言詩。論其優劣。分上中下三品。名曰詩品。其序有曰：

『……至於吟詠情性。亦何貴於用事。思君如流水。既是卽目。高臺多悲風。亦惟所見。清晨登隴首。羌無故實。明月照積雪。詎出經史。觀古今勝語。多非補假。皆由直尋。……』

凡此皆言人與自然界之關係。文學要先有自然的情感與思想。然後自然描寫出來。何用乎藻繪何尙乎用事故文論夫情性。

（二）情性　南朝之文。日趨縟麗。矯正之道。莫重情性。文心情采篇曰：『夫鉛黛所以飾容。而盼倩生於淑姿。文采所以飾言。而辯麗本於情性。故情者文之經。辭者理之緯。經正而後緯成。理定而後辭暢。此立文之本也。昔詩人什篇。爲情而造文。辭人賦頌。爲文而造情，』爲情而造文。自無浮汎虛僞之病。至表現情感之法。一在出之自然。一在出之含蓄。故養氣篇曰：

『率志委和。則理融而情暢。鑽礪過分。則神疲而氣衰……故淳言以比澆辭。文質懸乎千載。率志以方竭情。勞逸差於萬第。古人所以餘裕。後進所以莫遑也。』

此謂表情之法。自然則樂。不自然則苦。文質之異。勞逸之差。皆視乎此云。

又隱秀篇曰：『情在詞外曰隱。狀溢目前曰秀。』

此言表情貴有含蓄也。蓋自然則眞。含蓄則深。乃相互爲用者也。惟其含蓄。故能將言者哀樂之情。鬱紆出之。不使徑情直行。以合於詩人溫柔敦厚之旨。自然力量雄厚。趣味深永。是豈不重眞情。而徒爲淫麗煩濫者。所可同日語耶。至記室之言。亦謂歌詠本出性情。故其詩品序曰：

『氣之動物。物之感人。故搖蕩性情。形諸舞詠。』

蓋詩文以抒情體物爲要。語貴清新。言貴已出。若動輒用事。所謂『文章殆同書抄』。而罕自然英旨矣。

鍾氏既主性情。故又反對以詩說。理詩品序曰：

『永嘉時貴黃老。稍尙虛談。于時篇什。理過其辭。淡乎寡味。爰及江表。微波尙傳。孫綽，許詢，桓庾諸公。詩皆平典似道德論。建安風力盡矣。』

至於昭明文選。別文章於經史諸子以外。獨以沈思翰藻爲文。南齊書文學傳言文章之義。亦主張文學爲表現性情之具。茲並分別言之。

昭明太子蕭統。築文選樓。引劉孝威庾肩吾等討論墳籍。成文選三十卷。與徐陵所撰之玉臺集，(今之玉臺新詠)並稱總集之型模。其序有曰：

『詩者，蓋志之所之也。情動於中。而形於言。』

此言詩本情志蓋本詩大序說也。又曰：

『楚人屈原。含忠履潔。君匪從流。臣進逆耳。深思遠慮。遂放湘南。耿介之意既傷。壹鬱之懷靡愬。臨淵有懷沙之心。吟澤有憔悴之容。騷人之文。自茲而作。』

此言屈原含忠被放。身離隱憂。故其文多深思壹鬱之作。信乎其爲辭賦之宗也。又昭明敍淵明集曰：

其文章不群。辭采情拔。跌岩昭章。獨超衆類。抑揚爽朗。莫與之京。橫素波而傍流。干青雲而直上。語時事則指而可想。論懷抱則曠而具眞。……』

此言淵明之『辭采情拔』而其懷抱眞曠也。故詩品亦曰：

『篤意眞古。辭興惋愜。每觀其文。想其人德。……古今隱逸詩人之宗也。』

蓋陶詩眞古。文章不羣。異於凡俗。非重情性者。誠不能賞識之深也。今觀宋書謝靈運傳論。及南齊書文學傳。亦皆主情性之說。

宋書謝靈運傳論曰：『民稟天地之靈。含五常之德。剛柔迭用。喜慍分情。夫志動於中。則歌詠外發。……歌詠所興。宜自生民始矣。』

沈氏謂『志動於中。則歌詠外發。』卽詩大序『在心爲志。發言爲詩』之旨。其言志動則歌詠發者。實重情性說也。故蕭子顯南齊書文學傳亦曰：

『文章者。性情之風標。神明之律呂。』

此亦主張文章爲表現性情者也。

(丙)聲律　勰重自然。固如前述。然其仍有言聲律者。蓋以文心初成。未爲時流所稱。沈約時貴盛。將欲取定之。故不得不枉道從人以邀時譽。約乃重其書。謂爲深得文理。常陳諸几案。其意蓋在此也。當時除鍾記室之外。鮮有反對之言。雖以梁武帝之不好四聲。而其詩仍未嘗不用聲律也。

文心聲律篇曰：『凡聲有飛沈。響有雙疊。雙聲隔字而每舛。疊韻雜句而必睽。沈則響發而斷。飛則聲颺不還。並轆轤交往。逆鱗相比。迂其際會。則往蹇來連。其爲疾病。亦文家之吃也。

又曰：『異音相從謂之和。同聲相應謂之韵。韵氣一定。故餘聲易遣。和體抑揚。故遺響難契。屬筆易巧。選和至難。綴詞難精。而作韻甚易。雖纖意曲變。非可縷言。然振其大綱。不出茲論。』

永明末。盛爲文章。沈約謝朓王融。以氣類相推轂。而汝南周顒。善識聲韻。約等文皆用宮商。以平上去入爲四聲以此制韻。不可增減。蓋自此說出。文章非僅求色之美。而聲之美亦重視矣。於是士流景慕。務爲精密。襞積細微專相凌架。故使文多拘忌。傷其眞美。而約方自矜獨得謂 靈運以來此祕未覩也』。然攷其說。固出於陸士衡文賦『五色相宣』之理。特較精詳耳。士衡文賦云：『暨音聲之迭代。若五色之相宣。雖逝止之無常。固崎錡而難便。苟達變而識次。猶開流以納泉。如失機而後會。恒操末以續顚。謬玄黃之秩敘。故淟涊而不鮮。』蓋自范蔚宗有宮商清濁之說。李登有聲類之作。五聲之說早具。其以用之文章者。則士衡之『音聲迭代，』達變識次』爲最精。故陸厥引文賦之說，謂士衡已覩此秘。南齊書陸厥致沈約書曰：『岨峿妥帖之談。操末續顚之說。興玄黃於律呂。比五色之相宣。苟此秘未覩。茲論爲何所指耶。故愚謂前英已早識宮徵。但未屈曲指明。如今論所申。』今觀『達變識次』之語。實爲轆轤逆鱗。浮聲切響之旨。故沈約宋書謝靈運傳曰：

『夫五色相宣。八音協暢。由乎玄黃律呂。各適物宜。欲使宮羽相變。低昂舛節。若前有浮聲。則後須切響。一簡之內。音韻盡殊。兩句之中。輕重悉異。妙達此旨。始可言文。』

蓋沈氏浮切之說。卽文心飛沈之說是也。唐宋以來對此殊多疑義。或作清濁之分。或作陰陽之別。然以合之沈氏詩多不可通。胡師筱石則以此爲平仄之別。（礙經堂續集文韻說。及周叔子遺書五音論。說皆如此。）於是乃深符沈說。今試以其擣手曲比較研究之。擣手曲曰：

「捨轡下彫輅。　更衣奉玉牀。
斜簪映秋水。　開鏡比春妝。
所畏紅顏歇。　君恩不可長。
鵁冠且零裔。　豈吝桂枝亾。」

先以清濁比較之：

半清清濁清半濁　清清濁半濁濁　第一句除其第四字與第二句之第四字清濁相應外。餘均不合。

濁清清半清半清　半清清清半清清　第三句除其第一字與第四句之第一字清濁相應外，餘均不合，

半清清濁半濁半清　清清濁半清濁　第五句之第四第五兩字與第六句之清濁相應，餘六字不合，

清清清半濁半濁　半清半濁清清半清　第七句之第二第四第五與第六句之清濁相應，餘四字不合，

次以陰陽比較之：

陰陰陰陰陰　陽陰陽入陽　第一句五陰其第二字與下句不相應

陰陽陽陰陰　陰陽陰陽陽　第三句之第一第二兩字與下句不相應

陰陰陽陽入　陽陽陰陰陽　第五第六兩句陰陽全相應

陽陽陰陽陰　陰陽陰陰陽　第七句之第二第三兩字與第八句之陰陽不相應

茲以平仄比較之：

仄仄仄平仄　平平仄仄平　第一句除其第三字之平仄與下句不相應外餘均合

(平)平仄平仄　(平)仄仄平平　第三第四兩句除其第一字平仄兩可外餘則第三字及第四字上下不相應

仄仄平平仄　平平仄仄平　第五第六句平仄皆合

(仄)平仄平仄　(仄)仄仄平平　第七第八兩句其第三字及第四字上下不相應

觀右胡師之分析。當以平仄之說爲是。如一句之中。無五平或五仄者一也。上下句中。平起者仄應。仄起者平應。其第二字之平仄。無一不合者二也。上句末字皆爲仄聲而與下句末字

平聲相應。三也。總此三點。是知以平仄說解浮。切。實較清濁陰陽之論爲得也。

試更就沈氏所定之標準以明之沈氏宋書謝傳論曰：

『至於先士茂製。諷高歷賞。子建函京之作。（贈丁儀王粲詩）仲宣灞岸之篇。（王粲七哀詩）子荊零雨之章。（孫楚陟陽候詩）正長朔風之句。（王融雜詩）並直舉胸臆。非傍詩史。正以音律調韻。取高前式。』

蓋沈氏亦主張直舉胸臆。但又重視音。律調韻今請就其所舉函京灞岸諸作而益見其浮聲切響之說。

一、子建函京	從軍度函谷（平平仄平仄）	驅馬過西京（平仄仄平平）	全句字意皆對
二、仲宣灞岸	南登霸陵岸（平平仄平仄）	回首望長安（平仄仄平平）	句意亦對
三、子荊零雨	晨風飄岐路（平平平平仄）	零雨被秋草（平仄仄平仄）	岐路與秋草四字不對餘六字皆對
四、正長朔風	朔風動秋草（仄平仄平仄）	邊馬有歸心（平仄仄平平）	字意皆對

右列諸句要皆平起（上句第二字平聲）仄應（下句第二字仄聲）而每聯上句第五字爲仄聲者。則下句第五字多爲平聲。（但岐路與秋草句不合。四之一耳。無傷大體）。頗似唐宋以來律句。知乎此則文心飛沈之說亦可解釋。飛者平聲也。沈者仄聲也。仄多則音重氣促。故『響發而斷』。盡平則音輕氣弱。故『聲颺不還。』至於轆轤交往者。乃言平仄來回。如「仄仄平平仄。平平仄仄平。平平平仄仄，仄仄仄平平。」一律詩句式。四句相配。成一週期也。自此新體詩出。遂爲古詩與近

體變化之過渡。其每句之間。則『逆鱗相比。』平平仄仄。以二爲律。不復如『行行重行行。』全句皆平矣。每首中各句末一字。亦平仄來回。『轆轤交往。』不復如『西北有高樓平上與浮雲齊平 交疏結綺牕平 阿閣三重階平 上有絃歌聲平 音響亦何悲平』句末俱平矣。」約撰四聲譜自謂入神。遂矜創獲。故曰：

『自靈均以來。多歷年代。雖文體稍精，而此秘未覩。至於高言妙句音韻天成。皆暗與理合。匪由思至。張蔡曹王。曾無先覺。潘陸顏謝。去之彌遠。世之知音者有以得之。此言非謬。如曰不然。請待來哲。』

四聲譜出。高祖雅不好焉。帝問周捨曰：『何謂四聲。』捨曰：『天子聖哲是也。不遵用。特未若鍾嶸之根本反對耳。鍾嶸詩品序曰：

『曹劉殆文章之聖。陸賈爲體貳之才。銳精姸思。千百年中。而不聞宮商之辨。四聲之論。或謂前達偶然不見。豈其然乎。嘗試言之。古之詩頌皆被之金竹。故非調五音無以諧會若。「置酒高堂上。」阮瑀雜詩「明月照高樓」曹植七哀詩爲韻之首。故三祖之詞。文或不工。而韻入歌唱。此重音韻之義也。與世之言宮商異矣。今既不被管弦亦何取於聲律耶。』

此言古詩入樂故多協律。今既不被管弦。則何重乎宮商。故曰：

『齊有王元長。嘗與余云：「宮商與二儀俱生。自古詞人不知之。惟顏憲子乃云律呂音調。而其實大謬。唯見范曄謝莊頗識之耳。嘗欲進知音論未就。」王元長創其首。謝朓沈約揚其波。三賢或貴公子幼有文辯。於是士流景慕務爲精密。襞積細微。專相陵架。故使文多拘忌。傷其眞美。余謂文製。本須諷讀。不可蹇礙。但令淸濁通流。口吻調利。斯爲足矣。至平上去入。則余病未能。蜂腰鶴膝。閭里已具。（詩有八病，曰平頭，上尾，蜂腰，鶴膝，大韻，小韻，旁紐，正紐，詳見梅堯臣續金針詩格及魏慶之詩人玉屑，）

鍾氏乃主張淸濁調利。而反對四聲八病說者。蓋文拘聲律。則不免斲喪才性。致增疵累。要不如解除束縛。返之自然之爲愈也。無如世人多好古情切。輕今心生。徒謂雕文傷質。罪在隱侯。而忘聲律之美口吻之利矣。

(丁)文筆　當時之批評者。又有文筆之辨。自范曄有文筆之說。至梁元帝辨之尤詳。元帝著金樓子十卷。其立言篇有曰：

『古人之學者有二。今人之學有四。夫子門徒。轉相師受。通聖人之經者謂之儒。屈原宋玉枚乘長卿之徒。止於辭賦則謂之文。今之儒博窮子史。但能識其事不能通其理者謂之學。至如不便爲詩如閻纂善爲章奏如張松。若此之流。汎謂之筆。流連哀思者謂之文。而學者率多不便屬辭。守其章句。遲於變通。拙於心用。學者不能定禮樂之是非。辯經教之宗旨。徒能揚榷前言抵掌多識。然而挹源知流。亦足可貴。筆退則非成篇。進則不云取義。神其巧惠。筆端而已。至如文者維須綺縠紛披宮徵靡曼。唇吻遒會。情靈搖蕩。而古之文筆。今之文筆。其源又異。』

觀元帝之論。是學筆文三者。皆互有得失。對於學者則言其已無見識。於筆則言其不云取義。於文則言其靡曼搖蕩。至於情采聲色。當時所重。今之文異乎古之文矣。要其文筆觀念。分別最爲明確，若劉勰文心雕龍之言，則又混文筆莫分，故其總術篇曰：

『今之常言。有文有筆。以爲無韻者筆也。有韻者文也。夫文以足言。理兼詩書。別目兩名。自近代耳。顏延年以爲筆之爲體。言之文也。經典則言而非筆。傳記則筆而非言。請奪彼矛。還攻其楯矣。易之文言。豈非言文若筆不言文。不得云經典非筆矣。將以立論。未見其論立也。』

蓋劉勰以『足言』爲文。非元帝之謂『流連哀思』也。故其結論曰：

『余以發口爲言。屬筆曰翰。常道曰經。述經曰傳。經傳之體。出言入筆。筆爲言使。可弱可强、』

據此說則文筆界限混亂。不得不謂其觀點錯誤。至其重情理而合文筆。則其自具主張如是耳。故其體性篇曰：

『夫情動而言形。理發而文見。蓋沿隱以至顯。因內而符外者也。然才有庸雋。氣有剛柔。學有淺深。習有雅鄭。並性情所鑠。陶染所凝。是以筆區雲譎。文苑波詭者矣。

三、折衷派

劉勰生於梁代其時文格綺靡。咸重采藻。文心則自然之說以救之。又當莊老盛倡之後佛學方興。玄風未泯。文心則取尊經之說以正之。至其調和文質之說。尤多折衷之言。

詮賦篇曰：『原夫登高之旨。蓋覩物興情。情以物興。故義必明雅。物以情觀。故辭必巧麗。麗辭雅義。符采相勝。如組織之品朱紫。畫繪之著玄黃。文雖新而有質。色雖糅而有本。此立賦之大體也。』

彥和以文質並稱。文學之大概已具。至於反對摹擬古典文學。而主張文質調和。乃稱佳製者。則有簡文帝蕭綱。其與湘東王蕭繹書曰：

『比見京師文體。懦鈍殊常。競學浮疏。爭爲闡緩。玄冬修夜。思所不得。既殊比興。正背風騷。若夫三禮所施則有地。吉凶嘉賓用之則有所。未聞吟詠情性。反擬內則之篇。操筆寫志。更摹酒誥之作。遲遲春日。翻學歸藏。湛湛江水。遂同大傳。』

此詆當時文體多摹經擬史。侈用典訓之失也。

其書又曰『又時有效謝康樂裴鴻儒文者。亦頗有惑焉何者。謝客吐言天拔。出於自然。時有不拘。是其糟粕。裴氏乃是良史之才。了無篇什之美。是以學謝則不屆其精華。但得其冗長。師裴則蔑絕其所長。惟得其所短。謝故巧不階。裴亦質不宜慕。」

此言裴謝質文相反。各有所長。皆不可效。其說與蕭子顯之說相發明。

蕭子顯南齊書文學傳曰：「若夫委自天機。參以史傳。應思悱來勿先構聚。言尙易了。文憎過意。吐石含金。滋潤婉切。雜以風謠。輕唇利吻。不雅不俗。獨中胸懷。輪扁斲輪。言之未盡。文人談士。罕或兼工。非唯識有不周。道實相妨。談家所習。理勝其詞。就此求文。終然翳奪。故兼之者鮮矣。」

此言文學之事。寶貴天才。惜學者各有所短。鮮能兼善。遂難詞意相協。聲調姸美以致不能名篇。斯爲憾耳。

二蕭之論。皆就消極方面言。其從積極方面立論。而調和文質折衷今古者。厥爲顏之推氏。其文章篇曰：

「文章當以理致爲心腎。氣調爲筋骨。事義爲皮膚。華麗爲冠冕。今世相承趨末棄本。率多浮豔。辭與理競。辭勝而理伏。事與才爭。事繁而才損。故放逸者流宕而忘歸。穿鑿者補綴而不足。時俗如此。安能獨違。但務去泰去甚耳。必有盛才重譽。改革體裁者。實吾所希。」

此合文質以言文章而其改革末俗之方法。則在去泰去甚。至於所取之態度。純屬中正和平。

故文章篇又曰：

「凡爲文章。猶人乘騏驥。當以銜勒制之。勿使流亂軌躅。放意塡坑岸也」

蓋顏氏不尙高遠驚人之談。其態度之從容可知。故能不爲過激之言。而出之以折衷之論。其文章篇又曰：

「古人之文。宏才逸氣。體度風格，去今實遠。但緝綴疎朴，未爲密緻耳。今世音律諧靡。章句偶對。諱避精詳。賢於往昔多矣。宜以古之製裁爲本，今之辭調爲末，並須兩存。不可偏棄也。」

顏氏此論。於古則取其製裁。於今則取其聲律。既不失其古之體製又能合於時代精神。文章能此。可謂盡善。蓋古今各有所長。好古者則是古而非今。是今者則信今而非古。以此而言文學。終多片面之論。今顏氏則以和平態度出之。調和文質。折衷今古。信乎其爲文學批評之良法也。

文筆與詩筆

郭治虞

一

文筆之分起於六朝，文筆之淆始自唐宋，而六朝文筆之說之得以復明，則又由於清代阮元諸人。阮元揅經室集有學海堂文筆策問，其子福擬有文筆對。當時學海堂中諸生如劉天惠梁國珍侯康梁光釗等亦均有文筆考，載學海堂集中。其後劉師培撰論文雜記，撰中古文學史均主其說。於是當時學術用語所謂「文」與「筆」者，其義界始漸歸明劃。雖然，其說猶有未盡且未當者，故復續爲之考而辨正之。（對於阮元諸人文筆之說而辨正者，始於章炳麟，然其說亦未盡。）

阮元諸人之論文筆，大率以偶語韵體者爲文，而以直言散行者爲筆。考當時文筆之分，自其大較言之，則阮元諸人所言，固已能得其近似了；然細察時人所用，其所謂「文」，有不僅限於韻體者，而所謂「筆」，也有不專屬於散體者。此則我所以謂其所言猶未盡。

間嘗考之：阮元諸人之論文筆，所以未盡，而又未當之處，其原因所在，不外（1）不辨當時文筆之分有兩種說法，（2）不辨當時所稱文筆之外，更有「辭筆」「詩筆」之稱，其意義也不盡相同。

由當時文筆之分言，則有（一）專就文章體製言者，如范曄與甥侄書所謂『手筆差易，文不拘韻』者便是。文心雕龍總術篇云：

今之常言有文有筆，以爲無韻者筆也，有韻者文也。

可知當時文筆區分最重要之點，只是有韻無韻的分別，只是形式體製之不同。（二）亦有兼就文學性質言者，如金樓子立言篇云：

不便爲詩如閻纂，善爲章奏如伯松，若此之流，汎謂之筆。吟詠風謠，流連哀思者謂之文。

又云：

筆：退則非謂成篇，進則不云取義，神其巧惠，筆端而已。至如文者惟須綺縠紛披，宮徵靡曼，脣吻遒會，情靈搖蕩。

其以吟詠風謠爲文，不便爲詩爲筆，固似依舊不外形式體製有韻無韻之分別；但既以情靈搖蕩流連哀思者謂之文，善爲章奏善緝流略之流謂之筆，（金樓子又云：『任彥昇甲部闕如，才長筆翰，善緝流略，遂有龍門之名，斯亦一時之盛。』）則知其已着眼在性質上之差異，與僅謂有韻無韻者不盡相同了。

由當時辭筆與詩筆之意義言，則詩筆之分似乎只能就文章體製言，而辭筆之稱則又似可兼就文學性質言。南史孔珪傳云：『與江淹對掌辭筆』；陳書岑之敬傳云：『博涉文史，雅有辭筆』；此言辭筆之例。梁書劉潛傳云：『三筆六詩』；南史沈約傳云：『謝玄暉善爲詩，任彥昇工於筆』；任昉傳云：『時謂任筆沈詩』；而梁簡文帝與湘東王書亦謂：『詩既若此，筆又如之』；復稱謝朓沈約之詩，任昉陸倕之筆，爲文章冠冕，述作楷模：此言詩筆之例。既稱詩筆，則只是有韻無韻的分別，而與文學性質無關。至於所謂辭筆，則顧名思義，其含義似可較詩筆爲廣。蓋文辭二字可以連稱，故其義亦同。說文云：『辭，說也。』（據廣韻引說者釋也，故亦得引申爲篇章之義。（劉師培論文雜記云：『近世以來，正名之義久湮，由是於古今人之著作，合記事析理抒情三體，咸目爲古文辭。不知辭字本義訓爲獄訟。……凡古籍言辭文辭諸字，古字莫不作詞，特秦漢以降誤詞爲辭耳。』說似過泥。）又說文云：『詞意內而言外也。』——所謂意內而言外者謂意不可見，以言形容其意也。形容其意，則或罕譬妙喻以達之，或鋪采摛文以飾之，故詞章詞藻諸字本當作「詞」，而秦漢以來與「辭」字混用不別，辭字遂亦兼有藻飾之義。由「辭」之引申義言，則與「文」之稱文章者同；由「

辭」之假借義言，則又與「文」之訓錯畫爲近。是知六朝所謂「辭筆」云者，正與「文筆」字異義同。（阮福文筆對云：『按辭亦文類。周易繫辭，漢儒皆謂繫辭爲卦爻辭，至今從之。……其謂之繫辭者，繫，屬也；繫辭，卽屬辭，猶世所稱屬文焉爾。然則辭與文同乎？曰：否。孟子曰：「說詩者不以文害辭；」；趙岐注云：「文，詩之文章，所引以興事也；辭，詩人所歌詠之辭。」是文者，音韻鏗鏘，藻采振發之稱；辭，特其句之近於文，而異乎直言者耳。』說亦未是。）所以言「詩筆」，則與時人文筆說中之第一義同，卽專就文章體製言者；言「辭筆」，則又與時人文筆說中之第二義同，蓋又兼就文學性質言者。

二

是故以文筆對舉，則雖不忽視文章體製之異點，而更重在文學性質之分別；其意義與近人所謂純文學雜文學之分爲近。以詩筆對舉，則只是文章體製之差異；其意義又與普通所謂韻文散文者爲近。由文學性質言，純文學與雜文學均爲文學中的一種，故時人以「文學」爲其共名而「文」與「筆」爲其別名。金樓子言『今之學者有四』，而文與筆卽爲此四學中之二種，蓋此二種卽是文學之分名也。由文章體製言，則韻文散文均爲文章之一體，故又以「文」

爲其共名，而「詩」與「筆」爲其別名。（王肇祥文筆說謂『文筆之名總言則別，散言則筆亦稱文』較阮元諸人爲近是。）文心雕龍云：『夫文以足言，理兼詩書』；（總術篇）范文瀾講疏謂：『文字之用本所以代表言語，有韻之言語爲詩，無韻之言語爲書，筆之於紙，皆謂之文。』所解極是。據是，可知由文學性質言，或由文章體製言，其意義各不相同如此。

蓋六朝文筆之分，實源於兩漢文學文章之分。我嘗謂「文學」一名，在周秦時本兼文章，博學二義，漢時則分指博學爲文學，以與文章歧而爲二，（文學觀念含義之變遷載東方雜誌第二十五卷第一號）於是以文學稱學，以文章稱文。此正是金樓子立言篇所謂『古之學者有二』。金樓子云：『夫子門徒轉相師受，通聖人之經者謂之儒；屈原宋玉枚乘長卿之徒，止於辭賦，則謂之文。』可知彼所謂「古之學者」云者，正指漢時而言。至後來，有通經而明其理者，有博窮子史而但識其事者，則於「學」或「文學」一名中間復析而爲二了；有吟咏風謠流連哀思者，有不便爲詩善爲章奏者，則復於「文」或「文章」一名中間也析而爲二了。此又金樓子所謂『今之學者有四』。所以漢人所謂「文學」，既可以指通其理者，（如以儒術爲文學是，史記孝武紀『上鄉儒術，招賢良，趙綰王臧等以文學爲公卿』）又可以指識其事者；（如以掌故爲文學是。史記鼂錯傳『鼂錯以文學爲太常掌故』；又儒林傳『治禮次治掌故，以文學禮義爲官』）而其所謂「文章」，也可以指詔書律令，（史記儒林傳『詔書律令下者明天人之際，通古今之義，文章爾雅，訓辭深厚。』）也可以指辭賦。（漢書公孫弘傳贊：『劉向王褒以文章顯』）故知所謂沈思翰藻與紀事直達者，在漢時初無分別。觀漢書公孫弘傳又云：『文章則司馬遷相如』，以遷與相如並稱爲能文章，則其無文筆之分可知。（劉天惠文筆考謂『馬遷長於敍事，而傳贊但稱其史才，不得槪能文之譽。』此說亦未確。）所以我謂六朝文筆之分，正從漢人文章一語再加區分而已。（北史李昶傳『昶常曰：文章之事不足流於後世，經邦致化，庶及古人；故所作文筆，了無藁草。』此亦「文章」一稱足賅「文」「筆」之證。）

然而六朝對於文學觀念認識之清楚，猶不止此。當時不僅於文章一語，分出文與筆而爲二，而且更能（1）離文學於學術之外，使之不復兼「博學」一義；（2）合文學與文章爲一，使之轉近於「文章」一義。

離文學於學術之外，故「文學」一名之含義，至是始與近人所用者相合。觀宋文帝之立四學，命雷次宗立儒學，何尚之立玄學，何承天立史學，謝玄立文學，其後明帝立總明館亦分儒道文史陰陽爲五部，可知當時文學實能獨成一科，而不復視爲學術之總稱。

合文學與文章爲一，故不復有兩漢所謂「文學」「文章」之分。蓋在當時以「文學」爲文章之事，而以「文章」爲文學的作品。北史李昶傳云：『文章之事，不足流於後世。』此所謂文章之事卽指文學。梁書簡文帝紀云：『引納文學之士，賞接無倦，恆討論篇籍繼以文章』；此所謂文章，卽指文學的作品。

文學既能獨成一科，故就於文學之性質言，自當區爲文筆二種。稽諸當時史籍，其稱「文學」一名殆無不可兼指此二種者。魏志王粲傳云：『始文帝爲五官將及平原侯植，皆好文學，粲與北海徐幹，廣陵陳琳，陳留阮瑀，汝南應陽，東平劉楨，並見友善。』今案此數人所長不盡相同。魏文典論稱：『王粲長於辭賦，徐幹亦粲之匹』，其與吳質書又稱：『劉楨五言詩之善者妙絕時人』，則知此數子之所長在文。至典論之稱陳琳阮瑀則謂：『章表奏記今之儁也』，而曹植與楊德祖書且謂：『以孔璋之才不閑於辭賦』，則知其所長又在筆而不在文。所以當時不僅「文」得稱爲文學，卽「筆」也得稱爲文學：（魏書祖瑩傳云：『瑩以文學見重，而瑩之筆扎亦無乏天才。』北周書蘇亮傳云：『亮博學好屬文，善章奏，河內常景謂人曰，秦中文學可以抗山東者，將此人乎？』是均筆稱文學之證。）不僅能文者稱文學之士，卽擅筆者也得稱文學之士。（梁書文學劉苞傳稱：『高祖卽位，引後進文學之士，吳郡陸倕張率並以文藻見知，』而陸倕卽以筆馳譽者。）據是，可知「文」與「筆」都是「文學」之別名。

文章既指文學之作品，而當時文集卽所以彙萃此作品者，因此，文集中自得彙輯詩筆二體。此所以蕭統文選，兼輯詩筆，而劉勰文心亦總論韻散。北史劉逖傳云：『留心文藻，頗工詩詠』；『又陽休之傳云：『好學愛文藻，時人爲之語曰，能賦能詩陽休之』』是均「文」可賅詩之證。李充翰林論云：『或問曰：「何如斯可謂之文？」答曰：「孔文舉之書，陸士衡之議，斯可謂成文矣」』。（初學記二十一，御覽五百八十五引）。是又「文」可賅筆之證。南史沈約傳稱。「謝玄暉善爲詩，任彥昇工於筆」，而梁書沈約傳却謂：『謝玄暉善爲詩，任彥昇工於文章，』同樣句例，而一稱筆，一稱文章，蓋亦以文可賅筆，故得稱筆爲文章耳。陸游老學庵筆記謂『南朝詞人謂文爲筆』，其致誤之由，蓋卽以此。阮元諸人知其誤，而獨不舉梁書是條爲例，豈亦由不得其解，故避而不舉歟！（南齊書晉安王子懋傳云：『文章詩筆乃是佳事』，於詩筆對舉之外再冠以文章二字，蓋亦混共名別名而並言之耳）。

明文學爲文與筆之共名，則知文苑傳中之人物卽所謂文學之士，不妨兼擅文與筆。梁書鮑泉傳『兼有文筆』，周書劉璠傳『兼善文筆』，是其例也。（侯康惠氏後漢書補註跋謂『六朝以有韻爲文，無韻爲筆。兩漢文章惟詔策章奏等無韻，其密爾自娛者則皆有韻。文苑諸子不與漢廷大事，故文多筆少，蔚宗因以文苑名篇，後人沿其稱而幾昧其義矣。』此亦曲說。）明「文」或「文章」爲詩與筆之共名，則知文集中之所薈萃卽所謂文章著述，又不妨賅兼詩與筆。

北史蕭圓肅傳云：『撰時人詩筆爲文海四十卷』，亦其例也。

三

既知文學爲文筆之共名，文爲詩筆之共名，則知阮元諸人之解文筆，不免時多謬論和曲說。

阮元旣泥於以韻儷爲文，於是對於文選之彙輯無韻之文，便不得其解，而強爲之說。如其文韻說云：

福問曰：『梁時恆言，有韻者乃可謂之文，而昭明文選所選之文，不押韻脚者甚多，何也？』曰：『梁時恆言所謂韻者固指韻脚，亦兼謂章句中之音韻，卽古人所言之宮羽，今人所言之平仄也。』

殊不知時人所言之韻，正是指韻脚言，南史陸厥傳所謂『將平上去入四聲，以此制韻』者是也。（王夢祥文筆說亦謂「阮說弘通但非所論於齊梁文筆之分途」所言極是。）至於章句中之音韻，則時人稱之爲「和」。文心雕龍聲律篇云：『異音相從謂之和，同聲相應謂之韻。』是韻與和顯有區別，不得謂和爲韻。而且，阮福所問，是據文心雕龍所云無韻爲筆有韻爲文者而言，假如根據金樓子所云善爲章奏謂之筆，而以文選中何以猶多章奏之作爲問，不知阮元更將何辭以對。所以這種錯誤，全由於不知「文」又爲詩筆之共名所致。

不僅如此：文韻說再根據沈約宋書謝靈運傳所謂『宮羽相變低昂舛節』者而以爲：

休文此說乃指各文章句之內有音韻宮羽而言，非謂句末之押脚韻也。是以聲韻流變而成四六，亦衹論章句中之平仄，不復有押脚韻也。

於是再進一步斷言『四六乃有韻文之極致，不得謂之爲無韻之文』。於是對於文選所載不押韻脚之文，也正視爲有韻之文了。他這樣曲解六朝有韻爲文之說，所以斷以偶語儷辭爲文。殊不知六朝文筆二字之意義，只指有韻無韻之分，並不是指駢儷散行之別。章炳麟文學總略云：『近世阮元以爲孔子贊易，始著文言，故文以耦儷爲主，又牽引文筆之說以成之。夫有韻爲文，無韻爲筆，是則駢散諸體，一切是筆非文，藉此證成，適足自陷。』（案章氏所論只能駁阮氏之文言說，似未見其文韻說。）大概阮元亦自知其說之難以成立而適足自陷也，於是硬以駢文中之奇偶相生，頓挫抑揚，詠歎聲情，爲合乎音韻宮羽，而強指爲有韻之文。斯眞不免穿鑿附會，流爲遁詞了。

阮元之論「文」旣謬，故其論「筆」也未當。其最大的錯誤，卽在硬以散行者爲筆。阮元文韻說云：

今人所便單行之語，極其奧折奔放者，乃古之筆，非古之文也。

梁國珍文筆考亦云：

韻語比偶者爲文，單行散體者爲筆。

此說之誤，章炳麟亦已辨之。章氏云：

南史任昉傳：『旣以文才見知時人云任筆沈詩』。徐陵傳：『國家有大手筆，必命陵草之』。詳此諸證，則「文」卽詩賦，「筆」卽公文，乃當時恆語。阮元之徒，猥謂儷語爲文，單語爲筆，任昉徐陵所作，可云非儷語耶！

今案日人遍照金剛文鏡祕府論中之論諸病，每先舉五言詩爲例，次論賦頌，又次及諸手筆，而諸手筆所舉之例，正是全屬儷語，則知章說爲是，而阮元所謂奇偶相生有聲音者亦爲有韻之文，更爲矛盾自陷了。蓋時人之所謂「筆」，本與駢散無關，故可以兼有駢散二體。其有以駢體爲筆者，此金樓子所謂「善爲章奏」者是；其有以散體爲筆者，則又金樓子所謂『善緝流略』者是。阮元所謂奧折奔放者，只能指後一種，而不足以賅章奏；章炳麟所謂公文者，又只能指前一種，而不足以包乙部。大抵手筆之稱原指公文，漢書樓護傳引長安號所謂『谷子雲筆札』是也；其後則範圍稍廣，始兼賅乙部，隋書經籍志所著錄前漢雜筆十卷，吳晉雜筆九卷之類是也。（後漢書文苑葛龔傳『和帝時以善文記知名，著文賦碑誄書記十二篇』，記亦筆也。）故時人又有不稱文筆而稱文史者，如魏書宗欽傳述其與高允詩云：「經緯曰文，著述曰史，斟酌九流，錯綜幽旨」；又崔光傳述崔鴻建議云：『史才如班馬，文章如張蔡；』以史與文對舉，蓋亦以史有筆的性質也。此種意義，存唐人所稱猶且知之。唐人所稱燕許大手筆者卽指公文而言；而唐書蔣偕傳謂其『三世踵修國史，世稱良筆』，則又指史籍而言。故知阮章之說，各有所偏，要均得其一端而已。

至其又一錯誤，則在以直言者爲筆。阮福文筆對云：

筆從聿，亦名不聿；——聿，述也。——故直言無文采者爲筆。史記春秋筆則筆，是筆爲據事而書之證。

劉天惠文筆考亦云：

凡茲稱「筆」皆爲直言敍述之辭：體近乎乙部，義托於龍門，乃文海之別裁，與金樓相證發者也。

其說皆本於阮元文言說之意，以散體爲直言，故又以直言爲筆。實則考時人所用，筆之與言，正不相同。文心雕龍總術篇引顏延年說云：『筆之爲體，言之文也；經典則言而非筆，傳記則筆而非言』。此節定筆與言之分別，正極分明。蓋此就筆與「言」言，並非就筆與「文」言。筆雖不同於「文」，但以有雜文學的性質，所以爲「言之文」。至於經典，則時人本罕以文學視之，（惟劉勰論文主宗經徵聖，而顏之推亦有文出五經之說爲稍異耳。或以爲經典如詩，正爲有韻之文，不知顏氏所言，亦只就其大概言之，非可泥求。）所以爲「言」而非「筆」。世說新語云：『王長史宿構精理并撰其才藻，往與支道林語敍致作數百語，自謂是名理奇藻』；又云：『支道林通莊子漁父篇作七百許語，敍致精麗，才藻奇拔』；其所謂「語」亦「言」也。蓋當時「筆」與「言」「語」自有區別。觀晉書樂廣傳可知。樂廣傳云：

廣善淸言而不長於筆。將讓尹，請潘岳爲表。岳曰：『當得君意』。廣乃作二百句語述己之旨。岳因取次比，便稱名筆。時人咸云：『若廣不假岳之筆，岳不取廣之旨，無以成斯美也。

是又爲當時史籍之以筆與言對舉之例。所謂「因取次比」，則所以文其言耳。這正是顏延年所謂『筆之爲體言之文也』之最適宜的佐證。故知阮元諸人遝以直言爲「筆」亦未爲盡當也。

一九、一、二〇・

文心雕龍研究

李仰南

1. 道言
2. 劉勰略傳
3. 劉勰之思想淵源及其時代之背景
4. 文心雕龍之體系
5. 文心雕龍之評價
6. 文心雕龍之參考書籍

(1)道言

歷代研究文心雕龍者不下十餘家，有參古今文理而爲之講疏，有集百家類書，而爲之詳註，現在註明出處者，固不少矣；而待考證者，問題尙多焉。其書材料之豐富，包羅萬有，彰彰然明矣、夫文心雕龍一書，劉勰畢生學問之總滙，亦即六朝以前評文之善本也。其書共分兩卷，爲篇五十。上卷二十五篇，專論文體；下卷二十五篇，專講文法。至於各篇之定名，及其著作之由來，劉開言之詳矣。今照錄於下以作研究文心雕龍之借鏡：『夫天文炳於日星，聖言孕於河洛，此原道所由作也；指成周爲玉律，以尼山爲金科，此徵聖所由明也；伐薪必於崑鄧，汲水宜從江海，此宗經所由篤也；黃金紫玉，瑞而弗經，綠字墨書，古而非雅，此正緯所由嚴也；奇服以喻行修，芳草以表志潔，忠怨之意，與瀟湘競深，駘宕之懷，雲龍俱遠，未嘗乞幽於山鬼，自能鑿於雲君，此辨騷所由詳也。故明詩以序四始之嫡友，銓賦以恢六義之屬國，樂府以古調而雜新聲，頌讚以神明而及人物。雜文以廣其波，諧隱以窮其派，諸子以蕩其趣，史傳以正其裁，誄碑弔引，沉至而哀往，箴銘論說，莊贍而切今，於是淵府既充，玉言攸重，詔策則溫以雨露，檄移則肅以風霜，封禪則隆以皇王，祝盟則將以天日，章表奏啟則飛聲於廊廟，議對書記則騰譽於公卿，分之則千門森夫建章，合之則九面歸乎衡岳：文家之審體，詞人之用心，莫備於是焉，故論及神思，則寸心撩於百靈；論及體性，則八途包乎萬變；論及風骨，則資力於天半之鸞鳳；論及情采，則借色於木末之芙蓉；論及夸飾，則因山而言高；論其隱秀，則聳條而獨拔。示人以璞，探驪得珠，華而不汨其眞，練而不傷於氣，儁而不傷於激，繁而不失之黷，辨而不逞其偏，覈而不鄰於刻，文犀駭目，萬舞動心，誠曠世之宏材，軼羣之奇構也。』劉開此段議論，或標一言以表全篇之情，或着數語以作全篇之魂，言雖不多，表意不少矣，研究文心雕龍者，不可不以此爲前提矣。劉勰文心雕龍序志篇內有一段議論，可作其書之結論：

『蓋文心之作也，本乎道，師乎聖，體乎經，酌乎緯，變乎騷：文之樞紐，亦云極矣。若乃論文敘筆，則囿別區分，原始以表末，釋名以章義，選文以定篇，敷理以舉統：上篇以上，綱領明矣；至於割情析采，籠圈條貫；摛神性，圖風勢，苞會通，閱聲字。崇替於時序，褒貶於才略，怊悵於知音，耿介於程器，長懷序志，以馭羣篇：下篇以下，毛目顯矣。』

讀此段議論，則作文心雕龍之主張，全書之綱目，及作者之情緒無不瞭如指掌矣。誠文藝批評界之明星也，方今歐化輸入，文藝頗興，而文藝之批評，尤盛行於當時，余愛彥和之爲文，感情熱烈，辭句華麗，而評前人之文，尤具春秋之筆法，每閱其文，恒至夜分而不倦，以期得劉氏之用心，因得爲文之用心，於以發聖典之菁華，爲當代之黼黻，則是書方將爲魚兗之箜蹠乎？然鷦鷯棲林，僅止一枝；鼴鼠飲河，不過滿腹，今不揣固陋，妄抒管見，而作文心雕龍之研究，不啻癡人說夢，博得大雅之一笑而已。

「洞房昨夜停紅燭，待曉堂前拜舅姑；
粧能低聲問夫婿，畫眉深淺入時無？」——朱慶餘

（2）劉勰略傳

劉勰東莞莒人，姓劉名勰，彥和其字也。生於宋明帝泰始六年卒於梁武帝大同五年天監初。起家奉朝請，中軍臨川王宏，引兼記室。後因奏事有功，政著清績，累遷至步兵校尉，勰早孤，家貧不能婚娶，乃篤志好學，依沙門僧祐與之同處，上窺六經，旁覽百家，積十餘年，學以被恐，豁然貫通，乃抒其所見，區別部類，錄而敘之，而成文心雕龍一書，今定林寺經藏，亦勰手定也，當時昭明太子奇其才，愛其文，而交納之，勰深於佛理，嘗爲名僧製碑誌。又推尊儒教，而慕孔子之道，是以一身，而兼有儒佛兩家之學，嘗欲註經，以闡聖人之微言大義，後以馬鄭諸儒，精註於前，闡揚殆盡，無重註之必要，乃舍經而論文，以繁經典枝條，而利百事，迨文心雕龍脫稿後，人微言輕，未爲時俗所稱賛，欲借高人沈約以自重，當時約身居朝內，貴盛無比，勰無由自達，乃候其出，負其書於前，狀若貨鬻者，約命取讀，頗爲賛賞，謂其深得文理，經此一顧，其書遂風行於世，後奉敕與慧震沙門撰經證於定林寺，功畢，遂啟求出家，先燔鬢髮以自誓，敕許之，乃於寺變服，改名慧地。未期而卒，享年約七十歲，有文集行於世。

（附）文心雕龍一書，自來皆題梁劉勰著，據劉毓松考證此書之成，則不在梁時，而在南齊之末也，其證有三：

自唐虞以至劉宋，皆但舉其代名，而特於齊上加一皇字，其證一也，魏晉之主，稱諡號，而不稱廟號，至齊之四主，惟文帝以身後追尊，止稱爲帝，餘並稱祖稱宗，其證二也；歷朝君臣之文，有褒有貶，獨於齊，則極力頌美，絕無規過之詞，其證三也，（劉毓崧書文心雕龍後）

（3）劉勰之思想淵源及其時代之背景

劉勰，我國學問最博，而深得文理之人也，觀其雕龍之作，博引六經，旁徵諸子，創局於宏富之域，廓基於峻爽之衢，騁節於八體，運聲於七律，樹骨於秋幹，以立其體；津

顏於春華，以豐其膚，清暉以鑑其隱，流雲以媚其姿，國風益其性情，春秋授以凡例，爾雅助其名物，騷人贈以芬芳：故能美善咸歸，洪細兼納，效姸於越艷，逞博於漢侈；獵奇於兩京，拾珍於七子；分膏於晉宋，振響於齊梁：故劉勰思想之源淵，非出於一家，乃集羣山而滙衆流也。

南朝宋齊之際，文風頗興，才士踴起，如謝靈運鮑照顏延之任昉沈約范雲邱遲等，皆其卓著者，參軍有俊逸之稱，靈運有芙蓉之比，范邱兩家之詩，一則清便宛轉，如流風廻雪，一則點綴映媚，似落花依草，至於延之彥昇休文三人之詩文，尤當時文壇上之領導者，延之之詩，機倘巧似，體裁綺密，情喻淵深，動無虛散；彥昇天才卓爾，善於辭賦，每爲文，起草輒成，不加點竄；休文詩文兼優，尤發明四聲，於詩界放一光明之路：文才濟濟，頗極一時之盛，然美中不足，而有兩大缺點；

A 脫離自然——文章之起，本乎自然，心授於意，意命乎筆，以我手，述我心，自然活現於紙上，不事雕琢也，故讀三百篇詩南國文王之化，幽王暴虐之政，大而國際之交涉，小而民間之訴訟，男女淫奔之事，兵凶戰危之狀，讀其詩，如處其世，無不歷歷在目矣：此皆民間七情自然之流露，詩人採之而傳於世也，下至楚辭，華采較勝於詩，亦不失自然之本性矣，故人讀之而不厭，自漢以下，文勝於外，而質欠乎內；然文質雖不能彬彬，尙未畸形發展矣，迨至齊梁，專事雕琢，侈言用事，全失文章自然之本性矣，學者尋聲跡影，浸以成俗，齊書所謂「緝比事類，非對不發；博物可嘉，制成拘制，」鍾嶸所以病「文章殆同書抄，」劉氏矯之，皆明自然，其言曰：

「心生而言立，言立而文明，自然之道也」——原道

「人稟七情，應物斯感；感物吟志，莫非自然。」——明詩

「是以詩人感物，聯類不窮，流連萬象之際，沈吟視聽之區，寫氣圖貌，既隨物以宛轉；屬采附聲，亦與心而徘徊。」——物色

B.放棄性情——自來文章，耐人玩味者，皆以情盛也，如樂毅報燕惠王書，諸葛武侯前後出師表，李密陳情表，韓愈祭十二郎文等；若無充分之感情含於內，何能使人讀之椎心泣血也，蓋文無情，則徒尙華辭，如橡皮之美人，雖玲瓏無比

，窈窕可愛，而人見之毫無興味矣，南朝之文，日趨華麗，蕭子顯謂其「典正可采，酷不入情，」古典主義，斯時極盛。彥和力主情性之說，以矯其失：

『情者文之經，辭者理之緯；經正而後緯成，理定而後辭暢；此立文之本也。昔詩人篇什，爲情而造文；辭人賦頌，爲文而造情。』——情采

『率志委和，則理融而情暢；鑽礪過分，則神疲而氣衰；此性情之數也。……………申寫鬱滯，故宜從容率情，優柔適會。若銷鑠精膽，蹙迫和氣，秉牘以驅齡灑翰以伐性，豈聖賢之素心，會文之直理哉？』

『…夫才量學文，宜正體製，必以情志爲神明，事義爲骨髓，辭采爲肌膚，宮商爲聲氣…』——附會

『…桃李不言而成蹊，有實存也；男子樹蘭而不芳，無其情也，』——情采

劉勰處此畸形發展之時代，而能吸收其長，矯正其失，可謂南北朝之完璧矣。

(4)文心雕龍之體系

明清以來，選文之風盛行，其選本差強人意者有二：一爲姚惜抱古文辭類纂，一爲曾滌生經史百家雜鈔，姚曾二人，對於文章源淵，所見相同，皆以文章各體，出於六經，姚氏以經多不勝錄，於每類前說明出於何經，曾氏直以六經冠其端，以表其源流，溯二人選文之主見，不能不受影響於劉勰，劉勰與蕭統，雖生於一時，而處最善，然選文之見，迥乎不同，蕭以爲：

『若夫姬公之籍，孔父之書，與日月俱懸，鬼神爭奧，孝敬之准式，人倫之師友，豈可重以芟夷，加之剪截，老莊之作，管孟之流，蓋以立意爲宗，不以能文爲本；今之所撰，又以略諸。若賢人之美辭，忠臣之抗直，謀夫之話，辨士之端，冰釋泉湧，金相玉振，所謂坐狙丘，議稷下，仲連之卻秦軍，食其之下齊國，留侯之發八難，曲逆之吐六奇，蓋乃事美一時，語流千載，概見墳籍，旁出子史；若斯之流，又亦繁博；雖傳之簡牘，而事異篇章；今之所集，亦所不取，至於記事之史，繫年之書，所以褒貶是非，紀別異同；方之篇翰，亦已不同，若其讚論之綜緝辭采，序述之錯比文化，事出於沈思，義歸乎藻翰；故與夫篇什，雜而集之。』

此一段議論籠統選文範圍之導言，而非文章源流之體系，可當初學之讀本，不可作文章之正宗，彥和恐學者隨其流而忘其源，齊其末而不求其本，故著雕龍以明文章之體系，其言曰：

「文能宗經，體有六義：一則情深而不詭，二則風清而不雜，三則事信而不誕，四則義直而不回，五則體約而不蕪，六則文麗而不淫，」——宗經

「文章之用，實經典枝條，五禮資之以成，六典因之致用，君臣所以炳煥，軍國所以昭明，詳其本源，莫非經典，…」——序志

「…論說辭序，則易統其首；詔策章奏，則書發其源；賦頌歌讚，則詩立其本，銘誄箴祝，則禮總其端，紀傳銘檄，則春秋爲根，…」——宗經

觀劉氏宗經之大意，可以推想上卷二十五篇文體之體系，今列表於下（表係范文瀾所製：）

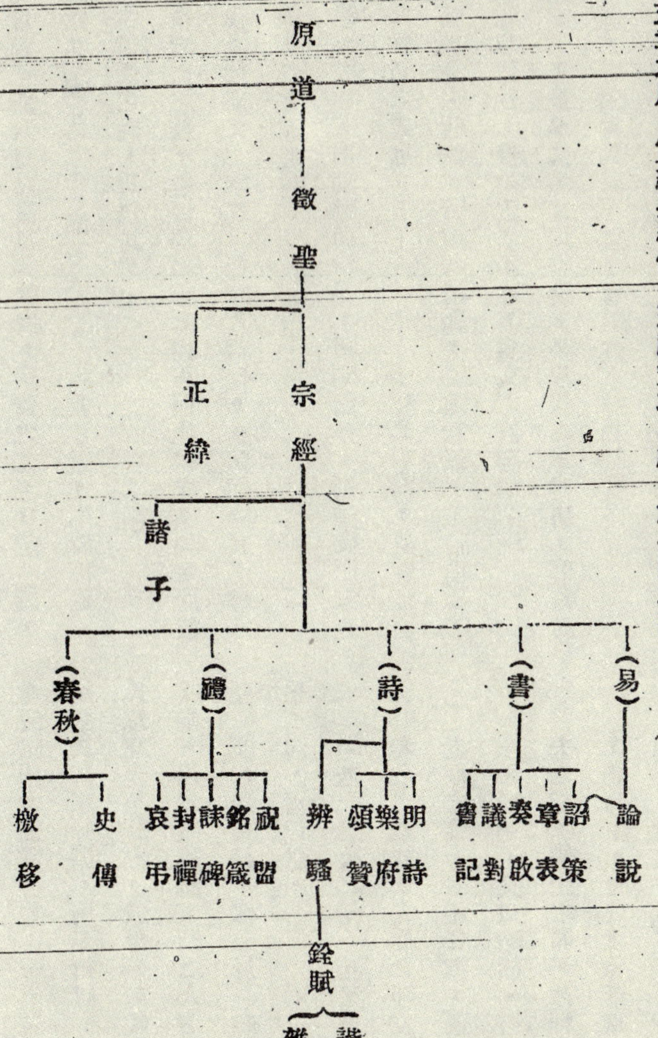

下卷二十五篇文法之系統表

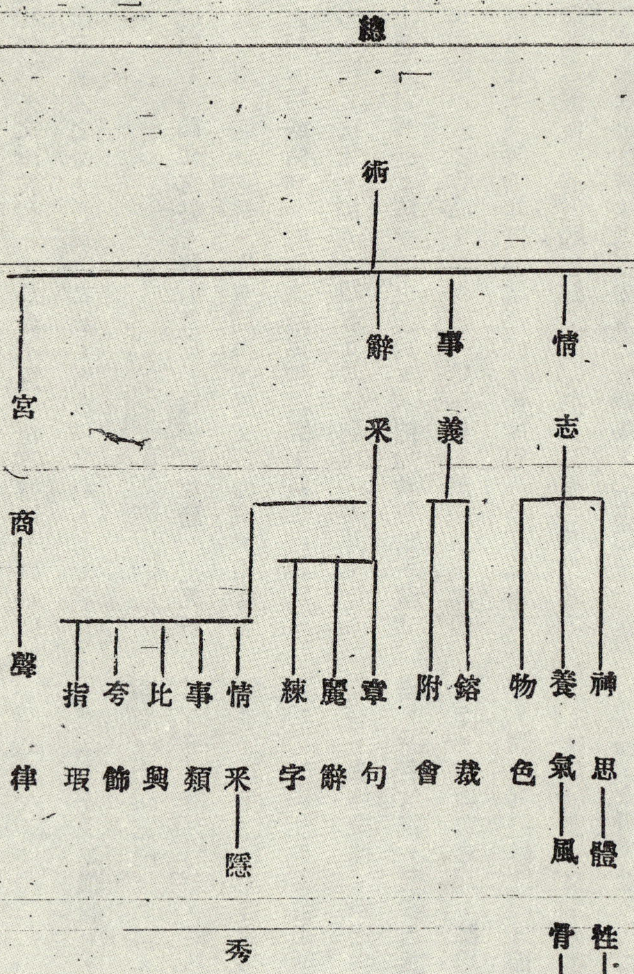

(附註)『何謂附會？謂總文理，統首尾，定與奪，合涯際，彌綸一篇，使雜而不越者也，……夫才最學文，宜正體製，必以情志為神明，事義為骨髓，辭采為肌膚，宮商為聲氣。』按本篇附會定義列表，宜以附會直立於總術之下，范君列於事義項下，余不敢表同情，但就愚見而列之，恐或有錯，故不敢鹵莽從事，附此以待考者。

(5)文心雕龍之評價

黃叔琳曰：『劉舍人文心雕龍一書，藝苑之秘寶也，觀其包羅羣籍，多所折衷，於凡文章利病，抉摘靡遺，綴文之士，苟欲希風前秀，未有可舍此而別求津逮者。』

劉開曰：『自永嘉以降，文格漸弱，體密而近縟，言麗而鬭新，藻繪沸騰，朱紫夸耀，蟲小而多異響，木弱而有繁枝；理詘於辭，文滅其質，其是非不謬，華實並隆，以駢儷之言，而有馳驅之勢，含飛動之彩，極瓌瑋之觀，其惟劉彥和乎？』

黃侃曰：『論文之書，鮮有專籍，自桓譚新論，王充論衡，雜論篇章，繼此以降，作者間出，然文或湮闕，有如流別翰林之類；語或簡括，有如典論文賦之儕，其敷陳詳覈，徵實豐多，枝葉扶疏，源流粲然者，其惟劉氏一書耳。』

以上諸人之評論，極普通之讚語，不能知其輕重，量其長短，凡評論一人之作品，必須經一度分析，然後抽出其優點與劣點何在，再評論其價值之高低，始能得一公平之評價，余謂雕龍之價值，有三種優點：(1)劉氏以前各代文章之評價，(2)文章之軌範，(3)文章之修辭學，(未成)

1 劉氏以前各代文章之評價——我國文章之批評書籍，誠如寥寥晨星，溯文藝批評界闢天荒之鼻祖，首推鍾嶸之詩品，劉勰之文心雕龍，詩品專評詩之優劣，與此無關，不贅述，單論雕龍批評之價值，上而諸子百家，下而漢魏六朝，其間產生之作品，皆加以評語，較其優劣，如權之量物，輕重絲毫不差矣，今錄數段，以觀其價值：

A.評六經

『……夫易惟談天，入神致用，故繫稱旨遠辭文，言中事隱，韋編三絕，固哲人之驪淵也，書實記言，而訓詁茫昧，通乎爾雅，則文意曉然，故子夏嘆書，昭昭若日月之明，離離如星辰之行，言昭灼也，詩主言志，詁訓同書，摛風裁興，藻辭譎喻，溫柔在誦，故最附深衷矣，禮以立體，據事制範，章條纖曲，執而後顯，採掇生言，莫非寶也，春秋辨理，一字見義，五石六鷁，以詳略成文，雉門兩觀，以先後顯旨，其婉章志晦，諒以邃矣，尚書則覽文如詭，而尋理即暢，春秋則觀辭立曉，而訪義方隱，……』——宋經

B.評論諸子文章之優劣

『……研夫孟荀所述，理懿而辭雅；管晏屬篇，事覈而言練；列禦寇之書，氣偉而采奇；鄒子之說，心奢而辭壯

；墨翟隨巢，意顯而語質；尸佼尉繚，術通而文鈍；鶡冠緜緜，亟發深言；鬼谷眇眇，每環奧義；情辨以澤，文子擅其能；辭約而精，尹文得其要；慎到析密理之巧，韓非著博喻之富，呂氏鑒遠而體周，淮南泛採而文麗，……』——諸子

C. 評論漢魏晉文章作家

『……賈生俊發，故文潔而體清；長卿傲誕，故理侈而辭溢；子雲沈寂，故志隱而味深；子政簡易，故趣昭而事博；孟堅雅懿，故裁密而思靡；平子淹通，故慮周而藻密；仲宣躁銳，故穎出而才果；公幹氣褊，故言壯而情駭；嗣宗俶儻，故響逸而調遠；叔夜儁俠，故興高而采烈；安仁輕敏，故鋒發而韻流；士衡矜重，故情繁而辭隱。………』——體性

以上所錄三段，是彥和批評中最有價值的幾段，而且是我們研究文章必須應知的事件，至於其批評的恰當，我異常表同情，謂吾不信，請讀六經，諸子，以及文章大家之作品，然後驗其批評，自可知其當否，俗云：『要知真達苦，除非爾自吃。』

2. 文章軌範

孟子曰：『規矩方圓之至也；』又曰：『不以規矩；不能成方圓，』彥和曰：『善奕之文，則術有恆數，按部整伍，以待情會，因時順機，動不失正，數逢其極，機入其巧，則義味騰躍而生，辭氣叢雜而至，』故學文者，必先明其體；既明其體，必求其法，彥和有詩，樂府，賦，頌，讚，祝，盟，銘，箴，誄，碑，哀，弔，史傳，論說，詔策，檄移，章表，奏啟，議對，書記，諸篇，中國文章之大體，亦盡於是矣，彥和考究各體文章之用途，裁取歷代作家之所長，而示後人以作文之軌範，今為讀者便覽起見，抄錄原文列表，以餉讀者：

體別	作法
詩	四言正體，則雅潤為本，五言流調，則清麗居宗，華實異用，惟才所安。（七言盛行於唐，此時尚未萌芽，故不論。）

樂府

詩爲樂心，聲爲樂體。樂體在聲，瞽師務調其器；樂心在詩，君子宜正其文。

賦

原夫登高之旨，蓋覩物興情；情以物興，故義必明雅；物以情覩，故詞必巧麗，麗詞雅義，符采相勝，如組織之品朱紫，畫繪之着玄黃，文雖新而有質，色雖糅而有儀，此立賦之大體也。

頌

原夫頌惟典雅，辭必清鑠，敷寫似賦而不入華侈之區，敬慎如銘，而異乎規戒之域，揄揚以發藻，汪洋以樹義，惟纖曲巧致，與精而變，其大體所底，如斯而已。

讚

必結言於四字之句，盤桓乎數韻之辭，約舉以盡情，昭灼以送文，此其體也。

盟

夫盟之大體，必序危機，獎忠孝，共存亡，戮心力，祈幽靈以取鑒，指九天以爲正，感激以立誠，切至以敷辭，此其所同也。

誄

詳夫誄之爲制，蓋選言錄行，傳體而頌文，榮始而哀終，論其人也，曖乎若可覩，道其哀也，悽焉如可傷。此其旨也。

銘箴

夫箴誦於官，銘題於器，名目雖異，而警戒實同，箴全禦過，故文資确切。

碑

夫屬碑之體，資乎史才，其序則傳，其文則銘。標序盛德，必見清風之華；昭紀鴻懿，必見峻偉之烈：此碑之制也。

哀

原夫哀辭大體，情主於痛傷，而辭窮乎愛惜。幼未成德，故譽止於察惠；弱不勝務，故悼加乎膚色。隱心而結文則事愜，觀文而屬心則體奢，奢體爲辭，則雖麗不哀。必使情往會悲，文來引泣，乃其貴耳。

弔

夫弔雖古義，而華辭未造。華過韻緩，則化而爲賦。固宜正義以繩理，昭德而塞違，剖析褒貶，哀而有正，則無奪倫矣。（哀弔二體，俱屬祭文類。）

史

原夫載籍之作也，必貫乎百氏，被之千載，表徵盛衰，殷鑒興廢。使一代之制，共日月而長存；王霸之跡，並天地而久大。

論

原夫論之爲體，所以辨正然否。窮於有數，追於無形，迹堅求通，鉤深取極，乃百慮之筌蹄，萬事之權衡也；故其義貴圓通，辭忌枝碎；必使心與理合，彌縫莫見其隙；辭共心密，敵人不知所乘，斯其要也。

說

凡說之樞要，必使時利而義貞。進有契於成務，退無阻於榮身。自非譎敵，則唯忠與信，披肝膽以獻主，飛文敏以濟辭：此說之本也。

詔策

夫王言崇秘，大觀在上；所以百辟其刑，萬邦作孚。故授官選賢，則義炳重離之輝；優文封策，則氣含風雨之潤；敕戒恆誥，則筆吐星漢之華；治戎燮伐，則聲有洊雷之威；眚災肆赦，則文有春露之滋；明罰敕法，則辭有秋霜之烈：此詔策之大體也，

檄

凡檄之大體，或述此休明，或叙彼苛虐，指天時，審人事，算強弱，角權勢，標蓍龜於前驗，懸鞶鑑於已然，雖本國信，實參兵詐。譎詭以馳旨，煒曄以騰說；凡此衆條，莫或違之者也。故其植義颺辭，務在剛健。插羽以示迅，不可使辭緩；露板以宣衆，不可使義隱。必事昭而理辨，氣盛而辭斷：此其要也。

章表

原夫章表之用也，所以對揚王庭，昭明心曲，既其身文，且亦國華。章以造闕，風矩應明；表以致禁，骨采宜耀。循名課實，以章爲本者也。是以章式炳賁，志在典謨，使要而非略，明而不淺；表體多包，情僞屢遷，必雅義以扇其風，清文以馳其麗，然懇惻者，辭爲心使；浮侈者，情爲文使。繁約得正，華實相勝，脣吻不滯，則中律矣。

奏

夫奏之爲筆，固以明允篤誠爲本，辨析疏通爲首。強志足以成務，博見足以窮理，酌古御今，治繁總要，此其體也。

啟

自晉來用啟，用兼表奏。陳政言事，既奏之異條；讓爵謝恩，亦表之別幹。必斂飭入規，促其音節；辨要輕清，文而不侈：亦啟之大略也。

書

詳總書體本在盡言，言以散鬱陶，託風采：故宜條暢以任氣，優柔以懌懷，文明從容，亦心聲之獻酬也。若夫尊貴差序，則肅以節文。

上表所錄各體，是雕龍文體中之重要者；他如射策，對策，序移等體，既爲文章之末藝，又不適於今之世，故略而不錄。吾人對於各體大要，細心探討，得其要略，而後讀歷代各體之文章，可以評其長短矣。

（6）文心雕龍參考書籍

辛處信注　已佚宋史藝文注著錄

梅氏音注　明梅慶生撰天啟二年刻本
王氏注本　明王維儉撰通行本
楊氏評本　明楊慎撰附梅本內
黃氏輯註　清黃叔琳撰原刻本
張氏注　清張松孫撰同治戊辰刻本
姚氏箋注　清姚培謙撰，自刻本
紀氏評校本　清紀昀撰，附黃注內。
顧氏校本　清顧千里撰，文化學社印，范疏本內。
讀文心札記　清孫貽讓撰，附在札迻內
文心黃注補正　李詳撰，國粹學報發表，龍谿精舍叢書本
文心札記　黃侃撰，文化學社印本，此書單行本所錄不全，華國雜誌內，尚有十餘篇。
文心講疏　范文瀾撰，文化學社印本。
敦煌石室唐人寫本文心校記　趙萬里撰，存清華學報內。
文心增注　陳柱撰，在中國學術討論，文化學社印本。
葉石君校本
馮舒校本　附顧本內。
張紹仁校本　傳鈔本
吳翌鳳校本　傳鈔本
黃丕烈校本　范疏內附。
譚獻校本　范疏內附

一九三一，四，一三，脫稿于教育學院。

文心雕龍黃注補正卷第一

梁劉勰撰　顧廣圻曰時序篇皇齊御字是此書作於齊世

北平黃叔琳崑圃輯注杭縣馬叙倫彝初補正

原道第一

文之爲德也大矣。與天地並生者。何哉。夫玄黃色雜。易夫玄黃者天地之雜也天玄而地黃方圓體分。大戴禮記天道曰圓地道曰方日月疊璧。易坤靈圖至德之萌日月若聯璧　補注曰馬融尚書顧命注太極上元十一月朔旦冬至日月如疊璧以垂麗天之象。山川煥綺。以舖理地之形。此蓋道之文也。仰觀吐曜。俯察含章。高卑定位。故兩儀既生矣。惟人參之。性靈所鍾。是謂三才。爲五行之秀。實天地之心。一本實上有人字心下有生字心生而言立。言立而文明。自然之道也。傍及萬品。動植皆文。龍鳳以藻繪呈瑞。虎豹以炳蔚凝姿。易大人虎變其文炳也又曰君子豹變其文蔚也雲霞雕色。有踰畫工之妙。草木賁華。無待錦匠之奇。夫豈外飾。蓋自然耳。至於林籟結響。調如竽瑟。泉石激韻。和若球鍠。故形立則章成矣。聲發則文生矣。夫以無識之物。鬱然有彩。有心之器。其無文歟。人文之元。肇自太極。幽贊神明。易象惟先。庖犧畫其始。易繫辭庖犧氏之王天下也仰則觀象於天俯則觀法於地觀鳥獸之文與地之宜近取諸身遠取諸物於是始作八卦以通神明之德以類萬物之情北堂書鈔一百五十三引尸子伏羲始畫八卦別八節而化天下仲尼翼其終。易通卦驗孔子作上彖下彖上象下象上繫下繫文言說卦序卦雜卦爲十翼　補注曰易緯坤鑿度孔子五十究易作十翼明也明易幾教若曰終日而作思之於古聖顒師於姬昌法旦作九問十惡七正八數上下繫辭大道大數大法大義十翼之名惟上下繫辭與今同而乾坤兩位。獨制文言。補注曰梁武帝曰周易文言是文王作倫案學者不信此說言之文也。天地之心哉。若迺河圖孕乎八卦。易正義伏羲氏有天下龍馬負圖以出於河遂法之畫八卦 補注曰漢書五行志引劉歆曰伏羲氏繼天而王受河圖則而畫之八卦是也禹治洪水賜洛書法而陳之洪範是也然禮含文嘉伏羲德洽上下天應以鳥獸文章地應以河圖洛書則而象之乃作八卦校以繫辭河出圖洛出書聖人則之則並是伏羲事洛書韞乎九疇。周書洪範天乃錫禹洪範九疇注易言河出圖洛出書聖人則之蓋治水功成洛龜呈瑞 補注曰紀昀曰洛書配九宮北齊盧辨注大戴禮已有是說則其說起於南北朝故彥和亦云然倫案依繫辭河圖洛書既並是伏羲事尚書載洪範由來謂天所錫五行傳五行志並同則今古尚書無異也惟劉歆謂初一曰至次九曰六十五字爲洛書本文禹治洪水洛所出也文蓋本此紀說非玉版金鏤之實。王子年拾遺記帝堯在位聖德光洽河洛之濱得玉版方尺圖天地之形 補注曰緯書有河圖玉版又漢書崔駰傳注引詩含神霧刻之玉版丹文綠牒之華。宋書志序握河括地綠文赤字之書言之詳矣 補注曰藝文類聚九十八引尚書中候河龍出圖洛龜書威赤文綠字以授軒轅太平御覽八十引中候龍馬銜甲赤文綠地誰其尸之。亦神理而已。自鳥迹代繩。許氏說文序黃帝之史蒼頡見鳥獸蹄迒之迹知分理之可相別異也初作書契代繩見徵聖篇象夬註文字始炳。炎皞遺事。紀在三墳。書久亡吳萊三墳辨三墳書近出僞書也世或傳大抵言伏羲本山墳而作連山神農本氣墳而作歸藏黃帝本形墳而作乾坤無卦爻有卦象文鄙而義陋與周官太卜所掌異焉 補注曰左昭十二年傳是能讀三墳五典賈逵注三墳三皇之書周禮內史掌三皇五帝之書鄭玄注楚靈王所謂三墳五典今所傳三墳晁公武陳振孫皆以爲僞書出毛漸而年世渺邈。聲采靡追。唐虞文章。則煥乎始馮本作爲盛。補注曰論語泰伯大哉堯之爲君也煥乎其有文章元首載歌。見章句篇既發吟詠之志。益稷陳謨。元作謀楊改書有益稷篇 補注曰益稷與古文及今文尚書並合於皋陶謨爲一篇僞古文始分之又馬融鄭玄謂別有棄稷之篇法言至考篇言合稷契之謂忠謨合皋陶之謂嘉可證馬鄭說不誣惟棄稷當爲稷契耳如僞書無一稷契語劉所據並僞書而云益稷陳謨或通言歟亦垂敷奏之風。夏后氏興。業峻鴻績。九序惟歌。書大禹謨爲文勳德彌縟。王充論衡德彌盛者文彌縟 逮及商周。文勝其質。雅頌所被。英華日新。文王憂患。易傳夏商之末易道中微文王拘於羑里係以彖辭易道復興 繇辭炳曜。繇音宙杜預左傳注繇卜兆辭也織文章緣起繇夏后作鑄鼎繇卜辭也 符采複隱。精義堅深。重以公旦多材。補注曰尚書金滕不若旦多材多藝 振元作𢹂朱改 其徽烈。制詩緝頌。

制韻會多官切整飭貌書周公居東二年乃爲詩以貽王名之曰鴟鴞王亦未敢誚公國語周公之爲頌曰思文后稷克配彼天　補注曰紀昀曰制即制字說文訓爲齊言切制而使之齊與詩義無涉古帖制字多書爲制此制字疑爲制字之訛史記五帝本紀依鬼神以制義注曰制有制義是二字相亂已久不必定用本訓也又曰此言緝頌不言作頌引國語非是倫案錢大昕三史拾遺史記五帝本紀正義云制古制字蓋制字從刀未聲隸變爲制或誤爲制唐人不諳六書翻以爲古又案太平御覽五百八十七引作制詩緝頌國語魯語昔正考父校商之名頌十二篇於周太史以那爲首其輯之亂曰自古在昔云云緝輯古字通用是緝頌爲周太史事劉蓋本此

斧藻羣言。揚子法言吾未見好斧藻其德若斧藻其楶者 至夫子繼聖。獨秀前哲。鎔鈞六經。董仲舒傳猶泥之在鈞唯甄者之所爲猶金之在鎔唯冶者之所鑄顏師古曰鈞造瓦之法其中旋轉者鎔謂鑄器之模範也 必金聲而玉振。雕琢情性。組織辭令。木鐸起而千里應。易繫辭君子居其室出其言善則千里之外應之　補注曰論語八佾天將以夫子爲木鐸左傳遒人以木鐸徇於路 席珍流而萬世響。禮記儒有席上之珍以待聘 寫天地之輝光。曉生民之耳目矣。爰自風姓。史記伏羲氏以風爲姓　補注曰六藝論太昊庖羲氏姓風帝王世紀伏羲氏風姓也黄所引乃司馬貞補三皇本紀文 暨於孔氏。玄一作元 聖創典 班固典引縣象闇而恒文乖彝倫斁而舊章闕故先命玄聖使綴學立制注元聖孔子也　補注曰紀昀曰此元聖當指伏羲諸聖若指孔子於下何爲複且孔子亦作非刱典也倫案書湯誥聿求元聖莊子天道以此處下元聖素王之道也後漢書班固傳注引春秋演孔圖孔子母徵在夢感黑帝而生故曰玄聖然此是如紀說稱伏羲爲元聖元猶始也字當作元御覽五百八十五引正作元 素王述訓。拾遺記夫子未生時有麟吐玉書於闕里文云水精之子繼衰周而爲素王　補注曰北堂書鈔五十二引論語讖子夏曰仲尼爲素王 莫不原道心以敷章。以敷一作裁文從御覽改　補注曰荀子解蔽篇人心之危道心之微研神理而設教。補注曰易彖辭聖人以神道設教取象乎河洛。問數乎蓍龜。觀天文以極變。察人文以成化。然後經緯區宇。彌綸彝憲。發輝疑作揮　補注曰御覽五百八十五引作揮事業。彪炳辭義。故知道沿聖以垂文。聖因文而明道。旁通而無滯。一作涯從御覽改日用而不匱。易曰。鼓天下之動者者字從御覽增存乎辭。辭之所以能鼓動天下者。迺道之文也。

贊曰

道心惟微。神理設教。光采元聖。炳燿仁孝。龍圖獻體。龜書呈貌。天文斯觀補注曰易賁觀乎天文以察時變民胥以傚補注曰傚原作効據紀本改詩角弓爾之教矣民胥效矣

讀文心情采篇後記

叔 蕻

夫人爲物靈，既內性而外形，文稱神品，必合情而繪采。詞發乎情，譬如禽鳥之附翼；篇具乎采，若虎豹之披文。禽附翼，則靈活而不滯；獸披文，則華麗增美。周詩三百，辭旨協暢；楚騷九歌，聲情並輝，最者吟咏之權輿，殿者詞章之軌範。下繩百代，即此兩端。辭情並重謂之全；文質獨取謂之偏，全者藝苑之鳴鳳，偏者詞壇之芻狗。魏晉玄風，棄華而從樸；齊梁綺麗，重采而去情，並風靡一時，凌駕前作，然易代以後，銷聲絕響。獨彭澤飄逸，開府清新，騰譽當代，垂名永古。然則詞固不可離情，情亦不可廢詞，必並重能兼義，始騰聲而輝竇也。舍人生酖識高張之世；處綺風環抱之時，獨具隻眼，不蹈衆轍，發文章之抄謫；立翰箇之宏模，誠超邁前士，垂範後昆，人生乎今世，辭旨失平，言文者鄙辭；操觚者沮華，富於內而貧於外；厚於情者薄於采。籀誦兹篇，而無感慨也歟！

六朝文藝批評家論

本田成之
汪馥泉譯

章學誠從"六經皆史也"的立場，將歷來的文獻完全當作歷史來觀察；六朝時代的文藝批評家，是將六經都當作文章來觀察的。史與文 當然其觀察法與方法，大不相同；至於其處置的材料與內容，不一定不相同，因而，有時，有下相同的觀察點的事，這也不足爲怪的。史與文，與經有着不能離開的關係，這也不能不說是當然的事。至於先秦時代，可以說，經與史與文（子），幾乎不能區別。只是，特別注重文，與其單說是意志底傳達，却更在使其成爲有效，如此的努力，由孔子主張着；儒教底禮樂等，可以將它看作具體化了的東西。（周禮是俳優底動作，儀禮是脚本，詩與樂是舞蹈，將它實行起來，便成了劇。）在先秦時代，荀子、屈原、宋玉等作賦；到漢以後，此風益盛。歷來，文藝單作爲一種的藝來處置；但到漢以後，對於經學等，成了一種獨立的大藝術，竟至使魏文帝說，"蓋文章，經國之大業，不朽之盛事。"文帝著典論，在其中的論文中，已說"傅毅之於班固，伯仲之間耳，"又說："應瑒和而不壯，劉楨壯而不密，"雖則很籠統，但是，是在論列當時的文章底優劣長短。從此之後，開了文藝批評底端緒，在六朝尤其是齊梁以後，先產生了劉勰底文心雕龍，其次產生了鍾嶸底詩品三卷，文章批評似成了當時流行的東西。據文心雕龍底序志編及隋書經籍志，似還產生了下列的著述。

文章流別集四十一卷梁六十卷志二卷論二卷摯虞撰

文章流別志論二卷同上撰

文章流別本十二卷謝混撰　續文章流別三卷孔寧撰

文論若干卷應瑒撰

文賦一首陸機撰

翰林論三卷李充撰，梁王十四卷

文章始一卷明代以後另有題爲文章緣起一卷任昉撰的，與此書異同不明。

上列著錄中，除陸機文賦及撰者不明的文章緣起之外，現俱不傳；這大概是因爲文心雕龍及詩品這種完備的日月已產生，所以別的爝火，自然地消失了的吧。上列兩書是代表的著述；尤其是文心雕龍，是在其中最爲傑出的，所以，玩味這著述，別的全然省略也不妨。上列外，梁沈約底宋書謝靈運傳論，也是很好的文藝批評論。總之，如此地，對於文章，盛興了批評論這回事，這便是講述文藝離別的經學等而獨立，成了一代的勢力的；在中國經學史上、思想史上，也是很有趣的現象，同時，對於當時的文章，一概地貶爲"文起八代之衰"的古文家底話，不能依据。但是，我現在，對於六朝文與古文底得失，及各人底詩文底批評得當與否，並不打算論列。（關于歷代文章底得失，支那學第一卷第四號上，曾載青木正兒先生底和擘的藝術與旋律的藝術。）我所要論列的是：他們如何地處置文藝，及其與經學底關係如何。

中國文學，將它和別的文學來比較，一看，像是特殊的東西，這便是爲高唱可以叫作一種傾向文學的，非直接有益於世道人心不可的狹義的道德的偏見論的人們所誤的東西；但是，如其當眞仔細地觀察歷來的作品，那末，可以知道，如此的狹隘的議論，不會產生，也是從人生自然的要求產生的呼聲。所謂世道人心，結果，也只是從人生自然的要求而產生的東西。在陸機底文賦中，有下面的話：

佇中區以玄覽，頤情志於典墳，遵四時以嘆逝，瞻萬物而思紛，悲落葉於勁秋，喜柔條於芳春，心懍懍以懷霜，志眇眇而臨雲。這便是抒情詩與敘事詩底必然地產生的原因。在鍾嶸底詩品序中，也有下面的話：

氣之動物，物之感人，故搖蕩性情，形諸舞詠。

歌舞音樂，是如此地產生的。這些，雖則都是想闡明文藝底發生的，但是都沒有說明爲什麽如此的根元。這由於劉舍人底文心雕龍，沒有遺憾地說明了。其開卷第一章，叫原道，說文藝是與天地一同發生的。爲什麽呢？因爲天地自然都是文。這與說宇宙都是律士姆的一樣。日月星辰山川草木，人類是不消說，一切的森羅萬象，都不待畫工與錦匠，是很好的藝術。天地自然這無心的東西既已是文卽藝術的，那末，具有心的人類，不會不是藝術的。這麽看來，易底八卦與洪範九疇，固然是自然所產生的藝術；所謂金聲玉振的孔子底六經，也同爲自然所產生的藝術。這不是別的，因爲自然這東西是由藝術成立的。固然，照自然底原狀，不成爲藝術，非"雕琢性情，組織辭令"不可，這是不消說的。而發見自然的藝術，將它發表於天下的，非是玄聖素王卽天才不可。如此的藝術，便是"道。"劉氏底這個論調，是如何地大胆呀；其暗示，已在禮記底樂記禮運等之中，將禮、樂等看作文，這是其着眼底非凡點；實際上給文學以形而上的根據，又以形而上的道爲文，這是顯示他底精通於經學及文學。

第二章徵聖以下，是說明天才卽聖人底發見藝術，製作藝術的。就是，創作者爲聖人，模倣者爲賢人，但都是"陶鑄性情，"在文辭中看到自然的藝術的；孔子之稱堯舜與文武底盛德，及對於子產之文辭及宋之置折組（俱見左傳）的褒揚，這是孔子係藝術發見者底證據。因而，由於其手製的春秋，"繁略殊形，隱顯異術，抑引隨時，變通會適，"都是藝術的。至於其他易、詩、書、禮諸經，都"根柢槃深，枝葉峻茂，辭約而旨豐，事近而喩遠，"都沒有不成爲藝術之模範的。所以，如以六經作爲文章底根柢，那末，可以得到六種的特長。即："一則情深而不詭，二則風清而不雜，三則事信而不誕，四則義直而不回，五則體約而不蕪，六則文麗而不淫。"如此，藝術固然是最高的東西，即令立即將它在實行上顯現出來，也沒錯誤，又絕大的行爲，也是由於如此的藝術才能傳於不朽的；（宗經）劉氏底上述的說頭，從近代的藝術——促進人類底空想的想像力，訴諸人類底情緒，超越現世，使人類遊於藝術境中的近代的藝術——上來看，以爲藝術味很淡薄，因而懷疑眞正的文學的價值底存在，非難它只是被限制了的階級底文學；但是我，對於這非難，不能完全贊同。但當然也有一分的道理。這是對於下列的謬見的反抗：歷來的駢文家與古文家，忘却了文藝是自然底產物，徒墨守古法，以其杓子定規爲文章底唯一的形式，蔑視那由於時勢底變遷而發生的人類底藝術的趣味之變化，只在被限制了的情性中來鎔鑄人類這麼的謬見。這是有道理的反抗，但這不一定是古文及駢文卽以六經爲根抵的文學之罪，這是誤解它的人底罪。立卽訴諸人類底空想的想像力，使人類對現實遊離的所謂小說與傳奇，也是文學；又使逍遙於不離實行的理想境中的漢魏六朝底詩文，也有作爲藝術而存在的價值。而且，其兩者底區別，不是絕對的東西；又卽令使人類對現實遊離的小說與傳奇，更嚴密地來穿鑿的話，眞正超越了現實的空想的世界，决不是能夠掀動人類底情緒的東西。因爲，大多是，隱蔽着某一面的現實而描寫了某一面的現實的，只是空想境或藝術境。因而，如其不伴以智力，便將它在實行中來顯現，是很危險的。如其如此，藝術似的藝術，是不能成就的吧。中國文學，在這一點上，很是安全，先秦漢魏六朝底文學等，大多是，卽令實行了它也是不妨地成就了的，而且這是極度的自然，是道，不是這個是不行的。所以劉舍人評屈原底離騷，說其體裁比經書更自由，比戰國文士更上品。（辨騷）評詩經三百篇，說是人類底七情，自然地流露的，又"義歸無邪。"（明詩）論漢代樂府的時候，說，"夫樂本心術，故響浹肌髓，先王愼焉，務塞淫濫。"這，可以知道，其將如何的東西看作文藝。就是，人類底感情，自然地流露的，是文學，而且非是不陷於邪經中的東西不可。古詩十九首，"直而不野；"建安諸士之文，"慷慨以任氣，磊落以使才，造懷指事，不求纖密之巧，驅辭逐貌，唯取昭晰之能。"（明詩）就是，不論什麼時候，都製作三百篇那麼的詩和離騷那麼的東西的，不是文學；漢是漢，魏是魏，各產生其有特色的文學：這是又在時序中敍述的。就是，文學非與時代一同變遷不可，這是因爲，由於人生自然的要求產生的。所以，在堯舜底太平無事（傳說的）的時代，會產生那麼的歌；在禹湯文武的時候，會產生那麼的文章；在戰國底權變時代，會產生韓非底說難五蠹那麼的苦肉的文章，與蘇秦張儀底那麼的變詐百出的文章。在晉代，淸談流行，產生了老莊的文學；在宋，謝靈運好山水，詠其淸賞，其文學也流行。這由劉氏來說，是詩人感物而作，所以也是發見自然的藝術。這樣看來，不論怎樣的文藝，在中國文學中，沒有不包容的，沒有說特殊的文學的必要。感到人情事變來描寫它，便把這叫作小說或俗文學來卑視，這確是僻見，不能不說是眞正並不了解文學這東西的人。所以，過貶六朝文學，以爲粗糙的散文才是文學，"不入調"的詩才是眞正的詩。這都是從祇以古爲貴這偏見發生的謬想。總之，各體的文學，其技巧及形式底發達，沒有能夠超越六朝的；唐以後的文學，不論詩或文，都只是使六朝人底某一體發達了的東西。試問，能夠匹敵文選中的諸賦的，唐以後的人能成就一篇嗎？因此，可以問，在批評其文的眼識上，能有出於六朝人——尤其是劉舍人之上的人嗎？

總之，劉舍人底卓見，在於六經皆文這一點上。這從反面來講，便成了凡文皆經；但這如在論理上也不允許的，那麽，只是一切的文章都有從六經的着眼上來判斷的必要。但所謂六經，因爲網羅天地間一切的道理的是經，所以如其有違反其道理的事，當然不能叫作經。同樣地，如其已成爲經的東西，是由人生自然的要求的成的道理，那末，卽令不記載在經書中的事，只要有與它相當的道理，也可以看作經。這是我們一流的經說；從這一點來看，不論六經，不論十三經，其記事底有無，不成爲問題。但其標準如何？發見其標準，這也是不好好地研究了六經，是不可能的事；如其在六經中不能發見其標準，便不能不藉傳注。但是所謂傳注，自仲尼歿，七十子死，其精微要妙的道理能傳述與否，還不能證明。卽令能夠傳述，也不能說沒有或者粗略而不精微，或者迂闊而不襯貼的場合。或者也有墮於理而不得情之眞，礙於形而不事之實的事吧。這往往使人發生經學很疎於人性，又很窮窘的感想，又使人誤解這是經學底特色，應盡人情義理的經學反被看作無用的長物，不終於發生了陷於與孔子重藝術的相反的結果中這麼的缺點嗎。這　便不能不借那雕琢性情，體物而貌其眞的六朝文士，尤其是解說其關係的當時的文藝評論家底力。例如，讀文選中諸賦，當接觸其絢爛的風物的時候，便感到是某種意義上的鮮活的道的文章；讀玉台新詠中諸詩，感到是詩經以外的可愛的，比詩經更明瞭的一種的美麗的詩，這不一定與"詩"相衝突的，實是相映而成的。尤其是，讀陸機文賦，劉勰底文心雕龍，鍾嶸底詩品等，比諸在經書中所見、更鮮明地感到孔子底所謂文即道。看了唐代以後的詩話和文話，决不能發生這麼的感覺。這可不是因爲六朝文人將經書也作爲藝術，作爲養育其文思的根柢這一點上，很能咀嚼或體會到其微妙的地步嗎？唐代韓愈等，雖則也很研究了六經，但試看其原道，只是仁義道德的定名虛位及士農工賈君臣父子等極其粗笨而且平凡的鄉間村長底訓示那麼的東西，孔子底所謂文及游於藝等優美的感覺，可不是絲毫不會顯現嗎。本來，孔子說文質彬彬，是尊重文（即形式）與質（即內容）都完備的；發生了六朝文士底文藝，可不是只有文而無質嗎的非難，可不是有所謂李白底"綺麗不足重"的缺點嗎的論調。當然，注重文章底技巧的結果，徒競形容底新奇，諧調底清新，便不免內容底貧弱的文藝，尤其是在當時，似乎不少，這是事實。但是，作爲文藝，養育耳障，目障的美（即感覺與情緒），也負着重的任務，因爲六藝中的詩與樂正可以說因此而產生的，所以這也不能大事非難。關於這幾點，當時的批評家，也已論及，毋待後人底指摘。

總之，將六藝也當作文章的，當時的人底思想，對於六藝感覺到寬裕而又優游涵泳的情味，打破那歷來曲學阿世的學者的，或將申韓底刑名法術附會到禮上去以諛媚君主，因而將經書等也那麼地解釋，甚至於說直接無益於世道人心的，即凡不是教訓的東西便非文藝的謬見，確實有餘。如其眞正是由藝術的良心產生的所謂人性自然的感情底流露的東西，那麼，說有害於世道人心，是不可能的事。所謂有害或無害於世道人心，這也是程度問題；在六藝經傳中，從現在來看，很多有害於世道人心的。例如，易中，有着對於某國家是不適宜的事情；詩經中鄭衞二風是固然，此外也很多不對的地方；禮記中的某篇孟子等，尤其如此；更進一步，所謂先王的殷湯、周武，從某一方面來看，也有可疑的地方。但誰也不說因爲有這些地方，便將它都來排斥的。詩經等，除了大雅及頌，如其讀其詩底文句底原狀，沒有教訓的地方。詩經底詩人，恐怕自始便不打算教訓而製作的罷。就是，對於六經及文藝的態度，劉舍人底思想，最爲穩當。

本文作者本田成之，是日本底一位研究中國"經學"的學者，有中國經學論史，所以他論述文藝批評，時常寫進他底經說去。他這樣地看文藝批評，確是一種很好的觀察法。(當然新興的觀察法，他是談不到)。本文載支那學雜誌二卷六號。中國現在還沒有"文藝批評史"的專書，日本鈴木虎雄中國詩論史可參考。(此書有孫俍工先生譯本，譯該書第一，二兩篇，標爲中國古代文藝論史，北新版。)——譯者附記。

文心雕龍分析之研究

陳冠一

（一）緒言

我國批評文學之專著，首推文心雕龍；雖魏晉間不少論文之作，如曹植典論、陸機文賦、摯虞流別、李充翰林；要爲零篇短簡，未宏巨製，然或作品殘缺，不能切究；或陳義太簡，無用爲論。而敷陳詳覈，引證豐饒，枝葉扶疏，條理畢見者，厥惟文心雕龍也。故劉勰著文心，而整部系統批評文學之作，始著專目。昔黃山谷曰『論文則文心雕龍，論史則史通』。章實齋曰『文心雕龍之於論文，乃專門名家，勒爲成書之初祖矣。文心體大而慮周』。黃叔琳謂：『此書與顏氏家訓，余均有節鈔本。顏書已刻在前，細思此書，難於裁節；上篇備列各體，一篇之中，溯發源，釋名目，評論前製，後標作法，俱不可刪薙者。下篇極論文術，一一鏤心鉥骨而出之，眞不愧雕龍之稱，更未易去取也』。是文心雕龍一書，蓋藝苑之秘寶。劉氏鴻學博雅，評騭尙論，觀其摘錦扶華，包羅羣籍，於凡文章利病，指摘靡遺；綴文之士，苟欲希風前修，未有可舍此而別求津逮者。誠以彥和文心雕龍，爲衡文樞紐，而批評文學，尤具卓識；至其文詞華美，猶餘事也。吾人欲整理國學，探索文學源流，更於此書，三致意焉。

本刊緊要啓事

本刊主編馬一笑君因病辭去編輯職務自第八期起統由退盦啟明二君負責此啟

本刊編輯部啓事

本社因內部改組以致延誤兩期特此聲歉

（二）文心雕龍內容之分析，

文心雕龍一書凡五十篇，分爲上下，前二十五篇爲上篇，則分論文體；其序志篇曰『蓋文心之作也，本乎道，師乎聖，體乎經，酌乎緯，變乎騷，文之樞紐，亦云極矣。若乃論文敘筆，則囿別區分，原始以表末，釋名以章義，選文以定篇，敷理以舉統，上篇以上，綱領明矣。』後二十五篇爲下篇，則乞論原理；序志篇曰『至於割情析采，籠圈條貫，摛性神，圖風勢，苞會通，閱聲字，崇替於時序，褒貶於才略，怊悵於知音，耿介於程器，長懷於序志，以馭群篇，下篇以下，毛目顯矣。』

文心雕龍自第二卷明詩，至第五卷書記，凡二十篇，皆論文之體用者。其分類之總綱，爲『論文敘筆，則囿別區分』。易言之，自明詩至諧讔十篇，所論者爲文；自史傳至書記十篇，所述者爲筆。至文筆之分，其總術篇曰『今之常言，有文有筆，以爲無韻者筆也，有韻者文也。』考文筆之分，起於魏晉，而盛於齊梁。自曹陸諸氏，以至昭明太子，皆右文輕筆；故所取材，所分類，皆限於文而不論筆，惟劉勰文筆竝錄，且爲之囿別區分，此實超衆家，垂千古之卓見，可爲後世楷式者也。其分別細目之道，約有四端：

(1)原始以表末。

(2)釋名以章義。

(3)選文以定篇。

(4)敷理以舉統。

此四者實得分類之要，原始以表末者，考其流變也；釋名以章義者，控名責實也；選文以定篇者，舉例也；敷理以舉統者，明其德業以提綱挈領也。茲以頌贊篇示例，自「昔帝嚳之世」起，至「相繼於時矣」爲原始以表末；「頌者，容也，」一句，爲釋名以章義；「若夫子雲之表充國」以下，爲選文以定篇；「原夫頌爲典雅」以下，爲敷理以舉統；此四綱領之意義也。文心每篇，皆以四綱領分之，誠爲劉氏之卓見，爲後世論文體者所必取法也。學者明此，可按圖索驥，茲爲篇幅所限，無待繁述也。

文心爲篇五十，區分上下，上篇二十五篇下篇祇二十四篇，序志一篇，蓋全書之總序也，故劉氏曰『位理定名，彰乎大易之數，其爲文用，四十九篇而已。』依元本分十卷，卷各五類，共篇五十，惟古人之序皆在後，如史記，漢書，法言，潛夫論之類。古本尚斑斑可考也。

此書命名爲文心雕龍者，其序志篇首段卽論之曰『夫文心者，言爲文之用心也，昔涓子琴心王孫巧心，心哉美矣，故用之焉。古來文章，以雕縟成體，豈取騶奭之群言雕龍也』。故取名文心雕龍焉。

(三)文心雕龍作者之原因

劉氏作文心雕龍之原因，可由南史劉勰本傳及梁書劉勰傳，約略看出；茲就其原書，及當時文學界之情況，可分三端述之：

(1)爲樹德建言：

『夫宇宙綿邈，黎獻紛雜，拔萃出

半月紀聞

十月三十日大公報社評『于主席適從何來』一文述今日言論界之苦痛，其末有云：『報界爲國家利益，無不可以勉事忍受。如長此魁柄下移，苛細酷虐，等於鈍刀割肉，則尚不如將報業收歸國營，對記者一律編遣，轉爲直截了當也。』

據海關統計本年九個月，輸入總額爲七萬九千五百十一萬餘元，輸出總額爲三萬九千九百二十萬餘元，入超共爲三萬九千五百九十萬餘元。今後三個月每月入超姑以三千萬元估計，則本年入類，智識而已。歲月飄忽，性靈不居，騰聲飛實，制作而已。夫有肖貌天地，稟性五才，擬耳目於日月，方聲氣乎風雷，其超出萬物，亦已靈矣。形同草木之脆，名踰金石之堅，是以君子處世，樹德建言，豈好辯哉？不得已也！』（序老篇）

（2）對歷代批評家之不滿：

詳觀近代之論文者多矣，至於魏文述典，陳思序書，應瑒文論，陸機文賦，仲洽流別，宏範翰林，各照隅隙，鮮觀衢路，或臧否當世之才，或銓品前修之文，或汎舉雅俗之旨，或撮題篇章之意；魏典密而不周，陳書辯而無當，應論華而疏略，陸賦巧而碎亂，流別精而少功，翰林淺而寡要；又君山公幹之徒，吉甫士龍之輩，汎議文意，往往間出，並未能振葉以尋根，觀瀾而溯源，不述先哲之誥，無益後生之慮。（序志）

（3）對當時文風之不滿：

南齊書文苑傳論曰：『啓心閑繹，托辭華曠，雖存巧綺，終致迂迴，宜登公宴，未為準的。而疏慢闡緩，膏肓之病；典正可采，酷不入情……緝事比類、非對不發；博物可嘉，職拘制……；』

超常在五萬萬元左右。

大公報載：『川北剿匪軍事，劉從雲以一野道而身肩前方軍事委員長，曾率領其直屬部隊，（模範師），赴順慶督師。據謂其行軍日期及所發佈之命令，均神氣十足，未署値日仙師符號。所領神兵，每人頭上有鷄毛一撮，貼於皮上，口中唸動眞言，槍砲即不得進，惟自作戰以來，完全不靈，致無進展。劉從雲無法，遂飛回成都，通電解除軍職。川北人民對劉態度極惡，有歌謠一首，錄之如下：點將又登台，神仙笑顏開，飄然到順慶，拿出鬼令牌，神兵搬不動，關公又不來，萬源一月攻不下，駕起飛機跑，口喊怎下台。』

隋書李諤傳諤上書曰：『江左齊梁，其弊彌甚，……逐復遺理存異，尋虛逐微，競一韻之奇，爭一字之巧，連篇累牘，不出月露之形；積案盈箱，惟是風雲之狀。』李諤之祭韓侍郎文：『建武以還，文卑質喪，氣萎體敗，剽剝不讓，儷花鬥葉，顛倒相尚。』

柳子厚與友人論文書：『為文之士，亦多漁獵前作，戕賊文史，抉其意，抽其華，置齒牙間，遇事蠭起，金聲玉耀，誑聾聾之人，徼一時之聲。雖終淪棄，而其奪朱亂雅，為害已甚。』

由上數段，可知六朝綺靡之風，競一韻之奇，爭一字之巧，儷花鬥葉，顛倒相尚，文人互相仿效，轉為穿鑿，以形成文運之衰頹；劉氏矯之，故曰『去聖久遠，文體解散，辭人愛奇，言貴浮詭，飾羽尚畫，文繡鞶帨，離本彌甚，將遂訛濫。』（序志篇）

由上觀之，可知劉勰之作文心雕龍，一由於樹德建言，二對於歷代文人批評之不滿，三對於當時文風之不滿，而思有以矯正之，劉氏之作文心，基此數因；惟劉知幾曰『詞人屬文，其體非一，譬甘辛殊味，丹素異彩，後來祖述，識昧圓通，家有詆訶，人相掎摭，故劉勰文心生焉。』而劉知幾以為劉勰之著文心，而在乎情圓通之批評，非定論也。

（未完）

文心雕龍分析之研究（續）

陳冠一

（四）劉勰之文學觀

劉勰博通曲墳，學識淵宏；惟當時文學作風，專尚雕琢，劉氏欲矯此弊，乃著文心雕龍，五十篇；原道以下二十五篇，論文學之體製及變遷，下篇二十四篇，論修辭之原理及方法。劉氏之生平，及其著書之原因，梁書劉勰傳，及南史本傳皆略言之。余就其原書篇，知其著書之原因，約分三端，前已述之，惟劉氏身當齊梁文學蔚興之際，對於當時文風，頗多譏評，雖書中未具專篇討論，但各篇論文章流別，或泛論修辭及文章工拙，無不發揮對於當時作風之不滿，而致力批評之。茲將劉氏對於文學之見解，分述於下：

（1）主自然文學

齊梁文翰，侈言用事，學者浸以成俗，轉爲穿鑿；齊書文苑傳謂『緝比事類，非對不發；博物可嘉，職成拘制』鍾嶸所以病文章『殆同書鈔』也。劉氏矯之，首明自然。

原道篇曰：『心生而言立，言立而文明，自然之道也，』

明詩篇曰：『人稟七情，應物斯感，感物吟志，莫非自然，』

情采篇曰：『夫鉛黛所以飾容，而盼倩生於淑姿；文采所以飾言，而辯麗本於情性，故情者文之經，辭者理之緯：經正而後緯成，理定而後辭暢，此立文之本源也』。

（2）主寫實文學

六朝文學，日趨綺麗，蕭子顯謂『典正可采，酷不入情』，華縻之習，盛極一時，劉氏矯之，則重寫實。

情采篇曰：『詩人篇什，爲情而造文；辭人賦頌；爲文而造情；何以明其然？蓋風雅之興，志思蓄憤，而吟咏情性，以諷其上；此爲情而造文也。諸子之徒，心非鬱陶，苟馳夸飾，鬻聲釣世；此爲文而造情也。故爲情者，要約而寫眞；爲文者，淫麗而煩濫。』

物色篇曰：『窺情風景之上，鑽貌草木之中，吟咏所發，志惟深遠，，體物爲妙，功在密附；故巧言切狀，如印之印泥，不加雕削，而曲寫毫芥；故能瞻言而見貌，即字而知時，』

（3）主創造文學

六朝文學，喜用典隸事，文貴形似，千篇一律；南齊書文苑傳謂『全借古語，用伸今情，崎嶇牽引，直爲偶說，』劉氏爲矯正當時剽竊因襲之作風，故主創造之文學。

通變篇曰：『夫靑生於藍，絳生於

蒨，雖踰本色，不能復化，桓君山云：『予見新進麗文，美而無採，及見劉揚言詞，常輒有得。』此其驗也。故練青濯絳，必歸藍蒨。』物色篇曰：『然物有恆姿，而思無定檢，或率爾造極，或精思愈疏，且詩騷所標，並據要害，故後進銳筆，怯於爭鋒，莫不因方以借巧，即勢以會奇，善於適要，則雖舊彌新矣，……古來辭人，異代接武，莫不參伍以相變，因革以爲功』。

劉氏爲矯正當時雕琢淫濫之作風，而倡以自然文學，矯正當時無病呻吟之作風，而主寫實之抒情文學，爲矯正當時劉氏因襲之作風，而提倡創造文學。此三大端，爲劉氏作文心雕龍之基本觀念，然劉氏對於文學定義，與章太炎氏之文學定義：同爲廣義；但章氏竟謂其『不知無句讀文，』實非定論，蓋劉氏在書記篇將譜籍，簿錄，方術；占試，俱歸納之，不可謂之不知無句讀文也。

劉氏之文學範圍，納經史子集，百家九流，混合而談，惟劉氏生於文筆分劉之代，而仍混文筆爲一談，形成廣泛之文學定義，至劉氏在總術篇文筆之言，亦屬無謂之談，純以己意，難得肯綮，劉氏徵聖宗經兩篇，爲其文學正本歸原論，尊六經薄騷爲文章之本，不當以體論，故曰『體乎經，酌乎緯，變乎騷，文之樞紐，亦云極矣』然劉氏之批評精神，究屬偉大；吾輩後生，正不敢輕責於先哲也，

（五）劉氏之批評觀

劉氏之文學批評，甚爲正確；蓋我國之文學家，喜談自得，以爲世俗評論，不可依據，而以自己之見解以爲斷、章實齋之知難，即此例也。劉氏建設自己之批評觀，幷述及歷來批評家之不當，茲述於下：

體性篇曰：『辭理庸儁，莫能翻其才；風趣剛柔，寧或改其氣；事業深淺，未聞乖其學，體式雅鄭，鮮

新樂府

——燕——塵——

緝盜行

客自中原來，言縣令緝盜，十九喜及良民，遂有盜如梳官如篦之謠，爲賦緝盜行：

江干夜蟠盜如麻、
爲報邑令令咨嗟；
我是守土我應捕，
逾期敢觸上官怒。
勤役連月四週巡，
不詰眞盜詰良民；
良民有酒家有肉，
醉飽得錢囊橐足。
吁嗟乎——
前門拒虎後進狼，
白晝擾嚷不可當，
眼見幾家泣路旁？

有是其智，各師成心，其異如面』。

知音篇曰：『夫綴文者，情動而辭發，觀文者，披文以入情；沿波討源，雖幽必顯，世遠莫見其面，覘文輒見其心，豈成篇之足深？患識照之自淺耳，夫志在山水，琴表其情，況形之筆端，理將焉匿？故心之照理，譬目之照形，目瞭則形無不分，心敏則理無不達。』

劉氏以為文學，既為作者個性之表現，人類之情感則一，故有靈敏眼光，則文學無不了解，而相信文學平通之批評，固可能之事也，茲將其批評之信條臚列於下：

（1）不貴古賤今。

（2）不崇己抑人，

（3）不信偽為真，

（4）去個人之偏見，

（5）須有宏博之學識，

（6）辨別真是非，

（7）貴分析之批評，

一二三各條劉氏謂貴古賤今，為歷來批評家之通病；崇己抑人，是才人之僻性；信偽為真，乃妄人之必然，劉氏在知音篇言之綦詳，茲不贅述，僅就四五六七各條，舉例說明之：

（未完）

中國實業銀行通告

逕啟者本行奉財政部特准發行兌換券準備十足無限制兌現茲為便利起見特委託本市及海甸保定各地代兌處如下

阜華銀號前門大街致泰永銀號打磨廠五大銀號西單牌樓恒興銀號西河沿源聚湧布店東四牌樓祥順成洋貨店新街口平易銀號地安門大街利益公銀號花市大街瑞祥成洋貨店平西海甸聚泰祥銀號保定西大街

文心雕龍之分析

作朋

一、前言

無論是自然科學，或是社會科學，批評學地位之重要，是斷然的不能否認。文學更不能是例外，一個作家僅恃其個人的才能與眼光，終不免是產生一二錯誤。雖然文學立場各有不同，然而秉着公正的態度去批判，對於外家之本身，至少是可供作參攷的。所以批評家是必需的，如航海家的指南針一樣，牠會給你正確的途徑，使你有所遵循。同時，一時代之作風變遷，往往會由一二批評家，改了方向，而產生新的傾向來。

在中國，除去謾罵和標榜，以言批評，則絕沒有其事。固然文人都具有「一藝之成，彼皆有以自得，不能執市人而共喻之」的態度，像韓愈「衆人皆喜則懼」，「大慙大好」，「小慙小好」的情形，誰還敢再下批評。而最要之原因，則在門戶之見太深，各人抱着成見去講話，焉有正確公平的批評家出來。

可是眞有着勇氣和卓見的批評家，終究壓不住。於是在駢儷盛行的齊梁時代，跳出了一位有法有則及抗儁作風的批評家劉彥和。文心雕龍就是他一部專論文學的書，也就是中國惟一批評文學的一部偉大作品。

此書之評價，毋庸多說，有黃叔琳及黃季剛先生之言爲證：

劉舍人文心雕龍一書，蓋藝苑之秘寶也。觀其包羅羣籍，多所折衷，於凡文章利病，扶摘靡遺。綴文之士，苟欲希風前秀，未有可舍此而別求津逮者。

——文心黃序

論文之書，尠有專籍。自桓譚新論，王充論衡，雜論篇章。繼此以降，作者間出。然文或湮闕，有如典論文賦之儕之類。語或簡括，有如典論文賦之儕。其敷陳詳覈，徵證豐多，枝葉扶疏，原流粲然者，惟劉氏文心一書耳。

——文心雕龍札記

二、文心雕龍產生之背景

一部著作之產生，自有其原因在。劉氏之作此書，固然是因當時文學界之太雕琢迷離，但在其他方面，也可找出更多的理由來。

第一，他因爲要成名，要留傳千古，故不得不努力從事著作；在序志篇裏有：

夫宇宙綿邈，黎獻紛雜，拔萃出類，智術而已。歲月飄忽，性靈不居，騰聲飛實，制作而已。夫有肖貌天地，稟性五才，擬耳目于日月，方聲氣乎風雷，其超出萬物，亦已靈矣。形同草木之脆，名踰金石之堅；是以君子處世，樹德建言，豈好辯哉，不得已也。

（未完）

文心雕龍之分析（續）

作朋

可證。第二，他對于歷代批評家均表示不滿，故全翻舊案，著爲新篇，以期得正確之批評。序志篇說：

詳觀近代之論文者多矣。至于魏文述典，陳思序書，應瑒文論，陸機文賦，仲洽流別，宏範翰林，各照隅隙，鮮觀衢路。或臧否當時之才，或銓品前修之文，或汎舉雅俗之旨，或撮題篇章之意。魏典密而不周，陳書辯而無當，應論華而疏略，陸賦巧而碎亂，流別精而少巧，翰林淺而寡要。又君山公幹之徒，吉甫士龍之輩，汎議文意，往往間出。并未能振葉以尋根，觀瀾而索源；不述先哲之誥，無益後生之慮。

歷代批評家已是不能見得到文學之本原，文學之大道。所論者都是隅隙之見，無益後生。再加上當時文壇之病態，更不能不起而大聲疾呼。蓋當時「文卑質表，氣萎體敗，剽剝不讓。儷花鬥葉，顛倒相尚。」(註一)爲文之士，亦多漁獵前作，戕賊文史，扶其意，抽其華，置齒牙間，遇事蠭起，金聲玉耀，誑聾瞽之人，徼一時之聲，雖終淪棄，而其奪朱亂雅，爲害已甚。」(註二)故第三，劉氏主張文學要自然抒寫。

心生而言立，言立而文明，自然之道也。……夫豈外飾，蓋自然耳。

——原道

人稟七情，應物斯感，感物吟志，莫非自然。

——明詩

以文學爲自然情感之流露，絕非雕琢堆砌而成。他不主張爲文而造情，以爲「詩人篇什，爲情而造文；辭人賦頌，爲文而造情。……風雅之興，志思蓄憤，而吟咏情性，以諷其上，此爲情而造文也。諸子之徒，心非鬱陶，苟馳夸飾，鬻聲釣世，此爲文而造情也。故爲情者要約而寫眞；爲文者、麗而煩濫。」(註二)

知劉氏之文心所以產生之原因，然後對於其批評態度，方可了然；同時對于全書，方可加以分析。

三、文心雕龍之文體論

此書上卷二十五篇 除去原道，徵聖，宗經，正緯四篇，是總論以外，其他自辯騷起以下二十一篇，都是分論文體。雖然次序上有些紊亂，然而各篇自有其特點，不因此而涉及其內容。至於分類之繁雜，則是文學定義之廣狹問題，此處不暇討論。

關于文體論，自有其脈絡可尋。今列表以明之。(註四)

——未完——

文心雕龍之分析(續)

作朋

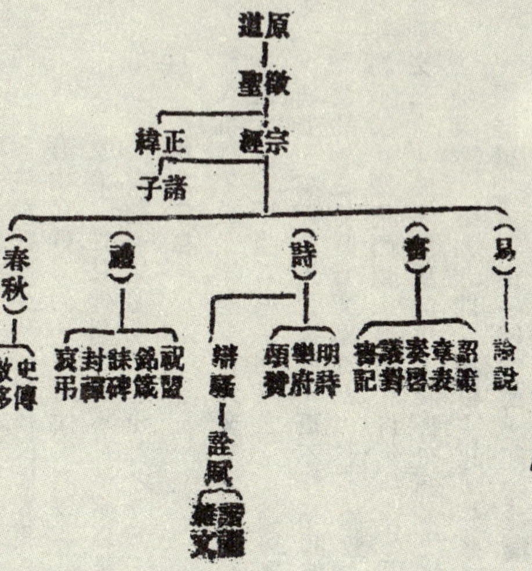

關於諸文體之申述，尤以劉開之論爲最佳：

夫天文炳于日星，聖言孕于河洛，此原道所由作也。指成周爲玉律，以尼山爲金科，此徵聖所由明也。伐薪必于崑鄧，汲水宜從江海，此宗經所由篤也。黃金紫玉，瑞而弗經；綠字黑書，大而非雅；此正緯所由嚴也。奇服以喻行修，芳草以表志潔；忠怨之意，與瀟湘競深；騷宕之懷，雲龍俱遠：未嘗乞幽於山鬼，自能鑒於雲君，此辨騷所由詳也。故明詩以序四時、之嫡友；詮賦以恢六藝之屬國；樂府以古調而點新聲；頌讚以神明而及人物；雜文以廣其波；諧讔以窮其派；諸子以濬其趣；史傳以正其裁；誄碑弔引，沉至而哀往；箴銘論說，莊瞻而切今；于是淵府既充，王言攸重；詔策則溫以雨露；檄移則肅以風霜；封禪則隆以皇王；祝盟則將以天日；章表奏啓，則飛聲於廊廟；議對書記，則騰譽於公卿。分之則千門森夫應章，合之則九面歸乎衡岳。文家之審體，詞人之用心，莫備于是焉。

至其對於每一體裁作法之敍述，尤爲詳細而可取。如論「詩」四言之主雅潤，五言之尚清麗。如論「論」之必義貴圓通，辭忌枝碎。均爲後人論文體者之所準則。今舉其一二，以見一斑：

情以物興，故義必明雅；物以明觀，故詞必巧麗。麗詞雅義，符采相勝；如組織之品朱紫，畫繪之著玄黃；文雖新而有質，色雖糅而有本。此立賦之大體也。——詮賦

哀辭大體，情主于痛傷，而辭窮乎愛惜；幼未成德，故譽止于察惠；弱不勝務，故悼加乎膚色。隱心而結文則事愜，觀文而屬心則體奢。奢體爲辭，則雖麗不哀，必使情往會悲，文來引泣，乃其貴耳。——哀弔

——未完——

文心雕龍之分析(續)

作朋

四、文心雕龍之文法論

此書下卷二十五篇，除時序與才略二篇爲本書之結束，序志一篇爲表明作書之本意而外，其他皆論作文之法者。惟或總或分，或通論全文，或單論字句，而以總術一篇集其成。今仍用范文瀾所製之表以明之：

- 總術
  - 情志
    - 神思—體性—通變
    - 養氣—風骨—定勢
    - 物色
  - 事義
    - 鎔裁
    - 附會
  - 辭采
    - 章句
    - 麗辭
    - 練字
    - 情采—隱秀
      - 事類
      - 比興
      - 夸飾
      - 指瑕
  - 宮商—聲律

關於文法之述作，更當以情采等十餘篇爲最切當。亦卽上列表中之辭采，宮商兩部分爲最重要，今試舉其尤精者約略言之。

其論章句云：

夫裁文匠筆，篇有小大。離章合句，調有緩急。隨變適會，莫見定準。句司數字，待相接以爲用。章總一義，須意窮而成體。

——章句

其於用字，則言之極精：

是以綴字屬篇，必須練擇。一避詭異，二省聯邊，三權重出，四調單複。詭異者，字體瓌怪者也。……聯邊者，半字同文者也。……重出者，同字相犯者也。……單複者，字形肥瘠者也。……

——練字

至其論辭之麗采，凡有四對。所謂「言對爲易，事對爲難，反對爲優，正對爲劣。」之(註五)語，實不可磨滅。再如言據事類義之必博學，但仍「取事貴約，校練務精，據理須覈」(註六)方能運用自如。及其他關於修辭上之種種，均言之甚當，今不多論。

惟其聲律之說，則實本沈約之說：

夫五色相宜，八音協暢……若前有浮聲，則後須切響。一簡之內，音韻盡殊；兩句之中，輕重悉異。妙達此旨，始可言文。(註七)

——未完——

文心雕龍之分析（續）

作朋

所謂浮切，卽平仄之謂。彥和擴張其旨，故其言曰：

凡聲有飛沉，響有雙疊；雙聲隔字而每舛，疊韻雜句而必睽。沉則響發而斷，飛則聲颺不還；並轆轤交往，逆鱗相比。………——聲律

所謂「飛沉」，卽沈氏所謂「浮切」。而再以轆轤逆鱗相比喻者，言聲之平仄相比次而有週率之謂也。

五、尾言

劉氏文心一書，中所論甚多。若細加分析，則決非短時期所能論竟。此篇所論者，僅就文體與文法二方面略加敘述而已，本非有所貢獻；所望者，他人對此能因之而增加研究之興會，使此書益廣大發明，則更幸甚。

（註一）李習之祭韓侍郎文
（註二）柳子厚與友人論文書
（註三）文心情采篇
（註四）范文瀾文心講疏
（註五）文心麗辭篇
（註六）文心事類篇
（註七）沈約謝靈運傳論

——完——

論誇飾

——何爵三——

凡詩文中鋪張誇大，踵事增華，言過其實的現象，便名爲誇飾。但這鋪張誇大的現象，雖嘗爲歷代學者所注意、且著文討論，而各家所用以代表這現象的名詞却很紛岐：漢代王仲任名此爲「增」，梁劉彥和名此爲「誇飾」（劉氏文心雕龍中原作「夸飾」），清汪容甫名此爲「形容」，近人或名此爲「揚厲」，爲「鋪張」，爲「倍寫」，不一而足。英語中普通多用"Exaggeration"或"Overstatement"來表牠，術語則用"Hyperbole"一詞。茲從劉彥和的稱呼，定爲「誇飾」。

誇飾的辭彩之成立，不外兩因：一因作者的情感漲溢，所感到的事物情狀增大，所以表現出來不免超過客觀的事實。二因鋪張誇大的話，比較通常的顯得奇警，易於使讀者留下深刻的印象，把握到其中眞義。莊周有云：『兩喜必多溢美之言，兩惡必多溢惡之言。』論衡語增篇云：「爲言不溢，則美不足稱；爲文不渥，則事不足褒。』這話可作第一原因的解釋。論衡藝增篇云：『俗人好奇，不奇言不用也：故譽人不增其美，則聞者不快其意；毀人不益其惡，則聽者不愜於心。聞一增以爲十，見百益以爲千。』劉彥和云：『夫形而上者謂之道，形而下者謂之器。神道難摹，精（按當作信）言不能追其極；形器易寫，壯辭可得喻其眞。』這話可作爲第二原因的解釋。

鋪張誇飾，有乖事實，但仍不失其爲「眞」，因爲藝術與科學雖殊途，而所探求或表現的還是一個「眞」字，不過藝術所表現的是情感的眞而科學所探求的是智識的眞而已。「力拔山兮氣蓋世」，「邊亭流血成海水」，或「蜀道之難難於上青天」

相送勞勞亭，長江不應滿，是儂淚成許！（華山畿）

〔十七〕一風二日吹倒山，白浪高於瓦官閣。（李白橫江詞）

〔十八〕燕山雪花大如席，片片吹落軒轅臺。（李白詩）

〔十九〕邊亭流血成海水，武皇開邊意未已。（杜甫兵車行）

〔二十〕落筆驚風雨，詩成泣鬼神。（杜甫寄李十二白）

〔廿一〕江流天地外，山色有無中。（王維詩）

〔廿二〕昔韓娥東之齊，匱糧，過雍門，鬻歌假食；既去，而餘音繞梁欐，三日不絕，左右以其人弗去。過逆旅。逆旅人辱之，韓娥因曼聲哀哭；一里老幼，悲愁垂涕相對，三日不食。遽而追之，娥還，復爲曼聲長歌：一里老幼，喜躍忭舞，弗能自禁，忘向之悲也。（列子第五篇湯問）

〔廿三〕明星熒熒，開妝鏡也；綠雲擾擾，梳曉鬟也；渭流漲膩，棄脂水也；煙斜霧橫，焚椒蘭也；雷霆乍驚，宮車過也。（杜牧阿房宮賦）

〔廿四〕（滾繡毬）非是我攙，不是我攬，知道他怎生喚做打參。大踏步，止曉得殺入虎窟龍潭。非是我貪，不是我敢，這些時喫菜饅頭委實口淡，五千人不索炙煿煎燂。腔子裏熱血權消渴，肺腑內生心先解饞，有甚腌臢?!（叨叨令）你們的浮㸃羹，寬片粉，添雜糝，酸黃虀，臭豆腐，眞調淡。我萬觔黑麵從教暗， 我把五千人做一頓饅頭餡。………（王實甫西廂記寺警，惠明唱）

〔廿五〕見他謹依來命，又來回顧影。文魔秀士，風欠酸丁。下工夫把頭顱淨，已滑倒蒼蠅， 光油油耀花人眼睛。（王實甫西廂記請宴，紅娘譏張生的話。）

〔廿六〕小二姐走路似快風，

走到她娘家大門庭。

「爺呀！爺呀！」叫幾聲。

「你怎麽給你閨女尋婆家，
爲什麽一時不打聽？
前心長個大瘡，
後心不住流膿，
一臉黑油麻子，
坑坑窪窪不平，
一頭羅圈禿瘡，
不斷常常哼哼，
前鍋後羅條半腿，
實在不像人形！（現代河南衞輝民歌）

(乙)數量的誇飾：

〔一〕千祿百福，子孫千億。（詩大雅假樂）

〔二〕百姓昭明，協和萬邦。（書堯典）

〔三〕周公一沐三握髮，一飯三吐哺，猶恐失天下之士。（韓詩外傳。按焦循易餘籥錄云：『淮南氾論訓又稱禹一饋而十起，一沐而三握髮，以勞天下之民。然則，吐哺握髮，乃極形其勤耳，非眞有如是事也。金樓子云：「吾於天下亦不賤也，所以一沐三握髮，一食再吐哺者，正以名節未立也。」孝元亦豈眞有此事哉？』）

〔四〕子思居於衞，縕袍無裏，三旬九食。（說苑）

〔五〕臣聞：得全者昌，失全者亡。舜无立錐之地以有天下，禹无十戶之聚以王諸侯。（枚乘上書諫吳王）

〔六〕讀卷文偏訖，詞窮咋索，仡仡扣頭，目淚下落，鼻涕長一尺。（王褒僮約）

〔七〕烹羊宰牛且爲樂，會須一飲三百杯。……五花馬，千金裘，呼兒將出換美酒，與爾同銷萬古愁。（李白將進酒）

〔八〕白髮三千丈，緣愁似個長。(李白秋浦歌)

〔九〕士卒何草草，築城潼關道。大城鐵不如，小城萬丈餘。

(杜甫潼關吏)

〔十〕千呼萬喚始出來，猶抱琵琶半遮面。(白香山琵琶行)

〔土〕睡不着如翻掌，少呵，有一萬聲長吁短嘆，五千遍搗枕搥牀。(王實甫西廂記借廂)

我們日常說話作文，喜用「三」「九」「十」「百」「千」「萬」「千千萬」「十二分」「十二萬萬分」……等字樣，多不是實數，祇極言其數量之多而已。汪容甫的述學中有「釋三九」一文，論此事甚精審。他說：『生人之措辭，凡「一」「二」之所不能盡者，約之以「三」以見其多；「三」之所不能盡者，則約之以「九」以見其極多。此言語之虛數也。實數可稽也，虛數不可執也。易「近利市三倍」，詩「如賈三倍」，論語「焉往而不三黜」，春秋傳「三折肱爲良醫」(楚辭作「九折肱」)，此不必限以三也。論語「季文子三思而後行」，「雌雉……三嗅而作」，孟子「陳仲子食李三咽」，此不可知其爲三也。論語子文三仕三已，史記管仲三仕三見逐於君，三戰三走，田忌三戰三勝，范蠡三致千金，此不必其果爲三也。故知三者虛數也。楚辭「雖九死其猶未悔，」此不能有九也。詩「九十其儀，」史記「若九牛之亡一毛，」又「腸一日而九迴」，此不必限以九也。孫子「善守者藏於九地之下，善攻者動於九天之上」，此不可以言九也。故知九者虛數也。推之十百千萬，固亦如是。』汪氏此種說法，至爲透闢。同樣，「民靡子遺」「絲毫無損」「家徒四壁」「半文錢沒有」，「胸無點墨」，……等語句，都不過極言其數量之少而已，並非實數。

(丙)時間的誇飾：

〔一〕武王克商，未及下車而封黃帝之後於薊，封帝堯之後於祝，封帝舜之後於陳。(禮記樂記篇。按汪容甫解此云：「夫封必於廟，因祭策命，不可於車上行之。此言乎以是爲先務也」。)

〔二〕俛仰生榮華，咄嗟復凋枯。(左思詠史)

〔三〕又不見，高堂明鏡悲白髮，朝如青絲暮成雪。（李白將進酒）

〔四〕（上小樓）我不曾出聲，他連忙答應，早飛去鶯鶯跟前，姐姐呼之，諾諾連聲。秀才們聞道請，似得了將軍令，先是五臟神願隨鞭鐙。（王實甫西廂記請宴）

〔五〕叫一聲請，一齊舉箸，却如風捲殘雪一般，早去了一半。（儒林外史第二回）

又我們日常用「轉瞬之間」「剎那」「彈指三年」「亡可翹足而待」等以形容其快，也是時間的誇飾之例。

有些詩文，全篇都是誇飾的，如古文苑所載的宋玉大言賦小言賦，以及劉伶的酒德頌，李白的蜀道難……便是，文長不備錄。

藝術上「情感的眞」旣與科學上「智識的眞」殊途，所以我們鑑賞文學，遇到有過量誇飾之辭與事實不合的，便應當「以意逆志」，千萬不可斤斤於文字表面上所代表的事實之推敲，致「以辭害意」，失却作者原來的本意。如我們讀李白詩「蜀道之難難於上青天」，便要知道是極言蜀道之險巇艱難，不必吹毛求疵，去追問蜀道之難是否眞難於上青天；華山畿「淚落枕將浮，身沈被流去」，乃極言悲痛之甚，流淚之多，不必眞有那回事。孟子萬章上云：『故說詩者不以文害辭，不以辭害意，以意逆志，是爲得之。如以辭而已矣，雲漢之詩曰：「周餘黎民，靡有孑遺」，信斯言也，是周無黎民也』。這是讀美文應有的智識與態度。漢代的王仲任也早看出此中奧竅，他在論衡藝增篇中云：『世俗所患，患言事增其實，著文垂辭，辭出溢其眞。稱美過其善，進惡沒其罪。何則？俗人好奇，不奇言不用也。故譽人不增其美，則聞者不快其意；毀人不益其惡，則聽者不愜於心。聞一增以爲十，見百益以爲千。蜚流之言，百傳之語，出小人之口，馳閭巷之間，其猶是也。諸子之文，筆墨之疏，人賢所著，妙思所集，宜如其實，猶或增之。儻經藝之文，如其實乎！言審莫過聖人，經藝萬世不易，猶或出溢，增過其實，皆有事爲，不妄亂誤，以少爲多也。』王仲任曾摘出典籍中言過其實的事，一一加以辨證。論衡語增篇所舉「紂力能索鐵伸鈎，撫梁易柱」，「武王伐紂，兵不血刃」

，「紂沈湎於酒，以糟爲丘，以酒爲池，牛飲者三千人，爲長夜之飲，亡其甲子」，「堯舜之儉，茆茨不剪，采椽不斲」，儒增篇所舉「堯舜之德，至優至大，天下太平，一人不刑」「養由基善射，穿一楊葉，百發能百中之」，「秦繆公伐鄭，過晉不假途，晉襄公要擊于崤塞之下，疋馬隻輪無反者」；「高子羔之喪親，泣血三年，未嘗見齒，君子以爲難」，「董仲舒讀春秋，專精一思，志不在他，三年不窺菜園」，藝增篇所舉詩「鶴鳴九臯，聲聞于天」，尙書「祖伊諫紂曰：今我民罔不欲喪」，………等等，都是誇飾之例。不過王仲任務崇實，似不以此種語法爲然，則所見不免褊狹。梁文評大家劉勰(彥和)文心雕龍，體大思精，書中便有「誇飾」一篇，專論此種語法。他以爲『天地以降，豫入聲貌，文辭所被，夸飾恒存。雖詩書雅言，風格訓世，事必宜廣，文亦過焉』，所論至精。清代汪容甫先生也是能了解誇飾辭彩的一人，他在述學中已發揮此意。總之：誇飾雖是『言過其實』，但仍是「眞」。我們對於詩文中誇飾之處，儘可「以意逆志」，不可「以文害辭，以辭害意』。杜甫古柏行「霜皮溜雨四十圍，黛色參天二千尺」，沈括夢溪筆談(卷廿三譏謔門)說他「四十圍乃是徑七尺，無乃太細長乎」？李長吉詩「堯舜至今萬萬年」，「三尺木皮斷文理」，王琦注云：「堯舜至唐元和中未滿三千歲。云萬萬年，趁筆之誤也」，又謂「三尺木皮」句當是「三寸」之誤。這眞是「以辭害意」的笨伯了。

誇飾的辭彩，有三個條件要注意：第一，在强烈的情感之下，我們自然會把情感的對象放大，成了誇飾。所以誇飾的後面，一定要有眞實的强烈的情感，而且是自然流露的。如果沒有情感，爲文而造情，那祇是無謂的矯作的舖張，平常的說謊。漢魏賦家，便間有此種毛病。司馬相如上林賦：「奔星更於閨闥，宛虹拖於楯軒」，「椎蜚廉，弄獬豸……捷鵕鸃，揜明焦」，揚雄甘泉賦：「鬼魅未能自逮兮，半長途而下顚」。這眞是白日見鬼，無端造謠，扯謊！劉勰譏他們「驗理則理無可（原作「不」，誤）驗，窮飾則飾猶未窮矣」，是很中肯的。第二，這類辭彩的運用，最好須使讀者一悟而知是誇飾，以免誤解。如李白的「白髮三千丈」，「黃河之水天上來」，與詩「峻極於天」，「子孫千億」，人們讀了決不會誤認爲事實，而知是誇飾之辭。第三，誇飾不可多用，多用便太虛浮，空誕，使人生厭。

文心雕龍時序篇述義

劉永濟

本篇總論十代文運升降之故，文皆順序，區段分明。然贊有辭采九變之言，詳審篇旨，蓋除宋齊不論外，自上古至兩晉文章風氣，約有九變也。今釋如後：陶唐世質，民謠樸野，及虞廷賡歌，有雍容之美，乃心樂聲泰之文，此一變也。三代之文，由詠功頌德變而爲刺淫譏過，此二變也。戰國諸子朋興，齊楚稱盛，齊尙雄辯，楚富麗辭，皆出從横之詭俗，西漢文變雖多，不外屈宋餘響，此三變也。東漢中興以後，順桓以前，稍改西京之風，漸靡經生之習，由麗辭而爲儒文，此四變也。靈帝以後，學貴墨守，文亦散緩，其時作者，類多淺陋，比之俳優，文章風氣，由盛而衰，此五變也。漢末大亂，民怨沸騰，魏武雄興，志存戡定，文帝纂業，雅好詞華，影響所及，文風亦慷慨而多氣，此六變也。魏明以後，玄言漸盛，慷慨之氣至此稍衰，故篇體輕澹，此七變也。西晉承流，文家苦其輕澹，乃有結藻清英，流韵綺麗之文，此八變也。元帝南渡，君臣晏安，士氣頹廢，加以玄風大扇，故世極迍邅，而辭意夷泰，此九變也。宋齊世近，作者尙多生存，又皆顯貴，故舍人存而不論，非但是非難定，且亦有所避忌也。是以列代雖十，而衡論文變，止及晉世。觀其議論，固已綱舉目張，不可不謂之閎通之士矣。

『故知暐燁之奇意，出乎縱橫之詭俗』二句，深得屈宋文體流變之故，與實齋章氏論戰國文體出於行人辭命之說，可謂曠世同調。屈子主連齊抗秦，與子蘭上官之主合秦者異趣，故遭貶斥，是屈子亦縱橫家也。漢初人士，多習縱橫長短之說，而賦家如賈誼、司馬相如、枚乘、嚴忌、鄒陽之徒，皆有戰代馳說之習。但高祖已厭縱橫，文景務崇清淨，故賈誼抑而鄒枚沉，於是縱橫之士，無所用之，乃折入辭賦。及武帝之世，此風已成，而賦人亦漸爲帝王所重。其間因緣，固甚明白，而舍人二語，已足窺見本源。實齋演之，遂成名論。其詳可參看拙編文學通史論漢代辭賦章中。惟漢初縱橫馳說之士，雖不容於王朝，而其時諸侯如吳、梁、淮南，皆承戰國養士之風。士之習長短善辭賦者，遂乃游食藩封，以資貴顯。故武帝以前，王朝雖辭人勿用，藩國則文彩足觀。本篇於此，付之闕如，似不免於疏闊。

本篇前有『雖世漸百齡，辭人九變』之句，後贊復有『蔚映十代，辭采九變』之文，讀者每易迷罔。前之九變，如以高惠迄成九代釋之，義殊未安。蓋文變不可代論，且按文義求之，亦與九數不符也。是則前之九變，九乃虛數，與『九變之貫』意同，極言西漢文家雖曰多變，要不出屈賦之外也。故下文卽繼以『大氏所歸，祖述楚辭』，不可與贊中九變之辭混同。

本書通變篇，才略篇，皆有都舉歷代文變之詞。通變篇有九代六變之說，九代者，一黃帝，二唐，三虞，四夏，五商，六周，七漢，八魏，九晉也。六變者，一「黃唐淳而質」，二「虞夏質而辨」，三「商周麗而雅」，四「楚漢侈而豔」，五「魏晉淺而綺」，六「宋初訛而新。」數代則依政治歷史爲分限，論變則據文學風尚以區判，與本篇所論，正可參看。才略篇歷舉虞夏商周春秋戰國漢魏晉九代文人之辭令華采以衡論，而篇末又曰「後漢才林可參西京。晉世文苑足儷鄴都。魏時話言，必以元封爲稱首。宋來美談，亦以建安爲口實。」其分畫止四，似與六變九變之旨不合。蓋本篇與通變，論其異，才略則標其同，言各有當也。

復次三篇舉代，皆不數秦。本篇於戰代特標齊楚，才略於列國兼舉李斯，其故有可得而言者。蓋嬴秦力征，享國未久，風會未成，又自商鞅以來，力主法治，無文學之美也。此證以本書他篇可知：詮賦篇曰，「秦世不文，乃有雜賦。」奏啓篇曰，「秦始立奏，而法家少文，觀王綰之奏勳德，辭質而義近，李斯之奏驪山，事略而意逕，政無膏澤，形於篇章。」封禪篇曰，「秦王銘岱，文自李斯，法家辭氣，體乏弘潤。」總觀所論，大氏以法家之辭，質直嚴酷而少之。然李斯諫逐客一書，亦辨麗可觀，比之漢代諸家，允無愧色。舍人不以李氏冠冕秦文者，殆以斯故楚人，漸染楚風，可謂戰國之文，不可謂秦世之文邪？及斯既相秦，政主更新，文章體勢，因亦異於前日，故舍人以之與王綰並論。　他如銘金刻石之文，皆別具嚴峻渾重之氣，則真秦人之文矣。　中書李氏謂『秦相他文，無不詄麗，頌德立石，一變而樸渾，其詞其氣，便欲破除詩書，自作古始。』　此語大足發舍人之餘蘊。　其所謂他文詄麗者，亦指諫逐客一篇耳。　學者合觀比論，則於戰國秦漢文風流變之故，可以通其消息矣。

建安文學論者人多以尚氣目之，皆原本舍人此論。　前釋風骨篇義，已發其凡。　惟風會之興，必有其源，建安文學尚氣之源，亦有可得而言者。　蓋東漢自明章崇儒，（按篇中明帝疊耀句帝乃章字之誤此文稱兩朝故曰疊耀下文肆禮璧堂文帝事也講文虎觀章帝事也）經術久漸，學尚墨守，憚於闡發。　經生之文，類多散緩。　淺人爲之，遂成冗漫。　安和之世，文風已敝，御覽引後漢書陳忠（安帝時人）奏選尚書郎曰，『尚書爲王喉舌，而諸郎多文俗，鮮有雅才，每爲詔文，宣示內外，轉相求請。』　故舍人詔策篇曰，『安和政弛，禮閣鮮才，每爲詔敕，假手外請。』　降及靈帝，雖好辭製，而當時鴻都之士，大氐浮華無實，已不足振藻揚芬。　而依託聲光者，本無才學，虛冒文名，乃出之請託，醜聲四溢。　是以楊球楊賜蔡邕諸君，交相詆斥，指爲妖妄。　此則不特文學衰微之憂，實乃人心澆漓之象也。　加以獻帝末季，天下大亂，民俗偷薄，魏武救之名法，務爲清峻。　而海宇多事，才士皆有慷慨靖亂之心。　言爲心聲，發而不覺。　文舉正平之文已然。　至建安諸子，而風會遂成，故典論論文，直揭宗風，而倡主氣之說。舍人『世積亂離，風衰俗怨，並志深而筆長，故梗概而多氣。』四語，識解甚高，誠溯河窮源之論矣。參以風骨篇之言，知舍人之志，蓋欲以氣質卓轢之文，一救當世靡麗闡緩之弊。特以人微言輕，曲高和寡，不足以振蕩一世豪傑。故雖邀遇休文，亦不過賞其深得文理而已，不足以當起衰之任也。及韓愈氏崛起於唐，倡爲古文，以挽時弊，後世始尊奉之不能外。今觀其持論，頗於主氣之旨相近。而李德裕窮愁志，則更明揭典論主氣之言而發揮之，唐運衰而不絕者，於此可以窺其故矣。荀子有言曰：『亂代之徵，文章匿而采斯著。』曠觀文史，益信斯言。哀時之士，所當留意也。

兩晉文風，約有二源：一者，建安尚氣之變體，二者，正始明道之餘風。而其端則皆見於魏晉禪讓之際，嵇康阮籍其領袖也。嵇志清峻，而辭復壯麗，足矯正始之頹風。阮旨遙深，而文亦豔逸，實接建安之芳軌。然嵇變正始之頹風，猶具建安之健骨，阮接建安之芳軌，卻沿正始之流波。一用逆挽，一爲沿變，此又二子異中之同也。逮晉元康，潘陸特秀。沈休文稱其『律異班賈，體變曹王，縟旨星稠，繁文綺合，綴平臺之逸響，採南皮之高韻。』可知二家之作，固沿建安之流而加以繁縟者也。此舍人所謂『結藻清英，流韵綺靡』之文也。

南渡之初，孫許稱盛。鍾仲偉稱『永嘉時貴黃老，稍尚虛談。於時篇什，理過其辭，淡乎寡味。 爰及江左，微波尙傳，孫綽許詢桓庾諸公，詩皆平典，似道德論，建安風力盡矣。」
沈休文亦謂「在晉中興，玄風獨扇，爲學窮於柱下，博物止乎七篇，馳騁文辭，義殫乎此。自建武暨於義熙，歷載將百，雖比響聯辭，波屬雲委，莫不寄言上哲，託意玄珠。遒麗之辭，無聞焉耳。」 合觀鍾沈之說，可知正始餘波，浸淫甚遠。 孫許在當時，鬱爲文宗，雖亦近沿潘陸之風，實則直紹正始之統。 由是觀之，兩晉文學，各有殊尙。 西晉以放誕爲歸，瀰近嗣宗。江左用名理相尙，微同叔夜。 而其領袖之者，厥惟潘陸孫許四人。 然潘陸之文，流布甚遠，孫許之作，寥若晨星，豈非遒麗之辭無聞乎典之論難好哉！ 劉宋纂統，顏謝騰聲，雖組練之工，則精於太康，曠達之情，猶規乎正始。 舍人以爲「莊老告退，山水方滋，」實乃寄玄思於山水，運人巧出天然。 二派至此，殆已有合流之勢。 故二子聲名，卓犖一世，而後之作者，莫能外焉。 六代文學，由盛轉衰，此其中樞矣。「休文謂「延之俊發，遜謝深密過之。」」 鮑照稱「靈運自然可愛，延年雕績滿眼。」 二家之同異優劣，亦可以槪見矣。

晉宋文家，除上擧六七人外，其矯然出羣者，尙有左思太沖，雖與潘陸同時，而意致高渾。劉琨越石，郭璞景純，雖生永嘉之代，而體氣清剛。 他如蕭子顯南齊書論「仲文玄氣，猶不盡除。 謝混情新，得名未盛。」 休文稱『殷仲文始革孫許之風，謝叔源大變太元之氣。』

亦一時傑出之才也。若舉江左三百年文人而概論之，則唯淵明一人，可謂遺世獨立。論其品格，直將糠粃曹王，追論潘陸。然而以顏光祿之深交，昭明太子之雅好，鍾記室之精識，劉舍人之博聞，或未之得知，或知之未盡。故知文學之事，亦復榮枯有時，特光曜果存，翳蔽終顯。此亦學者所當知者也。

齊梁短祚，文學風尚，略約相同。齊書文學傳論謂當世文家，其源不出三途：一為謝靈運，一為傅咸應璩，一為鮑照。梁簡文與湘東王書「謂時人好效謝康樂，裴鴻臚。」梁書文學傳序謂於時作者，有沈約，江淹，任昉諸人，南史陸厥傳謂永明末盛為文章者，有沈約，謝朓，王融，周顒，世呼永明體。證以舍人所論「儷采百字之偶，爭價一句之奇。」明詩 「體情之製日疎，逐文之篇愈甚。」情采 「厭黷舊式，穿鑿取新。」定勢 「精慮造文，各競新麗，多欲練辭，莫肯研術。」總術 「窺情風景之上，鑽貌草木之中。」物色 諸文，大氐不外致思力於聲音色澤之間，以求勝昔人而已。至論其流弊，則或曰「採濫」或曰「愛奇」或曰「浮詭」或曰「訛變」或曰「習華隨侈」或曰「爭光鬻采」或曰「曲寫毫芥。」合而參之，知爾時作者，非無佳篇，領袖諸人，亦非悉中此弊，特風會之衰，實出西施工顰，遂令東施獻醜。然則舍人諸論，雖未揭舉名氏，而其意固在指斥當時領袖諸賢也。

晉宋之際，作者爲文，漸重聲色之美，於是聯對徵事之功，亦因之增重，且有以此夸洽聞詫流俗者。齊梁之際，此風彌盛。觀鍾仲偉詩品中序，衡論當時文士用事之弊，曰『夫屬詞比事，乃爲通談。若乃經國文符，應資博古，撰德駁奏，宜窮往烈。至乎吟詠情性，亦何貴於用事。「思君如流水」，既是卽目。「高臺多悲風」，亦惟所見。「淸晨登隴首」，羌無故實。「明月照積雪」，詎出經史。觀古今勝語，多非補假，皆由直尋。顏延、謝莊，尤爲繁密。於時化之，故大明、泰始中，文章殆同書抄。近任昉、王元長等，詞不貴奇，競須新事。爾來作者，寖以成俗，遂乃句無虛語，語無虛字，拘攣補衲，蠹文已甚。但自然英旨，罕値其人。文旣失高，則宜加事義，雖謝天才，且表學問，亦一理乎。』記室所評，雖專於詩篇，實通於文筆。蓋天才旣絀，風力已衰，於是不得不以記誦爲之。攷史傳所記，齊梁人士，如姚察、王僧孺等，並稱其多用新事，人所未見。王諶、劉峻等，亦稱當時貴人，多使賓客隸事，以多爲貴。而類書之作，乃盛極一時。如南史劉峻傳云，『安成王秀使撰類苑，凡一百二十卷。武帝卽命諸學士撰筆林，徧略以高之。』杜子偉傳云『與劉陟等抄撰羣書，各爲題目。』庾肩吾傳及陸罩傳云，『簡文撰法寶聯璧，與羣士抄撮區分。』周書庾信傳謂『徐庾父子四人，（徐摛子陵，庾肩吾子信）並爲太子抄撮學士。』是乃記誦不足，又輔之以抄撮之功也。其餘波至於唐初而未絕。今傳歐陽詢令狐德棻等撰之藝文類聚一百卷，虞世南撰之北堂書抄一百七十三卷，徐堅韋述等撰之初學記三十卷，皆其流風。即此一端，亦可以覘其時文人風尚所在矣。

附隋書經籍志及唐書藝文志所載宋齊至唐初各家類書略目如後：

纂要一卷，戴安道撰，亦云顏延之撰。按唐書藝文志甲部小學類有顏延之纂要六卷與詁幼文三卷同列，不知即是附益此書者否也

袖中記二卷，沈約撰。袖中略集一卷，沈約撰。珠叢一卷，沈約撰。

採璧三卷，梁中舍人庾肩吾撰。

以上各書，隋志列之子部雜家，與庾仲容子鈔等爲類，似係雜抄各書，而非按類區分者，猶非真類書之體也。

皇覽一百二十卷，繆卜等撰。梁六百卷。梁又有皇覽一百二十三卷。何承天合皇覽五十卷。徐爰合皇覽目四卷。又有皇覽抄二十卷，梁持進蕭琛抄，亡。按唐志曰何承天幷合皇覽一百二十二卷徐爰合皇覽八十四卷

按清侯康補三國藝文志子雜家類，有皇覽六百八十卷。自注魏文帝命王象繆卜等撰 後又引曹爽傳注引魏略云「桓範與王象等典集皇覽。」又楊俊傳注引魏略云，「王象受詔撰

皇覽。』合四十餘部部有數十篇通合八百餘萬字　又引御覽六百一，引三國典略曰『祖珽等上言，昔魏文帝命韋誕諸人撰著皇覽，包括羣書，區分義別。』　又引史記索隱卷一云『皇覽記先代冢墓之處，宜皇之省覽，故曰皇覽。』　又作按語曰，『御覽禮儀部三十九，引皇覽冢墓記二十餘條，水經注引皇覽十三條，言冢墓者十之九。　冢墓蓋即四十餘部中之一。御覽卷五百九十，又引皇覽記陰謀，疑亦書中篇名也。　論語三省章釋文稱皇覽引魯讀六事，則兼及經義。　此魏文帝紀所謂撰集經傳，隨類相從者，蓋後世類書之濫觴，故無不包矣。』　今按此類書之始也。　梁六百卷者，梁世有所增益也。　梁又有一百二十三卷者，原書卷數外，或加目錄及序也。　何承天合幷爲五十卷，徐爰幷合目四卷，蕭琛選抄爲二十卷，疑皆就原書爲之者也。　唐志所載，何徐二家幷合皇覽卷數增多，或有附益，今不可考矣。

帝王集要三十卷，崔安撰。按唐志有帝王要覽三十卷列入類書類無撰人不知即此否

類苑一百二十卷，梁征虜刑獄參軍劉孝標撰。唐志同　梁七錄八十二卷。

華林遍略六百二十卷，梁綏安令徐僧權等撰。按唐志曰徐勉華林遍略六百卷

要錄六十卷。唐志同此下唐志有檢事書百六卷此無

壽光書苑二百卷，梁尚書左丞劉杳撰。唐志同

科錄七十卷，元暉撰。唐志無

書圖泉海二十卷，陳張式撰。按唐志曰張式書圖泉海七十卷

聖壽堂御覽三百六十卷。按唐志有祖孝徵等修文殿御覽三百六十卷當即此書

長州玉鏡二百三十八卷。按唐志作虞綽等撰唐志此下有諸葛穎元門寶海一百二十卷隋志無

書鈔一百七十四卷。按唐志有虞世南北堂書鈔一百七十三卷

以上各書，隋志列皇覽後，唐志以皇覽以下至戚苑英華，別出爲類書類。隋志書鈔以下爲釋氏譜內典博要等書，皆類集釋典者，今不錄。錄唐志所載唐初各家書於後，以見其流風之遠。

文思博要一千二百卷，目十二卷，高士廉，房元齡等奉詔撰。

瑤山玉彩五百卷，孝敬皇帝令許敬宗孟利貞等撰。

累璧四百卷，又目錄四卷，許敬宗等撰。

東殿新書二百卷，許敬宗李義府奉詔撰。

藝文類聚一百卷，令狐德棻袁朗趙弘智等同修。

北堂書鈔一百七十三卷，虞世南撰。

策府五百八十二卷張太素撰。

武后元覽一百卷。

三教珠英一千三百卷，目十三卷，張昌宗、李嶠、崔湜、閻朝隱等撰。

碧玉芳林四百五十卷，孟利貞撰。

玉藻瓊林一百卷。

筆海十卷，王義方撰。

元宗事類一百三十卷，又初學記三十卷，張說類集要事，以教諸王。徐堅、韋述等分撰。

以上各書，唐志類列，以今存類聚、書鈔、初學記觀之，應皆相同。然東殿新書，志稱自史記至晉書，删其繁辭，則屬史鈔之類。後又有劉秩政典，杜佑通典，蘇冕會要等書，亦與類聚、書鈔不類。大氐分類抄撮古事，取便檢索者，概曰類書，非純爲臨文取給之書也。

蓋此風既成，擴而廣之，爲用亦溥，故後世不廢。至清代欽定之古今圖書集成而大備矣。顧此類之書，求其採撮有法，博而不蕪，精而不漏者，亦不多見，故宏博之士，不之貴焉。

梁陳之間，風尚亦略同。梁自簡文創爲宮體，朝野從流，競學輕靡。降及叔寶，君臣淫荒，無時游燕倡酬，辭尤側豔。江左王氣既衰，文運亦成流蕩。觀其時製，誠之亡國哀思也。南史簡文帝紀稱「帝方頤豐下，須鬢如畫，直髮委地，雙眉翠色，項毛左旋，連錢入背，手執玉如意，不相分辨，盼睞則目光燭人。」夫史述帝王容儀，乃柔麗姣好，如狀妙婦，衡以舍入體性之論，其文辭輕豔，蓋有由矣。隋書文學傳謂「梁自大同之後，雅道淪缺，漸乖典則，爭馳新巧。簡文湘東，啓其淫放。徐陵庾信，分路揚鑣。其意淺而繁，其文匿而采，詞尚輕險，情多哀思。格以延陵之聽，蓋亦亡國之音乎。」又經籍志集部後論曰「梁簡文之在東宮，亦好篇什。清辭麗製，止乎衽席之間，雕琢蔓藻，思極閨闈之內。後生好事，遞相放習，朝野紛紛，號爲宮體。流宕不已，訖於喪亡。陳氏因之，未能全變。」由此觀之，文風之靡，極於大同以後，而始作俑者，厥惟簡文。故侯景責梁武十失，亦有「皇太子吐言止於輕薄，賦詠不出桑中」之語。二語見顧炎武日知錄世風卷厚重條檢梁書侯景傳不見此言 雖出賊臣指斥之詞，抑亦當時之實錄也。惟史論徐庾，尚多未盡。蓋二子雖初漸南土浮靡之風，然自羈留北地，身更亂離，以傷惘之懷，發激越之調，文章體製，已異往時，未可以初製輕險之詞，概其晚年之作也。迄陳運既歇，隋高崛興，北方統一南土。煬帝初政，有志敦古，用北人貞剛之風，易南土浮豔之習，文學風氣，浸浸乎變新矣。雖末季荒淫，國祚不永，其力已足以結六朝之殘局，開李唐之先聲。政治轉變，及於文學，蓋有不期然而然者。論世者合秦隋兩代觀之，似天特設此奇局，爲漢唐擁彗清塵者，然亦可以覘文運升降之所由，非偶爾矣。

怎樣閱讀偉大的文心雕龍

葉霧霓

孫梅四六叢話卷三十一說：

「按士衡文賦一篇，引而不發，旨趣躍如。彥和則探幽索隱，窮形萬狀，五十篇之內，百代之精華備矣。其時，昭明太子纂輯文選，爲詞宗標準。彥和此書，實總括大凡，妙抉其心，二書宜相輔而行者也。自陳隋下及五代，五百年間，作者莫不根柢於此，烏乎盛矣。」

由孫氏這一段言論裏，我們就可以把劉彥和文心雕龍在文學上的價值與重要捉摸出來。其實，昭明太子文選對後來文學上固然影響很大，而在文學批評這個偉大的園地裏，昭明太子比之彥和，實在是望塵莫及。文心雕龍不僅是道出了文學的體裁，更道出了文學的起源；不僅是討論了創作的方法，更討論了創作的基礎；不僅是指示了文學的動向，更指示了文學的意義。這種因水思源的理論，不僅是超過昭明太子的文選，實在也超過中國幾千年來的文學批評界。

這樣一部偉大而重要的書，我們當然不應當輕輕的放過；可是這一部偉大而重要的書，因爲時代與初創的關係，在組織與編著方面，尙有相當的缺陷，這種缺陷，能使初讀的人，感受到一種蕪雜和淆亂，而不能淸醒的，深刻的灌輸在讀者的腦海。本篇就是基於這種條件上去探討怎樣閱讀文心雕龍的方法。

文心雕龍序志篇曾有一段自書的介紹，很値得我們先把牠提一提，今錄於下：

「蓋文心之作也，本乎道，師乎聖，體乎經，酌乎緯，變乎騷，文之樞紐，亦云極矣。若乃論文敘筆，則囿別區分，原始以表末，釋名以彰義，選文以定篇，敷理以舉統，上篇以上，綱領明矣。至於割情析采，籠圈條貫，摛神性，圖風勢，苞會通，閱聲字，崇替於時序，褒貶於才略，怊悵於知音，耿介於程器，長懷序志，以馭羣篇，下篇以下，毛目顯矣。」

這個介紹，對於初讀的人，當然有相當的幫助，但是一個錯綜複雜兼收盡包的偉大著作，絕不是百餘字所可詳盡的介紹出來，更況這種介紹又沒有完全爲了讀者而指示出怎樣閱讀的方法來。所以，我們初讀文心雕龍的人，仍不能不另闢幾個有效的讀法，補充這個缺點。今就所知，分述於下：

一、編目的讀法

文心雕龍的編目，已有相當的進步，較之魏晉宋齊梁陳其他書目，實已高出幾籌；但科學方法應用在學術界的今日，尙有不滿人意之處，不可不重新編目，使讀者更節時省事，而可了解文心雕龍偉大的內容。

我以爲文心雕龍的五十篇目，可分七組：

第一組　自序
第二組　文學總論
第三組　文體論
第四組　修辭論
第五組　創作論
第六組　歷代文學評述
第七組　文人雜論

第一組　自序　自序是表白自己編著意義及指示別人探索門徑的東西，應當列在開宗明義的第一章，文心雕龍的自序是序志篇，原爲書之末篇，既不能使讀者先領受到作者的意義，又不能早得到探索的門徑，今編爲第一組，以便讀本書以前，而可了然其梗概。

第二組　文學總論　文學總論，包括五篇，爲原道，徵聖，宗經，正緯，諸子。「原」，「徵」，「宗」，「正」，都已顯示出道統的意味，這是劉氏未能擺脫的立場。至於文學的起源，文體的淵流，文學的使命，創作的原理，在這幾篇裏，都有一個解釋與認識。所以這幾篇是文心雕龍的文學總論，應當編爲第二組。

第三組　文體論　文體論可包括二十篇，爲辨騷，明詩，樂府，詮賦，封禪，頌讚，祝盟，銘箴，誄碑，哀弔，諧讔，史傳，論說，詔策，檄移，章表，奏啓，議對，書記，雜文。除前五篇一篇目僅包含一體裁及末一篇總括若干體裁外，其餘都是相近的兩個體裁相連接而爲篇名。由這二十篇裡，可以看到各種體裁的起源，各種體裁的體例，各種體裁的特色，各種體裁的功用。這是文心雕龍的文體論，可列在文學總論以下。

第四組　修辭論　修辭論可包括十五篇，爲總術，神思，鎔裁，練字，章句，麗辭，比興，夸飾，隱秀，聲律，通變，事類，附會，指瑕。總術是修辭論裏的總論，其餘都是修辭論裏的專論，指瑕是指示修辭上的戒條。這是文心雕龍的修辭論，也應該列在文學總論以下。

第五組　創作論　創作論可包括六篇，爲情采，物色，體性，定勢，養氣，風骨。在這六篇裏，已把內容與外形，內情與外物，風格與個性的種種關係及原理，做一個深刻的探討。這是文心雕龍的創作論，也是文心雕龍的批評論，也應列在文學總論以下。

第六組　歷代文學評述　歷代文學評述可包括二篇，一爲時序，一爲才略。時序是評述各個時代的文體，才略是評述各個文家的文學。

第七組　文人雜論　文人雜論可包括二篇，一爲知音，一爲程器。知音是悟恨文人相輕的惡習，程器是指示不護細行的訴病，在文壇上也是很重要的問題，但是，這問題本身僅屬文人個人，不屬文學範圍，故名爲文學雜論。

這種編目的讀法，當然是比按照原目或任意擇目去讀，總該高明許多；但是，文心雕龍是錯綜複雜的，是秉收盡包的，這樣根據排列篇目的讀法，僅可了解牠一部分的內容，而在篇目所沒排列實佔重要意義的，却可很自然的被模糊過去，我們爲補充這個缺陷，就再提出一個讀法來。

二、歸納的讀法

歸納法在學術研究上佔着很重要的位置，已是不可否認的事實。把這個方法應用到閱讀文心雕龍上，更可有顯著的成功；因爲文心雕龍裏有許多的意義，許多的批評，就零星破碎的散亂在各篇內，如果能採用歸納的讀法，把零星破碎的批評和意義列在一起，自可成一個很重要而很有系統的理論。今舉數例以証之：

（一）「圓」字在創作上的重要。

總術云：「自非圓鑒區域，大判條例，豈能控引淸源，制勝文苑哉？」

比興云：「贊曰：詩人比興，觸物圓覽。」

知音云：「夫篇章雜沓，質文交加，知多偏好，人莫圓該。」

知音又云：「故圓照之象，務先博觀。」

鎔裁云：「故能首尾圓合，條貫統序。」

雜文云：「是使義明而詞淨，事圓而音潤。」

封禪云：「然骨掣靡密，辭貫圓通。」

麗辭云：「必理圓事密，聯璧其章。」

體性云：「沿根討葉，思轉自圓。」

論說云：「故其義貴圓通，辭忌枝碎。」

指瑕云：「而慮動難圓，鮮無瑕病。」

明詩云：「然詩有恒裁，思有定位，隨性適分，鮮能通圓。」

這個「圓」字，雖然沒有把牠列在篇目裏，像隱秀一樣，去大講特講，而在修辭上，創作上，却佔着頂重要的位置，却有這末許多篇幅提到牠。然而這個「圓」字，如果我們不應用歸納的讀法，把牠列在一起，就很容易模糊過去。

（二）「中」字在創作上的重要。

封禪云：「歷鑒前作，能執厥中。」

鎔裁云：「情理設位，文采行乎其中：剛柔以立本，變通以趨時。」

才略云：「長廢筆奏，世執剛中。」

附會云：「然後品藻玄黃，摛振金玉，獻可替否，以裁厥中。」

徵聖云：「故知繁略殊形，隱顯異術，抑引隨時，變通會適。」「隨時」與「會適」，都是「中」的意思。

定勢云：「奇正雖反，必兼而俱通，剛柔雖殊，必隨時而適用。」「必兼俱通」，「隨時適用」，皆是「中」的意義。

奏啓云：「是以世人爲文，競於詆訶，吹毛取瑕，次骨爲戾，復似善罵，多失折衷。」「衷」即「中」字。

這個「中」字，在古今，雅俗，文質，繁略，奇正，新舊種種討論內，都隱隱的指示出來。如果我們不去注意，不採用歸納的讀法，把牠列在一起，那也很自然的被忽略過去了。

（三）「訛」與「濫」在創作上的詬病。

序志云：「離本彌甚，遂將訛濫。」

頌贊云：「其褒貶雜居，固末代之訛體也。」

定勢云：「原其爲體，訛勢所變。」

指瑕云：「斯實情訛之所變，文澆之致弊。」

聲律云：「楚辭辭楚，故訛韻實繁。」

通變云：「宋初訛而新，從質及訛，彌近彌澹。」

情采云：「後之作者，採濫忽眞。」

情采又云：「故爲情者，要約而寫眞，爲文者，淫麗而煩濫。」

夸飾云：「自宋玉景差，夸飾始盛，相如憑風，詭濫愈甚。」

風骨云：「周書云，辭尚體要，弗爲好異，盖防文濫也。」

文心雕龍這樣重複的去講「訛」和「濫」，當然這個詬病，在文學的創作上是很普遍而應免除的，在我們閱讀的人是理應深確注意的，這個，又非採用歸納的讀法不可了。

上邊所舉三例，已足証明歸納的讀法的重要。但是，雖然我們於編目的讀法之外，加置歸納的讀法，已夠了解文心雕龍的全部，然而文心雕龍是一部集前開後的書，我們應當對於牠的淵流，牠的影響，也做一番了解，這種工作，不是編目的讀法和歸納的讀法所能勝任，必須另外再開闢一個讀法。

三、比較的讀法

由兩漢魏晉以後，中國文學批評，漸漸的發育起來，司馬相如之論賦家，揚雄桓譚之文章不朽觀，曹丕之典論論文，陸士衡之文賦，　，　之翰林論，虞摯之文章流別論，沈約之聲律論，都是中國文學批評發育的痕跡。直到文心雕龍，才羅括各家，針對時病，融會已見，作成這一部偉大的文學批評的法典。我們如果想明白這部法典的淵源，採用編目的讀法，歸納的讀法，都不能圓滿的達到這個願望，我們只有採取比較的讀法，以滿此願。今舉例於下：

（一）文心雕龍與文賦的比較

文心雕龍神思篇來自文賦之「其始也，皆收視反聽，耽思傍訊，精騖八極，心遊萬仞。」及「罄澄心以凝思，眇衆慮而爲言。」

文心雕龍通變篇及體性篇來自文賦之「體有萬殊，物無一量。及「其爲物也多恣，其爲體也屢遷。」及「因宜適變，曲有微情。」及「苟達變而識次，猶開流以納泉。」及「夫放達遷辭，良多變矣。」

文心雕龍鎔裁篇來自文賦之「苟銓衡之所裁，固應繩而必當。」及「若夫豐約之裁，俯仰之形，因宜適變，曲有微情。」

文心雕龍附會篇來自文賦之「或因枝以振葉，或沿波而討源。」及「理扶質以主幹，文垂條而結繁。」及「如失機而後會，恒操末以續顚。」

文心雕龍總術篇之「夫善奕之文，則術有恒數，按部整伍，以待情會，因時順機，動不失正。」來自文賦之「選義按部，考辭就班。」

文心雕龍物色篇之「或率爾造極，或精思愈疏。」來自文賦之「或竭情而多悔，或率意而寡尤。」及「或操觚以率爾，或含毫而邈然。」

文心雕龍定勢篇之「然密會者，以意新得巧」來自文賦之「其會意也，尙巧。」

文心雕龍隱秀篇之「秀也者，篇中之獨拔者也。」來自文賦之「立片言以居要，乃一篇之警策。」

文心雕龍情采篇之「五色雜而成黼黻，五色比而成韶夏，……」來自文賦之「暨聲音之迭代。若五色之相宜。」

文心雕龍麗辭篇取自文賦之「嘉麗藻之彬彬。」

文心雕龍練字篇來自文賦之「要辭達而理舉，故無取乎冗長。」

（二）文心雕龍與典論論文之比較

文心雕龍養氣篇來自典論論文之「徐幹時有齊氣。」及「孔融體氣高妙。」及「文以氣爲主，氣之淸濁有體，不可力强而致。」

文心雕龍知音篇來自典論論文之「常人貴遠賤近，向聲背實，又患闇於己見，謂己爲賢。」及「文人相輕，自古而然。」

文心雕龍程器篇之「摛文必在緯軍國，負重必在任棟梁。」來自典論論文之「蓋文章經國之大業，不朽之盛事。」

文心雕龍奏啓及議對二篇篇名來自典論論文之「奏議宜雅。」

文心雕龍銘箴及誄碑二篇篇名及其體例，皆來自典論論文之「銘誄尚實。」

文心雕龍奏啓篇之「自漢以來，奏事或稱上疏，儒雅繼踵，殊采可觀。」來自典論論文之「奏議宜雅。」

文心雕龍論說篇之「論也者，彌綸羣言，而研精一理者也。」來自典論論文之「書論宜理。」

以上所舉二例，已可看出文心雕龍的淵源及其彙收幷包的情形，如果我們能採用比較的讀法，更把文心雕龍與其前及其後的各種文學批評的書文，做一個詳盡的比較，那就更可了解牠的淵源及影響了。

以上所提三種讀法，讀者如能採用，總可對文心雕龍有一個深刻的了解，希讀者試用之。

一九三七，一，一四。武昌。

近兩年度

陝西公路建設

咸榆路（咸陽至榆林），長四二零·五公里，二十四年二月通車膚施。

渭蒲路（渭南至蒲城），長六六公里，二十四年二月通車。

渭大路（渭南至大荔），長六十公里，二十四年四月通車。

鳳隴路（鳳翔至隴縣），長一二九公里，二十四年五月通車。

漢寧路（漢中至寧羌），長一五四·七公里，二十五年二月通車。

鳳漢段（鳳翔至漢中），長二九六·八公里，二十五年三月通車。

西荆路（西安至界牌關），長二七七公里，二十五年三月通車。

漢安段（漢中至安康），長一五二公里，二十五年七月通車石泉。

綏宋路（綏德至宋家川），長六三·八公里，二十五年八月通車。

鄜宜路（鄜縣至宜川），長一零八公里，二十五年八月通車。

文筆再辨

郭紹虞

文筆再辨

一　導言

文筆之分起於六朝，而文筆之淆，即始自唐宋。所以六朝文筆之稱，在後世幾莫辨其義。南宋時，陸游老學庵筆記，黃徹䂬溪詩話，均曾加以辨析，然語焉不詳，易啟誤解。到清代，馮班鈍吟雜錄，趙翼陔餘叢攷，郝懿行晉宋書故也均論及，當然比陸黃二氏爲較詳密，然而依舊不能引起問題。其後阮元主學海書院以文筆問諸生於是六朝文筆之說始得以復明於後世。至少，也引起了辨析六朝文筆的問題。現時所知，阮氏揅經室集有文言說及學海堂文筆策問諸文，其子福亦擬有文筆對。當時諸生如劉天惠梁國珍侯康梁光釗等也均有文筆考，載學海堂集中。這些都是辨析文筆重要的著作。自此以後，六朝文筆之分始漸爲世人所熟知。於是繼續辨析此問題者，尙有沈濂宋翔鳳李祖望諸人，沈氏所著見懷小編卷十三，宋氏所著見過庭錄卷十五，李氏所著見鍥不舍齋文集卷三汪孟慈海外墨緣冊子容問，這些雖也有一些精義可採，然都不甚嚴格主文筆之辨。直至淸季劉師培始繼阮氏之說，而加以補充闡發。今左盦集中有廣阮氏文言說，國粹學報中有論文雜記，中國學報中有文說，中古文學史中也有一部分分析文筆詩筆之處。此所以近人稱阮劉爲儀眞文派。自經儀眞文派考證辨析以後，於是當時學術用語所謂文與筆者其義界始漸歸明劃。雖然，阮氏諸人之說，固是比較詳盡，然而猶有未盡之處；固是比較精審，然而也有未當之處。自章太炎文學論略始辨阮元諸人之誤，於是王肇祥文筆說鍾應梅文筆辨也均糾正阮元諸氏之失。我於民國十九年間曾寫文筆與詩筆一文，(載睿湖二期)也曾繼爲辨析足補前賢未發之緒。現在覺其猶有賸義故重行寫定以爲此文。名之曰再辨。

二　辨文筆溯源說

文筆之辨自唐宋以後即已不嚴。阮元諸人發千載之墜緒，而復明六朝文筆之分，這誠是値得注意的事。但因論文筆而遠溯其源，則臆測之見，不免時多傅會。文心雕龍總術篇明謂：「今之常言有文有筆」。又云「別目兩名自近代耳」。據是數語，則知文筆始分之時代，不會很遠，而一切溯源之說，大都不足據了。

其說得最遠的則溯源於孔子。阮元文言說，文韵說，及書文選序後諸文，以易之文言爲千古文章之祖，似已逗露此意。而在梁光釗文筆攷則言之更明。他說：「孔子贊易有文言：其爲言也，比偶而有韵。錯雜而成章，燦然有文，故文之。孔子作春秋，筆則筆；其爲書也，以紀事爲褒貶，振筆直書，故筆之。文筆之分當自此始。」(學海堂集七)此說近於傅會，不免武斷。蓋文言之文不盡韵偶，筆削之義亦異於筆札。孔子之時對於文筆二字，決不會同於六朝時人這樣的用法。

即說得較近一些的也溯源於兩漢。劉天惠文筆考謂西漢以經與子爲蓺，詩賦爲文，東漢三國全是如此。因以此爲文筆分別之始。此說比較近是，但猶未盡，所以鍾應梅文筆辨曾駁其說。然而鍾氏謂「蓺者六蓺，文者書籍」，則其說亦不盡然。詩賦一略與六蓺諸子兵書等略，其性質確有不同，劉氏强分何者爲蓺，何者爲文，固似太泥，而詩賦之與六蓺諸子殊科，則亦値得注意。蓋兩漢有文學文章之分，(說詳後)劉氏所云只足證明詩賦之爲文章，只足證明文章與文學之不同，尙不足證明漢人卽有文筆之分。所以劉氏又說：「漢魏導始，體製未繁，雖奮其斧藻，健於爲文，而苟非史官，無煩載筆；景君之前墓表未傳；仲文以還石誌乃作。載攷晉書蔡謨傳，文筆肇端，自玆以降，厥名用彰矣」。然則文筆之稱也當至晉代而始顯。宋翔鳳過庭錄據元刻文心雕龍「今之常言」，「今」字作「令」，「遂以爲文筆之分，當在東晉之後，所謂「令之常言」者，蓋謂當時功令有此別目也」。我對於宋氏所謂功令之說，雖未必完全贊同，然而稱文筆之分，在東晉之後卻極是。

三　文筆之分源於漢人文學文章之分

阮元諸人知六朝有文筆之分誠是一大發見，惜猶不知漢人有文學文章之分。漢人之學術用語，以文學當學術，故儒術亦得稱文學，史記孝武紀所謂，『上鄉儒術，招賢良，趙綰王臧等以文學爲公卿』是也。掌故亦得稱文學，史記鼂錯傳所謂，『鼂錯以文學爲太常掌故』。又儒林傳所謂，『治禮，次治掌故，（徐廣曰一云次治禮學掌故）以文學禮義爲官』是也，乃至律令軍法章程禮儀等亦得稱爲文學，史記自序所謂『漢興：蕭何次律令，韓信申軍法，張蒼爲章程，叔孫通定禮儀，則文學彬彬稍進』是也。其單用一字者則稱爲「學」，當時所謂「古學」「今學」「慶氏學」等是也。至其稱文章者則同於現代所稱「文學」之義，如史記儒林傳所謂『文章爾雅訓辭深厚』，漢書公孫弘傳贊所謂，『劉向王褒以文章顯』皆是也。其單用一字者則稱爲「文」，此在劉天惠文筆考中已備舉之。

其不稱「文章」或「文」者則稱「文辭」或「辭」。如史記曹相國世家云『擇郡國吏木詘於文辭重厚長者，卽召除爲丞相史』；三王世家云：『封立三王，天子恭讓，羣臣守義，文辭爛然，甚可觀也』；儒林傳云：『時天子方好文詞』；在此數處，其所謂「文辭」，均近於文章之義。又如史記屈原傳云：『屈原既死之後，楚有宋玉唐勒景差之徒者，皆好辭而以賦見稱』。則與漢書揚雄敘傳所謂『淵哉若人實好斯文』者同義。不過言「文章」或「文」，較偏重在性質方面，言「文辭」或「辭」，似較重在形式方面而已。漢人用語除王充論衡所舉「文」或「文章」仍爲廣義以外，大都可作此種解釋。這可以勉强說是文章或文辭，文或辭的一些區別。

明漢時有「文學」與「文章」之分，「學」與「文」之分，則知六朝「文」「筆」之分，不過從漢時所謂「文」或「文章」一語，再加以區分而已。我嘗據論語邢昺疏解「文學」爲「文章博學」之說，以爲周秦時則「文學」一名包括文章博學二義，漢時則分指博學爲「文學」，詩賦爲「文章」，于是始歧而爲二，自謂此亦前人所未發。證以梁元帝金樓子立言篇所謂

「古之學者有二」。正相符合。蓋所謂二者卽一是儒而一是文。一指博學而一指詩賦也。金樓子云：『夫子門徒轉相師受，通聖人之經者謂之儒，屈原宋玉枚乘長卿之徒止於辭賦則謂之文』，據是可知彼所謂「古之學者」云者正是指漢時言，並非指周秦時言。否則在周秦之時，文學一語可以賅括盡之，卽在古之學者也安見有二呢！

但漢人雖有文學文章之分，而所謂文學，旣可以指通其理者，如以儒術爲文學是，也可以指識其事者，如以掌故爲文學是。其所謂文章，又可以指詔書律令，又可以指辭賦，則所謂沈思翰藻與紀事直達者初無分別。所以漢書公孫弘傳贊云『文章則司馬遷相如』。以遷與相如並稱爲能文章，則其無文筆之分可知。（劉天惠文筆考謂『馬遷長於敘事，而傳贊但稱其史才，不得混能文之譽』。此說亦非是）。漢人所謂「文章」正可包括史才而言的。因此，我們可以知道後來文筆之分，卽從漢人文章一語區分出來的。

四　辨文筆之義有前期後期之別

漢書司馬相如敘傳稱「文艷用寡子虛烏有」。而樓護傳引長安號亦有「谷子雲筆札」之語，似乎漢人卽有文筆之稱。但是文筆二字並未連言，則不足明其關係。晉書中便連言了。如蔡謨傳云：『文筆議論有集行於世』；習鑿齒傳云：『以文筆著稱』。文苑張翰傳云：『其文筆數十篇行於世』；曹毗傳云：『所著文筆十五卷傳於世』；袁弘傳云：『桓溫重其文筆專綜書記』；然而此數處雖是連言，猶未對舉則仍不足明其區別。惟文苑成公綏傳謂『所著詩賦雜筆十餘卷行於世』，則似以詩賦爲文，表示與雜筆不同。然晉書畢竟出唐人所撰，凡此諸條，究竟是否仍於晉人著述，或出於唐人竄定，無從孜知。以唐初之時，文筆之稱，猶爲時人所共知也。

至以文筆對舉而復說明其區別者則始於劉宋。南史顏延之傳，『宋文帝問延之諸子才能。延之曰，竣得臣筆，測得臣文』則於文筆二字始分別言之。范曄獄中與甥侄書云：『手筆差易，文不拘韵故也』。則於對舉之外更復述其異點，所以文心雕龍總術篇說：『今之常言有文有筆，以爲無韵者筆也，有韵者文也。』以有韵無韵爲別，蓋卽本此。但這種區別，只重在文筆形式上的不同，猶不足以顯文筆性質上的歧異，故只是文筆區分之前期的見解。

劉勰之撰文心雕龍着手于齊而完成於梁初，故於文筆猶只重在形式的區分。至梁元帝金樓子立言篇所云：『屈原宋玉枚乘長卿之徒止於辭賦，則謂之文。至如不便爲詩如閻纂，善爲章奏如伯松，若此之流汎謂之筆』。又云：『吟咏風謠流連哀思者謂之文。……筆，退則非謂成篇，進則不云取義，神其巧惠，筆端而已。至如文者惟須綺縠紛披，宮徵靡曼，脣吻適會情靈搖蕩』。則便顯與劉勰所云不同。他以情靈搖蕩流連哀思者謂之文，善爲章奏，善緝流略之流謂之筆，則明是着眼在性質上之差異，與所謂有韵無韵者不同了。在金樓子以前雖也有一些見解重在性質的分別，但總沒有說得這般清晰肯定的。又在金樓子中雖猶以吟咏風謠者謂之文，不便爲詩者謂之筆，似仍不免作形式上之區分，但與專在形式上作區分者總是不同，所以此是文筆區分之後期的見解。

由形式以分別文筆比較易知；由性質以分別文筆，比較難定。所以時人所論，往往多重在形式。後世如阮元諸人所言亦往往不免誤解者實在即因仍泥於形式的緣故。

五　辨辭筆

明文筆之義，有前期後期之別，有形式性質之分，則知當時稱名不妨更有辭筆詩筆文史文記諸目。其稱辭筆者，如南史孔珪傳：『與江淹對掌辭筆』，陳書岑之敬傳『博涉文史，雅有辭筆』，此數處均以辭筆並言，蓋與陳書劉師知傳所謂「工文筆」，徐伯陽傳所謂「以文筆稱」諸句同例。漢人稱「文辭」之義同於「文章」，而「辭」的意義亦同於「文」。這在上文已經說過。所以阮福文筆對謂『辭亦文類……繫辭即屬辭，猶世所稱屬文』；因此，「辭筆」之稱，比較重在習慣使用上的意義(說詳下)與上文所云前期後期文筆之別，可謂全無關涉。辭筆之稱，既重在習慣使用上的意義，所以辭筆之「辭」，可以着眼在形式上的分別，以偶語韵文爲辭。阮福云：『繫辭雖是傳體，而韵亦非少。……楚國之稱楚辭，皆有韵』。劉師培中古文學史亦同其說，謂『詞之爲體迥異直言，……六朝之辭亦以偶語韵文爲限』。這都是專指形式上的分別言的。同時，辭筆之辭，也可兼顧到性質上的特點。說文云『辭說也』。(據廣韵引)說者，釋也，故得引申爲篇章之義。又說文云『詞意內而言外也』。所謂意內而言外者，謂意不可見，以言形容其意也。形容其意，則或罕譬妙喩以達之，或鋪采摛文以飾之，所以又有詞章詞藻之義。秦漢以來「辭」「詞」二字混用不別，於是「辭」字也有藻飾之義。故由辭的引申義言，是文章之義，由辭的假借義言則又近彣彰之義。文學之「文」本亦兼有「文」「彣」二義。章太炎文學總略云：『凡文理文字文辭皆稱文，言其采色發揚謂之彣』。則知六朝所謂辭筆云者正與文筆字異義同。因此可知陳書岑之敬傳所謂『博涉文史雅有辭筆』云者，文史與辭筆正是修辭互文易辭之例。由其所讀者而言則稱文史由其所撰著而言則稱辭筆。所以時人言辭筆，當與時人文筆說中之第二義同，不妨兼就文學性質言之。

六　辨詩筆與詩文

六朝於文筆對舉之外，更有以詩筆對舉者，如劉孝綽有「三筆六詩」之語，任昉傳有「任筆沈詩之目」。梁國珍文筆考亦已備舉其例。夫既以詩筆對舉則當然只是有韵無韵的問題，而與文學性質無關。此種分別最易明瞭，故時人所言文筆之分，大率以此爲主。劉勰文心總術篇雖謂『別目兩名自近代耳』似不以文筆區分爲然，然其書分析文章體製，亦隱以有韵無韵爲別。(說見劉師培中古文學史) 則知其序志篇所謂『論文叙筆則囿別區分』者蓋即指此了。

詩筆之分，比較明晰，所以到了唐代雖漸泯文筆之分，而詩筆對舉猶爲時人習用之語。杜甫詩稱「賈筆嚴詩」杜牧詩稱「杜詩韓筆」，這都是比較顯著之例。侯康文筆攷中亦備舉之。因知陸游老學庵筆記所以誤謂『南朝詞人謂文爲筆』者，蓋即以此。

自唐以後，漸泯文筆之分，則以唐人又以詩文對舉之故。詩文對舉則全是形式體製的問題。所以唐人猶間有以詩筆對舉之例，却很少以文筆對舉之語，所以詩筆與詩文之稱，都是着眼在形式的分別。因此六朝既有詩筆之稱，同時更須知六朝也不是沒有詩文的分別蓋詩文之分，孔門即已有之，我於中國文學批評史中謂『孔門論文就典籍之性質言，則分爲詩書二類；就文辭之體裁言則別爲詩文二類』。(頁一二) 故知六朝時分舉詩文也不過沿襲舊稱而已。如魏書宗欽傳所載與高允詩『文以會友，友由知己，詩以明言，言以通理』云云，即以詩文對舉。又如南史沈約傳稱『謝玄暉善爲詩，任彥昇工於筆』，而梁書沈約傳却謂『謝玄暉善爲詩，任彥昇工於文章』，同樣句例而一稱筆一稱文章，一以詩筆對舉，一以詩與文章對舉。則知詩筆之稱也正同後世詩文之稱。因知陸游老學庵筆記謂「南朝詞人謂文爲筆」，若就此例而言並不能謂爲錯誤。乃阮元諸人獨不舉梁書是條爲例，豈亦由不得其解，故避而不舉歟?

七　辨文史與文記

文筆之分始於晉時，文史之稱亦始於晉。潘岳西征賦云『長卿淵雲之文，子長政駿之史』，謂司馬相如(長卿)王褒(子淵)揚雄(子雲)之文，與司馬遷(子長)劉向(子政)劉歆(子駿)之史，是爲文史分言之始。此後魏書宗欽傳所載欽與高允詩亦有『經緯曰文，著述曰史，斟酌九流，錯綜幽旨』之語，又崔光傳述崔鴻建議云『史才如班馬文章如張蔡』，此均文史分言之例。蓋與上文所舉陳書岑之敬傳所謂『博涉文史』相同。案金樓子立言篇云『任彥昇甲部闕如，才長筆翰，善輯流略，遂有龍門之名』，則知文史云者，也正是文筆之義。所以劉天惠文筆攷之論筆謂是『體近乎乙部義托於龍門』。

此外有稱文記者，後漢書文苑葛龔傳云『和帝時以善文記知名，……著文賦碑誄書記十二篇』。其所謂文記。義亦同於文筆。蓋筆有二義，善輯流略者固謂之筆；善爲章奏者，也未嘗不是筆。記有記室書記之義，所以文記之義，也即同於文筆。

八　辨筆與「言」「語」

六朝於文筆之外，別有所謂「言」或「語」。言或語是對筆而言，筆是言與語之文者。言與語則所謂直言之言，論難之語。自阮元文言說，以單行之語爲古人所謂直言之言，論難之語，於是阮福文筆對亦以『直言無文采者爲筆』，劉天惠文筆考亦以筆『爲直言序述之辭』。其以筆爲直言，蓋誤在泥於形式以偶語韵文爲文之故。既以偶語韵文爲文當然不得不以散體直言爲筆。實則筆之與言，正不相同。文心雕龍總術篇引顏延年說云『筆之爲體言之文也。經典則言而非筆，傳記則筆而非言』。此數語定筆與言的分別正極分明。蓋此就筆與「言」言，並非就筆與「文」言。筆雖不必如文之「綺縠紛披宮徵靡曼」，然亦總不同於直言之言與論難之語。所以爲言之文。而劉勰乃非之，以爲『易之文言豈非言文，若筆不言文，不得云經典非筆矣。將以立論，未見其論立也』。實則顏延之所言，是就經典的共相言之；劉勰所言是就一部分的特點言之。二人所言本非同一對象，所以異其論旨。梁國珍文筆考謂『如延年所云是以文爲筆耳』，其說更誤。

現在再就當時史籍之以筆與言對舉者證之。晉書樂廣傳云：『廣善清言，而不長於筆。將讓尹，請潘岳爲表。岳曰，當得君意。廣乃作二百句語述己之志。岳因取次比，便稱名筆。時人咸云，若廣不假岳之筆，岳不取廣之旨，無以成斯美也』。又摯虞傳云『太叔廣樞機清辨，廣談虞不能對退章，廣不能答』。曰談曰語，皆就「言」言的。所謂「因取次比，則所以文其言耳。

九　辨文章與文學

綜上所述，則知除「言」或「語」以外全是文章之事，全在文學的範圍以內。所以我以爲當時稱名，所謂「辭筆」「詩筆」，「文史」「文記」云云，其意義也全同於文筆之對舉。

37●

不過用辭筆文史文記諸名，則雖不忽視文章體製之異點，而更重在文學性質之分別。其意義與近人所謂純文學雜文學之分爲近。這合於文筆之分之後起的含義，其以詩文對舉者則只是文章體製之差異。其意義又與普通所謂韵文非韵文者爲近。這又合於文筆之分之原始的含義。由文學性質言純文學與雜文學均爲文學中的一種，故時人以「文學」爲其共名，而文與筆爲其分名。凡稱辭筆文史文記者同此。金樓子言，「今之學者有四」而文與筆即爲四學中之二種，蓋此二種，即是文學之分名也。由文章體製言，則韵文散文均爲文章之一體，故又以「文」爲其共名。而詩與筆爲其分名。有時，也可仍以文與筆爲其別分名。文心雕龍云『夫文以足言，理兼詩書』，(總術篇)范文瀾講疏謂『文字之用本所以代表言語，有韵之言語爲詩，無韵之言語爲書，筆之於紙者謂之文』。所解極是。據是，可知由文學性質言，或由文章體製言，其意義各不相同如此。

因此我們更須檢討時人對於「文章」「文學」二語之意義。六朝文筆之分源於兩漢文學文章之分，這以前已曾說過，我們更須知六朝文學文章二語之意義，與兩漢又不盡相同。蓋由當時對於文學觀念認識之淸楚，所以更能（1）離文學於學術之外使之不復兼「博學」一義；（2）合文學與文章爲一，使之轉近於「文章」一義。

離文學於學術之外，故「文學」一名之含義始與近人所用者相合。觀宋文帝之立四學，命雷次宗立儒學，何尙之立玄學，何承天立史學，謝玄立文學，其後明帝立總明館亦分儒道文史陰陽爲五部，可知當時文學實能獨成一科，而不復視爲學術之總稱了。

合文學與文章爲一，故不復有兩漢所謂文學文章之分。蓋在當時以「文學」爲文章之事，而以「文章」爲文學的作品。文章文學只是一件事的兩種看法。北史李昶傳云：『文章之事不足流於後世』。此所謂文章之事，即指文學。下文再云：『故所作文筆了無藁草』，此所謂文筆，即是「文章」一共名中的分名。他正因看不起「文學」所以對於所作文章了無藁草。梁書簡文帝紀云：『引納文學之士賞接無倦，恒討論篇籍繼以文章』。此所謂文章，即指文學的作品。所以討論文章必須引納文學之士。合文學與文章而爲一，這又是到六朝纔如此的。

十　辨文筆之含義

我們既說明文筆並爲時人所稱文章之事，所以文筆是文章中之一體，而同時並爲文學中的一種。我們既說明時人之分別文筆有體製性質二義，而當時辭筆文史文記與詩筆詩文諸異稱，也正可看出時人解釋文筆之二義。因此檢討文筆之含義，更應認清文學中之文筆，與文章中之文筆——或者說文學中之文筆與文章中之詩筆。

文學既獨成一科，故就於文學之性質言，自當區爲文筆二種。稽諸當時史籍，其稱「文學」一名，殆無不可兼指此二種者。魏志王粲傳云『始文帝爲五官將，及平原侯植皆好文學，粲與北海徐幹，廣陵陳琳，陳留阮瑀，汝南應瑒，東平劉楨並見友善』。今案此數人所長不盡相同。魏文典論稱『王粲長於辭賦，徐幹亦粲之匹』，其與吳質書又稱『劉楨五言詩之善者，妙絕時人』，知此數人之所長在文。至典論之稱陳琳阮瑀則謂『章表書記今之儁也』。其與吳質書亦云『孔璋章表殊健，元瑜書記翩翩』而曹植與楊德祖書且謂『以孔璋之才不閑於辭賦』，則知此二人所長又在筆而不在文。而魏志對於以上諸人一律稱其「文學」。文帝與平原侯植均以好文學之故而友善此數人則知工文擅筆都是文學中事。魏書祖瑩傳云：『瑩以文學見重，而瑩之筆札，亦無乏天才』，北周書蘇亮傳云：『亮博學好屬文，善章奏，河內常景謂人曰，秦中文學可以抗山東者將此人乎』？是均筆稱文學之證。所以當時不僅能文者稱文學之士，即擅筆者也得稱文學之士。梁書文學劉苞傳稱『高祖即位，引後進文學之士，吳郡陸倕張率並以文藻見知』。而陸倕即以筆馳譽者。據是，可知文與筆都是「文學」一共名中的分名。

文章既指文學之作品，故就文學之體製言也得分爲文筆或詩筆二種。南齊書晉安王子懋傳云『文章，詩筆，乃是佳事』，於詩筆對舉之外再冠以文章二字，蓋即連共名分名而並言之耳。梁書何遜傳云『初遜文章與劉孝綽並見重於世，世謂之何劉。世祖著論論之，云詩多而能者沈約，少而能者謝朓何遜』，前言遜之文章而下文所論却是論他的詩。據是，可知文與筆或詩與筆都是文章體製之分名。

明文學爲文與筆之共名，則知文苑傳中之人物，即所謂文學之士，不妨兼擅文與筆。梁書鮑泉傳「兼有文筆」；周書劉璠傳「兼善文筆」，即是其例。侯康惠氏後漢書補注跋乃謂『六朝以有韵爲文，無韵爲筆。兩漢文章惟詔策章奏等無韵，其密爾自娛者則皆有韵。文苑諸子不與漢廷大事，故文多筆少，蔚宗因以文苑名篇。此眞不免近於曲說。此種錯誤卽由泥於有韵無韵之分，而不知所謂「文」者，可有「文學」「文章」二義也。

明「文」或「文章」爲文與筆或詩與筆之共名，則知文集中之所薈萃，即所謂文章著述，又不妨彙販詩與筆。當時旣孝緒撰七錄，即以文集別爲一類。而時人文集，大率兼包詩筆二體。北史蕭圓肅傳云『撰時人詩筆爲文海四十卷』亦卽其例。因此，可知蕭統文選兼輯詩筆，而劉勰文心亦總論韵散之故。阮元文韵說不明此義，至以句中宮商當之，誤矣。

十一　辨文筆之範圍

如上文所證明只足以說明「文」之爲義有廣有狹。由共名言，則文可賅筆，由分名言，則文與筆對。所以劉師培中古文學史又謂筆不該文，文可該筆。（頁六十三）但此說亦不盡然。黃侃文心雕龍札記已曾說過，事類篇曰：『事美而制於刀筆』，爲通目文翰之辭。銘箴篇『草創鴻筆，先標三準』，爲兼言文筆之辭，頌讚篇『相如屬筆，始讚荊軻』，爲以筆目文之辭。蓋散言有別，通言則文可兼筆　筆亦可兼文。（頁二三五—六）王肇祥文筆說亦言『文筆之名總言則別，散言則筆亦稱文』，因此，我們又應審辨文筆範圍的問題。究竟誰能包括誰？

關於這些，我們更須分別文筆二字在習慣使用上的意義與當時分別的意義。蓋上所論証，全是着眼在當時分別的意義的。至於黃氏所言「通言則文可兼筆，筆亦可兼文」者，實在宜就習慣使用的意義言的。蓋就習慣使用的意義言，所謂「文」，所謂「辭」，所謂「筆」，全無分別。在習慣上所謂「文」「辭」「筆」云者，只是指屬綴文辭而言。所以有時「文筆」之稱，不是兩個對立的單名，而是由兩個單名所成的連語。如晉書所云文筆連舉之處，如習鑿齒以文筆著稱，桓溫重袁弘之文筆諸例都應作如是解釋。又如南史傳亮傳『武帝登庸之始，文筆皆是參軍滕演，北征廣固，悉委長史王誕；自此之後，至於受命表策文詔，皆亮辭也』。此文所謂「文筆」所謂「辭」實是同一意思。北史魏高祖紀『有大文筆馬上口授』魏書溫子昇傳『臺中文筆皆子昇爲之』。隋書李德林傳稱陸卬見其文筆浩浩如長河東注，此所謂文筆也，是泛言其所作文辭。所以宋以後人之稱文筆，也當作如是觀。梁國珍文筆孜謂其襲六朝舊語，恐非是。因爲此種用法，在六朝以前原是如此的。劉師倍謂古云文筆，猶今人所云詩文詩詞，確爲二體，蓋由考之未審，不僅「文筆」如是，卽辭筆之稱亦然，如蔡邕上漢書疏『非臣辭筆所能復陳』；此文所謂「辭筆」，也不得視爲兩個對立之單名。蓋此類「文筆」『辭筆』之稱，義即同於「文辭」。知文辭二字連用之時，並非對舉而言；即知文筆辭筆之稱，也不得定泥於對舉之義。不僅如此，黃徹䂬溪詩話與陸游老學庵筆記並言宋人以詩筆爲詩。即如䂬溪所舉『臨川云閒中用意歸詩筆，靜定安身比泰山。坡云水洗禪心都眼淨，山供詩筆總眉愁』諸例而言，知宋人所謂詩筆也與六朝不同，不能視爲兩個對舉的單名。因知鴻筆之稱，義即同於鴻文鴻辭；，屬筆之義也即同於屬文屬辭。而有時「文」之該「筆」，也正不必是體製性質的關係。如李充翰林論云：『或問曰何如斯可謂之文？答曰孔文擧之書，陸士衡之議，斯可謂之文也』。即就此節所言而論，由性質言，書與議皆是筆；由體製言，書與議也不是有韵之作，然而稱之爲文，蓋此正是就習慣使用的意義而言的。梁元帝謂『古之文筆今之文筆其源又異』者，竊以爲應當着眼在這一點的區分。

十二　辨文筆之體製

於是再就時人分別文筆之意義，一言文筆之體製。阮元諸人泥於形式體製以分別文筆，於是以韵偶爲文而散體爲筆。殊不知由性質言則偶語者亦可以稱筆，而散行者也可以稱文。

阮元既泥於以韵體爲文，於是對於文選之兼輯無韵之文，便不得其解，而强爲之說。如其文韵說謂：『梁時恆言所謂韵者因指韵脚，亦兼謂章句中之音韵，即古人所言之宮羽，今人所言之平仄』，此說便不免有些牽强了。蓋時人所言之韵，正是指韵脚而言。南史陸厥傳謂『將平上去入四聲，以此制韵』，韵的作用，於此可謂說得極爲明晰。王肇祥文筆說亦謂『阮說引通，但非所論於齊梁文筆之分途』正也見到此點。至於章句中之音韵，則時人稱之爲「和」。文心雕龍聲律篇云：『異音相從謂之和，同聲相應謂之韵』。是韵與和顯有區別，不得謂和爲韵。而且阮福所問，是據文心雕龍所云無韵爲筆有韵爲文者而言，假如根據金樓子所云『善爲章奏謂之筆』，而以文選中何以猶多章奏之作爲問，不知阮元更將何辭以對。所以這種錯誤，全由於不知「文」又爲詩筆之共名所致。

不僅如此：文韵說再根據沈約宋書謝靈運傳所謂『宮羽相變低昻舛節』者而以爲『休文此說乃指各文章句之內有音韵宮羽而言，非謂句末之押脚韵也。是以聲韵流變而成四六，亦祇論章句中之平仄，不復於押脚韵也』。於是再進一步斷言『四六乃有韵文之極致，不得謂之爲無韵之文』。於是對於文選所載不押韵脚之文，也正視爲有韵之文了。他這樣曲解六朝有韵爲文之說，所以斷以偶語儷辭爲文。殊不知六朝文筆二字之意義，只指有韵無韵之分，並不是指駢儷散行之別。章炳麟文學總略云：『近世阮元以爲孔子贊易，始著文言，故文以耦儷爲主，又牽引文筆之說以成之。夫有韵爲文，無韵爲筆，是則駢散諸體，一切是筆非文，藉此證成，適足有陷』。據是，也可知阮說之不能成立。不過章氏所論只能駁阮氏之文言說，似尚未見其文韵說。大概阮元文韵說所言亦止以其說之難以成立而適足自陷，於是便以駢文中之奇偶相生，頓挫抑揚，詠歎聲情，爲合乎音韵宮羽，而强指爲有韵之文，而不知又陷於穿鑿附會，流爲遁詞也。

因此時人之所謂「文」，可以指有韵之文，可以指駢儷之文，而同時也可以指散行之文，只須其「事出於沈思」，只須其「情靈搖蕩」便不得不以文目之。文選所載固多駢儷，然如漢武帝詔，班固漢書公孫弘傳贊，非惟無韵，且近散行，不知阮氏又將何以解之。

阮元之論「文」既謬，，故其論「筆」也未當。其最大的錯誤，即在便以散行者爲筆。阮元文韵說云：『今人所便單行之語，極其奥折奔放者，乃古之筆，非古之文也』。梁國珍文筆考亦云『韵語比偶者爲文，單行散體者爲筆』。此說之誤，章炳麟亦已辨之。章氏云：『南史任昉傳，「旣以文才見知，時人云任筆沈詩」。徐陵傳，「國家有大手筆，必命陵草之」，詳此諸證，則「文」即詩賦，「筆」卽公文，乃當時恆語。阮元之徒，猥謂儷語爲文，單語爲筆，任昉與徐陵所作，可云非儷語耶？』今案日本弘法大師文鏡秘府論中之論諸病，每先舉五言詩爲例，次論賦頌，又次及諸手筆，而諸手筆所舉之例，正是全屬儷語，則知章說爲是，而阮元所謂奇偶相生有聲音者，亦爲有韵之文，更爲矛盾自陷了。蓋時人之所謂「筆」，本與駢散無關，故可以兼有駢散二體，其有以駢體爲筆者，此金樓子所謂「善爲章奏」者是；其有以散體爲筆者，則又金樓子所謂「善緝流略」者是。阮元所謂奥折奔放者，只能指後一種，而不足以賅章奏；章炳麟所謂「公文」者，又只能指前一種，而不足以包乙部，大抵手筆之稱，原指公文，漢書樓護傳引長安號所謂「谷子雲筆札」是也；其後則範圍稍廣，始兼賅乙部，隋書經籍志所著錄前漢雜筆十卷，吳晉雜筆九卷之類又是也，此種意義在唐人猶能知之，唐人所稱燕許大手筆者即指公文而言；而唐書蔣偕傳謂其『三世踵修國史，世稱良筆』，則又指史籍而言。故知阮章之說，各有所偏，要均得其一端而已。

因此，可知筆之爲體雖非韵文，但是由性質言，則無分駢散的。文之爲體兼有韵駢散三種，而筆則僅有駢散二種。因知昔人以有韵無韵爲文筆之別，若由這一點意義而言，猶可謂爲愜當。第惜後人太泥於有韵無韵的方面，所以到了唐代，只有詩筆詩文之稱，而無文筆之稱；到了宋以後便只有詩文之稱，並詩筆之稱而無之了。現在我們對於六朝文筆之說得以逐漸考明，不得不歸功於阮元諸人之提示這一個重大問題。宋翔鳳乃謂『文與筆分近在六代，然當時學者已相辨論，不可復揚其波』，以乎也不盡然的。

最後，將上所論證，列爲概括的表式如次：

習慣用法　　六朝所分　　當時異稱

文筆•文辭•辭筆
- 文（文學）
  - 文—吟咏風謠流連哀思　　文）文）辭）
  - 筆
    - 善緝流略
    - 善爲章奏　　（史（記（筆
- 文（文章）
  - 文—有韵（韵駢散）
  - 筆—無韵（駢散）　　（筆詩）（文詩）（筆辭）

史學年報第二卷第二期（總數七期）目錄

本期定價道林紙九角報紙七角

史學年報第二卷第三期（總數八期）目錄

陳君彥文紀念

本期定價道林紙一元報紙七角

（以上兩期悉歸全國各地開明書店代售）

43

劉子理惑

楊明照

劉子五十五篇，隋書經籍志不箸錄，故疑之者衆矣。然皆執一隅之見，而昧通方之觀。夫史氏載筆，易致俄空。班志藝文，不乏其選。則是書之疎闊靡紀，非創見也。且其文詞豐腴，捃摭博贍。屢引於書鈔，北堂書鈔卷二七引愛民篇及適才篇文。卷一二九引適才篇文。卷一二五引兵術篇文。卷一四四引正賞篇文。曾采於帝範。帝範崇文篇，兩用崇學篇文。濊然之輔行記，輔行記第四之三引韜光篇文。第五之一引崇學篇文。武后之臣軌篇，臣軌公正篇，用清神篇文。莫不取資，以宏事類。則是書之原出六朝，信有徵也。況世南書鈔，成諸隋季，晁公武郡齋讀書後志卷二，陳振孫直齋書錄解題卷十四，並云然。是先貞觀修史之年矣。舊唐書令狐德棻傳云：『貞觀三年，太宗復勅秘書監魏徵修隋史。』敦煌寫本，遠在唐前，敦煌寫本劉子殘卷，起韜光第四之後段，訖法術第十四之首行，每行十八九字。卷中理字，淵字，世字，民字，均未闕筆，亦未改書，其出六朝入手可知。又一種字體較小，起審名第十六之末行，訖託附第二十一之前段，每行二十八九字，理世諸字，均已改易，蓋爲唐人所書。（羅振玉校江陰何氏所藏者，與此並異。）並足證是書之非假託。（原本並藏法國巴黎國立圖書館，此據清華圖書館景本。）復蚤袁氏加注之日矣。敦煌寫本並無袁孝政注。則是書之不容矯託，斷可識也。隋志子部，論諸家得失，與是書九流篇說同；以書鈔相證，其勦襲可知。不錄其書，或亦有意焉爾。黃東發乃謂：『雜取九流百家之說，雜預箸子立言之列。』黃氏日鈔卷五十五讀劉子。下同。殊先哲撰述，多識前言。呂氏春秋，淮南鴻烈，亦已乃爾！何病乎此？又謂：『袁孝政釁其五十五篇，取五行生成之數，於義無攷。』夫尙書分篇，誼

114

法列宿；文心定名，數彰大衍。寓意篇章，未爲無例。余雅好是書，聞事疏證，鑿作者之久淆，俾覽者之易辨，爰將前人所致疑者，舉正如次，固非爲劉氏左袒也。至於書名之題署，卷帙之區分，亦附箸焉。

（甲）謂爲劉歆箸者

趙希弁郡齋讀書附志卷五上云：『劉子或曰劉歆之制。』蓋據袁孝政序文也。袁序久亡，直齋書錄解題卷十，載其略曰：『晝傷己不遇，天下陵遲，播遷江表，故作此書。時人莫知，謂爲劉勰。或曰：「劉歆，劉孝標作。」』

按右說純出傅會，徵時不難立知。如傷讒舉第五倫之管婦翁，（傷讒篇云：『第五倫三娶孤女，而世人謂管婦翁。』按此事見後漢書倫本傳及魏志武帝紀。）慎言述劉先主之遺匕筯。（慎言篇云：『魏武漏語於英雄，玄德遺其匕筯。』按此事見蜀志先主傳。）班超樹蹟，興言於激通。（激通篇云：『班超憤而習武，終建西域之蹟。』按此事見後漢書超本傳。通篇塞篇亦用投筆事。）張繡見原，致戒於慎隟。（慎隟篇云：『魏后泄張繡之譬，此洒英達之主，得以深怨而不爲讐也。』按此事見魏志繡本傳。）命相心隱，數引王充之說。（命相篇用論衡命義，命祿，言驗三篇文。心隱篇用論衡講瑞，語增二篇文。）辯樂殊好，並拾阮籍之文。（辯樂殊好二篇，多本阮籍樂論語。）他若荀悅申鑒，（愛民篇用申鑒政體篇文。）仲長昌言，（心隱篇用昌言文。）魏子唐子之書，（適才篇用魏子文。慎隟篇用唐子文。）蔣濟楊泉之論，（正賞篇用萬機論文。賞偽篇用物理論文。）其挹注之迹，皆釐然可攷。（昌言諸佚書，據類書引。）既出西京之後，則非子駿所撰矣。

（乙）謂爲劉孝標箸者

晁公武郡齋讀書志卷十二云：『劉子或以爲劉孝標作。』附志同。蓋亦據孝政序文也。

按南史（卷四十九。）梁書，（卷五十。）俱無明文。而彼此持論，又臭味不同。孝標之辨命，與是書命相（卷五第二十五篇。）徑庭也。孝標之絕交，與是書託附（卷五第十一篇。）胥壞也。果出一人之手，何有首鼠之詞？至其鋪采之縟麗不侔，行文之輕蒨有異，展卷並觀，即易品藻。則孝標之說，亦迎刃而解矣。

(丙)謂爲劉勰箸者

舊唐書經籍志丙部子錄，劉子十卷。注云：『劉勰撰。』新書藝文志，通志藝文畧第四竝同。蓋皆據孝政序文也。

按通事舍人劉勰，史惟載其撰箸文心，不云更有他書。南史卷七十二，梁書卷五十竝有舍人傳。且文心樂府卷二第七篇。稱『有娀謠乎飛燕，始爲北聲。』與是書辯樂卷二第七篇。謂『殷辛作靡靡之樂，始爲北音。』各異其趣，按文心本呂氏春秋音初篇說。劉子則本史記樂書也。又史稱『勰長於佛理，後且出家。』見南史及梁書本傳。而是書末篇，九流。乃歸心道異。道藏本於九流篇先道家，通行本則先儒家。觀其總括之語，藏本實據其本書次第如此，非由後來黃冠所移易也。又是書首卷：清神，防慾，去情，韜光諸篇，近道家言。故白雲霽道藏目錄，收之太玄部無字號中也。立言既已殊科，秉心亦復異僎，非其所箸，不辨可知矣。

(丁)謂爲袁孝政箸者

黃氏日鈔云：『袁孝政謂「劉子名晝字孔昭」，而無傳記可憑。或者袁孝政之自爲者耶？』四庫簡明目錄云：『疑即孝政所僞作，而自爲之注也。』提要說略同。按四庫館臣所疑，皆揚黃氏之波。

按劉子之文，多賫故實。孝政所注，極爲謬悠。孝政注惟道藏本，活字本中尚存，餘皆刪削幾盡。蓋因其不能相副耳。事之出於左氏國語者，時或妄道；文之本於呂子淮南者，竟付闕如。有子惡臥焠掌，崇學篇云：『有子惡臥，自焠其掌。』荀子解蔽文也，按荀子解蔽篇云：『有子惡臥而焠掌。』又桓範世要論云：『有君好臥，讀書倦則焠其掌。』（御覽三百七十及六百十一引）而孝政不知。顏回夜浴整容，慎獨篇云：『顏回不以夜浴改容。』抱朴識惑語也，按抱朴子識惑篇云：『顏生整儀於宵浴。』而孝政弗曉。春山之底，韜光篇云：『丹伏光於春山之底。』不諳所在。按穆天子傳卷一及卷四，屢見春山之文。丹水之戰，兵術篇云：『堯戰丹水。』乃云未聞。按六韜犬韜云：『堯與有苗戰於丹水之浦。』（書鈔十三，御覽六三引）又呂氏春秋召類篇，淮南兵略篇，論衡恢國，儒增二篇，竝有堯戰丹水之文。注尚如斯，文可知矣。且孝政未注之前，諸書徵引已衆。新舊唐書俱無孝政傳，他書亦無論及之者，故其生卒不可攷。然非初唐人，則可肊斷也。敦煌寫本劉子殘卷，竝無注，尤爲塙證。不揣其本，强謂所作，非惟鳩居鵲巢，蔦施松上；亦與師曠將軒轅竝世，公明與方朔同時，等夷其謬矣。

115

綜上四說，既覺非是，究其作者，又將誰屬？今據孝政之序，（見前。）晁氏之志，（郡齋讀書志云：『劉子齊劉晝孔昭撰。』附志同。）直齋書錄，（書錄解題云：『劉子齊劉晝孔昭撰。』）王氏玉海，（玉海卷五十三藝文類云：『劉子北齊劉晝字孔昭撰。』）要以劉晝近是。雖不見諸本傳，尚得觸類以推。北史儒林（卷八十一儒林上。）云：『劉晝字孔昭，渤海阜城人也。求秀才十年不得，發憤撰高才不遇傳。（隋志經籍二，高才不遇傳四卷。注云：『後齊劉晝撰。』唐志同。）孝昭時，詣晉陽上書，終不見收，乃編錄所上之書爲帝道序（隋志不箸錄。）河清中，又箸金箱璧言。（隋志不箸錄。）嘗自謂「博物奇才」，言好矜大。每言「使我數十卷書行世，不易齊景之千駟也。」』按史載諸書，蚤已亡佚。以晝自言『數十卷書』計之，則是書必在其中，於數始足。（高才不遇傳四卷，帝道若干卷，金箱璧言若干卷，六合賦（見本傳）若干卷，再益以劉子十卷，差足云數十卷書。）其證一也。又史稱『自恨不學屬文，方復緝綴辭藻，言甚古拙。』今以是書文筆觀之，誠如所謂『古拙』者。其證二也。援此兩證，定爲晝書，。雖非碻切之據，然亦未爲不根也。

是書稱名：以署劉子者爲當，（新舊唐書，崇文總目，通志等，並題爲劉子。晝鈔，輔行記，御覽，海錄碎事等所引，亦作劉子。道藏本及活字本，並作劉子。）題新論者非古。（自租榮稱新論後，相沿日衆。或有連稱劉子新論者。）至於卷帙區分：雖有『二』『三』之異，（子彙本等，分爲上下二卷。通志，崇文總目，郡齋讀書志，玉海等，題爲三卷。敦煌寫本殘卷，標題已佚，由其斷簡觀之，似不分卷。）『五』『十』之殊。（郡齋讀書附志，書錄解題，題爲五卷。諸子賞奇本同。新舊唐書，題爲十卷。道藏本，活字本，畿輔叢書本等同。）然都爲五十五篇，固無差忒也。

范文瀾文心雕龍注擧正

楊明照

文心雕龍，爲以黃叔琳輯註爲善。然疏漏紕繆，所在多有，宜其晚年悔之也。逮范文瀾氏之注出，益臻詳贍，固後來居上者矣。余雅好舍人書，參稽所至，輒自雌黃，補苴理董，閒有用心。書眉行間，久而彌縫如無閒然，遂錄成編，已三易其藁，前人所已具者，不與焉。至范注未當處，亦嘗爲之擧正。所見所聞，容或各異。今姑彙而刋之，聊申愚管云爾。

草木賁華。原道

范注　陸德明周易音義引『傅氏云，「賁古斑字，文章貌。」』……呂氏春秋愼行論壹行篇高誘注云『賁，色不純也。』皆賁爲文章貌之證。見范注中册第三頁第十四條。

明照按：易序卦傳『賁者，飾也。』說文同。此賁字亦當訓爲飾。若以爲文章貌，則於詞性不合。上文雕色之雕，與此賁華之賁，皆當作動詞解。（一切經音義二引『三蒼云：「雕，飾也。」』文選東京賦『下雕囊於東廂。』薛綜注云『雕，謂有雕飾也。』）書僞湯誥『賁若草木。』孔傳云『賁，飾也。……煥然成飾，若草木同華。』蓋舍人語意所本。

則聖人之情，見乎文辭矣。徵聖

范注　易下繫辭『聖人之情見乎辭。』唐寫本無文字。案文謂文章，辭謂言辭。義有廣狹，似不可删。循繹語氣，亦應有文字。見中册第一四頁第五條

明照按：唐本無文字是也。舍人於上用論語，此用易繫，並無增改。誠以辭卽文辭，一言已足，無須更加文字。且就語勢求之，亦實以無者爲勝。今本蓋傳寫者涉上下文字而衍。范氏既引易繫爲注矣，何以不審至此！卽令原有文字，亦當以文辭連讀成義，不得析分爲二也。原道篇『易曰：「鼓天下之動者存乎辭。」辭之所以能鼓天下者，迺道之文也。』其辭字含義，卽與此同。如范氏說，則亦爲言辭矣，而與下『道之文也』句，得毋舛馳耶？

妙極機神。徵聖

范注　機當作幾。易上繫『唯幾也，故能成天下之務；唯神也，故不疾而速，不行而至。』韓康伯注云「適動微之會曰幾。」見中册第一六頁第十五條

明照按：易繫辭上『夫易所以極深而研幾也。』陸氏音義云『幾，本或作機。』是舍人此從或本作也。研機之幾，或本既作機；則下唯幾之幾，當亦作機也。匪特此爾！論說篇『銳思於機此依明嘉靖本，梅子庚本，何刻漢魏叢書本。黃本已改爲幾矣。神之區。』亦然。孫氏詒讓有言：『彥和用經語，多從別本。』見札迻卷十二徵聖篇『文章昭晳』條下。明乎此，庶可以讀舍人書矣。

故象天地，效鬼神，參物序，制人紀，洞性靈之奧區，極文章之骨髓者也。宗經

范注　禮記禮運『孔子曰「是故夫禮必本於天，殽於地，列於鬼神，達於喪祭射御冠昏朝聘。』此殆彥和說所本。見中册第一九頁第四條

明照按：舍人此文，統論羣經。范氏所引，似有未愜。漢書儒林傳序『古之學者，博學乎六藝之文。六學者，王敎之典籍；先聖所以明天地，正人倫，致至治之成法也。』又匡衡傳『臣聞六經者，聖人所以統天地之心，著善惡之歸，明吉凶之分，通人道之正，使不悖於其本性者也。』並較禮運之文爲當。

夫易惟談天……表裏之異體者也。宗經

范注　陳先生曰『宗經篇「易惟談天」至「表裏之異體者也」二百字，並本王仲宣荆州文學志文。』案仲宣文見藝文類聚三十八，御覽六百八。見中册第二一頁第十五條

明照按：藝文類聚三十八引王粲『荆州文學記官志』無此文，御覽六百七引王粲『荆州文學官志』亦然。御覽引王粲『荆州文學官志』止，止此一見。其六百八所引自『自夫子删述』至『表裏之異體者也』二百餘字，明標爲『文心雕龍』，非『荆州文學官志』也。四部叢刊三編景印本御覽，日本喜多村直寬仿宋本御覽，鮑刻御覽並然。陳氏蓋據嚴輯全後漢文卷九十一。爲言。范氏所注出處，亦係迻錄嚴書。皆未之照耳！又按：淵鑑類函文學部卷一九二及一九三。五引王粲『荆州文學官志』文，皆與舍人此文同。並係增補者。然由其周易門引『夫易惟談天……』三十一字，而標爲『太平御覽王粲「荆州文學官志」』推之，則其誤自張英諸人始。嚴氏蓋過信淵鑑類函之所著錄，遂以御覽六百八引文心之文，爲仲宣『荆州文學官志』，而參於藝文類聚三十八所引者之中耳！藝文類聚所引王粲『荆州學文記官志』，自『有漢荆州牧曰劉君』至『降徵四字』。凡三百二十八字。其文序實似全。若益以舍人此文，實不倫類。原文具在，可覆按也。

故子夏歎書，昭昭若日月之明，離離如星辰之行。宗經

范注　唐寫本明字上有代字，行字上有錯字。荊州文學志無代錯二字。見中册第二三頁第二十一條

明照按：范氏所稱『荊州文學志』，乃據嚴輯全後漢文爲言，前條巳詳之矣。代錯二字，當從唐本補。御覽六百八引此文，卽脫代錯二字，故嚴書無之。韓詩外傳二『子夏對曰「詩之於事也，昭昭乎若日月之光明；燎燎乎如星辰之錯行」』孔叢子論書篇『子夏對曰「書之論事也，昭昭然若日月之代明；離離然若星辰之錯行。」』並可證。尚書大傳略說文，范注巳具，故未贅。韓詩外傳作論詩，趙氏懷玉謂『後人習讀論語，因而妄改。』禮記中庸『辟如四時之錯行，如日月之代明。』亦其旁證。

是仰山而鑄銅，煮海而爲鹽也。宗經

范注　仰唐寫本作卽，是。漢書貨殖傳『卽鐵山鼓鑄。』師古曰『卽就也。』見中册第二六頁第三十五條

明照按：范注明而未融。史記吳王濞傳『孝景帝卽位，錯爲御史大夫，說上曰「今吳王乃益驕溢，卽山鑄錢，煮海水漢書濞傳無水字。爲鹽。」』索隱云『卽者，就也。』漢書顏注同。鼂錯傳語同。此舍人遣詞所本也。

樂盲被律。樂府

范注　詩大序正義引鄭荅張逸云『國史采衆詩時，明其好惡，令瞽矇歌之。其無作主，皆國史主之，令可歌。』周禮瞽矇『掌九德六詩之歌以役大師。』此云樂盲，當指大師瞽矇而言。見中册第一〇六頁第六條

明照按：盲當依唐寫本作胥。玉海一百六引正作胥。梅本校作胥。注云『元作育，許改。』是黃本乃誤爲盲也。黃注可證。周禮春官大司樂『大胥中士四人，小胥下士八人。』禮記王制『小胥，大胥。』鄭注並云『樂官屬也。』尚書大傳略說『胥與就膳。』鄭注亦云『胥，樂官也。』卽其義。范氏乃就黃本誤字爲說耳。又下文有『瞽師務調其器』之文。若此原作樂盲，卽爲指大師瞽矇，何不上下一致邪？

馬融之廣成上林，雅而似賦，何弄文而失質乎？頌讚

范注　上林疑當作東巡。後漢書馬融傳：『……上廣成頌以諷諫。……融上東巡頌。』見中册第一八一頁第十八條

明照按：摯虞文章流別論『若馬融廣成上林之屬，純爲今賦之體，而謂之頌，失之遠矣！』御覽五八八引。據此，則廣成上林並稱，始於仲治。舍人沿用其語，想亦及見其文。不必以范書本傳未載，而疑作東巡也。

班彪蔡邕，並敏於致語。哀弔

范注　致語唐寫本作致詰，疑詰是結之誤。結謂一篇之卒章也。見中册第二七四頁第二十一條

明照按：唐本作詰，是也。宋本御覽五九六引亦作詰。下云『影附賈氏，難爲並驅。』今誦長沙弔屈原文，自訊曰以下，有致詰意。叔皮，伯喈所作，雖無全璧；然據藝文類聚所引者，（類聚五八引班彪悼離騷，四十引蔡邕弔屈原文。）亦皆有致詰之詞。殘文具在，不難覆按而知。范氏蓋因上有『卒章要切』之文，故疑作結，而以卒章釋之耳！

昔華元棄甲，城者發睅目之謳；臧紇喪師，國人造侏儒之歌；並嗤戲形貌，內怨爲俳也。諧讔

范注　俳當作誹。放言曰謗，微言曰誹。內怨，卽腹誹也。彥和之意，以爲在上者肆行貪虐，下民不敢明謗，則作爲隱語，以寄怨怒之情；故雖嗤戲形貌而不棄於經傳，與後世莠言嘲弄，不可同日語也。見中册第二九七頁第二條

明照按：范說支離，非是。俳字不誤。說文『俳，戲也。』內讀曰納。（荀子富國篇楊注『內讀曰納。』是其證。）內怨爲俳者，卽納怨爲戲也。華元棄甲，城者發睅目之謳；臧紇喪師，國人造侏儒之歌；皆嗤其形貌，納怨爲戲也。上言『嗤戲』，下言『爲俳』。義正相承。夫旣云『微言曰誹。』則何必曰『謳』曰『歌』。旣云『下民不敢明謗，作爲隱語，以寄怨怒之情。』則何僅謳『睅目』歌『侏儒』已邪？且下文俳字數見，又將何說？卽令俳爲誹之誤，而內怨亦不當作腹誹解也。

遺親攘美之罪。史傳

范注　漢書贊中數稱司徒掾班彪云云，安得誣爲遺親攘美？見中册第三一七頁第十九條

明照按：傅子（意林五引。今本皆錯入楊泉物理論中，此從嚴氏可均說。）『班固漢書，因父得成，遂沒不言彪，殊異馬遷也！』顏氏家訓文章篇『班固盜竊父史。』是遺親攘美之說，前有所祖，後有所述；非舍人自我作故也。今檢漢書贊中稱司徒掾班彪者，僅見韋賢，翟方進，元后三傳贊。且元成二紀贊，由其稱謂推之，的出彪手；而固乃湮滅不彰，似爲其自作者然。蔦施松上，則金敞爲其外祖，婕妤屬其姑矣。舍人以遺親攘美罪之，實宜。又何誣爲？

輔嗣之兩例。論說

范注　兩例疑當作略例。隋志有王弼易略例一卷，邢璹序稱其『大則總一部之指歸，小則明六爻之得失。』彥和或卽指此歟？見中册第三六六頁第二十條

明照按：兩略二字之形不近，無緣致誤。且此云兩例，下云二論，正以數字相對。岳刻周易略例本，於辯位之後，卦略之前；有略例下篇題。（漢魏叢書本同。）上下乃相對之詞；旣有略例下矣，則原必有略例上者。舍人稱輔嗣之兩例，殆

指此言之。惜易略例舊面目，他無可考矣！

漢初定儀則，則命有四品。詔策

范注　上則字疑當作法。史記叔孫通列傳『定宗廟儀法，及稍定漢諸儀法，皆叔孫通爲太常所論著也。』本書章表篇『漢定禮儀，則有四品。』本篇則五字爲句。則字有寫作則者，傳書者誤分爲二則字，因綴於上句而奪去法字。見中册第三九二頁第七條

明照按：御覽五九三引則字不重，命字無。則此固四字爲句也。章表篇『漢定禮儀，則有四品。』句法實與此同。以兩篇之上下文比對，尤爲分曉。又宋本御覽五九四引章表篇『漢定禮儀』句，作『漢初定制』。喜多村直寬本同。明鈔本御覽作『漢初定儀』。尤足與此相發。今本則字固誤重，而命字亦係涉上文衍。范氏引史記叔孫通傳文，以證上衍之則字當作法，殊有未安。

昔鄭弘之守南陽，條教爲後所述。詔策

范注　後漢書鄭弘傳『政有仁惠，民稱蘇息，遷淮陰太守。』……案黃注引鄭弘傳曰『弘爲南陽太守，條教法度，爲後所述。』攷弘傳並無此語，未知其何見而云然？後漢書羊續之傳稱其條教可法，爲後世所述，黃注蓋誤記。竊疑昔鄭弘之守南陽，當作昔鄭弘之著南宮。本傳云『弘前後所陳有補益王政者，皆著之南宮，以爲故事。』據此陽是宮之誤，南宮旣誤南陽，後人乃改著字爲守字，不知弘實未爲南陽太守也。見中册第四。九頁第三十七條

明照按：范注疏謬太甚，不値一噱。漢書卷六十六。鄭弘傳『弘字穉卿，泰山剛人也。兄昌字次卿。皆明經通法律政事。次卿爲太原涿郡太守，弘爲南陽太守，皆著治迹。條教法度，爲後所述。』此卽舍人之所本；亦卽黃注之所自出。惜黃氏未箸書名，致讀者不諳所在，橫生異議，爲可嘆耳！范氏旣已誤穉卿爲巨君，後漢書鄭弘傳『弘字巨君。』復欲移南陽作南宮；不自知其非，而反以黃注爲誤，眞可謂笑古人之未工，忘己事之已拙者矣！

兆民尹好。詔策

范注　尹好疑當作式好。式，語辭也。見中册第四一一頁第四十二條

明照按：尹字於此固不可解；然與式之形不近，何由致誤？疑係伊之殘。漢書禮樂志及揚雄傳上集注並云『伊，是也。』此亦當作伊，而訓爲是。

錄圖曰。封禪

范注　紀評曰『錄當作綠。』其說無攷。見中册第四三二頁第三條

明照按：正緯篇『堯造綠圖，昌制丹書。』是綠圖與丹書相對。此亦當作綠圖，與下丹書對。紀氏之說，意蓋在此。明嘉靖本正作綠，不誤。又墨子非攻下篇『河出綠圖。』淮南俶眞篇『洛出丹書，河出綠圖。』並其證也。

乃稱絕席之雄。奏啓

范注　絕席疑當作奪席。後漢書儒林戴憑傳『帝令羣臣能說經者，更相難詰，義有不通，輒奪其席，以益通者。憑遂重坐五十餘席。』黃注引王常傳『常爲橫野大將軍，位次與諸將絕席。』似非其意。見中册第四七六頁第三十二條

明照按：絕奪二字，形不相近，無緣致誤。舍人蓋借用范書『絕席』之文，以喻其無縱詭隨耳！范氏以文害辭，以辭害意，過矣。又來歙傳『賜歙班坐絕席。』張禹傳『每朝見特贊，與三公絕席。』並有絕席之文。

周爰諮謀。議封

范注　詩大雅緜『爰始爰謀。』箋云『於是始與豳人之從已者謀。』又『周爰執事。』箋云『於是從西方而往東之人，皆於周執事，競出力也。』周爰諮謀語本此。見中册第四七九頁第一條

明照按：詩小雅鹿鳴之什皇皇者華『載馳載驅，周爰咨謀。』毛傳云『忠信爲周，訪問於善爲咨，以上二句，係逐錄前章傳文。咨事之難易爲謀。』此舍人之所本也。舊注會未引及者，蓋以三百篇爲童而習之之書，能讀文心者，不患其不知故耳！范氏乃以大雅緜爲注，風馬牛迥不相及。匪特詞費，且於諮字亦未箋訓。數典忘祖，吁，可笑矣！又諮當依御覽五九五引作咨，始與詩合。咨已從口，不必再加言旁。下文『堯咨四岳。』書記篇『短牒咨謀。』並作咨。則此必原作咨無疑。傳寫者以俗亂正耳！

歲借民力。書記

范注　釋名釋書契『籍，籍也。所以籍疏疏條列也人民戶口也。』左傳襄公二十五年『賦車籍馬。』注『籍，疏其毛色歲齒以備軍用。』周禮天官敘官司書正義『簿今手版。』此歲借民力說所本。見中册第五二六頁第三十四條

明照按：范氏徵引雖博，無一當者。禮記王制『古者公田藉而不稅。』鄭注云『藉之言借也。借民力治公田。』又『用民之力，歲不過三日。』注云『治宮室城郭道渠。』此蓋歲借民力說所本。又春秋宣十五年經『初稅畝。』公羊傳『古者什一而藉。』何注云『什一以借民力，以什與民，自取其一爲公田。』左氏傳『穀出不過藉。』杜注云『周法，民耕百畝，公田十畝，借民力而治之。』並其證也。

觀此四條。書記

范注　四條疑當作六條。見中冊五三七頁第五十九條

明照按：四字固誤，然六亦未得也。疑原作桼，非舊本殘其下段，即傳寫者偶奪，故誤為四耳。檄移篇『凡此桼條。』是其證也。銘箴篇『詳觀桼例。』誄碑篇『周胡桼碑。』亦可證。

古人云：『形在江海之上，心存魏闕之下；』神思之謂也。神思

范注　莊子讓王篇『中山公子牟謂瞻子曰，身在江海之上，心居乎魏闕之下，奈何！』案公子牟此語，謂身在草莽，而心懷好爵，故瞻子對以重生則輕利。彥和引之，以示人心之無遠不屆，與原文本義無關。見下冊第二頁第二條

明照按：呂氏春秋開春論審為篇『中山公子牟謂詹子曰：「身在江海之上，心居乎魏闕之下，奈何！」』高注云『身在江海之上，言志放也。魏闕，心下巨闕也。心下巨闕，言神內守也。』淮南俶眞篇高注同。舍人文意，殆本於此。范氏僅就莊子立論，未免契舟求劍。

才有天資體性

范注　有當作由。見下冊第一六頁第二十二條

明照按：有字自通，毋庸他改，玉海二百一引亦作有。

淫巧朱紫體性

范注　朱紫當作青紫。見下冊第一七頁第二十三條

明照按：范氏不知何據云然。詮賦篇『如組織之品朱紫。』定勢篇『宮商朱紫。』亦並以『朱紫』連文。

固知翠綸桂餌，反所以失魚。情采

范注　魯人有好釣者，以桂為餌，黃金之鉤，錯以銀碧，垂翡翠之綸。馬國翰輯佚書七十二曰『太平御覽卷八百三十四引闕子。……』見下冊第四四頁第十九條

明照按：范氏引闕子文未全，於『反所以失魚』句不應。彼文下云『其持竿處位卽是，然其得魚不幾矣。』御覽八三四引。當據補。不知范氏何以失之目睫？

賁象窮白，貴乎反本。情采

范注　易賁卦上九『白賁无咎。』象曰『白賁无咎，上得志也。』王弼注曰『處飾之終，飾終反素，故在其質素，不勞文飾而无咎也。以白為飾，而無患憂，得志者也。』見下冊第四四頁第二十條

明照按：說苑反質篇『孔子卦得賁，喟然仰而嘆息，意不平。子張進，舉手而問曰「師聞賁者吉卦，而嘆之乎？」孔子曰「賁非正色也，是以嘆之。吾思也，質素白當正白，黑當正黑。夫質又何也？吾亦聞之，丹漆不文，白玉不雕，寶珠不飾。何也？質有餘者，不受飾也」』呂氏春秋愼行論壹行篇

有此文小異，與此不恰，故未徵引。家語好生篇同。 蓋舍人語意所本。僅引易文，似有未盡。

指類而求，萬條自昭然矣。麗辭

范注　案萬字衍，當於求下加豆。條目昭然，卽上所云四對也。見下册第九五頁第九條

明照按：求字下加豆，能讀文心者，不患其不知，何待詞費。萬字塙非衍文，屬下句讀。范氏自誤『自』爲『目』，故有是兆說耳！

是夔之一足，趻踔而行也。麗辭

范注　韓非子外儲說左下『魯哀公問於孔子曰「吾聞夔一足，其果信有一足乎？」』見下册第九五頁第十一條

明照按：范注郢書燕說，殊爲可哂！莊子秋水篇『夔謂蚿曰「吾以一足，趻踔而行。」』卽舍人此文之所本。范氏乃引韓子之文爲注，匪特未審文意，且惑同魯哀公矣。

依詩製騷，諷兼比興。比興

范注　諷當作風。楚騷楚風也。見下册第一〇六頁第七條

明照按：諷字不誤。漢書藝文志詩賦略『楚臣屈原，離讒憂國，作賦以風，顏注云『風讀曰諷。』 有惻隱古詩之義。』王逸楚辭章句離騷序『離騷之文，依詩取興，引類譬喻。』又後序『屈原履忠被譖，憂悲愁思，獨依詩人之義，而作離騷；上以諷諫，下以自慰。』 卽其義也。下文『炎漢雖盛，而辭人夸毗，詩刺道喪，故興義銷亡。』正承此而言，若改作風，則不諧矣。

雞蹠必數千而飽矣。事類

范注　數千似當作數十，數千不將太多乎？見下册第一二〇頁第十三條

明照按：古人爲文，恒多夸飾之詞，舍人於前篇言之備矣。如雞蹠數千，卽爲太多；則所謂周流七十二君者，其國安在？白髮三千丈者，其長誰施乎？呂氏春秋孟夏紀用衆篇『善學者，若齊王之食雞也，必食其跖數千而後足。』跖與蹠同。 是舍人此從呂氏也。且本篇立論，務在博見，故言『狐腋非一皮能溫，雞蹠必數千而飽。』皆喻學者取道衆多，然後優也。范說失之。范氏蓋據淮南說山文爲說。

倉頡者，李斯之所輯，而鳥籀之遺體也。練字

范注　鳥籀當作史籀。藝文志云『蒼頡七篇者，秦丞相李斯所作也。文字多取史籀篇。』說文序亦云『斯作倉頡篇，取史籀大篆。』倉頡所載皆小篆，而鳥蟲書別爲一體，以書幡信，與小篆不同。見下册第一二八頁第十三條

明照按：鳥字不誤。籀卽史籀簡稱，鳥蓋指倉頡初作之書言。說文序云『黃帝之史倉頡，見鳥獸蹏迒之迹，知分理之可相別異也，初造書契。』呂氏春秋審分覽君守篇『蒼頡作書。』高注云『蒼頡生而知書，寫倣鳥迹，以造文章。』故舍人簡稱古文爲鳥也。 舍人謂之『鳥籀』，正如許君之云『古籀』然也。說文序云『今序篆文，合以古籀。』情采篇『鏤心鳥迹之中。』

亦以『鳥迹』代替文字。且此文與上相儷；上文云『爾雅者，孔徒之所纂，而詩書之襟帶也。』彼以詩書並舉，此以鳥籀連稱，詞性亦同。說文序云『及宣王太史籀，箸大篆十五篇，與古文或同或異。依繫傳。……斯作倉頡篇，取史籀大篆或頗省改。』或之云者，不盡然之詞。是大篆中存有古文之體，而倉頡篇亦必有因仍之者。漢志云『文字多取史籀篇。』則倉頡所載，不盡為小篆，又可知矣。故舍人槩之曰『鳥籀遺體』也。鳥蟲書自別一體，許君列為亡新時六書之一；雖未箸其緣起，然則於佐書之後，其為後起無疑。舍人豈不是審，而置於史籀之上哉！

雖文不必有，而體例不無。練字

范注　似當作而體非不無。見下册第一二八頁第十六條

明照按：例字未誤，其文意甚顯，不知范氏何據云然。『體例不無』者，卽綜言上列四條，綴字屬篇，必須練擇也。若改作非，則下承之『值而莫悟，則非精解』二句，失所天矣！

夫才量學文，宜正體製。附會

范注　才最學文，最疑當作優，或係傳寫之誤。殆由學優則仕意化成此語。見下册第一四八頁第二條

明照按：諸本無作才最者，御覽五八五引亦作才量。范氏作最，未知所據。卽以最字言，其形與優不近，何由致誤？且『學優則仕』一文，與此語意各別，何嘗由其化成？疑原作量才學文，傳寫者偶到耳！體性篇『才有天資，學愼始習。』文意與此略同。

寄深寫遠。附會

范注　寫遠當作寫送。……寫送六朝人語，猶俗言文勢耳。見下册第一四九頁第九條

明照按：黃氏叔琳校云『馮本寫下多以字，遠下多送字。』今檢何刻漢魏叢書本，卽與黃校馮本合，當從之。范氏謂寫送猶俗言文勢，似是而非。詮賦篇『亂以理篇，寫送文勢。』此依唐寫本及御覽五八七引。 遍照金剛文鏡祕府論四『開發端緒，寫送文勢。』如范氏說，則其下句，並為『文勢文勢』矣，成何詞哉！

薰風詩於元后。時序

范注　詩於元后，疑當作詠於元后。見下册第一六八頁第二條

明照按：詩字自通，無煩改作。

六經泥蟠。時序

范注　文選班固荅賓戲『泥蟠而天飛者，應龍之神也。』見下册第一六九頁第五條

明照按：荅賓戲文，與此似不憾，且其語亦非蚤出。法言

範注　紀評曰『繁簡隱顯，皆本乎經。後來文家，偏有所尙，互相排擊，殆未尋其源。』見中册第一七頁第二十五條

並無詔伶人。樂府

範注　紀評曰『唐人用樂府古題及自立新題者，皆所謂無詔伶人。』見中册第一二一頁第三十四條

原夫頌惟典雅……其大體所底，如斯而已。頌讚

範注　紀評曰『陸士衡云「頌優游以彬蔚，」不及此之切合頌體。』見中册第一八四頁第二十三條

銘者，名也，觀器必也正名。銘箴

範注　紀評曰『李習之論銘，謂盤之辭可遷於鼎，鼎之辭可遷於山，山之辭可遷於碑。……其說甚高，然與觀器正名之義乖矣。』見中册第二一七頁第十五條

揚雄解嘲……枝附影從，十有餘家。雜文

範注　紀評曰『凡此數子，總難免屋上架屋之譏。七體如子厚晉問，對問則退之進學解，體制仍前，而詞義超越矣。』見中册第二九一頁第二十二條

構位之始，宜明大體……則爲偉矣。封禪

範注　紀評曰『能如此，自無格不美。』見中册第四四五頁第二十條

若夫駿發之士……慮疑故愈久而致績。神思

問神篇『龍蟠於泥，蚖其肆矣。』李注云『龍蟠未升，蚖其肆矣。』與此文意方合。

發綺縠之高喻。時序

範注　綺縠見詮賦篇。見下册第一七二頁第九條

明照按：詮賦篇『此揚子所以追悔於雕蟲，貽誚於霧縠者也。』範氏引法言吾子篇『或曰「霧縠之組麗。」』以注，是也。然與此文意則殊，何可捁注？漢書王褒傳『上曰宣帝。「辭賦大者與古詩同義，小者辯麗可喜。辟如女工有綺縠，音樂有鄭衛。」』此舍人『綺縠高喻』之所自出也。範注失之。

旣沈予聞。序志

範注　沈一作洗。莊子德充府『不知先生之洗我以善耶。』陶弘景難沈約均聖論云『僅備以諮洗，頗具啟諸蔽。』洗聞洗蔽，六朝人常語也。見下册第二三八頁第二十二條

明照按：戰國策趙策『趙武靈王曰「學者沈於所聞。」』商子更法篇『學者溺於所聞。』溺與沈意同。則作沈聞，不無所本。範說非是。盧文弨抱經堂文集十四文心雕龍輯註書後云『洗沈皆未是，似當作況，況與眖古通用。』其說尤爲穿鑿。

右所舉正，都凡三十有八條，皆範氏詮說舍人書之未當者也。至其誤黃評爲紀評者，亦附箸焉。

故知繁略殊形，隱顯異術。徵聖

范注　紀評曰『遲速由乎稟才，若垂之於後，則遲速一也，而遲常勝速。枚皋百賦無傳，相如賦皆在人口，可驗。』見下册第一〇頁第二十八條

良由內聽難爲聰也。（聲律）

范注　紀評曰『由字下王損仲本有外聽易爲口而六字。』見下册第五八頁第七條

故興義銷亡。（比興）

范注　紀評曰『非特興義銷亡，即比體亦與三百篇中之比差別。大抵是賦中之比，循聲逐影，擬諸形容，如鶴鳴之陳誨，鴟鴞之諷諭也。』見下册第一〇七頁第八條

夫以子雲之才，而自奏不學……表裏相資，古今一也。（事類）

范注　紀評曰『才稟天授，非人力所能爲，故以下專論博學。』見下册第一二〇頁第十條

是以綜學在博，取事貴約，校練務精，捃理須嚴。（事類）

范注　紀評曰『徒博而校練不精，其取事捃理不能約嚴，無當也。』見下册第一二〇頁第十四條

後世所同曉者，雖難斯易，時所共廢，雖易斯難。（練字）

范注　紀評曰『六經之文，有三尺童子皆知者，有師儒宿老所未習者，豈有一定之難易哉，緣於世所共曉與共廢耳。』見下册第一二七頁第十二條

善於適要，則雖舊彌新矣。（物色）

范注　紀評曰『化臭腐爲神奇，祕妙盡此。』見下册第一九一頁第十一條

九代之文……此古人之所以貴乎時也。（才略）

范注　紀評曰『上下百家，體大而思精，眞文囿之巨觀。』見下册第一九二頁第一條

明照按：右所列者，都凡十有四條，皆黃氏叔琳評語。而范注乃以屬諸紀氏。張冠李戴，殊失目曉！又按：養素堂本，僅有黃評。盧涿州刊於粵者，則朱墨區分，（黃評墨字，紀評朱字。）各於其黨。坊間通行本，亦各冠其姓氏以示異。不知范氏何以致誤？操觚至此，不禁爲北平先生嘆空自苦也！

文心雕龍中之文學觀

吳益曾

在西洋，文學批評很早便已有了，阿里士多德的詩學，已為一部集大成的專著。但在吾國，則似乎發生得很晚，卽有也甚幼稚，或以禮義教化為批評諸文之標準，或斤斤於字句之末節，如金聖歎之評西廂水滸，大部分都是一套淺薄的推理，一種對於無關緊要的東西的誇讚，一套為傳統的莊嚴的辯解，一種貧於洞察和分析的近視病。在這可憐的境域中，我們如尋根覓芽，找一專論文藝稍具見解的著作，則無疑的應推劉勰的文心雕龍。近人黃侃文心雕龍札記說：

> 論文之書，尠有專籍，自桓譚新論，王充論衡，雜論篇章。繼此以降，作者間出，然文或湮闕，有如流別翰林之類；語或簡括，有如典論文賦之儕。其敷陳詳覈，徵證豐多，枝葉扶疏，原流粲然者，惟劉氏文心一書耳。

據此，可知文心雕龍的價值及其重要性了。文心的作者，字彥和，東莞莒人，家貧不婚娶。天監中，兼東宮通事舍人，遷步兵校尉，後出家為沙門，改名慧地。為文長于佛理，深被昭明太子愛重。文心一書，成于齊代，由時序篇中「皇齊」二字可知。在當時，甚見賞于沈約，謂「深得文理，」故常陳諸几案。其書原道以下二十五篇，論文章體製，神思以下二十四篇，論文章工拙，合序志一篇，爲五十篇。但原書僅分二卷，據劉氏序志曰：

若乃論文敍筆，則囿別區分，原始以表末，釋名以章義，選文以定篇，敷理以舉統，上篇以上，綱領明矣。至於割情析采，籠圈條貫，摛神性，圖風勢，苞會通，閱聲字，崇替於時序，褒貶於才略，怊悵於知音，耿介於程器，長懷序志，以馭羣篇，下篇以下，毛目顯矣。

可知此書原分上下二篇，隋志謂爲十卷，這恐怕是後人所分的吧！

文心中論修辭的地方很多，說它是中國第一部完全的修辭書，說劉勰是中國修辭學底祖師，也沒有什麼過分。但這不在本文討論之列，我們要研究的是他的文學觀。我們知道，漢魏以後，雕琢之風行世，同時，關于詩文底形體研究，漸漸興起，批評也因而精密，所以在文章論方面，產生了文心雕龍這部著作。著者對于文學的觀念，由當時的立場看來，是很開明的，是有獨到的地方，而不願與人苟同的。爲了易於明瞭起見，試分條述之如左：

(1)提倡文學以自然爲宗　文是從人心底自然而生的。他說：

心生而言立，言立而文明，自然之道也。

夫豈外飾，蓋自然耳。(原道)

爾人稟七情，應物斯感，感物情志，莫非自然。(明詩)

然烟靄天成，不勞於粧點；容華格定，無待於裁鎔。深淺而各奇，穠纖而俱妙，若揮之則有餘，而攬之則不足矣。

或有晦塞為深，雖奧非隱，雕削取巧，雖美非秀矣。故自然會妙，譬卉木之耀英華；潤色取美，譬繒帛之染朱綠。（隱秀）

其主張文學應以自然為標準，故以「烟靄天成，不勞於粧點；容華格定，無待于裁鎔」為譬。所以不主雕削取巧，不應晦塞為深。因為這是有傷自然的，是最易使文學趨于無生氣的。

（2）提倡真情實感的文學　人底思想，就是文學的本質；人底感情，就是文學底本體。文學是捕捉人生底一隅，或社會底一部，而描寫其中所表現的個人性的。所以劉氏主張應以情性為主，而反對無病呻吟。他說：——

大舜云：「詩言志，歌永言。」聖謨所析，義已明矣。是以在心為志，發言為詩，舒文載實，其在茲乎。（明詩）

鉛黛所以飾容，而盼倩生於淑姿；文采所以飾言，而辯麗本於情性。故情者文之經，辭者理之緯，經正而後緯成，理定而後詞暢。

昔詩人什篇，為情而造文；辭人賦誦，為文而造情。何以明其然？蓋風雅之興，志思蓄憤，而吟詠情性，以諷其上，此為情而造文也。諸子之徒，心非鬱陶，苟馳夸飾，鬻聲釣世，此為文而造情也。故為情者要約而寫真，為文者淫麗而泛濫。（情采）

王靜安以為「文學者，不外知識與感情交代之結果而已。苟無銳敏之知識，與深邃之感情者，不足與于文學之事。」（文學小言）劉氏的主張，可謂與之相同。他說：「情者文之經」，「為情者要約而寫真」，所以他是主張「為情而造文」的。這和趙執信謂「文中宜有人在」，（談龍錄）方植之謂「詩中須有我」，說法雖有不同，意思却是一樣。因為文學是抒情的，個人的，所以人的性氣殊異，而所為之文亦自異狀。他說：

夫情動而言形，理發而文見。蓋沿隱以至顯，因內而符外者也。然才有庸儁，氣有剛柔，學有淺深，習有雅鄭，並情性所鑠，陶染所凝。是以筆區雲譎，文苑波詭者矣。若夫八體屢遷，功以學成；才力居中，肇自血氣。氣以實志，志以定言，吐納英華，莫非情性。是以賈生俊發，故文潔而體清；長卿傲誕，故理侈而辭溢；子雲沈寂，故志隱而味深；子政簡易，故趣昭而事博；孟堅雅懿，故裁密而思靡；平子淹通，故慮周而藻密；仲宣躁銳，故穎出而才果；公幹氣褊，故言壯而情駭；嗣宗俶儻，故響逸而調遠；叔夜儁俠，故興高而采烈；安仁輕敏，故鋒發而韻流；士衡矜重，故情繁而辭隱。觸類以推，表裏必符。豈非自然之恆資，才氣之大略哉。（體性）

文藝是個人性靈的表現，喜怒哀樂，怨憤悱惻，都是表示個人的衷曲。所以劉氏評論作者的情性，也都由文辭中細覘而得。易曰：「將叛者其辭慙，中心疑者其辭枝，吉人之辭寡，躁人之辭多，誣善之人其辭游，失其守者其辭屈。」可見以言覩人，自古已然。雖吾人不能執一文而定人品，像紀昀說：「不必皆塙」，但言語所以宣心，文辭所以明志，因內符外，從一個作者的作品中，有時是可以窺測其性情的。

（3）文以載道故須宗經徵聖　劉氏是將文看作「道之表彰」。不欲其與道相離的。他說：

文之為德也大矣，與天地並生者何哉。夫玄黃色雜，方圓體分，日月疊壁，以垂麗天之象；山川煥綺，以舖地理之形，此蓋道之文也。

故知道沿聖以垂文，聖因文而明道，旁通而無滯，日用而不匱。易曰：「鼓天下之動者，存乎辭。」辭之所以能鼓天下者，迺道之文也。（原道）

為文章者，苟欲根本盛大，枝葉扶疏，必首在于明道。這與李諤上書說：「以儒素為古拙，以詞賦為君子，故其文日繁，其政日亂。良由棄大聖之規模，構無用以為用也。」王通告門人說：「學者博誦云乎哉，必也貫乎道；文者苟作云乎哉，必也濟乎義。」大概都因灼見當時之弊而發的。劉氏又說：

故知繁略殊形，隱顯異術，抑引隨時，變通會適，徵之周孔，則文有師矣。是以子政論文，必徵于聖；稚圭勸學，必宗於經。

天道難聞，猶或鑽仰；文章可見，胡寧勿思。若徵聖立言，則文其庶矣。（徵聖）

經也者，恆久之至道，不刊之鴻教也。故象天地，效鬼神，參物序，制人紀，洞性靈之奧區，極文章之骨髓者也。

故文能宗經，體有六義：一則情深而不詭，二則風清而不雜，三則事信而不誕，四則義直而不回，五則體約而不蕪，六則文麗而不淫。揚子比雕玉以作器，謂五經之含文也。

夫文以行立，行以文傳，四教所先，符采相濟。勵德樹聲，莫不師聖；而建言修辭，鮮

克宗經。是以楚豔漢侈，流弊不還，正末歸本，不其懿歟。（宗經）

唯文章之用，實經典枝條，五禮資之以成，六典因之致用，君臣所以炳煥，軍國所以昭明，詳其本源，莫非經典。（序志）

他的文學的正本歸原論，是主張宗經徵聖。他所以要師聖的理由，是因為聖文雅麗，銜華佩實，能以「或簡言以達旨，或博文以該情，或明理以立體，或隱義以藏用。」他所以要宗經的理由，是因為宗經可有六種利益：（一）情深而不詭，（二）風清而不雜，（三）事信而不誕，（四）義直而不回，（五）體約而不蕪，（六）文麗而不淫。但有人說他本意未必如此，乃是他託古改制的辦法，用「聖」「經」來做招牌，以便言論取重于人。然這也不過是一種猜想而已。我們又怎樣能證明他的確如此呢！

（4）文學應文質並重　歷來作者，有的偏重於說理，不講修飾；有的又偏重在文華，忽略實質。一則重在內容，一則重在外形，這都是不對的。所以劉氏的主張趨於折中。他說：

酌奇而不失其真，翫華而不墜其實。（辨騷）

麗辭雅義，符采相勝。如組織之品朱紫，畫繪之著玄黃，文雖新而有質，色雖糅而有本，此立賦之大體也。然逐末之儔，蔑棄其本，雖讀詞賦，愈惑體要。遂使繁華損枝，膏腴害骨，無清風軌，莫益勸戒。此揚子所以追悔於雕蟲，詒誚於霧縠者也。（詮賦）

夫水性虛而淪漪結，木體實而花萼振，文附質也；虎豹無文，則鞹同犬羊，犀兕有皮，而色資丹漆，質待文也。(情采)

然飾窮其要，則心聲鋒起；夸過其理，則名實兩乖。若能酌詩書之曠旨，翦揚馬之甚泰，使夸而有節，飾而不誣，亦可謂之懿也。(夸飾)

王充論衡上說：「有根株于下，有榮葉於上，有實核於內，有皮殼於外，文辭墨說，士之榮葉皮殼也。實誠在胸臆，文墨著竹帛，外內表裏，自相副稱。意奮而筆縱，故文見而實露」。劉氏的意思，也是如此。他以為文質應當相扶，須「酌奇而不失其真，翫華而不墜其實」。如果偏重於質，那麼就好似虎豹無文，鞹同犬羊；如果偏重於華，那又要繁華損枝，膏腴害骨了。所以二者是都不可偏廢的。劉氏既是主張文質並重的人，故在文藝上雖反對雕琢，然並不反對自然對偶。黃侃文心雕龍札記批評麗辭篇說：

此篇所言，最合中道。一曰：「高下相須，自然成對，」明對偶之文，依于天理，非由人力矯揉而成也。次曰：「豈營麗辭，率然對爾，」明上古簡質，文不飾琱，而出語必雙，非由刻意也。三曰：「字句或殊，偶意一也，」明對偶之文，但取配儷，不必比其句度，使語律齊同也。四曰：「奇偶適變，不勞經營，」明用奇用偶，初無成律，應偶者不得不偶，猶應奇者不得不奇也。終曰：「迭用奇偶，節以雜佩，」明綴文之士，於用奇用偶，勿師成心，或捨偶用奇，或專崇儷對，皆非為文之正軌也。舍人之言，明白如此，真可以息兩家之紛難，總殊軌而齊歸者矣。

對偶是中國語言文字中共有的特點，不僅適用於駢文與律詩，卽在古文古詩中，亦屬常見。蓋文言藻飾，用偶必多，質語簡潔，用奇必衆。劉氏是很明白這種意旨的，所以他雖攻擊言之無物的駢文，然並不反對駢偶，由麗辭一篇中，是很可以看出的了。

(5)文學是時代的產物　日人冢田大峯底娛語說：「文運與時運相應如影響，故盛世之文，其氣正大，衰世之文，其氣纖靡，徵諸歷代皆然矣。」章炳麟說：「魏文侯聽今樂則不知倦，聽古樂則卧，故知數極而遷，雖才士勿能以爲美。」(國故論衡)所以文學是人生底寫眞，時代的映畫，時代的差異，同時卽多少促進文學的變遷。這種觀念，劉是早就曉得的。他說：

時運交移，質文代變，古今情理，如可言乎。昔在陶唐，德盛化鈞，野老吐何力之談，郊童含不識之歌。有虞繼作，政阜民暇，薰風詩于元后，爛雲歌於列臣，盡其美者，何乃心樂而聲泰也。至大禹敷土，九序詠功，成湯聖敬，猗歟作頌。逮姬文之德盛，周南勤而不怨；太王之化淳，邠風樂而不淫。幽厲昏而板蕩怒，平王微而黍離哀。故知歌謠文理，與世推移，風動于上，而波震於下者。(時序)

黃歌斷竹，質之至也。唐歌在昔，則廣于黃世；虞歌卿雲，則文於唐時。夏歌雕牆，縟于虞代；商周篇什，麗於夏年。(通變)

這是說明時代政治與文學的關係。他又說：

黃唐淳而質，虞夏質而辨，商周麗而雅，楚漢侈而豔，魏晉淺而綺，宋初訛而新。(通

變）

這是說明時代底特色。的確，一切體裁的文學，無論牠存在的時間或久或暫，牠的起源和動機，總離不開時代，所以牠都要帶有時代的色彩。詩經大序上說：「治世之音安以樂，亂世之音怨以怒，亡國之音哀以思。」這也就是劉氏所謂「文變染乎世情，興廢繫乎時序，」「歌謠文理，與世推移，」的話了。

(6)文學與自然的關係　自然界的景物，能影響於一個作者的心情。他說：

若夫珪璋挺其惠心，英華秀其清氣，物色相召，人誰獲安，是以獻歲發春，悅豫之情暢；滔滔孟夏，鬱陶之心凝；天高氣清，陰沉之志遠；霰雪無垠，矜肅之慮深。歲有其物，物有其容，情以物遷，辭以情發，一葉且或迎意，蟲聲有足引心。況清風與明月同夜，白日與春林共朝哉！是以詩人感物，聯類不窮，流連萬象之際，沈吟視聽之區。寫氣圖貌，既隨物以宛轉；屬采附聲，亦與心而徘徊。

若乃山林皋壤，實文思之奧府，略語則闕，詳說則繁，然屈平所以能洞監風騷之情者，抑亦江山之助乎。(物色)

這段話對于文學與自然的關係，講述得甚為明白。他以為「情以物遷，辭以情發」，故山沓水雜，樹分雲合，節序的變遷，景物的殊異，都足以引動文學家的心靈。甚至一葉之微，亦或迎意；虫聲之細，有足引心。一個作者，陶醉在自然界裏，他所受的感觸，是怎樣的深切；心境變化，是如何的不可捉摸呵！同時，劉氏又主張一個詩人處在大自然的環境中，必須善於觀察，方可體會得自然的妙趣。所以他主張「隨物宛轉，與心徘徊。」主張以客觀的態度，去描寫一切。他說：

窺情風景之上，鑽貌草木之中，吟詠所發，志唯深遠，體物為妙，功在密附。故巧言切狀，如印之印泥，不加雕削，而曲寫毫芥。故能瞻言而見貌，即字而知時。(物色)

這樣的求真求實，真是忠于文藝，真是一個寫實主義者的口吻。

(7)文學作品怎樣方算達到美的境界　第一要有風骨，他說：

故辭之待骨，如體之樹骸；情之含風，猶形之包氣。結言端直，則文骨成焉；意氣駿爽，則文風清焉。若豐藻克贍，風骨不飛，則振采失鮮，負聲無力。是以綴慮裁篇，務盈守氣，剛健既實，輝光乃新，其為文用，譬征鳥之使翼也。故練於骨者，析辭必精；深乎風者，述情必顯。捶字堅而難移，結響凝而不滯，此風骨之力也。若瘠義肥辭，繁雜失統，則無骨之徵也；思不環周，索莫乏氣，則無風之驗也。

夫翬翟備色，而翾翥百步，肌豐而力沉也；鷹隼乏采，而翰飛戾天，骨勁而氣猛也。文章才力，有似於此。若風骨乏采，則鷙集翰林；采乏風骨，則雉竄文囿。唯藻耀而高翔，固文筆之鳴鳳也。(風骨)

為文要有風骨，換言之，也就是要以氣為本。方植之昭昧詹言說：「器物中或有形無氣，亦洪世用，而不可以例詩文。詩文者生氣也。若滿紙如剪彩雕刻，無生氣，乃應試館閣體耳，於作家無分。」劉氏也是這種見解。依他底意見，以為文章無論怎樣地富于彩藻，但若無風骨，無氣力，亦無足觀。故說：「若骨采未圓，風辭未練，而跨略舊規，馳騖新作，雖獲巧意，危敗亦多。」這是言風骨的重要。第二要有隱有秀，什麼是隱秀呢？他說：

隱也者，文外之重旨者也；秀也者，篇中之獨拔者也。隱以複意為工，秀以卓絕為巧。斯乃舊章之懿績，才情之佳會也。夫隱之為體，義主文外，祕響旁通，伏采潛發，譬爻象之變互體，川瀆之韞珠玉也。故互體變爻，而化成四象；珠玉潛水，而瀾表方圓。始正而末奇，內明而外潤，使翫之者無窮，味之者不厭矣。彼波起辭間，是謂之秀，纖手麗音，宛乎逸態。

若篇中乏隱，等宿儒之無學，或一叩而語窮。句間鮮秀，如巨室之少珍，若百詰而色沮。斯並不足于才思，而亦有媿于文辭矣。(隱秀)

以上對於隱秀二字之意義及其重要性，說得甚為明白。黃侃文心雕龍札記對于隱秀之義，亦有詳細之解釋。他說：

言含餘意，則謂之隱；意資要言，則謂之秀。……若義有闕略，詞有省減，或迂其言說，或晦其訓故，無當乎隱也。若故作才語，弄其筆端，以纖巧為能，以刻飾為務，非所云秀也。然則隱以複意為工，而纖旨存乎文外；秀以卓絕為巧，而精語峙乎篇中。故曰情在辭外曰隱，狀溢目前曰秀。大則成篇，小則片語，皆可為隱；或狀物色，或附情理，皆可為秀。目送歸鴻易，手揮五絃難，隱之喻也；玉在山而草木潤，淵生珠而岸不枯，秀之喻也。然隱秀之原，存乎神思，意有所寄，言所不追，理具文中，神餘象表，則隱生焉；意有所重，明以單辭，超越常音，獨標茗穎，則秀生焉。此皆功存玄解，契定機先，非塗附之功，非雕染之事。若意本淺露，語本平庸，出之以庾辭，加之以華色，此乃蒙羊質以虎皮，刻無鹽為西子，非無彪炳之文，粉黛之飾，言尋本質，則偽蹟章明矣。故知妙合自然，則隱秀之美易致；假于潤色，則隱秀之實已乖。

我們由黃氏這段精闢的言論中，對于劉氏所謂隱秀，當更可以有一明確的概念。不過有人以為這篇是偽作，但究竟是真是偽，實在還有待于將來的證明呢。第三要重音調，他說：

凡聲有飛沉，響有雙疊，雙聲隔字而每舛，疊韵雜句而必睽，沈則響發而斷，飛則聲颺不還，並轆轤交往，逆鱗相比，迂其際會，則往蹇來連，其為疾病，亦文家之吃也。夫吃文為患，生於好詭，逐新趨異，故喉脣糺紛，將欲解結，務在剛斷，左礙而尋右，末滯而討前，則聲轉於吻，玲玲如振玉；辭靡于耳，纍纍如貫珠矣。（聲律）

這段言論，沈休文與陸厥書曾經引而申之。他說：「雙聲隔字而必舛，疊韻雜句而必睽，沈則響發而斷，飛則聲颺不還。」這是論飛沉及雙聲疊韻的弊病的。至於他理想中音調得宜的文章，那是應當「聲轉于吻，玲玲如振玉；辭靡于耳，纍纍如貫珠矣」的。一篇文藝作品，應當講風骨，注重隱秀，考究音調，這便是劉氏的主張。此外他還有一層重要的見解，我們不可忽略，就是他以為創作時應「率志委和，」不可鑽礪過分。他說：

率志委和，則理融而情暢；鑽礪過分，則神疲而氣衰。若夫氣分有限，智用無涯，或慙凫企鶴，瀝辭鐫思，於是精氣內銷，有似尾閭之波；神志外傷，同乎牛山之木，怛惕之盛疾，亦可推矣。至如仲壬置硯以綜述，叔通懷筆以專業，既暄之以歲序，又煎之以日時，是以曹公懼為文之傷命，陸雲歎用思之困神，非虛談也。（養氣）

苦心勞思，至於困神傷志，這是不值得的。何況「神之方昏，再三愈黷」，做出來的文章，也不好呢！所以他主張陶鈞文思，貴在心田虛靜，貴在衛神養氣，如果能以「清和其心，調暢其氣，煩而即捨，勿使壅滯。意得則舒懷以命筆，理伏則投筆以卷懷，逍遙以針勞，談笑以藥倦。常弄閑於才鋒，賈餘于文勇。使刃發如新，湊理無滯。」那就可以免除「銷鑠精膽，蹙迫和氣，秉牘以驅齡，灑翰以伐性」了。這種見解，真是甘苦之言，我們不可輕輕看過。

以上七條，都是劉氏對於文學的重要理論，但也正是為着要矯正當時文學界的雕琢風氣而發。那時的文學是陷於怎樣的病態呢？隋李諤說：

江左齊梁，其弊彌甚。……遂復遺理存異，尋虛逐微，競一韻之奇，爭一字之巧。連篇累牘，不出月露之形；積案盈箱，惟是風雲之狀。

柳子厚說：

為文之士，亦多漁獵前作，戕賊文史，抉其意，抽其華，置齒牙間，遇事蠭起，金聲玉耀，誑聾瞽之人，徼一時之聲。雖終淪棄，而其奪朱亂雅，為害已甚。

可知當時的駢文，實在太有點矯飾太不自然了。這樣不顧內涵，偏重人工，劉氏是極端反對的。他說：

自近代辭人，率好詭巧，原其爲體，訛勢所變，厭黷舊式，故穿鑿取新，察其訛意，實難而實無他術也。……然密會者，以意新而得巧；苟異者，以失體而成怪。舊練之才，則執正以馭奇；新學之銳，則逐奇而失正。勢流不反，則文體遂弊。（定勢）

故爲情者，要約而寫真；爲文者，淫麗而泛濫。而後之作者，採濫忽真，遠棄風雅，近師辭賦。故體情之製日疎，逐文之篇愈盛。故有志深軒冕，而汎詠臯壤；心纏幾務，而虛述人外。真宰弗存，翩其反矣。（情采）

若氣無奇類，文乏異采，碌碌麗辭，則昏睡耳目。（麗辭）

而去聖久遠，文體解散，辭人愛奇，言貴浮詭，飾羽尚畫，文繡鞶帨，離本彌甚，將遂訛濫。（序志）

從這幾段話中，我們可以看出劉氏是怎樣攻擊當時的文體，是怎樣對當時詭巧的文辭不滿意。他以爲文學是人生的寫照，如果「志深軒冕，而汎詠臯壤；心纏幾務，而虛述人外。」這樣無病呻吟，虛偽矯造的作品，是絕沒有什麽可留戀的價值的。所以他著文心雕龍，張開正義的旗幟，來發揮自己的意見，矯正當代的作風。雖然他裏面的言辭，在現今看來，頗多不正確的地方，但他的態度精神，是值得我們欽佩的。至於他的文學批評觀，也很可以稱述。他對於一般有不認定作品中之美，專從事找尋缺點，吹毛求疵，互相詆訶的人，是不贊成的。他對於一般貴古賤今，崇己抑人，信偽迷真的學者，或執有偏見，或未能振葉以尋根，觀瀾而索源的批評家，都是站在反對地位的。他說：

故鑒照洞明，而貴古賤今者，二主是也；才實鴻懿，而崇己抑人者，班曹是也；學不逮文，而信偽迷眞者，樓護是也，……夫篇章雜沓，質文交加，知多偏好，人莫圓該，慷慨者逆聲而擊節，醖籍者見密而高蹈，浮慧者觀綺而躍心，愛奇者聞詭而驚聽，會己則嗟諷，異我則沮棄，各執一隅之解，欲擬萬端之變。所謂東向而望，不見西牆也。（知音）

這是批評人的。他又說：

魏典密而不周，陳書辯而無當，應論華而疏略，陸賦巧而碎亂，流別精而少巧，翰林淺而寡要。又君山公幹之徒，吉甫士龍之輩，汎議文意，往往間出。幷未能振葉以尋根，觀瀾而索源，不述先哲之誥，無疑後生之慮。（序志）

這是批評他們的著作的。至于他自己對于文學的批評方法，以爲第一要公正，與人不茍同，亦不茍異。他說：

及其品列成文，有同乎舊談者，非雷同也，勢自不可異也。有異乎前論者，非茍異也，理自不可同也。同之與異，不屑古今，擘肌分理，唯務折衷。（序志）

第二要博觀。他說：

凡操千曲者而後曉聲，觀千劍者而後識器，故圓照之象，務先博觀，閱喬岳以形培塿，酌滄波以喻畎澮，無私於輕重，不偏於憎愛，然後能平理若衡，照辭如鏡矣。（知音）

第三要細密分析。他說：

。是以將閱文情，先標六觀：一觀位體，二觀置辭，三觀通變，四觀奇正，五觀事義，六觀宮商，斯術既形，則優劣見矣。（知音）

凡是一個批評家，必須具有相當的學識，對於文學有很深的培養。在批評一件藝術作品時，應當以公正的態度，並確立分析的標準，然後方能「平理若衡，照辭如鏡」，不至發生多大的謬誤。卡爾富登說：「批評這個字，原於希臘語（Krineio）就是判斷或審辯的意思。而凡判斷，無論在牠根柢裏，用着多少的推理，總是一種理智的作用，而不是感情的作用。在施行判斷時，我們所做的事，就是解剖，權衡。和評價。——這是跟藝術創造不同的一種理智及科學的活動。」劉氏那時雖然還不明白這種道理，但他的意思，頗與此相彷彿。在數千年前，批評家能有這樣眼光，能用這種方法去批判文藝作品，實在值得我們注意，值得我們稱讚。

劉子斠注

楊明照

海寧陳氏景印舊合字本

劉子，舊有唐播州錄事參軍袁孝政註，疏陋紕繆，前人婁有譏之者。余鼓篋上庠之明年，即玩索是書，而爲之拾遺補蓺。詞求所祖，事探其原，諸本之異同，類書之援引，皆迻錄如不及。久之，蕃衍盈冊。後以累於他業故，時作時輟。罷笥中者，且一易寒暑矣。今者，年報徵文，爰淸寫此稿以應。催付印孔急，日事筆研間爲勞，未皇旁騖，不能不觖如耳。至字句勘證，力避繁瑣，以殺篇幅，無關宏旨，及前人已具者，則不復贅云。二十七年三月八日，明照附記。

清神章一

形者，生之器也。

按淮南原道篇：夫形者，生之舍也。史記自序：形者，生之具也。

心者，形之主也；神者，心之寶也。

涵芬樓景印道藏本、主，作本。凡各本與合字本同者，不贅。後同。

按本字非是。淮南精神篇：故心者，形之主也；而神者，心之寶也。文子九守篇：故心者，形之主也；神者，心之寶也。荀子解蔽篇：心者，形之君也，而神明之主也。

虛室生白，吉祥至矣。

按莊子人間世篇：虛室生白，吉祥止止。俞樾平議以下止字爲也之誤。釋文引崔云：白者，日光所照也。司馬云：室，比喩心；心能空虛，則純白獨生也。淮南俶眞篇：虛室生白，吉祥止也。

人不照於昧金，而照於瑩鏡者，以瑩能明也；不鑑於流波，而鑒於靜水者，以靜能淸也。鏡水以明淸之性，故能形物之形。

明刊子彙本、程榮漢魏叢書本、王謨重刻漢魏叢書本、識輔叢書本、昧，並作燦。明刊諸子彙函本、子彙本等、鑒，並作鑑。凡合字本未誤，或各本均通，及字體小有乖異者，後不復贅。

按昧、燦、二字，誼並得通。鑒作鑑，與上一律。莊子德充符篇：人莫鑑於流水，而鑑於止水。文子九守篇：人莫鑒於流潦，而鑒於澄水，以其淸且靜也。淮南俶眞篇：人莫鑑於流潦，而鑑於止水者，以其靜也；莫窺形於生鐵，而窺於明鏡者，以覩覩字衍其易也。夫唯易且靜，形物之性也。又按臣軌東方學會印日本寬文本公正章：夫不照於昧金，據此，則作燦者，非是。武后所見，當是古本劉子脩也。而照於瑩鏡者，以瑩能明也；不鑒於流波，而鑒於靜水者，以靜能淸也。鏡水以明淸之性，故能形物之形。蓋襲於此。

況萬物之衆，而能拔擢以生心神哉？

按此文有誤，已詳孫楷第校釋。孫君劉子新論校釋，見西苑叢書第一輯。凡校釋已具者，後略。淮南俶眞篇：今萬物之來，擢拔吾性，攓取吾情，有若泉源；雖欲勿稟，其可得邪？文子九守篇：今萬物之來，擢拔吾生，攓取吾精，若泉原也；雖欲勿稟，其可得乎？凡諸書文同者，後但注其篇名，辭不具錄。

故萬人彎弧，以向一鵠，鵠能無中乎？萬物眩曜，以惑一生，生能無傷乎？

按呂氏春秋本生篇：萬人操弓，共射其其字衍一招，招無不中；萬物章章，以害一生，生無不傷。

則精神馳騖而不守；志氣縻於趣舍，則五臟滔蕩而不安。

程榮本、句首有七竅□於□□六字。彙函本、作七竅蔽于攻取。王謨本、作七竅狗於好惡。畿輔本同

按諸本詞字雖有不同，然並足證此本之奪。道藏、子彙、二本，亦奪。淮南精神篇：耳目淫於聲色之樂，則五藏搖動而不定矣；五藏搖動而不定，則血氣滔蕩而不休矣；血氣滔蕩而不休，則精神馳騁於外而不守矣。文子九守篇：故耳目淫于聲色，即五藏動搖而不定；血氣滔蕩而不休，精神馳騁而不守。

蔓衍於荒淫之波。

按波當作陂，音之誤也。淮南俶眞篇：是故百姓曼衍於淫荒之陂，而失其大宗之本。

是以聖人淸目而不視，靜耳而不聽，閉口而不言，棄心而不慮。

按淮南精神篇：淸目而不以視，靜耳而不以聽，鉗文子作閉口而不以言，委心而不以慮。又見文子九守篇

貴身而忘賤，故尊勢不能動；樂道而忘貧，故厚利不能傾。

按淮南詮言篇：古之存己者，樂德而忘賤，故名不動志；樂道而忘貧，故利不動心。又見文子符言篇

容身而處，適情而游。

按淮南精神篇：容身而游，適情而行。又見文子九守篇

一氣浩然，純白於衷。

按孟子公孫丑上篇：我善養吾浩然之氣。莊子天地篇：機心存於胸中，則純白不備。

防慾章二

情出於性，而違情性；慾由於情，而慾害情。

按而違情性句，當依各本乙作而情違性，始能與下而慾害情相儷。此蓋手民合字之誤。

猶烟波之與水火也。

程榮本、王謨本、畿輔本、波，並作冰。

按以下文驗之，冰字是。

冰出於水，而冰遏水。故烟微而火盛，冰泮而水通。

按俶南淮眞篇：夫水嚮冬，則凝爲冰；冰迎春，則泮爲水。高誘注：泮，釋也。

是以珠瑩則塵埃不能附，性明而情慾不能染也。

按淮南俶眞篇：夫鑑明者，塵垢弗能薶；高注：薶，汚也。神清者，嗜欲弗能亂。文子九守篇有此文，小異。

水之性清，所以濁者，土渾之也；人之性貞，所以邪者，慾眩之也。

按呂氏春秋本生篇：夫水之性清，土者抇之，故不得清。高注：抇，讀曰骨。骨，濁也。淮南俶眞篇：水之性清，而土汩之；人之性安，而欲亂之。文子道原篇，孔叢子抗志篇，文略同。

樹抱蝎則還自鑿，身抱慾則還自害。

道藏本、子彙本、程榮本、王謨本、畿輔本、次則還二字，並作而返。

按作而返較勝。帝範武英殿聚珍版叢書崇儉篇注、引作身抱慾則反自害。亦較疊作則還爲長。淮南說林篇：木生蠹，反自食；人生事，反自賊。又見文子符言篇

目愛綵色，命曰伐性之斤；耳樂淫聲，命曰攻心之鼓；口貪滋味，命曰腐腸之藥；鼻悅芳馨，命曰燻喉之煙；身安輿駟，命曰召蹶之機。

按呂氏春秋本生篇：出則以車，入則以輦，務以自佚，命之曰招蹷之機；肥肉厚酒，務以自彊，命之曰爛腸之食；靡曼皓齒，鄭衛之音，務以自樂，命之曰伐性之

斧。文選枚乘七發：出輿入輦，命曰蹷痿之機；洞房淸宮，命曰寒熱之媒；皓齒蛾眉，命曰伐性之斧；甘脆肥膿，命曰腐腸之藥。

耳目之於聲色，鼻口之於芳味，肌體之於安適，其情一也。然亦以之死，亦以之生，或爲賢智，或爲庸愚，由于處之異也。

按孟子盡心下篇：口之於味也，耳之於聲也，鼻之於臭也，四肢之於安佚也，性也。文字九守篇：老子曰：『人受氣于天者，耳目之于聲色也，鼻口之于芳臭也，肌膚之于寒温也，其情一也。或以死，或以生，或爲君子，或爲小人，所以爲制者異。』淮南俶眞篇有此文，小異。似非孔解所本。

譬由愚者之養魚鳥也，見天之寒，則內魚於温湯之中，而棲鳥於火林之上。水木者，所以養魚鳥者也；養之失理，必至燋爛也。

按後漢書劉陶傳：養魚沸鼎之中，棲鳥烈火之上。水木，本魚鳥之所生也；用之不時，必至燋爛。文選丘遲與陳伯之書李善注，引袁崧後漢書朱穆上疏文略同。

食足以充虛接氣，衣足以蓋形禦寒。

按墨子節用中篇：古者聖王制爲飲食之法，曰：『足以充虛繼氣。』辭過篇略同。文子九守篇：故聖人食足以充虛接氣，衣足以蓋形禦寒。淮南精神篇，無充虛接氣四字。

夫蜂蠆螫指，則窮日煩擾；蚊虻噆膚，則通夜失寐。

道藏本、子彙本、程榮本、王謨本、畿輔本，夜，並作宵。

按夜、宵、二字，誼同。莊子天運篇：蚊虻噆膚，則通昔不寐矣。鶡冠子天權篇：一蚋噆膚，不寐至旦。淮南俶眞篇：蜂蠆螫指，而神不能憺；蚊虻噆膚，而智不能平。

人有牛馬放逸不歸，必知收之；情慾放逸，而不知收之，不亦惑乎？

按孟子告子上篇：孟子曰：『仁，人心也；義，人路也。舍其路而弗由，放其心而不知求，哀哉！人有雞犬放，則知求之；有放心而不知求。』

如木之將蘖，火之始熒，手可掣而斷，露可滴而滅；及其熾也，結條凌雲，煽熛章華，雖窮力運斤，竭池灌火，而不能禁。

按尸子汪繼培輯本貴言篇：干霄之木，始若蘖，足易去也；及其成達也，百人用斧斤，弗能債也。熛火始起，易息也；及其焚雲夢、孟諸，雖以天下之役，抒江海之水，弗能救也。淮南人間篇：夫熵火在縹煙之中也，一指所能息也；……及至火之燔孟諸、而炎雲臺，雖起三軍之衆，弗能救也。漢書枚乘傳，抱朴子用刑篇，文略同。史記司馬相如傳：相如既奏大人之頌，天子大說，飄飄有凌雲之氣。國語楚語上：靈王爲章華之臺。莊子徐无鬼篇：匠石運斤成風。呂氏春秋必己篇：竭池而求之。

去情章三

是以媒楊譽人，而受譽者不以爲德；身膐強飯，而蒙飽者不以爲惠。

道藏本、子彙本、程榮本、王謨本、畿輔本、楊，並作揚。

按楊、揚，古通。身、膐、二字有誤，校釋已具。淮南繆稱篇：媒妁譽人，而莫之德也；取庸而強飯之，莫之愛也。

嬰兒傷人，而被傷者不以爲怨；侏儒嘲人，而獲嘲者不以爲辱。

按淮南說林篇：狂者傷人，莫之怨也；嬰兒詈老，莫之疾也。

魚不畏網而畏鵜，復讐者不怨鏌鎁，而怨其人。

按莊子外物篇：魚不畏網而畏鵜鶘。達生篇：復讐者不折鏌干。

使信士分財，不如投策探鉤；使廉士守藏，不如閑局全付。何者？有心之於平，不若無心之於不平也；有慾之於廉，不若無慾之於不廉也。今人目若驪珠，心如權衡，評人好醜，雖言得其實，彼不嫌怨；及其自照明鏡，模倒其容，醜狀既露，則內慙而不怨。

彙函本、子彙本、閑，並作閉。道藏本、子彙本、彙函本、程榮本、王謨本、畿輔本、付，並作封。

按閉、封、二字並是。文子符言篇：老子曰：『使信士分財，不如定分而探籌；何則？有心者之於平，不如無心者也。使廉士守財，不如閉戶而全封；以爲有欲者之於廉，不如無欲者也。人舉其疵，則怨；鑑見其醜，則自善。』淮南詮言篇文小異　又按袁注以驪珠爲黃帝時明目人，孫君校釋從而和之，謂當作離珠；皆兜說也。目若驪珠者，言其目明，與下句之心如權衡，皆以品物相喻；若解爲實人，則不倫矣。且本書專學、通塞、兩篇，並有離婁之文，此固不應歧出也。莊子列禦寇篇：夫千金之珠，必在九重之淵，而驪龍頷下。即孔昭之所本也。

三人居室，二人交爭，必取信於不爭者，以辯彼此之得失。夫不爭者未必平，而交爭者未必偏，而信於不爭者，何也？以爭者之心，並挾勝情故也。

羅振玉校錄敦煌寫本、爭，並作諍。羅校見敦煌石室碎金及永豐鄉人雜著續編

按爭、諍，古通。左傳二十四年傳杜注：閱，訟爭貌。釋文：爭，本又作諍。　淮南詮言篇：三人同舍，二人相爭，爭者各自以爲直，不能相聽；一人雖愚，必從旁而決之。非以智也，以不爭也。

飄瓦擊人，虛心觸己，雖有忮心而不怒者，以彼無情於擊觸故也。

羅校敦煌本、虛心，作虛舟。也上無故字。子彙本同。道藏本亦無故字。餘本皆有奪誤

按心、作舟，故字無，是也。　莊子達生篇：雖有忮心，不怨飄瓦。　山木篇：方舟而濟於河，有虛船來觸舟，雖有褊心之人不怒。　淮南詮言篇：方舟濟乎江，有虛舟從一方來，觸而覆之；雖有忮心，必無怨色。

又按北山錄論業理篇：飄瓦擊人，虛舟觸己，雖有忮心而不怒者，以彼無情於擊觸也。蓋襲於此。

不爲名尸，不爲謀府。

按莊子應帝王篇：无爲名尸，无爲謀府。淮南詮言篇，无爲作不。

韜光章四

是故翠以羽自殘。

按古文苑卷四揚雄太玄賦：翠羽媺而殃身兮。章樵注：媺，古美字。

龜以智自害。

按莊子外物篇：仲尼曰：『神龜能見夢於元君，而不能避余且之網；知能七十二鑽而无遺筴，不能避刳腸之患。如是，則知有所困，神有所不及也。』

然而自貽伊患者。

按詩小疋小明：自貽伊戚。

若使翠斂羽於明丘之林。

按明丘未詳。明，或爲丹之誤。　楚辭遠遊：仍羽人於丹丘兮。王逸注：丹丘，晝夜常明也。　文選謝靈運入華子岡是麻源第三谷詩：丹丘徒窅窅。　晉書摯虞傳：讒義和於丹邱兮。

龜曳尾於暘谷之泥。

羅校敦煌本、暘，作湯。

按暘、湯，音同，古通。史記五帝本紀：曰暘谷。索隱：暘谷，本作湯谷。書堯典：分命羲仲宅嵎夷，曰暘谷。孔傳：暘，明也。日出於谷而天下明，故稱暘谷。莊子秋水篇：莊子釣於濮水，楚王使大夫二人往先焉。曰：『願以境內累矣。』莊子持竿不顧。曰：『吾聞楚有神龜，死已三千歲矣，王巾笥而藏之廟堂之上；此龜者，寧其死爲留骨而貴乎？寧其生而曳尾於塗中乎？』二大夫曰：『寧生而曳尾塗中。』莊子曰：『往矣！吾將曳尾於塗中。』

丹伏光於舂山之底。

按穆天子傳卷二：天子北升舂山之上，以望四野，曰：『舂山，是唯天下之高山也！』

石亢體於玄圃之岊。

羅校敦煌本、亢，作安。玄，作懸。岊，作巖。法藏敦煌寫本、亢，作充。玄，亦作懸。法藏敦煌寫本、清華圖書館有照片，去年春借校一過。

按安、充、並通。今本作亢，當由充之形誤。玄、懸、古多通用。岊、巖、音近誼同。說文：巖，岸也。岊，山巖也。淮南墬形篇：縣圃、涼風、樊桐，在昆侖、閶闔之中。高誘注：皆昆侖之山名也。文選東京賦：右睨玄圃。

顥貫青天，根鑿黃泉。

法藏敦煌本、鑿，作濬。

按鑿、濬、並通。莊子田子方篇：上闚青天，下潛黃泉。列子黃帝篇文同

麒麟戲其下，鵷鸞游其顛，浮雲棲其側，清風激其間。

羅校敦煌本、顛，作巔。法藏敦煌本同。

按巔字是。文選張衡南都賦：虎豹黃熊游其下，㲉玃猱𤞑戲其巔，鸞鷟鵷鶵翔其上，騰猨飛蠝棲其間。嵇康琴賦：玄雲蔭其上，翔鸞集其巔，清露潤其膚，惠風流其間。曹植升天行：玄豹游其下，翔鵾戲其巔。

然而致寇者。

按易需：九三、需于泥，致寇至。

周鷄斷尾，獲免於犧牲。

法藏敦煌本、無牲字。

按無牲字，與下句偶。國語周語下：賓孟適郊，見雄雞自斷其尾，問之。侍者曰：『憚其犧也。』遽歸，告王曰：『吾見雄雞自斷其尾，而人曰：「憚其犧也」，吾以爲信畜矣。』又見左昭二十二年傳

山狙見巧，終必招害。

按莊子徐无鬼篇：吳王浮於江，登乎狙之山，衆狙見之，恂然棄而走，逃於深蓁。有一狙焉，委蛇攫搔，見巧乎王。王射之，敏給搏捷矢。王命相者趨射，狙執死。王顧謂其友顏不疑曰：『之狙也，伐其巧，恃其便，以敖予，以至此殛也！』

崇學章五

未有不因學而鑒道，不假學以光身者也。

羅校敦煌本、鑒，作隆。

按鑒、隆，誼並得通。 尸子：未有不因學而鑒道，不假學而光身者也。 帝範崇文篇：因文而隆道，假學以光身。

夫繭縲以爲絲，織爲縑紈，繢以黼黻，則王侯服之；人學爲禮儀，絲以文藻，而世人榮之。繭之不縲，則素絲蠹於筬籠；人之不學，則才智腐於心胷。

羅校敦煌本、無以爲絲織四字。絲以，作彫以。筬，作篋。素上、才上、兩則字，並無。 法藏敦煌本、全同。

程榮本、王謨本、畿輔本、絲，並作雕。筬，並作篋。

道藏本、子彙本、筬，亦作篋。

按敦煌兩寫本並是。 縲爲縑紈，繢以黼黻；與下學爲禮儀，雕以文藻，正相對爲文。 尸子勸學篇：夫繭舍而不治，則腐蠹而棄；使女工縲之，以爲美錦，大君服而朝之。身者，繭也。舍而不治，則知行腐蠹；使賢者教之，以爲世士，則天下諸侯莫敢不敬。

海蚌未剖，則明珠不顯。

按淮南說林篇：明月之珠，蚌之病而我之利也。

崑竹未斷，則鳳音不彰。

按呂氏春秋古樂篇：昔黃帝令伶倫作爲律，伶倫自大夏之西，乃之阮隃 陯隃之誤 之陰，取竹於嶰谿之谷，以生空竅厚鈞者，斷兩節間，其長三寸九分而吹之，以爲黃鐘之宮，吹曰舍少；次制十二筒，以之阮隃之下，聽鳳皇之鳴，以別十二律。

青出於藍，而青於藍；冰生於水，而冷於水，寒使然也。

羅校敦煌本、法藏敦煌本、道藏本、子彙本、程榮本、王謨本、畿輔本、而青於藍下，並有染使然也四字。

按染使然也四字，當據增。 輔行記第一之一、書云：青出於藍，而青於藍，染使然也。蓋引此文。 荀子勸學篇：青取之於藍，而青於藍；冰水爲之，而寒於水。大戴禮勸學篇同

戎夷之子，生而同聲，長而異語，教使然也。

按荀子勸學篇：干越夷貉之子，生而同聲，長而異俗，教使之然也。呂氏春秋用衆篇畧同

山抱玉而草木潤焉，川貯珠而岸不枯焉。

輔行記第五之一、引貯作著。

按貯、著、詎同。　荀子勸學篇：玉在山而草木潤，淵生珠而崖不枯。大戴禮勸學篇同

口內滋味，而百節肥焉。

按淮南泰族篇：故食其口而百節肥。又見說苑說叢篇

故不登峻岑，不知天之高；不瞰深谷，不知地之厚；不游六藝，不知智之源。

程榮本、源，作深。

按深字非是。　帝範崇文篇：不游文翰，不識智之源。蓋本此文。　荀子勸學篇：故不登高山，不知天之高也；不臨深谿，不知地之厚也；不聞先王之遺言，不知學問之大也。大戴禮勸學篇同

遠而光華者，飾也；近而愈明者，學也。

按尚書大傳略說：子曰：『君子不可以不學，見人不可以不飾與飭通。不飾，無貌；無貌，不敬；不敬，無禮；無禮，不立。夫遠而有光者，飭也；近而逾明者，學也。』又見大戴禮勸學篇，說苑建本篇，孔子家語致思篇。（飭，作飾。）

故吳蘚眞勁，非筈羽而不美。

羅校敦煌本、法藏敦煌本、道藏本、子彙本、程榮本、王謨本、畿輔本、眞，並作質。　羅校敦煌本、法藏敦煌本、筈，並作括。

按眞字非是。　貴言篇：楚楛質勁，句法與此同。　帝範崇文篇：質蘊吳竿，非筈羽不美。注引此文亦作質。筈與括同。　說苑建本篇：子路曰：『南山有竹，弗揉自直；斬而射之，通於犀革，又何學爲乎？』孔子曰：『括而羽之，鏃而砥礪之，其入不益深乎？』

懸巖滴溜，終能穴石；規車牽索，以至斷軸；水非石之鑽，繩非木之鋸，然而斷穴者，積漸之所成也。

按漢書枚乘傳：泰山之霤穿石，單極之綆斷幹；水非石之鑽，索非木之鋸，尸子有此二句，索作繩。漸靡使之然也。又見說苑正諫篇

耳形完，而聽不聞者，聾也；目形全，而視不見者，盲也。

按淮南泰族篇：且聾者耳形具，而无能聞也；盲者目形存，而无能見也。

耳之初窒，目之始昧，必不惜百金，遑釋千里。人不涉學，猶心之聾盲，不知遠祈明師，以攻心術，性之蔽也。

羅校敦煌本、法藏敦煌本、遭，並作迎。程榮本、王謨本、畿輔本、遭，並作逆。

按敦煌本近古，當從之。淮南泰族篇：故有瘖聾之病者，雖破家求醫，不顧其費。豈獨形骸有瘖聾哉！心志亦有之。心之塞也，莫知務通也，不明於類也。

故宣尼臨沒，手不釋卷。

按論衡別通篇：孔子病，商瞿卜期日中；孔子曰：『取書來。』比至日中何事乎？聖人之好學也，且死不休。

仲舒垂卒，口不輟誦。

按史記儒林董仲舒傳：董仲舒，廣川人也。以治春秋，孝景時爲博士。下帷講誦，弟子傳以久次相受業，或莫見其面。蓋三年董仲舒不觀於舍園。其精如此。……疾免居家，至卒，終不治產業，以修學著書爲事。

有子惡臥，自碎其掌。

按碎，當作焠。荀子解蔽篇：有子惡臥而焠掌。楊倞注：焠，灼也。桓範世要論：有君好臥，讀書倦，則刺其掌。太平御覽三百七十及六百十一引

蘇生患睡，親錐其股。

按戰國策秦策一：蘇秦夜發書，陳篋數十，得太公陰符之謀，伏而誦之，簡練以爲揣摩。讀書欲睡，引錐自刺其股，血流至足。

專學章六

學者，出於心。

法藏敦煌本、心下有也字。

按有也字，較勝。荀子勸學篇：君子之學也，入乎耳，著乎心。

耳目候於外。

羅校敦煌本、法藏敦煌本、於，並作其。

按其字是。春秋元命苞：耳者，心之候。玉函山房輯佚書

夫兩葉掩目，則冥默無覩；雙珠塡耳，必寂寞無聞。

按鶡冠子天則篇：一金樓子雜記上篇作兩，是。葉蔽目，不見泰山；兩豆塞耳，不聞雷霆。

而離婁察秋毫之末，不聞雷霆之聲；季子聽淸角之韻，不見嵩岱之形。聽不關耳，而耳不見；聽不關目原奪，據各本補。而目不聞者，何也？心溺秋毫，意入淸角故也。

羅校敦煌本、作視不關耳，而耳不聞；聽不關目，而目不見。法藏敦煌本同。餘本皆誤

按敦煌兩本極是。淮南俶眞篇：夫目察秋毫之末，耳

不聞雷霆之聲；耳調金石之音，目不見太山之形。何則？小有所志，而大有所忘也。又見文子九守篇，說苑說叢篇。 離婁明目，見孟子離婁上篇、韓非子觀行篇、淮南子原道篇等書。 季子，吳公子季札也。左襄二十九年傳，載其觀樂事。

使左手畫方，右手畫圓，令一時俱成，雖執規矩之心，迴剟劂之手，而不能者，由心不兩用，則手不並運也。

按韓非子功名篇：故曰：『右手畫圓，左手畫方，不能兩成。』外儲說左下同。又見史記龜策傳。 孟子離婁上篇：規、矩，方、員之至也。 說文：剟，刊也。 廣雅釋器：劂，刀也。 漢書揚雄傳上：般倕棄其剞劂兮。顏注引應劭曰：剞，曲刀也。劂，曲鑿也。 他書多以剞劂，或剞劂連文，與此異。

弈秋、通國之善弈也，當弈之思，有吹笙過者，乍而聽之，則弈道敗矣。

羅校敦煌本、思上無之字。法藏敦煌本同。 程榮本、有吹笙過者下，作傾心聽之，將圍未圍之際，問以弈道，則不知也。王謨本、畿輔本、並同。

按敦煌兩本是。 程本等則非。蓋緣下文而增 孟子告子上篇：弈秋、通國之善弈者也。

隸首、天下之善算也，有鳴鴻過者，彎弧擬之，將發未發之間，問以三五，則不知也；非三五難算，意有暴昧，鴻亂之也。

按世本：隸首作數。 尸子：鴻鵠在上，扞弓彀弩以待之，若發、若否，問二五弗知；非二五之難計也，欲鴻之心亂之也。（此文殘缺未全）

夫蟬之難取，而黏之如掇。

按莊子達生篇：仲尼適楚，出於林中，見痀僂者承蜩，方言十一：蟬，楚謂之蜩。 猶掇之也。仲尼曰：『子巧乎！有道邪？』曰：『我有道也。五六月，累丸二而不墜，則失者錙銖；累三而不墜，則失者十一；累五而不墜，猶掇之也。……雖天地之大，萬物之多，而唯蜩翼之知。吾不反不側，不以萬物易蜩之翼，何為而不得？』孔子顧謂弟子曰：『用志不分，乃凝於神，其痀僂丈夫之謂乎？』又見列子黃帝篇（淮南說山篇：孔子之見黏蟬者。）

卷耳易採，而不盈傾筐。專與不專也。

按詩周南卷耳：采采卷耳，不盈頃筐。毛傳：卷耳，苓耳也。頃筐，畚屬，易盈之器也。 荀子解蔽篇：頃筐，易滿也；卷耳，易得也；然而不可以貳周行。故曰：心枝則無知，傾則不精，貳則疑惑。以贊稽之，萬物可兼知也。身盡其故則美。類不可兩也，故知者擇一而壹焉。

是故學者，必精勤專心，以入於神。若心不在學，而強調誦，雖入於耳，而不諦於心；譬若聾者之歌，效人爲之，無以自樂，雖出於口，則越散矣。

按調爲諷之形誤，當依各本改正。淮南原道篇：夫內不開於中，而強學問者，不入於耳，而不著於心；此何以異於聾者之歌也，效人爲之，而無以自樂也，聲出於口，則越而散矣。高注：散，去耳不聞也。

辯樂章七

樂者，天地之聲，中和之紀，人情之所不能免也。

羅校敦煌本、法藏敦煌本、聲，並作齊。

按齊字是。荀子樂論篇：故樂者，天地之大齊也，中和之紀也，人情之所必不免也。又見禮記樂記，（齊作命）史記樂書（作齊）。

人心喜則哾，哾則樂；樂則口欲歌之，手欲鼓之，足欲舞之。

按禮記樂記：故歌之爲言也，長言之也。說之，故言之；言之不足，故長言之；長言之不足，故嗟歎之；嗟歎之不足，故不知手之舞之，足之蹈之也。

歌之，舞之，容發於音聲，形發於動靜，而入於至道。音聲動靜，性術之變，盡於此矣。故人不能無樂，樂則不能無形，形則不能無道，道則不能無亂。先王惡其亂也，故制雅樂以道之，使其聲足樂而不淫，使原奪，據各本補。其音調倫而不詭，使其曲繁省而廉均，是以感人之善惡，不使放心邪氣，是先王立樂之情也。

羅校敦煌本、法藏敦煌本、並無歌之舞之四字。

按歌之舞之四字，當據敦煌兩本刪。其餘字句誤者，皮傳已具。　樂論篇：樂則必發於聲音，形於動靜，而人之道。聲音動靜，性術之變，盡是矣。故人不能不樂，樂則不能無形。形而不爲道，則不能無亂。先王惡其亂也，故制雅頌之聲以道之，使其聲足以樂而流；使其文足以辨而不諰；使其曲直、繁省、廉肉、節奏，足以感動人之善心；使夫邪汙之氣，無由得接焉。是先王立樂之方也。又見禮記樂記，史記樂書。

五帝殊時，不相沿樂；三王異世，不相襲禮。

按樂記：五帝殊時，不相沿樂；三王異世，不相襲禮。樂書同

故黃帝樂曰雲門，顓頊曰五莖，帝嚳曰六英，堯曰咸池，舜

曰簫韶，禹曰大夏，湯曰大濩，武王大武，此八樂之所以異名也。

羅校敦煌本、法藏敦煌本、末句並作此八代之樂，所以異名也。　法藏敦煌本、武王下有曰字。

按敦煌兩本並是。　漢書禮樂志：黃帝作咸池，顓頊作六莖，帝嚳作五英，堯作大章，舜作招，禹作夏，湯作濩，武王作武。武，言以功定天下也；濩，言救民也；夏，大，承二帝也；招，繼堯也；大章，章之也；五英，英華茂也；六莖，及根莖也；咸池，備矣。　白虎通禮樂篇引禮記略同　樂緯：黃帝曰咸池，帝嚳曰六英，顓頊曰五莖，堯作大章，舜曰簫韶，禹曰大夏，商曰大濩，周曰大武象。　樂記正義引　周禮春官宗伯下大司樂：舞雲門、大卷。鄭注：黃帝曰雲門、大卷。黃帝能成名萬物，以明民共財。言其德如雲之所出，民得以有族類。樂記：咸池，備矣。鄭注：黃帝所作樂名也。堯增修而用之。

先王聞五聲，播八音。

羅校敦煌本、聞，作開。法藏敦煌本、作闡。

按開、蓋聞之誤 闡、聞、三字並誤。當作文。　周禮大司樂：凡六樂者，文之以五聲，播之以八音。又大師：掌六律、六同，以合陰陽之聲。……皆文之以五聲；宮、商、角、徵、羽。皆播之以八音：金、石、土、革、絲、木、匏、竹。

非苟欲愉心滿耳，聽其鏗鏘而已。

按樂記：君子之聽音，非聽其鏗鏘而已也。

將順天地之體，成萬物之性，協律呂之情，和陰陽之氣，調八風之韻，通九歌之分。

法藏敦煌本、將下有以字。

按有以字較勝。　阮籍樂論：昔者聖人之作樂也，將以順天地之性，體萬物之生也。故定天地八方之音，以迎陰陽八風之聲；均黃鍾中和之律，開羣生萬物之氣。　律、呂，見呂氏春秋音律篇，史記律書，漢書律歷志上。　八風，見呂氏春秋有始覽，淮南天文篇，墬形篇，白虎通八風篇。　九歌，見左文七年傳，書僞大禹謨，漢書禮樂志顏注。

奏之圜丘，則神明降；用之方澤，則幽祇昇。

按神明二字當乙，與下幽祇對。經籍中多有明神之文　周禮大司樂：凡樂圜鍾爲宮，……冬日至，於地上之圜丘奏之；若樂六變，則天神皆降，可得而禮矣。凡樂函鍾爲宮，……夏日至，於澤中之方丘奏之；若樂八變，則地示皆出，可得而禮矣。樂論：奏之圜丘，而天神下；奏之方岳，而地祇上。

擊拊球石，即百獸率舞；樂終九成，則瑞禽翔。

羅校敦煌本、法藏敦煌本、並無率字。

按無率字，與下則瑞禽翔句儷。書舜典：夔曰：『予擊石拊石，百獸率舞。』益稷：簫韶九成，鳳皇來儀。

下則移風易俗。

按孝經廣要道章：移風易俗，莫善於樂。

而溺者競興。

羅校敦煌本、法藏敦煌本、道藏本、子彙本、程榮本、王謨本、畿輔本、者，並作音。

按音字是。樂記：『……今君之所好者，其溺音乎？』文侯曰：『敢問溺音何從出也？』子夏對曰：『鄭聲好濫，淫志；宋音燕女，溺志；衞音趨數，煩志；齊音敖辟，喬志；此四者，皆淫於色而害於德，是以祭祀弗用也。』

故夏甲作破斧之歌，始爲東音。

按呂氏春秋音初篇：夏后氏孔甲，田于東陽萯山，天大風晦盲，入于民室，主人方乳。或曰：『后來，是良日也，之子是必大吉。』或曰：『不勝也，之子是必有殃。』后乃取其子以歸。曰：『以爲余子，誰敢殃之？』子長成人，幕動坼橑，斧斫斬其足，遂爲守門者。孔甲曰：『嗚呼！有疾，命矣夫！』乃作爲破斧之歌，實始爲東音。

殷辛作靡靡之樂，始爲北聲。

按史記樂書：紂爲朝歌北鄙之音。

鄭衞之俗好淫，故有溱洧桑中之曲；楚越之俗好勇，則有赴湯蹈火之歌。各詠其所好，歌其所欲，作之者哀，聽之者泣。

羅校敦煌本、法藏敦煌本、湯，並作水。哀下有歎字。泣上有泫字。

按敦煌兩本並是。樂論：楚越之風好勇，故其俗輕死；鄭衞之風好淫，故其俗輕蕩。輕死，故有蹈火赴水之歌；輕蕩，故有桑間濮上之曲。各歌其所好，各詠其所欲，爲之者流涕，聞之者歎息。

由心之所感，則形於聲；聲之所感，必流於心。

按樂記：凡音之起，由人心生也；人心之動，物使之然也。感於物而動，故形於聲。樂書同

故哀樂之心感，則憔殺嘽緩之聲應。

按燋，當作噍。樂記：是故其哀心感者，其聲噍以殺；其樂心感者，其聲嘽以緩。樂書同

濮上之音作，則淫佚邪放之志生。

按樂記：桑間、濮上，亡國之音也。又、流辟、邪散、狄成、滌濫之音作，而民淫亂。樂書並同

故延年造傾城之歌，漢武思靡嫚之色。

按見漢書外戚傳上。樂論：延年造傾城之歌，孝武思孋嫚之色。淮南原道篇高注：靡曼，美色也。

雍門作松栢之聲，齊湣願未寒之服。

按樂論：雍門作松栢之音，愍王念未寒之服。

荆軻入秦，宋意擊筑，歌於易水之上，聞者瞋目，髮直穿冠；趙王遷於房陵，心懷故鄉，作山水之謳，聽者嗚咽，泣涕流漣。

按水，當作木。淮南泰族篇：趙王遷流於房陵，趙幽繆王名遷，見史記趙世家。孔昭云遷於房陵，與江淹恨賦同。皆誤讀淮南王書，以遷流二字連貫成文，又刪流字，是其疏矣。思故鄉，作爲山木原作水，誤與此同。依王念孫雜志改。之謳，聞者莫不殞涕；荆軻西刺秦王，高漸離、宋意爲擊筑，而歌於易水之上，聞者莫不瞋目裂眦，髮植穿冠。荊軻事見史記刺客列傳

桓帝聽楚琴，慷慨嘆息，悲酸傷原作傷酸，當是手民誤到，據各本乙。心，曰：『善哉！爲琴若此，豈非樂乎？』夫樂者，聲樂而心和，所以非爲樂也。今則聲哀而心原脊，乃手民排入次行，據各本補正。悲，灑淚而歔欷，是以悲爲樂也。若以悲爲樂，亦何樂之有哉？

按樂論：桓帝聞楚琴，悽愴傷心，倚扆而悲，慷慨長息，曰：『善哉乎？爲琴若此，一而已足矣！』夫是謂以悲爲樂者也。誠以悲爲樂，則天下何樂之有？東觀漢記帝紀三：桓帝好音樂，善琴笙。

今怨思之聲，施於管絃，聽其音者，不淫則悲；淫則亂男女之辨，悲則感怨思之聲，豈所謂樂哉！

按淮南泰族篇：今取怨思之聲，施於絃管，聞其音者，不淫則悲；淫則亂男女之辯，悲則感怨思之氣，豈所謂樂哉！

故奸聲感人，而逆氣應之，逆氣成象，而淫樂興焉；正聲感人，而順氣應之，順氣成象，而和樂興焉。

按樂記：凡姦聲感人，而逆氣應之，逆氣成象，而淫樂興焉；正聲感人，而順氣應之，順氣成象，而和樂興焉。史記樂書同（荀子樂論篇小異）

則有悖逆詐偽之心，淫泆妄作之事。

按樂記：於是有悖逆詐僞之心，有淫泆作亂之事。樂書同

是以姦聲亂色，不留聰明；淫樂慝禮，不接心術。

按樂記：姦聲亂色，不留聰明；淫樂慝禮，不接心術。樂書同

故爲詩頌以宣其志，鐘鼓以節其耳，羽毛以制其目；聽之者不傾，視之者不邪。耳目不傾不邪，則邪音不入；邪音不入，則情性內和；情性內和，然後乃爲樂也。

按樂論：歌詠詩曲，將以宣平和，著不逮也。鍾鼓，所以節耳；羽旄，所以制目；聽之者不傾，視之者不衰。耳目不傾不衰，則風俗移易。故移風易俗，莫善于樂也。

履信章八

信者，仁之基。

羅校敦煌本、法藏敦煌本、道藏本、子彙本、程榮本、王謨本、幾輔本、仁，並作行。

按以下文驗之，行字是。

故信之行於人。

羅校敦煌本、作故行之於人。

按行之於人，與下信之於行相儷。敦煌本是也。帝範求賢篇注、引作故信行之於人、雖衍信字與今本同，然行之二字，尚未到也。

是適郢者，而首冥山，背道愈遠矣。

按莊子天運篇：夫南行者，至於郢，北面而不見冥山，是何也？則去之遠也。

自古皆有死，人非信不立。

按論語顏淵篇：自古皆有死，民無信不立。

故豚魚，著信之所及也。

按易中孚：彖曰：『豚魚，吉。信，及豚魚也。』

齊桓不背曹劌之盟。

按公羊莊十三年：公會齊侯盟于柯。……莊公升壇，曹子手劍而從之。管子進曰：『君何求乎？』曹子曰：『城壞壓竟，君不圖與？』管子曰：『然則君將何求？』曹子曰：『願請汶陽之田。』管子顧曰：『君許諾。』桓公曰：『諾。』曹子請盟。桓公下與之盟。……桓公之信著乎天下，自柯之盟始焉。

晉文不棄伐原之誓。

按左傳二十五年傳：冬，晉侯圍原，命三日之糧。原不降，命去之。諜出，曰：『原將降矣。』軍吏曰：『請待之。』公曰：『信，國之寶也；民之所庇也。得原失

信，何以庇之？所亡滋多。』退一舍，而原降。

吳起不虧移轅之賞。

按韓非子內儲說上：吳起爲魏武侯西河之守，秦有小亭臨境，吳起欲攻之。不去，則甚害田者；去之，則不足以徵甲兵。於是乃倚一車轅於北門之外，而令之曰：『有能徙此南門之外者，賜之上田上宅。』人莫之徙也。及有徙之者，遂賜之如令。呂氏春秋愼小篇文小異

魏侯不乖虞人之期。

按戰國策魏策一：文侯與虞人期獵，是日，飲酒樂，天雨。文侯將出。左右曰：『今日飲酒樂，天又雨，公將焉之？』文侯曰：『吾與虞人期獵，雖樂，豈可不一會期哉！』乃往，身自罷之。魏於是乎始強。

故春之得風，風不信，則花萼不茂，花萼不茂，四字原奪，據各本補。則養生之德廢；夏之得炎，炎不信，則卉木不長，卉木不長，則長贏之德廢；秋之得雨，雨不信，則百穀不實，百穀不實，則收成之德廢；冬之得寒，寒不信，則水土不堅，水土不堅，則安靜之德廢。以天地之靈，氣候不信，四時猶廢，而況於人乎？

羅校敦煌本、法藏敦煌本、四得字，並作德。　羅校敦煌本、法藏敦煌本、道藏本、子彙本、程榮本、王謨本、畿輔本、養，並作發。

按德、發、二字，並是。從化篇：冬之德陰，而有寒炎蕭丘；夏之德陽，而有霜霰。詞例與此正同。廣博物志四、引得，作德。養，作發。是董氏所見本，尙未誤也。　呂氏春秋貴信篇：春之德風，風不信，其華不盛，華不盛，則果實不生；夏之德暑，暑不信，其土不肥，土不肥，則長遂不精；秋之德雨，雨不信，其穀不堅，穀不堅，則五種不成；冬之德寒，寒不信，其地不剛，地不剛，則凍閉不開此句有誤。天地之大，四時之化，而猶不能以不信成物，又況乎人事？

昔齊攻魯，求其岑鼎，魯侯僞獻他鼎，而請盟焉。齊侯不信。使柳季云是，則請受之。魯使柳季，柳曰：『君以鼎爲國；信者，亦臣之國。今欲破臣之國，全君之國，臣所難也。』乃獻岑鼎。

羅校敦煌本、法藏敦煌本、齊侯不信下，並有曰字。　羅校敦煌本、法藏敦煌本、道藏本、子彙本、程榮本、王謨本、畿輔本、柳曰，並作柳季曰。

按曰字實不可少。季字亦當有。　呂氏春秋審己篇：齊攻魯，求岑鼎，魯君載他鼎以往。齊侯弗信，而反之，爲非。使人告魯侯曰：『柳下季以爲是，請因受之。』

魯君請於柳下季，柳下季荅曰：『君之賂以欲岑鼎也，以免國也；臣亦有國於此。破臣之國，以免君之國，此臣之所難也。』於是魯君乃以眞岑鼎往也。新序節士篇同。韓非子說林下，岑岫，作讒鼎。（岑、讒、聲相通轉）又屬之樂正子春。蓋傳聞之異。

小邾射以邑奔魯，魯使季路要我，君無盟矣。乃使子路，子路辭焉。季孫謂之曰：『千乘之國，不信其盟，而信子之一言，子何辱焉？』子路曰：『彼不臣而濟其言，是不義也，由不能矣。』

羅校敦煌本、法藏敦煌本、次魯字，並作曰。君，作吾。是不義也，作是義之也。子彙本、君亦作吾。

按敦煌兩本並是。左哀十四年傳：小邾射以句繹來奔，曰：『使季路要我，吾無盟矣。』使子路，子路辭。季康子使冉有謂之曰：『千乘之國，不信其盟，而信子之言，子何辱焉？』對曰：『魯有事於小邾，不敢問故，死其城下，可也。彼不臣而濟其言，是義之也，由弗能。』

立信於衡門。

按詩陳風衡門毛傳：衡門，橫木為門。言淺陋也。

秦孝公使商鞅攻魏，魏遣公子昂逆而拒之。鞅謂昂曰：『昔鞅與公子善，今俱為兩國將，不忍相攻，願一飲醼，以休二師。』公子許焉，遂與之會。鞅伏甲虜之，擊破魏軍。及惠王即位，疑其行詐，遂車裂於市。

按事具史記本傳卷六十八，及呂氏春秋無義篇。惠王疑其行詐，史記無，呂子有。又按國策秦策三、秦本紀、論衡禍虛篇、淮南人間篇許注、昂，並作卬。史記商君傳及呂子亦並作卬與孔昭異。

貪詐偽之小巧。

按巧，當依各本作功。

無信之弊，豈不重乎？

羅校敦煌本、法藏敦煌本、無信之弊上，並有嗚呼二字。下有一至於此一句。

按敦煌兩本極是。

同言而信，信在言前；同教而行，信在言外。

羅校敦煌本、法藏敦煌本、末信字，並作誠。餘本同。

按誠字是。子思子累德篇：據後漢書宦乘王良傳論章懷注引如此 同言而信，則信在言前；同令而行，則誠在令外。淮南繆稱篇，文子精誠篇，文同。（意林一引子思子文有異）

思順章九

山海爭水，水必歸海；非海求之，其勢順也。

按愼子：海與山爭水，海必得之。意林二及御覽四百九十六引呂氏春秋濬己篇：水出於山，而走於海；水非惡山而欲海也，高下使之然也。

塞利東南，就土順也；不利東北，登山逆也。法藏敦煌本、子彙本、程榮本、王謨本、畿輔本、東南，並作西南。

按西字是。易蹇：蹇利西南，不利東北。王弼注：西南，地也；東北，山也。

是故去濕就燥，火之勢也；違高從下，水之性也。

按易乾：文言、水流溼，火就燥。孟子告子上篇：人性之善也，猶水之就下也。人無有不善，水無有不下。

今使孟說引牛之尾，尾斷臏裂，不行十步；若環桑之條，以貫其鼻，縻以尋絢，被髮童子，騎而策之，風于廣澤，恣情所趣。何者？十步之行，非遠於廣澤，被髮之童，非勇於孟說；然而近不如遠，強不如弱者，逆之與順也。

法藏敦煌本、如遠，作及遠。餘本同。

按及字是。呂氏春秋重己篇：使烏獲疾引牛尾，尾絕力勯，而牛不可行，逆也；使五尺豎子引其棬，而牛恣所以之，順也。淮南主術篇：今使烏獲藉蕃，從後牽牛尾，尾絕而不從者，逆也；若指之桑條，以貫其鼻，則五尺童子，牽而周四海者，順也。史記秦本紀：武王有力，好戲，力士任鄙、烏獲、孟說，皆至大官。廣雅釋器：絢，索也。說文：尋，八尺也。

司馬蒯聵、天下之攻擊劍者也，令提劍鋒而掉劍觚，必刎其指，而不能以陷腐木，而況金甲乎？若提其觚而掉其鋒，則雖凡夫，可以陸斬犀象，水截蛟龍矣。

按史記自序：自司馬氏去周適晉，分散或在衞，或在趙。……在趙者，以傳劍論顯。淮南主術篇：故握劍鋒，雖以北宮子、司馬蒯蕢，不使應敵；操其觚，招其末，則庸人能以制勝。文選王褒聖主得賢臣頌：水斷蛟龍，陸剸犀革。

后稷雖善播植，不能使禾稼冬生，逆天時也；禹善治水，鑿山穴川，不能迴水西流，逆地勢也。

按淮南主術篇：禹決江疏河，以爲天下興利，而不能使水西流；稷辟土墾草，以爲百姓力農，然不能使禾冬生。豈其人事不至哉？其事不可也。泰族篇略同

自天祐之，吉無不利也。

按易大有：上九、自天祐之，吉無不利也。

愼獨章十

善者，行之總，不可斯須離；可離，非善也。

按禮記中庸：道也者，不可須臾離也；可離，非道也。

荃蓀孤植，不以巖隱而歇其芳；石泉潛流，不以淵幽而不清；人在暗密，豈以隱翳而迴操。

按淮南說山篇：蘭生幽谷，不爲莫服而不香；舟在江海，不爲莫乘而不浮；君子行義，不爲莫知而止休。

王逸楚辭離騷注：荃，香草也。抽思注：蓀，香草也。

是以戒 原誤或，據各本改。 愼目所不睹，恐懼耳所不聞。

按禮記中庸：是故君子戒愼乎其所不睹，恐懼乎其所不聞。

故蘧瑗不以昏行變節。

按列女傳仁智篇衛靈夫人傳：靈公與夫人夜坐，聞車聲轔轔，至闕而止；過闕，復有聲。公問夫人曰：『知此謂 與爲同 誰？』夫人曰：『此蘧伯玉也。』公曰：『何以知之？』夫人曰：『妾聞禮下公門式路馬，所以廣敬也。夫忠臣與孝子，不爲昭昭變節，不爲冥冥惰行。蘧伯玉，衛之賢大夫也。仁而有智，敬於事上，此其人必不以闇昧廢禮，是以知之。』公使視之，果伯玉也。

顏回不以夜浴改容。

法藏敦煌本、回，作淵。

按以鄙名、心隱、命相三篇例之，當以敦煌本爲是。

抱朴子譏惑篇：顏生整儀於宵浴。 此事他書不經見 淸子：君子不以昏行易操，不以夜昧易容。 意林五引

勾踐拘於石室，君臣之禮不替。

按吳越春秋勾踐入臣外傳：吳王知范蠡不可得爲臣，謂曰：『子既不移其志，吾復置子於石室之中。』……吳王登臺遠望，見越王及夫人、范蠡，坐於馬糞之旁，君臣之禮存，夫婦之儀具。

冀缺耕於坰野，夫婦之敬不虧。

按左僖三十三年傳：初，臼季使過冀，見冀缺耨，其妻饁之，敬；相待如賓。

斯皆愼乎隱微。

按禮記中庸：莫見乎隱，莫顯乎微，故君子愼其獨也。

不以視之不見而移其心，聽之不聞而變其情也。

按中庸：視之而弗見，聽之而弗聞。

謂天蓋高，而聽甚卑。

按詩小雅正月：謂天蓋高，不敢不跼。呂氏春秋制樂篇：天之處高而聽卑。

詩云：『相在爾室，尙不媿於屋漏。無曰不顯！莫予云覯。』

按詩大雅抑文。毛傳：西北隅謂之屋漏。鄭箋：相，

助；顯，明也。諸侯、卿大夫，助祭在女宗廟之室，尙無肅敬之心，不慚媿於屋漏，有神見人之爲也。女無謂是幽昧不明，無見我者！神見女矣！

若人不知，則鬼神知之；鬼神不知，則己知之。

按後漢書楊震傳：震曰：『天知，神知，我知，子知，何謂無知？』

是盜鍾掩耳之智也。

按呂氏春秋自知篇：范氏之亡也，百姓有得（得下奪其字）鍾者，欲負而走，則鍾大不可負，以椎毀之；鐘況然有音，恐人聞之而奪己也，遽揜其耳。惡人聞之，可也；惡己自聞之，悖矣。（又見淮南說山篇）

孔徒晨起，爲善孳孳。

按未詳。孟子盡心上篇：鷄鳴而起，孳孳爲善者，舜之徒也。（孔昭蓋意說耳）

東平居室，以善爲樂。

按後漢書東平憲王蒼傳：日者，問『東平王處家，何等最樂？』王言『爲善最樂。』

獨立不慚影（原誤作漸影，據各本改。）獨寢不媿衾。

按晏子春秋外篇：嬰聞之，君子獨立不慚於影，獨寢不慚於形。淮南繆稱篇：周公不慚乎景，故君子愼其獨也。又見文子精誠篇（困學紀聞五：劉子曰：『獨立不慚影，獨寢不媿衾。』自注：高彥先謹（宋避孝宗諱改愼爲謹）獨銘曰：『其出戶如見賓，其入虛如有人；其行無媿於影，其寢無媿於衾。』四句並見劉子。）

貴農章十一

衣食者，民之本也；民者，國之本也。民恃衣食，猶魚之須水；國之恃民，如人之倚足。魚無水，則不得而生；人失足，必不可以步。

按淮南主術篇：食者，民之本也；民者，國之本也。（文子上仁篇同）臣軌利人章：夫衣食者，人之本也；人者，國之本也。人恃衣食，猶魚之恃水；國之恃人，如人之倚足。魚無水，則不可以生；人無足，則不可以步。蓋襲於此。

故農祥旦正，辰集娵訾，陽氣憤盈，土木脈發。

按旦爲晨之殘誤，校釋已詳辨之矣。國語周語上：古者，太史順時覛土，陽癉憤盈，土氣震發，農祥晨正，日月底于天廟，土乃脈發。韋昭注：憤，積也。盈，滿也。農祥，房星也。晨正，謂立春之日，晨中於午也。農事之候，故曰農祥也。脈，理也。農書曰：

『春、土長冒橛，陳根可拔，耕者急發。』辰集蝕眚，解見校釋，茲不贅。

天子親耕於東郊，后妃躬桑於北郊。國非無良農也，而主者親耕；世非無蠶妾也，而后妃躬桑。上可以供宗廟，下可以勸兆民。

法藏敦煌本、子彙本、程榮本、王謨本、畿輔本、主，並作王。

按王字是。禮記祭統：是故天子親耕於南郊，以共齊盛。王后蠶於北郊，以共純服。……天子、諸侯，非莫耕也；王后、夫人，非莫蠶也。身致其誠信，誠信之謂盡，盡之謂敬，敬、盡、然後可以事神明，此祭之道也。穀梁桓十四年傳：天子親耕，以共粢盛。王后親蠶，以共祭服。國非無良農工女也，以爲人之所盡，事其祖禰，不若以己所有親者也。又按孔昭謂天子親耕東郊，與禮文異。新唐書禮樂志四：貞觀三年，太宗將親耕。給事中孔穎達議曰：『禮、天子藉田南郊，諸侯東郊，晉武帝猶東南；今帝社乃東壝，未合於古。』太宗曰：『書稱「平秩東作」，而青輅黛耜，順春氣也。吾方位少陽，田宜于東郊；乃耕于東郊。』舊唐書禮儀志四略同 是天子耕東郊，乃唐制也。帝範務農篇：故躬耕東郊。非劉子所宜言。豈傳寫者妄改歟？

神農之法曰：『丈夫丁壯而不耕，天下有受其饑者；婦人當年而不織，天下有受其寒者。』故天子親耕，后妃親織，以爲天下先。

按呂氏春秋愛類篇：神農之敎曰：『士有當年而不耕者，則天下或受其饑矣；女有當年而不績者，則天下或受其寒矣。』故身親耕，妻親績，所以見致民利也。又見淮南齊俗篇，文子上義篇。

是以其耕不強者，無以養其生；其織不力者，無以蓋其形。衣食饒足，姦邪不生；安樂無事，天下和平；智者無以施其策，勇者無以行其威。

按淮南齊俗篇：是故其耕不強者，無以養生；其織不強者，無以揜形。有餘不足，各歸其身。衣食饒溢，姦邪不生；安樂無事，而天下均平。故孔丘曾參，無所施其善；孟賁成荊，無所行其威。文子上義篇同

是以雕文刻鏤，傷於農事；錦繢綦組，害於女工。農事傷，則饑之本也；女工害，則寒之源也。饑寒並至，而欲禁人爲盜，是揚火而欲無原誤作並，據各本改。炎，撓水而望其靜，不可得也。

法藏敦煌本、綦，作纂。

按纂字是。管子輕重甲篇，七主七臣篇，尉繚子治本篇，賈子新書瑰瑋篇，淮南修務篇，漢書景帝紀，並有纂組之文。韓非子詭使篇：綦組錦繡。誤與此同。淮南齊俗篇：夫雕琢刻鏤，傷農事者也；錦繡纂組，害女工者也。農事廢，女工傷，則飢之本，而寒之原也。夫飢寒並至，能不犯法干誅者，古今之未聞也。漢書景帝紀二年詔略同

法藏敦煌本、句首有管子曰三字。

衣食足，知榮辱；倉廩實，知禮節。

按敦煌本極是。管子牧民篇：倉廩實，則知禮節；衣食足，則知榮辱。

如値原誤作植，據各本改。水旱之歲，瓊粒之年，則璧不可以禦寒，珠未可以充饑也。

按荀子儒效篇：彼寶也者，衣之不可衣也，食之不可食也。漢書食貨志同 漢書景帝紀：三年，詔曰：『農，天下之本也。黃金珠玉，飢不可食，寒不可衣。』

何異畫爲西施，美而不可悅。

按淮南說山篇：畫西施之面，美而不可悅。

衣之與食，唯生人之所由。

按管子禁藏篇：夫人之所生，衣與食也。淮南泰族篇同

室如懸磬。

按國語魯語上：室如懸磬。左僖二十六年傳作罄 韋注：懸磬，言魯府藏空虛，如懸磬也。

故先王制國，有九年之儲，可以備非常，常字原脫，據各本增。救災厄也。

法藏敦煌本、可，作所。

按所字勝。禮記王制：三年耕，必有一年之食；九年耕，必有三年之食。以三十年之通，雖有凶旱，民無菜色。賈子新書憂民篇略同

堯湯之時，有十年之蓄；及遭九年洪水，七載大旱，不聞饑饉相望，捐棄溝壑者，蓄積多故也。

按墨子七患篇：故夏書曰：『禹七年水，』殷書曰：『湯五年旱，』此其離凶甚矣！然而民不凍餓者，何也？其生財密，其用之節也。荀子富國篇，韓詩外傳三，略同。漢書食貨志：鼂錯復說上曰：『堯禹有九年之水，湯有七年之旱，而國亡捐瘠者，以蓄積多，而備先具也。』禹水湯旱年數，管子權數篇，莊子秋水篇，荀子王霸篇，淮南主術篇，論衡感虛篇，各異。

穀之所以不積者，在於游食者多，而農人少故也。夫螟螣秋生而秋死，一時爲災，而原作如，據各本改。數年乏食。今一人耕，而百人食之，其爲螟螣，亦以甚矣！

按商子農戰篇：夫農者寡，而游食者衆，故其國貧危。今夫蛆螣蚼蠋，春生秋死；一出，而民數年不食。今一人耕，而百人食之，此其爲蛆螣蚼蠋，亦大矣！

是以先王敬授民時。

按書堯典：乃命羲和，欽若昊天，厤象、日月、星辰，敬授民時。

按公羊宣十五年傳：什一者，天下之中正也。什一行，而頌聲作矣。

頌聲作矣。

愛民章十二

天生蒸民，而樹之以君；君者，民之天也。

道藏本、蒸，作烝。子彙本、程榮本、王謨本、畿輔本、並作萬。

按蒸、烝、並是，萬則非也。法藏敦煌本作蒸，則古本不作萬也。詩大雅烝民：天生烝民。蕩亦有此語 孟子告子上篇引作蒸民。左文十三年傳：天生民而樹之君，以利之也。襄十四年傳：天生民而立之君，使司牧之。

天之養物，以陰陽爲大。

法藏敦煌本、程榮本、王謨本、大，並作本。

按本字是。本，俗以夲代之；大，蓋其殘誤。

故寒暑不時，則疾疫；風雨不節，則歲饑。刑罰者，民之寒暑也；教令者，民之風雨也。刑罰不時，則民傷；教令不節，則俗弊。

按禮記樂記：天地之道，寒暑不時則疾，風雨不節則饑。教者，民之寒暑也；教不時，則傷世。事者，民之風雨也；事不節：則無功。史記樂書同

故水濁無掉尾之魚，土墝無葳蕤之木，政煩無逸樂之民。

按禮記王制：土敝則草木不長，水煩則魚鼈不大。樂書同 鄧析子無厚篇：夫水濁無掉尾之魚，政苛無逸樂之民。

政之於人，猶琴瑟也，大弦急，則小弦絕；小弦絕，大弦閒矣。

法藏敦煌本、間，作闕。餘本並作閼。道藏本作間

按敦煌本是。闕，正作閼。韓詩外傳一：治國者，譬若乎張琴然；大弦急，則小弦絕矣。又見淮南繆稱、詮言、秦族三篇，說苑政理篇、後漢書論寵傳。

夫足寒傷心，民勞傷國。

按素書安禮章：足寒傷心，人怨傷國。申鑒政體篇：故足寒傷心：民寒傷國。臣軌利人章：夫足寒傷心，民勞傷

國。

人之於君，猶子之於父母也。未有父母富而子貧，父母貧而子富也。故人饒足者，非獨人之足，亦國之足也；渴乏者，非獨（原誤作濁，據各本改。）人之渴乏，亦國之渴乏也。

按孔子家語賢君篇：孔子曰：『詩云：「愷悌君子，民之父母。」未有子富而父母貧者也。』臣軌利人章：夫人之於君，猶子於父母。未有子貧而父母富，子富而父母貧。故人足者，非獨人之足，國之足也：人匱者，非獨人之匱，國之匱也。蓋襲於此。

故有若曰：『百姓足，君孰與不足？百姓不足，君孰與足？』

法藏敦煌本、有若，作孔子。

按敦煌本非是。此有若對魯哀公之詞，見論語顏淵篇。

草木昆蟲，不失其所；獺未祭魚，不施網罟；豺未祭獸，不修田獵；鷹隼未擊，（擊，原誤繫。據各本改。）不張罻羅；霜露未霑，不伐草木。

按禮記王制：獺祭魚，然後虞人入澤；豺祭獸，然後田獵；鳩化為鷹，然後設罻羅；草木零落，然後入山林；昆蟲未蟄，不以火田。淮南主術篇：豺未祭獸，罝罦不得布於野；獺未祭魚，網罟不得入於水；鷹隼未摯，羅網不得張於谿谷；草木未落，斤斧不得入山林；昆蟲未蟄，不得以火燒田。又見文子上仁篇，賈子禮篇。

草木有生而無識，鳥獸有識而無知。

法藏敦煌本、鳥，作禽。

按敦煌本是。荀子王制篇：草木有生而無知，禽獸有知而無義。

昔太王居邠，而人隨之，仁愛有餘也。

按居字有誤，校釋已具。孟子梁惠王下篇：昔者，大王居邠，狄人侵之。……去邠踰梁山，邑于岐山之下居焉。邠人曰：『仁人也，不可失也！』從之者，如歸市。又見莊子讓王篇，呂氏春秋審為篇，淮南道應篇，尚書大傳略說，詩大雅緜毛傳，孔子家語好生篇，孔叢子居衞篇。

夙沙之君，而人背之，仁愛不足也。

按呂氏春秋用民篇：夙沙之民，自攻其君，而歸神農。又見淮南道應篇，說苑政理篇，帝王世紀。（太平御覽七十八引）

故君者，壤地；人者，卉木也。未聞壤肥而卉木不茂，君仁而萬民不盛矣。

法藏敦煌本、地下有也字。人，作民。

按敦煌本是也。未聞壤肥句，亦當有地字。韓非子難二篇：師曠曰：『君者，壤地也；臣者，草木也。必壤地美，然後草木碩大。』

從化章十三

君以民爲體，民以君爲心。心好之，身必安之；君好之，民必從之。

按禮記緇衣：子曰：『民以君爲心，君以民爲體。心莊則體舒，心肅則容敬。心好之，身必安之；君好之，民必欲之。』

人之從君，如草之從風，水之從器。故君之德，風之與器也；人之情，草之與水也。草之戴風，風鶩（原作騖，據各本改。）東則東靡，風鶩西則西靡，是隨風之東西也；水之在器，器方則水方，器圓則水圓，是隨器之方圓也。

按論語顏淵篇：君子之德風，小人之德草，草上之風，必偃。（孟子滕文公上篇同。（書僞君陳：爾惟風，下民惟草。））說苑君道篇：夫上之化下，猶風靡草。東風，則草靡而西；西風，則草靡而東。在風所由，而草爲之靡。尸子處道篇：孔子曰：『君者，盂也；民者，水也。盂方，則水方；盂圓，則水圓。』又見荀子君道篇，韓非子外儲說左上。

下之事上，從其所行，猶影之隨形，響之應聲。

按荀子彊國篇：且上者，下之師也。夫下之和上，譬之猶響之應聲，影之像形也。漢書伍被傳：下之應上，猶景響也。

上所好物，下必有甚。

按孟子滕文公上篇：上有好者，下必有甚焉者矣。禮記緇衣：上好是物，下必有甚者矣。

詩云：『誘人孔易。』

法藏敦煌本、人，作民。

按人乃避唐太宗諱改。大雅抑：攜無曰益，牖民孔易。禮記樂記引牖作誘，與此同。

昔齊桓公好衣紫，闔境盡被異綵。

法藏敦煌本、盡，作不。

按不字是。若如今本，則矛楯矣。韓非子外儲說左上：齊桓公好服紫，一國盡服紫。又見尹文子大道上篇

晉文公不好服羔裘，羣臣皆衣牂羊。

法藏敦煌本、羔裘二字作美。

按敦煌本是。墨子兼愛中篇：昔者，晉文公好士之惡衣，故文公之臣，皆牂羊之裘。又見淮南齊俗篇

魯哀公好儒服，舉國皆著儒衣。

按莊子田子方篇：莊子見魯哀公，哀公曰：『魯多儒士，少爲先生方者。』莊子曰：『魯少儒。』哀公曰：『舉國而儒服，何謂少乎？』

趙武靈王好鵕鸛，國人咸冠鵕冠。

按淮南主術篇：趙武靈王貝帶鵕鸛而朝，趙國化之。

楚靈王好細腰，臣妾爲之約食，餓死者多。

按墨子兼愛中篇：昔者，楚靈王好士細要，靈王之臣皆以一飯爲節，脇息然後帶，扶墻然後起；比期年，朝有黧黑之色。　韓非子二柄篇：楚靈王好細腰，國中多餓人。又見尸子處道篇，晏子春秋外篇，淮南主術篇。（荀子君道篇，尹文子大道上篇，楚靈王作楚莊。）

越王勾踐好勇，而揖鬪蛙，國人爲之輕命，兵死者衆。

按韓非子內儲說上：越王慮伐吳，欲人之輕死也，出見怒鼃，乃爲之式。從者曰：『奚敬於此？』王曰：『爲其有氣故也。』明年之請以頭獻王者，歲十餘人。　吳越春秋勾踐伐吳外傳：道見鼃張腹而怒，將有戰爭之氣，即爲之軾。……於是軍士聞之，莫不懷心樂死，人致其命。

堯舜之人，可比家而封；桀紂之人，可接屋而誅。非堯舜之民，性盡仁義，而桀紂之人，生輙姦邪；而善惡性殊者，染化故也。

法藏敦煌本、人，並作民。

按民字是。　論衡率性篇：傳曰：『堯舜之民，可比屋而封；桀紂之民，可比屋而誅。』又見陸賈新語無爲篇，漢書王莽傳，後漢書楊終傳。　袁準才性論：堯舜之人，比屋可封；非盡善也，猶在防之水，非不流也。桀紂之人，比屋可誅；非盡惡也，猶在壑之水，非不停也。御覽七十七引

樹之風聲。

按左文六年傳：樹之風聲。杜注：因土地風俗，爲立聲教之法。書僞畢命亦有此語

故唐堯之世，而四凶縱。

按書舜典：舜流共工于幽洲，放驩兜于崇山，竄三苗于三危，殛鯀于羽山。四罪而天下咸服。

殷紂之時，而三仁貞。

按論語微子篇：微子去之，箕子爲之奴，比干諫而死。孔子曰：『殷有三仁焉。』

漢文節儉，而人庶奢。

按史記孝文本紀：孝文帝從代來，即位二十三年，宮室、苑囿、狗馬、服御。無所增益。有不便，輙弛以利民。嘗欲作露臺，召匠計之，直百金；上曰：『百金，中民十家之產。』……上常衣綈衣。所幸愼夫人，令衣不得曳地，幃帳不得文繡，以示敦朴，爲天下先。治霸陵，皆以瓦器；不得以金、銀、銅、錫、爲飾。不治

墳，欲爲省。

齊景奢，而晏嬰儉。

按晏子春秋內篇諫上：景公之時，雨雪三日而不霽。公被狐白之裘，坐堂側陛。……公曰：『怪哉！雨雪三日，而天不寒。……』晏子曰：『嬰聞古之賢君，飽而知人之飢，温而知人之寒。』諫下：景公爲履，黃金之綦，飾以銀，連以珠，良玉之絇，其長尺；冰月服之以聽朝。雜下：晏子相景公，食脫粟之食，炙三弋、五卵、苔菜耳矣。

冬之德陰，而有寒炎蕭丘，夏之德陽，而有霜霰。

法藏敦煌本、而有寒炎蕭丘，作而有炎震。

按敦煌本是。（而有炎震，與而有霜霰對。）今本蓋涉下而衍。

故權衡雖正，不能無毫釐之差；鈞石雖平，不能無抄撮之較。

按淮南泰族篇：寸而度之，至丈必差；銖而稱之，至石必過。（又見文子上仁篇）

法藏敦煌本、君，作風。

從君之譬。

按風字是。與上文應。

唐堯居上，天下皆治，而四凶獨亂，猶曰堯治，治者多也；殷紂在上，天下皆亂，而三人獨治，猶曰紂亂，亂者衆也。

法藏敦煌本、在上，作在位。

按位字是。人，疑當作仁，與上一律。尸子處道篇：桀紂之有天下也，四海之內皆亂，而關龍逢王子比干不與焉，而謂之皆亂，其亂者衆也；堯舜之有天下也，四海之內皆治，而丹朱商均不與焉，而謂之皆治，其治者衆也。（長短經勢運篇引愼子文同）

水性宜冷，而有華陽温泉，猶曰水冷，冷者多也；火性宜熱，而有蕭丘寒炎，猶曰火熱，熱者多也。

按抱朴子論僊篇：水性純冷，而有温谷之湯泉；火體宜熾，而有蕭丘之寒焰。（又見金樓子志怪篇）

迅風揚波，高下相臨，山隆谷窪，差以尋常，較而望之，猶曰水平，舉大體也。

按淮南氾論篇：水激波興，高下相臨，差以尋常，猶之爲平。高注：雖有激波，猶以爲平，平者多也。

故世之論事，皆取其多者以爲之節。

按莊子則陽篇：今計物之數，不止於萬，而期曰萬物者，以數之多者號而讀之也。

今觀言者，當顧言外之旨，不得拘之以害意也。

法藏敦煌本、無觀字。顧，作頒。拘之，作拘文。道藏本、子彙本、程榮本、王謨本、畿輔本、亦並作拘文。

按敦煌本等並是。孟子萬章上篇：故說詩者，不以文害辭，不以辭害意。

法術章十四

神農不施刑罰而人善，爲政者不可廢法而治人；舜執干戚而服有苗，征伐者不可釋甲而制寇。

按淮南氾論篇：夫神農伏犧不施賞罰，而民不爲非，然而立政者，不能廢法而治民；舜執干戚而服有苗，然而征伐者，不能釋甲兵而制强暴。

立法者，譬如善御，察馬之力，揣途之數，齊其銜轡，以從其勢；故能登阪赴險，無覆輸之敗，乘危涉遠，無越軌之患。君猶御也，法猶轡也，人猶馬也，馬猶軌（此字有誤）也，理猶執轡也。

按淮南主術篇：聖王之治也，其猶造父之御也，齊輯于轡銜之際，而急緩于唇吻之和；正度于胸臆之中，而執節于掌握之間。……是故能進退履繩，而旋曲中規；取道致遠，而氣力有餘。誠得其術也。故權勢者，人主之車輿也；大臣者，人主之駟馬也。

苟利於人，不必法古；必害於時，不可循舊。夏商之衰，不變法而止；三代之興，不相襲而王。

道藏本、子彙本、程榮本、王謨本、畿輔本、止，並作亡。

按亡字是。（害字亦有誤，校釋已具。）淮南氾論篇：苟利於民，不必法古；苟周於事，不必循舊。夫夏商之衰也，不變法而亡；三代之起也，不相襲而王。

按淮南氾論篇：故五帝異道，而德覆天下；三王殊事，而名施後世。

堯舜異道，而德蓋天下；湯武殊治，而名施後代。

故智者作法，愚者制焉；賢者更禮，不肖者拘焉。拘法之人，不足以言事；制法之士，不足以論理。

按淮南氾論篇：夫聖人作法，而萬物（此字有誤）制焉；賢者立禮，而不肖者拘焉。制法之民，不可與遠舉；拘禮之人，不可使應變。（商子更法篇、戰國策趙策二，略同。）

若握一世之法，以傳百世之人，由以一衣擬寒暑，一藥治痤瘕也。

按淮南齊俗篇：今握一君之法籍，以非傳代之俗，譬如膠柱而調瑟也。夫一世之變，欲以偶化應時，譬猶冬被葛而夏被裘。夫一儀不可以百發，一衣不可以出歲；儀必應乎高下，衣必適乎寒暑。

者載一時之禮，以訓無窮之俗，是刻舟而求劍，守株而待兔。

按呂氏春秋察今篇：楚人有涉江者，其劍自舟中墜於水；遽契其舟，曰：『是吾劍之所從墜。』舟止，從其所契者入水求之。舟已行矣，而劍不行；求劍若此，不亦惑乎？淮南說林篇：以一世之度制治天下，譬猶客之乘舟，中流遺其劍，遽契其舟桅，暮薄而求之，其不知物類亦甚矣。韓非子五蠹篇：宋人有耕者，田中有株，兔走觸株，折頸而死；因釋其耒而守株，冀復得兔。兔不可復得，而身為宋國笑。後漢書張衡傳：不能通其變，而一度以揆之，斯契船而求劍，守株而伺兎也。

故制法者，為禮之所由，而非所以為治也；禮者，成化之所宗，而非所以成化者。

程榮本、王謨本、畿輔本，為禮，並作為理。化者，並作化也。

按也字是。理當作治。制字衍，校釋已具。淮南氾論篇：法制禮義者，治人之具也，而非所以為治也。泰族篇：故法者，治之具也，而非所以為治也。

賞罰章十五

賞罰者，國之利器，而制人之柄也。

按老子第三十六章：國之利器，不可以示人。韓非子二柄篇：明主之所導制其臣者，二柄而已。二柄者，刑、德也。傅子治體篇：治國有二柄：一曰賞，二曰罰。

故天以晷數成歲，國以法教為治。

按桓範世要論：天以陰陽成歲，人以刑德成治。治要引 晷之運也，先春後秋；法之動也，先賞後罰。

按楊泉物理論：天地之成歲也，先春而後秋；人君之治也，先禮而後刑。意林五引 禮記表記：先祿而後威，先賞而後罰。

善賞者，因民所喜以勸善；善罰者，因民所惡以禁姦。故賞少而善勸，刑薄而姦息；賞一人而天下喜之，罰一人而天下畏之。用能教狹而治廣，事寡而功衆也。

按淮南氾論篇：古之善賞者，費少而功衆；善罰者，刑省而姦禁。故聖人因民之所喜而勸善，因民之所惡以禁姦；故賞一人而天下譽之，罰一人而天下畏之。又見文子上義篇

剋復張厚賞以施下。

道藏本、施，作餌。

按餌字詛長。

是以明主一賞善罰惡，非爲己也，以爲國也。適於己，而無功於國者，不加賞焉；逆於己，而便於國者，不施罰焉。

按一字誤，校釋謂當作之，是也。淮南繆稱篇：明主之賞罰，非以爲己也，以爲國也。適於己，而無功於國者，不施賞焉；逆於己，便於國者，不加罰焉。

罰必施於有過，賞必加於有功。

按韓非子難一篇：明主賞不加於無功，罰不加於無罪。

審名章十六

名以訂實，實爲名源。

按管子九守篇：修名而督實，按實而定名。名實相生，反相爲情。

則廻犬似人，轉白成黑矣。

按呂氏春秋察傳篇：夫得言不可以不察，數傳而白爲黑，黑爲白。故狗似玃，玃似母猴，母猴似人。人之與狗，則遠矣。

黃軒四面，非有八目。

按尸子：子貢曰：『古者，黃帝四面，信乎？』孔子曰：『黃帝取合己者四人，使治四方，不謀而親，不約而成，大有成功，此之謂四面。』又見呂氏春秋本味篇，（高注誤）魏志魏文帝紀注，帝王世紀，（御覽七十九引）臣軌同體章。（面誤目）

夔之一足，必有獨脛。

按必、有、二字，疑有一誤。韓非子外儲說左下：魯哀公問於孔子曰：『吾聞古者有夔一足，其果信有一足乎？』孔子對曰：『不也。夔、非一足也，一、而足也。』又見呂氏春秋察傳篇，論衡書虛篇，風俗通義正失篇，孔叢子論書篇。

周人玉璞，其實死鼠。

按戰國策秦策三：鄭人謂玉未理者璞，周人謂鼠未腊者朴。周人懷璞過鄭賈曰：『欲買朴乎？』鄭賈曰：『欲之。』出其朴視之，乃鼠也。又見尹文子大道下篇

楚之鳳凰，乃是山鷄。

按尹文子大道上篇：楚人擔山雉者，路人問『何鳥也？』擔雉者欺之曰：『鳳皇也。』路人曰：『我聞有鳳皇，今直見之，汝販之乎？』曰：『然則十金弗與。』請加倍，乃與之。……國人傳之，咸以爲眞鳳皇。又見博物志史補篇

愚谷智叟，而像頑稱。

按韓非子佚文：昔齊桓公入山，問父老『此爲何谷？』荅曰：『臣舊畜牛生犢，以子買駒；少年謂牛不生駒，遂持而去；旁隣謂臣愚，遂名愚公谷。』藝文類聚九引。又見說苑政理篇。御覽五十四引桓譚新論亦同。

黃公美女，乃得醜名。

按尹文子大道上篇：齊有黃公者，好謙卑。有二女，皆國色。以其美也，常謙辭毀之，以爲醜惡；醜惡之名遠布。年過，而一國無聘者。衛有鰥夫，時冒娶之，果國色。然後曰：『黃公好謙，故毀其子不姝美。』於是爭禮之，亦國色也。又見博物志史補篇

魯人縫掖，實非儒行。

按禮記儒行：魯哀公問於孔子曰：『夫子之服，其儒服與？』孔子對曰：『丘少居魯，衣逢掖之衣。』莊子田子方篇：莊子曰：『魯少儒。』哀公曰：『舉魯國而儒服，何謂少乎？』莊子曰：『周聞之，儒者，冠圜冠者，知天時；履句屨者，知地形；緩佩玦者，事至而斷。君子有其道者，未必爲其服也；爲其服者，未必知其道也。公固以爲不然，何不號於國中曰：「无此道而爲此服者，其罪死！」』於是哀公號之五日，而魯國无敢儒服者。

東郭吹竽，而不知音。

按韓非子內儲說上：齊宣王使人吹竽，必三百人。南郭處士請爲王吹竽，宣王說之。廩食以數百人。宣王死，湣王立，好一一聽之，處士逃。晉書劉寔傳：南郭先生，不吹竽者也。又按孔昭作東郭，與文心雕龍聲律篇同。

四面一走。

道藏本、子彙本、程榮本、王謨本、畿輔本、走，並作足。

按足字是。

開野丈人，謂之田父；河上姹女，謂之婦人；堯漿、禹糧，謂之飲食；龍肝、牛膝，謂之爲肉。

按肝疑當作膽。並藥名，見本草。抱朴子黃白篇：凡方書所名藥物，又或與常藥物同而名異者，如：河上姹女，非婦人也；……禹餘糧，非米也；堯漿，非水也。而俗人見方用龍膽，……牛膝，皆謂之血氣之物也。見用……野丈人，……則謂人之姓名也。

掘井得人，謂言自土而出。

程榮本、王謨本、畿輔本、並無謂字。

按謂字涉上衍，當據刪。呂氏春秋察傳篇：宋之丁氏，家無井而出溉汲，常一人居外；及其家穿井，告人

曰：『吾穿井得一人。』有聞而傳之者，曰：『丁氏穿井得一人。』國人道之，聞之於宋君。宋君令人問之於丁氏，丁氏對曰：『得一人之使，非得一人於井中也。』又見論衡書虛篇，風俗通義正失篇，子華子陽城胥渠問篇。

三家渡河，云彘行水上。

按呂氏春秋察傳篇：子夏之晉，過衛，有讀史記者，曰：『晉師三豕渡河。』子夏曰：『非也，是己亥也。夫己與三相近，豕與亥相似。』至於晉而問之，則曰：『晉師己亥涉河也。』

故狐、狸、二獸，因其名便，合而爲一。

按淮南繆稱篇：今謂狐狸，則必不知狐，又不知狸。非未嘗見狐者，必未嘗見狸也。狐、狸、非異，同類也。而謂狐狸，則不知狐、狸。

蛩蛩巨虛，其實一獸，因其詞煩，分爲二。

程榮本、王謨本、畿輔本、分下並有而字。

按而字當有，與上一律。爾雅釋地：西方韓詩外傳五，說文虫部同。山海經海外北經作北海。呂氏春秋不廣篇，淮南道應篇，說苑復恩篇，則又作北方。有比肩獸焉，鼠前而兔後，爲邛邛岠虛，齧甘草；即有難，邛邛岠虛負而走。其名謂之蟨。注雅諸家，俱以邛邛岠虛爲一獸，故孔昭云爾。淮天子傳一：邛邛距虛走百里。郭注：亦馬屬。尸子曰：距虛不擇地而走。山海經云：邛邛距虛。並言之耳。然周書王會解：獨鹿邛邛，孤竹距虛。漢書司馬相如傳：蹵邛邛，轔距虛。皆分爲二獸。孔晁、張揖注，亦分爲二獸。說苑復恩篇同。爾雅翼：邛邛、距虛、蓋二獸。則以爲一獸者誤也。

鄙名章十七

名者，命之形也；言者，命之名也。

按尹文子大道上篇：名者，名形者也；形者，應名者也。

是以古人制邑名子，必依善名。

按說苑說叢篇：制宅名子，足以觀士。

昔畢萬以盈大會福。

按左閔元年傳：賜畢萬魏，以爲大夫。……卜偃曰：『畢萬之後必大，萬，盈數也；魏，大名也。以是始賞，天啓之矣。天子曰兆民，諸侯曰萬民；今名之大，以從盈數，其必有衆。』史記晉世家：烈公十九年，周威烈王賜趙、韓、魏，皆命爲諸侯。

晉仇以怨偶逢禍。

按左桓二年傳：初，晉穆侯之夫人姜氏，以條之役生太子，命之曰仇；其弟以千畝之戰生，命之曰成師。師服曰：『異哉！君之名子也。……嘉耦曰妃，怨耦曰仇，古之命也。今君命大子曰仇，弟曰成師，始兆亂矣！兄其替乎？』惠之二十四年，晉始亂。

今野人書見蟢子者，以爲有喜樂之瑞。

按西京雜記 抱經堂本 下：陸賈曰：『乾鵲噪而行人至，蜘蛛集而百事喜。』爾雅釋蟲：蠨蛸，長踦。郭注：小鼅鼄長脚者，俗呼爲喜子。疏：陸機疏云：一名長脚，荆州河內人謂之喜母。案御覽九百四十八引作喜子 此蟲來著人衣，當有親客至，有喜也。

夜夢雀者，以爲有爵位之象。

按論衡感類篇：人且得官，先夢得爵； 爵與雀通 其後莫舉，猶自得官。何則？兆象先見，其驗必至也。

夢雀者，未必蟬冠

法藏敦煌本、蟬，作彈。餘本同。 道藏本亦誤作蟬

按彈字是。 漢書王吉傳：吉與貢禹爲友，世稱『王陽在位，貢公彈冠。』顏注：彈冠者，言入仕也。

水名盜泉，尼父不漱。

按尸子：孔子過於盜泉，渴矣，而不飲。惡其名也。論語考比讖：水名盜泉，仲尼不漱。 又見說苑說叢篇，鹽鐵論毀錯篇，後漢書鍾離意傳。（淮南說山篇則以屬之曾子）

邑名朝歌，顏淵不舍。

御覽一百六十一引、顏淵不舍，作墨子廻車。

按墨子非樂，故不入朝歌之邑。淮南說山篇，墨子非樂，不入朝歌之邑。漢書鄒陽傳，邑號朝歌，墨子回車。古文苑 卷三 司馬相如美人賦，古之避色，孔墨之徒，聞齊饋女而遐逝，望朝歌而迴車。章注：邑名朝歌，墨子回車。並爾。而今本劉子以爲顏淵事，與論語考比讖合。 邑名朝歌，顏淵不舍。（顏氏家訓文章篇同） 御覽引劉子文者，止此一見，果孔昭原作墨子廻車，李昉諸人當引淮南等書較蚤；今若此，豈後人竄改之歟？ 法藏敦煌本，此數句漫漶，故無從校正。

里名勝母，曾子還軛。

法藏敦煌本、還軛，作按劍。

按敦煌本是。 漢書鄒陽傳：燕王按劍而怒。 淮南說山篇：曾子立孝，不過勝母之閭。又見說苑說叢篇，鹽鐵論毀錯篇，顏氏家訓文章篇。（尸子則以屬之孔子）

亭名柏人，漢后夜遁。

按史記張耳傳：漢八年，上從東垣還，過趙。貫高等乃壁人柏人，要之置。上過，欲宿，心動。問曰：『縣名爲何？』曰：『柏人。』『柏人者，迫於人也。』不宿

而去。

昔有貧人，命其狗曰富，命其子曰樂。方祭，而狗入於室，吒之曰：『富出！』祝曰：『不祥。』家果有禍。其子後死，哭之曰：『樂！』而不自悲也。

按尸子：齊有田果者，命其狗爲富，命其子爲樂。將欲祭也，狗入於室，呼之曰：『富出！』巫曰：『不祥也。』家果大禍。長子死，哭之曰：『樂乎！』而不似悲也。

莊里有人字其長子曰盜，次子曰毆；盜持衣出耨，其母呼之曰：『盜！』吏因縛之。其母呼毆！毆！喻吏遽，而聲不轉；但言毆！毆！吏因毆之，盜幾至於殪。

按尹文子大道下篇：莊里丈人字其長子曰盜，次子曰毆；盜出行，其父在後追呼之曰：『盜！盜！』吏聞，因縛之。其父呼毆！喻吏遽，而聲不轉，但言毆！毆！吏因毆之，幾殪。

知人章十八

驥之伏也。孫陽未賞，必與駑駘同櫪。

按説文：驥，千里馬也。孫陽所相者。莊子馬蹄篇釋文：伯樂，姓孫，名陽。

何異耳聞雷霆而稱爲聰，目見日月而謂之明乎？

按鶡冠子度萬篇：見日月者不爲明，聞雷霆者不爲聰。又見孫子軍形篇

故孔方諲之相馬也，雖未追風逐電，絕塵掣影，而迅足之勢，固已見矣。

法藏敦煌本、孔，作九。遂，作逐。各本遂亦作逐 按九字是。孔蓋九草書之誤 遂字亦當據改爲逐。淮南道應篇：秦穆公謂伯樂曰：『子之年長矣，子姓有可使求馬者乎？』對曰：『……臣有所與共儋采薪者九方堙，列子說符篇堙作皋 此其於馬，非臣之下也，請見之。』穆公見之，使之求馬。……馬至，而果千里之馬。列子說符篇文同

薛燭之賞劍也，雖未陸斬玄犀，水截蛟龍，而銳刃之資，亦已露矣。

按越絕書外傳記寶劍篇：昔者，越王句踐有寶劍五，聞於天下，客有能相劍者，名薛燭；王召而問之。……

又見吳越春秋闔閭內傳

故范蠡吠於犬竇，文種聞而拜之。

按吳越春秋佚文：大夫種，姓文，名種，字子禽。荊平王時，爲宛令，之三戶之里；范蠡從犬竇蹲而吠之，從

8 1 •

吏恐，文種慙，令人引衣而障之。文種曰：『無障也。吾聞犬之所吠者，人；今吾到此，有聖人之氣，行而求之，來至於此；且人身而犬吠者，謂我是人也。』乃下車拜，蠡不爲禮。史記越世家正義引

鮑龍跪石而吟，仲尼爲之下車。

按說苑尊賢篇：鮑龍跪石而登嵯，孔子爲之下車。

堯之知舜，不違桑陰。

海錄碎事二引，陰，作蔭。能改齋漫錄七，芥隱筆記，並引作陰。

按蔭字非是。　戰國策趙策四：昔者，堯見舜於草茅之中，席隴畝而蔭庇，桑陰移而授天下。　說苑尊賢篇：堯舜相見，不違桑陰。

文王之知呂望，不以永目。

法藏敦煌本，目，作日。餘本同。芥隱筆記作永昌，當是傳寫之誤。

按日字是。　說苑尊賢篇：文王舉太公，不以日久。

眉睫之微，而形於色；音聲之妙，而動於心。

法藏敦煌本，徵，作微。餘本同。

按微字是。　說苑尊賢篇：眉睫之微，接而形於色；聲音之風，感而動乎心。

陳平之棄楚歸漢，魏無知識其善謀，韓信之亡於黑水，蕭何知其能將；豈待吐六奇而後明，破趙魏而方識哉？

按陳平事見史記陳丞相世家。卷五十六　韓信事見淮陰侯列傳。卷九十二

公輸之刻鳳也，……翻翔雲棟，三日而不集。

按墨子魯問篇：公輸子削竹木以爲鵲，成而飛之，三日不下。又見淮南齊俗篇

堯遭洪水，浩浩滔天，蕩蕩懷山，下民昏墊，禹爲匹夫，未有功名，堯深知之，使治水焉；乃鑿龍門，斬荊山，導熊耳，通鳥鼠，櫛奔風，沐驟雨，面目黧黑，手足胼胝，冠絓不暇取，經門不及過，使百川東注于海，西被于流沙，生人免爲魚鱉之患。

按書堯典：帝曰：『咨！四岳，湯湯洪水方割，蕩蕩懷山襄陵，浩浩滔天，下民其咨。』　益稷：禹曰：『洪水滔天，浩浩懷山襄陵，下民昏墊。』　禹貢：導岍及岐至于荊山，導河積石至于龍門，導渭自鳥鼠同穴，導洛自熊耳。　莊子天下篇：昔者，禹之湮洪水，決江河，而通四夷九州也，……沐甚雨，櫛疾風。　呂氏春秋行論篇：禹不敢怨，……以通水潦，顏色黎黑。　淮南原道篇：禹之趨時也，履遺而弗取，冠挂而弗顧。又見吳越春秋越王無余外傳　孟子滕文公上篇：禹八年於外，

三過其門而不入。禹貢：東漸于海，西被于流沙。淮南泰族篇：禹鑿龍門，闢伊闕，決江，濬河，東注之海。左昭元年傳：劉子曰：『美哉！禹功，明德遠矣！微禹，吾其魚乎？』

是王爾之知公輸也。

按淮南本經篇高注：王爾，古之巧匠也。

未有功而知其賢者，是堯之知禹也；有功而知其賢者，是衆人之知禹也。

按呂氏春秋審應覽：未有功而知其聖也，是堯之知舜也；待其功而後知其舜也，是市人之知聖 聖舜二字淆次 也。又見淮南氾論篇、論衡知實篇。

侯生夷門抱關之吏，見知於無忌；豫子范中行之亡虜也，蒙知於智伯。……雖復刎頸魏庭，漆身趙郊，攄情酬德，未報知己虛左之顧，國士之遇也。

法藏敦煌本、吏下有也字。

按有也字，與下一律。侯生事見史記信陵君列傳。卷七十七 豫讓事見戰國策趙策一。又見史記刺客列傳

薦賢章十九

朝之之賢，若鳳鶚六翮。

按韓詩外傳六：夫鴻鵠一舉千里，所恃者，六翮爾。又見說苑尊賢篇

峻極之山。

按詩大雅崧高：駿極于天。毛傳：駿，大。極，至也。禮記孔子閒居注、引作峻。

凌雲之榭，非一木所搆；狐白之裘，非一腋之毳。

按說苑建本篇：千金之裘，非一狐之皮；臺廟之榱，非一木之枝。意林二引愼子文略同 呂氏春秋用衆篇：天下無粹白之狐，而有粹白之裘，取之衆白也。又見淮南說山篇

唐昇二八，流睦睦之風。

按左文十八年傳：昔高陽氏有才子八人：蒼舒、隤敳、檮戭、大臨、尨降、庭堅、仲容、叔達，齊聖廣淵，明允篤誠。天下之民，謂之八愷。高辛氏有才子八人：伯奮、仲堪、叔獻、季仲、伯虎、仲熊、叔豹、季貍，忠肅共懿，宣慈惠和。天下之民，謂之八元。……舉八愷，使主后土，以揆百事，莫不時序，地平天成；舉八元，使布五教于四方，父義、母慈、兄友、弟共、子孝，內平外成。

周保十亂，播濟濟之詠。

按論語泰伯篇：武王曰：『予有亂臣十人。』集解引馬曰：亂，治也。治官者十人，謂：周公旦、召公奭、太公望、畢公、榮公、太顛、閎夭、散宜生、南宮适、其一謂文母。書偽泰誓孔傳同　詩大雅文王：濟濟多士。文王以寧。毛傳：濟濟，多威儀也。

仲尼在衛，趙鞅折謀，

按呂氏春秋召類篇：趙簡子將襲衛，使史默往睹之，……史默曰：『謀利而得害，猶弗察也？今蘧伯玉為相，史鰌佐焉；孔子為客，子貢使令於君前，甚聽。』……趙簡子按兵而不動。又見說苑奉使篇

干木處魏，秦人罷兵。

按呂氏春秋期賢篇：秦興兵欲攻魏，司馬唐諫秦君曰：『段干木賢者也，而魏禮之，天下莫不聞，無乃不可加兵乎？』秦君以為然，乃按兵輟不敢攻之。又見新序雜事五

宮奇未亡，獻公不侵。

法藏敦煌本、侵，作寑。

按侵當寑。敦煌本作寑，卽寢之或體；敦煌諸寫本，寢多作寑。寢之作寑，猶寢宮之為寑宮矣。公羊僖二年傳：獻公朝諸大夫而問焉，曰：『寡人夜者寢而不寐，其意也何？』……荀息進曰：『虞郭見與？』……獻公曰：『諾。雖然，宮之奇存焉，如之何？』淮南泰族篇：晉獻公欲伐虞，宮之奇存焉，為之寢不安席，食不甘味，而不敢加兵焉。

子玉猶存，文公側坐。

按左宣十二年傳：晉師歸，桓子請死，晉侯欲許之。士貞子諫曰：『不可！城濮之役，晉師三日穀，文公猶有憂色。左右曰：「有喜而憂，猶有憂而喜也。」公曰：「得臣猶在，憂未歇也。」及楚殺子玉，公喜而後可知也；曰：「莫余毒也已！」』說苑尊賢篇：楚有子玉得臣，文公為之側席而坐。禮記曲禮上：有憂者側席而坐。

夫連城之璧。

按史記廉頗藺相如傳：趙惠文王時，得楚和氏璧，秦昭王聞之，使人遺趙王書，願以十五城請易璧。

玉無翼而飛，珠無頸而行，揚聲於章華之臺，炫燿於綺羅之堂者，蓋人君之舉也。賢士有脛而不肎至者，……未有為之舉也。

道藏本、頸，作脛。餘本同。

按脛字是。韓詩外傳六：盍胥曰：『夫珠出於江海，

玉出於崑山，無足而至者，猶（同由）主君之好也；士有足而不至者，蓋主君無好士之意耳。』

內薦不避子，外薦不避讐。

按韓非子說疑篇：內舉不避親，外舉不避讐。（禮記儒行，尸子仁意篇，呂氏春秋去私篇，史記晉世家，略同。）

昔子貢問於孔子曰：『誰爲大賢？』子曰：『齊有鮑叔，鄭有子皮。』子貢問曰：『齊無管仲，鄭無子產乎？』子曰：『吾聞進賢爲賢，排賢爲不肖。鮑叔薦管仲，子皮薦子產；未聞二子有所舉也。』

按說苑臣術篇：子貢問孔子曰：『今之人臣孰爲賢？』孔子曰：『吾未識也。往者，齊有鮑叔，鄭有子皮，賢者也。』子貢曰：『然則齊無管仲，鄭無子產乎？』子曰：『賜！汝徒知其一，不知其二；汝聞進賢爲賢耶？用力爲賢耶？』子貢曰：『進賢爲賢。』子曰：『然。吾聞鮑叔之進管仲，子皮之進子產也，未聞管仲子產有所進也。』（又見韓詩外傳七，家語賢君篇。）

故黔息碎首以明百里。

按韓詩外傳佚文：禽息（禽、黔，雙聲。論衡儒增篇亦作禽。）秦大夫，薦百里奚不見納，繆公出，當車，以頭擊闑，腦乃精（漢書杜鄴傳注引應劭文作播是）出，曰：『臣生無補於國，不如死也！』繆公感寤，而用百里奚，秦以大化。後漢書朱穆傳注引。文選演連珠注所引有異。（漢書杜鄴傳注引應劭文，當本詩外傳也。）

北郭刎頸以申晏嬰。

按晏子春秋內篇雜上：齊有北郭騷者，踵門見晏子，曰：『竊說先生之義，願乞所以養母者。』晏子使人分倉粟府金而遺之，辭金，受粟。有閒，晏子見疑於景公，出奔。……北子召其友而告之曰：『……今晏子見疑，吾將以身死白之。』……求復者曰：『晏子，天下之賢者也。今去齊國，齊必侵矣。方見國之必侵，不若死；請以頭託白晏子也。』因謂其友曰：『盛吾頭于笥中，奉以託。』退而自刎。……景公聞之，大駭！乘馹而自追晏子。及之國郊，請而反之。（又見呂氏春秋士節篇，說苑復恩篇。）

臧文仲不顯展禽，仲尼謂之竊位。

按論語衛靈公篇：子曰：『臧文仲其竊位者與？知柳下惠之賢，而不與立也。』集解引孔曰：柳下惠，展禽也。

公孫弘不引董生，汲黯將爲妬賢。

按史記平津侯列傳：弘爲人意忌，外寬內深。諸嘗與弘有郤者，雖詳與善，陰報其禍。殺主父偃，徙董仲舒於膠西，皆弘之力也。汲黯列傳：黯常毀儒，面觸弘等徒懷詐飾智，以阿人主取容。……陷人於罪，使不得反其眞。

虞丘不薦叔敖，樊姬貶爲不肖。

按新序雜事一：樊姬，楚國之夫人也。楚莊王罷朝而晏，問其故？莊王曰：『今旦與賢相語，不知日之晏也。』樊姬曰：『賢相爲誰？』王曰：『爲虞丘子。』韓詩外傳二作沈令尹 樊姬掩口而笑。王問其故？曰：『……今虞丘子爲相數十年，未嘗進一賢。知而不進，是不忠也；不知，是不智也。安得爲賢？』明日朝，王以樊姬之言告虞丘子。虞丘子稽首曰：『如樊姬之言。』於是辭位，而進孫叔敖。又見列女傳賢明篇楚莊樊姬傳

東閭不達髦士，後行不正於路歸。

按不正二字有誤。校釋謂不字衍，正當作丐。陳伯弢先生謂當校作乞丐二字。去年春，徐行可先生以此藁寄呈陳先生，陳先生以函告者。較而論之，陳說爲允。說苑復恩篇：東閭子嘗富貴而後乞。人問之曰：『公何爲如是？』曰：『吾自知。吾嘗相六七年，未嘗薦一人也；吾嘗富三千萬者再，未嘗富一人也。不知士出身之咎然也。』

進賢受上賞，蔽賢蒙顯戮。

按漢書武帝紀：元朔元年，詔曰：『進賢受上賞，蔽賢蒙顯戮，古之道也。』又見說苑說叢篇，傅子通志篇。

因顯章二十

今雖智如樗里。

按史記樗里子傳：樗里子滑稽多智，秦人號曰『智囊。』

才若賈生。

按漢書賈誼傳：誼年少，頗通諸家之書，文帝召以爲博士。是時誼年二十餘，最爲少。每詔令議下，諸老先生未能言，誼盡爲之對，人人各如其意所出，諸生於是以爲能。贊：劉向稱賈誼言三代與秦治亂之意，其論甚美，通達國體，雖古之伊管，未能遠過也。

居環堵之室。

按莊子讓王篇：原憲居魯，環堵之室。

聲聞於天。

按詩小雅鶴鳴：鶴鳴于九皐，聲聞於天。

柳下惠不遇仲尼，則貞潔之行不顯，未免於三黜之臣，無恥之人也。

按論語微子篇：柳下惠爲士師，三黜。人曰：『子未可以去乎？』曰：『直道而事人，焉往而不三黜？枉道而事人，何必去父母之邦？』又、子曰：『不降其志，不辱其身，伯夷叔齊與？謂柳下惠少連，降志辱身矣，言中倫，行中慮，其斯而已矣。』

季布不過曹丘，則百金之諾不揚，未離於凡庸無恙之人也。

按見史記季布傳。卷一百

昔有賣良馬於市者，已三旦矣，而市人不顧。乃謂伯樂曰：『吾賣良馬，而市人莫賞。願子一顧，請獻半馬之價。』於是伯樂造市，來而 而字原奪，據各本增。 迎睇之，去而目送之，一朝之價，遂至千金。

按迎睇二字當乙，始與下目送對。戰國策燕策二：人有賣駿馬者，比三旦立市，人莫之知。往見伯樂曰：『臣有駿馬，欲賣之，比三旦立於市，人莫與言。願子還而視之，去而顧之，臣請獻一朝之賈。』伯樂乃還而視之，去而顧之，一旦而馬價十倍。

夫樟木盤根鉤枝，癭節蠹皮，輪囷擁腫，則衆眼不顧；匠者採焉，製爲殿堂，塗以丹漆，畫爲黼黻，則百辟卿士，莫不顧盼仰視。木性猶是也，而昔賤今貴者，良工之爲容也。

荆磎之珠，夜光之璧，薦之侯王，必藏之以玉匣，緘之以金縢；若關以投人，則莫不 不字原奪，據各本補。 相盼以愕，按劍而怒。何者？爲無因而至故也。

按漢書鄒陽傳：臣聞明月之珠，夜光之璧，以闇投人於道，衆莫不按劍相眄者。何則？無因而至前也。蟠木根柢，輪囷離奇，而爲萬乘器者；以左右先爲之容也。莊子逍遙遊篇：惠子曰：『吾有大樹，人謂之樗。其大本擁腫而不中繩墨，其小枝卷曲而不中規矩，立之塗，匠者不顧。』詩大雅假樂：百辟卿士。

託附章二十一

騰蛇附於春霧，志希凌霄之游。

按大戴禮勸學篇：螣蛇無足而騰。淮南主術篇：夫螣蛇游霧而動 騰之誤。說苑說叢篇同

蟨鼠附於蛩蛩，以攀追日之步。

按呂氏春秋不廣篇：北方有獸，名曰蹶。鼠前而兔後，趨則跲，走則顛；常爲蛩蛩距虛取甘草以與之。蹶有患害也，蛩蛩距虛必負而走。此以其所能，託其所不能。山海經海外北經：夸父與日逐走，入日。

蔦蘿附於青松，以茂凌雲之蘂。

按詩小雅頍弁：蔦與女蘿，施于松柏。

猶知因風假霧，託峻附高。

法藏敦煌本、峻，作迅。

按迅字是。因風，應霜鶚句；假霧，應騰蛇句；託迅，應懸鼠句；附高，應碧蘿句。

按商子禁使篇：清明日鱗，則上別飛鳥，下察秋毫。故目之見，託日之勢也。今夫飛蓬遇飄風而行千里，乘風之勢也。

天之始旭，則目察輕烟；歲之將暮，則蓬卷雲中。日之能見，蓬之能高，託日之光，附風之勢也。

綴羽於金鐵，置之於江湖，必也也字原奪，據各本增。沈溺，陷於泥沙，非羽質重而性沈，所託沈也；載石於舟，置之江湖，則披風截波，汎颺長瀾，非石質輕而性浮，所託浮也。

按淮南齊俗篇：竹之性浮，殘以為牒，束而投之水，則沈，失其體也；金之性沈，託之於舟上，則浮，勢有所支也。

搏牛之宝，飛極百步；若附鸞尾，則一翥萬里。

按淮南說林篇：蝱與驥致千里而不飛。

夫燕之巢幙。

按左襄二十九年傳：夫子之在此也，猶燕之巢於幕上。

鶬鶊巢葦之莖，紩之以絲髮，珠圖維綴，雖女工運巧，不能為之，可謂固矣；然宦風猋至，則葦折卵破者何也？所託輕弱使之然也。

道藏本、猋，作焱。餘本同。

按猋字是。說苑善說篇：鶬鶊巢於葦苕，著於髮毛，建之女工，不能為也，可謂完堅矣；大風至，則苕折、卵破、子死者何也？其所託者使然也。

故鳥有擇木之性。

按左哀十一年傳：孔子曰：『鳥則擇木。』

所以務其翔集。

按論語鄉黨篇：翔而後集。

心隱章二十二

二儀之大，可以章程測也；三綱之動，可以表裏度也；雷霆之聲，可以鍾鼓傳也；風雨之變，可以音律和也。故有象可覩，不能匿其影；有形可見，不能隱其跡；有聲可聞，不能藏其響；有色可察，不能滅其情。

按淮南本經篇：天地之大，可以矩表識也；星月之行，可以歷推得也；雷霆之聲，可以鼓鍾寫也；風雨之變，可以音律知也。是故大可覩者，可得而量也；明可見者，可得而察也；聲可聞者，可得而調也；色可察者，可得而別也。

至於人也，心居於內，情伏於裏，非可以算數測也。

按禮記禮運：人藏其心，不可測度也。美惡皆在其心，不見其色也。

凡人之心，險於山川，難於知天。天有春夏秋冬旦暮之期，人有厚貌深情，而不可知之也。故有心剛而色柔，容強而質弱，貌願而行慢，性懁而事緩。

程榮本、王謨本、畿輔本、難於知天，作難知於天。道藏本、人有，作人者。道藏本、程榮本、王謨本、畿輔本、願，並作愿。

按諸本並是。莊子列禦寇篇：孔子曰：『凡人心險於山川，難於知天。亦當作難知於天。詳拙撰莊子校證。天猶有春秋冬夏旦暮之期，人者，厚貌深情。故有貌愿而益，有長若不肖，有順懁而達，有堅而縵，有緩而釬。』

日在天之外，而心在人之內。

按昌言下：日在天之內，在人之外。意林五引　關羽封還曹操所賜告辭書：竊以日在天之上，心在人之內。嚴輯全漢文卷九十四

少正卯在魯，與孔子同時，孔子門人，三盈三虛，唯顏淵不去，獨知聖人之德也。夫門人去仲尼，而歸少正卯，非不知仲尼之聖，亦不知少正卯之佞。子貢曰：『少正卯，魯之文人也，夫子為政，何以先之？』子曰：『賜也還！非爾所及也。夫少正卯，心逆而儉，行僻而堅，堅字原奪，據各本補。（道藏本誤作聖）言偽而辯，詞鄙而博，順非而澤；有此五偽，而亂聖人。』

按文當作聞。論衡講瑞篇：少正卯在魯，與孔子並，孔子之門，三盈三虛，唯顏淵不去，獨知孔子聖也。夫門人去孔子，歸少正卯，不徒不能知孔子之聖，又不能知少正卯。門人皆惑。子貢曰：『夫少正卯，魯之聞人也，子為政，何以先之？』孔子曰：『賜退！非爾所及。』荀子宥坐篇：孔子為魯攝相，朝七日，而誅少正卯。門人進問曰：『夫少正卯，魯之聞人也，夫子為政，而始誅之，得無失乎？』孔子曰：『居！吾語女其故。人有惡者五，而盜竊不與焉。一曰心達而險，二曰行僻而堅，三曰言偽而辯，四曰記醜而博，五曰順非而澤；此五者有一於人，則不得免於君子之誅，而少正卯兼有之。故居處足以聚徒成羣，言談足以飾邪營衆，強足以反是獨立，此小人之桀雄也，不可不誅也。』又見尹文子大道下篇，說苑指武篇，家語始誅篇。

以子貢之明，見不能見，知人知難也。

程榮本、王謨本、畿輔本、並作而不能見，知人之難也。
道藏本、子彙本、知難，亦並作之難。
按此文當從各本爲長。

若薺苨之亂人參，蛇牀之似蘼蕪也。
按淮南氾論篇：夫亂人者：芎藭之與藁本，蛇牀之與蘼蕪也。 博物志物類篇：魏文帝所記諸物相似亂眞者：蛇牀亂蘼蕪，薺苨亂人參。

是以嫫母窺井，自謂媚勝西施；齊桓矜德，自謂賢於堯舜。
按闕子：嫫母自窺於井，以爲媚於西施；桀紂自窺於世，以爲賢於堯舜。御覽三百八十一引 論衡語增篇：齊桓公云：『寡人未得仲父極難，既得仲父甚易。』桓公不及堯舜，仲父不及禹契，桓公猶易，堯舜反難乎？

若子貢始事孔子，一年自謂勝之，二年以爲同德，三年方知不及。以子貢之才，猶不識聖人之德，望風相崇；崇字原空格，據各本補。 奚況世人而能推己耶？
按論衡講瑞篇：子貢事孔子，一年自謂過孔子，二年自謂與孔子同，三年自知不及孔子。當一年二年之時，未知孔子聖也；三年之後，然乃知之。以子貢知孔子，三年乃定；世儒無子貢之才，其見聖人，不從之學，任倉卒之視，無三年之接，自謂知聖，誤矣。

通塞章二十三

買臣忍饑而行歌。
按見漢書本傳。卷六十四上

王章苦寒而坐泣。
按見漢書本傳。卷七十六

蘇秦握錐而憤懣。
按戰國策秦策：（秦）讀書欲睡，引錐自刺其股，血流至足，曰：『安有說人主，不能出其金玉錦繡，取卿相之尊者乎？』

班超執筆而慷慨。
按見後漢書本傳。卷七十七

如騏驥之伏而鹽車，玄猿之束於籠圈，非無千里之駃，萬仞之捷，然而不異贏鈍者，無所肆其巧也。
道藏本、伏而，作伏於。餘本同。
按於字是。 燕丹子下：騏驥之在鹽車，駑之下也；及遇伯樂，則有千里之功。 淮南俶眞篇：置猿檻中，則與豚同；非不巧捷也，無所肆其能也。

乘肥衣輕。
按論語雍也篇：乘肥馬，衣輕裘。

何異順風而縱聲，登峯而長矚？

按荀子勸學篇：登高而招，臂非加長也，而見者遠；順風而呼，聲非加疾也，而聞者彰。呂氏春秋順說篇略同

水之性清動，壅以堤，則波縮而氣腐，決之使通，循勢而行，從澗而轉，雖有朽骸爛胔，不能汙也；非水之性異，通之與壅也。

按淮南泰族篇：水之性，淖以清，窮谷之汙，生以青苔，不治其性也；掘其所決而高之，使得循勢而行，乘衰而流，雖有腐髊流漸，弗能汙也。其性非異也，通之與不通也。

按詩邶風凱風：爰有寒泉，在浚之下。

德如寒泉。

遇不遇章二十四

賢不賢，性也；遇不遇，命也。

按韓詩外傳七：賢者，材也；遇不遇者，時也。論衡逢遇篇：賢不賢，才也；遇不遇，時也。漢書揚雄傳上：『遇不遇，命也。』

秋霜被地，而蔽者不傷。

按淮南人間篇：同日被霜，蔽者不傷。論衡幸偶篇同

昔韓昭侯醉臥而寒，典官加之衣，覺而問之，知典官有愛於己者，以越職之故，而加誅焉；衛之驂乘，見御者之非，從後呼車，有救危之意，不蒙其罪。加之以衣，恐主之寒；呼車，憂君之危。忠愛之情是同，越職之愆亦等。典官得罪，呼車見德，遇不遇也。

按官，當作冠。具，當作其。論衡幸偶篇：韓昭侯醉臥而寒，典冠韓非子亦作冠加之以衣，覺而問之，知典冠愛己也，以越職之故，加之以罪；以上又見韓非子二柄篇衛之驂乘者，見御者之過，從後呼車，有救危之義，不被其罪。夫驂乘之呼車，典冠之加衣，同一意也。加衣，恐主之寒；呼車，恐君之危。仁惠之情，俱發於心。然而於韓有罪，於衛爲忠。驂乘偶，典冠不偶也。

鴟墮腐鼠，非虞氏之慢；甁水沃地，非射姑之穢。事出慮外，固非其罪。而俠客大怒，虞氏見滅；邾君大怒，而射姑獲免。

按俠上而字，當乙在虞字上，與下一律。列子說符篇：虞氏者，梁之富人也。家充殷盛，錢帛無量，財貨無貲。登高樓，臨大路，設樂陳酒，擊博樓上。俠客相隨而行，樓上博者，射明瓊張，中反兩㩉魚而笑；飛鳶適墜其腐鼠而中之。俠客相與言曰：『虞氏富樂之日久

矣，而常有輕易人之志，吾不侵犯之，而乃辱我以腐鼠，此而不報，無以立權於天下！請與若等戮力一志，率徒屬必滅其家，爲等倫。』皆許諾。至期日之夜，聚衆積兵，以攻虞氏，大滅其家。又見淮南人間篇，（文有殘缺）金樓子雜記下篇。　左定三年傳：邾子在門臺，臨廷。閽以缾水沃廷，邾子望見之，怒！閽曰：『夷射姑旋焉。』命執之，弗得。

齊之華士，棲志丘壑，而太公誅之；魏之干木，遁世幽居，而文侯敬之。太公之賢，非有減於文侯，干木之德，非有逾於華士；而或榮或戮者，遇不遇也。

按韓非子外儲說右上：太公望東封於齊，齊東海上有居士，曰狂矞、華士，昆弟二人者。立議曰：『吾不臣天子，不友諸侯，耕作而食之，掘井而飲之，吾無求於人也。……』太公望至於營丘，使執而殺之。　呂氏春秋期賢篇：魏文侯過段干木之閭而軾之，其僕曰：『君胡爲軾？』曰：『此非段干木之閭歟？段干木蓋賢者也。……』其僕曰：『然則君何不相之？』於是君請相之，段干木不肯受。　淮南人間篇：狂譎不受祿而誅，段干木辭相而顯。所行同也，而利害異者，時使然也。

董仲舒智德冠代，位僅過士。

按見漢書本傳。卷五十六

田千秋無佗殊操，以一言取相。

按見漢書本傳。卷六十六

莊姜適衛，美而無寵。

按左隱三年傳：衛莊公娶于齊東宮得臣之妹，曰莊姜，美而無子，衛人所以爲賦碩人也。又見詩衛風碩人序

瘦瘤適齊，醜而蒙幸。

程榮本、王謨本、畿輔本、瘦，並作宿。

按宿字是。　列女傳辯通篇齊宿瘤女傳：宿瘤女者，齊東郭採桑之女，閔王之后也，項有大瘤，故號曰宿瘤。初，閔王出游，至東郭，百姓盡觀，宿瘤採桑如故。王怪之，……曰：『此奇女也。』……以爲后。

命相章二十五

命者，生之本也。

按法言問明篇：或問命，曰：『命者，天之命也，非人爲也，人爲不爲命。』

命則有命，不形於形；相則有相，而形於形。

按論衡命義篇：故壽命修短，皆稟於天；骨法善惡，皆見於體。

人之命相，賢愚貴賤，修短吉凶，制氣結胎受生之時，其眞妙者：或感五行三光，或感龍跡氣夢；降生凡庶，亦禀天命，皆屬星辰，其値吉宿則吉，値凶宿則凶。

程榮本、王謨本、畿輔本、降生，並作降及。

按及字是。論衡命義篇：至於富貴所禀，猶性所禀之氣，得衆星之精。衆星在天，天有其象。得富貴象則富貴，得貧賤象則貧賤。抱朴子辯問篇：玉鈐云：『主命原由人之吉凶修短，於結胎受氣之日，皆上得列宿之精；其値聖宿則聖，値賢宿則賢，……値壽宿則壽，値僊宿則僊。』

華胥履大人之跡，而生伏犧。

按詩含神霧：大跡出雷澤，華胥履之，生宓犧。又見金樓子興王篇

女媧感瑤光貫日，而生顓頊。

按媧，當作樞。詳校釋 詩含神霧：瑤光如蜺，貫月正白，感女樞，生顓頊。金樓子興王篇：金天氏之末。瑤光之星貫日，如虹，感女樞於幽房之宮，生顓頊。

慶都與赤龍合，而生堯。

道藏本、作慶都與赤龍合，而生唐堯；握登見大虹，而生舜。餘本同。

按諸本是也。詩含神霧，慶都與赤龍合，昏生赤帝伊祁堯也。又見金樓子興王篇 又、握登見大虹，意感而生舜于姚墟。又見帝王世紀

脩紀見洞流星，而生夏禹。

按帝王世紀；修己金樓子亦作己山行，見流星貫昴，意感，慄然。又呑神珠薏苡，胸圻而生禹。

夫都見白氣貫月，而生殷湯。

按詩含神霧：扶都見白氣貫月，感黑帝，生湯。

大任夢見長人，而生文王。

按金樓子興王篇：周文王昌，狠星之精。母曰大任，夢長人感己，生文王。

顏徵感黑帝，而生孔子。

按春秋演孔圖：孔子母徵在，游於大澤之陂，睡夢黑帝請己，己往，夢交；語曰：『女乳必在空桑之中。』覺則若感，生丘於空桑之中。

劉媼感赤龍，而生漢祖。

按見史記高祖本紀。卷八

薄姬感蒼龍，而生文帝。此二句原奪，據各本補。

按見史記外戚世家。卷四十九

豬風胡之別劍。

按風胡別劍事，見越絕書外傳記寶劍篇。又見吳越春秋闔閭內傳

伏羲日原作曰，據各本改。角，黃帝龍顏，帝嚳戴肩，顓頊駢骭，堯眉八彩，舜目重瞳，禹耳三漏，湯臂二肘，文王四乳，武王駢齒，孔子反宇，顏回重瞳，皐陶烏喙。若此之類，皆聖賢受天殊相而生者也。

按白虎通聖人篇：傳曰：『伏羲祿衡連珠，唯大鼻龍伏，作易八卦以應樞；黃帝顏得天匡陽，上法中宿，取象文昌；顓頊戴干，是謂淸明；帝嚳駢齒，上法月參；堯眉八彩，是謂通明；舜重瞳子，是謂玄景。』禮曰：『禹耳三漏，是謂大通；皐陶烏喙，是謂至誠；湯臂三肘，是謂柳翼，文王四乳，是謂至仁；武王望羊，是謂攝揚；孔子反宇，是謂尼甫。』聖人所以能獨見前覩與神道精者，蓋皆天所生也。春秋演孔圖：顓帝戴干，是謂崇仁，帝嚳戴干，是謂淸明；武王駢齒，是謂剛強。潛夫論五德志篇：帝嚳代顓頊氏，其相戴干。論衡骨相篇：湯臂再肘。

而項羽王莽，亦目重瞳。

按史記項羽本紀贊：太史公曰：吾聞之周生曰，『舜目蓋重瞳子。』又聞項羽亦重瞳子。論衡講瑞篇：虞舜重瞳，王莽亦重瞳。

越王勾踐長頸鳥喙。

按史記越王勾踐世家：范蠡遺大夫種書曰：越王爲人，長頸鳥喙。又見吳越春秋勾踐伐吳外傳，論衡骨相篇。

夏禹亦長頸鳥喙。

按尸子君治篇，禹長頸鳥喙。

譬駑馬有驥之一毛，而不可謂之驥也。

按曹植相論：是以堯眉八彩，……文王四乳；然則世亦有四乳者，此則駑馬一毛似驥耳。

故穀子豐下，叔與知其有後。

按與當作服，校釋已辨之矣。左文元年傳：王使內史叔服來會葬，公孫敖聞其能相人也，見其二子焉。叔服曰：『穀也，食子；難也，收子。穀也，豐下，必有後於魯國。』又見潛夫論相列篇

衛靑方額，黥徒明其富貴。

按見史記本傳。卷一百十一

亞夫縱理，許負見於餓死。

道藏本、饑，作餓。餘本同。程榮本、於，作其。餘本同。道藏本作於

按餓、其、二字並是。餓字與史記漢書合　事見史記絳侯世

家。卷五十七

羊鮒聲豺，叔姬鑒其滅族。

按左昭二十八年傳：伯石始生，子容之母走謁諸姑；姑視之，及堂，聞其聲而還；曰：『是豺狼之聲也！狼子野心，非是，莫喪羊舌氏矣！』遂弗視。又見國語晉語八、論衡率性篇。

命當貧賤，雖貴，猶有禍患；命當富貴，雖欲殺之，猶不能害。

程榮本、王謨本、畿輔本，雖貴，作雖富貴。

按富字當有，貴下疑奪之字。論衡命祿篇：命當貧賤，雖富貴之，猶涉禍患矣；命當富貴，雖貧賤之，猶逢福善矣。

夏孔甲畋於萯山，……後來而產是子，不詳，……孔甲曰：嗚呼！有疾，命矣夫！

程榮本、王謨本、畿輔本、詳，並作勝。

按作勝與呂氏春秋合。詳蓋祥之誤。萯，當作萯。後，當作后。前後字古多假后爲之，故因致誤。事見呂子音初，前辯樂篇已具，茲不復錄。竹書紀年上：夏帝孔甲三年，畋于萯山。即其事。

漢文以夢而寵鄧通，相者占通當貧餓死，帝曰：『能富在我，何謂貧乎？』與之銅山，專得冶鑄，後假衣食，寄人家。

程榮本、王謨本、畿輔本、餓，並作餓。道藏本亦作餓　寄下並有死字。子彙本亦有死字

按餓字是，死字亦當有。事見史記佞幸傳。卷一百二十五

子文之生，妘子棄之，虎乃乳之，遂收養焉，卒爲楚相。

按左宣四年傳：初，若敖娶於䢵，生鬬伯比，若敖卒，從其母畜於䢵；淫於䢵子之女，生子文焉；䢵夫人使弃諸夢中，虎乳之。……遂使收之。……以其女妻伯比。實爲令尹子文。

褒離國王侍婢在娠，王欲殺之，婢曰：『氣從天來，故我有娠。』及子之產，捐猪圈中，猪以氣噓之，棄於櫪中，馬復噓之，故得不死，卒爲夫餘之王。

道藏本、在，作有。於，作馬。餘本同。

按有、馬、二字並是。褒當作槖。論衡吉驗篇：北夷槖離御覽三百四十七引魏要略同。後漢書東夷傳作索，注云：或作槖。法苑珠林感信篇作寧，魏志東夷傳注引魏略作高，類聚九、白孔六帖九、引論衡作高離，當並是槖之誤。國王侍婢有娠，王欲殺之，婢對曰：『有氣大如雞子，從天而下我，故我有娠。』後產子，捐於豬溷中，豬以口氣噓之，不死；復徙置馬欄

中，欲使馬藉殺之，馬復以口氣噓之，不死。王疑以爲天子，令其母收取奴畜之，後都王夫餘。故北夷有夫餘國焉。

非可以智力要。

按漢書敘傳：不可以智力求也。

命在於負賤，而穿鑿求富貴；命在於短折，而臨危求長壽。皆惑之甚也。

按鄧析子無厚篇：死生自命，貧賤自時。怨天折者，不知命也；怨貧賤者，不知時也。又見列子力命篇

妄瑕章二十六

天道混然無形，寂然無聲，視之不見，聽之不聞，非可以影響，不得以毀譽稱也。

子彙本、程榮本、王謨本、畿輔本、天，並作大。　子彙本、王謨本、繹下並有求字。

按大字是。求字亦當有。　文子精誠篇：老子曰：『大道無爲，無爲即無有，無有者，不居也；不居者，即處而無形；無形者，不動；不動者，無言也；無言者，即靜而無聲。無形無聲者，視之不見，聽之不聞，是謂微妙，是謂至神。』　呂氏春秋大樂篇：道也者，視之不見，聽之不聞，不可爲狀。

三光之明。

按淮南原道篇高注：三光，日、月、星也。

堯有不慈之誹，舜有囚父之謗，湯有放君之稱，武有殺主之譏。

按莊子盜跖篇：堯不慈，舜不孝，禹偏枯，湯放其主，武王伐紂。　呂氏春秋當務篇：堯有不慈之名，舜有不孝之行，禹有淫湎之意，湯武有放殺之事。舉難篇、淮南氾論篇，並同。　又按囚字疑爲卑之殘誤。　呂子舉難篇：舜以卑父之號。　淮南氾論篇：舜有卑父之謗。高注：謂瞽瞍降在庶人也。蓋其誼也。

齊桓有貪淫之目。

按左僖十七年傳：齊侯好內，多內寵，內嬖如夫人者，六人。

晉文有不臣之聲。

按左僖二十五年傳：晉侯朝王，王饗醴，命之侑。請隧，弗許。曰：『王章也！未有代德，而有二王，亦叔父之所惡也。』

伊尹有誣君之迹。

按呂氏春秋愼大覽：湯乃惕懼，憂天下之不寧，欲令伊

伊往視曠夏，恐其不信，湯由親自射伊尹。伊尹奔夏三年，反報于亳，曰：『桀迷惑於末嬉，好彼琬琰，不恤其衆，衆志不堪，上下相疾，民心積怨。皆曰：「上天弗恤，夏命其卒。」』湯謂伊尹曰：『若告我曠夏盡如詩。』

管仲有僭上之名。

按論語八佾篇：邦君樹塞門，管氏亦樹塞門；邦君爲兩君之好有反坫，管氏亦有坫。管氏而知禮，孰不知禮？

宇宙儒流。

程榮本、王謨本、畿輔本、儒，並作庯。

按庯字是。儒蓋傭之誤。

是以荊岫之玉，必含纖瑕；驪龍之珠，亦有微纇。然馳光於千載，飛價於侯王者，以小惡不足傷其大美者也。

子彙本、程榮本、王謨本、畿輔本、纇，並作類。

按纇字是。淮南氾論篇：夫夏后氏之璜，不能無考；明月之珠，不能無纇。然而天下寶之者何也？其小惡不足妨大美也。又見文子上義篇

今忌人之細短，忘人之所長，以此招賢，是書空而尋跡，披水而覓路，不可得也。

按忌字誤，校釋謂作志是也。淮南氾論篇：今志人之所短，而忘人之所修，而求得其賢乎天下，則難矣。

伊尹，夏之庖厨；傅說，殷之胥靡。

按呂氏春秋求人篇：伊尹，庖厨之臣也；傅說，殷之胥靡也。

百里奚，虞之亡虜。

按戰國策秦策五：百里奚，虞之乞人。

段干木，魏之大駔。

按呂氏春秋尊師篇：段干木，晉國之大駔也。又見淮南氾論篇

昔魏文侯問於李克曰：『吳起何如人也？』……魏無知薦陳平於漢王，……而吳起必埋名於貪好，陳平陷身於賄盜矣。

按吳起事見史記本傳，卷六十五 陳平事見陳丞相世家。卷五十六

齊桓深知甯戚，將任之以政，羣臣爭譏之曰：『甯戚衞人，去齊不遠，君可使人問之；若果眞賢，用之未晚也。』公曰：『不然，患其有小惡者，民人知小惡，忘其大美，此世所以失天下之士也。』

按呂氏春秋舉難篇：甯戚見，說桓公以治境內；明日復見，說桓公以爲天下。桓公大說，將任之，羣臣爭之曰：『客，衞人也，衞之去齊不遠，君不若使人問之；

而固賢者也，用之未晚也。』桓公曰：『不然，問之，患其有小惡；以人之小惡，忘人之大美，此人主之所以失天下之士也。』又見淮南道應篇，新序雜事五。

九合諸侯，一匡天下。

按論語憲問篇：子曰：『桓公九合諸侯，不以兵車，管仲之力也。』又、子曰：管仲相桓公，霸諸侯，一匡天下。』

故仲尼見人一善，而忘其百非。

按說苑雜言篇：夫子見人之一善，而忘其百非。又見家語六本篇

鮑叔聞人一過，而終身不忘。

按管子戒篇：桓公曰：『鮑叔之爲人何如？』管仲對曰：鮑叔，君子也。……雖然，不可以爲政。其爲人也，好善而惡惡已甚，見一惡終身不忘。』呂氏春秋貴公篇：鮑叔牙之爲人也，一聞人之過，終身不忘。

牛躅之霪，不生魴鱮；巢幕之窠，不容鵠卵；崇山廓澤，不辭汚穢；佐世良材，不拘細行。何者？量小不足以包大形，器大無分小瑕也。人之情性，皆有細短。若其略是也，雖小疵，不足以爲累；若其略非也，雖有衡門小操，未足與論大謀。

程榮本、王謨本、畿輔本、兩略字上，並有大字。程本大略二字皆夾行作　子彙本、道藏本、小疵上，並有有字。程榮本、王謨本、畿輔本、疵，並作過。

按諸本並是。　霪，當作窪。從化篇：山陵谷窪。觀量篇：蹄窪之內。並未誤。廣雅釋詁一：窪，下也。　淮南氾論篇：夫牛蹏之涔，不能生鱣鮪；而蜂房不容鵠卵。小形不足以包大體也。夫人之情，莫不有所短。誠其大略是也，雖有小過，不足以爲累；若其大略非也，雖有閭里之行，未足大舉。

樊灌屠販之豎。

按見史記樊噲傳，灌嬰傳。並卷九十五

蕭曹斗筲之吏。

按見史記蕭相國世家，卷五十三曹相國世家。卷五十四

英布刑墨之隸。

按見史記黥布傳。卷九十一

周勃俳優之任。

按見史記絳侯世家。卷五十七

張景陽郢中之大淫也，而威諸侯；顏濁鄒梁父之大盜也，而爲齊勳臣。此皆有所短，然而功名不朽者，大略得也。袁精目鮑焦立節抗行，不食非義之食，乃餓而死；不能立功極溺

者，小節不申，而大節屈也。

道藏本、子彙本、程榮本、王謨本、畿輔本、極，並作拯。

按拯字是。本書拯字，合字本皆誤爲極。　申上不字衍。　淮南氾論篇：夫顏喙聚，王念孫以喙爲啄之誤，是。梁父之大盜也；……景陽淫酒被髮，而御於婦人，威服諸侯。此四人者，皆有所短，然而功名不滅者，其略得也。季襄陳仲子，立節抗行，不入洿君之朝，不食亂世之食，遂餓而死；不能存亡接絕者何？小節伸而大略屈。　列子說符篇：東方有人焉，曰爰旌目。將有適也，而餓於道。狐父之盜曰丘，見而下壺餐以餔之。爰旌目三餔而後能視，曰：『子何爲者也？』曰：『我狐父之人，丘也。』爰旌目曰：『譆！汝非盜邪？胡爲而餐我！吾義不食子之食也！』兩手據地而吐之，不出，喀喀然遂伏而死。又見呂氏春秋介立篇，韓詩外傳一，新序節士篇。　莊子盜跖篇：鮑焦飾行非世，抱木而死。又見韓詩外傳一、新序節士篇。

伯夷叔齊，氷清玉潔，不爲孤竹之嗣，不食周粟，餓死首陽。

按見史記伯夷列傳。卷六十一

楊朱全身養性，去脛之一毛，以利天下，則不爲也。

按孟子盡心上篇：楊子取爲我，拔一毛而利天下，不爲也。　淮南氾論篇：全性保眞，不以物累形，楊子之所立也。

適才章二十七　適，原作通，據各本改。

今處繡戶洞房，則簑不如裘；被雪沐雨，則裘不及簑。

北堂書鈔原本一百二十九引、繡，作網。

按網字是。　楚詞宋玉招魂：網戶朱綴。王逸注：網戶，綺文鏤也。蘇鶚衍義辨網戶甚詳　淮南齊俗篇：今之裘與簑孰急？見雨，則裘不用；升堂，則簑不御。

帝石拖舟，則歌嘑嗔，非無激楚之音；然而棄不用者，方引重抽刀，不知嘑嗔之宜也。

道藏本、子彙本、彙函本、程榮本、王謨本、畿輔本、帝，並作牽。刀，並作力。道藏本亦誤作刀

按牽、力、二字並是。　呂氏春秋淫辭篇：今舉大木者，前乎輿謣，淮南道應篇作邪許，文子微明篇作邪軒，並音近通同。後亦應之，此其於舉大木者，善矣；豈無鄭衛之音哉？然不若此其宜也。　古今樂錄：激楚，曲名也。

安陵神童，通國之麗也，八音繁會，使以噉吹噴聲，而人悅之，則不及瞽師誅儒之美。

道藏本、子彙本、彙函本、程榮本、王謨本、畿輔本、誅，並作侏。

按侏字是。戰國策楚策一：江乙說於安陵君曰：『君無咫尺之地，骨肉之親，處尊位，受厚祿；一國之衆，見君莫不斂衽而拜，撫委而服，何以也？』曰：『王過舉而已，不然，無以至此？』江乙曰：『以財交者，財盡而交絕；以色交者，華落而愛渝。是以嬖女不敝席，寵臣不避軒。……』說苑權謀篇：安陵纏以顏色美壯，得幸於楚共王。餘同楚策 楚詞九歌東皇太乙：五音紛兮繁會。周禮瞽矇：掌九德六詩之歌，以役大師。鄭玄荅張逸書：國史采衆詩時，明其好惡，令瞽矇歌之。詩大序正義引

蛇蚹之珠，百代之傳賓，以之彈鵲，則不如泥丸之勁也。

按莊子讓王篇：今且有人於此，以隨侯之珠，彈千仞之雀，世必笑之。又見呂氏春秋貴生篇

棠谿之劍。

按史記蘇秦傳：韓卒之劍戟，皆出於冥山棠谿。

昔野人棄子貢之辨，而悅馬圉之辭；越王退吹籟之音，而好鄙野之聲。然而美不必合，惡而見珍者，物各有用也。

按呂氏春秋必己篇：孔子行道而息，馬逸，食人之稼，野人取其馬。子貢請往說之，畢辭，野人不聽。有鄙人始事孔子者，曰：『請往說之。』……其野人大說，解馬而與之。又見淮南人間篇，鄙人作馬圉。 又遇合篇：客有以吹籟見越王者，羽角宮徵商，不繆；越王不善，爲野音而反善之。論衡逢遇篇：馬圉之說無方，而野人說之；子貢之說有義，野人不聽。吹籟工爲善聲，因越王不喜，更爲野聲，越王大說。故爲善於不欲得善之主，雖善不見愛；爲不善於欲得不善之主，雖不善不見憎。

水火金木土穀，六府異物，而皆有施；規矩權衡準繩，六法殊形，而各有任。

按左文七年傳：水火金木土穀，謂之六府。淮南泰族篇：水火金木土穀，異物而皆任；規矩權衡準繩，異形而皆施。

故伊尹興土功也，長脛者使之蹋鍤，強脊者使之負土，眇目者使之準繩，傴僂者使之塗地。因事施用，仍便效才，各盡其分，而立功焉。

道藏本、子彙本、程榮本、王謨本、畿輔本、與上並有之字。

按之字當有。淮南齊俗篇：故伊尹之興土功也，修脛

者使之斵鑁，許注：長脛以蹻捔者，使入深。強脊者使之負土，眇者使之準，傴者使之塗。各有所宜，而人性齊矣。

商歌之士，鷄鳴之客，才各有施，不可棄也。……時須過關，莫若鷄鳴；欲降紂主，莫若商歌。

按淮南道應篇：寧戚原作越誤，今改。欲干齊桓公，……望見桓公而悲，擊牛角而疾商歌。桓公聞之，……命後車載之。文選嘯賦李注引許注云：商，金聲清，故以爲曲。又四子講德論注引許注云：商，秋聲也。鷄鳴事見史記孟嘗君傳。卷七十五

楚之市偸，天下之大盜，而能卻齊軍。

按淮南道應篇：楚將子發，好求技道之士。楚有善爲偸者，往見曰：『聞君求技道之士，臣，偸也，願以技齎一卒。』子發聞之，衣不給帶，冠不暇正，出見而禮之。左右諫曰：『偸者，天下之盜也，何爲之禮？』君曰：『此非左右之所得與！』後無幾何，齊興兵伐楚，子發將師以當之，兵三卻；楚賢良大夫，皆盡其計而悉其誠，齊師愈強。於是市偸進請曰：『臣有薄技，願爲君行之。』子發曰：『諾。』不問其辭而遣之。偸則夜解齊將軍之幬帳而獻之。子發因使人歸之，曰：『卒有出薪者，得將軍之帷，使歸之於執事。』明又復往取其枕。子發又使人歸之。明日又復往取其簪。子發又使歸之。大駭！將軍與軍吏謀曰：『今日不去，楚君恐取吾頭。』乃還師而去。論衡逢遇篇：竊簪之臣，親於子反。（滅絕書外傳記范伯篇：大夫種進曰：『昔者，市偸自衒於晉，晉用之而勝楚。』與此並異。）

晉之叔魚，一國之佞邪也，而能歸季孫。

按左昭十三年傳：晉人執季孫意如，……宣子患之：謂叔向曰：『子能歸季孫乎？』對曰：『不能，鮒也能。』乃使叔魚。叔魚見季孫曰：『昔鮒也得罪於晉君，自歸於魯君，微武子之賜，不至於今，雖獲歸骨於晉，猶子則肉之，敢不盡情，歸子，而不歸；鮒也聞諸吏將爲子除館於西河，其若之何？』且泣。平子懼，先歸，惠伯待禮。又十四年傳：晉邢侯與雍子爭鄐田，久而無成。士景伯如楚，叔魚攝理。……雍子納其女於叔魚，叔魚蔽罪邢侯。

關雎興於鳥，而爲風之首，美其摯而有別也；鹿鳴興於獸，而爲雅原誤稚，據各本改。之端，嘉其得食而自呼也。

程榮本、王謨本、畿輔本、自，並作相。

按相字較勝。淮南泰族篇：關雎興于鳥，而君子美

之，爲其雌雄不乖居也；鹿鳴興于獸，而君子大之，取其見食而相呼也。又見家語好生篇（亦作相呼）

夫樫栢之斷也，大者爲之棟梁，小者爲之椽桷，直者中繩，曲者中鈎，隨材所施，未有可棄者。

按淮南主術篇：賢主之用人也，猶巧匠之制木也，大者以爲舟航柱梁，小者以爲楫楔，脩者以爲櫚榱，短者以爲朱儒枅櫨。無大小脩短，皆得所宜；規矩方圓，殊形異材，莫不可得而用也。

是以君子善能拔士，故無棄人，良匠善能運斤，故無棄材。

按魏子：錄人一善，則無棄人；採材一用，則無棄材。意林五引

詩云：『雖有絲麻，無棄管蒯；雖有姬姜，無棄憔悴。』

道藏本、管，作菅。餘本同。

按菅字是。左成九年：詩曰：『雖有絲麻，無弃菅蒯；雖有姬姜，無弃蕉萃。』杜注：逸詩也。

文武章二十八

規者所以法圓，裁局則乖；矩者所以象方，製鏡必背。

按淮南時則篇：規者，所以員萬物也；矩者，所以方萬物也。

輪者所以輾地，人水則溺；舟者所以涉川，施陸必躓。

道藏本、人，作入。餘本同。

按入字是。鄧析子無厚篇：夫舟浮於水，車轉於陸，此自然道也。莊子天運篇：夫水行莫如用舟，而陸行莫如用車；以舟之可以行於水也，而求推之於陸，則沒世不行尋常。

夏不御氅，非憎惡之，炎有餘也；冬不臥簟，非怨讐之，涼自足也。

按呂氏春秋有度篇：夏不衣裘，非愛裘也，煖有餘也；冬不用簍，非愛簍也，凊有餘也。

不以春日遲遲，而毀羔裀。

按詩豳風七月：春日遲遲。毛傳：遲遲，舒緩也。

四郊多壘而擐文。

按禮記曲禮上：四郊多壘，此卿大夫之辱也。

士用各有時，未可偏無也。五行殊性，俱爲人用；文以上十九字，原奪，據各本補。武異材，爲國大益。

按左襄二十七年傳：天生五材，民並用之；廢一不可，誰能去兵？

猶救火者，或提盆榼，或挈瓶盂；其器方圓行體雖返，名實相乖，至於盛水滅火，功亦齊焉。

按淮南修務篇：今夫救火者，汲水而趍之，或以甕瓴，或以盆盂；其方圓銳橢不同，盛水各異，其於滅火鈞也。繳者身仰，釣者身俯，俯仰別狀，取利同焉。

按淮南說山篇：射者使人端，釣者使人恭，事使然也。

織者漸進，耕者漸退，進退 進退二字原奪，據各本補。 異勢，成務等焉。

按淮南繆稱篇：夫織者日以進，耕者日以卻，事相反，成功一也。

墨子救宋，重趼而行，干木在魏，身不下堂；行止異跡，存國一焉。

按淮南修務篇：夫墨子跌蹏而趍千里，以存楚宋；事見墨子公輸篇，呂氏春秋愛類篇，及本篇上文。段干木闔門不出，以安秦魏。 事見呂氏春秋期賢篇，及本篇上文。 夫行與止也，其勢相反，而皆可以存國，此所謂異路而同歸者也。

秦之季葉，土崩瓦解，漢祖躬提三尺之劍，爲黔首請命，或涉山川，蒙犯矢石，出百死以績一生，而爭天下之利，奮武厲威，以決一旦之命。當斯之時，冠章甫，衣縫掖，未若戴金冑，而擐犀甲也。嬴項既滅，海內大定，以武創業，以文止戈，徵鄒魯諸生，而制禮儀，修六代之樂，朝萬國於咸陽。當此之時，修文者榮顯，習武者甀忸，一世之間，而文武遞爲雄雌。以此言之，治亂異時，隨務引才也。今代之人，爲武者則非文，爲文者則嗤武，各執其所長，而相是非；猶以宮咲角，以白非黑，非適才之情，得實之論也。

道藏本、威，作誠。嬴，作贏。餘本同。

按誠、嬴、二字並是。淮南氾論篇：秦之時，……道路死人以溝量。……逮至高皇帝，存亡繼絕，舉天下之大義，身自奮袂執銳，以爲百姓請命於皇天。當此之時，天下雄儁豪英，暴露于野澤，前蒙矢石而後墮谿壑，出百死而給一生，以爭天下之權，奮武厲誠，以決一旦之命。當此之時，豐衣博帶，而道儒墨者，以爲不肖。逮至暴亂已勝，海內大定，繼文之業，立武之功，履天子之圖籍，造劉氏之貌冠，總鄒魯之儒墨，通先聖之遺教，戴天子之旗，乘大路，建九斿，撞大鐘，擊鳴鼓，奏咸池，揚干戚。當此之時，有立武者見疑。一世之間，而文武代爲雌雄，有時而用也。今世之爲武者，則非文也，爲文者，則非武也，文武更相非，而不知時世之用也。

均任章二十九

奔蜂不能化藿蠋，而能化螟蛉；越雞不能伏鵠卵，魯雞能伏之。藿蠋與螟蛉，俱蟲也，魯鷄與越鷄，同禽也；然化與不化，伏與不伏者，藿蠋大，越鷄小也。

按莊子庚桑楚篇：奔蜂不能化藿蠋，越雞不能伏鵠卵，魯雞固能矣。雞之與雞，其德非不同也，有能有不能者，其才固有巨小也。釋文引司馬云：奔蜂，小蜂也。藿蠋，豆藿中大青蟲也。越雞，小雞也。向云：魯雞，大雞也。成疏：奔蜂細腰，能化桑蟲爲己子，而不能化藿蠋。

故智小不可以謀大，狹德不可以處廣。

道藏本、狹德，作德狹。餘本同。

按作德狹是也。易繫辭下：子曰：『德薄而位尊，智小而謀大，力小而任重，鮮不及矣！』

子游治武城，夫子發割鷄之嘆。

按論語陽貨篇：子之武城，聞弦歌之聲，夫子莞爾而笑，曰：『割雞焉用牛刀？』

尹何爲邑宰，子產出製錦之諫。

按左襄三十一年傳：子皮欲使尹何爲邑，子產曰：『少，未知可否？』子皮曰：『愿，吾愛之，不吾叛也，使夫往而學焉，夫亦愈知治矣。』子產曰：『……子有美錦，不使人學製焉；大官大邑，身之所庇也，而使學者製焉，其爲美錦，不亦多乎？』

而其失也，寧降無濫。

按左襄二十六年傳：若不幸而過，寧僭無濫。

是以君子量才而授任，量任而授爵，則君無虛授，臣無虛任。

按尸子：君子量才而受爵，量功而受祿。曹植求自試表：夫論德而授官者，成功之君也，量能而受爵者，畢命之臣也；故君無虛授，臣無虛受。

故無負山之累，折足之憂也。

按莊子秋水篇：是猶使蚊負山，商蚷馳河也，必不勝任矣。易鼎：九四、鼎折足，覆公餗，其形渥凶。

慎言章三十

言語者，人之文也。

按左僖二十四年傳：言者，身之文也。

故口者，言語之門戶。

按鬼谷子捭闔篇：口者，心之門戶也。

出言之善，則千里應之；出言之惡，則千里違之。言失於己，不可遏於人；情發於近，不可止於遠。

按易繫辭上：子曰：『君子居其室，出其言善，則千里之外應之，況其邇者乎？居其室，出其言不善，則千里之外違之，況其邇者乎？言出乎身，加乎民；行發乎邇，見乎遠。』淮南人間篇：言出於口者，不可止於人；行發於邇者，不可禁於遠。文子微明篇同

人有緘口之銘。

按太公金匱：金人三緘其口，愼言語也。又見說苑敬愼篇，家語觀周篇。

易誡樞機，詩刺言玷。

按易繫辭上：言行，君子之樞機，樞機之發，榮辱之主也。詩大雅抑：白圭之玷，尙可磨也；斯言之玷，不可爲也。

昔智伯失言於水灌，韓魏攝其肘足；魏武漏語於英雄，玄德遺其匕箸。是以頭爲穢器，師馳徐州，地分三晉，土割庸蜀，亡敗長蹙，爲天下咲；不愼言也。

道藏本、攝，作躡。餘本同。程榮本、二，作三。王謨本、畿輔本、同。

按躡、三、兩字並是。戰國策秦策四：昔者，六晉之時，智氏最強，滅破范、中行，帥韓魏以圍趙襄子於晉陽。決晉水以灌晉陽，城不沈者，三板耳。智伯出行水，韓康子御，魏桓子驂乘。智伯曰：『始吾不知水之可亡人也，乃今知之！汾水利以灌安邑，絳水利以灌平陽。』魏桓子肘韓康子，康子履魏桓子，躡其踵肘，足接於車上，而智氏分矣。身死國亡，爲天下笑。又見韓非子難三篇 韓非子喩老篇：智伯兼范、中行，而攻趙不已，韓魏反之。……漆其首以爲溲器。他書皆作飲器 淮南氾論篇：智伯以三晉之地擒。高注：三晉，智氏兼有范氏、中行氏。魏武事見蜀志先主傳。卷三十二

韓昭侯與棠谿公謀，而終夜獨寢，慮夢言露於妻妾也。

按韓非子外儲說右上：棠谿公每見而出，昭侯必獨臥，惟恐夢言泄於妻妾。

孔光不對溫室之樹，恐言之泄於左右也。

按見漢書本傳。卷八十一

無翼而飛。

按管子戒篇：無翼而飛者，聲也。

禮然後動，則動如春風，人不厭其動；時然後言，則言如金石，人不厭其聲。

按論語憲問篇：公明賈對曰：『以告者，過也。夫子時然後言，人不厭其言；樂然後笑，人不厭其笑；義然後取，人不厭其取。』

貴言章三十一

故棰砧者，夷不平也；捞檠者，矯不正也。

按捞，當作榜。韓非子外儲說右下：椎鍛者，所以平不夷也；榜檠者，所以矯不直也。

人目短於自見，故借鏡以觀形。

按韓非子觀行篇：古之人目短於自見，故以鏡觀面。

髮拙於自理，必假櫛以脩束。

按傅咸櫛賦：夫才之治世，猶櫛之理髮也；理髮不可以無櫛。書鈔一百三十六，御覽七百十四引。

人皆悅鏡之明己形，而不慕士之明己心。

按呂氏春秋達鬱篇：人皆知說鏡之明己也，而惡士之明己也；鏡之明己也功細，士之明己也功大，得其細，失其大，不知類耳。

君子重正之惠，賢於軒璧之贈。

按晏子春秋內篇雜上：曾子將行，晏子送之，曰：『君子贈人以軒，不若以言；吾請以言之？之，當爲乎之誤。以軒乎？』曾子曰：『請以言。』又見荀子大略篇、說苑雜言篇。

故楚莊王輕於千乘之國，而重申叔一言。

荀子非相篇：故贈人以言，重於金石珠玉。

程榮本、王謨本、畿輔本、並無於字。

按無於字是。史記陳世家：楚莊王爲夏徵舒殺靈公，率諸侯伐陳，……因縣陳而有之，……申叔時使於齊來還，獨不賀。莊王問其故？對曰：『……。』莊王曰：『善！……。』復君陳如故，是爲成公。孔子讀史記至楚復陳，曰：『賢哉！楚莊王輕千乘之國，而重一言。』

范獻賤萬畝之田，以貴舟人片說。

按尸子貴言篇：范獻子遊於河，大夫皆在。君曰：『孰知欒氏之子？』大夫莫荅。舟人淸涓舍檝而荅曰：『……。』君曰：『善哉！言。』明日朝，令賜舟人淸涓田萬畝。淸涓辭。君曰：『以此田也，易彼言也；子尙喪，寡人猶得也。』古之貴言也，若此。

季路抱五愼之誡。

按說苑雜言篇：子路將行，辭於仲尼。曰：『贈汝以車乎？以言乎？』子路曰：『請以言。』仲尼曰：『不強不遠，不勞無功，不忠無親，不信無復，不恭無禮；愼此五者，可以長久矣。』

趙孟佩九言之箴。

按左定四年傳：鄭子大叔未至而卒，晉趙簡子爲之臨，甚哀；曰：『黃父之會，夫子語我九言，曰：「無始亂，無怙富，無恃寵，無違同，無敖禮，無驕能，無復怒，無謀非德，無犯非禮。」』

夫桓侯不採越人之說，卒成骨髓之疾。

按見史記扁鵲傳。卷一百五（韓非子喻老篇齊桓侯作蔡桓公，新序雜事二同史記。）

吳王不聽枚乘之言，終受夷滅之禍。

按漢書枚乘傳：吳王不用乘策，卒見禽滅。

夫人之將疾者，必不甘魚肉之味；身之將敗者，必不納忠諫之言。故臨死者，謂無良醫之藏；將敗者，謂無直諫之臣。

按越絕書德序外傳記：傳曰：『人之將死，惡聞酒肉之味；邦之將亡，惡聞忠臣之氣。身死不爲醫，邦亡不爲謀。』 文子微明篇：人之將疾也，必先厭厭，原作甘。據困學紀聞十引改。魚肉之味；國之將亡也，必先惡忠臣之語。故疾之將死者，不可爲良醫；國之將亡者，不可爲忠謀。

以善如轉圜。

道藏本、以，作從。餘本同。

按從字是。以蓋从之誤。 漢書梅福傳：高祖納善若不及，從諫如轉圜。

昔帝堯建招諫之鼓，舜樹誹謗之木，湯立司過之土，武王立誡愼之鞀。

道藏本、土，作士。餘本同。

按士字是。 鄭析子轉辭篇：堯置敢諫之鼓，舜立誹謗之木，湯有司直之人，武有戒愼之銘。又見呂氏春秋自知篇，淮南主術篇。（銘，並作鞀。） 說文：鞀，鞀遼也。或作鼗。

猶能採言於蒭蕘。

程榮本、畿輔本、蒭，並作芻。

按芻字是。芻已从艸，不必再加艸頭。 詩大雅板：先民有言，詢於芻蕘。韓詩外傳五兩引芻作蒭。鹽鐵論刺議篇，抱朴子論僊篇同。

故臣子之於君父，則有獻可替否諷諫之文。

按國語晉語九：夫事君者，薦可而替否。 白虎通諫諍篇：人懷五常，故知諫有五：其一曰諷諫。

如交之於朋友，亦有切磋琢磨相成之義。

道藏本、如，作知。餘本同。

按知字是。 詩衛風淇奧：有匪君子，如切如磋，如琢如磨。 禮記大學：如切如磋者，道學也；如琢如磨者，自脩也。

君子若能聽言如響，以善如流。

道藏本、以，作從。餘本同。

按從字是。左昭十二年傳：析父謂子革曰：『今與王言如響。』又成八年傳：從善如流。

則身南山，德茂松柏。

道藏本、身上有安字。餘本同。

按有安字是。詩小雅天保：如南山之壽，不騫不崩；如松柏之茂，無不爾或承。

傷讒章三十二

故譽以論善，則辭以極善爲功；毀以譽過，則言以窮惡爲巧。何者？俗人好奇，不奇不用也。譽人不增其美，則聞者不快於心；毀人不益其惡，則聽不滿於耳。

道藏本、聽下有者字。餘本同。

按有者字是。論衡藝增篇：稱美過其善，進惡沒其罪。何則？俗人好奇，不奇，言不用也。故譽人不增其美，則聞者不快其意；毀人不益其惡，則聽者不愜於心。

代之善人少，而惡人多。

按莊子胠篋篇：天下善人少，而不善人多。

吹毛覓瑕。

按韓非子大體篇：不吹毛而求小疵。

墨子所以泣素絲，楊朱所以泣歧路；以其變爲青黃，迴成左右也。

程榮本、王謨本、畿輔本、上泣字並作悲。

按泣字疊用嫌複。當以一作悲者爲是。墨子所染篇：子墨子言見染絲者而歎曰：『染於蒼則蒼，染於黃則黃。所入者變，其色亦變。』又見呂氏春秋當染篇　淮南說林篇：楊子見逵路而哭之，爲其可以南，可以北；墨子見練絲而泣之，爲其可以黃，可以黑。呂氏春秋疑似篇，賈子新書審微篇，並以哭歧路爲墨子事，蓋誤。（孔稚珪北山移文、王襃與周宏讓書，亦並以爲楊朱事。）

昔人與讒言於青蠅。

按詩小雅青蠅：營營青蠅，止于樊；豈弟君子，無信讒言。（逸齋詩補傳論篇目：袁孝政釋劉子云：『魏武公信讒詞，詩刺官曰云云。』今據魏自有國風，若果爲魏詩，聖人則詩雅頌各得其所，豈容以風爲雅？袁氏亦豈惑於齊魯韓三家之說乎？困學紀聞三：袁孝政釋劉子曰云云。此小雅也。謂之魏詩，可乎？案袁註繆悠，率多類此。）

以其點素成緇。

按論衡累害篇：青蠅所汙，常在練處。

鳥之曲勁鉤距者，羽類畏之；獸之方喙鉤爪者，毛羣畏之；魚之哆唇鋸齒者，鱗族畏之；人之利口讒諂者，人共畏之。

道藏本、彙函本、勁，並作頸。脣，作唇。程榮本、王謨本、子彙本、亦並作脣。

按頸、脣、二字並是。韓詩外傳七：傳曰：『鳥之美羽句喙者，鳥畏之；魚之侈口垂腴者，魚畏之；人之利口贍辭者，人畏之。』

故揚娥眉者，爲醜女之所妬。

按楚詞離騷：衆女嫉余之蛾眉兮。

昔直不疑未嘗有兄，而讒者謂之盜嫂；第五倫三娶孤女，而世人謂其撾婦翁。

按直不疑事見史記本傳。卷一百三 第五倫事見後漢書本傳。卷七十一 魏志武帝紀：昔直不疑無兄，世人謂之盜嫂；第五伯魚三娶孤女，謂之撾婦翁。

豈非獸惡其網，人惡其上耶？

按國語周語中：諺曰：『獸惡其網，民惡其上。』

蘭蓀欲茂，秋風害之。

按淮南說林篇：蘭芝欲脩，而秋風敗之。又見文子上德篇

故無極之讒，子常蒙謗，郤費雙滅。

按左昭二十七年傳：令尹子常賄而信讒，無極譖郤宛焉。……遂令攻郤氏，……盡滅郤氏之族黨。……子常殺費無極。

愼隟章三十三

故登峭坂而不跌墜者，愼於大也；跨阜垤而好顚蹷者，輕於小也。

按韓非子六反篇：先聖有諺曰：不躓於山，而躓於垤。淮南人間篇以爲堯戒 山者大，故人順 順卽愼，古多通用。之；垤微小，故人易之也。呂氏春秋愼小篇：人之情，不蹷於山，而蹷於垤。

懍懍焉若朽索之馭六馬也。

按說苑政理篇：孔子曰：『懍懍焉如以腐索御奔馬。』書僞五子之歌：懍乎若朽索之馭六馬。

鴻毛性輕，積之沉舟；縉縞質薄，疊之折軸。

按戰國策魏策一：積羽沉舟，羣輕折軸。淮南繆稱篇略同

故牆之崩隤，必因其隟；劍之毀折，皆由于璺。

按淮南人間篇：夫牆之壞，必於隙；劍之折，必有齧。

尺蚓穿堤，能漂一邑；寸烟泄突，致灰千室。

按呂氏春秋愼小篇：巨防容螻，而漂邑殺人；突洩一熛，而焚宮燒積。淮南人間篇：千里之隄，以螻螘之

穴漏；百尋之屋，以突隙之熛焚。

夏書曰：『怨豈在明，不見是圖。』故怨不在大，亦不在小。

按國語晉語九：夏書有之曰：『怨豈在明，不見是圖。』又見書僞五子之歌　書僞湯誥：怨不在大，亦不在小。

熒熒不滅，能焚崑山；涓涓不絕，能成江河。

按六韜文韜守土篇：涓涓不塞，將爲江河；熒熒不救，炎炎奈何？

故漢祖免貫高之逆。

按見史記張耳傳。卷八十九

魏后泄張繡之讐。

按見魏志張繡傳。卷八

韓信削少年之辱。

按見史記淮陰侯傳。卷九十二

安國釋田甲之慢。

按見史記韓安國傳。卷一百八

魯酒薄而邯鄲圍，羊羹偏而宋師敗。

按莊子胠篋篇：魯酒薄而邯鄲圍。　左宣二年傳：華元殺羊食士，其御羊斟不與。及戰，曰：『疇昔之羊，子爲政；今日之事，我爲政。』與入鄭師，故敗。　淮南繆稱篇：故傳曰：『魯酒薄而邯鄲圍，羊羹不斟而宋國危。』許愼注：魯與趙俱朝楚，獻酒於楚，魯酒薄而趙酒厚；楚之主酒吏，求酒於趙，不與；楚吏怒，以趙所獻酒，獻於楚王，易魯薄酒。楚王以爲趙酒薄，而圍邯鄲。

郈孫以鬭鷄亡身。

按左昭二十五年傳：季郈之雞鬭，季氏介其雞，郈氏爲之金距。平子怒，益宮於郈氏，且讓之。故郈昭伯亦怨平子。……執郈昭伯，殺之于南門之西。又見呂氏春秋察微篇，淮南人間篇。

齊侯以咲嬪破國。

按公羊成二年傳：晉郤克與臧孫許同時而聘于齊，蕭同姪子者，齊君之母也，踊于棓而窺客，則客或跛或眇；於是使跛者迓跛者，使眇者迓眇者。二大夫出，相與踦閭而語，移日，然後相去。齊人皆曰：『患之起，必自此始！』二大夫歸，相與率師爲鞌之戰，齊師大敗。

禍之至也，人自生之；福之來也，人自成之。禍與福同門，害與利同鄰，若非至精，莫能分矣。是以智慮者，禍福之門戶，動靜者，利害之樞機，不可不愼也。

按淮南人間篇：夫禍之來也，人自生之；福之來也，人自成之。禍與福同門，利與害爲鄰，非神聖人，莫之能

分。是故知慮者，禍福之門戶也；動靜者，利害之樞機也。文子微明篇同

誡盈章三十四

四時之序，節滿即謝；五行之性，功成必退。

按戰國策秦策二：夫四時之序，成功者去。吳越春秋句踐歸國外傳：四時不並盛，五行不俱馳。

日中則昃，月盈則虧。

按易豐：彖曰：『日中則昃，月盈則食。』

昔仲尼觀欹器而革容。

按荀子宥坐篇：孔子觀於魯桓公之廟，有欹器焉。孔子問於守廟者曰：『此爲何器？』守廟者曰：『此蓋爲宥坐之器。』孔子曰：『吾聞宥坐之器者，虛則欹，中則正，滿則覆。』孔子顧謂弟子曰：『注水焉。』弟子挹水而注之，中而正，滿而覆，虛而欹。孔子喟然而歎淮南作遺然革容曰：『吁！惡有滿而不覆者哉？』又見韓詩外傳三，淮南道應篇，說苑敬愼篇，家語三恕篇。

鑒損益而嘆息。

按淮南人間篇：孔子讀易至損益，未嘗不憤然而歎曰：益損者，其王者之事與？事或欲以利之，適足以害之，或欲以害之，乃反以利之。利害之反，禍福之門戶，不可不察也。說苑敬愼篇略同

覩霜而知冰。

按淮南說山篇：聖人見霜而知冰。

夫知進而不知退，則踐盈泛之危；處存而不忘危，必履泰山之安。

按易乾：文言、知進而不知退。繫辭下：是故君子安而不忘危，存而不忘亡。

故雷在天上曰大壯，山在地中曰謙；謙則裒多益寡，壯則非禮勿履。

按易大壯：象曰：『雷在天上大壯，君子以非禮弗履。』謙：象曰：『地中有山、謙，君子以裒多益寡。』

雖聰明廣智，而志愈下；富貴廣大，而心愈降；勳蓋天下，而情愈惕。不以德厚而矜物，不以身尊而驕民。

道藏本、廣，作叡。

按叡字是。叡之古文作睿，廣蓋睿之誤。淮南道應篇：是故聰明睿智，守之以愚；……富貴廣大，守之以儉；德施天下，守之以讓。

故楚莊王功立而心懼。

按左宣十二年傳：欒武子曰：『楚自克庸以來，其君無日不討國人而訓之于：民生之不易，禍至之無日，戒懼之不可以怠。』 呂氏春秋驕恣篇：李悝曰：『昔者，楚莊王謀事而當，有大功，退朝而有憂色。』又見韓詩外傳六

晉文公戰勝而色憂。

按已見前薦賢篇。

夏禹一饋而十起，周公一沐而三握。

王謨本、畿輔本、握下有髮字。程榮本髮字與下食字夾行作 海錄碎事八上、引有髮字。十，作七。道藏本等並作七

按有髮字是。十、七、二字並通。 鬻子上禹政篇：是以禹嘗據一饋而七起。 呂氏春秋謹聽篇：昔者，禹一沐而三捉髮，一食而三起。黃氏日抄五十六讀呂氏春秋：愚意此形容之語，本無其事，而世又以言周公。 淮南氾論篇：禹一饋而十起，一沐而三捉髮。 韓詩外傳三：周公相天下，一沐三握髮，一飯三吐哺。

易曰：『以貴下賤，大得民也。』

按易屯：象曰：『以貴下賤，大得民也。』

明謙章三十五

天道下濟而光明。

按易謙：象曰：『謙，亨。天道下濟而光明。』

江湖善下而爲王。

按老子第六十六章：江海所以能爲百谷王者，以其善下之。

王侯以孤寡爲損。

按損，疑當作稱。 老子第四十二章：人之所惡，唯孤寡不穀，而王公以爲稱。

高必以下爲基，貴則以賤爲本。

按老子第三十九章：故貴以賤爲本，高必以下爲基。

是以大壯往則復，天地之謙也。

按易泰：象曰：『无往不復，天地際也。』

易稱『謙尊而彌光。』

按易謙：彖曰：『謙尊而光。』

老子云：『不伐故有功。』

按老子第二十二章：不自伐，故有功。

故夏禹昌言，明稱伐功。

按書益稷：帝曰：『來，禹！汝亦昌言。』禹拜曰：『都，帝！予何言？予思日孜孜。』皋陶曰：『吁！如何？』禹曰：『洪水滔天，浩浩懷山襄陵，下民昏墊；

112

予乘四載，隨山刊本，曁益奏庶鮮食；予決九川，距四海，濬畎澮，距川，曁稷播奏艱食鮮食，懋遷有無化居；烝民乃粒，萬邦作乂。』

咎繇陳謨，云說我惠。

按書臯陶謨：臯陶曰：『朕言惠可底行。』

大質章三十六

火之性也，大寒慘悽，凝冰裂地，而炎氣不爲之衰；大熱烜爀，爍金爍石，而炎氣不爲之熾者，何也？有自然之質，而寒暑不能移也。

按淮南詮言篇：夫寒之與煖，相反也；大寒水凝地坼，火弗爲衰其熱，大暑流金爍石，火弗爲益其烈；寒暑之變，無損於己，質有定也。春秋繁露循天之道篇：爲寒則凝冰裂地，爲熱則焦沙爛石，氣之精，至於是。

故丹可磨，而不可奪其色。

按呂氏春秋誠廉篇：丹可磨也，而不可奪赤。

昔子閭之劫也，擬之白刃，而其心不傾。

按左哀十六年傳：白公欲以子閭爲王，子閭不可，遂劫以兵。子閭曰：『王孫若安靖楚國，匡正王室，而後庇焉，啓之願也，敢不聽從！若將專利，以傾王室，不顧楚國，有死不能。』遂殺之。

晏嬰之盟也，鈎以曲戟，而其志不廻。

按晏子春秋內篇雜上：崔杼既弑莊公而立景公，晏子奉桮血，仰天歎曰：『嗚呼！崔子爲無道，而弑其君，不與公室而與崔慶者，受此不祥。』崔杼謂晏子曰：『子變子言，則齊國吾與子共之；子不變子言，戟既在脰，劍既在心，維子圖之也。』晏子曰：『劫吾以刃，而失其志，非勇也；回吾以利，而倍其君，非義也。曲刀鈎之，直兵推之，嬰不革矣！』崔子遂舍之。又見呂氏春秋知分篇，韓詩外傳二，新序義勇篇。

譬如鍾山之玉，寒嶺之松，比之瑤琨梓柳，無殊也；及其燒以爐炭，三日而色不改，處於積水，終歲而枝葉不凋，然後知其異於他玉衆木也。

程榮本、王謨本、畿輔本、水，並作冰。

按冰字較勝。淮南俶眞篇：譬若鍾山之玉，炊以鑪炭，三日三夜，而色澤不變，則至德天地之精也。

辯施章三十七

夫山阜非爲鳥植林，林茂而鳥自棲之；江湖非爲魚鑿潭，潭深而魚自歸之；處世非爲人積財，財積而人自依之。

按荀子致士篇：川淵深，而魚鼈歸之；山林茂，而禽獸歸之。呂氏春秋功名篇，文子上德篇略同。史記貨殖列傳序：淵深而魚生之，山深而獸往之，人富而仁義附焉。

按老子第七十七章：天之道，損有餘而補不足。天之道損有餘，人之情矜不足也。

按論衡定賢篇：崑山之下，以玉爲石；彭蠡之濱，以魚食犬豕。鹽鐵論崇禮篇：崑山之旁，以玉璞抵烏鵲。崑山之下，以玉抵烏；彭蠡之濱，以魚食犬。

史通雜說上：語曰：『彭蠡之濱，以魚食犬。』

按孟子盡心上篇：民非水火不生活，昏暮叩人之門戶求水火，無弗與者，至足也。淮南齊俗篇：扣門求水火，莫弗與者，所饒足也。挈瓶丐水，執萑求火，而人不恡；非性好施，有餘故也。

按論語陽貨篇：吾豈匏瓜也哉？焉能繫而不食。口非匏瓜，不能不食。

饑饉之春，不賑朋戚，多稔之秋，饗及四鄰；不賑朋戚，人之惡行，惠及四鄰，人之善義；善惡之行，出於性情，而繫於饑穰也。以此觀之，大豐則恩情生，窶乏則仁惠廢也。

按韓非子五蠹篇：饑歲之春，幼弟不饟，穰歲之秋，疏客必食；非疏骨肉，愛過客也，多少之心異也。論衡治期篇：饑歲之春，不食親戚，穰歲之秋，召及四鄰；不食親戚，惡行也，召及四鄰，善義也；爲善惡之行，不在人質性，在於歲之饑穰。由此言之，禮義之行，在穀足也。

相馬者，失在於瘦，求千里之步，虧也；相人者，失在於貧，恩惠之迹，缺也。

程榮本、王謨本、畿輔本、恩上並有求字。

按有求字是。史記滑稽東方朔傳：『相馬失之瘦，相人失之貧。』文子上仁篇：相馬失之瘦，選士失之貧。

周生烈子：伯樂相馬，取之於瘦，聖人相士，取之於疏。（意林五引）

和性章三十八

夫歐冶鑄劍，太剛則折，太柔則卷。

按淮南氾論篇：太剛則折，太柔則卷。鹽鐵論訟賢篇：剛者折，柔者卷。歐冶鑄劍，見越絕書外傳記寶劍篇。

昔徐偃王軟而國滅，齊商公懦而身亡，此性太柔之失也。

程榮本、王謨本、畿輔本、商，並作簡。

按簡字是。淮南氾論篇：徐偃王被服慈惠，身行仁義，陸地之朝者，三十二國；然而身死國亡，子孫無類。又、昔者，齊簡公釋其國家之柄，而專任大臣，

將相攝威擅勢，私門成黨，而公道不行，故使陳成田常
鴟夷子皮，得成其難；使呂氏絕祀，而陳氏有國者，此
柔懦所生也。
……
晉陽處父以純剛致害。
按左文五年傳：晉陽處父聘于衛，反過甯，甯嬴從之，
及溫而還。其妻問之。嬴曰：『以剛。商書曰：「沈漸
剛克，高明柔克。」夫子壹之，其不沒乎？』又見晉語五
又六年傳：賈季使續鞫居殺陽處父。
鄭子陽以嚴猛致斃。
按呂氏春秋適威篇：子陽極也極也二字衍好嚴，有過而折
弓者，恐必死，遂應猘狗而弒子陽。又見淮南氾論篇
楚子西寬而招敗。
按左哀十六年傳：子西曰：『吾聞勝也信而勇，不爲不
利，舍諸邊竟，使衛藩焉。』葉公曰：『……吾聞勝也
好復言，而求死士，殆有私乎？復言，非信也，期死，
非勇也，子必悔之！』弗從。召之，使處吳，竟爲白
公。……勝自厲劍，子期之子平見之，曰：『王孫何自
厲也？』曰：『勝以直聞，不告女，庸爲直乎？將以殺
爾父。』平以告子西。子西曰：『勝如卵，余翼而長
之；楚國第，我死，令尹司馬，非勝而誰？』勝聞之
曰：『令尹之狂也，得死乃非我！』子西不悛。……遂
作亂。秋七月，殺子西子期于朝。
邾莊公懁而自禍。
按左定三年傳：邾子在門臺，臨廷。閽以缾水沃廷。邾
子望見之，怒！閽曰：『夷射姑旋焉。』命執之，弗
得，滋怒！自投于牀，廢于鑪炭，爛，遂卒。……莊公
卞急而好潔，故及是。杜注：卞，躁疾也。
西門豹性急，佩韋皮以自緩；董安于性緩，帶絲絃以自急。
按韓非子觀行篇：西門豹之性急，故佩韋以自緩；董安
于之心緩，故佩弦以自急。又見論衡率性，譴告二篇。
是以智者寬而慄，嚴而溫，柔而毅，猛而仁。
按淮南氾論篇：故聖人之道：寬而栗，嚴而溫，柔而
直，猛而仁。
以善往。
道藏本、作以斯善性。餘本同。
按作以斯善性是也。

殊好章三十九

累榭洞房，珠簾玉扆，人之所悅也，鳥入而憂；聳石巉巖，
茼糺結，猨狖之所便也，人上而慄；五韺六莖，咸池簫韶，

人之所樂也，獸聞而振；懸瀨碧潭，瀾波洶湧，魚龍之所安也，人入而畏。

道藏本、茵上有輪字。茵，作菌。餘本同。

按作輪菌是也。（韶光、囷顗、兩篇，並有輪囷之文。） 淮南齊俗篇：廣廈闊屋，連闥通房，人之所安也，魚入之而憂；高山險阻，深林叢薄，虎豹之所樂也，人入之而畏；川谷通原，積水重泉，黿鼉之所便也，人入之而死；咸池承雲，九韶六英，人之所樂也，鳥獸聞之而驚；深谿峭岸，峻木尋枝，猨狖之所樂也，人上之而慄。

按白虎通禮樂篇：人無不含天地之氣，有五常之性者。

人之與獸，共稟二儀之氣，俱抱五常之性。

按詩大雅角弓：騂騂角弓，翩其反矣。

則偏其反矣。

頹顏玉理，眄視巧咲，衆目之所悅也；軒皇愛嫫母之醜貌，不易落英之麗容，陳侯悅敦洽之醜狀，弗貿陽文之婉姿。

按楚詞招魂：靡顏膩理。 詩衛風碩人：巧笑倩兮，美目盼兮。 呂氏春秋遇合篇：若人之於色也，無不知說美者，而美者未必遇也，故嫫母執乎黃帝。……陳有惡人焉，曰敦洽讎糜。椎顙廣顏，色如漆赭，垂眼臨鼻，長肘而盭，陳侯見而甚說之。（抱朴子辯問篇：人情莫不愛紅顏豔姿、輕體柔身；而黃帝悅篤醜之嫫母，陳侯憐可憎之敦洽。） 淮南脩務篇高注：陽文，古之好女。 落英已詳校釋。

文王嗜菖蒲之葅。

按韓非子難三篇：文王嗜菖蒲葅。 呂氏春秋遇合篇：若人之於滋味，無不說甘脆，而甘脆未必受也，文王嗜昌蒲葅。高注：昌本之葅。（抱朴子辯問篇：人口無不悅甘，而周文嗜不美之葅，不易大牢之滋味。）

陽春白雪，嗷楚採菱。

按文選宋玉對楚王問：客有歌於郢中者，……其爲陽春白雪，國中屬而和者，不過數十人。 古今樂錄：陽春、白雪、激楚，皆曲名也。（淮南齊俗篇，楚詞招魂，文選上林賦，舞賦，並作激楚。此作嗷，當是誤字。） 淮南說山篇：欲美和者，必先始於陽阿采菱。高注：陽阿采菱，樂曲之和聲。

而漢順聽山鳥之音，云勝絲竹之響。

按阮籍樂論：順帝上恭陵，過樊衢，聞鳥鳴而悲，泣下橫流，曰：『善哉！鳥鳴。』使左右吟之。曰：『使何聲若是，豈不樂哉？』

魏文侯好槌鑿之聲，不貴金石之和。

按未詳。 抱朴子辯問篇：人耳無不喜樂，而魏明好椎鑿之聲，不以易絲竹之和音。當即孔昭所本。惟魏文侯與魏明有異。（魏明亦不可考。）

海人悅至臭之夫，不愛芳聲之氣。

道藏本、聲，作馨。餘本同。

按馨字是。呂氏春秋遇合篇：人有大臭者，其親戚兄弟妻妾知識，無能與居者，自苦而居海上；海上有人說其臭者，晝夜隨之而弗能去。曹植與楊德祖書：蘭茝蓀蕙之芳，衆人所好，而海畔有逐臭之夫。抱朴子辯問篇：海上之女，逐酷臭之夫，隨之不止。

兵術章四十

神農氏弦木爲弧，剡木爲矢；弧矢弧矢二字原脫，據各本增。之利，以威天下。

按易繫辭下：弦木爲弧，剡木爲矢；弦矢之利，以威天下。

其後蚩尤強暴，好習攻戰，銷金爲刃，割革爲鉀，而兵遂與矣。

按史記五帝本紀：軒轅之時，神農氏世衰，諸侯相侵伐，暴虐百姓，而神農氏弗能征。於是軒轅乃習用干戈，以征不享，諸侯咸來賓從；而蚩尤最爲暴，莫能伐。呂氏春秋蕩兵篇：人曰：『蚩尤作兵。』蚩尤非作兵也，利其械矣。淮南兵略篇：人無筋骨之強，爪牙之利；故割革而爲甲，鑠鐵而爲刃。

黃帝戰于涿鹿。

按史記五帝本紀：於是黃帝乃徵師諸侯，與蚩尤戰於涿鹿之野。淮南兵略篇：故黃帝戰於涿鹿之野。

顓頊爭於不周。

按淮南原道篇：昔共工之力，觸不周之山，使地東南傾；與高辛爭爲帝，遂潛於淵。兵略篇：顓頊嘗與共工爭矣。許注：共工與顓頊爭爲帝，觸不周山。

堯戰於丹水。

按呂氏春秋召類篇：堯戰於丹水之浦，以服南蠻。又見淮南兵略篇，論衡儒增、恢國二篇。（書鈔十三、御覽六十三、引六韜犬韜文同。）

舜征有苗。

按呂氏春秋召類篇：舜却苗民，更易其俗。淮南兵略篇：舜伐有苗。又見書僞大禹謨

夏討有扈。

按書甘誓：大戰于甘，乃召六卿，王曰：『嗟！六事之人，予誓告汝：有扈氏威侮五行，怠棄三正，天用勦絕

其命，今予惟恭行天之罰。……』史記夏本紀：有扈氏不服，啓伐之，大戰於甘。

殷攻葛伯。

按孟子滕文公下篇：湯居亳，與葛爲鄰，……湯始征，自葛載。史記殷本紀：葛伯不祀，湯始伐之。又見書僞仲虺之誥

周伐崇侯。

按左僖十九年傳：文王聞崇德亂而伐之，軍三旬而不降，退修敎而復伐之，因壘而降。又見史記周本紀

夫兵者，凶器；財用之蠹，而民之賊也。

道藏本、賊作殘。餘本同。

按殘字是。國語越語下：兵者，凶器也。尉繚子兵令上篇，文子下德篇，文同。左襄二十七年傳：兵、民之殘也，財用之蠹。

五帝三王弗能弭者，所以禁暴而討亂，非欲耗財以害民也。

按左襄二十七年傳：天生五材，民並用之，廢一不可，誰能去兵？兵之設久矣，所以威不軌而昭文德也。聖人以興，亂人以廢；廢興存亡，昏明之術，皆兵之由也。宣十二年傳：夫武，禁暴、戢兵、保大、定功、安民、和衆、豐財者也。呂氏春秋蕩兵篇：古聖王有義兵，而無有偃兵。兵之所自來者，上矣。淮南兵略篇：自五帝而弗能偃也，又況衰世乎？夫兵者，所以禁暴討亂也。

然衆聚則財散。

按禮記大學：財散則民聚。

故兵貴伐謀，不重交刃。

按孫子謀攻篇：故上兵伐謀，其次伐交。

百戰百勝，非用兵之善也；善用兵者，不戰而勝，善之善也。

按孫子謀攻篇：是故百戰百勝，非善之善者也；不戰而屈人之兵，善之善者也。

夫將者，國之安危，民之性命，不可不重。

按孫子作戰篇：故知兵之將，民之司命，國家安危之主也。

故詔之以廟堂，授之以斧鉞；受命既已，則設明衣，鑿凶門。

按六韜龍韜立將篇：凡國有難，君避正殿，召將而詔之曰：『社稷安危，在一將軍；今某國不臣，願將軍帥師應之。』將既受命。乃命太史卜，齋三日，之太廟，鑽靈龜，卜吉日，以受斧鉞。君入廟門，西面而立；將入

廟門，北面而立。君親操斧持首，授將其柄。淮南兵略篇：凡國有難，君自宮召將，……將已受斧鉞，荅曰：『……君若不許，臣不敢將；君若許之，臣辭而行。』乃爪鬋，設明衣也，鑿凶門而出。許注：明衣，喪衣也。在於闔冥，故言明。凶門，北出門也。將軍之出，以喪禮處之，以其必死也。

臨軍之日，則忘其親；援鼓之時，則忘其身。

按尉繚子武議篇：將受命之日，忘其家；張軍宿野，忘其親；援枹而鼓，忘其身。史記司馬穰苴傳：穰苴曰：『將受命之日，則忘其家；臨軍約束，則忘其親；援枹鼓之急，則忘其身。』

用能無天於上，無地於下，無敵於前，無顧於後。

按六韜立將篇：軍中之事，不聞君命，皆由將出；臨敵決戰，無有二心。若此，則無天於上，無地於下，無敵於前，無君於後。淮南兵略篇同

以全國爲重。

按孫子謀攻篇：凡用兵之法，全國爲上。

故將者，必明天時，辨地勢，練人謀。

按淮南兵略篇：將者，必有三隧。所謂三隧者：上知天道，下習地形，中察人情。

列九地之勢。

按孫子九地篇：用兵之法：有散地，有輕地，有爭地，有交地，有衢地，有重地，有圮地，有圍地，有死地。

明人者，抱五德之美。

程榮本、王謨本、畿輔本、作練人謀者。子彙本作明人謀者

按此承上文之詞，作練人謀者是。

五德者，智信仁勇嚴也。

按孫子始計篇：將者，智信仁勇嚴也。

二柄者，賞罰也。

按已見前賞罰篇。

兵者，詭道而行。

按孫子始計篇：兵者，詭道也。

是以萬弩上轂，孫臏之奇。

按見史記孫武傳。卷六十五

千牛俱奔，田單之策。

按見史記田單傳。卷八十二

囊土擁水，韓信之權。

按見史記淮陰侯傳。卷九十二

拽柴揚塵，欒枝之譎。

道藏本、欒，作變。餘本同。

按欒字是。抴，當作曳。左僖二十八年傳：欒枝使輿曳柴而僞遁，楚師馳之；原軫郤溱以中軍公族橫擊之，狐毛狐偃以上軍夾攻子西，楚左師潰，楚師敗績。淮南兵略篇：曳梢肆柴，揚塵起堨。

雲梯煙浮，魯生之巧。

按列子湯問篇：夫班輸之雲梯，張湛注：班輸作雲梯，可以凌虛仰攻。史記孟荀傳索隱：公輸般爲雲梯之械者，按梯構木瞰高也。雲者，言其昇高入雲，故曰雲梯。

用奇出於不意。

按孫子始計篇：攻其無備，出其不意。

以明攻昧。

按左宣十二年傳：兼弱攻昧，武之善經也。

兵形象水，水原作火，據各本改。之形，避高而就下；兵之勢，避實而擊虛，避強而攻弱，避治而取亂，避銳而擊衰。故水因地而制，兵因敵而制勝，則兵無成勢，水無定形；觀形而運奇，隨勢而應變，反經以爲巧，無形以成妙。

程榮本、因地而制下，有形字。王謨本、畿輔本同。

按有形字是。孫子虛實篇：夫兵形象水，水之形，避高而就下；兵之形，避實而擊虛。水因地而制流，兵因敵而制勝。故兵無常勢，水無常形。能因敵變化而取勝者，謂之神。

故風而有形，則可以帷幕捍；寒暑無形，不可以關鑰遏也。

程榮本、王謨本、畿輔本、而，並作雨。

按雨字是。淮南兵略篇：風雨可障蔽，而寒暑不可開王念孫以爲闔之誤，是也。閉；以其無形故也。

是以善攻者，敵不知其所守，如畏雷電，擊無常處；善守者，敵不知其所攻，如尋寰中，不見其際。

按孫子虛實篇：故善攻者，敵不知其所守；善守者，敵不知其所攻。

卒以齊力爲先。

按淮南兵略篇：良將之用卒也，同其心，一其力。

是以列宿滿天下，而明不及朧月者，形不一，光不同也。

按下字疑衍。各本皆無下而明三字　淮南說林篇：百星之明，不如一月之光。

虎牛多力，而受制於人者，心不一，力不齊也。

按淮南兵略篇：今夫虎豹便捷，熊羆多力，然而人食其肉，而席其革者，不能通其知，而壹其力也。

萬人離心，不如百人同力。

按淮南兵略篇：故千人同心，則得千人力；萬人異心，則無一人之用。

千人遞戰，不如十人俱至。

按淮南兵略篇：萬人之更進，不如百人之俱至也。

在於仁思洽而賞罰明。

道藏本、思，作恩。餘本同。

按恩字是。

胥靡者，臨危而不行，履氷而不慄；以其將刑而不憂生也。

道藏本、行，作懼。餘本同。

按懼字是。　莊子庚桑楚篇：胥靡登高而不懼，遺死生也。

將得衆心，（心原作以，據各本改。）必與同患。暑不張蓋，寒不御裘，所以均寒暑也；隘險不乘，丘陵必下，所以齊勞逸也；軍食熟，然後敢食，軍井通，而後敢飲，所以同飢渴也；三軍合戰，必立矢石之下，所以共安危也。

按淮南兵略篇：故古之善將者，必以其身先之。暑不張蓋，寒不被裘，所以程寒暑也；險隘不乘，上陵必下，所以齊勞佚也；軍食孰，然後敢食，軍井通，然後敢飲，所以同飢渴也；合戰，必立矢射之所及，以共安危也。（又見六韜武韜勵軍篇，尉繚子戰威篇。）

故醇醪注流，軍下通醉。

按文選張景陽七命：單醪投川，可使三軍告捷。李注引黃石公記曰：『昔良將用兵，人有饋一簞之醪；投河，令衆迎流而飲之。夫一簞之醪，不味一河，而三軍思爲致死者，滋味及之也。』（呂氏春秋察微篇高注略同）　呂氏春秋順民篇：越王苦會稽之恥，……有酒，流之江，與民同之。（列女傳母儀篇楚子發母傳，水經漸江水注，並以爲越王勾踐事。）

温辭一灑，師人挾纊。

按左宣十二年傳：楚子伐蕭，……蕭潰。申公巫臣曰：『師人多寒。』王巡三軍，拊而勉之；三軍之士，皆如挾纊。杜注：纊，綿也。言說以忘寒。

以此衆戰，猶轉石下山，決水赴壑，孰能當之矣。

按左僖四年傳：齊侯曰：『以此衆戰，誰能禦之？』孫子軍形篇：勝者之戰，若決積水於千仞之谿者，形也。兵勢篇：故善戰人之勢，如轉圓石於千仞之山者，勢也。淮南兵略篇：是故善用兵者，勢如決積水於千仞之隄，若轉員石於萬丈之谿。

閱武章四十一

司馬法曰：『國家雖大，好戰則已；天下雖安，忘戰必危。』

道藏本、已，作亡。餘本同。

按亡字是。司馬法仁本篇：故國雖大，好戰必亡；天下雖安，忘戰必危。文子符言篇以爲老子語

亟戰則民凋，不習則民怠。凋非保全之，怠非擬冠之方。

道藏本、作凋非保全之術。冠，作寇。餘本同。

按術字當據補。冠，應改作寇。呂氏春秋適威篇：李克對曰：『驟戰則民罷。』又見文子道德篇 帝範閱武篇：土地雖廣，好戰則人彫；邦國雖安，亟戰則人殆。彫非保全之術，殆非擬寇之方。蓋襲此文。

孔子曰：『以不教民戰，是謂棄之。』

按見論語子路篇。

易曰：『君子以修戎器，戒不虞。』

按易萃：象曰：『君子以除戎器，戒不虞。』正義：除者，治也。

是以春蒐，夏苗，秋獮，冬狩，皆以農隙以講武事。三年而治兵，習戰敵也；出曰治兵，始其事也；入曰振旅，言整衆也；還歸而飲至，告于廟，所以昭文章，明貴賤，順少長，辨等列，習威儀。

按左隱五年傳：故春蒐，夏苗，秋獮，冬狩，皆於農隙以講事也。三年而治兵，入而振旅，歸而飲至，以數軍實；昭文章，明貴賤，辨等列，順少長，習威儀也。爾雅釋天：春獵爲蒐；夏獵爲苗，秋獵爲獮，冬獵爲狩。

言不相聞，故爲鼓鐸以通其耳；視不相見，故治旌麾以宣其目。

按孫子軍爭篇：軍政曰：『言不相聞，故爲之金鼓；視不相見，故爲之旌旗。』夫金鼓旌旗者，所以一人之耳目也。

吳王宮人，教之戰陣，約束之法令，廻還進，盡中規矩；雖蹈水火而不顧者，非其性勇而氣剛，教習之所成也。

道藏本、無束字。進下有退字。餘本同。

按無束字，與上句一律。退字當據補。事見史記孫武傳。卷六十五

鏌鋣不爲巧者銳，而爲拙者鈍；然而巧以生勝，拙而之負者，習與不習也。

按呂氏春秋用民篇：莫邪不爲勇者興，懼者變，勇者以工，懼者以拙，能與不能也。高注：莫邪，良劍也。不爲勇者利，怯者鈍也。

闔閭習武，試其民於五湖，劍刃如肩，流血不止；勾踐習戰，試其民於寢處，民爭入水火，死者千餘，遽擊金而退之。豈其惡生而貪死？賞罰明而教習至也。

道藏本、如，作加。餘本同。

按加字是。呂氏春秋用民篇：闔廬試其民於五湖，劍皆加於肩，地流血幾不可止；句踐試其民於寢宮，民爭入水火，死者千餘矣，遽擊金而却之，賞罰有充也。又見論衡率性篇（闔閭事又見莊子佚文。［御覽四百三十七引］句踐事又見韓非子內儲說上。）

是以逢蒙善射，不能用不調之弓；造父善御，不能策不服之馬；般倕善斲，不能運不利之斤；孫吳善將，不能戰不習之卒。

按荀子議兵篇：弓矢不調，則羿不能以中微；六馬不和，則造父不能以致遠；士民不親附，則湯武不能以必勝也。故善附民者，是乃善用兵者也。淮南兵略篇：駟馬不調，造父不能以致遠；弓矢不調，羿不能以必中；君臣乖心，孫子不能以應敵。說苑指武篇：文王不能使不附之民，先軫不能戰不教之卒，造父王良，不能以敝車不作之馬，趨急而致遠；羿逢蒙，不能以枉矢弱弓，射遠中微。故強弱成敗之要，在乎附士卒，教習之而已。呂氏春秋愛類篇：公輸般，天下之巧工也。重己篇高注：倕，堯之巧工也。吳，吳起也。史記有傳。卷六十五

貔貅貙虎，而黃帝教之戰。

按見五帝本紀。又見大戴禮五帝德篇，列子黃帝篇，論衡率性篇。

故射御慣習，至於馳獵，則能擒獲，教習之所致也。若弗先習，覆逸是懼，奚據望獲？

程榮本、王謨本、畿輔本、據，並作遽。

按遽字是。韓非子五蠹篇：奚遽不亂？左襄三十一年傳：譬如田獵射御貫，則能獲禽；若未嘗登車射御，則敗績厭覆是懼，何暇思獲？

明權章四十二

權者，揆輕重之勢。

按孟子梁惠王上篇：權，然後知輕重。趙岐注：權，銓衡也。可以稱輕重。

量有輕重，則形之於衡。今加一環於衡左，則右蹙，加之於右，則左蹙；唯莫之動，則平正矣。

按淮南主術篇：衡之於左右，無私輕重，故可以為平。

易稱『巽以行權。』

按易繫辭下：巽以行權。韓康伯注：權，反經而合道。必合乎巽順，而后可以行權也。

論語稱『可與適道，未可與權。』

按論語子罕篇：子曰：『可與共學，未可與適道；可與適道，未可與立；可與立，未可與權。』

若棠之華，反而更合也。

道藏本、棠下有棣字。餘本同。

按有棣字是。 論語子罕篇：唐棣 春秋繁露竹林篇，文選廣絕交論注，並引作棠棣。 之華，偏其反而。何注：逸詩也。

唐棣，移也。華反而後合。賦此詩者，以言權道反而後至於大順。

孝子之事親，和顏卑體，盡孝盡敬；及其溺也，則攬髮而拯之，非敢侮於，以救死也。故溺而捽父，祝則名君，勢不得已，權之所設也。

道藏本，極，作拯。於，作慢。餘本同。

按拯、慢、二字並是。 淮南氾論篇：孝子之事親，和顏卑體，奉帶運履；至其溺也，則捽其髮而拯，非敢驕侮，以救其死也。故溺則捽父，祝則名君，勢不得不然也，此權之所設也。

若虞舜之放弟象傲。

按傲字衍。 蓋寫者據書堯典之文妄增 孟子萬章上篇：萬章問曰：『象日以殺舜爲事，立爲天子，則放之，何也？』孟子曰：『封之也；或曰：「放焉。」』

周公之誅管叔。

按見史記魯周公世家。 卷三十三

石碏之殺子厚。

按左隱四年傳：石碏使其宰獳羊肩涖殺石厚于陳。君子曰：『石碏，純臣也。惡州吁，而厚與焉。大義滅親，其是之謂乎？』

季友之酖叔牙。

按左莊三十二年傳：公疾，問後於叔牙。對曰：『慶父材。』問於季友。對曰：『臣死以奉般。』公曰：『鄉者，牙曰「慶父材。」』成季使以君命命僖叔待于鍼巫氏，使鍼季酖之；曰：『飲此，則有後於魯國；不然，死且無後。』飲之，歸及逵泉而卒。立叔孫氏。

欺父矯君，臣子悖行；然舜取不告，弦高矯命者，以絕祀之罪，重於不告，矯命之過，輕於滅國；權之義也。

按孟子離婁上篇：孟子曰：『不孝有三，無後爲大。舜不告而娶，爲無後也；君子以爲猶告也。』 淮南氾論篇：夫三軍矯命，過之大者也。秦穆公興兵襲鄭，過周而東；鄭賈人弦高，將西販牛，道遇秦師於周鄭之間，乃矯鄭伯之命，犒以十二牛；賓秦師而却之，以存鄭國。故事有所至，信反爲過，誕反爲功。 弦高事見左僖三

十三年傳

貴速章四十三

成務雖均，機速爲上；決謀成同，遲緩爲下。

程榮本、王謨本、畿輔本、成，並作或。將以化本作誠。

按或、誠、二字並通。成則誤也。正賞篇：古今雖殊，其迹實同；耳目誠異，其識則齊。語例與此同，則成爲誠之殘誤。呂氏春秋貴卒篇：得之同，則遫爲上；勝之同，則溼爲下。高注：溼，猶遲久之也。又見淮南說山篇

若守井而救火。

按淮南人間篇：譬猶失火而鑿池。

驥所以見珍者，以其日行千里也，滿旬而取至，則與駑馬均矣；箭所以爲貴者，以其弦直而疾至也，窮日而取至者，則與不至者同矣。

按窮日句末者字衍。呂氏春秋貴卒篇：所爲貴驥者，爲其一日千里也，旬日取之，與駑駘同；與上疑脫則字所爲貴鏃矢者，爲其應聲而至，至下當有也字終日而至，則與無至同。淮南說山篇，新序雜事二，略同。

智所以爲妙者，以其應時而知，若事過而後知，則與無知者

齊矣。

按淮南詮言篇：有智而無爲，與無智同；有能而無事，與無能者同。告之者至，然後覺其動也，使之者至，然後覺其爲也；有智若無智，有能若無能。

昔吳起相楚，貴族攻之，起欲討讐，而挿矢王屍。

按呂氏春秋貴卒篇：吳起謂荊王曰：『荊所有餘者，地也；所不足者，民也。今君王以所不足益所有餘，臣不得而爲也。』於是令貴人往實廣虛之地，皆甚苦之。荊王死，貴人皆來；尸在堂上，貴人相與射吳起。吳起號呼曰：『吾示子吾用兵也！』拔矢而走，伏尸插矢而疾言曰：『羣臣亂王，吳起死矣！』且荊國之法，麗兵於王尸者，盡加重罪，逮三族。吳起之智，可謂捷矣。

陽虎在圍，魯人出之，虎欲報德，而傷之以戈。

按淮南人間篇：陽虎爲亂於魯，魯君令人閉城門而捕之，得者有重賞，失者有重罪。圍三市，而陽虎將舉劍而伯頤；門者止之曰：『天下探之不窮，我將出子。』陽虎因赴圍而逐，揚劍提戈而走。門者出之，顧反取其出之者，以戈推之，攘祛薄腋。出之者怨之曰：『我非故與子反也，爲之蒙死被罪，而反傷我，宜矣，其有此難也！』魯君聞陽虎失，大怒！問所出之門，使有司拘

之；以爲傷者受大賞，而不傷者被重罪。

張祿之入秦，魏冉不先索而後行，故勢移而身逐。

按見史記范雎傳。卷七十九

晁錯之穴壖垣，申屠悔不先斬而後奏，故發憤而致死。

按見史記申屠嘉傳。卷九十六

嗲曰：『力貴疾，智貴卒。』

按呂氏春秋貴卒篇：力貴突，智貴卒。淮南說山篇：力貴齊，智貴捷。

觀量章四十四

由心不近駐。

道藏本、近，作並。餘本同。

按並字是。近字乃涉上而誤

小有所係，大必有所志也。

道藏本、志，作忘。餘本同。

按忘字是。淮南俶眞篇：小有所志，而大有所忘也。

夫覩焦堯之節，知非防風之脛。

又見文子九守篇

按堯當作僥。國語魯語下：吳伐越，墮會稽，獲骨焉，節專車。吳子使來聘，且問之。……客執骨而問曰：『敢問骨何爲大？』仲尼曰：『丘聞之，昔禹致羣神於會稽之山，防風氏後至，禹殺而戮之，其骨節專車，此爲大矣。』……客曰：『人長之極幾何？』仲尼曰：『僬僥氏長三尺，短之至也；長者不過十，數之極也。』又見史記孔子世家，說苑辨物篇。（並作僬僥。淮南墬形篇、山海經海外南經、大荒南經、亦並作焦僥。）

覩象之牙，知其大於豕也；見貍之尾，知其小於豹也。故覩一可以知百，觀此可以明彼。

按淮南說林篇：見象牙，乃知其大於牛；見虎尾，乃知其大於貍。一節見，而百節知矣。又見說苑尊賢篇

是以蹄窪之內，不生蛟龍。

按淮南氾論篇：夫牛蹏之涔，不能生鱣鮪。

培塿之上，不植松栢。

道藏本、塿，作塿。餘本同。

按塿字是。左襄二十四年傳：部婁無松柏。杜注：部婁，小阜。風俗通義山澤篇，文選魏都賦李注，並引作培塿。（部、培、雙聲。婁、塿、音同。）

類粒而炊，秤薪而爨，非苟爲艱難，由性褊恡而細碎也。

道藏本、類，作數。餘本同。

按數字是。淮南泰族篇：秤薪而爨，數米而炊，可以

治小，而不可以治大也。

項羽不學一藝。

按見史記項羽本記。卷七

韓信不營一飡。

按見史記淮陰侯傳。卷九十二

道藏本、自忘，作自亡。餘本同。

於小，而忘其大者也。

子陽園亡一桃，而卽覺之，其自忘也，而不能知。斯皆銳情
智伯庖人亡炙一篋，而卽知之，韓魏將反，而不能知；邯鄲

按亡字是。　說苑雜言篇：智伯廚人亡炙籩而知之，韓魏反而不知；邯鄲子陽園人亡桃而知之，其亡也不知。

務小者，亦忘大也。

夫鈎者雖有籊竿纖綸，芒鈎芳餌，增以詹何之妙，不能與罝罠苦爭多；弋者挾繁弱之弓，貫會稽之箭，加以蒲苴之巧，不能與罻羅競獲。何者？術小故也。

道藏本、鈎，作鈞。罝罠苦，作罾罟。餘本同。

按鈞、罾罟、三字並是。苦字蓋罟之誤。罠字殆寫者緣罝字而妄增。　淮南原道篇：夫臨江而釣，曠日而不能盈羅，雖有鈎箴芒距，微綸芳餌，加之以詹何娟嬛之數，猶不能與網罟爭得也；射者扜烏號之弓，彎棊衛之箭，重之羿逢蒙子之巧，以要飛鳥，猶不能與羅者競多。何則？以所持之小也。　詩衛風竹竿：籊籊竹竿，以釣于淇。毛傳：籊籊，長而殺也。　呂氏春秋具備篇高注：繁弱，良弓所出地也，因以爲弓名。

江湖之流，爛胔漂屍，縱橫連接，而人飲之者，量大故也；盆盂之水，鼠尾一曳，必嘔吐而棄之者，量小故也。

按淮南要略：夫江河之腐胔，不可勝數，然祭者汲焉，大也；一盃酒白，蠅漬其中，匹夫弗嘗者，小也。　論衡累害篇：夫鼠涉飯中，捐而不食。

枳棘之生，數寸而抽枝；豫章之植，百尺而　柯。

道藏本、柯上有莳字。餘本同。

按有莳字是也。　淮南修務篇：藜藿之生，蝡蝡然日加數寸，不可以爲廬棟；楩柟豫章之生，七年而後知，故可以爲棺舟。　方言十二：莳，立也。

隨時章四十五

德義以柔，中國之心；政刑以威，四夷之性。

按左僖二十五年傳：德以柔中國，刑以威四夷。

故易貴隨時。

按易隨：彖曰：『……隨時之義大矣哉！』

禮尚從俗。

按禮記曲禮上：禮從宜，使從俗。

貨章甫者，不造閩越，衒赤舄者，不入跣𧿹，知俗不宜也。

按莊子逍遙遊篇：宋人資章甫而適諸越，越人斷髮文身，無所用之。韓非子說林上篇：魯人身善織屨，妻善織縞，而欲徙於越。或謂之曰：『子必窮矣！』魯人曰：『何也？』曰：『屨爲履之也，而越人跣行；縞爲冠之也，而越人被髮。以子之所長，游於不用之國，欲使無窮，其可得乎？』抱朴子塞難篇：章甫不售於蠻越，赤舄不用於戎夷。

故救饑者以圓寸之珠，不如與之梂菽，貽溺者以方尺之玉，不如與之短綆；非梂綆之貴，而珠玉之賤，然而美不要者，各在其所急也。

道藏本、兩梂字並作橡。餘本同。

按橡字是。愼子外篇：拯饑者與之徑寸之珠，孰若一簞之食，拯溺者與之方尺之玉，孰若一葉之舥；貴賤無常，時使之然也。淮南說林篇：予溺者金玉，不若尋常之纆。高注：金玉雖寶，非拯溺之具。

是以中流失船，一壺千金。

程榮本、王謨本、緐輔本、並作中河失船，一瓠千金。

雲谷雜記四、引作中流失船，一瓠千金。

按河字非是。壺、瓠、古多通用。王觀國學林二、吳淏雲谷雜記四，辨之甚詳。鶡冠子學問篇：中流失船，一壺千金。

昔秦攻梁，梁惠王謂孟軻曰：『先生不遠千里，辱幸弊邑，今秦攻梁，先生何以禦乎？』孟軻對曰：『昔太王居邠，狄人攻之，事之以玉帛，不可；太王不欲傷其民，乃去邠之岐。今王奚不去梁乎？』

按史記孟子傳：梁惠王謀趙，孟軻稱太王去邠。孔昭文本此。惟所屬國有異

大梁所寶者，國也。

程榮本、王謨本、緐輔本、大，並作夫。

按夫字是。

秦孝公問商鞅治秦之術，鞅對以變法峻刑，行之三年，人富兵強，國以大治，威服諸侯。

按見史記商君傳，卷六十八及秦本紀。卷五

故明鏡所以照形，而盲者以之蓋巵；玉笄所以飾首，而禿嫗以之挂杖。

按淮南人間篇：戟者，所以攻城也，鏡者，所以照形也；宮人得戟；則以刈葵，盲者得鏡，則以蓋巵。

庖丁解牛，適俗所傾。

按莊子養生主篇：庖丁爲文惠君解牛，……文惠君曰：『譆！善哉！技蓋至此乎？』庖丁釋刀對曰：『……今臣之刀，十九年矣，所解數千牛矣！……』

朱泙屠龍，無所用功。

按功，當作巧。莊子列禦寇篇：朱泙漫學屠龍於支離益，單千金之家，三年技成，而无所用其巧。

故老聃至西戎，而効猰言。

按後漢書襄楷傳：或言老子入夷狄，爲浮屠。章懷注：或言，當時言也。老子西入夷狄，始爲浮屠之化。齊書顧歡傳：老子入關、之天竺維衛國。

夏禹入躶國，忻然而解裳；非欲忘禮，隨俗宜也。墨子儉嗇，而非樂者，往見荊王，衣錦吹笙；非苟違性，隨時好也。

按戰國策趙策二：昔舜舞有苗，而禹袒入裸國。呂氏春秋貴因篇：禹之裸國，裸入衣出，因也；墨子見荊王，錦衣吹笙，因也。夏禹事又見淮南原道篇

魯哀公好儒服而削，代君修墨而殘，徐偃公行仁而亡，燕噲爲義而滅。夫削殘亡滅，暴亂之所招也，而此以仁義儒墨而遇之，非仁義儒墨之不行，行非於時之所致也。

按服字衍。徐偃公，當作徐偃王。韓非子五蠹篇：偃王行仁義而喪其國。淮南人間篇：夫徐偃王爲義而滅，燕子噲行仁而亡，哀公好儒而削，代君爲墨而殘。滅亡削殘，暴亂之所致也，而四君獨以仁義儒墨而亡者，遭時之務異也；非仁義儒墨不行，非其世而用之，則爲之擒矣。

風俗章四十六

風者，氣也；俗者，習也。土地水泉，氣有緩急，聲有高下，謂之風焉；人居此地，習以成性，謂之俗焉。

按漢書地理志下：凡民函五常之性，而其剛柔、緩急、音聲、不同，繫水土之風氣，故謂之風；好惡、舍取、動靜、亡常，隨君上之情欲，故謂之俗。風俗通義序：風者，天氣有寒煖，地形有險易，水泉有美惡，草木有剛柔也；俗者，含血之類，像之而生，故言語、歌謳、異聲，鼓舞、動作、殊形，或直或邪，或善或淫也。

明王之化，當移風使之雅，易俗使之正。

按漢書地理志下：孔子曰：『移風易俗，莫善於樂。』孝經廣要道章文言聖王在上，統理人倫，必移其本而易其末，此混同天下，壹之虖中和，然後王教成也。

是以上之化下，亦爲之風焉；民習而行，亦爲之俗焉。

按詩大序：上以風化下。阮籍樂論：故造始之教謂之風，習而行之謂之俗。

楚越之風好勇，其俗赴死而不顧；鄭衛之風好淫，其俗輕蕩而忘歸。

按阮籍樂論：楚越之風好勇，故其俗輕死；鄭衛之風好淫，故其俗輕蕩。

晉有唐虞之遺風，其俗節財而儉嗇。

按漢書地理志下：河東土地平易，有鹽鐵之饒，本唐堯所居，……至成王滅唐，而封叔虞。唐有晉水，及叔虞子燮爲晉侯云。……其民有先王遺教，君子深思，小人儉陋，……皆思奢儉之中，念死生之慮。匡衡傳：晉侯好儉，而民畜聚。

齊有景公之餘化，其俗奢侈以誇競。

按漢書地理志下：太公以齊地負海，舃鹵，少五穀，而人民寡；迺勸以女工之業，通魚鹽之利，而人物輻湊。後十四世，桓公用管仲，設輕重以富國。……故其俗彌侈。據此，則齊俗奢侈，非自景公始矣。從化篇亦言齊景奢也。

陳大姬無子好巫祝，其俗事鬼神祈福。

按漢書地理志下：陳本太昊之虛，周武王封舜後嬀滿於陳，是爲胡公；妻以元女大姬。婦人尊貴，好祭祀，用史巫，故其俗巫鬼。匡衡傳：陳夫人好巫，而民淫祀。顏注引張晏曰：胡公夫人，武王之女大姬，無子，好祭鬼神，鼓舞而祀。

燕丹結客納勇士於後宮，其俗待妻妾於賓客。

按漢書地理志下：初，太子丹賓養勇士，不愛後宮美女，民化以爲俗，至今猶然；賓客相過，以婦侍宿。

越之東，有軫沐之國，其人父死，即負其母而棄之，云是鬼妻，不可與同居；其長子生，則解肉而食其母，謂之宜弟。楚之南，有啖人之國，其親戚死，拆其肉而埋其骨，謂之爲孝。秦之西，有義渠之國，其人死，則聚柴而焚之，烟上燻天，謂之昇霞。

按軫，當作輆。則解肉而食其母，當作則解肉而食之。墨子節葬下篇：昔者，越之東，有輆沐（列子湯問篇作輒沐，博物志異俗篇作駭沐。集韻：輆沐，國名，在越東。則輒、駭、二字並誤。）之國者，其長子生，則解而食之，（博物志同。列子作則鮮而食之，與魯問篇同。後漢書南蠻西南夷傳作輒解而食之。）謂之宜弟；其大父死，負其大母而棄之，曰鬼妻不可與居處。……楚之南，有炎人（魯問篇作啖人）國者，其親戚死，朽其肉而棄之，然後埋其骨，乃成爲孝子。秦之西，有儀渠之國者，其親戚死，聚柴薪而焚之，燻上，謂之登遐。又按霞，當依墨子、列子、博物志、作遐。登遐升，故又作昇。文選潘安仁西征賦：武皇忽其升遐。嵇康聖賢高士傳許由贊：擇日登遐。御覽五十六引 孫楚王驃騎誄：奄忽登遐。顏氏家訓文章篇引 並其證也。楚詞遠遊：載營魄而登霞兮。王注：霞，謂朝霞。與此有異。

利害章四十七

故就利而避害。

按淮南修務篇：見利而就，避害而去，其情一也。

莫失識由以至得。

按失，在由下，是也。

程榮本、王謨本、畿輔本、失，在由字下。

有知利之爲害，害之爲利。

按淮南人間篇：衆人皆知利利，而病病也；唯聖人知病之爲利，利之爲病也。

夫內熱者之飲毒藥，非不害也，疽痤用砭石，非不痛也；然而爲之者，以小痛來而大痛滅，則小害至臣害除也。

道藏本、臣，作巨。餘本同。

按巨字是。韓非子六反篇：夫彈痤者痛，飲藥者苦，爲苦憊之故，不彈痤飲藥，則身不活，病不已矣。淮南詮言篇：割痤疽，非不痛也，飲苦藥，非不苦也；然而爲之者，便於身也。

飢而倍食，渴而大飲，熱而投水，寒而投火；雖暫怡性，必爲後患。

按淮南詮言篇：渴而飲水，非不快也，飢而大飧，非不贍也；然而弗爲者，害於性也。

菖蒲去蚤蝨，而來蚰蜒。

按淮南說林篇：昌羊去蚤蝨，而來蛉窮。高注：昌羊，昌蒲；蛉窮，蚰蜒。

銷金在爐，盜者不掬。

按韓非子五蠹篇：鑠金百溢，盜跖不掇。又見史記李斯列傳

虓虎在前，地有隋珠，雖貪如盜跖，則手不暇拾。

按淮南說林篇：兕虎在於後，隨侯之珠在於前，弗及掇者，先避患而後就利。又見金樓子立言下篇

昔齊有貨美錦於市，盜於衆中而竊之。吏執而問曰：『汝何盜錦於衆中？』對曰：『吾但見錦，不見有人，故取之耳。』

按呂氏春秋去宥篇：齊人有欲得金者，淸旦被衣冠，往鬻金者之所，見人操金，攫而奪之。吏搏而束縛之。問

131

曰：『人皆在焉，子攫人之金，何故？』對吏曰：『殊不見人，徒見金耳。』又見淮南氾論篇，列子說符篇，貲子正書貴公篇。（並作金，與此異。）

黃口以貪餌而忘害，故擒於羅者。

按孔子家語六本篇：孔子見羅雀者，所得皆黃口小雀。夫子問之曰：『大雀獨不可得，何也？』羅者曰：『大雀善驚而難得，黃口貪餌而易得；……』孔子顧謂弟子曰：『善驚以遠害，利食而忘患。』

異鵲以見利而忘身，且怵於莊周。

按身，常作眞。　莊子山木篇：莊周遊乎雕陵之樊，覩一異鵲，自南方來者。……覩一蟬，方得美蔭，而忘其身；螳蜋執翳而搏之，見得而忘其形；異鵲從而利之，見利而忘其眞。莊周怵然曰：『噫！物固相累，二類相召也。』

禍福章四十八

禍福同根，妖祥共域。

按荀子大略篇：禍與福鄰。　鶡冠子世兵篇：吉凶同域。

禍之所倚，反以爲福；福之所伏，還以成禍。

按老子第五十八章：禍兮，福之所倚；福兮，禍之所伏。鶡冠子世兵篇同

吳兵大勝，以爲福也，而有姑蘇之困；越棲會稽，以爲禍也，而有五湖之霸。

按鶡冠子世兵篇：失反爲得，成反爲敗。吳大兵強，夫差以困；越棲會稽，句踐霸世。　戰國策秦策三：吳王夫差無敵於天下，輕諸侯，凌齊晉，遂以殺身亡國。　淮南泰族篇：句踐棲於會稽，脩政不怠，謨慮不休；知禍之爲福也。

戎王強盛，以爲福也，而有樽下之執。

按呂氏春秋壅塞篇：秦繆公時，戎彊大，繆公遺之女樂二八與良宰焉。戎王大喜。以其故，數飲食，日夜不休。左右有言秦寇之至者，因扜弓而射之。秦寇果至。戎王醉而臥於樽下，卒生縛而擒之。

陳駢出奔，以爲禍也，終有厚遇之福。

按淮南人間篇：唐子短陳駢子於齊威王，威王欲殺之。陳駢子與其屬，出亡奔薛。孟嘗君聞之，使人以車迎之。至，而養以芻豢黍粱五味之膳，日三至；冬日被裘罽，夏日服絺紵；出則乘牢車，駕良馬。

昔宋人有白犢之祥，而有失明之禍，雖有失明之禍，以至獲

全之福；北叟有胡馬之利，卒有奔墜之患，雖有奔墜之患，而至保身之福。

按淮南人間篇：昔者，宋人好善者，三世不解，家無故而黑牛生白犢；以問先生。先生曰：『此吉祥，以饗鬼神。』居一年，其父無故而盲。牛又復生白犢。其父又復使其子以問先生。其子曰：『前聽先生言而失明，今又復問之，奈何？』其父曰：『聖人之言，先忤而後合，其事未究，固試往復問之。』其子又復問先生。先生曰：『此吉祥也，復以饗鬼神。』歸致命其父。其父曰：『行先生之言也。』居一年，其子又無故而盲。其後楚攻宋，圍其城。當此之時，易子而食，析骸而炊，丁壯者死，老病童兒，皆上城牢守而不下。楚王大怒！城已破，諸城守者皆屠之；此獨以父子盲之故，得無乘城；軍罷圍解，則父子俱視。又見列子說符篇，論衡福虛篇。……近塞上之人，有善術者，馬無故亡而入胡。人皆弔之。其父曰：『此何遽不爲福乎？』居數月，其馬將胡駿馬而歸。人皆賀之。其父曰：『此何遽不能爲禍乎？』家富良馬，其子好騎，墮而折其髀。人皆弔之。其父曰：『此何遽不爲福乎？』居一年，胡人大入塞。丁壯者引弦而戰，近塞之人，死者十九；此獨以跛之故，父子相保。

即還成妖矣。

道藏本、還上有祥字。餘本同。

按有祥字是。

晉武丁之時，亳有桑穀，共生於朝。史占之曰：『野生草朝，朝其亡乎？』武丁恐懼，側身修德，桑穀自枯。八紘之內，重譯而來，殷道中興。帝辛之時，有雀生鳶於城之隅。史占之曰：『以小生大，國家必王。』帝辛驕暴，遂亡殷國。故妖孽者，所以警王侯也；怪夢者，所以警庶人也。妖孽不勝善政，則凶反成吉；怪夢不勝善言，則禍轉爲患。

道藏本、晉，作昔。生草，作草生。患，作禍。餘本同。

按昔、禍、二字並是。生草二字當據乙。說苑敬愼篇：昔者，殷王帝辛之時，爵生烏於城之隅。工人占之曰：『凡小以生巨，國家必祉，王名必倍。』帝辛喜爵之德，不治國家，亢暴無極，外寇乃至，遂亡殷國。此逆天之時，詭福反爲禍。至殷王武丁之時，先王道缺，刑法弛，桑穀俱生於朝，七日而大拱。工人占之曰：『桑穀者，野物也。野物生於朝，意朝亡乎？』武丁恐駭，側身修行，思昔先王之政；興滅國，繼絕世，舉逸民，明養老之道；三年之後，遠方之君，重譯而朝者六國。此迎天時，得禍反爲福也。故妖孽者，天所以警天子諸侯也；惡夢者，所以警士大夫也。故妖孽不勝善政，惡夢不勝善行也。至治之極，禍反爲福。（桑穀事又見史記殷本紀，呂氏春秋制樂篇，韓詩外傳三，論衡異虛篇，家語五儀解，帝王世紀，惟所屬人各異。）

貪愛章四十九

小利，大利之殘。

按韓非子十過篇：顧小利，則大利之殘也。（呂氏春秋權勳篇，說苑說叢篇同。）　說文：殘，敗也。

昔屬侯性貪，秦惠王聞而欲伐之，山澗峻嶮，兵路不通，乃琢石爲牛，多與金日置牛後，號牛糞，言以遺屬侯。屬侯貪之，乃斬山塡谷，使五丁力士，以迎石牛。秦人帥師，隨後而至，滅國亡身，爲天子所咲。

道藏本、屬，並作蜀。子，作下。餘本同。

按蜀、下、二字並是。　秦惠王本紀：秦王欲伐蜀，乃刻五石牛，置金其後。蜀人見之，以爲牛能大便金；牛下有養卒，以爲此天牛也，能便金。蜀王以爲然，即發卒千人，使五丁力士，拖牛成道，致三枚於成都。秦道得通，石牛之力也。後遣丞相張儀等，隨石牛道伐蜀焉。（錄自嚴輯全漢文卷五十三（能改齋漫錄九：蜀王本紀載秦惠王謀伐蜀，刻五石牛，置金其後，云云。此事尤近誕。蜀人吳師孟淳翁，題金牛驛詩以辨之云：『唱奇騁怪可刪修，爭奈常情信繆悠！禹貢已書開蜀道，秦人安得糞金牛？萬重山勢隨坤順，一勺天波到海流。自哂撥經遺世俗，庶幾同志未相尤。』）

1 3 4

楚白公勝，其性貪忝，殺子西據有荊國，積斂財寶，塡之府庫，不以分衆。石諫曰：『今患至，國將危，不因勝敗存亡之機，固已形於胸中矣。不能散財以求人心，則不如焚之，無令彼衆還以害我！』又不能從。及葉公入，乃發大府之財以與衆，出府庫之寶以賦人；因而攻之，十有九日，白公身滅。財非己有，而欲有之；以此小忝，而大禍生焉。

道藏本、因，作固。楚之，作焚之。（餘本並作焚）程榮本、王謨本、畿輔本、因，作顧。　蔣以化本、因，作知。子彙本、石下有乞字。餘本同。（道藏本、蔣以化本，亦奪。）

按乞字當有。　焚字是。　顧、固、二字古通。（因即固之誤。蔣本作知，蓋以意改。）　呂氏春秋分職篇：白公勝得荊國，不能以其府庫分人。七日，石乞曰：『患至矣！不能分人則焚之，毋令人以害我！』白公又不能。九日，葉公入，乃發太府之貨予衆，出高庫之兵以賦民；因攻之，十有九日，而白公死。國非其有也，而欲有之，可謂至貪矣。淮南道應篇同（此事原見於左哀十六年傳，惟文有異。）

土有獸，其名曰豹，生角當心，俯而磨之，憤心而死。

道藏本、土上有寒字。豹，作犳。餘本同。

按有寒字是。豹字固誤，犳亦未得也。疑本是狍字。山海經北山經：鉤吾之山，有獸焉，名曰狍鴞。郭注：狍鴞，左傳所謂饕餮是也。與袁注正合。憤，當作潰。魯連子：北方有獸，名爲犺，犺，字書所無，定爲狍之誤。生而角當心，俯厲其角，潰心而死。御覽九百一十三引

炎洲有鳥，其名曰梟，姬伏其子，百日而長，羽翼旣成，食母而飛。

道藏本、姬，作嫗。餘本同。

按嫗字是。說文：梟，不孝鳥也。

高注：梟愛養其子，子長而食其母也。呂氏春秋分職篇白公之嗛財，財愈積，而身愈滅，何異梟之養子，子愈長，而身就害也？

按呂氏春秋分職篇：譬白公之嗇，若梟之愛其子也。淮南道應篇同

老子曰：『多藏必厚亡。』

按見老子第四十四章。

禮云：『積而能散。』

按見禮記曲禮上。

皆明止足之分。

按老子第四十四章：知足不辱，知止不殆。

類感章五十

方以類聚，物以羣分。

按見易繫辭上及禮記樂記。

按易乾：文言、同聲相應，同氣相求。

聲以同應，氣以異乖。

故銅山崩蜀，鍾鳴于晉。

按劉敬叔異苑：魏時殿前鍾忽鳴，張華曰：『蜀銅山崩。』御覽五百七十五引　又按世說新語文學篇：殷曰：『銅山西崩，靈鍾東應。』劉注：樊英別傳曰：『漢順帝時，殿下鐘鳴，問英。對曰：「蜀岷山崩，山於銅爲母，母崩子鳴，非聖朝災。」後蜀果上山崩，日月相應。』

淄澠共川，色味異質。

按呂氏春秋精諭篇：孔子曰：『淄澠之合者，易牙嘗而知之。』高注：淄、澠，齊之兩水名也。易牙，齊桓公

識味臣也，能別淄澠之味也。又見淮南道應篇，列子說符篇。

是以飛行者，陽之羣也；蟄伏者，陰之類也。故日夏至而鹿角解，月虧而蚌蛤消，麒麟鬬而日蝕，鯨魚死而彗星出，東風至而酒盈溢，蠶含絲而商絲絕，新穀登而舊穀缺，龍舉一穿而雲彌九天，虎嘯一谷而風扇萬里，陽燧在掌而太陽火，方珠運握而少陰水。

道藏本、穿，作井。餘本同 程榮本、商絲，作商絃。王謨本、畿輔本、同。

按井、絃、二字並是。 淮南天文篇：毛羽者，飛行之類也，故屬於陽；介鱗者，蟄伏之類也，故屬於陰。日者，陽之主也；是故春夏則羣獸除，日至而麋鹿解。月者，陰之宗也；是以月虛而魚腦減，月死而蠃蛖膲。……故陽燧見日，則燃而爲火；方諸見月，則津而爲水。虎嘯而谷風至，龍舉而景雲屬，麒麟鬬而日月食，鯨魚死而彗星出，蠶珥絲而商弦覽冥篇亦作弦絕。又覽冥篇：故東風至而酒湛溢。 呂氏春秋精通篇：月望則蚌蛤實，羣陰盈；月晦則蚌蛤虛，羣陰虧。 又博志篇：新穀熟而陳穀虧。

天將風也，纖塵不動，而鳿自鳴；其旦雨也，寸雲未布，而蟻蚓移矣。

道藏本、自，作日。

按日字是。鳿日，即運日。(見說文)或作暉日。皆同聲假借字。 淮南繆稱篇：暉日知晏。許注：暉日，鴆鳥也。晏，無雲也。天將晏靜，暉日先鳴。 又按旦，當作且。 淮南泰族篇：天之將風，草木未動，而鳥已翔矣；其且雨也，陰曀未集，而魚已噞矣。

巢居知風，穴處識雨。

按春秋漢含孳：穴藏先知雨，陰曀未集，魚已噞喁；巢居之鳥先知風，樹木搖，鳥已翔。 論衡變動篇：天且風，巢居之蟲動；且雨，穴處之物擾。 文選張茂先情詩：巢居知風寒，穴處識陰雨。

太白暉芒，鷄必夜鳴；火精光盛，馬必晨驚。

按淮南泰族篇：人主有伐國之志，邑犬羣嘷，雄雞夜鳴；兵動，而戎馬驚。

鷄爲兌金，……馬者離畜。

程榮本、王謨本、畿輔本、金，並作禽。

按禽字是。 易說卦：乾爲馬，……巽爲雞。正義：乾、象天，天行健，故爲馬也。……巽主號令，雞能知時，故爲雞也。孔招此文有異。

螣蛇雄鳴于上風，雌鳴于下風，而化成形。

按淮南泰族篇：螣蛇雄鳴於上風，雌鳴於下風，而化成形；精之至也。

以斯至精相應，不待召而自感者，類之所應也。

按淮南主術篇：故至精之像，弗招而自來。

故抱薪救火，燥者先燃；平地注水，濕者先濡。

按尸子仁意篇：平地而注水，水流溼；均薪而施火，火從燥；召之類也。又見鬼谷子摩篇、鄧析子轉辭篇、呂氏春秋應同篇。

彈角則目搖，鼓舟而波動，物以類相感，神以氣相化。

按目，當作木。舟，當作羽。校釋已具。崔琦七蠲：彈角而木搖，鼓羽而波湧，斯精誠有以相通，神氣有以相應。書鈔一百五引

正賞第五十一

案此與下惜時、言苑、二篇，並作「第」，與全書不一律。

理之失也，由於貴古而賤今；情之亂也，在乎信耳而棄目。

按淮南修務篇：世俗之人，多尊古而賤今。桓譚新論：世咸尊古卑今，貴所聞賤所見也。見論衡超奇篇，文選東京賦注。

由今之人畫鬼魅者易爲巧，摹犬馬者難爲工。何者？鬼魅質虛，而犬馬質露也。

按韓非子外儲說左上：客有爲齊王畫者，齊王問曰：『畫孰最難者？』曰：『犬馬最難。』『孰易者？』曰：『鬼魅最易。』夫犬馬人所知也，旦暮罄於前，不可類之，故難；鬼魅無形者，不罄於前，故易之也。又見淮南氾論篇

昔齊景公高仰管仲之謀，而不知晏嬰之智。

按說苑尊賢篇：齊景公伐宋，至於歧隄之上，登高以望，太息而歎曰：『昔我先君桓公，長轂八百乘，以霸諸侯；今我長轂三千乘，而不敢久處於此者，豈其無管仲歟？』

張伯松遠羨仲舒之博，近遺子雲之美。

按論衡齊世篇：揚子雲作太玄，造法言，張伯松不肯壹觀；與之併肩，故賤其言。使子雲在伯松前，伯松以爲金匱矣。

貴耳而賤目。

按東京賦：貴耳而賤目。

故權衡誠懸，不可欺以輕重；繩墨誠陳，不可誣以曲直；規矩誠設，不可罔以方圓。

按荀子禮論篇：故繩墨誠陳矣，則不可欺以曲直；衡誠縣矣，則不可欺以輕重；規矩誠設矣，則不可欺以方

137

圃。又見禮記經解

越人臛蛇，以饗秦客，甘之，以鯉也，既而知其是蛇，攫喉而嘔之；此爲未知味也。趙人有曲者，託以伯牙之聲，世人競習之，後聞其非，乃束指而罷；此爲未知音也。宋人得燕石，以爲美玉，銅匣而藏之，后知是石，因捧匣而棄之；此爲未識玉也。

道藏本、鯉上有爲字。餘本同。

按書鈔一百四十四引、亦有爲字，當據補。　淮南脩務篇：楚人有烹猴，而召其隣人，以爲狗羹也，而甘之，後聞其猴也，據地而吐之，盡寫其食；此未始知味者也。邯鄲師有出新曲者，託之李奇，諸人皆爭學之，後知其非也，而皆棄其曲；此未始知音者也。鄙人有得玉璞者，喜其狀，以爲寶而藏之，以示人，人以爲石也，因而棄之；此未始知玉者也。　闕子：宋之愚人，得燕石於梧臺之東，歸而藏之，以爲大寶，周客聞而觀焉，掩口而笑曰：『此特燕石也，與瓦甓不殊。』類聚六引

鄙人爲賦，託以靈均，舉世而誦之，後知其非，皆緘口而捐之；此爲未知文也。

按西京雜記上：長安有慶虬之，亦善爲賦，嘗爲清思賦，時人不之貴也；乃託以相如所作，遂大見重于世。與此意同。

以燕石爲美玉，唯猗頓不謬其真。

道藏本、玉下有者字。餘本同。

按有者字，與上下一律。　淮南氾論篇：玉工眩玉之似碧盧者，惟猗頓不失其情。

昔二人評玉，一人曰好，一人曰醜，久不能辯；各曰：『爾來入吾目中，則好醜分矣！』夫玉有定形，而察之不同；非苟相反，瞳睛殊也。

按蔣子萬機論：昔吳有二人共評王卽玉字者，一人曰好，一人曰醜，久之不決；二人各曰：『爾可來入吾目中，則好醜分矣！』王有定形，二人察之有得失，非苟相反，眼睛異耳。御覽三百六十六引

鏡形如杯，以照西施，鏡縱則面長，鏡橫則面廣；非西施貌易，所照變也。

按淮南齊俗篇：闚面於盤水則員，於杯水則隋；而形不變其故，有所員，有所隋者，所自闚之異也。

山底行者，望嶺樹如簪，視岫虎如犬，而求簪者不上樹，求犬者不往呼，知是望高目亂而心惑也。

按荀子解蔽篇：從山上望牛者，若羊，而求羊者，不下牽也，遠蔽其大也；從山下望木者，十仞之木若箸，而

求箸者，不上折也，高蔽其長也。

昔仲尼先飯黍，侍者掩口笑。

按韓非子外儲說左下：孔子侍坐於魯哀公，哀公賜之桃與黍，哀公曰：『請用。』仲尼先飯黍，而後啗桃。左右皆掩口而笑。哀公曰：『黍者，非飯之也，以雪桃也。』仲尼對曰：『丘知之矣！夫黍者，五穀之長也，祭先王爲上盛；果蓏有六，而桃爲下，祭先王不得入廟。』又見家語子路初見篇

子游裼裘而諺，曾孫揮指而哂。

道藏本、孫，作參。餘本同。

按參字是。　禮記檀弓上：曾子襲裘而弔，子游裼裘而弔；曾子指子游而示人曰：『夫夫也爲習於禮者，如之何其裼裘而弔也？』主人既小斂，袒括髮；子游趨而出，襲裘帶絰而入。曾子曰：『我過矣！我過矣！夫夫是也。』　弔唁之唁，與諺語之諺異字。說文：唁，弔生也。諺，傳言也。音近，故古多通用不別。

不爲古今易情。

按淮南脩務篇：誠得淸明之士，執玄鑑於心，照物明白，不爲古今易意。

激通章五十二

登峭嶺者，則欲望遠；臨浚谷者，必欲窺墟。

按淮南說山篇：登高使人欲望，臨深使人欲窺；處使然也。

蘇秦若有負郭之田，必不佩六國之印。

按見史記本傳。卷六十九

主父無親友之蔑，必不窺五鼎之食。

按見漢書本傳。卷六十四上

張儀不有下堂之耻，必無入秦之志。

道藏本、下堂，作堂下。餘本同。

按作堂下是也。　見史記本傳。卷七十

范雎若無廁中之辱，不懷復魏之心。

按見史記本傳。卷七十九

甯越傲而修文，率爲周威之師。

道藏本、傲，作激。率，作卒。餘本同。

按激、卒、二字並是。　呂氏春秋博志篇：甯越，中牟之鄙人也。苦耕稼之勞，謂其友曰：『何爲而可以免此苦也？』其友曰：『莫如學！學三十歲，則可以達矣！』甯越曰：『請以十五歲，人將休，吾將不敢休；人將臥，吾將不敢臥。』十五歲，而周威公師之。又見說苑建本篇

班超憤而習武，終建西域之績。

按見後漢書本傳。卷七十七

惜時第五十三

藏山於澤，今形非昨形，而智者不能知。

按莊子大宗師篇：夫藏舟於壑，藏山於澤，謂之固矣；然而夜半有力者負之而走，昧者不知也。

唯立德貽愛，為不朽也。

按左襄二十四年傳：豹聞之，大上有立德，其次有立功，其次有立言；雖久不廢，此之謂不朽。昭二十年傳：及子產卒，仲尼聞之出涕曰：『古之遺愛也！』

不忝盈尺之璧，而珍分寸之陰。

按淮南原道篇：聖人不貴尺之璧，而重寸之陰；時難得而易失也。又見文子道原篇

故大禹之趨時，冠挂而不顧。

按淮南原道篇：禹之趨時也，履遺而弗取，冠挂而弗顧。又見吳越春秋越王無余外傳

南榮之訪道，踵跡而不休。

道藏本、跡，作趼。餘本同。

按趼字是。莊子庚桑楚篇：南榮趎贏糧，七日七夜，至老子之所。賈子新書勸學篇：昔者，南榮跦醜聖道之忘乎己，故步陟山川，坌冒楚棘，彌道千餘百舍，重疑踵之譌繭而不敢久息。既遇老聃，噩若慈父，雁行避景，夔立蛇進，而后敢問。又見淮南脩務篇

仲尼棲棲，突不暇黔；墨翟遑遑，席不暇煖。

道藏本、無突暇字。餘本同。

按無突暇字是也。淮南修務篇：孔子無黔突，墨子無煖席。文子自然篇同 論衡定賢篇：孔子棲棲，墨子遑遑。

毗贊明時。

按西京雜記下：其有德任毗贊，佐理陰陽者，處欽賢之館。

空蝗梁黍。

按梁，當作粱。

生為無聞之人，歿成一棺之土。

道藏本、士，作土。餘本同。

按土字是。淮南精神篇：吾生也有七尺之形，吾死也有一棺之土。魏文帝與王朗書：生有七尺之形，死惟一棺之土。（魏志文帝紀注引）

歲之秋也，涼風鳴條，清露變葉，則寒蟬抱樹而長叫吟，烈

悲酸悽於落日之際。

按吳越春秋夫差內傳：夫秋蟬登高樹，飲淸露，隨風㧑撓，長吟悲鳴。

而寄悲于菀柳。

按詩小雅小弁：菀彼柳斯，鳴蜩嘒嘒。

鬱聲於窮岫之陰，無聞於休明之世。

按文選魏都賦：窮岫泄雲。左宣三年傳：德之休明。

染意於松烟者哉！

按曹植詩：墨出青松煙。

言苑第五十四

其猶玉屑盈庫，不可琢爲珪璋。

按論衡書解篇：玉屑滿篋，不成爲寶。又見鹽鐵論相刺篇

雖多，亦奚以爲也？

按論語子路篇：雖多，亦奚以爲？

直躬證父。

按論語子路篇：葉公語孔子曰：『吾黨有直躬者，其父攘羊，而子證之。』孔子曰：『吾黨之直者，異於是。父爲子隱，子爲父隱，直在其中矣。』集解引孔曰：『直躬，直身而行。』呂氏春秋當務篇：楚有直躬者，其父竊羊而謁之上。則以直躬爲人姓名，淮南氾論篇同與孔昭此文合。武億羣經義證辨直躬爲人姓名甚詳

蒼梧讓兄。

按淮南氾論篇：蒼吾繞娶妻而美，以讓兄。此所謂忠愛而不可行者也。說苑建本篇作蒼梧，家語六本篇作蒼梧嬈。

弦高矯命，大禹昌言。

按弦高已見明權篇，大禹已見明謙篇。

謂牧圉以桀紂，艴然而怒；比王侯爲夷齊，怡然而喜。仁義所在，匹夫爲重；仁義所去，則尊貴爲輕。

道藏本、馬，作爲。餘本同。

按爲字是。莊子盜跖篇：子張曰：『昔者，桀紂貴爲天子，富有天下，今謂臧聚曰：「汝行如桀紂」，則有怍色，有不服之心者，小人所賤也；仲尼墨翟，窮爲匹夫，今謂宰相曰：「子行如仲尼墨翟」，則變容易色，稱不足者，士誠貴也。故勢爲天子，未必貴也，窮爲匹夫，未必賤也；貴賤之分，在行之美惡。』抱朴子逸民篇：桀紂帝王也，仲尼陪臣也；今見比於桀紂，則莫不怒焉，見擬於仲尼，則莫不悅焉。

夫善交者，不以出入易意，不以生死移情。

按漢書鄭當時傳：翟公署其門曰：『一死一生，乃知交

情；一貧一富，乃知交態；一貴一賤，交情乃見。』又見說苑說叢篇

則不可以情而慽

道藏本、慽下有怨故喧然而春榮華者不謝悽然而秋凋零者不慽二十字。餘本同。

按此二十字，當據補。

故春角則可卷，夏條可結，秋露可凝，冬氷可折。

道藏本、則字無。餘本同。

按無則字是。淮南說林篇：冬冰可折，夏木可結。

故神龜以智見灼，靈蛇以神見曝。

按淮南說山篇：神虵能斷而復續，而不能使人勿斷也；神龜能見夢元王，見莊子外物篇 而不能自出漁者之籠也。

是以羿非弧矢，不能中微，其中微者，非弧矢也；倕無斧斵，不能善斵，其善斵者，升斧斵也。

道藏本、升，作非。餘本同。

按非字是。呂氏春秋具備篇：今有羿蠭蒙繁弱於此，而無弦則不能中也；中、非獨弦也，而弦爲弓中之具也。淮南說林篇：羿之所以射遠中微者，非弓矢也。呂氏春秋重己篇高注：倕，堯之巧工也。

情發於中，而形於聲。

按詩大序：情動於中，而形於言。淮南齊俗篇：情發於中，而聲應於外。

故強歡者，雖咲不樂；強咲者，雖哀不悲。

道藏本、次咲字作哭。餘本同。

按哭字是。莊子漁父篇：強哭者，雖悲不哀；強怒者，雖嚴不威；強親者，雖笑不和。呂氏春秋功名篇：彊令之笑，不樂；彊令之哭，不哀。又見淮南齊俗篇

耳聞所惡，不若無聞，目見所惡，不如不見；故雷震必塞耳，掣電必掩目。

按呂氏春秋貴生篇：耳聞所惡，不若無聞，目見所惡，不若無見；故雷則掩耳，電則掩目。又見金樓子立言下篇

爲則不利，爲利則之仁。

道藏本、上爲字下有仁字。之，作不。餘本同。

按仁字當有。利下空格，即奪仁字而無彌縫其闕者。不字是。孟子滕文公上篇：陽虎曰：『爲富不仁矣，爲仁不富矣。』

故販粟者，欲歲之飢；賣藥者，欲人之疾。

按淮南說林篇：鬻棺者，欲民之疾病也；畜粟者，欲歲之荒飢也。

物各重其所主，而桀紂之狗，可以吠堯；故盜蹠之徒，賢於

盜跖，而鄙仲尼。

按於字衍。戰國策齊策六：跖之狗吠堯，非貴跖而賤堯也，狗固吠非其主也。又見史記淮陰侯傳　漢書鄒陽傳：桀之犬，可使吠堯；跖之客，可使剌由。

公儀嗜魚。

按韓非子外儲說右下：公儀休相魯，而嗜魚；一國盡爭買魚而獻之。又見韓詩外傳三，淮南道應篇。

屈到嗜芰。

按國語楚語上：屈到嗜芰，有疾，召其宗老而屬之曰：祭我必以芰。韋注：芰，蔆也。又見韓非子難三篇

曾晳嗜棗。

按孟子盡心下篇：曾晳嗜羊棗。

鹿形似馬，而迅於馬；豹形似犬，而健於犬。國有千金之馬，而無千金之鹿，家有千金之犬，而無千金之豹；以犬馬有用，而豹鹿無用也。

道藏本、三豹字並作豺。餘本同。

按豺字是。韓非子外儲說右上：夫馬似鹿者，而題之千金，然而有百當作千金之馬，而無千金之鹿者，何也？馬為人用，而鹿不為人用也。又見淮南說山篇，論衡非韓篇。

九流章五十五

道者，老聃，關尹，龐涓，莊周之類也。以空虛為本，清淨為心，謙抑為德，卑弱為行；居無為之事，行不言之教；裁成宇宙，不見其迹；亭毒萬物，不有其功。然而薄者全棄忠孝，杜絕仁義，專任清虛，欲以為治也。

子彙本、程榮本、王謨本、畿輔本、老聃上有鬻熊二字。無龐涓二字。

按有鬻熊，無龐涓，是也。下文縱橫家中列有龐煖，此不應複。漢書藝文志諸子略道家：鬻子二十二篇。自注：名熊。為周師，自文王以下問焉。老子鄰氏經傳四篇。老子傅氏經說三十七篇。老子徐氏經說六篇。自注：姓李，名耳。關尹子九篇。自注：名喜，為關吏。老子過，關喜去吏而從之。莊子五十二篇。自注：名周，宋人。道家者流，蓋出於史官。……清虛以自守，卑弱以自持，此君人南面之術也。……及放者為之，則欲絕去禮樂，兼棄仁義；曰獨任清虛，可以為治。老子第二章：是以聖人處無為之事，行不言之教；萬物作焉而不辭，生而不有，為而不恃，功成而弗居。又五十一章：亭之毒之。

儒者，晏嬰，子思，孟軻，荀卿之類也。順陰陽之性，明教化之本；游心於六藝，留情於五常；厚葬文服，重樂有命；祖述堯舜，憲章文武；宗師仲尼，以尊敬其道。然而薄者流廣文繁，難可窮究也。

按漢志儒家：晏子八篇。自注：名嬰。　子思二十三篇。自注：名伋，孔子孫。　孟子十一篇。自注：名軻。鄒人，子思弟子。　孫卿子三十三篇。自注：名況，趙人。　儒家者流，蓋出於司徒之官。助人君順陰陽，明教化者也。游文於六經之中，留意於仁義之際；祖述堯舜，憲章文武；宗師仲尼，以重其言，於道最爲高。……然惑者旣失精微，而辟者又隨時抑揚，違離道本，苟以譁衆取寵，後進循之；是以五經乖析，儒學寖衰，此辟儒之患。

陰陽者，子韋，鄒衍，桑丘，南公之類也。敬順昊天，曆象日月星辰，敬授民時，範三光之度，隨四時之運，知五行之性，通八風之氣。然而薄者則拘於禁忌，溺於術數也。

道藏本、衍，作術。餘本同。

按術字是。　桑，當作乘。　漢志陰陽家：宋司星子韋三篇。自注：景公之史。　鄒子四十九篇。鄒子終始五十六篇。自注：名衍。　乘丘子五篇。自注：六國時。　南公三十一篇。自注：六國時。　陰陽家者流，蓋出於羲和之官。敬順昊天，歷象日月星辰，敬授民時；此其所長也。及拘者爲之，則牽於禁忌，泥於小數，舍人事而任鬼神。

名者，宋鈃，尹文，惠施，公孫捷之類也。其道正名，名不正，則言不順；故定尊卑，正名分，愛平尚儉，禁攻寢兵；故作華山之冠，以表均平之製，則寬宥之說，以示區分。然而薄者損本就末，分折明辨，苟折華辭也。

道藏本、損，作捐。二折字作析。餘本同。　程榮本、汪檏本、畿輔本、鈃，並作銒。

按銒、捐、析、三字並是。　捷，當作龍。　漢志名家：尹文子一篇。自注：說齊宣王，先公孫龍。　公孫龍子十四篇。自注：趙人。　惠子一篇。自注：名施，與莊子並時。　名家者流，蓋出於禮官。古者名位不同，禮亦異數。孔子曰：『必也正名乎？名不正，則言不順，言不順，則事不成。』此其所長也。及訾者爲之，則苟鉤鈲析亂而已。　莊子天下篇：宋銒、尹文，聞其風而悅之；作爲華山之冠以自表，以別宥爲始。……禁攻寢兵，救世之戰。

法者，愼到，李悝，韓非，商鞅之類也。其法在於明罰討，陣整法，誘善懲惡，俾順軌度，以爲治本。然而薄者削仁廢義，專任刑法，風俗刻薄，嚴而少恩也。

道藏本、其法，作其術。餘本同。

按術字較勝。　漢志法家：李子三十二篇。自注：名悝。相魏文侯，富國彊兵。　商君二十九篇。自注：名鞅。　韓子五十五篇。自注：名非。　愼子四十二篇。自注：名到。　法家者流，蓋出於理官。信賞必罰，以輔禮制。易曰：『先王以明罰飭法。』此其所長也。及刻者爲之，則無教化，去仁愛，專任刑法，而欲以致治；至於殘害至親，傷恩薄厚。　史記自序：法家嚴而少恩。

墨者，尹佚，墨翟，禽滑，胡俳之類也。儉嗇、謙愛，尙賢、右鬼，非命、薄葬、無服，不怒、非鬬。然而薄者，其道大觳，儉而難遵也。

道藏本、鬬，作闘。餘本同。　程榮本、王謨本、畿輔本、俳，作非。

按闘、非、二字並是。　謙，當作兼。　漢志墨家：尹佚二篇。自注：周臣，在成康時也。　胡非子十三篇。自注：墨翟弟子。　墨子七十一篇。自注：名翟。　墨家者流，蓋出於淸廟之守。茅屋采椽，是以貴儉；養三老五更，是以兼愛；選士大射，是以上賢；宗祀嚴父，是以右鬼；順四時而行，是以非命；以孝視天下，是以上同。此其所長也。　莊子天下篇：墨翟、禽滑釐，聞其風而說之，……生不歌，死無服。墨子汎愛兼利而非鬬，其道不怒。……其生也勤，其死也薄，其道大觳。　史記自序：墨者儉而難遵。

縱橫者，闞子，龐煖，蘇秦，張儀之類也。其術本於行仁，譯二國之情，靡戰爭之患；受命不受辭，因事而制權；安危扶傾，轉禍就禍。然而薄者則苟尙華詐，而棄忠信也。

道藏本、靡，作弭。次禍字作福。餘本同。

按弭、福、二字並是。　煖，當作媛。　闞，當作闕。仁，當作人。　漢志縱橫家：蘇子三十一篇。自注：名秦。　張子十篇。自注：名儀。　龐煖二篇。自注：爲燕將。　闕子一篇。　從橫家者流，蓋出於行人之官。孔子曰：『誦詩三百，使於四方，不能顓對；雖多，亦奚以爲？』又曰：『使乎！使乎！』言其當權事制宜，受命而不受辭；此其所長也。及邪人爲之，則上詐諼，而棄其信。

雜者，孔甲，尉繚，尸佼，淮南之類也。明陰陽，本道德，兼儒墨，合名法，苞縱橫，納農植。取與不拘一緒。然薄者則蕪穢蔓，無所係心也。

道藏本，取與上有觸類二字。蔓，作蔓。下有衍字。餘本同。　程榮本、王謨本、畿輔本、夷，作南。

按蔓、南、二字並是。衍、觸類、三字當據補。觸類取與爲豆　漢志雜家：孔甲盤盂二十六篇。自注：黃帝之史。或曰夏帝孔甲。似皆非。　尉繚二十九篇。自注：六國時。　尸子二十篇。自注：名佼。　淮南內二十一篇。淮南外三十三篇。自注：王安。　雜家者流，蓋出於議官。兼儒墨，合名法，知國體之有此，見王治之無不貫；此其所長也。及盪者爲之，則漫羨而無所歸心。

農者，神農，野老，宰氏，范勝之類也。其術在於務農，廣爲墾闢，播植百穀；國有盈儲，家有畜積，倉廩充實，則孔義生焉。然而薄者又使王侯與庶人並耕於野，無尊卑之別，失君臣之序也。

道藏本、孔，作禮。餘本同。

按禮字是。禮、古文作礼；俗作孔；與孔形近。　范，當作氾。漢志農家：神農二十篇。自注：六國時，諸子疾時怠於農業，道耕農事，託之神農。　野老十七篇。自注：六國時，在齊楚間。　宰氏十七篇。自注：不知何世。氾勝之十八篇。自注：成帝時爲議郎。　農家者流，蓋出於農稷之官。播百穀，勸耕桑，以足衣食。……及鄙者爲之，以爲無所事聖王；欲使君臣並耕，誖上下之序。　管子牧民篇：倉廩實，則知禮節。

觀此九家之學，雖有深淺，辭有詳略，偕僑形反，流分乖隔；然皆同其妙理，俱會治道，跡雖有殊，歸趣無異。猶五行相滅，亦還相生。

按偕，當作偝。此文偝僑，與莊子天下篇之倍譎，音誼並同。　漢志諸子略：諸子十家，其可觀者，九家而已。皆起於王道既微諸侯力政；時君世主，好惡殊方。是以九家之術，蠭出並作，各引一端，崇其所善，以此馳說，取合諸侯。其言雖殊，辟猶水火相滅，亦相生也。

2. 文心雕龍注　范文瀾纂　民國二十五年七月

開明書店出版　七册一函　定價三元六角

去年春，余於范君北平文化學社印行之文心注，曾有所舉正，刊燕京大學國文學會文學年報第三期；時此書已問世數月，而余尚未之知也。昨以友人之介，亟如城購歸而讀之。意謂所舉正者，彼當蚤已自正之矣；及披閱終篇，其紕繆者，率依然如故，惟大體間有增損耳。范君於舍人書，用力甚勤，故視黃註爲詳，後來居上，勢固應爾。然終嫌取諸人以爲善者多，出其自我者少（全書中除黃叔琳原註、孫詒讓札迻、李詳補正、黃侃札記，及陳漢章、趙萬里、孫人和、李笠諸家說外，范君自有者，寥寥無幾，其碩然成册者，不過迻錄前人原文之賜耳）。且於黃註探囊揭篋，幾一一鶴聲，亦不復存（書中明標黃註者，僅十許則；縱黃氏引書闕略，重為補綴後，於體例之便，自可取而代之，然例言中亦當述及；若黃註已詳明，因而未革者，實不應掠美）。餘如李詳補正，黃侃札記，皆時竊而取之。貪人之功，以為己力，殊未得乎我心。至書中疵累，後先一揆，壘費梨棗，何猶如此？新讀畢，牣論列其未安者於下方；范君或不以吹毛求瑕，次骨為戾見咎也。若其體制之雜越，援引之渙散，則不之及云。

(1)例言不明者

一、文心雕龍以黃叔琳校本為最善，今即依據黃本，再參以孫仲容先生手錄顧（千里）黃（蕘圃）合校本，譚復堂先生校本，鈴木虎雄先生校勘記……。（例言頁一上）

按此條立例甚善，惜所言病於囫圇。如黃氏原本有二：一為養素堂本，一為潮陽鄭氏（國勳）龍谿精舍叢書據刻本（封面題'用宛平黃氏本校刊，'與養素堂本相校，頗有出入）。范君雖未明指，然由詔策篇'皇帝御寓'之寓字驗之，其非黃本可知；（黃氏兩本皆作寓）風骨篇'乃其骨髓畯也'之畯不作峻，（黃氏兩本皆作峻）則所據者乃在盧敏肅刊於粵者之後，（盧本有二：原刻者為芸香堂本，翰墨園本，乃翻刻也。始誤峻作畯。）殆坊間流俗本乎（御寓字粵本皆不作寓，故意斷如是）？至孫仲容手錄顧黃合校本，譚復堂校本，鈴木虎雄校勘記等，皆當附載其刊刻年地，或傳鈔自來，不應以其瑣瑣而忽之也。

(2)例言應删者

八、古來傳疑之文，如李陵荅蘇武書、諸葛亮後出師表等篇，本書雖未議及，而昔人雅論，頗可解惑，删要採錄，力求簡約。至時賢辨疑，亦多卓見，因未論定，暫捐勿載。（例言頁一下）

按古來傳疑諸文，劉舍人既未議及，昔人雅論，雖可解惑，删錄已足；時賢辨疑，捐載自當。則此條僅虛爲張目，徒事辭費，何若妙在不言中邪？

(3)誤斷句者

時序　盡其美者何？乃心樂而聲泰也。（卷九頁二二上）

按諸舊本有句度者，皆於者字絕句，何字屬下，文勢異常搖曳；如范讀，則索然矣。

(4)妄改字者

詮賦　迭致文契。注：唐寫本作寫送文勢。……案唐寫本是，……附會篇'克終底績，寄深寫送'。（卷二頁五一上）

按此文固以作寫送文勢爲長，（拙撰校注拾遺別有證，茲不贅）然附會篇諸本皆無作寄深寫送者（四部叢刊本、張之象本、淩雲本、合刻五家本、何允中漢魏叢書本並作寄在寫以遠送，佘誨本作寄在寫遠送，胡維新兩京遺編本作寄深寫遠送，梅子庾本、翻佘誨本、四庫文津本、黃本、王謨漢魏叢書本、粤本等，並作寄深寫遠）。范君於彼篇注云：'寄深寫遠，寫遠當作寫送'；是否有當，姑不具論（誄碑篇贊寫實追虛，唐寫本作寫遠追虛，是作寫遠者，不可輕以爲誤）。何得以其自我意必之見，竟改字相證？移的就箭，殊爲大謬。

(5)正文誤而瞽說者

樂府　樂盲被律。注：詩大序正義引鄭荅張逸云'國史采衆詩時，明其好惡，令瞽矇歌之。其無作主，皆國史主之，令可歌'。周禮瞽矇'掌九德六詩之歌，以役大師'。此云樂官，當指大師瞽矇而言。（卷二頁二六下）

按官當依唐寫本作胥。玉海卷一百六引亦作胥。梅本校作胥；注云：'元作育，許改'。是黄本乃誤爲官也（黄校語可證，圖書集成卷二百四十引作胥，張松孫本亦作胥，皆不誤）。周禮春官大司樂'大胥中士四人，小胥下士八人'。禮記王制'小胥，大胥'。鄭注並云：'樂官屬也'。尚書大傳略說'胥與就膳'。鄭注亦云：'胥，樂官也'。即其義。此作樂胥，正與上句詩官對。范君於正文既引趙校矣，何不一再思之？官從傅會，亦云苦矣。

(6) 正文不誤而瞽說者

論說　輔嗣之兩例。注：兩例疑當作略例。隋志有王弼易略例一卷，邢璹序稱其'大則總一部之指歸，小則明六爻之得失'。彥和或即指此歟？（卷四頁三六下）

按兩、略二字之形不近，無緣致誤。且此云'兩例'，下云'二論'，正以數字相對。岳刻周易略例本，於辯位之後，卦略之前，有略例下篇題（漢魏叢書本同）上下乃對舉之詞，既有略例下矣，則原必有略例上者。舍人稱輔嗣之兩例，殆指此言之。其舊面目今雖無存，然李治敬齋古今黈一云：'王弼既注易，又作略例上下二篇'。是元人尚及見之也。

(7) 誤讀正文而瞽說者

比興　依詩製騷，諷兼比興。注：諷當作風；楚騷，楚風也。（卷八頁四上）

按諷字不誤。漢書藝文志詩賦略'楚臣屈原，離讒憂國，作賦以風，(顏注：風，讀曰諷)有惻隱古詩之義'。王逸楚辭章句離騷序'離騷之文，依詩取興，引類譬喻'。又後序'屈原履忠被譖，憂悲愁思，獨依詩人之義，而作離騷；上以諷諫，下以自慰'。並其義也。下文'炎漢雖盛，而辭人夸毗，詩刺(曹學佺謂當作諷刺)道喪，故興義銷亡'。正承此而言，若改作風，則舛馳矣。

(8)正文未奪而瞽說者

封禪　鋪觀兩漢隆盛。注：隆盛上似當有之字。(卷五頁三下)

按文意甚顯，不得妄增之字，余參校二十餘本皆然。既無左證，不應臆猜。

(9)正文未衍而瞽說者

麗辭　指類而求，萬條自昭然矣。注：案萬字衍，自爲目之誤，當作指類而求，條目昭然，即上所云四對也。(卷七頁三八上)

按萬字非衍文，自亦非目之誤，其語異常明晰，不知范君何所見而云然？

(10)不諳劉舍人所本者

神思　古人云：'形在江海之上，心存魏闕之下'；神思之謂也。注：莊子讓王篇'中山公子牟謂瞻子曰，身在江海之上，心居乎魏闕之下，奈何'！……彥和引之，以示人心之無遠不屆，與原文本義無關。(卷六頁二下)

按呂氏春秋審爲篇文與莊子同，高誘注云：'身在江海之上，言志放也。魏闕，心下巨闕也；心下巨闕，言神內守也'(淮南子俶眞篇高注同)。舍人文意，殆本於此。范君僅就莊子研尋，未免契舟求劍。

(11)注與正文不應者

明詩　聖謨所析。注：聖謀唐寫本作聖謨，黄校本亦改謀作謨，尚書僞伊訓'聖謨洋洋，嘉言孔章'，作聖謨是。(卷二頁二下)

按正文既作聖謨，(黄本、粵本，皆作謨；六七明本皆作謀，梅子庾乃改爲謨；黄本襲之，故無校語，范君以爲黄改，誤矣)又無校語，忽生此無根之詞；所謂羚羊挂角，無迹可求者非邪？尋思此誤，蓋原於趙萬里校記，(載清華學報三卷一期)然彼所校者，四部叢刊本，范君所據者，自以爲黄本；底本既不相同，校語何得一致？葛龔不去，固非人之不工也。

聲律　翻迴取均，頗似調瑟。瑟資移柱，故有時而乖貳。注：膠柱鼓瑟，法言先知篇文。(卷七頁一五下)

按正文止云調瑟、移柱，並無膠柱鼓瑟語；忽有此注，幾如天外飛來。且法言原作膠柱調瑟，無作鼓者，(叁校數本皆然)。如鼓字爲手民之誤，(聊爲范君解嘲)則當引鹽鐵論；(相刺篇膠柱而調瑟，固難合矣)如鼓字未誤，亦宜引史記(趙奢傳藺相如曰：王以名使括，若膠柱而鼓瑟耳。)爲當也。

(12)注文前後矛盾者

原道　幽贊神明。注：顧千里曰：'幽贊神明，舊本作讚是也。易釋文云："幽贊，本或作讚"。孔龢碑幽讚神明……。'孫詒讓札迻十二'彥和用經語，多從別本，如幽讚神明，本易釋文或本'。(卷一頁四下)

按此引顧孫二家說，蓋以作贊爲非，而於本篇贊曰(唐寫本殘存十三篇，贊曰字並作讚)之贊，則云：'說文無讚字，自以作贊爲是。'前後兩可，實極相反。余意二字古本通用，幽贊之贊，既可作讚；則贊曰之贊，又何嘗不可作讚？若以說文相繩，亦宜依此一體（古書中字出許書外者頗多，安得一一繩之）。曾未終篇，即呈乖角，頭腦冬烘，有如此者！

(13) 襲黃校而誤者

徵聖　妙極機神。注：機當作幾……。（卷一頁一一下）

按易繫辭上'夫易所以極深而研幾也。'陸德明音義云：'幾，本或作機。'是舍人此從或本作也（研幾之幾，或本既作機；則下唯幾之幾，當亦作機。此可以類推者）。匪特此爾，論說篇'銳思於機神（此依四部叢刊本、佘誨本、張之象本、兩京遺編本、合刻五家本、梅本、何允中本、四庫文津本、翻佘本等）之區'亦然。范君昧而不察，妄相因襲，非是。

(14) 襲黃註而誤者

時序　發綺縠之高喻。注：綺縠，見詮賦篇。（卷九頁二七上）

按詮賦篇'此揚子所以追悔於雕蟲，貽誚於霧縠者也。'范君引法言吾子篇'霧縠之組麗'以注，是也。然與此文意則殊，何可挹注？漢書王褒傳'上（按即宣帝）曰：辭賦大者，與古詩同義；小者，辯麗可喜。辟如女工有綺縠，音樂有鄭衛。'此舍人'綺縠高喻'之所自出也（文心本段論宣帝世）。

(15) 黃註當取而未取者

祝盟　珠盤玉敦，陳辭乎方明之下。黃註：周禮天官玉府'若合諸侯，則共珠盤玉敦。'（養素堂本卷二頁二二下）

附會　如樂之和，心聲克諧。黃註：左傳'如樂之和，無所不諧'（按見襄十一年傳）。（卷九頁八下）

按黃註如此者，（餘尚多有之）皆當采取，不應舍去，致正文無注脚也。

(16)黃註未誤而妄加雌黃者

詔策　昔鄭弘之守南陽，條教爲後所述。注：後漢書鄭弘傳'政有仁惠，民稱蘇息，遷淮陰太守。'……案黃註引鄭弘傳曰：'弘爲南陽太守，條教法度，爲後所述。'攷弘傳並無此語，未知其何見而云然。……竊疑昔鄭弘之守南陽，當作昔鄭弘之著南宮。本傳云：'弘前後所陳有補益王政者，皆著之南宮以爲故事。'據此，陽是宮之誤，南宮既誤南陽，後人乃改著字爲守字，不知弘實未爲南陽太守也。(卷四頁六一下)

按范注疏謬太甚，不值一噱。漢書(卷六十六)鄭弘傳'弘字穉卿，泰山剛人也。兄昌，字次卿。皆明經通法律政事。次卿爲太原涿郡太守，弘爲南陽太守，皆著治迹。條教法度，爲後所述。'此卽舍人所本，亦卽黃註之所自出。惜黃氏未著書名，致讀者不諳所在，橫生異議，爲可嘆耳！范君既已誤穉卿爲巨君，(後漢書鄭弘傳，弘字巨君)復欲移南陽作南宮；不知其錯由己出，而反以黃註爲非，眞可謂笑古人之未工，忘己事之拙者矣。

(17)黃評誤爲紀評者

徵聖　故知繁略殊形，隱顯異術。注：紀評曰：'繁簡隱顯，皆本乎經。後來文家，偏有所尙，互相排擊，殆未尋其源。'(卷一頁十二下)

樂府　並無詔伶人。注：紀評曰：'唐人用樂府古題及自立新題者，皆所謂無詔伶人。'(卷二頁三四上)

誄碑　夫屬碑之體。注：紀評曰：'碑非文名，誤始陸平原。'

(卷三頁二五上)

按上列三條，皆黃氏評語，而范君乃以屬之紀氏，張冠李戴，殊失目曉。又按蕓素堂本僅有黃評，(龍谿精舍叢書本無)粵本則朱墨區分，(黃評墨字，紀評朱字)各於其黨。坊間通行本，亦各冠其姓氏以示異(四部備要本黃評每行四字，紀評則五字)。不知范君何以致誤？操觚至此，不禁爲北平先生嘆空自苦也。

(18)數典忘祖者

議對　周爰諮謀，是謂爲議。注：詩大雅綿'爰始爰謀。'箋云：'於是始與豳人之從己者謀。'又'周爰執事。'箋云：'於是從西方而往東之人，皆於周執事，競出力也。'周爰諮謀語本此。(卷五頁三一上)

按詩小雅鹿鳴之什皇皇者華'載馳載驅，周爰咨謀。'毛傳'忠信爲周，訪問於善爲咨，(以上二句，係迻錄前章傳文)咨事之難易爲謀。'此舍人之所本也。黃註曾未引及者，蓋以三百篇爲童而習之之書，能讀文心者，不患其不知故耳。范君乃以大雅綿爲注，風馬牛迴不相及。數典忘祖，吁可笑矣！

(19)望文生訓者

鎔裁　弛於負擔。注：謂免於累也。(卷七頁十上)

按左莊二十二年傳'赦其不閑於教訓，而免於罪戾，弛於負擔。'杜注：'弛，去離也。'此舍人語所自出。范君不揣其本，強爲注脚，雖幸而言中，適足以彰其腹笥之儉耳。

(20)有書不引而自作解人者

論說　其般若之絕境乎？注：梵言般若，此云智慧也。（卷四頁四二下）

按黃註引廣韻以釋般若，紀氏已評其非；范君乃自作解人，其妄更有甚焉。智度論四十三'般若者，秦言智慧。一切諸智慧中，最為第一。無上，無比，無等，更無勝者。'瑜伽倫記九'梵云般若，此名為慧。'並非難於弋釣者也。

(21)不審前人已言而詹詹自道者

雜文　然諷一勸百，勢不自反。子雲所謂先騁鄭衛之聲，曲終而奏雅者也。注：漢書司馬相如傳贊'相如雖多虛辭濫說，……曲終而奏雅，不已戲乎！'……史記司馬相如傳太史公曰云云，與此同。史公書不應引揚雄語，自無待辯，…妄人見漢書有揚雄語，乃取以補史記，而不自知其大謬也。（卷三頁四八上）

按范說甚是。然江棨（見困學紀聞卷十一）周密（齊東野語卷十）皆已言之，（殿本史記攷證亦嘗論及）何勞辭費。縱係自出機杼，亦不無河分崗勢，春入燒痕之嫌。

(22)引書不完全者

情采　固知翠綸桂餌，反所以失魚。注：魯人有好釣者，以桂為餌，黃金之鈎，錯以銀碧，垂翡翠之綸……。（卷七頁三下）

按此引闕子文未完，（因襲黃註之誤）於'反所以失魚'句不應。彼文下云：'其持竿處位卽是，然其得魚不幾矣。'（御覽八三四引）當據補。不知范君何以失之眉睫之前？

指瑕　寶玉大弓，終非其有。注：春秋定公八年'盜竊寶玉大弓。'（卷九頁五下）

按此注所引與上則同病，亦襲黃註之失也。定九年經'得寶玉大弓。' 左傳'夏,陽虎歸寶玉大弓。' 當兼引及此,始與正文'終非其有'句相應。

(23) 引書未得本源者

辨騷　羿澆二姚,與左氏不合。注:困學紀聞卷六'劉勰辨騷"班固以爲羿澆二姚,與左氏不合。"洪慶善曰:"離騷羿澆等事,正與左氏合,孟堅所云,謂劉安說耳。"'(卷一頁三三下)

按紀聞所引洪說,(卷十七亦引之)乃其楚辭補注(卷一)辨騷注語。王氏既無別說,當直引原書,不必稗販也。(注引紀聞離騷下奪用字)

論說　自論語以前,經無論字。注:困學紀聞十七'文心雕龍云:"論語以前,經無論字。"晁子止云:"不知書有論道經邦。"'(卷四頁三一下)

按此失與上同。公武說見郡齋讀書志卷二十文說類(此據長沙王氏刊本,四部叢刊三編本,則在卷四上、別集類上)評文心條下。

(24) 引書逞博而反遺漏者

銘箴　仲尼革容於欹器。注:荀子宥坐篇'孔子觀於魯桓公之廟,(說苑敬慎篇作周廟)有欹器焉。……此蓋爲宥坐之器(敬慎作右坐之器)……。(卷三頁四上)

按注引荀子已足,若欲逞博,則前於說苑者,尙有韓詩外傳(卷三)及淮南子(道應篇)二書(革容二字,卽見淮南,又僞家語三恕篇亦有之)。貪多務得,反形拮据,可憫也已!

(25) 引書舊注有誤而未覺者

奏啓　楊秉耿介於災異。注:後漢書楊秉傳'……傳曰:"禍福無門,唯人所召"(左傳閔子騫之詞)。'(卷五頁二五上)

按左傳閔子騫之詞七字，乃章懷注語，不加標明，已屬非是；舊本傳寫誤馬爲騫，不能覺察，尤爲荒疏(殿本攷證有何焯校語，范君亦未檢視)。 蓋不知左氏傳中無閔子騫有閔子馬也。原文見襄二十三年傳。

(26)引書誤注爲正文者

附會　寄深寫遠。注：世說新語文學篇'袁宏嘗與王珣伏滔同在溫坐，溫令滔讀其北征賦，至豈一物之足傷，乃致傷於天下，其本至此便改韻。珣云：今於天下之後，移韻徙事，然於寫送之致，似爲未盡。'(卷九頁十二上)

按范君此注，乃世說劉注引晉陽秋語，非臨川本文也。又檢校十餘本，皆與此文不符，(晉書文苑袁宏傳文差近)不知何處稗販而來？一誤再誤，荒謬極矣！

(27)引書後妄加批評者

正緯　若烏鳴似語。注：左傳襄公三十年'烏鳴於亳社，如曰：嘻！嘻！甲午，宋大災，宋伯姬卒。'漢書五行志'董仲舒以爲伯姬如宋，……積陰生陽，故火生災也。'董說謬妄可笑，漢代陰陽災異之說，皆董生開其端也。(卷一頁二四上)

按漢志董子說，與舍人原文無關，不宜徵引，尤不應妄加批評；蓋一世風氣，非一朝一人之故，其所由來者漸，有何可笑？前賢詩謂不知羣兒愚，何故用謗傷者，余於范君此注亦云然。

(28)誤引書以注者

史傳　世歷斯編。注：南齊書魚腹侯子響傳'……積代同之爲美，歷史不以云非。'稱史爲歷史，即世歷斯編之義。(卷四頁十六下)

按漢書藝文志六藝略'世歷三古,'此世歷二字所本。正緯篇贊亦有'世歷二漢'語。范君所引既不洽,強相比附,尤非。

麗辭　是夔之一足,趻踔而行也。注:韓非子外儲說左下'魯哀公問於孔子曰:吾聞古者有夔一足,其果信有一足乎?'莊子秋水篇'吾以一足趻踔而行。'(卷七頁三八上)

按舍人此文,實本莊子;(注未引全,當補'夔謂蚿曰'四字於句首)韓子文與此漠不相關。范君乃俱收並蓄,匪特未審詞意,且惑同魯哀公矣。

(29)不應引紀評以當注者

原道　玉版金鏤之實,丹文綠牒之華。注:紀評云:'玉版丹文綠字散見緯書,黃注所云拾遺記宋書皆非根柢。'(卷一頁五下)

按黃注引拾遺記、宋書,以注玉版、丹文、綠牒,故紀氏評其非根柢,而以散見緯書概括言之。范君既引尚書中候以注丹文句矣,玉版出處亦當察舉,何得以紀評塞之?賈子新書胎教篇'故素成胎教之道,書之玉版。'(大戴禮記保傅篇作玉板)詩含神霧'刻之玉版,藏之金府'(後漢書崔駰傳注引)。緯書有名河圖玉版者(山海經中山經注,水經洛水注並引之)。嫻於繙檢,至於此極!

(30)引書失注篇第者

明詩　若妙識所難,其易也將至;忽之爲易,其難也方來。注:國語晉語'文公謂郭偃曰:……君以爲難,其易將至焉。'(卷二頁二十上)

按范君例言謂'凡有徵引,必詳記著書人姓氏及書名卷數,'法至善也。而此忽略其篇第,(按見晉語四)是於例言自相矛盾矣(文有奪誤,未審所據是何善本)。

通變　黃歌斷竹。注:吳越春秋'越王欲謀伐吳,……歌曰:'斷竹;續竹。飛土;逐宍。'(卷六頁十九下)

按此條因襲黃註,故篇名竟付闕如,(按見勾踐陰謀外傳)其嬾可知矣。自詡補苴遺漏(見例言二條)者,竟如是邪

(31)引佚書失注來歷者

明詩　所以李陵班婕妤,見疑於後代也。注:案顏延年庭誥云:'逮李陵衆作,總雜不類,元是假託,非盡陵製……。'(卷二頁七上)

按庭誥久佚,轉引何書,當注其來歷(按見御覽五八六)。若係逯錄嚴可均全宋文,亦應標其卷第(按見全宋文卷三十六。)

明詩　若夫四言正體,則雅潤爲本。注:摯虞文章流別論云:雅音之韻,四言爲正……。'(卷二頁十九下)

按范君他處引流別論,多注其來歷,而此獨否者,豈因襲札記(見華國二期十册)之餘,未及檢覈原書邪(按見類聚五十六及全晉文七十七)?

(32)引佚書注來歷前後不一致者

章表　是以漢末讓表,以三爲斷。注:北堂書鈔設官部引應劭漢官儀'凡拜,天子臨軒,……御史授印綬,公三讓然後乃受之。'

按范君他處引佚文之見於書鈔者,皆注其卷第,而此則標其部名,(書記篇引漢官儀亦如此)一彼一此,何常之有?蓋此文錄自某輯本,(平津館叢書、全後漢文卷三四至三五、黃氏

逸書考，並輯有之，所注諸類書出處，皆標其部名）依其舊題，未檢原書，故與前後不畫一也（按書鈔見卷五十，今本書鈔皆奪印綬二字，諸輯本據通典卷二十補；范君不如子注，尤非）。

(33) 引舊說不注來歷者

宗經　子夏歎書。　注：郝懿行曰：子夏歎書之言，見尚書大傳，……故曰：爾雅者，詩書之襟帶'。（卷一頁十六下）

按范君引舊說，多注出處，惟於郝說先後十許條皆否，於體例殊有未周。

(34) 引舊說注出處不於首見者

原道　剬詩緝頌。　注：李詳文心雕龍黃注補正云：'……剬即制字，既不可依說文訓剬爲齊；亦不必辨制剬相似之譌也。'（卷一頁六上）

按范君注李說出處，於辨騷篇中始見，殊失先後之序；此雖瑣事，亦足覘其疏忽也。（李詳黃註補正鄭國勳附刻於龍谿精舍叢書中黃本後，較刊於國粹學報者，理董有次，范君或未之見也。）

(35) 引書舊注不標明者

祝盟　及周之太祝，掌六祝之辭。　注：周禮春官大祝'掌六祝之辭，……一曰：順祝，（順祝，順豐年也，謂順民意而求豐年。）二曰年祝，（年祝，求多福歷年得正命也）……。'（卷二頁七六下）

按括弧內字句，皆舊注，（順民意句注疏皆無）中有先鄭者，（釋順祝者是）有後鄭者，（釋年祝者是）混同一貫，不爲別白標明，殊覺非是。

(36) 引書武斷者

指瑕　管仲有言：……豈其當乎！　注：金樓子立言篇下引彥

和此文，自管仲有言至不其嗤乎。(卷九頁三上)

按金樓子文誠與此同，然未標明，不可輒斷爲引，以失慎也。

(37) 引他人說有誤而未覺者

詮賦　言庸無隘。注：孫君蜀丞曰：'陸士衡文賦云："言曠者無隘，"此彥和所本。(卷二頁六十上)

按文賦本作'言窮者無隘，論達者唯曠'二句，孫氏誤合爲一，范君忽而不察，祗見疏矣。

(38) 不檢原書致誤者

宗經　夫易惟談天，……表裏之異體者也。注：陳先生曰：'宗經篇"易惟談天"至"表裏之異體者也"二百字並本王仲宣荊州文學志文'。案仲宣文見藝文類聚三十八，御覽六百八。(卷一頁十六上)

按類聚三十八引王粲荊州文學記官志，無此文；御覽六百七所引者，亦然(御覽引荊州文學官志，止此一見)。其六百八引'自夫子刪述'至'表裏之異體者也'二百餘字，明標爲文心雕龍，非荊州文學官志也(四部叢刊三編本御覽、日本喜多村直寬仿宋本、鮑刻本並然)。陳氏蓋據嚴輯全後漢文爲言，(卷九十一)范君所注出處，亦係迻錄嚴書，(本篇正文，范君屢以文學志相校，亦係用嚴書)皆未之照耳。余前疑此誤始自張英纂淵鑑類函始，嚴氏仍之；昨假得明活字本御覽比對，其六百七引荊州文學官志一則下，即接'夫易惟談天'二百字，是張嚴二氏之誤，乃從此本出；信矣，書之貴善本也。(類聚所引文學志自'有漢荊州牧曰劉君'至擊被四字'，凡三百二十八字，序贊似全；若爲舍人此文，實不倫類。)

(39)書名不應簡稱者

時序　迄於文景，經術頗興。注：孝文時，論語孝經孟子爾雅皆置博士（趙岐題詞）。（卷九頁二六上）

按范君所云趙岐題詞，蓋即邠卿之孟子章句題詞也，然此處孟子章句四字實不應省；如何休公羊解詁序，范甯穀梁集解序，簡稱爲何休序，范甯序，可乎？

(40)引書與正文不洽而謂爲劉舍人所化出者

附會　夫才量學文。注：才最學文，最疑當作優，或係傳寫之誤。殆由學優則仕意化成此語。（卷九頁十一上）

按正文原作才量，注忽引作最，未知所據（余檢校二十餘本，皆無作最者）。即以最字言之，其形與優不近，何緣致誤？且'學優則仕'一語，與此文意各別，何嘗由其化成？不肯藏拙，信口開闔，實非善自爲謀也。（才量當依宋本御覽五八五引作才童）

(41)不須注者

辨騷　故其敘情怨，則鬱伊而易感。注：其，指屈原諸作。（卷一頁三七上）

按其字指屈原諸作，能讀舍人書者，自能知之，何必爲之辭費邪？

(42)紀評無須引者

祝盟　凡羣言發華，而降神務實，…… 此其大較也。注：紀評曰：'此雖老生之常談，然執是以衡文，其合格者亦寡矣。所謂三歲小兒道得，八十老翁行不得也'。（卷二頁八二上）

論說　凡說之樞要，必使時利而義貞；…… 此說之本也。注：紀評曰：'樹義甚偉'。（卷四頁五十上）

按紀評如上舉者，皆無須徵引。如爾，則楊愼（見梅本淩本）曹學佺鍾惺（並見合刻五家本）諸人所評，時有善言，亦當采取。苟以爲明人無足尙，然與紀氏相較，實無上下牀之別。

(43)誤人名爲書名者

明詩　清典可味。注：李詳黃注補正云：'梅慶生淩雲本並作清曲。'（卷二頁十五上）

按淩雲，字宣之，明吳興人，見所刻文心凡例（卽坊間誤稱爲閔繩初本者）。其書後於梅氏，（注仍梅本）故李引次梅本之下。范君以書名識之，其誤浮於錯認顏標矣。（由文化學社印本未標驗之，范君實不知淩雲爲圓首方趾者也。）

(44)誤書名爲人名者

通變　黃歌斷竹。注：李詳黃注補正曰：'黃生義府云：此未知詩理……。'（卷六頁十九下）

按黃生字扶孟，生其名；淸初歙人；義府，其所箸書名也（指海、安徽叢書，並刻有之；書名義府，蓋本左傳二十七年傳趙衰語）。范君於黃生義府四字，用一直綫標之，是以義府爲黃氏之名或字矣（文化學社本已如此，諒非手民之誤）。若果知義府爲書名，則此注下段所加案語，不應轉稱李引云云，當直舉黃氏原書也。（李引義府文，見指海本卷下頁四五上。）

以上所舉，都四十有四事，雖不敢云入室操戈以伐，要足箴其膏肓也。至卷首所載鈴木虎雄黃叔琳本文心雕龍校勘記，亦附論焉：

吾國之研治文心者，代不乏人，然自朱鬱儀、梅子庾、黃崑圃諸氏後，（余獨推此三人，別有說，玆不贅）於板本之校勘，字句之正補，迄今鮮有過之者；蓋多以餘力爲之，未嘗專心致志故耳。鈴木氏此著，探討頗勤，出之東隣，尤足卲也。余瀏覽舍人書有年，㫄知甘苦，故有不能已於言者：校勘所用書目上章列舊籍著錄而已亡佚者，（自隋書經籍志至文獻通考，凡六書）多未周備。如晁公武郡齋讀書志、（衢州本入文說類，袁州本入別集類）王堯臣等崇文總目、鄭樵通志藝文略、尤袤遂初堂書目、（以上四書，並入文史類）楊士奇文淵閣書目、（入文集類）焦竑國史經籍志（入詩文評類，清修四庫全書因之）六書，（彼邦當有之）皆應采入。（余嘗列隋志至四庫全書總目，得十八書，目爲歷代著錄。）中章載鈔校注解諸專本，（自敦煌本至黃侃札記，凡三十本。然寓目者，僅十二本；中唐本一，明本四，清本五，彼邦岡白駒本一，黃侃札記本一，餘皆自他書稱引或迻鈔者著錄。）亦有遺漏。（余寓目躬校者：明本七，清本十一，黃本後僅收張松孫本與芸香堂本，公私著錄未見者，弗計焉。）彼邦縱罕庋藏，中夏公私書目，亦當涉獵。下章論引用及摘錄校論諸本，（自文鏡祕府論至札迻，凡七書）放失尤衆。（余嘗收得六十七書：唐人書三，宋人書十八，元人書一，明人書二十三，清人書二十二；若襲用或品評文心者，不與焉。）其謬誤者，各章間有之：(一)馬端臨通考經籍文史類著錄文心，原采晁（公武）陳（振孫）兩家說，鈴木氏既別標陳書，故列通考時，迸棄陳說，而於晁氏則依然獨存；由篇中未載公武讀書志推之，是不知有其書，或未識通考所引晁氏爲何人也。(二)何焯校用宋本與阮華山宋槧本，二而一者也，（見錢功甫、馮已蒼、何義門跋文，及隱秀篇末黃氏附註）鈴木氏複舉，應刪其一（可以作子注）。(三)引用文心文者，始於史通（雜說下篇引才略篇文四句，其役字足證今本文心後字之誤，前人皆未之及）不始於文鏡祕府論。子玄書成於景龍四年，（見史通原序，西曆七一〇）空海承和二年卒，當唐太和九年，（據鈴木氏說，西曆八三五）即其書丞成，先後相距，約百年上下矣；鈴木氏謂其爲引文心文之最古者，失之。雖有小疵，足徵用心。其校語亦時有善言，間有與余說不謀而合者（如哀弔篇'華辭未造'之未字，論說篇'煩情入機'之煩字等是）。惜未得窺全豹以借攻耳。（楊明照）

黃補[1]文心雕龍隱秀篇[2]箋注

徐　復

（據北京文化學社本迻錄以國故華國所載參校[3]）

今本文心雕龍隱秀篇。依國故補九字自始正而末奇至朔風動秋草朔字[4]。紀氏以永樂大典校之。明爲僞撰。[5]然於波起辭間一節。復云彥和之宗旨。卽千古之定論。[6]是仍爲僞書所紿[7]也。詳此補亡之文。出辭膚淺。[8]無所甄明。[9]且原文明云。思合自逢。非由研慮。卽補亡者。亦知不勞妝點。無待裁鎔。乃中篇忽羼[10]入馳心溺思嘔心煅歲諸語。[11]此之矛盾。令人笑詫。[12]豈以彥和而至於斯。至於用字之庸雜。舉證之闊疏。[13]又不足誚也。案此紙亡於元時[14]則宋時尙得見之。惜少徵引者。惟張戒歲寒堂詩話。引劉勰云。情在詞外曰隱。狀溢目前曰秀。[15]此眞隱秀篇之文。今本既云出於宋槧。何以遺此二言。然則贋[16]跡至斯愈顯。不待考索文理。而亦知之矣。夫隱秀之義。詮明極艱。彥和既立專篇。可知於文苑爲最要。但篇簡佚空。微言遂閟。[17]是用仰窺劉旨。旁輯國故作輯舊聞。作此一篇。以備搴採。然褚生續史。或見哂於通人。[18]束晳補詩。聊存思於舊制。[19]其辭曰。

夫文以致曲爲貴。[20]故一義可以包餘。辭以得當爲先。故片言可以居要。[21]蓋言不盡意。必含餘意以成巧。意不稱物。[22]宜資要言以助明。言含餘意。則謂之隱。意資要言。則謂之秀。隱者言上二字脫依國故增補具於此。而義存乎彼。秀者理有所致。而辭效其功。若義有闕略。詞有省減。或迂其言說。或晦其訓故。無當於隱也。[23]若故作才語。[24]弄其筆端。[25]以纖巧爲能。[26]以刻飾爲務。非所云秀也。[27]然則隱以複意爲工。而纖旨存乎文外。秀以卓絕爲巧。[28]而精語峙乎篇中。故曰。情在詞外曰隱。狀溢目前曰秀。[29]大則成篇。小則片語。皆可爲隱。或狀物色。或附情理。皆可爲秀。目送歸鴻易。手揮五絃難[30]。隱之喻也。玉在山而草木潤。淵生珠而岸荀子作崖淮南作岸不枯。[31]秀之喻也。然隱秀之原。存乎神思。[32]意有所寄。言所不追。[33]理具文中。神餘象表。[34]則隱生焉。意有所重。明以單辭。超越常音。獨標苕穎。[35]則秀生焉。此皆功存玄解。[36]契定機先。[37]非塗附之功。非雕染之事。若意本淺露。語本平庸。出之以廋辭。[38]加之以華色。此乃蒙羊質以虎皮。[39]刻無鹽爲西子。[40]非無彪炳之文。[41]粉黛之飾。[42]言尋本質。則僞蹟章明矣。故知妙合自然。則隱秀之美易致。(國故作取)假於潤色。則隱秀之實已乖。[43]故今古篇章。充盈笈(國華作篋)笥。[44]求其隱秀。希若鳳麟。[45]陸士衡曰。雖紛藹於此世。嗟不盈於余掬。[46]蓋謂此也。

今試分徵前載。考彼二長。若乃聖賢述作。經典正文。言盡琳瑯。句皆韶夏。[47]摘彼隱秀。誠恐匪宜。然易傳有言中事隱之文。[48]左氏明徵顯志晦之例。[49]禮有舉輕以包重。[50]詩有陳古以刺今。[51]是則文外重旨。[52]唯經獨多。至若禹拜昌辭。不過愼身數語。[53]孔明(國故作標)詩旨。蔽以無邪一言。[54]書引遲任之詞。祇存三句。[55]傳敍大武之頌。惟取卒章。[56]是則舉彼話言。[57] 標爲殊義。於經有例。亦非後世創之也。[58]孟子之釋書文。武成一篇。洵多隱義。[59]謝安之舉經訓。訏謨二語。偏有雅音。[60]舉例而思。則隱秀之在六經。如琅玕之盈玉府。[61]更僕難數。鑽仰焉窮[62]者矣。

自屈宋以降。世有名篇。略指二三。以明隱秀。若夫離騷依詩以取興。[63]九辨述志以諫君。[64]賈誼吊屈以自傷。[65] 揚雄劇秦以寓諷。[66] 王粲登樓。嘆匏懸之不用。[67]子期聞笛。愍麥秀於爲墟。[68]令升晉紀之論。明金德之異包桑。[69]元卿高帝之頌。誚(國故作明)煬失而思(國故而思作之同)魚藻。[70]他若古詩十有九章。皆含深旨。[71]詠懷八十二首。悉寓悲思。[72]陳思有離析之哀。則託情於黃髮。[73]公幹含卓犖之氣。故借喻於青松。[74]雖世遠人遐。本懷難盡昭晳。以意逆志。亦可得其依稀焉。

又如先士茂製。諷高歷賞。[75]屈賦之青青秋蘭。[76]小山之萋萋春草。[77] 班姬之團團明月。[78]嵇生之浩浩洪流。[79]子荆陟陽之章。用晨風爲高唱。[80]興公天台之賦。敍瀑布而擅場。[81]彥伯東征。(據晉書東征當爲北征。)泝流風以盡寫送之致。[82]景純幽思。述川林以寄蕭瑟之懷。[83]至若雲橫廣階。[84]月照積雪。[85]吳江楓冷。[86]池塘草生。[87]並自昔勝言。至今莫及。且其爲秀。亦不限於圖貌山川。摹寫物色。[88]故所遇無故物。王恭以爲佳言[89]。思君若(據徐幹詩若當作如)流水，宋帝擬其音調。[90] 延年疏誕。詠古有自寓之辭[91]曹公古直。樂府有悲涼之句。[92]故知敍事敍情。皆有秀語。[93]豈必連篇累牘。不出月露之形。積案盈箱。唯是風雲之狀。爭奇一字，競巧一韵。[94]然後爲秀哉。

蓋聞玉藻瓊敷。等中原之有菽。[95]錯金鏤釆。異芙蕖之出波。[96]隱秀之篇。可以自然求。難以人力致。要之理如橐籥。與天地而無(華國作罔)窮。[97]思等流波。隨時序而前進。[98]綴文之士。亦唯先求學識。[99]次練體裁。[100]摹雅致以定習。課精思以馭篇。[101]然後窮幽洞微。[102]因宜適變。斵輪自辨其疾徐。[103]伊摯自輸其甘噤。[104]古來隱秀之作。誰云其不可復繼哉。

贊曰。

意存言表。婉而成章。川含珠玉。[105]瀾顯圓方。[106]苕發穎豎。託響非常。千金一字。[107]歷久逾芳。[108]

箋　註

(1)蘄春黃先生，諱侃，字季剛，飫志典墳，早歲蜚聲。文辭淵懿，迥異庸俗。民國以還，敎授京兆武昌南都諸大學。殫精經史小學，卓然儒宗。平生瓣香彥和文心，尤多創解，嘗以敎授及門諸子，撰文心札記行於世。又以隱秀一篇，元已亡佚，遂爲補撰，文出傳誦殆遍。今爲摭拾典記，傅以詁訓，俾便稱說，用啓來學云爾。

(2)文心隱秀篇原文如下：

夫心術之動遠矣，文情之變深矣，源奧而派生，根盛而穎峻，是以文之英蕤，有秀有隱，隱也者，文外之重旨者也。秀也者，篇中之獨拔者也。隱以複意爲工，秀以卓絕爲巧，斯乃舊章之懿績，才情之嘉會也。夫隱之爲體，義主(汪作生)文外，秘響旁通，伏釆潛發，譬爻象之變互(元作玄王改)體，川瀆之韞珠玉也，故互體變爻，而化成四象，珠玉潛水，而瀾表方圓。(此間係僞文，見下條)朔風動秋草，邊馬有歸心，氣寒而事傷，此羈旅之怨曲也。凡文集勝篇，不盈十一，篇章秀句，裁可百二。並思合而自逢非研慮之所求(元作果謝改)也。或有晦塞爲深，雖奧非隱，雕削取巧，雖美非秀矣。故自然會妙，譬卉木之耀英華，潤色取美，譬繒帛之染朱綠。朱綠染繒，深而繇鮮，英華曜樹，淺而煒燁。秀句所以照文苑，蓋以此也。贊曰：

深文隱蔚，餘味曲包，辭生互體，有似變爻，言之秀矣，萬慮一交，動心驚耳，逸響笙匏。

（3）民國六年間，先生主講北大文科，始補撰隱秀篇全文，同門海甯孫君鷹若云。八年三月載北大國故第一期。十二年十一月，又載華國月刊一卷三期，十四年晨報藝林社副刊，復載是稿，（今所流行之文學論集卽據副刊選錄者，十八年出版），至十六年七月，先生門人在北京文化學社，整理文心雕龍札記二十篇行世。中載有補作全文，始稱定稿。

（4）僞文如下：

始正而末奇，內明而外潤，使翫之者無窮，味之者不厭矣。彼波起辭間，是謂之秀，纖手麗音，宛乎逸態，若遠山之浮烟靄，孌女之靚容華。然烟靄天成，不勞於妝點，容華格定，無待於裁鎔。深淺而各奇，穠纖而俱妙，若揮之則有餘，而攬之則不足矣。夫立意之士，務欲造奇，每馳心於元默之表，工辭之人，必欲臻美，恆溺思於佳麗之鄉。嘔心吐膽，不足語窮，煆歲煉年，奚能喻苦，故能藏穎詞間，昏迷於庸目，露鋒文外，驚絕乎妙心。使醞藉者蓄隱而意愉，英銳者抱秀而心悅，譬諸裁雲製霞，不讓乎天工，斲卉刻葩，有同乎神匠矣。若篇中乏隱，等宿儒之無學，或一叩而語窮，句間鮮秀，如巨室之少珍（馮本有此二字）若百詣而色沮，斯並不足於才思，而亦有愧於文辭矣。將欲徵隱，聊可指篇，古詩之離別，樂府之長城，詞怨旨深，而復兼乎比興。陳思之黃雀，公幹之青松，格剛才勁，而並長於諷諭。叔夜之口口，嗣宗之口口，境元思澹，而獨得乎優閑。士衡之口口，彭澤之口口，（以上四句，功甫本缺八字，一本增入疎放豪逸四字）心密語澄，而俱適乎䠞圂。如欲辨秀，亦惟摘句，常恐秋節至，涼飇奪炎熱，意淒而詞婉，此匹婦之無聊也。臨河濯長纓，念子悵悠悠，志高而言壯。此丈夫之不遂也，東西安所之，徘徊以旁皇，心孤而情懼，此閨房之悲極也。

（5）紀昀批本云：癸巳三月，以永樂大典所收舊本校勘，凡阮本所補，悉無之，然後知其眞出僞撰。

(6)見紀氏眉評。

(7)穀梁僖元年傳：惡公子之紿。釋文：紿，徒乃反，欺詐也。按此假爲詒。說文·詒，相欺詒也。

(8)晉書：元帝詔曰，穀梁膚淺，不足置博士。

(9)說文：甄，匋也。段玉裁曰：引申爲察也。按後漢書，靈貺自甄，則亦謂明矣。

(10)說文：羼，羊相厠也。一曰：相出前也，引申爲雜亂之稱。顏氏家訓：典籍錯亂，皆由後人所羼。

(11)紀評曰：此一頁詞殊不類，究屬可疑，嘔心吐胆，似摭玉谿李賀小傳嘔出心肝語。煅歲煉年，似摭六一詩話周朴月煅季鍊語。按煅爲鍛之後起字。書·鍛乃戈矛，猶作鍛。

(12)謂與前二說不侔也。史記司馬相如傳，子虛過詫烏有光生。文選作姹，張揖曰：姹，誇也，丑亞切。

(13)紀評曰：隱秀之段，皆論詩而不論文，亦非此書之體，似乎明人僞托，不如從元本缺之。

又云：稱淵明爲彭澤，乃唐人語，六朝但有徵士之稱，不稱其官也。稱班姬爲匹婦，亦摭鍾嶸詩品語，此書成於齊代，不應述梁代之說也。

(14)黄叔琳曰：隱秀篇自始正而末奇，至朔風動秋草朔字，元至正乙未刻於嘉禾者，卽闕此葉，此後諸刻仍之。胡孝轅朱鬱儀，皆不見完書。錢功甫得阮華山宋槧本鈔補，後歸虞山，而傳錄於外甚少。康熙庚辰，何心友從吳興賈人，得一舊本，適有鈔補隱秀篇全文，辛巳，義門過隱湖，從汲古閣架上，見馮巳蒼所傳功甫本，記其闕字以歸，如疏放豪逸四字，顯然爲不學者以意增加也。

(15)宋張戒歲寒堂詩話，見武英殿叢書第七百九十九册。其文曰：沈約云，相如工爲形似之言，二班長於情理之說。劉勰云：情在詞外曰隱，狀溢目前曰秀。梅聖俞云：含不盡之意，見於言外，狀難寫之景，如在目前。三人之論，其實一也。

(16)韓非子:齊伐魯,索讒鼎,魯以其鴈往,齊人曰鴈也,魯人曰眞也。按說文作贗,火色也,引申則爲作僞之稱,作鴈假字,贗俗字。又按鴈古聲近俄,故亦訓假矣。章太炎先生說。

(17)漢書藝文志師古註:微言,精微要妙之言。揚子法言問神:昔之說書者序以百,而酒誥之篇,俄空焉,今亡夫。李軌註:俄空,俄而空之。按俄之爲言假也。聲近義通。說文,闔,閉門也。春秋傳曰:闔門而與之言;段注曰:引申爲凡閉之稱。

(18)史記龜策列傳索隱曰:龜策傳有錄無書,褚先生所補,其敍事煩蕪陋略,無可取。正義亦曰:日者龜策,言辭最鄙陋,非太史公之本意也。按此卽見晒通人之徵。

(19)文選晉束皙補亡詩序云:皙與司業疇人肄修鄉飲之禮,然所詠之詩,或有義無辭,音樂取節,闕而不備。於是遙想既往,存思在昔,補著其文,以綴舊制。

(20)文心神思篇曰:思表纖旨,文外曲致。

(21)文選陸機文賦曰:立片言而居要,乃一篇之警策。李善曰:文資片言而益明也。

(22)文賦曰:恆患意不稱物,文不逮意。

(23)隱秀原文云:或有晦塞爲深,雖奧非隱。卽此旨也。

(24)南史:君無爲作才語見向。

(25)韓詩外傳曰:辟文士之筆端,文心史傳篇,寒暑筆端,又奏啓篇,筆端振風。

(26)文心明詩篇:造懷指事,不求纖密之巧。又諧讔篇:纖巧以弄思,察淺以衒辭。

(27)隱秀原文云:雕削取巧,雖美非秀,卽此旨也。

(28)隱秀原文云:隱以複意爲工,秀以卓絕爲巧,此分四句言之。

(29)用彥和逸文,以足成隱秀之指。

(30)文選嵇康贈秀才入軍詩第四首云：目送歸鴻，手揮五絃，俯仰自得，游心泰玄。

(31)淮南子說山訓：玉在山而草木潤，淵生珠而岸不枯。高誘注曰：玉，陽中之陰也，故能潤澤草木，珠，陰中之陽也，有光明，故岸不枯。按荀子勸學篇已先有此語，惟岸字作崖。楊倞注曰：崖，岸，枯，燥也。又按李善注文賦，引孫卿子，崖亦作岸。

(32)南齊書曰：屬文之道，事出神思。按文心有神思篇，可資參閱。

(33)文心神思篇曰：言所不追，筆固知止。

(34)隱秀原文云：譬爻象之變互體。

(35)文賦曰：或苕發穎竪，離衆絕致。李善曰：言作文利害，理難俱美，或有一句同乎苕發穎竪，離於衆詞，絕於致思也。按毛詩傳曰：苕，陵苕也。孫卿子曰：蒙鳩爲巢，繫之葦苕。小爾雅曰：禾穗謂之穎。

(36)文心神思篇：玄解之宰，尋聲律而定墨。按玄解之宰謂心也，莊子養生主，古者謂是帝之縣解：釋文，縣音玄。又齊物論：必有眞宰。

(37)文賦曰：意司契而爲匠。文心麗辭篇曰：契機者入巧，浮假者無功。

(38)國語曰：有秦客廋辭於朝，卿大夫不知也。按彥和曾著諧讔篇以明其失，可閱。

(39)揚子法言曰：羊質虎皮，見草而說，見豺而戰，忘其皮之虎也。

(40)晉書周顗傳曰：庾亮嘗謂顗曰，諸人咸以君方樂廣，顗曰，何乃刻畫無鹽，唐突西施也。

(41)左思賦：符采彪炳。文心原道篇云：彪炳辭義。又正緯篇曰：六經彪炳。又明詩篇云：四始彪炳。按，彪炳，光采煥發貌。

(42)列子：粉白黛黑，佩玉環，雜芷若。

(43)隱秀原文云：故自然會妙，譬卉木之耀英華。潤色取美，譬繒帛之染朱綠。朱綠染繒，深而繁鮮，英華曜樹，淺而煒燁。

(44)史記蘇秦傳，負笈從師。說文，匧，藏也，或作篋。二字義亦相近。按任彥昇出郡傳舍哭范僕射詩云：巳矣平生事，詠歌盈篋笥。李善文選注引說文曰：篋，笥也。

(45)太平御覽引蔣子萬機論云：諺曰，學如牛毛，成如麟角，言其少也。按亦見北史文苑傳。南史：宋武帝嗟賞謝鳳之子超宗曰，殊有鳳毛。

(46)語見文賦。李善曰：毛詩，終朝采綠，不盈一掬。毛傳曰：兩手曰掬。

(47)史通叙事篇云：自聖賢述作，是曰經典，句皆韶夏，言盡琳瑯，秩秩德音，洋洋盈耳。按篇中論顯晦之旨，可閱。

(48)易繫辭下曰：夫易彰往而察來，而微顯闡幽，其旨遠，其辭文，其言曲而中，其事肆而隱。韓康伯曰：變化無恆，不可爲典要，故其言曲而中。其事肆而隱者，事隱而理微也。按文心宗經篇云：夫易惟談天，入神致用，故繫稱旨遠辭文，言中事隱，韋編三絕，固哲人之驪淵也。

(49)左氏成公十四年傳：僑如以夫人婦姜氏至自齊，舍族，尊夫人也，故君子曰，春秋之稱，微而顯，志而晦，婉而成章，盡而不污，懲惡而勸善，非聖人誰能修之。按亦見文選杜預春秋左氏傳序云，爲例之情有五云云。又按文心宗經篇云：春秋辨理，一字見義，五石六鷁，以詳略成文，雉門兩觀，以先後顯旨。其婉章志晦，諒以邃矣。

(50)文心徵聖篇云：喪服舉輕以包重，此簡言以達旨也，黃叔琳注曰：如舉緦不祭，則重於緦之服，其不祭不言可知。舉小功不稅，則重於小功者，其稅可知，皆語約而義該也。按緦不祭見禮記曾子問，小功不稅見禮記檀弓。鄭注曰：日月巳過，乃聞喪而服曰稅，大功巳上然，小功輕不服。

(51)毛詩：女曰鷄鳴序云，刺不說德也，陳古義以刺今，不說德而好色也。說，音悅。

(52)隱秀原文云：隱也者，文外之重旨也。按重旨蓋卽文心宗經篇，辭約旨豐，事近喻遠之謂。

(53)尙書臯陶謨曰：禹曰，俞，如何？臯陶曰，愼厥身修，思永，惇敍九族，庶明勵翼，邇可遠在茲，禹拜昌言曰，俞。孔安國曰，昌，當也。

(54)論語：子曰，詩三百，一言以蔽之，曰，思無邪。

(55)尙書盤庚上曰：遲任有言曰，人惟求舊，器非求舊，唯新。

(56)左氏宣公十二年傳曰：武王克商，又作武。其卒章曰，耆定爾功，夫武，禁暴戢兵，保大定功，安民和衆，豐財者也。按大武卒章全文云：於皇武王，無競維烈，允文文王，克開厥後，嗣武受之，勝殷遏劉，耆定爾功。

(57)左傳：著之話言。文心才略篇：魏時話言。

(58)參看文心宗經篇。

(59)孟子曰，盡信書，則不如無書，吾於武成，取二三策而已，仁者無敵於 天下以至仁伐至不仁，如何其血流漂杵也。按尙書武成云：罔有敵於我師，前徒倒戈，攻於後以北，血流漂杵。

(60)晉書謝安傳：謝安，字安石。世說新語文學篇曰：謝公因子弟集聚，問毛詩何句最佳？遏(玄小字)稱曰，昔我往矣，楊柳依依，今我來思，雨雪霏霏。公曰，訏謨定命，遠猷辰告，謂此句偏有雅人深致。按見大雅抑篇，其全文云，有覺德行，四國順之，訏謨定命，遠猶辰告，敬愼威儀，維民之則。毛詩曰：訏，大也，謨，謀也，辰，時也，鄭箋曰，猷，圖也，大謀定命，謂正月始和布政於邦國都鄙。

(61)尙書：璆琳琅玕；鄭注曰，琅玕，珠也。說文：琅玕，似珠者。周禮天官，玉府，掌王之金玉玩好兵器。

(62)禮記：遽數之，不能終其物，悉數之，乃留，更僕未可終也。論語：仰之彌高，鑽之彌堅。

(63)王逸離騷經章句序：離騷之文，依詩取興，引類譬諭，故善鳥香草以配忠貞，惡禽臭物以比讒佞，靈修美人以媲於君，宓妃佚女以譬賢臣，虯龍鸞鳳以託君子，飄風雲霓以爲小人，其辭溫而雅，其義皎而朗，凡百君子，莫不慕其淸高，嘉其文采，哀其不遇，而愍其志焉。

(64)文選九辨序云：九辨者，楚大夫宋玉之所作也。辨者，變也，九者，陽之數也，道之綱紀也，謂陳說道德，以變說君也。宋玉，屈原弟子，閔惜其師，忠而放逐，故作九辨，以述其志也。按辨亦作辯。

(65)文選賈誼弔屈原文序云：誼爲長沙太傅，旣以謫去，意不自得，及渡湘水，爲賦以弔屈原。屈原，楚賢臣也，被讒逐放，作離騷賦，其終篇曰：已矣哉，國無人兮，莫我知也。遂自投汨羅而死。誼追傷之，因以自喩。

(66)揚雄有劇秦美新文，見文選。李充翰林論曰：揚子論秦之劇，稱新之美，此乃計其勝負，比其優劣之義。按此卽寓諷之徵。漢書楊雄傳云：雄以爲賦者，將以風也。師古曰：風讀曰諷，下以諷刺上也。

(67)文選，王粲登樓賦云：懼匏瓜之徒懸兮，畏井渫之莫食。按論語：子曰，吾豈匏瓜也哉，焉能繫而不食。

(68)晉書向秀傳：向秀，字子期，河內懷人也。作思舊賦云，嵇康博綜伎藝，於絲竹特妙，臨當就命，顧視日影，索琴而彈之，余逝將西邁，經其舊廬，於時日薄虞淵，寒冰淒然，鄰人有吹笛者，發聲寥亮，追想曩昔游宴之好，感音而嘆，故作賦云：嘆黍離之愍周兮，悲麥秀於殷墟，惟追昔以懷人兮，心徘徊以躊躇，聽鳴笛之慷慨兮，妙聲絕而復尋。賦亦見文選。按史記微子世家云，箕子朝周，過故殷墟，感宮室毀壞生禾黍，乃作麥秀之詩曰，麥秀漸漸兮，禾黍油油，彼狡童兮，不與我好兮。又按說文心部，愍，痛也。

(69)晉書干寶傳：干寶，字令升，新蔡人，著晉紀。按晉紀已佚，文選載晉紀總論曰，今晉之興也……是其創基立本，異於先代者也。又加之以朝寡純德之士，鄉乏不二之老，風俗淫僻，恥尙失所，禮法刑政，於此大壞，如室斯構，而去其鑿契，如水斯積，而決其隄防，如火斯畜，而離其薪燎也。國之將亡，本必先顚。此皆異於包桑之徵。按晉書五行志，白者金行，是晉以金德王也。又按易否卦曰，其亡其亡，繫於苞桑。石經初刻苞作包，疏曰，苞，本也，凡物繫於桑之苞本，則牢固也。

(70)元卿本作玄卿。隋書薛道衡傳，薛道衡，字玄卿，河東湯陰人。上高祖文皇帝(文帝)頌，煬帝覽之，不悅，顧謂蘇威曰，道衡致美先朝，此魚藻之義也。亦附見北史薛辯傳。按小雅魚藻序云，魚藻，刺幽王也，言萬物失其性。王居鎬京，將不能以自樂，故君子思古之武王焉。

(71)漁隱叢話引呂氏童蒙訓曰：讀古詩十九首，及曹子建詩，如明月入我牖，流光正徘徊之類，詩皆思深遠而有餘意，言有盡而意無窮也。此卽含深旨之徵。

(72)晉書阮籍傳：籍容貌瓌傑，志氣宏放，傲然獨得，任性不羈，而喜怒不形於色，能作文，初不留思，作詠懷詩八十餘首，爲世所重。鍾嶸詩品云，晉步兵阮籍，其源出於小雅，無雕蟲之功，而詠懷之作，可以陶性靈，發幽思，言在耳目之內，情寄八荒之表，洋洋乎會於風雅，使人忘其鄙近，自致遠大，頗有感慨之詞。文選，顏延年沈約注曰，嗣宗身仕亂朝，常恐罹謗遇禍，因兹發詠，故每有憂生之嗟，雖志在刺譏，而文多隱避，百代之下，難以情測。故粗明大意，略其幽旨也。按八十二首，未知所據，丁福保全三國詩云，案讀書敏求記，謂阮嗣宗詠懷詩行世本，惟五言詩八十首，另有四言十三篇云。

(73)文選：陳思王曹植贈白馬王彪一首云，離別永無會，執手將何時，王其愛玉體，俱享黃髮期，收淚卽長路，援筆從此辭。按李善引魏志曰：黃初四年七月，陳思王與白馬王還國，後有司以二王歸藩，道路宜異宿止，意恨毒之，蓋以大別在數日，是用自剖，與王辭焉。憤而成篇。

(74)三國志，王粲傳附劉楨傳：劉楨，字公幹。文選：謝靈運擬魏太子鄴中詩第五首曰，劉楨卓犖偏人，而文最有氣，所得頗經奇。錄其贈從弟詩云：亭亭山上松，瑟瑟谷中風，風聲一何盛，松枝一何勁，冰霜正慘悽，終歲常端正。豈不罹凝寒，松柏有本性。

(75)沈約宋書謝靈運傳論云：先士茂製，諷高歷賞。李善文選注曰：言諷詠之者，咸以爲高，歷載辭人，所共傳賞。

(76)文選九歌序曰：九歌者，屈原之所作也，昔楚南郢之邑，其俗信鬼而好祠，其祠必作樂鼓舞，因爲作九歌之曲，託之以諷諫也。其少司命云，秋蘭兮青青，綠葉兮紫莖，滿堂兮美人，獨與余兮目成。按文心物色篇云，騷述秋蘭，綠葉紫莖。

(77)文選招隱士序曰：招隱士者，淮南小山之所作也。小山之徒，閔傷屈原，身雖沉沒，名德顯聞，與隱處山澤無異，故作招隱士之賦，以彰其志也。其詞曰，王孫遊兮不歸，春草生兮萋萋，歲暮兮不自聊，蟪蛄鳴兮啾啾。

(78)玉臺新詠曰：昔漢成帝班婕妤失寵，供養於長信宮，乃作賦自傷，併爲怨詩一首，詩云，新裂齊紈素，鮮潔如霜雪，裁爲合歡扇，團團似明月，出入君懷袖，動搖微風發，常恐秋節至，涼飆奪炎熱，棄捐篋笥中，恩情中道絕。

(79)文選嵇叔夜贈秀才入軍詩第三首云：浩浩洪流，帶我邦畿，萋萋綠林，奮榮揚暉，魚龍瀺灂，山鳥羣飛，駕言出遊，日夕忘歸，思我良朋，如渴如饑，願言不獲，愴矣其悲。

(80)晉書孫楚傳：孫楚，字子荆，太原中都人也。征西官屬送於陟陽候作詩云，晨風飄歧路，零雨被秋草，傾城遠追送，餞我千里道。按亦見文選。沈約謝靈運傳論曰：子荆零雨之章，亦謂此也。

(81)晉書孫楚傳，附孫綽傳：孫綽，字興公，太原人也。任誕不羈，而善屬文。世說新語文學篇云，孫興公作天台賦成，以示范榮期云，卿試擲地，要作金石聲，范云，恐子之金石，非宮商中聲，然每至佳句，輒云，應是我輩語。劉孝標注曰，赤城霞起而建標，瀑布飛流以界道，此賦之佳處。按文選載天台山賦。

(82)晉書文苑傳云：袁宏，字彥伯，有逸才，文章絕美，累遷大司馬桓溫府記室，溫重其文筆，專綜書記，後爲東征賦，……從桓溫北征，作北征賦，皆其文之高者。嘗與王珣伏滔同在溫坐，溫令滔讀其北征賦，至聞所聞於相傳，云獲麟於此野，誕靈物以瑞德，奚授體於虞者，疚(世說注作悲)尼父之洞(世說注作慟黃先生謂作慟是也，復謂洞乃恫之訛耳。)泣，似實慟而非假，豈一性(世說注作物)之足傷，乃(世說注作實)致傷於天下。其本至此便改韵，珣曰，此賦方傳千載，無容率爾，今於天下之後，移韵徙事，然於寫送之致，似爲未盡，滔曰，得益寫韵一句，或爲小勝，溫曰，卿思益之，宏乃應聲答曰，感不絕於余心，愬(世說注作遡與泝通)流風而獨寫。珣誦味久之，謂滔曰，當今文章之美，故當共推此生。按補文當作北征，涉上下文致訛也。

又按文心詮賦篇云，彥伯梗概，情韵不匱，黃叔琳注曰，賦苑有袁彥伯東征賦，亦未及引北征賦。

(83)晉書郭璞傳：郭璞，字景純，好經術，博學有高才。世說新語文學篇云：郭景純詩云，林無靜樹，川無停流，阮孚云，泓崢蕭瑟，實不可言，每讀此文，輒覺神超形越。劉孝標注云：璞詩幽思篇者。

(84)南齊書文學傳云：丘靈鞠，吳興烏程人，宋孝武殷貴妃亡，靈鞠獻挽歌詩三首云，雲橫廣階闇，霜深高殿寒，帝擿句嗟賞。按亦見南史本傳。

(85)文選謝靈運歲暮詩曰：明月照積雪，朔風勁且哀。按詩品云：明月照積雪，詎出經史，

(86)新唐書文藝傳：崔信明，青州益都人，隋大業中爲堯城令，後隱太行山。初信明以門望自負。嘗矜其文，鄭世翼遇信明江中，謂曰，聞公有楓落吳江冷，願見其餘，信明欣然多出衆篇，世翼覽未終，曰，所見不逮所聞，投諸水，引舟去。

(87)鍾嶸詩品云：謝惠連工爲綺麗歌謠，風人第一，謝氏家錄云，康樂每對惠連輒得佳語，後在永嘉西堂，思詩竟日不就，寤寐間忽見惠連，卽成池塘生春草，故常云，此語有神助。按亦見南史謝惠連傳。文選謝靈運登池上樓云：池塘生春草，園柳變鳴禽，祁祁傷豳歌，萋萋感楚吟。

(88)文心比興篇云：圖狀山川，影寫雲物。

(89)晉書王恭傳：王恭，字孝伯。世說新語文學篇云：王孝伯在京行散，至其弟王睹戶前，問古詩中何句爲最，睹思未答，孝伯詠所遇無故物，焉得不速老，此句爲佳。按古詩下二句云：盛衰各有時，立身苦不早。

(90)樂府詩集卷六十九，宋孝武帝自君之出矣一章云：自君之出矣，金翠闇無精，思君如日月，回還晝夜生。其自序云：漢徐幹有室思詩五章，第三章曰，自君之出矣，明鏡闇不治，思君如流水，何有窮已時，自君之出矣，蓋始於此。

(91)南史顏延之傳：延之，字延年，瑯琊臨沂人也。延之疏誕，不能取容當世，出爲永嘉太守，延之甚憤怨。乃作五君詠，詠嵇康云，鸞翮有時鎩，龍性誰能

馴。詠阮籍云：物故不可論，途窮能無慟。詠阮咸云：屢薦不入官，一麾乃出守。詠劉伶云：韜精日沉飲，誰知非荒宴，此四句，蓋自序也。按亦見宋書。文選有五君詠。

(92)文選載魏武帝曹操短歌行苦寒行古樂府二首。詩品云：曹公古直，甚有悲涼之句。按蒿里行曰：白骨露於野，千里無鷄鳴，生民百遺一，念之斷人腸，此悲涼之徵也。

(93)史通有敍事篇，文心有情采篇，皆可參閱。

(94)隋書李諤傳曰：李諤字士恢，趙郡人也。諤以屬文之家，體尙輕薄，遞相師效，流宕忘反。於是上書曰，江左齊梁，其弊彌甚，貴賤賢愚，唯務吟詠，遂復遺理存異，尋虛逐微，競一韵之奇，爭一字之巧，連篇累牘，不出月露之形，積案盈箱，唯是風雲之狀，世俗以此相高。朝廷據茲擢士。

(95)文賦曰：彼瓊敷與玉藻，若中原之有菽。李善注曰，瓊敷玉藻，以喻文也。毛詩曰：中原有菽，庶人采之。毛傳曰，中原，原中也，菽藿也。力采者得之。

(96)詩品曰：湯惠休曰，謝詩如芙蓉出水，顏詩如錯采鏤金。按謝謂靈運，顏謂延年也。

(97)老子曰：天地之間，其猶槖籥乎，虛而不屈，動而愈出。王弼注曰，槖，排槖也，籥，樂籥也。文賦曰：同槖籥之罔窮，與天地乎並育，李善注曰：冶鑄者用以吹火使炎熾。

(98)漢武帝悼李夫人賦曰：思若流波，怛兮在心。何遜爲衡山侯與婦書曰：思等流波，終朝不息。

文心有時序篇，文曰：時運交移，質文代變，卽此旨也。

(99)文心神思篇云：積學以儲寶，酌理以富才，研閱以窮照，馴致以懌時。

(100)文心書記篇云：隨事立體，貴乎精要。又體性篇云，摹體以定習，因性以練才。

(101)文心有神思篇，專論之。

(102)晉成公綏賦曰：玄妙足以通神悟靈，精微足以窮幽測深。

(103)莊子天道篇曰：桓公讀書於堂上，輪扁斲輪於堂下，釋椎鑿而上，問桓公曰，敢問公之所讀者，何言也。公曰，聖人之言，曰聖人在乎，公曰，死矣。輪扁曰，然則君之所讀者，聖人之糟魄耳。公曰，寡人讀書，輪入安得議乎，有說則生，無說則死。輪扁曰。臣也以臣之事觀之，斲輪徐則甘而不固矣。疾則苦而不入矣，不疾不徐，得於手而應於心，口不能言也，有數存焉於其間，臣不能以喻臣之子，臣之子亦不能受之於臣，是以行年七十，而老斲輪。郭象注曰：言物各有性，效學之無益也。司馬彪曰：甘，緩也。苦，急也！

(104)呂氏春秋本味篇曰，湯得伊尹，祓之於廟，明日設朝而見之，說湯以至味曰。鼎中之變，精妙微纖，口弗能言，志不能喻，故久而不弊，熟而不爛，甘而不膿，酸而不酷，鹹而不減，辛而不烈。按史記殷本紀曰，伊尹名阿衡，索隱曰，孫子兵法，伊尹名摯。

說文口部，嗓，含辛嗓也。段玉裁曰，嗓謂辛螫，火部引周書。味辛而不熮。呂氏本味，食辛而不烈，嗓與熮烈同義。玉篇引伊尹曰，酸而不嗓，此古伊尹書之僅存者。按畢沅曰，酸而不酷，蓋酷爲嗓字之誤，酉陽雜俎亦是嗓字，二說未知孰是。

(105)文賦曰，石韞玉而山輝，水懷珠而川媚，又隱秀原文云，川瀆之韞珠玉。

(106)藝文類聚八引尸子曰，凡水，其方折者有玉，其圓折者有珠。按亦見淮南子墜形訓。

(107)史記曰，秦呂不韋著有呂氏春秋，置於咸陽之城門，懸千金於其上，令能增省一字者，與之千金。

(108)淮南子，亂乃逾滋。按說文辵部，逾，越進也。引申爲益甚之稱，俗亦作愈。

二五，五，三〇，士復初稿於吳門

讀文心雕龍札記

潘重規

劉舍人文心一書。實言文之軌則。後學之津梁。清代黃叔琳有校注本。其注假手幕僚。故多疏謬。近世瑞安孫氏札迻釋文心者一卷。幾於條條精當。又興化李先生(審言)文心補注。增釋益多。　先師黃君所爲札記。發揮尤備。規往歲嘗從事此書校釋。文義頗有出諸家之外者。繼又得見近人校唐寫本。及同門黃建中所藏自倫敦攝歸唐寫本影片。因復據以是正文字焉。今年秋。重慶區中學教員舉行暑期講習會於中央大學。規適主講此書。同會諸友僉欲索觀所作。自慚淺識。無裨前脩。徒以諸君子好學下問之忱。遂輒忘其固陋。不復自閟云。中華民國廿七年九月十三日潘重規記於重慶中央大學。

徵聖第一

是以子政論文。必徵於聖。稚圭勸學。必宗於經。黃叔琳校云。子字及稚圭勸學四字元脫。楊用修補。唐寫本作是以論文必徵於聖。窺聖必宗於經。　案彥和原道徵聖宗經文雖三篇。義實一貫。故序志篇曰。文心之作也。本乎道。師乎聖。體乎經。是以立道之文曰經。作經之人維聖。辭義彪炳。道之流行也。百家騰踊。聖之徒屬也。文體葳蕤。經之苗裔也。以此三篇綜括終始。其在原道。則曰道沿聖以垂文。聖因文而明道。在本篇則曰論文必徵於聖。窺聖必宗於經。在宗經篇則曰勵德樹聲。莫不師聖。而建言脩辭。鮮克宗經。是以楚豔漢侈。流弊不還。正末歸本。不其懿歟。觀其措辭。若合符契。固知臆補難從。舊文可信矣。

宗經第三

後進追取而非晚。前修文用而未先。唐寫本文用作久用。　案久用是。

銘誄箴祝則禮總其端。紀傳銘檄則春秋爲根。黃叔琳校引朱云。銘檄當作移檄。唐寫本作盟檄。　案銘字不當重視盟篇敍盟與檄之體皆源於春秋。作盟檄者是也。今本以音同而誤。嚴輯李充翰林論云。盟檄發於師旅。亦盟檄連文之證。

辨騷第五

夷羿彃日。黃校云。彃元作蔽。孫改。　案蔽當作斃。諸子篇云羿斃十日。唐人殘寫本作斃。

才高者菀其鴻裁。中巧者獵其豔辭。吟諷者銜其山川。童蒙者拾其香草。唐寫本菀作苑。先師黃君云。苑獵銜拾四字詞性相同。苑獵連語。苑猶囿也。蓋才高者則盡得其體製。衷巧者僅獵取其豔詞而已。重規案銓賦篇云京殿苑獵。卽苑獵連語。銓賦篇又云故知殷人輯頌。楚人理賦。斯並鴻裁之寰域。雅文之樞轄也。卽菀其鴻裁之意。又案漢書谷永傳師古注云。苑古苑字。大抵此書多存舊字。如制作剬。析作枏之類是也。或讀苑爲菀彼柳斯之菀。大誤。

樂府第七

詩官採言。樂盲被律。黃校云。盲字元作胥。許改。唐寫本作胥。　案樂胥猶言樂吏。作胥是。

頌讚第九

馬融之廣成上林。雅而似賦。黃校云。上林疑作東巡。　案藝文類聚五十六引摯虞文章流別論云。馬融廣成上林之屬。純爲今賦之體。而謂之頌。失之遠矣。是馬融自有上林頌。當已佚去。不容疑爲東巡之誤。

誄碑第十二

是以勒石讚勳者入銘之域。樹碑述己者同誄之區焉。唐寫本己作亡。　案唐寫本是。

哀弔第十三

胡阮之弔夷齊。褒而無聞。仲宣所制。譏呵實工。然則胡阮嘉其清。王子傷其隘。各其志也。唐寫本無聞作無間。　案胡廣阮瑀王粲均有弔夷齊文。胡阮則褒嘉。無間然之辭。仲宣則譏呵。有傷之之意。宜從唐寫本作無間。文義方貫。

諧讔第十五

魏文因俳說以著笑書。薛綜憑宴會而發嘲調。雖抃推席。而無益時用矣。黃校云推疑誤。

案推疑當作帷。

史傳第十六

然史之爲任。乃彌綸一代。負海內之責。而贏是非之尤。秉筆荷擔。莫此之勞。顧千里校贏作嬴。明嘉靖本亦作嬴。　案莊子胠篋篇嬴糧而趣之。釋文引廣雅云負也。漢書刑法志云。嬴三日之糧。師古注曰嬴謂擔負也。陳勝項籍傳嬴糧而景從。師古注曰。嬴擔也。方言云。攍（後漢鄧禹傳注引作嬴）儋賀艜儋也。齊楚陳宋之間曰攍。郭璞注引莊子攍糧而赴之。又廣雅釋詁攍旅何搭擔也。是攍嬴贏三字義通。贏是非之尤與負海內之責對文。嬴負皆荷擔之義也。

諸子第十七

斯則得百氏之華采。而辭氣文之大略也。黃校云。辭氣下疑脫。　案文字似涉下之字而衍。本書中文之二字往往以形近互誤。如章表篇原夫章表之爲用也。黃校云。之元作文。謝改作之。此二句若作斯則得百氏之華采。而辭氣之大略也。似甚安諦。體性篇豈非自然之恆資。才氣之大略哉。句法與此一律。

論説第十八

言不持正。論如其已。　案如不如也。言論不持正。不如其已也。

封禪第廿一

然骨掣靡密。辭貫圓通。　案掣當作制。章表篇應物掣巧。掣一作制。

章表第二十二

然懇惻者辭爲心使。浮侈者情爲文使。黄校云。惻元作惬。文元作出。一作情爲文屈。　案懇惬不誤。情爲文使當從一本作情爲文屈。次使字宜下屬繁約得正爲句。蓋屈訛作出。上又脱一文字耳。

奏啓第二十三

王道有偏。乖乎蕩蕩其偏。故曰讜言也。黄校云。乖乎蕩蕩下有脱字。　案其偏二字涉上有偏而衍。

體性第二十七

贇習亦凝眞。功沿漸靡。黄校云。凝一作疑。　案當作疑。疑者擬也。如也。讀如陰疑於陽之疑。

通變第二十九
競今疎古。風昧氣衰也。黃校云。昧一作末。　案封禪篇云。攀響前聲。風末力寡。作風末是。
定勢第三十
陳思亦云。世之作者。或好離言辨白。分毫析釐者。　案白疑當作句。形近之訛。練字篇亦引陳思言揚馬之作。趣幽旨深。讀者非師傳不能析其辭。非博學不能綜其理。又麗辭篇云至魏晉羣才。析句彌密。聯字合趣。剖毫析厘。皆與離言辨句之旨合。
情采第三十一
是以聯辭結采。將欲明經。采濫辭詭。則心理愈翳。黃校云。經汪本作理。　案采濫二句正承上爲言。宜依汪本作理。
鎔裁第三十二
卓創鴻筆。光標三準。紀昀云。鴻當作鳴。後鳴筆之徒句可證。　案封禪誦德銘勳。乃鴻筆耳。書記才冠鴻筆。多疎尺牘。皆作鴻筆之證。
章句第三十四
六言七言。雜出詩騷。而體之篇成於兩漢。　案後漢諸傳每云箸七言若干篇。六言若干篇。

蓋六言七言至兩漢始有具體之作。而下疑脫具字。

麗辭第三十五

贊。左提右挈。精味兼載。明本味作末。　案議對篇云。若文浮於理。末勝其本。則作末是。

夸飾第三十七

此欲夸其威而飾其事義暌刺也。黃校云。飾字元脫。又云其下有闕字。　案此欲夸其威而其事義暌刺也。正承上鞭宓妃困玄冥而言。不增飾字。文義本明。

附會第四十三

如膠之粘木。豆之合黃矣。　先師黃君曰。豆疑當作白。規案呂氏春秋別類篇。白所以爲堅。黃所以爲物。黃白雜則堅且物。良劍也。考工記云。金錫之齊。是其義。又頌讚篇徒張虛論。有如黃白之僞說。則本書固已黃白連用矣。

總術第四十四

若筆不言文。　黃君札記云。不字爲爲字之誤。規案不似乃。形近之誤。

時序第四十五

贊。終古維曠。遠焉如面。黃校云。曠汪作曖。　案誄碑篇。論其人也。曖乎若可覿。與此文同意。

作曖爲是。說文無曖字。有僾。云仿佛也。

才略第四十七

子雲屬意。辭人最深。黃校云。辭人疑誤。　案疑不誤。猶言辭人之最深者。

知音第四十八

楊雄自稱心好沈博絕麗之文。其事浮淺。亦可知矣。　案其事疑當作共事。意謂楊雄自稱心好沈博絕麗之文。則時俗共事浮淺。亦可知矣。

梁書劉勰傳箋注

楊明照

劉舍人身世，梁書南史，皆語焉不詳。梁書較詳 文集既佚，攷索愈難。雖多方涉獵，而弋釣者，仍不足成篇。原擬作一年譜或補傳爰就梁書本傳爲之箋注，或可稍知其人。惜生卒年月，終不可審爲缺然耳。

劉勰字彥和。

按爾雅釋詁下：『勰，與協同 和也。』釋訓：『美士爲彥。』古人立字，展名取同義；說詳論衡詰術篇 舍人名勰、字彥和，猶顏勰之字子和然也。梁書卷五十文學下本傳作協，北齊書卷八五文苑顏之推傳作勰。而顏師古匡謬正俗卷五忽有『劉軌思文心雕龍』之語。攷軌思乃北齊渤海人，見北齊書卷四四及北史卷八一並入儒林傳。史祇稱其說詩甚精，天統按後主諱年號中任國子博士，見北齊書本傳他無著述。且與舍人時地俱別。二人前後相距，約五十年。非 顏監誤記，清葉廷琯吹網錄 卷五主此說 即後世傳寫之譌。軌思二字，殆勰字之殘誤。又按宋孝武帝孝建時，有三公郎劉勰見宋書卷八一顧覬之傳者，與舍人同姓名；漢獻帝名協，見後漢書卷九本紀。北魏彭城王勰、彥和，見魏書卷二一下本傳則名字並同之矣。古今撰同姓名錄、及同名錄者，皆未著，故覃及之。

東莞莒人。

按莒、今山東莒縣是，故春秋莒子國。前漢屬城陽，後漢屬琅邪。見後漢書卷三一郡國志三，及宋書卷三五州郡志一。晉太康元年，置東莞郡，十年，割莒屬焉。永嘉喪亂，淪於異族。渡江以後，明帝始僑立南東莞郡於南徐州，鎮京口。見晉書卷十五地理志下宋齊諸代因之。見南齊書卷十四州郡志上舍人之世居京口見後引劉秀之劉穆之兩傳者，以此。史氏以爲非其本土，故仍著僑貫。日本僧空海文鏡秘府論卷一四聲論篇以爲吳人，則就其僑居言之。黃庭堅與王觀復書 山谷書牘卷上 稱爲南陽人，乃誤屬里望。南陽有二，在山東者：宋曰益都，屬青州。（莒屬密州）見宋史卷八五地理志一。按益都即今郯縣，與莒縣相距甚遠。明人纂諸子彙函卷二四選文心原道等五篇，題爲雲門子。按彙函舊題歸有光輯，當是假託，叢書舉要已言之。者，謂舍人嘗於青州府明代以莒縣爲莒州屬青州府見明史卷四一地理志二南雲門山讀書，自號雲門子，見彙函雲門子解題蓋特杜撰故實，與地亦失之不攷也。彙函所選，凡九十三種，除書原名子者外，餘幾全稱爲某某子。（僅白虎通風俗通二書未改稱）如王充論衡之爲宛委子，桓譚新論之爲荊山子等，皆以其鄉井之山名附會。又按南朝之際，莒人多才，而劉氏尤衆，其本支與舍人同者，都二十餘人；見後表 雖臧氏之盛，臧燾（宋書卷五五有傳）臧質（宋書卷七四有傳）臧榮緒（南齊書卷五四有傳）臧嚴臧盾臧厥（並見梁書卷五十嚴傳）臧逢世（見顏氏家訓勉學篇）並東莞莒人。外有徐氏亦大姓。亦莫之與京。是舍人家世淵源有自，於其學術，必有啓厲之者。他若高僧之產於莒者，亦時有之，如竺僧度、見慧皎高僧傳卷四竺法汰、同上卷五釋寶亮，同上卷八皆其選。是舍人之終始皈依佛典，未必非受其薰習也。

祖靈真，宋司空秀之弟也。

按靈眞事蹟不可攷。宋書卷八一劉秀之傳：『劉秀之，字道寶。東莞莒人。劉穆之從兄子也。世居京口。又卷四二劉穆之傳：『劉穆之，字道和：小字道民。東莞莒人。漢齊悼惠王肥後也。世居京口。』

父尚，越騎校尉。

按尚之事蹟亦不可攷。越騎校尉、本漢武帝置，後世因之。掌越人來降，因以爲騎也；一說：取其材力超越。見宋書卷四十百官志下。隋書卷二六百官志上：『梁武受命之初，官班多同宋齊之舊。』故引宋書以注，後仿此。述舍人世繫既畢，復本宋書劉穆之、秀之、及南齊書卷三六劉祥三傳，列表如左，以見其源遠流長焉。

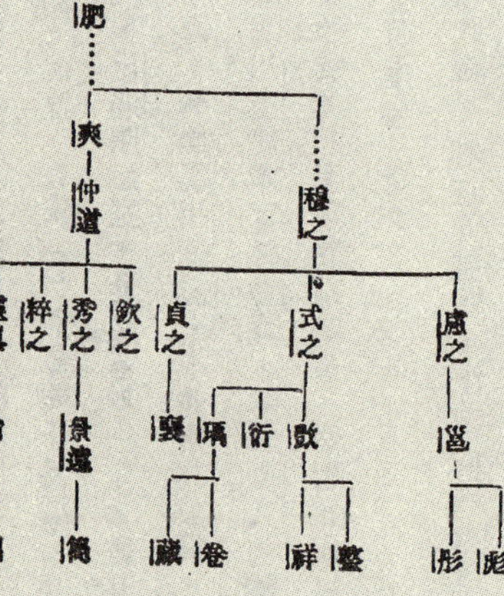

勰早孤，篤志好學。家貧不婚娶，依沙門僧祐，與之居處積十餘年，遂博通經論，因區別部類，錄而序之。今定林寺經藏，勰所定也。

按舍人孤及始依僧祐之年，皆莫能詳。慧皎高僧卷十一釋僧祐傳：『釋僧祐本姓俞氏。……永明中，敕入吳，試簡五衆，并宣講十誦，更伸受戒之法。凡獲信施，悉以治定林建初及修繕諸寺，并建無遮大集捨身齋等。及造立經藏，搜校卷軸。……初祐集經藏既成，使人抄撰要事，爲三藏記、法苑記、世界記、釋迦譜、及宏明集等，皆行於世。』據此，舍人依居僧祐，博通經論，別序部類，疑在齊永明中僧祐入吳試簡五衆，宣講十誦，造立經藏，搜校卷軸之時。僧祐使人抄撰諸書，由今存者文筆驗之，恐多爲舍人捉刀也。

天監初，起家奉朝請。

按梁書卷二武帝紀中：『（天監元年，夏四月）改齊中興二年爲天監元年。』宋書百官志下：『奉朝請，無員，亦不爲官。漢東京罷省三公，外戚、宗室、諸侯，多奉朝請。奉朝請者，奉朝會請召而已。』據下臨川王宏引兼記室推之，舍人起家奉朝請，當爲天監三年前兩年中事也。

中軍臨川王宏引兼記室。

按梁書卷二二臨川王宏傳：『臨川靜惠王宏，字宣達，太祖第六子也。……天監元年，封臨川郡王。……尋爲使持節散騎常侍，都督揚南徐州諸軍事，後將軍，揚州刺史。……三年，加侍中，進號中軍將軍。四年，高祖詔北伐，以宏爲都督南北兗、北徐、青、冀、豫、司、霍、八州，北討諸軍事。』據此，舍人被引兼記室，當在天監三年內，爲時或未過一載，臨川王進號可案也。劉沼拜臨川王記室，在宏爲後將軍時；見梁書卷五十沼本傳臨川王北伐，丘遲領記室，見梁書卷四九遲本傳並其旁證。又按釋僧祐傳：『梁臨川王宏……並崇其戒範，盡師資之敬。』意臨川王往來定林寺時，即與舍人相識，且知擅長詞翰；故於其起家奉朝請之初，而引兼記室也。

遷車騎倉曹參軍。

按舍人遷任此職，蓋在天監四年中。南齊書卷十六百官志：『度支尚書，領度支、金部、倉部、起部、四曹。』隋書卷二七百官志中：『度支（尚書），統……倉部。原注：掌諸倉帳出入等事。』又卷二六志上：『諸公及位從公開府者，置官屬有……列曹參軍。』

出爲太末令，政有清績。

按出令太末之年，雖無明文，然以下文推之，必在天監十年之前。政有清績，爲時匪暫。假定居此職爲二三年，則出任當在天監六七年中。其前一二年，乃司車騎倉曹參軍時也。太末、漢舊縣，漢書卷二八地理志上云：『屬會稽郡。』齊時屬東陽郡。見南齊書州郡志上縣小者置長，大者置令。見宋書百官志下則是闕非左遷矣。

除仁威南康王記室。

按梁書卷二九南康王績傳：『南康簡王績，字世謹，高祖第四子。天監八年，封南康郡王。……十年，遷使持節都督南徐州諸軍事，南徐州刺史，進號仁威將軍。……十六年，徵爲宣毅將軍，領石頭戍軍事。』據此，舍人領南康王記室，自天監十年起，至十五、或十六年乃止。歷時甚久。

兼東宮通事舍人。

按宋書百官志下：『晉初置舍人一人，通事一人。江左初合舍人通事，謂之通事舍人。掌呈奏案章。』隋書百官志上：『通事舍人、舊入直閤內，梁用人殊重，簡以才能，不限資地，多以他官兼領。』東宮通事舍人職責，諸史雖未詳，顧名思義，蓋與通事舍人無甚差忒，惟所屬有異耳。又梁書卷四九文學上庾於陵傳：『舊事，東宮官屬，通爲清選。』是舍人兼任此職匪輕，昭明太子之愛接，當亦由此時始也。

時七廟饗薦，已用蔬果，而二郊農社，猶有犧牲；勰乃表言二郊宜與七廟同改。詔付尚書議，依勰所陳。

按梁書武帝紀中：『天監十六年，冬、十月，去宗廟薦脩，始用蔬果。』又：『十八年，春正月、辛卯，輿駕親祀南郊。』通典卷四二禮上：『梁武帝卽位南郊，爲壇在國之南；常與北郊間歲正月，皇帝致齋於萬壽殿，上辛行事，用特牛一。』據此，舍人陳表，當在天監十八年正月後也。

遷步兵校尉，兼舍人如故。

按步兵校尉因陳表而遷，其年當在天監十八年內。宋書百官志下：『步兵校尉，……漢武帝置。……掌上林苑門屯兵。』

昭明太子好文學，深愛接之。

按梁書卷八昭明太子傳：『昭明太子統，字德施，高祖長子也。……引納才學之士，賞愛無倦。恒自討論篇籍，或與學士商榷古今。閒則繼以文章著述，率以爲常。于時東宮有書幾三萬卷，名才並集，文學之盛，晉宋以來，未之有也。』舍人與昭明太子相處既久，奇文共賞，疑義與析，必盛得君臣魚水之遇，其深愛接之也固宜。

初，勰撰文心雕龍五十篇，論古今文體，引而次之。

太平御覽卷六百一引此文，初字無，有自齊入梁四字。按御覽所引非是。文心成書，實在齊之末世。由時序篇

『暨皇齊馭寶，運集休明：太祖以聖武膺籙，高祖以睿文纂業，文帝以貳離含章，中宗以上哲興運；並文明自天，緝遐（梅慶生云：疑作熙。）景祚。今聖歷方興，文思光被，……』觀之，可得三證：此篇所述，自唐虞以至劉宋，皆但舉其代名，而特於齊上加一皇字。證一。魏晉之主，稱謚號而不稱廟號，至齊之四主，惟文帝以身後追尊，止稱爲帝，餘並稱祖稱宗。證二。歷朝君臣之文，有褒有貶，獨於齊則竭力頌美，絕無規過之詞。證三。（以上本劉毓崧通義堂文集卷十四書文心雕龍後說）餘如明詩、通變、指瑕、才略、四篇，所評皆至宋代而止，於齊世作者，無一語涉及，亦其旁證。惟自隋志著錄以下，及元明傳本，（敦煌唐寫本闕首篇，宋本亦久佚。）皆署曰梁，蓋以其所終之世題之。此書原道以下二十五篇，論文之體，神思以下二十四篇，言文之術，序志統括全書，梁書乃渾言之耳。又按序志篇云：『齒在踰立，則嘗夜夢，執丹漆之禮器，隨仲尼而南行；……於是搦筆和墨，乃始論文。』是舍人之作此書，在行年三十後也。

其序曰：『夫文心者，言爲文之用心也。…茫茫往代，既沈予聞；眇眇來世，儻塵彼觀。』

按此序志篇文。

既成，未爲時流所稱。

按南史卷五齊本紀下、明帝紀：『（永泰元年）秋七月己酉，帝崩于正福殿。……羣臣上謚曰明皇帝，廟號高宗。』據時序篇高宗（原作中宗，攷南齊諸帝廟號，無中宗者。以舍人本文次第推之，當爲高宗無疑。）興運之語，則成書必在永泰元年七月以後。南齊書卷八和帝紀：『（中興二年三月）丙辰，禪位梁王。』據時序篇皇齊馭寶文，則成書必在中興二年三月以前。（以上推演劉毓崧說）其間首尾相距，將及四載，是書雖體思精密，非短期所能採摭摛藻，然其殺青可寫，當在此四年中。時舍人仍寄食桑門，身名未顯，宜其不爲時流所稱。賦成三都，正賴玄晏吹噓耳。

勰自重其文，欲取定於沈約；約時盛貴，無由自達，乃負其書候約出，干之於車前，狀若貨鬻者。

按休文仕齊和帝時：官驃騎司馬，遷梁臺吏部尚書、兼右僕射。（見梁書卷十三約本傳）名雖府僚，而實則權侔宰輔；其貴盛與舍人之無由自達，當在此時。（以上本劉毓崧說）前定文心成於永泰中興之際，證此更爲確鑿。

約便命取讀，大重之，謂爲深得文理，常陳諸几案。

按梁書約傳：『（約）撰四聲譜，以爲在昔詞人，累千載而不踈，而獨得胸襟，窮其妙旨，自謂入神之作。』其緩宋書卷六七謝靈運傳論，亦毖談音韻。舍人書中，適有聲律之篇。休文之大重，固不必僅在乎此，然以此引爲知音，則意中事也。永明時，約與謝朓王融以氣類相推轂，高唱音韻；陸厥鍾嶸皆大不謂然。（見南齊書卷五二文學陸厥傳及詩品序）舍人獨闢專篇闡論之，以此而得約之賞識，諒近情理。又按葉廷珪海錄碎事卷十八云：『劉勰撰文心雕龍，論古今文體，未爲時所重。沈約大賞之，陳於几案。於是競相傳焉。』蓋本傳文而意加末句耳。葉氏引書，多注出處，而此則獨否。

然勰爲文長於佛理，京師寺塔，及名僧碑誌，必請勰製文。

按文心全書，雖不關佛理，然其昭晳羣言，發揮衆妙，則非長於佛理者，不能載筆。其能曠絕古今，衣被千載者，以此。寺塔碑誌，今存者僅梁建安王造剡山石城寺石像碑一篇，載孔延之會稽掇英總集卷十六（藝文類聚卷七六曾節引數小段。嚴可均全梁文卷六十僅就類聚逐錄，是不知有全篇也。）餘如僧祐出三藏記卷十二法集雜記銘目錄，所列鍾山定林上寺碑銘，一卷建初寺初創碑銘，一卷僧柔法師碑銘，一卷（按慧皎高僧卷八柔本傳亦言之）及慧皎高僧傳所言釋僧祐卷十一釋超辯卷十二兩碑文，皆祗見其目，文已亡佚。若目亦不得見者，更不知凡幾？至弘明集卷八之滅惑論，則辯護之文，北山錄卷十謂舍人『會道控儒，承經作訓』，蓋指此類文言之。非碑誌類也。

、有敕與慧震沙門於定林寺撰經。

按齊永明中，僧祐於定林寺造立經藏，搜校卷軸，舍人爲之經紀，已如前說；此復往撰經者，蓋祐於前次校定之後，續有蒐儲，未及理董，即溘焉羽化；梁武帝慮其散失，故敕與慧震共修纂之。攷祐以天監十七年五月二十六日卒，見高僧傳本傳舍人任步兵校尉、兼東宮通事舍人，在天監十八年，說已詳前則此次奉敕，當在十八年或普通元年。天監十八年後，改元普通，見梁書武帝紀下。惜慧震事蹟，他不可攷，故無從旁證。

證功畢，遂啓求出家，先燔鬢髮以自誓，敕許之。乃於寺變服，改名慧地。未期而卒。

按畢功、變服、之年，俱不可攷。假定於天監十八年始事，歷三兩載告成，則出家當在普通二三年內。其卒亦在此兩年間或次年也。

文集行於世。

按舍人文集，隋志即未箸錄；豈隋世已亡之邪？抑唐武德中被宋遵貴漂沒底柱之餘，而其目錄亦爲所漸濡殘缺也？見隋書卷三二經籍志一南史刪去此句，則是集唐初實已不存，思廉殆仍舊史文耳。操觚至此，不禁繾綣繫之！

明嘉靖本文心雕龍跋

藏園傅增湘

此嘉靖癸卯佘誨刊本，半葉十行，行二十字，白口左右雙闌，每卷首葉，版心記刊工姓名，有黃璉黃瑄黃璵等名，前有嘉靖癸卯佘誨序，余適假得徐興公手校本，因以此本臨勘一過，徐氏所用原本，爲汪一元校刊，版式行格，與此悉同，前有嘉靖庚子新安方元禎序，版心上方有私淑軒三字，其付梓視此早三年，然余詳審之，實卽一版也，蓋佘氏序言校梓，實則並未重刊，第取汪氏舊版，去其校人姓名一行，及版心三字，而刊工人名，宛然尙存，且不獨此也，凡汪本誤字，多已改正，如卷八事類篇，有才富而學貧句，其下應叠學貧二字，汪本脫失，及檢此本，則二字已嵌增於本行內矣，其最著者，如末卷序志篇，余齒在踰立下，脫文至三百二十二字，此本亦悉爲補完，疑佘氏補版，固已見升庵及徐謝諸人之校本，故知佘氏此本，雖不及金陵梅刻之詳審，然視[illegible]安初刻，已差爲完善矣，按此書宋刻，自阮華山而外，別無傳本，卽元至正本，今亦無可踪尋，明代刻本漸多，然錢功甫所述新安建安諸本，亦殊未備，據余所知見者，明代凡十一刻，最先者，弘治甲子，馮允中刻於吳門，有都穆序，曾見之吳佩伯家，次則嘉靖辛卯建安本，次則庚子新安汪一元本，次則辛丑建陽張安明本，（有程寬序）次則癸卯新安本，即此余氏刻也，次則乙巳沙陽樂應奎本，（有葉聯芳序）次則丙寅青州藩府本，（有誠軒載璽序）次則萬曆雲間張之象本，（十行十九字，今四部叢刊印行者是也，）次則辛卯貴陽郡庠本（有湘東伍讓序，）次則癸巳朱謀㙔本，最後爲萬曆己酉梅慶生刻本，悉取諸家校證之說，重爲改正，別增音注，遂爲是書之總匯，至天啓二年，子庚第六次校定刻版，復改補七百餘字，由是千百年來淆訛不可爬梳者，至此乃粗可誦習焉，其他若王惟儉之訓故本，胡維新之兩京遺編本，尚所不計，顧有不可解者，序志篇闕文三百餘字，余氏既就汪一元板，爲之補訂增入矣，張之象本，刻於萬曆七年，距余刻之傳布，已三十七年，乃考之張本，於此逸文，仍付闕如，豈余刻流傳已久，而張氏竟不及見耶，抑所據爲別一舊刻也，余按此書自弘治以後，百年之間，雕鐫競起，然古槧既已失傳，新梓率沿訛踵謬，雖諸家校讐，略資釐正，而得失參半，要亦未可盡從，顧自梅刻盛行，學者便於誦習，至國初黃氏叔琳，遂有輯注之作，於梅本多所糾正，其訛文奪字，亦綜合諸本之得失，以定其是非，此編一出，則凡明刊各本，皆可束置不觀，非學識果邁於前賢，繼事者固易爲力也，卽余之臨興公校本，亦重爲前人手蹟，錄之以存一家之言，其實滿紙榛蕪，不能盡掃，勒爲定本固猶有待也，又隱秀篇中佚文，今世所傳者，多出自錢功甫，言得之阮華山家宋槧本，今興公所據，係見於豫章王孫朱孝穆許，其手錄在萬曆戊午，後於功甫者四年，（功甫自記爲甲寅）是否卽出阮氏所藏，抑華山外，別有宋槧也，俟更考證之，辛巳五月二十一日，藏園雨窗記。

文心雕龍論

陶光

引論

魏文帝典論論文說：

「蓋文章經國之大業，不朽之盛事，年壽有時而盡，榮樂止乎其身，二者必至之常期，未若文章之無窮，是以古之作者，寄身於翰墨，見意於篇籍，不假良史之辭，不托飛馳之勢，而聲名自傳於後——而人多不強力，貧賤則懾於飢寒，富貴則流於逸樂，遂營目前之務，而遺千載之功，日月逝於上，體貌衰於下，忽然與萬物同化，斯志士之大痛也。」

把文章看得這樣高，在魏文以前是從來沒有過的。先秦的思想家比較注意文學的要算孔子，雖然「子以四教，文行忠信」（論語述而），同時文學也列爲四科之一，可是從孔子的言論看來，並沒有給文學這樣高的評價，孔子以後一直到漢朝末年，也沒有人像魏文這樣看法的。

這不完全由於魏文的天才，換句話，這不是偶然的事。

漢的文學，大致說起來宮廷的最盛，宮廷文學導源並不很晚，古時「公卿以至於列士獻詩」（國語周語）是采集民間文學獻給天子，目的是從這裏聽到些輿論，漸漸地就有了專業的文人，專誠地做文章給皇帝看，皇帝高興了，就養着這許多專業的文人，於是，所謂宮廷文學就成立了。本來采詩是爲聽取輿情，現在卻是爲娛樂了。這在文章本身上會引起什麼樣的變化是不難知道的，可以從兩面說：在外形上，因爲短篇的詩看了未必能過癮，所以需要長篇，爲拉長篇幅，就得鋪張揚厲，於是賦體代替了詩。同時爲達到娛樂的目的，修辭的技巧必得特別講求；另一面在內容上，自在地抒發感情是不能了的——這些「專家」既沒有那麼多的感情發售，而且要是真地自由抒發，未必中聽，爲了避禍，當然不便觸動「人主之怒」，但是本來爲諷諫與清的目的就一下去淨了嗎？當然也不會，大概對於帝王有什麼意見想在作品裏表達，總盡量地緩和語氣，這就是所謂「諷」，然而諷畢竟還是不甚中聽，就是竭力地減少，少到剛剛有一點爲作者自己解嘲就夠了，這就是，漢書藝文志所謂：

「其後宋玉，唐勒，漢興，枚乘，司馬相如，下及揚子雲，競爲侈麗閎衍之詞，沒其諷諭之義。」

這樣就成功了「勸多於諷」「鋪張揚厲」的漢賦——所謂宮廷文學。

本文不是專門討論賦和宮廷文學的，想特別提醒的是：漢代的宮廷文學內容是空白——這話也許稍苛點；在外形上特別考究修辭，——當然，「修辭」是從有文章之日起就有了的，並不開始於漢賦，但是說到有意地盡力地考究修辭，卻從這時起，而且繼續不斷地進步着，試拿先秦兩漢的文藝互相比較便知，這裏不須徵引。

我們該進一步注意一項較大的題目，這些宮廷文學專家他們底作品和他們底地位是互相影響着，這就是說，不但爲了是宮廷文學只能有那樣的作品，反過來，誠然數千萬言的賦使帝王們娛心悅目了，可是帝王們還有他們的眼光，認爲這於他們「子孫帝王萬世之業」是並無好處的，所以專家僅僅供給皇帝娛樂，皇帝卻並不信而專家，劉勰在知音篇說：

「夫古來知音多賤同而思古，所謂「日進前而不御，遙聞聲而相思」也，昔儲說始出，子虛初成，秦皇漢武恨不同時，既同時矣，則韓囚而馬輕，豈不明鑒同時之賤哉！」

這只是劉勰自己底悲哀而已，事實上「韓囚馬輕」，並不是「常人貴遠賤近」（典論論文）的道理，韓非被囚，別有緣故，與本文無關，不談，司馬相如的被輕正爲上面所說的因由。

簡單地說，爲了作品的沒有實質，文人在當時的地位很低，司馬遷說：

『文史星歷近乎卜祝之間，固主上所戲弄，倡優所畜，流俗之所輕也。』（報任少卿書）

司馬遷的意思自然側重在「史」字，但「文」的地位實際上還不如史，因爲史官究竟是在政治組織的體系以內，文士就完全沒有法定地位，漢書嚴朱吾丘主父徐嚴終王賈傳：

『上令（嚴）助等與大臣辯論，中外相應以義理之文，大臣數詘。其尤親幸者東方朔，枚皋，嚴助，吾丘壽王，司馬相如；相如常稱疾避事，朔皋不根持論，上頗俳優畜之，唯助與壽王見任用。』

這裏便明白了，文人能「持論」，才能「見任用」，否則簡直就「俳優畜之」，這類的記述很多，略舉一些已竟夠了。再引一節，我們可以看見帝王對文人怎樣「俳優畜之」，「滑稽之雄」的東方朔有一段故事：

『朔給騶（註一）朱儒曰：「上以若曹——無益於國用，徒索衣食，今欲盡殺若曹」。朱儒大恐啼泣，朔教曰：「上卽過叩頭請罪」，居有頃，聞上過，朱儒皆號泣頓首，上問：「何爲」？對曰：「東方朔言上欲盡誅臣等」，上知朔多端，召問朔：「何恐朱儒爲？」對曰：「臣朔生亦言，死亦言，朱儒長三尺餘，奉一囊粟，錢二百四十，臣朔長九尺餘，亦奉一囊粟，錢二百四十，朱儒飽欲死，臣朔飢欲死，臣言可用，幸異其禮，不可用，罷之，無令但索長安米」，上大笑。』（漢書本傳）

除掉文人的待遇和朱儒相等外，在這裏我們還可看出一點來，文人甘於這種俳優的地位嗎？當然不甘，東方朔——文人的代表已竟自覺了，不過東方朔只能感到文人的地位應當改善，至於癥結在那裏，他還不能說出。他底非有先生論說：

『——故卑身賤體，說色微辭，愉愉呴呴，終無益於主上之治，則志士仁人不忍爲也，將儼然作矜嚴之色，深言極諫，上以拂主之邪，下以損百姓之害，則忤於邪主之心，歷於衰世之法，故養壽命之士莫肯進也。』

他以爲「愉愉呴呴」以外，就只有「深言直諫」，顯然地他沒有看清宮廷文學的弱點，也就是沒有眞正了解文學的本質。

後於東方朔的揚雄就進一步看出「勸百諷一」的「靡麗之賦」（史記司馬相如傳末太史公引揚雄的話——這是後人竄入的）。何以沒有價值，所以毅然丟棄了，漢書揚雄傳：

『雄以爲賦者，將以風之，必推類而言，極麗靡之辭，閎侈鉅衍，競於使人不能加也。旣迺歸之於正，然覽者已過矣，往時武帝好神仙，相如上大人賦欲以風，帝反縹縹有凌雲之志，繇是言之，賦勸而不止，明矣，又頗似俳優——淳于髡優孟之徒，非法度所存，賢人君子詩賦之正也，於是輟不復爲。』

他把辭賦看得異常地輕，法言吾子篇：

『或問：「吾子少而好賦？」曰：「然，童子雕蟲篆刻。」俄而曰：「壯夫不爲也。」』

不但在消極方面他反對辭賦，他還能提出積極的標準來，法言吾子篇：

『或曰：「君子尙辭乎？」曰：「君子事之爲尙，事勝辭則伉，辭勝事則賦，事辭稱則經足言足，容德之藻矣。」』

這自然是摸擬孔子所說「質勝文則野，文勝質則史，文質彬彬，然後君子」（論語雍也），但是他能重新提出來，在文學奄然無生氣的當時，要算不得的見識，不過他的說話很近於功利主義，「事之爲尙」四個字表露得很清楚，所以他還是看不出文學的眞價值，所以他不做「閎侈鉅衍」的賦了，卻去一味摸擬古書做法言，做太玄，今天我們仔細評量一下他底「閎侈鉅衍」的賦和法言太玄，都沒有什麼了不得的價值。前者當然爲了缺乏內容，後者也正一樣，因爲他並沒有什麼過人的思想。

另外我們還該注意揚雄也是受了文人地位低下的刺激，試看他「以爲賦——頗似俳優」（引見上文），便是徵驗。

和揚雄同時而最佩服他的桓譚却像比揚雄見識更高些，桓譚說：

『文家各有所慕，或好浮華而不知實覈，或美衆多而不見要約。』（文心雕龍定勢篇引）

雖然沒有更闡明揚雄的話，可是功利主義的氣息却淡了。桓寬也說：

『內無其實而外學其文，若畫脂鏤冰，費日損功。』

儘管一面有見識的文人們逐漸地覺醒，另一面沉酣的人依舊沉酣，東漢末年了，蔡邕上封事還說：

『陛下即位之初，先涉經術，聽政餘日，觀省篇章，聊以游意，當代博弈，非以敎化取士之本，而諸生競利，作者鼎沸，其高者頗引經訓風喻之言，下則連偶俗語，有類俳優……』（後漢書本傳）

可見風氣還未全變。

還有一件事實須得注意，就是在宮廷以外，這時新的文學又生長起來了，關於古詩的作者，從來爭論極多，個人比較相信是東漢末年做的說法，把詩的內容分析來看，那許多頹唐厭世虛無的思想必然產生在大動亂的前夜，這正是黃巾之亂以前社會困苦的反映了——我們不應該提倡頹唐厭世虛無的思想，但不管用的是什麼方式，這確是痛苦的訴說，我們必須承認它是有內容的東西，所以配稱做新的文學。——鍾嶸詩品說古詩「舊疑是建安中曹王所製」，這種「疑」雖不可靠，但以五言爲主的建安文學確是承繼那些無名作家的衣鉢來的，這却是無可疑的。

文藝理論常是跟在創作後面的，由於前面說的那些漸積的，文人自覺的議論，和新的文學的生長，所以天才的魏文帝說出了：

『蓋文章經國之大業，不朽之盛事。』

不消說「雕繢組麗」的宮廷文學不能當得這十個大字，如果前面說的不錯，文人地位卑下是由於作品的「有文無質」，文人的覺醒是漸漸地看清了這層，那麼，再進一步，「經國大業不朽盛事」的文學該是什麼呢？——儘管魏文帝並不是專業的文人，他却是接續着那些文人的議論，同時發展着那些議論，他真能認清了文學的本質，才能認清它的重要性，才能說出這一鐵案。

文學究竟該是怎樣呢？前節所引揚雄的話已經約略地指出一些，文學應該是像孔子說的「文質彬彬」。不過我們得注意，孔子所說的『質勝文則野，文勝質則史，……』給的是做人的標準，不是做文的標準，所以他說「文質彬彬，然後君子」。但我們不妨借用他的話，而且從這點推衍出去，可以知道孔子對做文的主張應該也是一樣的。周易繫辭舊說是孔子做的，繫辭說：

『其旨遠，其辭文，其言曲而中，其事肆而隱。』

不管繫辭是不是孔子做的，這是儒家的見解是不成問題的。禮記表記記孔子的話也說：

『情欲信，辭欲巧。』

表記所記的話是不是孔子眞說過更可疑了，但這並不妨，因爲我們也可以認是儒家的思想（註二），繫辭和表記的話都是從「文質彬彬」引伸出來的。雖然對於孔子的主張我們並不完全同意，但他這點是對的，其實這並不是什麼難懂的道理，不過有些人拘牽於他們的環境和歷史不能理會到罷了。——宮廷文學的作家們正是這種人，像司馬相如那樣的天才決不是「不足以語此」的——魏文帝很清楚地了解這點，所以他批評徐幹說：

『偉長（幹字）獨懷文抱質，恬淡寡欲，有箕山之志，可謂彬彬君子者矣，著中論二十餘篇，成一家之言，辭義典雅，足傳於後，此子爲不朽矣。』

中論雖不是純粹的文學，但我們可以注意批評的着重點，「懷文抱質」「辭義典雅」。

「文」「質」雖然應該「彬彬」（錯雜相半的意思），但兩者却有主從的關係，周易乾文言說：

「修辭立其誠」。

「修辭」是「文」，「文」爲的是表現「質」，這便是主從的關係。魏文帝對這點認得特別清楚，他說：

『或問：「屈原相如之賦孰愈？」曰：「優游案衍，屈原之尚也，窮修極妙，相如之長也，然原據託譬喩，其意周旋，綽有餘度矣。長卿（相如）子雲（揚雄），意未能及已。」」（北堂書抄第一百卷引典論）

文說：

『賦者，言事類之所附也；頌者，美盛德之形容也。故作者不虛其辭，受者必當其實。』（魏志卞后傳注引魏略答卞蘭教）

賦頌是比較重文辭的體裁，魏文却要「不虛其辭」「必當其實」，可見他對「文」與「質」的輕重是怎樣看法了。

只有眞有內容的作品才當得「經國之大業不朽之盛事」。

恰恰相反地，魏文帝的令弟曹植，儘管二千年來他負那樣盛的文名，但實他有很多「不朽」的作品，談到對文學的認識，他却混沌得很，曹植說：

『辭賦小道，固未足以揄揚大義，彰示來世也，昔揚子雲先朝執戟之臣耳，猶稱「壯夫不爲也」，吾雖薄德，位爲藩侯，猶庶幾戮力上國，流惠下民，建永世之業，流金石之功，豈徒以翰墨爲勳績，辭賦爲君子哉！若吾志不果，吾道不行，亦將採史官之實錄，辨時俗之得失，定仁義之衷，成一家之言，雖未能藏之名山，將以傳之同好，此要之白首，豈可以今日論乎？』（與楊修書）

他認爲除了做「未足揄揚大義彰示來世」的辭賦以外，就只有「成一家之言」的一途了——他眞正的志趣是建功立業，這裏不消提起——這很像揚雄的路數——不作賦就「草玄」（太玄）。他們都沒有知道這兩條路以外還有一種眞正對於社會有益的文字事業——「文學」。但是揚雄總得算「先覺」，因爲他生在西漢末年；曹植却得算「不察」，因爲他既是個「我輩」人中，又生得恰好和乃兄——在文藝理論上能有那麼大成就的魏文帝同時，却只看到這點點：讓我們且算他作創作家罷。

「未足揄揚大義彰示來世」和「經國之大業不朽之盛事」，多麼好的對比啊！爲甚麼曹植是這樣看法呢？答案就在眼前，他認爲文學領域只有麗的辭賦，他認爲

文學＝一種巧妙的文字游戲。

換一種說法，他只看見了文學底形式（文），完全沒有看見內容（質）。這並不是誣蔑他，請看他給吳質的信：

『得所來訊，文采委曲，曄若春華，瀏若淸風——（這下面沒有提起來信的內容）』

寫信就爲的招搖「文采委曲」嗎？寫「信」啊！把上文引的魏文談到「賦頌」的話相比，多麼顯著的不同！雖然這弟兄二人在後世常被人相提並論，但就文藝理論而言，他們的意見實在是截然不同的兩派，價值也懸殊。（就是創作魏文也比曹植高，這裏不談。）——郭紹虞先生的中國文學批評史似乎忽略了這點，把二曹混爲一談，是很不該的。

這兩派對於文學不同的看法一直繼續着，不過流傳到今天的一些零星的議論都是近於前一派的，譬如晉陸機文賦：

『伊茲文之爲用，固衆理之所因，恢萬里而無閡，通億載而爲津，俯貽則於來葉，仰觀象乎古人，濟文武於將墜，宣風聲於不泯，塗無遠而不彌，理無微而弗綸，配霑潤於雲雨，象變化乎鬼神，被金石而德廣，流管絃而日新。』

雖然說到「衆理所因」等等，這話究竟很攏統，陸機自己的作品辭藻是很多的，沒有內容的東西也常常有，所以還近於門面話，他底了解並不很深。

摯虞文章流別論：

『文章者，所以宣上下之象，明人倫之敍，窮理盡性，以究萬物之宜者也。』（藝文類聚五十六引）

這不但比陸機說得淸楚，比魏文帝也更透澈些。又：

『古詩之賦以情義爲主，以事類爲佐。今之賦以事形爲本，以義正爲助，情義爲主，則言省而文有例矣。事形爲本，則言當而辭無常矣。文之煩省，辭之險易，蓋由於此，夫假象過大，則與類相遠；逸辭過壯，則與事相違；辯言過理，則與義相失；靡麗過美，則與情相悖：此四過者，所以背大體而害政教，是以司馬遷割相如之浮說，揚雄疾

辭人之賦麗以淫。」

這段話把淫辭濫藻的弊病說得非常準。

葛洪抱朴文行篇（註三）：

『或曰：「德行者本也，文章者末也，故四科之序文不居上，然則著紙者糟粕之餘事，可傳者祭畢之芻狗，卑高之格，是可識矣——」抱朴子答曰：「筌可以棄，而魚未獲則不得無筌；文可以廢，而道未行則不得無文——且文章之與德行猶十尺之與一丈，謂之餘事，未之前聞。』

這也近於功利主義，自然是注意質的方面。

宋范曄給諸甥姪書：

『常恥作文士文，患其事盡於形，情急於藻，義牽其旨，韻移其意，雖時有能者，大較多不免此累——常謂情志所託，故當以意爲主，以文傳意，以意爲主，則其旨必見；以文傳意，則其詞不流。然後抽其芬芳振其金石耳，此中情性千條百品，屈曲有成理，自謂頗識其數，嘗爲人言，多不能賞，意或異故也。』（宋書本傳）

這也是攻擊專門堆砌辭藻的，把文和意的關係說得最清楚。

以下直到齊梁，有名的批評家鍾嶸反對專注「聲病」，自然是看重內容的，蕭子顯也說：

『言貴易了，文憎過意。』（南齊書文學傳論）

連自己作文特別講究外形的沈約也會說：

『以文披質。』（宋書謝靈運傳論）

是不是沒有只看到文章外形像曹植那樣的呢？不但有，而且多得很，這裏又可分兩派：一派是完全像曹植樣，認爲文學就是辭藻，沒有好處，應該不做。抱朴子尚博篇：

『或曰：「著述雖繁，適可以騁辭耀藻，無補救於得失——然則綴文固爲文事，——」』

當然這些人修德立功去了，另外一派是沉溺在舞文弄墨裏去了，上文引范曄所說「常爲人言，多不能賞，意或異故也」，這些人就是、這兩派人並不懂文學，當然不會有很多的爭論，推想起來，在當時也可能有些「不通之論」，不過歷史的選擇比什麼都更正確些，自然不會傳到現在。

儘提倡文章要有內容的人一脈相傳地說着，還有一派人在那裏反對做文章，可是文壇呢？到了齊梁，又近似漢朝情况了，原來南朝的帝王們都是些愛好文學的，由他們領導着，文人們沒有什麼新路好走，不消解釋，想引一節把齊梁文壇描摹得最刻露的話，隋朝的李諤說：

『——江左齊梁，其弊彌甚，貴賤賢愚，唯務吟咏，遂復遺理存異，尋虛逐微，競一韻之奇，爭一字之巧；連篇累牘，不出月露之形；積案盈箱，唯是風雲之狀，世俗以此相高，朝廷據茲擢士，祿利之路既開，愛尚之情愈篤，於是閭里童昏，貴遊總丱，未窺六甲，先製五言，——指儒素爲古拙，用詞賦爲君子，故文筆日繁，其政日亂，良由棄大聖之軌模，搆無用以爲用也。』（隋書本傳）

這樣烏烟瘴氣，一個有見識的批評家很自然地就會標榜出要「質」的口號來，文心雕龍的作者劉勰就是這樣要求着，但是他同主張並不過當，他還是主張「文質彬彬」，不過「質」爲主，「文」爲從，雖然是承繼着過去人的說法，但分析得却詳盡得多；而且在各方面——創作，欣賞，批評，——他都這樣要求着，對於各體文都這樣主張着。

文心雕龍全書談到文的地方特別多，往往讀者只留意那面，忽略了它真正的要點，那是極大的錯誤，也許有人以爲論語誰都讀過，誰都曉得，劉勰大可不必費許多筆墨，但是如果曉得了在說「文質彬彬」的孔子以後還會有漢朝的辭賦和齊梁的文體，該知道劉勰的主張在時代的意義和悠久的歷史上有甚麼價值，就在劉勰以後又一千幾百年的今日並不是沒有人在做「有文無質」的東西，所以細細地認清這點，在今天還是要緊的。

三十，六，二十一，昆明。

（註一）騷假爲促。促，短也。莊子外物篇，「修上而促下」，是以促狀人形體之例，漢書刑法志顏師古注「朱儒，短人不能走者」，不能走，亦謂促下也。古書促字多以「趨」爲之，騷趨促古音並近，故得假借。舊注並未確。

（註二）胡適先生批評郭紹虞先生的中國文學批評史，以爲郭先生敘述儒家的主張不該不引論語「辭達而已矣」，而引不可靠的表記。（因爲手邊沒有這書，不能引胡先生的原文。）胡先生的意見不很對，巧字本來的意思是善，「辭欲巧」就是「要說得好」，爲了「達」，爲什麼不該說得好呢？如果照後來的意思解釋「巧」字，又不顧上文「情欲信」，認爲儒家只提倡綺麗，自然是不對的。

（註三）按此節又見尚博篇而與上一節文義相近，疑本文行篇文爛入尚博篇者也，故引作文行篇。

徐興公校文心雕龍跋

藏園　傅增湘

文心雕龍一書，論文章之流別，爲藝苑之南鍼，文人學士，誦習不衰，而傳世乃少善本，阮華山之宋槧，自錢功甫一見後，踪迹遂隱，即黃堯圃所得之元至正嘉禾本，後此亦不知何往，明代刻本，以弘治甲子吳門本爲最先，嗣是嘉靖中，建安新安等處，付梓者凡六本，萬曆中，自張之象以後，付梓者凡四本，而奪文譌字，多不能是正，至金陵梅慶生本出，乃取諸家校本，彙輯而刊傳之，讎校訂未必悉當，然考證之功，亦云勤矣，頃從李椒微師遺書中，假得徐興公手勘本，原書用嘉靖汪一元所刊，半葉十行，行二十字，版心上方，有私淑軒三字，其校讎始於萬曆二十九年辛丑，訖於四十七年己未，逮崇禎己卯，乃手跋以付其孫鍾震，卷首南史本傳，及元明刻本序八首，均興公暨其子延壽所繕，歷年數十，留貽及於三世，詣力專精，良堪欽仰，各卷訂正之字，自興公所校外，所取者以楊叔菴爲多，餘則謝耳伯朱鬱儀曹石倉諸家，今以梅子庾本對核，興公之說，固已十取八九，此己卯跋中，所謂金陵刻本，列吾姓名，不忘所自，正指此也，末卷序志篇，脫三百二十二字，取廣文選本訂補，其隱秀篇闕葉四百餘字，則萬曆戊午，游豫章，於王孫朱孝穆許，始錄得之，是所見在錢功甫之外矣，茲將興公前後跋語，書於左方，其各序咸有本書可考，不復盡錄焉，辛巳五月十九日藏園識。

鈔序目錄

曲江錢惟善序 至元十五年乙未

郴陽馮允中序 弘治十七年甲子

西橋程寬序 嘉靖二十年辛丑延陽張安明本

新安余誨序 嘉靖二十二年癸卯

臨橋葉聯芳序 嘉靖二十四年乙巳

沙陽樂應奎序 同上

青社誠軒戴璽序 嘉靖四十五年丙寅

湘東伍讓序 萬曆十九年辛卯

興公跋 識錄後

劉彥和文心雕龍一書，詞藻璀璨，儷偶豐贍，先人舊藏此本，已經校讎，㓜少學操觚，時取披覽，快心當意，甘之若飴，每有綴辭，采爲鑒餌，此羊棗之嗜，往往爲慕古者所竊嘆也，然秘之帳中，積有年歲，非同好者，不出相示，但彥和自序一篇，諸處刻本俱脫誤，乃鈔諸廣文選中，近於友生薛晦叔家，獲覩鈔本一副，乃其叔父觀察滇南得歸者，中間爲楊用修批評，圈點用朱黃雜色爲記，又自秘其竅，不煩說破，以示後人，大都於其警嚴新巧處而注意也，遂借歸數日，依其批點，蓋自愧才不逮前人，而見識譾陋，得以此爲法程，不啻楊先生之面命矣，前跋云，禹山者，初未知何許人，茲按叔庵文集，禹山張姓，字愈光，雲南永昌人，年八十，工詩善書，集中有跋愈光結交行，又有龍編行答禹山，又有五老圖壽禹山八十，又有重寄張愈光二律，又有存歿絕句，懷及愈光，又有寄愈光六言四首，觀用修詩文推轂之言，可以識禹山之大概云。萬曆辛丑三月望日，徐惟起書於綠玉齋，此書脫誤甚多，諸刻本皆傳訛，就梓，無有詳爲校定者，偶得叔庵校本，初謂極精，辛丑之冬，携入樵川，友人謝伯元，借去讎校，多有懸解，越七年始付還，余反覆諷誦，每一篇必誦數過，又校出脫誤若干，合叔庵伯元之校，尤爲嚴密，然更有疑而未穩，不敢妄肆雌黃，尙俟同志博雅者商略。

丁未夏日徐惟起

按藏經出三藏記，卷第十二，載有鍾山定林上寺碑銘，建初寺初擬碑銘，僧柔法師碑銘三篇，其有目而無其文者，曹能始云，沙門僧祐作高僧傳，乃勰手筆，今觀其法集總目錄序，及釋迦譜序，世界記序，等篇，全類勰作，則能始之論不誣矣。

壬子仲秋五日興公志

隱秀一篇，諸本俱脫，無從覓補，萬曆戊午之冬，客遊豫章，王孫朱孝穆得故家舊本，目錄之，亦一快心也，興公識

第四十隱秀一篇，原脫一板。

予以萬曆戊午之冬，客游南昌，王孫孝穆云，曾見宋本，業已鈔補，予亟從孝穆錄之，予家有元本，亦係脫漏，則此篇文字，既絕而復蒐得之，孝穆之功大矣，因而告諸同志，傳鈔以成完書，古人云，書貴舊本，誠然哉，己未年秋日徐興公又記。此本吾辛丑年校讎極詳，梅子庾刻於金陵，列吾姓名於前，不忘所自也，後吾得金陵善本，遂舍此少觀，前序八篇，半出吾鈔錄，半乃汝父手書，又金陵刻之未收者，家藏書多，此紙易蛀，當倍加珍惜，時取讀之，可資淹博也。

崇禎己卯中秋書付鍾震

眉間小字，是吾所書，間有謝伯元註者，伯元看書甚細耳。

附錄曹能始書

文心雕龍，曾校過數本，但首篇有莫不原道心裁文章之句，恐脫，及第四十隱秀篇，自玄體變交而成化起，至珠玉潛水止，俱亡，想兄所校者已精，幸錄此六篇見示，則爲完善矣。

戊申八月朔弟佺頓首

按興公子延壽，字存永，有尺木堂稿，孫鍾震，字器之，有雪樵集，見福州志，沅叔記

庚戌轂日，又取鬱儀王孫本校一過，惟起書印記列後

晉安徐興公藏書，閩中徐㷿惟起藏書，閩中徐惟起藏書印，南州高士孺子之家，徐惟起印，綠玉山房，興公，以上半文

徐惟起印，風雅堂印，徐氏興公，徐木之印，龕峯清嘯。以上白

鄭氏注韓居珍藏印朱，鄭杰之印白，昌英珍秘朱，陳廷壽印白文。

文心雕龍集注

顏虛心

史記孟子荀卿列傳：「騶奭者，齊諸騶子，亦頗采騶衍之術以紀文。」騶衍之術，迂大而閎辯；奭也文具難施；故齊人頌曰：「談天衍，雕龍奭。」」集解：「劉向別錄曰：『騶衍之所言，五德終始，天地廣大。書言天事，故曰談天衍。騶奭修衍之術，文飾若雕鏤龍文，故曰雕龍』。」漢書藝文志：「騶奭子十二篇」。原注：「齊人。號曰雕龍奭。」又文選卷三十六宣德皇后令注：「七略曰：鄒奭子，齊人。齊爲之語曰，雕龍奭。言鄒衍之術，文飾之若雕鏤龍文。」

原道第一

易繫辭上：「原始反終，故知死生之說。」繫辭下：「原始要終，以爲質也。」漢書劉向傳：「原秦魯之所以消以爲戒。」注：「師古曰：原謂思其本也。」薛宣傳：「原心定罪。」注：「師古曰，原謂尋其本也。」又易繫辭上：「一陰一陽之謂道。繼之者善也。成之者性也。仁者見之謂之仁。知者見之謂之知。百姓日用而不知。故君子之道鮮矣。」范氏曰：淮南子有原道篇，高誘注云：「原本也。本道根眞，包裹天地，以歷萬物，故曰原道。」

文之爲德大矣，范氏曰：「易小畜象曰，君子以懿文德。」與天地並生者何哉。莊子齊物論：「天地與我並生，而萬物與我爲一。」夫玄黃色雜，易繫辭下：「物相雜故曰文；文不當，故吉凶生焉。」韓康伯注：「剛柔交錯，玄黃相雜。」又揚雄劇秦美新：「或玄而萌，或黃而牙；玄黃剖判，上下相嘔。」方圓體分，黃氏曰：「大戴禮記〔曾子天圓篇〕：『天道曰圓，地道曰方。』」范氏曰：「淮南子天文訓曰，方者主幽，圓者主明。」盧心案：易繫辭上：「蓍之德圓而神，卦之德方以智。」日月疊璧，范氏曰：「孫君蜀丞曰：『尙書顧命釋文引馬融云，太極上元，十一月朔旦冬至，日月如疊璧，五星如連珠。』」盧心案：莊子列禦寇：「莊子將死，弟子欲厚葬之；莊子曰，吾以天地爲棺槨，以日月爲連璧，以星辰爲璣珠，以萬物爲齎送；吾葬具豈不備耶。」又後漢書天文志上：「三皇邁化，協神醇朴；謂五星如連珠，日月如合璧；化由自然，民不犯慝。」禮儀志下：「虞文畫日月鳥龜龍虎連璧偃月牙檜梓宮如故事。」又天文志下：「十月歲星熒惑太白，三合於虛；相去各五六寸如連珠。」以垂麗天之象；易繫辭上：「在天成象。」范氏曰：「易離卦彖辭：離，麗也，日月麗乎天。」山川煥綺，以鋪理地之形。易繫辭上：「在地成形」此蓋道之文也。仰觀吐曜，俯察含章。范氏曰：「易坤六三：『含章可貞。』」王弼注曰：含美而可貞，故曰含章可貞。」高卑定位，范氏曰：「易上繫辭：『天尊地卑，乾坤定矣；高卑以陳，貴賤位矣。』」故兩儀既生矣。易繫辭上：「是故，易有太極，是生兩儀；兩儀生四象，四象生八卦；八卦定吉凶；吉凶生大業。」韓康伯注：「夫有必始於無，故太極生兩儀也。太極者，無稱之稱，不可得而名，取其有之所極，況之太極者也。」惟人參之。靈性所鍾，是謂三才，易繫辭下：「易之爲書也，廣大悉備：有天道焉，有地道焉，有人道焉。兼三材而兩之故六。六者非它也，三材之道也。」又說卦：「是以立天之道，曰陰與陽；立地之道，曰柔與剛；立人之道，曰仁與義。兼三材而兩之，是以名六畫而成卦。」爲五行之秀，人實天地之心生；范氏曰：「禮記禮運篇：『人者，其天地之德，陰陽之交，鬼神之會，五行之秀氣也。』又曰：『人者天地之心也，五行之端也。』」盧心案：據禮運之文，則人實天地之心生句，實字乃者字之誤，生字乃也字之誤字。心生而言立，後漢書天文志上注引張衡靈憲渾儀云：「聖人無心，因茲以生心。」言立而文明，易文言：「見龍在田，天下文明。」又賁卦彖辭：「文明以止，人文也。」自然之道也。傍及萬品，動植皆文；龍鳳以藻繪呈瑞，虎豹以炳蔚凝姿。黃氏曰：易〔革卦象辭〕：「大人虎變，其文炳也；君子豹變，其文蔚也。」范氏曰：「孫君蜀丞云，三國蜀志秦宓傳，或難宓曰：足下自比於巢許四皓，何故揚文藻，見瓌麗乎。宓答曰，僕文不能盡言，言不能盡意，何文藻之有揚乎。夫虎豹布文，[illegible]；[illegible]自飾難哉，天性自然也。[illegible]子路[illegible]采藻其何傷。」虛心案：後漢書崔駰傳[illegible]作者。雲霞雕色，有踰畫工之妙；草木賁華，無待錦匠之奇。夫豈外飾，蓋自然耳。至於林籟結響，調如竽瑟；李氏曰：「宋玉高唐賦：『[illegible]，聲似竽籟。』」泉石激韻，和若球鍠。范氏曰：「尚書皋陶謨：『戛擊鳴球』，說文：『球，玉磬也。鍠，鐘聲也。』」故形立則章成矣，聲發則文生矣。夫以無識之物，鬱然有彩，有心之器，其無文歟？范氏曰：「易上繫辭：『形乃謂之器』，韓康伯注曰：『成形曰器。』」

人文之元，肇自太極。人文解見後。太極解見前。幽讚神明，易象惟先。范氏曰：「易說卦曰：『昔者聖人之作易也，幽贊於神明而生蓍。』韓康伯注曰：『幽，深也；贊，明也。蓍受命如響，不知所以然而然也。』」孔穎達「幽讚神明」；白石神君碑「幽讚天地」；並本作贊，是也。易贊，[illegible]漢人正用讚字。」庖犧畫其始，黃氏曰：「易繫辭下：『庖犧氏之王天下也，仰則觀象於天，俯則觀法於地，觀鳥獸之文與地之宜；近取諸身，遠取諸物；於是始作八卦，以通神明之德，以類萬物之情。』」紀氏曰：「此等皆齊梁間[illegible]，然而非所論於今之世矣。」仲尼翼其終。范氏曰：「史記孔子世家：『孔子晚而喜易，序彖、繫、象、說卦、文言。』」虛心案：漢書藝文志：「易道深矣，人更三聖，世歷三古。」

而乾坤兩位，獨制文言。范氏曰：「正義引莊氏曰：『文謂文飾。以乾坤德大，故特文飾以為文言。』」言之文也，天地之心哉！若迺河圖孕乎八卦，洛書韞乎九疇，范氏曰：「易上繫辭：『河出圖，洛出書，聖人則之。』漢書五行志：『劉歆以為虙羲氏繼天而王，受河圖則而畫之，八卦是也；禹治洪水，賜洛書法而陳之，洪範是也。』」玉版金鏤之實，丹文綠牒之華，范氏曰：「尚書中候握河紀：『河龍圖出，洛龜書威，赤文綠字，以授軒轅。』」[illegible]「乃將鐵玄珪，[illegible]功。」注：「[illegible]」又張衡傳：「而[illegible]玉版。」注：「[illegible]」虛心案：後漢書[illegible]「[illegible]，得玉珪，碧色，長一尺二寸，圓如日月，以自照達幽明。」誰其尸之，亦神理而已。

自鳥跡代繩，文字始炳。易繫辭下：「上古結繩而治，後世聖人易之以書契。」說文解字序：「黃帝之史倉頡，見鳥獸蹄远之迹，知分理之可相別異也，初作書契。」炎皞遺事，紀在三墳，范氏曰：「左傳昭公十二年：『[illegible]能讀三墳五典，八索九丘。』杜預注曰：『皆古書名。』」而年世渺邈，聲采靡追。唐虞文章，則煥乎始盛。論語泰伯：「子曰：大哉堯之為君也！巍巍乎，唯天為大，唯堯則之。蕩蕩乎，民無能名焉。巍巍乎其有成功也，煥乎其有文章。」元首載歌，既發吟詠之志；尚書皋陶謨：「帝庸作歌曰：『敕天之命，惟時惟幾。』乃歌曰：『股肱喜哉，元首起哉，百工熙哉。』皋陶拜手稽首颺言曰：『念哉，率作興事，慎乃憲，欽哉。』乃賡載歌曰：『元首明哉，股肱良哉，庶事康哉。』又歌曰：『元首叢脞哉，股肱惰哉，萬事墮哉。』」益稷陳謨，亦垂敷奏之風。范氏曰：「[illegible]」「敷奏以言」，乃舜典語。[illegible]「敷奏」。

夏后氏興，業峻鴻績，范氏曰：「[illegible]」黃先生曰：「案績，[illegible]功，峻鴻[illegible]大；」九序惟歌，黃氏曰：「晉大禹謨：『[illegible]』，『帝念哉！德惟善政，政在養民。水火金木土穀惟修；正德利用厚生惟和。九功惟敘，九敘惟歌。戒之用休，董之用威，勸之以九歌，俾勿壞。』」虛心案：偽孔傳：「六府三事之功。」又左傳文七年：「九功之德，皆可歌也，謂之九歌。六府三事，謂之九功。水火金木土穀，謂之六府。正德利用厚生，謂之三事。」注：「[illegible]」勳德彌縟。黃氏曰：「『[illegible]』德彌縟者，文彌縟也。」逮及商周，文勝其質。論語雍也：「子曰：質勝文則野，文勝質則史；文質彬彬，然後君子。」雅頌所被，英華日新。易繫辭上：「日新之謂盛德。」[illegible]注：「[illegible]」文王患憂，易繫辭下：「易之興也，其於中古乎？作易者，其有憂患乎？」又曰：「易之興也，其當殷之末世，周之盛德耶。當文王與紂之事耶。」繇辭炳耀。黃氏曰：「繇，卜兆辭也。」案：疏因典引：「又悉經元辭之碩慮矣。」注：「繇，兆辭，音胄。」符采複隱，精義堅深。李氏曰：「左思蜀都賦：『符采彪炳。』」劉逵注：「符采，玉之橫文也。」重以公旦多材，范氏曰：「尚書金縢：乃元孫不若旦多材多藝。」振其徽烈。紀氏曰：「振疑作綴。」說文：「綴，繫采色也。」玉篇：「綴，飾也。」文選劉峻廣絕交論李善注引。剬詩緝頌，李氏曰：「剬古制字。」范氏曰：「錢大昕三史拾遺謂剬爲制之古字。」史記五帝本紀：「依鬼神以剬義。」正義：「剬古制字。」范氏又曰：「據毛詩豳風七月序，七月，周公所作。據尚書金縢，鴟鴞，周公所作。據國語周語上，時邁，亦周公所作。」斧藻羣言。黃氏曰：「法言學行篇：『吾未見好斧藻其德，若斧藻其楶者也。』」至夫子繼聖，獨秀前哲，鎔鈞六經，黃氏曰：「漢書董仲舒傳：『猶金之在鎔，唯冶者之所鑄。』」注：「師古曰，鈞，造瓦之法，其中旋轉者。鎔，謂鑄器之模範也。」」必金聲而玉振；范氏曰：「孟子萬章下：『孔子之謂集大成。集大成也者，金聲而玉振之也。』」雕琢性情，李氏曰：「虛心素，漢書鄒陽傳：『是以聖王制世御俗，獨化於陶鈞之上。』」又後漢書郅惲傳：「甄陶品類。」注：「甄者，陶人旋轉之器也。」」下闕雕者甄陶。組織辭令，史記屈原列傳：「嫻於辭令。」黃氏曰：「司馬遷報任少卿書：『雕琢曼辭。』」木鐸起而千里應，范氏曰：「易繫辭上：『君子居其室，出其言善，則千里之外應之。』」席珍流而萬世響，黃氏曰：「禮記儒行：『儒有席上之珍以待聘。』」寫天地之輝光，曉生民之耳目矣。爰自風姓，暨於孔氏，玄聖創典，素王述訓，莊子天道篇：「夫虛靜恬淡，寂寞無爲者，萬物之本也。以此處下，玄聖素王之道也。」又班固典引：「故先命玄聖。」注：「玄聖，謂孔丘也。」春秋演孔圖：「孔子母徵在，夢感黑帝而生，故曰玄聖。」」又漢書董仲舒傳：「孔子作春秋，先正王，而繫萬事，見素王之文焉。」莫不原道心以敷章，研神理而設教。取象乎河洛，問數乎蓍龜，易繫辭上：「探賾索隱，鉤深致遠，以定天下之吉凶，成天下之亹亹者，莫大乎蓍龜。是故天生神物，聖人則之；天地變化，聖人效之；天垂象，見吉凶，聖人象之；河出圖，洛出書，聖人則之。」觀天文以極變，察人文以成化；易賁卦彖曰：「觀乎天文以察時變，觀乎人文以化成天下。」又後漢書公孫瓚傳注：「人文，猶人事也。」然後能經緯區宇，後漢書荀悅傳：「經緯天地。」何休傳：「經緯典謨。」彌綸彝憲，易繫辭上：「易與天地準，故能彌綸天地。」發揮事業，易繫辭上：「是故，形而上者謂之道，形而下者謂之器，化而裁之謂之變，推而行之謂之通，舉而錯之天下之民謂之事業。」彪炳辭義。故知道沿聖以垂文，漢書司馬遷列傳：「孔子之時，上無明君，下不得任用，故作春秋，垂空文以斷禮義。」又曰：「退論書策以舒其憤，思垂空文以自見。」又後漢書劉瓛傳：「垂文炳耀。」聖因文而明道，旁通而無滯，易繫辭上：「旁行而不流。」韓康伯注：「應變旁通而不流淫。」日用而不匱。易繫辭上：「百姓日用而不知。」也。」莊子養生主注：「吾生也有涯，而知也無涯；以有涯隨無涯，殆已。」易曰，鼓天下之動存乎辭；易繫辭上語。辭之所以能鼓天下者，迺道之文也。

贊曰：道心惟微，神理設教。光采玄聖，炳耀仁孝。龍圖獻體，龜書呈貌。天文斯觀，民胥以傚。

徵聖第二 書洪範：「次八曰念用庶徵。」鄭康成曰：「徵，驗也。」又禮記中庸：「雖善無徵，無徵不信。故君子之道，本諸身，徵諸庶民。」鄭康成曰：「徵或爲證。」又漢書賈誼傳：「同姓襲是跡而動，既有徵矣。」注：「師古曰，徵，證驗也。」孟子盡心下：「大而化之之謂聖。」又莊子天運篇：「聖也者，達於情而遂於命者也。」又天下篇：「以德爲本，以道爲門，兆於變化，謂之聖人。」又禮記哀公問：「合二姓之好以繼先聖之後。」鄭康成曰：「先聖，周公也。」又文選班固典引：「故先命玄聖，使綴學立制。」注：「李奇曰，玄聖，孔子也。」又禮記文王世子：「凡始立學者，必釋奠於先聖先師。」鄭康成曰：「先聖，周公若孔子。」又本篇曰：「則文有師矣。」徵之周孔，夫作者曰聖，述者曰明，范氏曰：「禮記樂記：『故知禮樂之情者能作，識禮樂之文者能述。作者之謂聖，述者之謂明。明聖者，述作之謂也。』」陶鑄性情，功在上哲，范氏曰：「孫君蜀丞云：『北史常爽傳：仁義者，人之性也。經典者，身之文也。皆以陶鑄神情，啓悟耳目。』」夫子文章，可得而聞，范氏曰：「論語公冶長篇：『子貢曰：夫子之文章，可得而聞也。』」則聖人之情，見乎文辭矣。范氏曰：「易繫辭下：『聖人之情見乎辭。』」

先王聖化，布在方冊，范氏曰：「禮記中庸篇：『哀公問政，子曰：文武之政，布在方策。』」夫子風采，溢於格言。文選左思魏都賦「摭風采之異觀」。李善注：「淮南子曰，采俗者，所以一聲音之修短，明九夷之風采。高誘曰：風，俗也。采，事也。」又漢書霍光傳：「政自己出，天下想聞其風采。」師古曰：「采，文采。」又王莽傳：「欲有所爲，微見風采。」是以遠稱唐世，則煥乎爲盛，解見原道篇。近褒周代，則郁哉可從，范氏曰：「論語八佾篇：『子曰：周監於二代，郁郁乎文哉，吾從周。』」此政化貴文之徵也。鄭伯入陳，以文辭爲功，黃氏曰：「左傳襄二十五年：『鄭子產獻捷於晉，晉人問陳之罪，子產對之。仲尼曰：志有之：言以足志，文以足言；言之無文，行之不遠。晉爲伯，鄭入陳，非文辭不爲功；慎辭哉。』」宋置折俎，以多文舉禮，黃氏曰：「左傳襄二十七年：『宋人享趙文子，叔向爲介，司馬置折俎，禮也。仲尼使舉是禮也，以爲多文辭。』」杜注：「舉，謂記錄之也。」此事蹟貴文之徵也。范氏曰：「蹟，唐寫本作績，是。爾雅釋詁：『績，功也。』」盧心案：蹟字不誤。左氏傳哀元年：「使女艾諜澆，使季杼誘豷，遂滅過戈，復禹之績。」釋文：「績，一本作迹。」說文：「迹，步處也。从辵，亦聲。蹟，或从足責。」迹、蹟、績三文通用，故知蹟字不誤。褒美子產，則云言以足志，文以足言，解見上文。泛論君子，則云情欲信，辭欲巧，黃氏曰：「禮記表記篇文。」范氏曰：「禮記表記篇：『子曰：情欲信，辭欲巧。』」注曰：「巧，謂順而說也。」此修身貴文之徵也。禮記大學：「自天子以至於庶人，壹是皆以修身爲本。」然則志足而言文，情信而辭巧，迺含章之玉牒，含章，解見原道篇。秉文之金科矣。黃氏曰：「文選左思吳都賦：『玉牒石記。』」李善注：「說文曰：牒，札也。」東觀漢記曰：封禪以玉牒文藏之也。說文，牒，札也。牒與諜同。黃氏曰：「文選揚雄劇秦美新：『金科玉條。』注：『謂法令也。言金玉，貴之也。』」李氏曰：「言金玉一句，乃黃注自下己意，文選無此文；紀謂『不必存』，固混此語爲善注矣。」盧心案：今本文選劇秦美新「金科玉條」，李善注云：「金科玉條，謂法令也。言金玉，貴之也。」黃注實本此，不必存依辭一句。當引李善注曰，或云然，紀必如李氏所言之疏耳。當改正曰之法。

夫鑒周日月，妙極機神；黃氏曰：「易繫辭上：『懸象著明，莫大乎日月。』又本篇贊辭，鑒懸日月，正用懸字，周字疑懸字之誤。」黃氏曰：「易繫辭上：『惟神也，故不疾而速，不行而至。』」文成規矩，思合符契。孟子離婁：「離婁之明，公輸子之巧，不以規矩，不能成方圓。」周禮春官小宰：「聽取予以書契。」鄭氏注：「鄭司農云：書契，符書也。」玄謂書契，謂出予受入之凡要；凡簿書之最目，獄訟之要辭，皆曰契。春秋傳曰：「王叔氏不能舉其契。」又漢書高帝紀：「秦王子嬰，素車白馬，係頸以組，封皇帝璽符節。」師古曰：「符，謂諸所符合以爲契者也。」又荀子儒效篇：「張法度而度之，則晏然若合符節。」楊倞注：「符節，相合之物也。蓋以竹爲之，剖之爲兩，各執其一，合之爲驗也。」或簡言以達旨，或博文以該情，或明理以立體，或隱義以藏用。范氏曰：「易繫辭上：『顯諸仁，藏諸用。』」故春秋一字以褒貶，黃氏曰：「杜預春秋左氏傳序：『春秋以一字爲褒貶。』」范氏曰：「范甯春秋穀梁傳序：『一字之褒，寵踰華袞之贈；片言之貶，辱過市朝之撻。』」喪服舉輕以包重，黃氏曰：「如總總不祭，則重於總之服，其不祭不言可知。舉小功不稅，則重於小功者，其稅可知。皆舉輕而該重也。」范氏曰：「喪總不祭，見禮記曾子問篇。小功不稅，見禮記檀弓篇。鄭注曰：『日月已過，乃聞喪而服，曰稅。大功以上然，小功輕不服。』」此簡言以達旨也。邠詩聯章以積句，范氏曰：「說文邑部：『邠，周大王國，在右扶風美陽。』」詩譜：「豳者，后稷之曾孫公劉，自邰而出居焉。其封域在雍州岐山之北，原隰之野；於漢屬右扶風郇邑。周公遭變，故陳后稷先公風化之所由，致王業之艱難者也；以此序己志，而作七月，鴟鴞之詩；成王悟而迎之，以致太平；故太師述其詩爲豳國之風焉。」段玉裁曰：「經典多作豳，惟秦于作邠。」儒行縟說以繁辭，儒行，禮記篇名。鄭氏注：「儒行之作，蓋孔子自衛反魯之時。」此博文以該情也。書契斷決以象夬，黃氏曰：「易繫辭下：『上古結繩而治，後世聖人易之以書契，百官以治，萬民以察，蓋取諸夬。」文章昭晰以象離，易繫辭下：「離也者，明也；萬物皆相見，南方之卦也。聖人南面而聽天下，向明而治，蓋取諸此也。」又說卦曰：「明兩作離，大人以繼明照於四方。」孫詒讓札迻：「文章昭晰以象離，元本晰作晳。馮鈔本，汪一元本，字本並同。案說文日部云：「昭晳明也。」晳或作晰。晰即晳之訛說。此諸多作晳者，皆通借字也。易大有九四象云：「明辨晳也。」釋文云：「晳又作哲。」易繫辭盧無惑動，齊靜紹哲；」紹哲，即亦昭晰也。徐正緯，明詩，總術三篇，昭晰字，元本，馮本，鈔本，亦並作晰。今本皆訛。彥和用經語多從別本。班固幽通賦「幽贊神夲易釋文或本。」元本如是。黃注本作贊；顧校據易釋文正之。與此可互證。范氏曰：「陳壽祺左海經辨晳晳辨曰：「說文白部：「晳人白色也。」日部：「晳昭晰明也。」從辭。」玉篇中：「晰之晰切。晳晰並同上。」晳晳二字判然。今經典相沿，往往互亂。且晳誤爲哲。晳則字書所無，不可用。」」盧心案：詩鄘風君子偕老：「揚且之晳也。」「揚，眉上廣；晳，白晳。」阮氏校勘記：「五經文字云：「晳，相承多从日，非。」釋文當亦本作晳，今誤。」」說文：「晳，人白色也，从白析聲。」皆在白部，可證。」此明理以立體也。四象精義以曲隱，易繫辭上：「易有太極，是生兩儀；兩儀生四象；四象生八卦。」又曰：「易有四象，所以示也。」五例微辭以婉晦，黃氏曰：「杜預春秋左傳序：「爲例之情有五：一曰微而顯；二曰志而晦；三曰婉而成章；四曰盡而不汙；五曰懲惡而勸善。」」此隱義以藏用也。故知繁略殊形，隱顯異術，抑引隨時，變通會適，范氏曰：「作適會是。易上繫：「惟變所適。」韓康伯注曰：「變動貴於適時，趣舍存乎其會。」」盧心案：范氏引易則是；謂作適會是則非。此古人顛倒成文，求叶聲韻之心，知聲言之道者，固能明之。說又見原道篇。徵之孔周，則文有師矣。是以政論文必徵於聖，必宗於經。范氏曰：「唐寫本作是以論文必徵於聖，窺聖必宗於經。趙君萬里曰：「案唐本是也。黃本依楊校改上有字，必宗於經句上補窺聖二字，臆說非是。」」盧心案：若認以爲衍文，致爲故之訛字，則唐寫本不必是。易稱辨物正言，斷辭則備；范氏曰：「易下繫：「開而當名辨物正言，斷辭則備矣。」」書云辭尚體要，弗惟好異。范氏曰：「偽畢命：「政貴有恆，辭尚體要，弗惟好異。」」故知正言所以立辨，體要所以成辭。辭成無好異之尤，辨立有斷辭之義。雖精義曲隱，無傷其正言。微辭婉晦，不害其體要。體要與微辭偕通，正言共精義並用；聖人之文章，亦可見也。顏闔以爲仲尼飾羽而畫，徒事華辭；黃氏曰：「莊子列禦寇：「魯哀公問於顏闔曰：「吾以仲尼爲貞幹，國其有瘳乎。」曰：「殆哉圾乎，仲尼方且飾羽而畫，從事華辭，……夫何足以上民。」」雖欲訾聖，弗可得已。論語子罕：「顏淵喟然歎曰，……雖欲從之，末由也已。」彥和造句倣此。然則聖文之雅麗，固銜華而佩實者也。天道難聞，論語公冶長：「夫子之言性與天道，不可得而聞也。」猶或鑽仰；論語子罕：「顏淵喟然歎曰，仰之彌高，鑽之彌堅，瞻之在前，忽焉在後。」」文章可見，辨見前。胡寧勿思。詩邶風日月：「胡能有定，寧不我顧。」毛傳：「胡，何也。」鄭云：「寧猶曾也。」又魏風園有桃：「其誰知之，蓋亦勿思。」若徵聖立言，則文其庶矣。

贊曰：妙極生知，睿哲惟宰。詩商頌長發：「濬哲維商。」精理爲文，秀氣成采。鑒懸日月，辭富山海。百齡影徂，千載心在。李氏曰：「王僧達答顏延年詩：「珪璋既文府，精理亦道心。」」盧心案：詩見文選卷二十六。

文心雕龍集注

顏虛心

宗經第三

書禹貢：「荊及衡陽惟荊州，江漢朝宗於海。」傳云：「宗，尊也。」又儀禮士昏禮：「命之曰，恭敬聽宗爾父母之言。」鄭氏注：「宗，尊也。」又禮記檀弓上：「夫明王不興，而天下其孰能宗予。」鄭注曰：「宗，尊也。」文選郭有道碑文：「逸考覽六經，探宗圖緯。」注：「六經，五經及樂經也。」又揚雄劇秦美新：「制成六經，洪業也。」注：「漢書曰，莽奏立樂經。然經有五，而又立樂，故云六經也。」又後漢書班固傳：「案六經而校德。」章懷注：「六經，謂詩、書、禮、樂、易、春秋。」又劉熙釋名：「經，徑也，常典也，如徑路無所不通，可常用也。」後漢書朱暉傳注：「經，常也。」

三極彝訓，黃氏曰：「易【繫辭上】：「六爻之動，三極之道也。」」虛心案：後漢書董卓傳注：「彝，常也。」其書言經。范氏曰：「唐寫本書作曰；是。」經也者，恆久之至道，不刊之鴻教也。後漢書朱穆傳：「被不刊之德，播不滅之聲。」注：「刊，削也。」又班固傳注：「鴻，大也。」故象天地，效鬼神，參物序，制人紀，洞性靈之奧區，文選張平子西京賦：「寶惟地之奧區神皋。」注：「善曰，自古以雍州積高，神明之奧；故立時郊，諸神祠皆聚之。」極文章之骨髓者也。漢書吳王濞傳：「楚元王子淮南三王，或不休沐十餘年，怨入骨髓，欲一有所出久矣。」又鄒陽傳：「陽曰，長君誠能精爲上言之，得無竟梁事，長君必固自結於太后，太后厚德長君，入於骨髓；而長君之弟，幸於兩宮，金城之固也。」又曰：「上有全亡之功，下有安百姓之名，德淪於骨髓，恩加於無窮，願大王留意詳惟之。」後漢書馮衍傳：「殃咎之毒，痛入骨髓。」又竇融傳：「又從天水來者，寫將軍所讓隗囂書，痛入骨髓。」皇世三墳，帝代五典。重以八索，申以九丘。黃氏曰：「孔安國尚書序：伏羲、神農、黃帝之書，謂之三墳，言大道也。少皞、顓頊、高辛、唐、虞之書，謂之五典，言常道也。八卦之說，謂之八索，求其義也。九州之志，謂之九邱，邱，聚也，言九州所有，土地所生，風氣所宜，皆聚此書也。」范氏曰：「左傳昭公十二年正義文。」虛心案：春秋左傳昭十二年：「左史倚相趨過；王曰，是良史也，子善視之；是能讀三墳五典，八索九邱。」杜注：「皆古書名。」孔穎達正義引孔安國尚書序云云。歲歷綿曖，後漢書申屠蟠傳贊：「韜伏明姿，甘是堙曖。」注：「曖，猶翳也。」條流紛糅。黃氏曰：楚辭九辯：「惟其紛糅而將落兮，」注：「紛糅，衆雜也。」虛心案：離騷：「芳澤其雜糅兮。」文選注：「糅，雜也。」自夫子刊述，而大寶咸耀。孔安國尚書序：「至於夏商周之書，雖設教不倫，雅誥奧義，其歸一揆；故歷代寶之，以爲大訓。」於是易張十翼，周易正義卷第一，第六，論夫子十翼云：「其彖、象等十翼之辭，以爲孔子所作，先儒更無異論。但數十翼，亦有多家。既文王易經，本分爲上下二篇，則區域各別，彖、象、釋卦，亦當隨經而分。故一家數十翼云：上彖一，下彖二，上象三，下象四，上繫五，下繫六，文言七，說卦八，序卦九，雜卦十。鄭學之徒，並從此說，故今亦依之。」書標七觀，黃氏曰：尚書大傳：「六誓可以觀義，五誥可以觀仁，甫刑可以觀誡，洪範可以觀度，禹貢可以觀事，皋陶可以觀治，堯典可以觀美。」詩列四始，范氏曰：毛詩序：「是以一國之事繫一人之本，謂之風；言天下之事，形四方之風，謂之雅。雅者正也，言王政之所由興廢也。政有大小，故有小雅焉，有大雅焉。

頌者美盛德之形容，以其成功告神明者也。是謂四始，詩之至也。」**禮正五經，**范氏曰：禮記祭統：「凡治人之道，莫急於禮。禮有五經，莫重於祭。」鄭注：「禮有五經，謂吉禮、凶禮、賓禮、軍禮、嘉禮也。」**春秋五例：**五例解見

徵聖篇。**義既極乎性情，辭亦匠於文理。**范氏曰：「趙君萬里曰：唐寫本極作挺，御覽六百八引作埏；以下文辭亦匠於文理句例之，則作埏是也。唐本作挺即埏字之譌。」虛心案老子：「埏埴以為器。」字正作埏。**故能開**

學養正，黃氏曰：「易【蒙卦彖辭】蒙以養正，聖功也。」**昭明有融。**范氏曰：毛詩大雅既醉：「昭明有融」傳曰：「融，長也。」**然而道心惟微，**書大禹謨：「人心惟危，道心惟微，惟精惟一，允執厥中。」

聖謨卓絕，牆宇重峻，後漢書朱浮傳注：「峻，嚴切也。」**而吐納自深；**後漢書崔寔傳：「呼吸吐納。」李賢注：「莊子曰：吹呴呼吸，吐故納新。」**譬萬鈞之洪鍾，無錚錚**

之細響矣。後漢書班固傳注：「洪，大也。」黃氏曰：劉盆子傳：「帝曰，卿所謂鐵中錚錚，傭中佼佼者也。」注：「說文曰，錚錚，金也。鐵之錚錚，言微有剛利也。」**易惟談天，**范氏曰：法言寡見篇：「說天者，莫辯乎易。」虛心案：史記孟子荀卿列傳：「談天衍。」集解：駰案：劉向別錄曰：「騶衍之所言，五德終始，天地廣大，盡言天事，故曰談天。」**入神致用。**黃氏曰：易【繫辭下】「精義入神，以致用也。」**故繫稱旨遠辭文，言中事隱；**黃氏曰：易【繫辭下】：「其旨遠，其辭文，其言曲而中，其事肆而隱。」**韋編三絕，固哲人之驪淵也。**黃氏曰：漢書：「孔子晚而好易，讀之韋編三絕，故為之傳。」又曰：莊子【列禦寇】：「夫千金之珠必在九重之淵，而驪龍頷下。」**書**

實記言，而詁訓茫昧；通乎爾雅，則文意曉然。漢書藝文志：「左史記言；言為尚書。」又曰：「書者，古之號令；號令於眾，其言不立具，則聽受施行者弗曉；古文讀應爾雅，故解古今語而可知也。」又毛詩正義：「詁訓者，詁者古也，古今異言，通之使人知也。訓者道也，道物之貌，以告人也。然則詁訓者，古今之異辭，辨物之形貌。」**故子夏歎書，昭昭若日月之明，離離如星辰之行，言昭灼**

也。黃氏曰：尚書大傳：「子夏讀書畢，見於夫子，夫子問焉，子何為於書；子夏對曰，書之論事也，昭昭如日月之代明，離離若參辰之錯行；上有堯舜之道，下有三王之義；商所受於夫子，志之於心，弗敢忘也。」**詩主言志，**尚書堯典：「詩言志，歌永言，聲依永，律和聲。」孔傳：「謂詩言志以導之。」**詁訓同書。**禮記中庸：「今天下車同軌，書同文。」所謂同書也。**摛風裁興，藻辭譎喻。**爾雅序：「摛翰。」注：「摛音擬。」馮衍傳注：「摛，布也。」關雎序：「風，風也，風以動之。」班固傳注：「藻，文藻也。」譎喻，猶譎諫也。詩大序：「主文而譎諫。」廣雅釋詁四：「喻，諫也。」**溫柔在誦，故最附深衷矣。**范氏曰：「故最附深衷矣，文學志作最稱衷矣。」**禮以立體，據**

事制範；章條纖曲，執而後顯；採掇生言，莫非寶也。范氏曰：漢書藝文志：「禮以明體。」法言寡見篇：「說體者莫辯乎禮。」生言，唐寫本作片言；是。」**春秋辨理**

，一字見義。五石六鷁，以詳略成文；范氏曰：「法言寡見：說理莫辯乎春秋」。黃氏曰：「春秋僖公十六年，正月，隕石於宋五；六鷁退飛過宋都。」公羊傳：「曷為先言隕而後言石，隕石，記聞；聞其磌然，視之則石，察之則五。曷為先言六而後言鷁。退飛，記見也；視之則六，察之則鷁，徐而察之則退飛。」范氏曰：「陳先生曰：五石六鷁，以詳略成文，文學志略字作備，與穀梁傳所云盡其辭合，不當作略字。」**雉門兩觀，以先後顯旨。**黃氏曰：「春秋定公二年，五月，雉門及兩觀災。冬十月，新作雉門及兩觀。」公羊傳：「雉門及兩觀災何，兩觀，微也；然則曷為不言雉門災及兩觀；主災者兩觀也。時災者兩觀，則曷為後言之，不以微及大也。」**其婉章志晦，諒以邃矣。**左傳成公十四年：「故君子曰，春秋之稱微而顯，志而晦，婉而成章，盡而不汙，懲惡而勸善，非聖人誰能修之。」又昭公十一年：「故曰，春秋之稱微而顯，婉而辨。」**尚書則覽文如詭，而尋理即暢。**尚書之上，疑有闕文。**春秋則觀辭立曉**

，而訪義方隱。」春秋之上，方隱之下，均厚有闕文。說詳紀評。此聖人之殊致，表裏之異體也。范氏曰：「陳先生曰：『宗經篇「易惟談天」至「表裏之異體也」二百字，並本王仲宣荊州文學志文。』案仲宣之文見藝文類聚三十八，御覽六百八。」又曰：「聖人，文學志作聖文；唐寫本亦作聖文。」盧心案：王粲荊州文學志不見於王粲傳。至根柢槃深，枝葉峻茂，漢書鄒陽傳：「蟠木根柢，輪囷離奇。」又曰：「而素無根柢之容。」注：「蘇林曰：『柢，音[illegible]。』張晏曰：『柢，根下本也。』」班固賓戲：「上無所蒂，下無所根。」又揚雄傳：「支葉扶疏。」辭約而旨豐，事近而喻遠；是以往者雖舊，餘味日新；後進追取而非晚，前修文用而未先，范氏曰：「唐寫本文作久，是。」可謂太山徧雨，河潤千里者也。黃氏曰：公羊傳【僖三十一年】：「觸石而出，膚寸而合，不崇朝而徧雨乎天下者，惟太山爾；河海潤于千里。」春秋考異郵曰：「河者水之經，四瀆之精，所以流化，故曰河潤千里。」故論說辭序，則易統其首；詔策章奏，則書發其源；賦頌歌讚，則詩立其本；銘誄箴祝，則禮總其端；紀傳銘檄，范氏曰：「唐寫本紀作記，銘作盟；是。」盧心案：記謂書記，盟謂祝盟。則春秋為根。並窮高以樹表，極遠以啓疆；范氏曰：禮記樂記：「夫禮樂之極乎天而蟠乎地，行乎陰陽而通乎鬼神，窮高極遠，而測深厚。」所以百家騰躍，終入環內者也。後漢書實融傳：「乃指事表。」注：「表，標也。」若稟經以製式，酌雅以富言，是仰山而鑄銅，煑海而為鹽也。李氏曰：史記吳王濞傳：「吳有豫章郡銅山，濞則招致天下亡命，盜鑄錢，煑海水為鹽，國用饒富。」范氏曰：「仰，唐寫本作即，是。」盧心案：漢書朝錯傳：「上曰：吳王即山鑄錢，煑海為鹽，誘天下豪傑，白頭舉事：此其計不百全，豈發乎？」又吳王濞傳：「錯為御史大夫，說上曰：今吳王前有太子之隙，詐稱病不朝，於古法當誅；不改過自新，迺益驕恣；公即山鑄錢，煑海為鹽，誘天下亡人，謀作亂逆。」故文能宗經，體有六義：一則情深而不詭，二則風清而不雜，三則事信而不誕，四則義直而不回，五則體約而不蕪，六則文麗而不淫。揚子比雕玉以作器，謂五經之含文也。黃氏曰：法言【寡見篇】：「玉不雕，璵璠不作器；言不文，典謨不作經。」盧心案：楊字從[illegible]別本。阮元借曾正義卷二較勘記云：「案楊子雲之楊，從木不從才，說詳段玉裁尚書撰異：『後漢書楊震傳劉攽刊誤曰：案楊氏有兩族，赤泉氏從木，子雲自序其受氏從才。』而揚修書稱曰，修家子雲；又似震族亦是揚氏。不知文王聊如此云，其亦實然也。今世中華陰之族從木從才相半，未知所從，學者辨之。」夫文以行立，行以文傳；四教所先，符采相濟。文選曹植七啓：「符采照爛。」注：「劉淵林倘都賦注曰：『符采，玉之橫文也。』」范氏曰：論語述而：「子以四教，文行忠信。」勵德樹聲，莫不師聖；而建言修辭，梁鴻傳注：「[illegible]，[illegible]也。」鮮克宗經。是以楚豔漢侈，流弊不還；正末歸本，不其懿歟。范氏曰：「懿，大誼。」「懿」，唐寫本不誤。左傳，文公六年：「枝，行也。」今本遺作勸，唐寫本不誤。左傳，文公六年：「樹之風聲。」

贊曰：三極彝道，訓深稽古。致化歸一，分教斯五。性靈鎔匠，文章奧府。淵哉鑠乎，羣言之祖。

文心雕龍集注

顏虛心

正緯第四　文選卷五十八郭有道碑文：「探綜圖緯。」注：「緯，六經及孝經，皆有緯也。」又後漢書方術傳樊英傳：「善風角算河洛七緯，推步災異。」注：「七緯者，易緯稽覽圖，乾鑿度，坤靈圖，通卦驗，是類謀，辨終備也。書緯璇璣鈐，考靈曜，刑德放，帝命驗，運期授也。詩緯推度災，記歷樞，含神霧也。禮緯含文嘉，稽命徵，斗威儀也。樂緯動聲儀，稽耀嘉，叶圖徵也。孝經緯援神契，鉤命決也。春秋緯演孔圖，元命包，文耀鉤，運斗樞，感精符，合誠圖，考異郵，保乾圖，漢含孳，佑助期，握誠圖，潛潭巴，說題辭。」

夫神道闡幽，天命微顯，范氏曰：「易下繫：『夫易彰往而察來，而微顯闡幽。』」馬龍出而大易興，神龜見而洪範耀；論語子罕：「河不出圖。」孔曰：「河圖，[illegible]八卦是也。」正義曰：「鄭玄以為河圖洛書，龜龍銜負而出，如中候所說（案後漢書方術傳序：「河洛之文，龜龍之圖。」注引尚書中候曰：「堯沈璧於洛，玄龜負書，背中赤文朱字，止壇。舜禮壇於河畔，沈璧，禮畢，至於下昃，黃龍負舒圖出水壇畔。」「龍馬銜甲，赤文綠色。」甲似龜背，袤廣九尺，[illegible]上有列宿斗正之度，帝王錄紀興亡之數是也。孔安國以為河圖即八卦是也。」[illegible]伏犧氏王天下，受河圖，則而畫之，八卦是也。禹治洪水，賜雒書，法而陳之，洪範是也。」又漢書五行志：「劉歆[illegible]」故繫辭稱河出圖，洛出書，聖人則之，易繫辭上文。斯之謂也。但世夐文隱，好生矯誕。後漢書馮衍傳注：「矯，託也。」班固傳注：「誕，虛也。」[illegible]傳注：「夐，遠也。」前漢書司馬相如列傳「然後使淬促節，儵夐遠去。」師古曰：「夐然，疾遠貌。」又後漢書鍾離意傳注：「隱，猶私也。」方術傳序：「然神經怪牒，玉冊金繩，闕局於明靈之府，封縢於瑤壇之上者，靡得而窺也。」[illegible]「玄包[illegible]，文隱事明」。指隱之謂也。真雖存矣，偽亦憑焉。夫六經彪炳，而緯候稠疊；彪炳解見原道篇。[illegible]書方術傳「序」[illegible]纖緯之部。」注：「緯，七經緯也。候，尚書中候也。」孝論昭晳，而鉤讖葳蕤；昭晳解見徵聖篇昭晳下。黃氏曰：「司馬相如封禪文：『紛綸葳蕤。』注：『言眾多也。』」范氏曰：「孝經援神契鉤命決，論語讖[illegible]曰：『讖緯則直言伏矣，論語不入經，亦不立緯，唯讖八卷。』」按經驗緯，其偽有四：蓋緯之成按成字乃於字之誤。經，其猶織綜，絲麻不雜，布帛乃成。今經正緯奇，倍擿千里，范氏曰：「擿疑作摘，通摘曰背馳。」虛心案下文云，「倍摘千里」，倍摘即倍擿[illegible]後漢書鄧訓傳注：「東觀記曰：『吏士常大病瘧，轉易至數十人；訓[illegible]湯藥[illegible]甚著，為適配偶。』」適即摘擿字。孫詒讓札迻卷十二：「方言云：『適，牾也。』（廣雅釋詁同）郭注云：『相觸迕也。』」作適，猶言背迕也。（紀校上背論云：「今擿[illegible]作適，背適[illegible]自背馳。」案紀以倍爲背，得之；而[illegible]適爲馳，則亦未允。」其偽一矣。經顯，聖訓也。緯隱，神教也。聖訓宜廣，神教宜約。而今緯多於經，神理更繁，其偽二矣。有命自天，尚書西伯戡黎：「王曰，嗚呼，我生不有命在天。」又漢書高祖本紀：「吾以布衣提三尺取天下，此非天命乎，命乃在天。」迺稱符讖。而八十一篇，黃氏曰：「隋書經籍志：河圖九篇，洛書六篇，云自黃帝至周文王所受本文。別有三十篇，云自初起至於孔子，九聖之所增演，以廣其意。又有七經緯三十六篇，並云孔子所作，並前合爲八十一篇。」皆託於孔子，則是堯造綠圖，黃氏曰：「河圖挺佐輔：黃帝至於翠嬀之川，大鱸魚折溜而至。魚汎白圖，蘭葉朱文，以授黃帝，名曰綠圖。」昌制丹書，黃氏曰：「尚書帝命驗：季秋之月甲子，赤雀銜丹書，止於酆，集於昌戶。其書曰，敬勝怠者吉，義勝欲者滅。大戴禮：武王召尚父問曰，黃帝顓頊之道存乎，尚父曰，在丹書，王欲聞之，則齋矣。」其偽三矣。商周以前，圖籙頻見。籙字從嘉靖本，文選王元長永明十一年策秀才文：「問秀才，朕秉籙御天。」注：「尚書璇璣鈐曰：「河圖，命紀也。圖天地帝王終始存亡之期，錄代之矩，與籙同也。」後漢書郅惲傳：「圖表紀世，圖籙預設。」春秋之末，羣經方備。先緯後經，體乖織綜，其偽四矣。偽既倍擿，倍擿解見上文。則義自明。經足訓矣，緯何豫焉。原夫圖籙之見，迺昊天休命，事以瑞聖，義非配經。故河不出圖。范氏曰：「論語子罕：「子曰，鳳鳥不至，河不出圖，吾已矣乎。」」夫子有歎。如或可造，無勞喟然。論語先進：「夫子喟然歎曰，吾與點也。」又司馬遷傳：「乃喟然而歎曰，是余之罪也夫。」又東都賦：「人喟然而歎曰，」注：「喟，歎貌也。」昔康王河圖，陳於東序。康王，周成王子，名釗。書顧命：「大玉，夷玉、天球、河圖，在東序。」故知前世符命，前漢書王莽傳：「前輝光謝囂奏武功長孟通，浚井得白石，上圓下方，有丹書著石，文曰：「告安漢公莽爲皇帝。」符命之起，自此始矣。」又後漢書班彪傳：「以爲漢德承堯，有靈命之符。」黃氏曰：「楊雄傳：「爰清爰靜，作符命。」翰林志：「董景真曰：「吾聞帝王之興，必有符命。」」歷代寶傳。黃氏曰：「書顧命傳河圖八卦，伏犧王天下，龍馬出河，遂則其文，以畫八卦，謂之河圖，及典謨，皆歷代傳寶。」仲尼所撰，序錄而已。於是伎數之士，附以詭術。或說陰陽，或序災異。後漢書桓譚傳：「今諸巧慧小才伎數之人，增益圖書，矯稱讖記。」注：「伎，謂方伎醫方之家也。數，謂術數，明堂羲和史卜之官也。」若鳥鳴似語，黃氏曰：「左傳「襄三十年」鳥鳴於亳社，如曰，譆譆，甲午，宋大災，宋伯姬卒。」蟲葉成字。黃氏曰：「漢書五行志：昭帝時，上林苑中，大柳樹斷仆地，一朝起立，生枝葉。有蟲食其葉，成文字曰，公孫病已立。」篇條滋蔓，春秋左傳隱元年：「無使滋蔓，蔓難圖也。」必假孔氏。後漢書蘇竟傳：「夫孔氏秘經，爲漢赤制。」郅惲傳：「漢歷久長，孔爲赤制。」注：「言孔丘作緯，著歷運之期，爲漢家之制。漢火德尚赤，故云爲赤制。卽春秋感精符云：「墨孔生爲赤制」是也。」通儒討覈，謂起哀平。後漢書方術傳序：「是以通儒碩生。」注：「謂桓譚賈逵張衡之流也。」張衡傳：「讖書始出，蓋知之者寡。自漢取秦，用兵力戰，功成業遂，可謂大事，當此之時，莫或稱讖。若夏侯勝眭孟之徒，以道術立名，其所著述，無讖一言。劉向父子，領校秘書，閱定九流，亦無讖錄。成、哀之後，乃始聞之。」則讖緯，成於哀平之際也。漢書哀帝紀：「待詔夏賀良等言，赤精子之讖，漢家歷運中衰，當再受命，宜改元易號。」四年春，大旱，關東民傳行西王母籌，經歷郡國，西入關，至京師。民又會聚，祠西王母。或夜持火上屋，擊鼓號呼相驚恐。」又息夫躬傳：「起後讖言行謡言，經歷郡國，天下騷動，恐必有非常之變。」又曰：「鄗邑人河內掾賈逵往避弱，敢以觀道方。以桑東南指枝，畫七，法北斗七星其上。陽夜白髮，立中庭，向北斗，持七招指觀盜。」又五行志下上：「哀帝四年，正月，民驚走，持稾或棷一枚，傳相付與，曰行詔籌。道中相過逢，多至千數，或被髮徒跣，或夜折關，或踰牆入，或乘車騎奔馳，以置驛傳行。經歷郡國二十六，至京師。其夏，京師郡國民聚會里巷阡陌，設祭張博具，歌舞，祠西王母，又傳書曰，母告百姓，佩此書者不死，不信我言，視門樞下當有白髮。至秋止。」

東序祕寶， 後漢書班固傳：「御東序之祕寶。」注：「東序，牆也。祕寶，謂河圖之屬，尚書曰：天球河圖在東序。孔安國曰：河圖八卦是也。」又劉陶傳：「孫寶顧序舍錄史官之書。」

朱紫亂矣。 後漢書陳元傳：「夫明者獨見，不惑於朱紫。」左雄傳：「朱紫同色，清濁不分。」黃瓊傳：「使朱紫共色，粉墨雜糅。」趙岐傳注：「玉石朱紫，由此定矣。」張衡傳：「則朱紫無所眩，典籍無瑕玷矣。」論語陽貨：「子曰，惡紫之奪朱也。」

至於光武之世，篤信斯術。 光武帝紀：「建武十七年二月乙亥晦，日有食之。」注：「東觀記曰，上以日食避正殿，讀圖讖，多御坐廡下，淺露，中風發疾，苦眩甚。左右有白大司馬吏，病苦如此，不能動搖，自強從公。出乘以車，行數里，病差。」景丹傳：「世祖即位，以讖文用平狄將軍孫咸行大司馬。」注：「東觀記曰，讖文曰，孫咸征狄也。」王梁傳：「赤伏符曰，王梁主衛作玄武。帝以野王，衛之所徙，玄武水神之名，司空水土之官也，於是擢拜梁為大司空，封武強侯。」鄭興傳：「帝嘗問興郊祀事曰，吾欲以讖斷之，何如。興對曰，臣不為讖。帝怒曰，卿之不為讖，非之邪。興惶恐曰，臣於書有所未學，而無所非也。帝意乃解。」桓譚傳：「是時帝方信讖，多以決定嫌疑。其後有詔，會議靈臺所處。帝謂譚曰，吾欲讖決之，何如。譚默然良久曰，臣不讀讖。帝問其故。譚復極言讖之非經。帝大怒曰，桓譚非聖無法。將下斬之。譚叩頭流血，良久乃解。」

風化所靡，學者比肩。 後漢書方術傳序：「漢自武帝頗好方術，天下懷協道藝之士，莫不負策抵掌，順風而屆焉。後王莽矯用符命，及光武尤信讖言，士之赴趣時宜者，皆騁馳穿鑿，爭談之也。故王梁、孫咸，名應圖籙，越登槐鼎之任。鄭興、賈逵，以附同稱顯，桓譚、尹敏，以乖忤淪敗。自是習為內學，尚奇文，貴異數，不乏於時矣。」

沛獻集緯以通經， 黃氏曰：「後漢書【沛獻王輔傳】：「輔矜嚴有法度，好經書，善說京氏易、孝經、論語傳及圖讖，作五經論，時號之曰沛王通論。」」虛心案：後漢書樊儵傳：「及沛王輔等發，儵以不預得免。永平元年，與公卿雜定郊祠禮儀，以讖記正五經異說。」又景鸞傳：「少隨師學，經涉七州之地。能理齊詩、施氏易，兼受河圖洛緯，作易說及詩解。文句兼取河洛，以類相從，名為交集。又撰禮內外記，號曰禮略。又抄風角雜書，列其占驗，作興道一篇。及作月令章句。」

曹褒撰讖以定禮， 黃氏曰：「後漢書【曹褒傳】：「褒受命制禮，乃次序禮事，依準舊典，雜以五經讖記之文，撰次天子至於庶人，冠婚吉凶終始制度，以為百五十篇。」」虛心案：後漢書張奮傳：「初，褒以為六經所載，皆有損益，惟禮樂事止，質於書術，而眾書雜錄，吉凶相反。乃參紀眾家，撰定之書，先儒思想與日相之屬，適於事用者，集為大衍玄基云。」

乖道謬典，亦已甚矣。是以桓譚疾其虛偽， 後漢書桓譚傳：「凡人情忽於見事而貴於異聞，觀先王之所記述，咸以仁義正道為本，非有奇怪虛誕之事。蓋天道性命，聖人所難言也。自子貢以下，不可得而聞。況後世淺儒，能通之乎。今諸巧慧小才伎數之人，增益圖書，矯稱讖記，以欺惑貪邪，詿誤人主，焉可不抑遠之哉。臣譚伏聞陛下窮折方士黃白之術，甚為明矣。而乃欲聽納讖記，又何誤也。其事雖有時合，譬猶卜數隻偶之類。陛下宜垂明聽，發聖意，屏群小之曲說，述五經之正義。略雷同之俗語，詳通人之雅謀。」

尹敏戲其深瑕， 後漢書尹敏傳：「帝以敏博通經記，令校圖讖。使蠲去崔發所為王莽著錄次比。敏對曰，讖書非聖人所作，其中多近鄙別字，頗類世俗之辭，恐疑誤後生。帝不納。敏因其闕文，增之曰，君無口，為漢輔。帝見而怪之，名緯問其敗，緯對曰，臣聞前人，增損圖書，敢不自量，竊幸萬一。帝深非之。雖竟不罪，然亦以此沈滯。」

張衡發其僻謬，後漢書張衡傳：「尚書，堯使鯀理洪水，九載績用不成，鯀則殛死，禹乃嗣興。而春秋讖云，共工理水。凡讖皆云黃帝伐蚩尤，而詩讖獨以爲蚩尤敗，然後堯受命。春秋元命包中有公輸般與墨翟，事見戰國，非春秋時也。又言別有益州。益州之置，在於漢世。其名三輔諸陵，世數可見。至於圖中，訖於成帝。一卷之書，互異數事，聖人之言，勢無若是，殆必虛偽之徒，以要世取資。往者侍中賈逵摘讖互異三十餘事，諸言讖者皆不能說。至於王莽篡位，漢世大禍，八十篇何爲不戒。且河洛六藝，篇錄已定，後人皮傅，無所容篡。永元中，清河宋景，遂以歷紀推言水災，而偽稱洞視玉版。或者至於棄家業，入山林，後皆無效。而復采前世成事，以爲證驗。至於永建復統，則不能知。此皆欺世罔俗，以昧勢位，情偽較然，莫之糾禁。且律歷卦候九宮風角，數有徵效，世莫肯學。而競稱不占之書，譬猶畫工惡圖犬馬，而好作鬼魅。誠以實事難形，而虛偽不窮也。」荀悅明其詭誕。范氏曰：「荀悅申鑒俗嫌篇曰：「世稱緯書，仲尼之作也。臣悅叔父故司空爽辨之，蓋發其偽也。有起於中興之前，終張之徒之作乎。或曰，雜。曰，以己雜仲尼乎，以仲尼雜己乎。若彼者，以仲尼雜己而已。然則可謂八十一首，非仲尼之作矣。」」四賢博練，論之精矣。若乃羲農軒皞之源，後漢書賈逵傳：「五經家皆無以證圖讖明劉氏爲堯後者，而左氏獨有明文。五經家皆言顓頊代黃帝，而堯不得爲火德；左氏以爲少昊代黃帝，即圖讖所謂帝宣也。如令堯不得爲火，則漢不得爲赤。」山瀆鍾律之要，黃氏曰：「顏延之曲水詩序答緯昭應，山瀆效靈。」范氏曰：「陳先生曰：「山瀆，當是遁甲開山圖，河圖括地象，及古岳瀆經等，漢書藝文志五行家有鍾律災異二十六卷，鍾律叢辰日苑二十三卷，鍾律消息二十九卷。」」白魚赤烏之符，黃氏曰：「史記周本紀：「武王渡河，中流，白魚躍入王舟中，王俯取以祭。既渡，有火自上復下，至於王屋，流爲烏，其色赤，其聲魄云。」」黃金紫玉之理：范氏曰：「唐寫本金作銀，是。春秋感精符：「君乘金而王，其政象平，黃銀見，紫玉見於深山。」」黃氏曰：「雜書：王者不藏金玉，則黃銀紫玉見於深山。」事豐奇偉，辭富膏腴。無益經典，而有助文章。是以後來辭人，援摭英華。平子恐其迷學，奏令禁絕。後漢書張衡傳：「宜收藏圖讖，一禁絕之。」仲豫惜其雜真，未許煨焚。荀悅申鑒俗嫌篇：「或曰，燔諸。仲尼之作則否。有取焉則可，曷其燔。在上者不受虛言，不聽浮術，不採華名，不興偽事。言必有用，術必有典，名必有實，事必有功。」前代配經，故詳論焉。

贊曰：榮河溫洛，是孕圖緯。神寶藏用，理隱文貴。世歷二漢，朱紫騰沸。芟夷譎詭，糅其雕蔚。

文心雕龍集注

明詩第六（一）

顧虛心

大舜云，詩言志，歌永言。（二）聖謨（三）所析，義已明矣。（四）是以在心爲志，發言爲詩，（五）舒文載實，其在茲乎。（六）詩者，持也，持人情性。（七）三百之蔽，義歸無邪，（八）持之爲訓，有符焉爾。（九）人稟七情，（一〇）應物斯感；感物吟志，莫非自然（一一）昔葛天氏樂辭云，玄鳥在曲；黃帝雲門，理不空綺。（一二）至堯有大唐之歌，舜造南風之詩，（一三）觀其二文 辭達而已。（一四）及大禹成功，九序惟歌；（一五）太康敗德，五子咸怨；（一六）順美匡惡，其來久矣。（一七）自商暨周，雅頌圓備。（一八）四始彪炳，六義環深。（一九）子夏監絢素之章，子貢悟琢磨之句，故商賜二子，可以言詩。（二〇）自王澤殄竭，風人輟采。（二一）春秋觀志，諷誦舊章。酬酢以爲賓榮，吐納而成身文。（二二）逮楚國諷怨 則離騷爲刺。秦皇滅典，亦造仙詩。（二三）漢初四言，韋孟首唱。（二四）匡諫之義，繼軌周人。孝武愛文，柏梁列韻。（二五）嚴馬之徒，屬辭無方。（二六）至成帝品錄，三百餘篇，（二七）朝章國采，亦云周備。而辭人遺翰，莫見五言。所以李陵班婕妤見疑於後代也。（二八）按召南行露，始肇半章。（二九）孺子滄浪，亦有全曲。（三〇）暇豫優歌，遠見春秋。（三一）邪徑童謠，近在成世。（三二）閱時取證，則五言久矣。又古詩佳麗，或稱枚叔。（三三）其孤竹一篇，則傅毅之辭。（三四）比采而推，兩漢之作乎。（三五）觀其結體散文，直而不野。（三六）婉轉附物，怊悵切情。實五言之冠冕也。至於張衡怨詩 清典可味。（三七）仙詩緩歌，雅有新聲。（三八）暨建安初，五言騰踊。文帝陳思，縱轡以騁節。王徐應劉，望路而爭驅。（三九）並憐風月，狎池苑，述恩榮，敍酣宴。（四〇）慷慨以任氣，磊落以使才。造懷指事，不求纖密之巧。驅辭逐貌，惟取昭晳之能。此其所同也。乃正始明道，詩雜仙心。何晏之徒，率多浮淺。（四一）唯嵇旨清峻，阮旨遙深，故能標焉。（四二）若乃應璩百一，獨立不懼，辭譎義貞 亦魏之遺直也。（四三）晉世羣才，稍入輕綺。張潘陸左，比肩詩衢。（四四）采縟於正始，力柔於建安。或析文以爲妙，或流靡以自妍。此其大略也。（四五）江左篇製，溺乎玄風。嗤笑徇務之志，崇盛亡機之談。袁孫已下，雖各有雕采，而辭一致，莫與爭雄。所以景純仙篇，挺拔而爲俊矣。（四六）宋初文詠，體有因革。莊老告退，而山水方滋。儷采百字之偶，爭價一句之奇。情必極貌以寫物，辭必窮力而追新。此近世之所競也。（四七）故鋪觀列代，而情變之數可監。撮舉同異，而綱領之要可明矣。（四八）若夫四言正體，則雅潤為本；五言流調，則清麗居宗。華實異用，惟才所安。（四九）故平子得其雅，叔夜含其潤，茂先（五〇）凝其清，景陽振其麗。兼善則子建仲宣，偏美則太沖公幹。（五一）然詩有恆裁，思無定位。隨性適分，鮮能圓通。若妙識所難，其易也將至。忽之為易，其難也方來。（五二）至於三六雜言，則出自篇什。（五三）離合之發，則明於圖讖。（五四）回文所興，則道原為始。（五五）聯句共韻，則柏梁餘製。（五六）巨細或殊，情理同致。總歸詩囿，故不繁云。贊曰民生而志詠歌所含與發皇世（五七）風流二南（五八）神理共契政序相參英華彌縟萬代永耽

【注釋】（一）禮記大學朱子集注：「明，明之也」。又郊特牲云：「明之也。」又曰：「郊所以明天之道也。」注：「明，謂則之以示人也。」說文：「詩，志也；從言，寺聲。」廣雅釋言「詩，承也。」　（二）范氏曰：「尚書舜典：『詩言志，歌永言。』此舜命夔之辭。王肅注曰：『謂詩言志以導之，歌詠其義以長其言。』毛詩鄭玄詩譜序正義引鄭注堯典曰：『詩所以言人之志意也。永，長也。歌又所以長言詩之意。』」　（三）謀字從明刊本。　（四）范氏曰：「聖謀唐寫本作聖謨，黃校本亦改謀作謨。尚書偽伊訓：『聖謨洋洋，嘉言孔章。』作聖謨是。」盧心案：爾雅釋詁第一：「謨，謀也。」彥和引經，如史記例，多從訓詁，所謂古文讀應爾雅也。原道篇云「益稷陳謀」，字不作謨。宗經篇云「聖謀卓絕」，字亦不作謨，唐寫本改此作謨，殊不得彥和用心。　（五）范氏曰：「詩大序：『詩者，志之所之也。在心為志，發言為詩。』正義曰：『詩者，人志意所之適也。雖有所適，猶未發口；蘊藏在心，謂之為志。發見於言，乃名為詩。言作詩者，所以舒心志憤懣，而卒成於歌詠，故虞書謂之詩言志也。』」（六）書大禹謨：「念茲在茲，釋茲在茲，名言茲在茲，允出茲在茲。」爾雅釋詁下：「茲，此也。」　（七）鄭玄詩譜序：「詩之道放於此乎。」正義曰：「詩緯含神霧云：『詩者，持也，』所持人之行，使不失隊。」　（八）范氏曰：「論語為政：『子曰，詩三百，一言以蔽之，曰思無邪。』正義『思無邪者，魯頌駉篇文也。』」盧心案：毛詩魯頌魯頌譜：「駉，頌僖公也。僖公能遵伯禽之法，儉以足用，寬以愛民，務農重穀，牧於坰野，魯人尊之，於是季孫行父，請命於周，而史克作是頌。駉駉牡馬，在坰之野。薄言駉者：有驈有皇，有驪有黃，以車彭彭。思無疆，思馬斯臧。駉駉牡馬，在坰之野。薄言駉者：有騅有駓，有騂有騏，以車伾伾。思無期，思馬斯才。駉駉牡馬，在坰之野。薄言駉者：有驒有駱，有駵有雒，以車繹繹。思無斁，思馬斯作。駉駉牡馬，在坰之野。薄言駉者：有駰有騢，有驔有魚，以車祛祛。思無邪，思馬斯徂。」
（九）說文：「符，信也。漢制以符，長六寸，分而相合。」史記孝文本紀集解引張晏曰：「符以代古之珪璋，從簡易也。」　（一〇）范氏曰：「禮記禮運：『何為人情？喜怒哀懼愛惡欲，七者弗學而能。』」　（一一）或問詩人「應物斯感，感物吟志」之狀。則應之曰，陸士衡文賦：「佇中區以玄覽，頤情志於墳典。遵四時以歎逝，瞻萬物而思紛。悲落葉於勁秋，喜柔條於芳春。心懍懍以懷霜，志眇眇以臨雲。」此

其狀也。（一二）范氏曰：「趙君萬里曰：『唐寫本「天」字「氏」與「云」字均無。案此文疑當作「昔葛天樂辭，玄鳥在曲，」方與下文「黃帝雲門，理不空綺，」相對成文。今本衍「氏」字「云」字，唐本奪「天」字，均有誤，然終以唐本近是。』」虛心案：趙說非也。樂府篇云：「淫辭在曲。」班固西都賦云：「機不虛掎，弦不再控。」則此文當云「昔葛天玄鳥，樂辭在曲；黃帝雲門，理不空掎。」方得其眞。今本衍「氏」「云」二字，「樂辭」與「玄鳥」倒置，「掎」復誤「綺」；千古遂難索解矣。（一三）范氏曰：「尙書大傳卷一：『讙然乃作大唐之歌，樂曰，舟張辟雍，鶬鶬相從。八風回回，鳳凰喈喈。』鄭注：讙然 猶灼也。大唐之歌，美堯禪也。』」虛心案：大傳前文有「乃勃然招樂興於大麓之野」語；則此「讙然乃」亦應作「乃讙然」。不然，則「讙然」類，名矣，鄭不得訓爲「猶灼也」。黃氏曰：「家語：舜彈五弦之琴，歌南風之詩。其詩曰：『南風之薰兮，可以解吾民之慍兮。南風之時兮，可以阜吾民之財兮。』范氏曰：「案尸子綽子篇汪繼培注曰：文選琴賦注引尸子曰：舜作五弦之琴，以歌南風。南風之薰兮，可以解吾民之慍；是舜歌也。禮記樂記疏云：『聖證論引尸子及家語難鄭云：昔者舜彈五弦之琴，其辭曰：南風之薰兮，可以解吾民之慍兮。南風之時兮，可以阜吾民之財兮。疑尸子本止二語，而肅合家語稱之也。』」（十四）論語子罕：「辭達而已矣。」（一五）解見原道篇。范氏曰：「困學紀聞卷二：『大傳：二曰歌大化、大訓、六府、九原，而夏道興。』注謂四章皆歌禹之功，所謂九德推歌。九德之歌，於此猶可考。」（一六）書五子之歌：「太康尸位以逸豫，滅厥德，黎民咸貳。乃盤遊無度，畋於有洛之表，十旬弗反。有窮后羿因民弗忍，距於河。厥弟五人，御其母以從，徯於洛之汭。五子咸怨，述大禹之戒，以作歌。」（一七）范氏曰：「鄭玄詩譜序：『論功頌德，所以將順其美，刺過譏失，所以匡救其惡。』」（一八）圓備未聞。下文有曰：「亦云周備。」疑此處亦應作周備。經典釋文：「周易；周，備也。」左傳文三年：「舉人之周也，」注：「周，備也。」（一九）四始，解見宗經篇。詩大序：「故詩有六義焉：一曰風，二曰賦，三曰比，四曰興，五曰雅，六曰頌。」莊子庚桑楚：「吾聞至人尸居環堵之室，而百姓猖狂，不知所如往。」釋文：「環，如字。」廣雅云：「圜也。」（二〇）范氏曰：「論語學而篇：『子貢曰，詩云，如切如磋，如琢如磨，其斯之謂歟。子曰，賜也，始可與言詩已矣，告諸往而知來者。』八佾篇：『子夏問曰，巧笑倩兮，美目盼兮，素以爲絢兮，何謂也。子曰，繪事後素。曰，禮後乎，子曰，起予者商也，始可與言詩已矣。』」（二一）班固兩都賦序：「昔成康沒而頌聲寢，王澤竭而詩不作。」國語晉語：「風聽臚言於市。」韋昭注：「臚，宗也。」（二二）黃氏曰：「左傳『襄二十七年』：『鄭伯享趙孟於垂隴，七子從。趙孟曰，七子從君，以寵武也，請皆賦以卒君貺 武亦以觀七子之志。詩以言志，志誣其上，而公怨之，以爲賓榮，其能久乎。』」（二三）黃氏曰：「史記始皇本紀 始皇不樂，使博士爲仙眞人詩。及行所遊天下，令樂人弦歌之。」范氏曰：「仙眞人詩不傳。」（二四）黃氏曰 「漢書韋賢傳：『其先韋孟，家本彭城，爲楚元王傅，傅子夷王及孫王戊。戊荒淫不遵，孟作詩諷諫。』」虛心案 韋孟諷諫，見文選卷十九。（二五）范氏曰：「古文苑卷八：『漢武帝元封三年，作柏梁臺，詔羣臣二千石，有能爲七言詩，乃得上坐。』」又曰：「日知錄二十一：『漢武柏梁臺詩，本出三秦記。云是元封三年作。而考之於史，則多不符。蓋是後人擬作，剽取武帝以來官名，及梁孝王世家，乘輿駟馬之事以合之，而不悟時代之乖舛也。』」　（二六）未聞。　（二七）范氏曰：「漢書藝文志總序：『成帝時，詔光祿大夫劉向校經傳諸子。詩賦略凡詩歌二十八家，三百一十四篇。』」　（二八）范氏曰：「紀評曰：『觀此，以蘇李爲僞，不始於東坡矣。』顏延年庭誥云：『逮李陵衆作，總雜不類。元是假託，非盡陵製。至其善篇，有足悲者。』」讀心案：後漢書趙壹傳：「有秦客者，乃爲詩曰：『河淸不可俟，人命不可延。順風激靡草，富貴者稱賢。文籍雖滿腹，不如一囊錢。伊優北堂上，抗髒倚門邊。』魯生聞此辭，繫而作歌曰：『勢家多所宜，咳唾自成珠。被褐懷金玉，蘭蕙化爲芻。賢者雖獨悟，所困在羣愚。且各守爾分，勿復空馳驅。哀哉復哀哉，此是命矣夫。』」此亦建安以前五言之可見者。壹，桓、靈間人也。婕妤怨歌行一首，見文選卷二十七。見疑說未聞。　（二九）范氏曰：「詩召南行露篇：『誰謂雀無角，何以穿我屋。誰謂女無家，何以速我獄。雖速我獄，室家不足。誰謂鼠無牙，何以穿我墉。誰謂女無家，何以速我訟。雖速我訟，亦不女從。』」　（三〇）范氏曰：「孟子離婁：『有孺子歌曰，滄浪之水淸兮，可以濯我纓。滄浪之水濁兮，可以濯我足。』」　（三一）黃氏曰：「國語晉語：『驪姬通於優施，欲害申生，而難里克。優施飲里克酒，中飲，優施起舞曰，暇豫之吾吾，不如鳥烏。人皆集於苑，己獨集於枯。』」　（三二）黃氏曰：「漢書五行志：『成帝時，歌謠曰，邪徑敗良田，讒口亂善人。桂樹華實，黃雀巢其顚。故爲人所羨，今爲人所憐。』」

（三三）師友詩傳錄云：「張蕭亭曰：十九首，或謂枚乘同時，或謂枚乘等作。想者無確據，故不著作者姓名。觀一『青青陵上柏』一章內：『兩宮遙相望，雙闕百餘尺』，兩宮，南宮北宮也。蔡質漢官典職曰：『南宮北宮，相去七里。』又明月皎夜光一章內，玉衡指孟冬，促織鳴東壁，白露霑野草，秋蟬鳴樹間。玄鳥逝安適等語，所序者秋事，乃漢令也。』漢書曰：「高祖十月至灞上，故以十月爲歲首。漢之孟冬，今之七月也。似爲漢人之作無疑。」黃侃詩品講疏曰：文心雕龍明詩篇曰：「又古詩佳麗，或稱枚叔。其孤竹一篇，則傅毅之辭。比采而推，兩漢之作乎。」文選李善注云：「古詩，蓋不知作者。或云枚乘，疑不能明也。詩云：『驅車上東門』，又云：『游戲宛與洛』。此則辭兼東都，非盡是乘明矣。」尋李注所言，是古有以十九首皆枚乘所作者，故云「盡是乘」。孝穆撰詩，但以十九首有乘所作，亦因其餘句多與時序不合爾。縣書寧集玉臺新詠審後云：「古詩十九首，以徐陵玉臺新詠勘之，枚乘詩居其八。逕驅車上東門載樂府雜曲歌辭。其餘六首，玉臺不錄。就文選本第十五首而論，『生年不滿百，常懷千歲憂。晝短苦夜長，何不秉燭遊。』則西門行古辭也。古辭：『夫爲樂，爲樂當及時。何能生愁怫鬱，當復待來茲。』而文選更之曰：『爲樂當及時，何能待來茲。』古辭：『貪財愛惜費，但爲後世嗤』。而文選更之曰：『愚者愛惜費，但爲後世嗤。』古辭：『自非仙人王子喬，計會壽命難與期。』而文選更之曰：『仙人王子喬，難可與等期。』裁剪長短句作五言，移易其前後，雜糅置十九首中，沒枚乘等姓名，概題曰『古詩』。要之，皆出文選樓中諸學士之手也。徐陵少仕於梁，爲昭明諸臣後進。不敢明言其非，乃別著一書，列枚乘姓名，還之作者，殆有微意焉。」　（三四）未聞。後漢書文苑傳：「傅毅，字仲武，扶風茂陵人也。少博學，永平中，於平陵習章句，因作迪志詩曰：『咨爾庶士，迨時斯勗。日月逾邁，豈云旋復。哀我經營，旅力靡及。在茲弱冠，靡所庶立。於赫我祖，顯於殷國。二迹阿衡，克光其則。武丁興商，伊宗皇士。爰作股肱，萬邦是紀。奕世載德，迄我顯考。保膺淑懿，纘修其道。漢之中葉，俊乂式序。秩彼殷宗，光此勳緒。伊余小子，穢陋靡逮。懼我世烈，自茲以墜。誰能革濁，清我濯溉？誰能昭闇，啓我童昧？先人有訓，我訊我誥。訓我嘉務，誨我博學。爰率朋友，尋此舊則。契闊夙夜，庶不懈忒。秩秩大猷，紀綱庶式。匪勤匪昭，匪壹匪測。農夫不逮，越有黍稷。誰能云作，考之居息。二事敗業，多疾我力。如彼遵衢，則罔所極。二志靡成，聿勞我心。如彼兼聽，則溷於音。於戲君子，無恆自逸。徂年如流，鮮茲暇日。行邁屢稅，胡能有迄。密勿朝夕，聿同如卒。』毅以顯宗求賢不篤，士多隱處，故作七激以為諷。」　（三五）范氏曰：「趙君萬里曰：『唐寫本兩上有故字，乎作也。案御覽五八六引，兩上有固字。固故音近而訛。疑此文當作固兩漢之作也。』」　（三六）廣雅釋詁三：「散，布也。」紀評曰：「直而不野，抵黨漢人佳處。」　（三七）黃氏曰：「其辭曰：『猗猗秋蘭，挂彼中阿。有馥其芳，有黃其葩。雖曰幽深，厥美彌嘉。之子云遠，我勞如何。』」　李氏曰：「黃注引衡詩，但作其辭曰云云，不記所出。案御覽八百三十九載衡怨詩曰：『秋蘭，嘉美人也。嘉而不獲用，故作是詩。』序當并錄之。詩與黃引同，明梅唐生淩雲兩本，并作清曲。黃據困學紀聞改典，非也。紀氏亦以清曲為是。云曲字當作婉字解。」　（三八）未聞。　（三九）魏志卷二十一：「王粲，字仲宣，山陽高平人也。年十七，司徒辟詔，除黃侍郎。以西京擾亂，皆不就，乃之荊州依劉表。表以粲貌寢，體弱，通倪，不甚重也。表卒，粲勸表子琮，令歸太祖。太祖辟為丞相掾，賜爵關內侯，後遷軍謀祭酒。魏國既建，拜侍中。博物多識，問無不對。時舊儀廢弛，興造制度，粲恆典之。性善算，作算術，略盡其理。善屬文，舉筆便成，無所改定，時人常以為宿構。然正復精意覃思，亦不能加也。著詩賦論議垂六十篇。建安廿一年，從征吳；廿二年春，道病卒。年四十一。始，文帝為五官將，及平原侯植，皆好文學。粲與北海徐幹，字偉長，廣陵陳琳，字孔璋，陳留阮瑀，字元瑜，汝南應瑒，字德璉，東平劉楨，字公幹，並見友善。幹為司空軍謀祭酒掾屬，五官將文學。琳前為何進主簿；進欲誅諸宦官，琳諫進，進不納其言，竟以取禍。琳避難冀州，袁紹使典文章。袁氏敗，琳歸太祖。瑀少受學於蔡邕。建安中，都護曹洪欲使掌書記，瑀終不為屈。太祖並以琳瑀為司空軍謀祭酒，管記室。軍國書檄，多琳瑀所作也。琳徙門下督，瑀為倉曹掾屬。瑒楨各被太祖辟，為丞相掾屬。瑒轉為平原侯庶子，後為五官將文學。楨以不敬被刑，刑竟，署吏。咸著文賦數十篇。瑀以十七年卒。幹、琳、瑒、楨，廿二年卒。文帝書與元城令吳質曰：『昔年疾疫，親故多離其災。徐陳應劉，一時俱逝。觀古今文人，類不護細行，鮮能以名節自立。而偉長獨懷文抱質，恬淡寡欲，有箕山之志，可謂彬彬君子矣。著中論二十餘篇，辭義典雅，足傳於後。德璉常斐然有述作意，其才學足以著書，美志不遂，良可痛惜。孔璋章表殊健，微為繁富。公幹有逸氣，但未遒耳。元瑜書記翩翩，致足樂也。仲宣獨自善於辭賦，惜其體弱，不足起其文。至於所善，古人無以遠過也。諸子但為未及古人，自一時之儁也。」裴松之注引典論曰：「今之文人：魯國孔融，廣陵陳琳，山陽王粲，北海徐幹，陳留阮瑀，汝南應瑒，東平劉楨，斯七子者，於學無所遺，於辭無所假，咸自以騁騏驥於千里，仰齊足而並馳。粲長於辭賦。幹時有逸氣。然非粲匹也。如粲之初征登樓槐賦征思，幹之玄猨漏巵圓扇橘賦，雖張蔡不過也。然於他文未能稱是。琳瑀之章表書記，今之儁也。應瑒和而不壯，劉楨壯而不密。孔融體氣高妙，有過人者，然不能持論，理不勝辭。至於雜以嘲戲。及其所善，揚班之儔也。」又引魏略曰：「廿三年，太子又與質書曰：『歲月易得，別來行復四年。三年不見，東山猶歎其遠，況乃過之，思何可支。雖書疏往返，未足解其勞結。昔年疾疫，親故多離其災。徐陳應劉一時俱逝，痛何可言邪。昔日遊處，行則同輿，止則接席，何嘗須臾相失。每至觴酌流行，絲竹並奏，酒酣耳熱，仰而賦詩。當此之時，忽然不知樂也。謂百年已分，長共相保，何圖數年之間，零落略盡，言之傷心。頃撰其遺文，都為一集。觀其姓名，已為鬼錄。追思昔游，猶在心目。而此諸子，化為糞壤，可復道哉。觀古今文人，類不護細行，鮮能以名節自立。而偉長獨懷文抱質，恬淡寡欲，有箕山之志，可謂彬彬君子矣。著中論廿餘篇，成一家之業。辭義典雅，足傳於後，此子為不朽矣。德璉常斐然有述作意，才學足以著書，美志不遂，良可痛惜。間歷觀諸子之文，對之抆淚。既痛逝者，行自念也。孔璋章表殊健，微為繁富。公幹有逸氣，但未遒耳。至其五言詩，妙絕當時。元瑜書記翩翩，致足樂也。仲宣獨自善於辭賦。惜其體弱，不足起其文。至於所善，古人無以遠過也。昔伯牙絕弦於鍾期，仲尼覆醢於子路。愍知音之難遇，傷門人之莫逮也。諸子但為未及古人，自一時之儁也。今之存者，已不逮矣。後生可畏，來者難誣，然吾與足下，不及見也。行年已長大，所懷萬端。時有所慮，至乃通夕不瞑。何時復類昔日。已成老翁，但未白頭耳。光武言年已三十，在軍十年，所更非一。吾德雖不及，年與之齊。以犬羊之質，服虎豹之文。無衆星之明，假日月之光。動見觀瞻，何時易邪。恐永不復得為昔日游也。少壯真當努力，年一過往，何可攀援。古人思秉燭夜游，良有以也。頃何以自娛。頗復有所造述否。東望於邑，裁書敘心。』」又陳思王傳注引典略曰：「臨淄侯植，數與修書。書曰：『數日不見，思子為勞，想同之也。僕少好辭賦，迄至於今，二十有五年矣。然今世作者，可略而言也。昔仲宣獨步於漢南，孔璋鷹揚於河朔，偉長擅名於青土，公幹振藻於海隅，德璉發迹於大魏，足下高視於上京。當此之時，人人自謂握靈蛇之珠，家家自謂抱荊山之玉也。吾王於是設天網以該之，頓八紘以掩之，今悉集茲國矣。然此數子，猶不能飛騫絕迹，一舉千里也。以孔璋之才，不閑辭賦，而多自謂與司馬長卿同風，譬畫虎不成，還為狗者也。前為書嘲之，反作論盛道僕贊其文。夫鍾期不失聽，於今稱之。吾亦不敢妄歎者，畏後世之嗤余也。世人著述，不能無病。僕常好人譏彈其文，有不善者，應時改定。昔丁敬禮嘗作小文，使僕潤飾之。僕自以才不能過若人，辭不為也。敬禮云：卿何所疑難乎，文之佳麗，吾自得之，後世誰相知定吾文者邪。吾嘗歎此達言，以為美談。昔尼父之文辭，與人通流。至於制春秋，游夏之徒不能措一字。過此而言不病者，吾未之見也。蓋有南威之容，乃可以論於淑媛。有龍淵之利，乃可以議於斷割。劉季緒才不逮於作者，而好詆訶文章，掎摭利病。昔田巴毀五帝，罪三王，呰五霸，於稷下一旦而服千人。魯連一說，使終身杜口。劉生之辯，未若田氏，今之仲連，求之不難；可無歎息乎。人各有所好尚，蘭茝蓀蕙之芳，眾人之所好；而海畔有逐臭之夫。咸池六莖之發，眾人之所樂；而墨翟有非之之論；豈可同哉。今往僕少小所著辭賦一通。相與夫街談巷說，必有可采。擊轅之歌，有應風雅。匹夫之思，未易輕棄也。辭賦小道，固未足以揄揚大義，彰示來世也。昔揚子雲，先朝執戟之臣耳，猶稱壯夫不為也。吾雖薄德，位為藩侯，猶庶幾戮力上國，流惠下民，建永世之業，流金石之功。豈徒以翰墨為勳績，辭頌為君子哉。若吾志不果，吾道不行，亦將採史官之實錄，辯時俗之得失，定仁義之衷，成一家之言。雖未能藏之名山，將以傳之同好。此要之白首，豈可以今日論乎。其言之不慚，恃惠子之知我也。明早相迎，書不盡懷。」脩答曰：「不侍數日，若彌年載。豈獨愛顧之隆，使係仰之情深邪。損辱來命，蔚矣其文。誦讀反覆，雖風雅頌不復過也。若仲宣之擅江表，陳氏之誇冀域，徐劉之顯青豫，應生之發魏國，斯皆然矣。至如脩者，聽采風聲，仰德不暇。自周章於省覽，何惶駭於高視哉。伏惟君侯少長貴盛，體旦發之資，有性善之教。遠近觀者，徒謂能宣昭懿德，光贊大業而已。不謂復能兼覽傳記，留意文章。今乃含王超陳，度越數子。觀者駭視而拭目，聽者傾首而竦耳。非夫體通性達，受之自然，其誰能至於此乎。又嘗親見執事，握牘持筆，有所造作，若成誦在心，借書於手，曾不斯須，少留思慮。仲尼日月，無得踰焉。脩之仰望，殆如此矣。是以對鶡而辭，作暑賦彌日而不獻。見西施之容，歸憎其貌者也。伏想執事，不知其然，猥受顧賜，教使刊定。春秋之成，莫能損益。呂氏淮南，字值千金。然而弟子鉗口，市人拱手者，聖

賢卓犖，固所以殊絕凡庸也。今之賦頌，古詩之流。」更孔公，風雅無別耳。脩家子雲，老不曉事，強著一書，悔其少作。若此，仲山周旦之徒，則皆有愆乎。君侯忘聖賢之顯迹，述鄙宗之過言，竊以為未之思也。若乃不忘經國之大美，流千載之英聲，銘功景鐘，書名竹帛；此自雅量之素所蓄也，豈與文章相妨害哉。輒受所惠，竊備矇瞍誦歌而已。敢忘惠施，而忝莊氏。季緒璅璅，何足以云。」」（四〇）文選卷二十，曹子建公讌詩一首，王仲宣公讌一首，劉公幹公讌詩一首。應德璉侍五官中郎將建章臺集詩一首。卷三十三，魏文帝芙蓉池作一首。南齊書文學傳論：「飛館玉池，魏文之麗篆。」卷二十九，王仲宣雜詩一首，劉公幹雜詩一首，魏文帝雜詩二首，曹子建雜詩六首，情詩一首。（四一）魏志卷四注：「景初三年，十二月詔曰：『烈祖明皇帝，以正月棄背，天下臣子，永惟忌日之哀。其復用夏正，雖違先帝通三統之義，斯亦禮制所由改變也。又夏正於數為得天正，其以建寅之月，為正始元年正月。以建丑月為後十二月。』」又卷九：「曹爽傳注：『晏，何進孫。母尹氏，為太祖夫人。晏長於宮省，又尚公主。少以才秀知名，好老莊言，作道德論及諸文賦，著述凡數十篇。』」（四二）魏志卷廿一：「瑀子籍，才藻艷逸，而倜儻放蕩。行己寡欲，以莊周為模則。官至步兵校尉。時又有譙郡嵇康，文辭壯麗，好言老莊而尚奇任俠。至景元中，坐事誅。」（四三）魏志卷二十一：「璩官至侍中，貞咸熙中，參相國軍事。」裴松之注引文章序錄曰：「璩字休璉，博學好屬文，善為書記。文帝世，歷官散騎常侍。齊王即位，稍遷侍中大將軍長史。曹爽秉政，多違法度，璩為詩以諷焉。其言雖頗諧合，多切時要，世共傳之。復為侍中典著作。嘉平四年卒，追贈衛尉

」文選卷二十一：「百一詩一首」李善注：「張方賢楚國先賢傳云：『汝南應休璉作百一篇詩，譏切時事，徧以示在事者，咸皆怪愕，或以爲應焚棄之，何晏獨無怪也。然方賢之意，以有百一篇，故曰百一』。李充翰林論曰：『應休璉五言詩百數十篇，以風規治道，蓋有詩人之旨焉。』又孫盛晉陽秋曰：『應璩作五言詩百三十篇，言時事，頗有補益，世多傳之。』」據此二文，不得以一百一篇而稱百一也。今書七志曰：「應璩集謂之新詩，以百言爲一篇，或謂之百一詩。然以字名詩，義無所取。據百一詩序云：『時謂曹爽曰：「公今聞周公巍巍之稱，安知百慮有一失乎」』，百一之名，蓋興於此也」。　（四四）范氏曰：「黃注：『詩品序：晉太康中，三張，二陸，兩潘，一左，勃爾復興，踵武前王，流風未沫，亦文章之中興也。按三張：載，字孟陽。協，字景陽。亢，字季陽。』王注引張華誤。二陸：機，字士衡。雲，字士龍。兩潘：岳，字安仁。尼，字正叔。一左：思，字太沖。案黃注是也。晉書五十五張亢傳：『亢，字季陽。才藻不逮二昆，時人謂載、協、亢、陸機，雲，曰二陸，三張。』」　（四五）范氏曰：「析文，唐寫本作析文。按作析文是。張邈孔耽二碑析處作枏。」　（四六）范氏曰：「詩品講疏云：謝靈運傳論曰：『在晉中興，玄風獨盛。爲學窮於柱下，博物止乎七篇。馳騁文辭，義殫乎此。自建武暨於義熙，歷載將百。雖比響聯辭，波屬雲委。莫不寄言上德，託意玄珠。遒麗之辭，無聞焉爾。』續晉陽秋曰：『自司馬相如、王褒、揚雄諸賢，世尚賦頌，皆體則詩騷，傍綜百家之言。及至建安，而詩章大盛。逮乎西朝之末，潘，陸之徒，雖時有質文，而宗歸不異也。正始中，王弼，何晏，好莊老玄勝之談，而俗遂貴焉。至過江佛理尤盛，故郭璞五言，始會合道家之言而韻之。詢（許）及太原孫綽，轉相祖尚。又加以三世之辭，而詩騷之體盡矣。詢，綽並爲一時文宗，自此學者悉體之。』」據檀道鸞之說，是東晉玄言之詩，景純實爲之前導。特其才氣奇肆，遭逢險艱，故能假玄語以寫中情，非夫抄錄文句者所可擬況。若孫許之詩，但陳要妙，情既離乎比興，體有近於偈語。徒以風會所趨，仿效日衆。覽蘭亭集詩諸篇，其旨，所謂琴瑟專一，誰能聽之。達志抒情，復將焉賴。謂之風騷道盡，誠不誣也。文心雕龍時序篇曰：「自中朝貴玄，江左稱盛。因談餘氣，流成文體。是以世迍遭而辭意夷泰。詩必柱下之旨歸，賦乃漆園之義疏。故知文變染乎世情，興廢染乎時序。原始以要終，雖百世可知也。此乃推明崇尚玄虛之習，成於世道之艱危。蓋恬淡之言，謬悠之理，所以排除憂患，消遣年涯。智士以之娛生，文人於焉託好。雖曰無用之用，亦時運爲之矣』」。　（四七）范氏曰：「詩品講疏云：宋書謝靈運傳曰：『靈運博覽群書，文章之美，江左莫逮。論曰：爰逮宋氏，顏謝騰聲。靈運之興會標舉，延年之體裁明密，並方軌前秀，垂範後昆。』文心雕龍明詩篇曰：『宋初文詠，體有因革。莊老告退，而山水方滋。儷采百字之偶，爭價一句之奇。情必極貌以寫物，辭必窮力而追新，此近世之所競也。』孫、許玄言，其勢易盡，故殷謝振以景物，淵明雜以風華。浸欲復規京洛，上繼鄴下。康樂以奇博學，大變詩體。一篇既出，都邑競傳。所以弁冕當時，扢揚雅道。於時俊彥，尚有顏鮑二謝之倫。要皆取法中朝，辭藝輕淺。雖偶刻飾，亦矯枉之理也。夫極貌寫物，有賴於深思。窮力追新，亦資於博學。將欲排除膚語，洗盪庸音，於此假塗，庶無迷路。世人好稱漢魏，而以顏謝爲繁巧。不悟規摹古調，必須振以新詞。若虛響盈篇，徒生厭倦。其爲叢害，與勵褻玄語者，殆復不殊。以此知顏謝之術，乃五言之正軌矣」。　（四八）南齊書文學傳論云：「文章者，蓋性情之風標，神明之律呂也。蘊思含毫，遊心內運。放言落紙，氣韻天成。莫不禀以生靈，遷乎愛嗜。機見殊門，賞悟紛雜。若子桓之品藻人才，仲治之區別文體，陸機辨於文賦，李充論於翰林，張眎摘句褒貶，顏延圖寫情興，各任懷抱，共為權衡。屬文之道，事出神思。感召無象，變化不窮。俱五聲之音響，而出言異句；等萬物之情狀，而下筆殊形。吟詠規範，本之雅什。流分條散，各以言區。若陳思代馬群章，王粲飛鸞諸製，四言之美，前超後絕。少卿離辭，五言才骨，難與爭騖。桂林湘水，平子之篇；齊館玉池，魏文之麗篆。五言之作，非此誰先。卿雲巨麗，升堂冠冕。張左恢廓，登高不繼。賦貴披陳，未或加矣。顯宗之述傅毅，簡文之摛彥伯，分言制句，多得頌體。裴顏內侍，元規鳳池，子章以來，章表之選。孫綽之碑，嗣伯喈之後；謝莊之誄，起安仁之塵；顏延楊瓚，自比馬督，以多稱貴；歸莊為允。王褒僮約，束皙發蒙，滑稽之流，亦可奇瑋。五言之製，獨秀眾品。習玩為理，事久則瀆。在乎文章，彌患凡舊。若無新變，不能代雄。建安一體，典論短長互出。潘陸齊名，機岳之文永異。江左風味，盛道家之言，郭璞舉其靈變，許詢極其名理。仲文玄氣，猶不盡除；謝琨情新，得名未盛。顏謝並起，乃各擅奇。休鮑後出，咸亦標世。朱藍共妍，不相祖述。今之文章，作者雖眾，總而為論，略有三體：一則啟心閑繹，托辭華曠，雖存巧綺，終致迂回。宜登公宴，本非準的。而流慢闡緩，膏肓之病。典正可採，酷不入情。此體之源，出靈運而成也。次則緝事比類，非對不發。博物可嘉，職成拘制。或全借古語，用申今情。崎嶇牽引，直為偶說。唯覩事例，頓失精采。此則傅咸五經，應璩指事，雖不全似，可以類從。次則發唱驚挺，操調險急。雕藻淫艷，傾炫心魄。亦猶五色之有紅紫，八音之有鄭衛。斯鮑照之遺烈也。三體之外，請試妄談。若夫委自天機，參之史傳。應思悱來，勿先構聚。言尚易了，文憎過意。吐石含金，滋潤婉切。雜以風謠，輕唇利吻。不雅不俗，獨中胸懷。輪扁斲輪，言之未盡。文人談士，罕或兼工。非唯識有不周，道實相妨。談家所習，理勝其辭。就此求文，終然翳奪。故兼之者鮮矣。」　（四九）范氏曰：「摯虞文章流別論云：『雅音之韻，四言為正。其餘雖備曲折之體，而非音韻之正也。』紀評云：『此論却局於六朝習徑，本源未得。夫雅潤清麗，豈詩之極則哉。』」　（五〇）張華字茂先。　（五一）范氏曰：「詩品中云：『晉司空張華詩，其源出於王粲。其體華艷，興託不奇。巧用文字，務為妍冶。雖名高曩代，而疏亮之士，猶恨其兒女情多，風雲氣少。謝康樂云：張公雖復千篇，猶一體耳。』詩品上云：『張協詩，其源出於王粲。文體華淨少病累，又巧構形似之言，雄於潘岳，靡於太沖。風流調達，實曠代之高手。詞采蔥蒨，音韻鏗鏘，使人味之，亹亹不倦。』又云：『王粲詩，其源出於李陵。發愀愴之詞，文秀而質羸。在曹、劉間，別構一體。方陳思不足，比魏文有餘。』又云：『劉楨詩，其源出於古詩。仗氣愛奇，動多振絕。真骨凌霜，高風跨俗。但氣過其文，雕潤恨少。然自陳思以下，楨稱獨步。』又云：『左思詩，其源出於公幹。文典而怨，頗為精切，得諷諭之致。雖野於陸機，而深於潘岳。謝康樂云：常言左太沖詩，潘安仁詩，古今難比。』」　（五二）范氏曰：「黃先生曰：『此數語雖似寬廓，實則為詩之道，已具於此。隨性適分四字，已將古今家數派別不同之故，包羅無遺矣。」國語晉語：「文公謂郭偃曰：始也吾以治國爲易，今也難。對曰：君以爲易，其難將至矣。君以爲難，其易將至焉」」。（五三）篇什，謂詩也。毛詩：「小雅鹿鳴之什詁訓傳第十六」。陸曰：「什，若十，若五等之君有詩，各繫其國，舉周南卽題關雎。至於王者施教，統有四海。歌詠之作，非止一人。篇數既多，故以十篇編爲一卷，名之爲什。」正義曰：「周禮小司徒職云：『五人爲伍。』五人謂之伍，則十人謂之什也。故左傳曰：『以什共車必克，』然則什伍者，部別聚居之名。風及商魯頌，以當國爲別，詩少，可以同卷。而雅頌篇數既多，不可混併，故分其。積篇每十爲卷，卽以卷首之篇爲什長，卷中之篇皆統焉。」然則三六雜言，當求之雅頌，不假外求也。摯虞文章流別論曰：「古詩有三言四言五言六言七言九言。太率以四言爲體，而時有一句二句，雜在四言之間。後世演之，遂以爲篇。古詩之三言者，振振鷺，鷺于飛，之屬是也。漢郊廟歌多用之。五言者，誰謂雀無角，何以穿我屋之屬是也。於俳諧倡樂多用之。六言者，我姑酌彼金罍之屬是也。樂府亦用之。七言者，交交黃鳥止於桑之屬是也。於俳諧倡樂多用之。古詩之九言者，洞酌彼行潦挹彼注茲之屬是也。不入歌謠之章。黃侃詩品講疏引摯論所加案語，殊非摯氏本意，亦失彥和用心。」（五四）范氏曰：「明，唐寫本作萌，是。黃注引圖讖。孔子作孝經及春秋河洛成，告備於天，有赤虹下化爲黃玉，上刻文云：『寶文出，劉季握，卯金刀，在軫北，字禾子，天下服。』卯金刀爲劉，禾子爲季也。」孔融郡姓名離合詩云：「漁父屈節，水潛匿方。與時進止，出行施張。呂公磯釣，闔口渭旁。九域有聖，無土不王。好是正直，女回於匡。海外有截，隼逝鷹揚。六翮將奮，羽儀未彰。蛇龍之蟄，俾也可忘。玟璇隱曜，美玉韜光。無名無譽，放言深藏。按轡安行，誰謂路長。」（五五）黃氏曰：「道原未詳。舊注引賀道慶，然道慶四言，回文之前，已有璇璣圖詩，不可謂之始矣。唐武后璇璣圖序：『前秦苻堅時，扶風竇滔妻蘇氏，名蕙，字若蘭。滔鎮襄陽，絕蘇氏音問。蘇氏悉織錦爲迴文，五彩相宣，縱橫八寸，題詩二百餘首，計八百餘言，縱橫反覆，皆爲文章。』又雜體詩序：『晉傅咸有迴文反覆詩二首。反覆其文，以示憂心輾轉也。』是又在竇妻前。」李氏曰：「困學紀聞卷十八評詩云：詩苑類格謂迴文出於竇滔妻所作。文心雕龍云『回文所興，則道原爲始』。又傅咸有回文反覆詩，溫嶠有回文詩，皆在竇妻前。」翁元圻注引四庫全書總目宋桑世昌回文類聚提要：「藝文類聚載曹植鏡銘，回環讀之，無不成文。實在蘇蕙以前。」謹按：梅慶生音注本云：「宋賀道慶作四言回文詩一首，計十一句，四十八言，從尾至首，讀亦成韻。道原無可考，恐慶字之誤也。」

（五六）柏梁臺詩，見古文苑卷八，詩云：「日月星辰和四時。（皇帝）驂駕駟馬從梁來。（梁孝王）郡國士馬羽林材。（大司馬）總領天下誠難治。（丞相石慶）和撫四夷不易哉。（大將軍衛青）刀筆之吏臣執之。（御史大夫倪寬）撞鐘伐鼓聲中詩。（太常周建德）宗室廣大日益滋。（宗正劉安國）周衛交戟禁不時。（衛尉路博德）總領從官柏梁臺。（光祿勳徐自爲）平理清讞決嫌疑。（廷尉杜周）修飾輿馬待駕來。（太僕公孫賀）郡國吏功差次之。（大鴻臚壺充國）乘輿御物主治之。（少府王溫舒）陳粟萬石揚以箕。（大司農張成）徼道宮下隨討治。（執金吾中尉豹）三輔盜賊天下危。（左馮翊盛宣）盜阻南山爲民災。（右扶風李成信）外家公主不可治。（京兆尹）椒房率更領其材。（詹事陳掌）蠻夷朝賀常舍之。（典屬國）柱枅欂櫨相枝持。（大匠）枇杷橘栗桃李梅。（太官令）走狗逐兔張罘罝。（上林令）齧妃女脣甘如飴。（郭舍人）迫窘詰屈幾窮哉。（東方朔）

（五七）鄭玄詩譜序：「詩之興也，諒不於此祟之世。」

（五八）詩大序：「然則關雎麟趾之化，王者之風，故繫之周公；南　言化自北而南也。鵲巢騶虞之德，諸侯之風也。先王之所以教，故繫之召公。周南召南，正始之道，王化之基也。」

開明書店爲科學知識停刊啓事

「科學知識」月刊，從第三起卷歸本店總經售，三卷一期原定在三十三年六月出版。湘桂戰事發生，桂林疏散，該誌猶擬移渝編刊，蓋桂柳相繼淪陷，該誌編輯人星散，工作無法進行，不得不暫告停刊，本店總經售契約自亦不能不宣告解除。預定各戶請持原定單向本店各地分支店退還定款，或換購其他圖書什誌，本店並定有優待辦法。除分函通知。定戶外，特此通告，並非得已，並祈

鑒原

西南聯合大學大一國文習作參考用書目錄

胡適—建設的文學革命論（節錄）

魯迅—狂人日記

—示衆

徐志摩—我所知道的康橋（節錄）

—死城（節錄）

宗白華—論世說新語和晉人的美

朱光潛—文藝與道德

—無言之美

梁宗岱—歌德與李白

—詩、詩人、批評家

謝冰心—往事（節錄）

林徽音—窗子以外

丁西林—壓迫

（本目錄原擬刊載於第二八、二九、三〇期合刊中，因原稿爲印刷廠遺失，茲特補於此。）

文心雕龍集注

顏虛心

樂府第七

樂府者，聲依永，律和聲也。（一）鈞天九奏，既其上帝。（二）葛天八闋，爰乃皇時。（三）自咸英以降，亦無得而論矣。（四）至於塗山，歌於候人，始為南音。有娀謠乎飛燕，始為北聲。夏甲歎於東陽，東音以發。殷整思於西河，西音以興。音聲推移，亦不一概矣。（五）及夫庶婦謳吟土風。（六）詩官採言，樂盲被律。（七）志感絲篁，氣變金石。是以師曠覘風於盛衰，季札鑒微於興廢，精之至也。（八）夫樂本心術，故響浹肌髓。（九）先王慎焉，務塞淫濫。（一〇）敷訓胄子，必歌九德。（一一）故能情感七始，化動八風。（一二）自雅聲浸微，溺音騰沸，秦燔樂經，漢初紹復。制氏紀其鏗鏘，叔孫定其容與。於是武德興乎高祖，四時廣於孝文。雖摹韶夏，而頗襲秦舊。中和之響，闃其不還。暨武帝崇禮，始立樂府。總趙代之音，撮齊楚之氣。延年以曼聲協律，朱馬以騷體製歌。桂華雜曲，麗而不經。赤雁羣篇，靡而非典。河間薦雅而罕御，故汲黯致譏於天馬也。至宣帝雅頌，詩效鹿鳴。邇及元成，稍廣淫樂。正音乖俗，其難也如此。（一三）暨後郊廟，惟雜雅章。辭雖典文，而律非夔曠。至於魏之三祖，氣爽才麗。宰割辭調，音靡節平。觀其北上衆引，秋風列篇，或述酣宴，或傷羈戍。志不出於淫蕩，辭不離於哀思。雖三調之正聲，實韶夏之鄭曲也。（一四）逮於晉世，則傅玄曉音，創定雅歌，以詠祖宗。（一五）張華新篇，亦充庭萬。（一六）然杜夔調律，音奏舒雅。荀勖改懸，聲節哀急。故阮咸譏其離聲，後人驗其銅尺。和樂精妙，固表裏而相資矣。（一七）故知詩為樂心，聲為樂體。樂體在聲，瞽師務調其器。樂心在詩，君子宜正其文。好樂無荒，晉風所以稱遠。伊其相謔，鄭國所以云亡。（一八）故知季札觀辭，不直聽聲而已。（一九）若夫艷歌婉孌，怨志詄絕。淫辭在曲，正響焉生。（二〇）然俗聽飛馳，職競新異。雅詠溫恭，必欠伸魚睨。奇辭切至，則拊髀雀躍。詩聲俱鄭，自此階矣。（二一）凡樂辭曰詩，詩聲曰歌。聲來被辭，辭繁難節。故陳思稱左延年閑於增損古辭，多者則宜減之，明貴約也。（二二）觀高祖之詠大風，（二三）孝武之歎來遲，（二四）歌童被聲，莫敢不協。子建士衡，咸有佳篇，並無詔伶人，故事謝絲管。俗稱乖調，蓋未思也。至於斬伎鼓吹，漢世鐃挽，雖戎喪殊事，而並總入樂府。繆襲所致，亦有可算焉。（二五）昔子政品文，詩與歌別。（二六）故略具樂篇，以標區界。

贊曰：八音摛文，樹辭為體。謳吟坰野，金石雲陛。韶響難追，鄭聲易啟。豈惟觀樂，於焉識禮。

注釋（一）聲依永，律和聲，語見尚書舜典。僞孔傳聲，謂五聲宮商角徵羽；律謂六律六呂，十二月之音氣，言當依聲律以和樂。」（二）黃氏曰：史記趙世家：簡子寤，語大夫曰：「我之帝所，甚樂，與百神遊於鈞天，廣樂九奏萬舞，不類三代之樂，其聲動人心。」淮南子天文訓：「中央曰鈞天。」（三）呂氏春秋古樂篇：「昔葛天氏之樂，三人操牛尾，投足以歌八闋。」爾雅釋詁：「爰，曰也。」又「于也」。皋時，猶言皐世，亦見明詩篇。（四）漢書禮樂志：「昔黃帝作咸池，顓頊作六莖，帝嚳作五英，堯作大章，舜作招，禹作夏，湯作濩，武王作武，周公作勺。勺，言能勺先祖之道也。武，言以功定天下也。濩，言救民也。夏，大承二帝也。招，繼堯也。大章，章之也。五英，英華茂也。六莖，及根莖也。咸池，備矣。自夏以往，其流不可聞已。」（五）范氏曰：呂氏春秋季夏紀音初篇夏后氏孔甲，田於東陽萯山。天大風晦盲，孔甲迷惑，入於民室。主人方乳。或曰，后來，是良日也，之子是必大吉。或曰，不勝也，之子是必有殃。后乃取其子以歸，曰，以爲余子，誰敢殃之。子長，成人，幕動坼橑，斧斫破其足，遂爲守門者。孔甲曰，「嗚呼，有疾，命矣夫」，乃作爲破斧之歌，實始爲東音。（豳風有破斧）禹行功見塗山之女，禹未之遇，而巡省南土。塗山氏之女乃命其妾，候禹於塗山之陽。女乃作歌，歌曰，「候人猗兮」，實始作爲南音。周公及召公取風焉，以爲周南召南。（曹風有候人）殷整甲徙宅西河，猶思故處，實始作爲西音。秦繆公取風焉，實始作爲秦音。有娀氏有二佚女，爲之九成之臺，飮食必以鼓。帝令燕往視之，鳴若謚隘。二女愛而爭搏之，燕遺二卵北飛，遂不反。二女作歌一終曰「燕燕往飛」，實始作爲北音。（邶風有燕燕）。（六）及字，誤。夫下脫匹字。應下衍原文當云□及夫匹庶□。後漢書張純傳：「與於匹庶」。又□刻傳序：「權移匹庶」。（七）樂盲黃刻改爲樂官，無注。范氏注引詩大序正義引鄭荅張逸，及周禮太師瞽矇之說，以爲樂盲卽指太師瞽矇而言，蓋必采樂瞽放辭，於古無徵。漢書禮樂志顏注：「樂官，師瞽也」，則樂盲或爲樂官或師瞽之誤。詩官採言，樂官被律，相對成文也。（八）黃氏曰：左傳【襄十八年】：「晉人聞有楚師，師曠曰：不害，吾驟歌北風，又歌南風，南風不競，多死聲，楚必無功。」又曰：左傳【襄廿九年】：「吳公子札來聘，請觀於周樂，使工爲之歌周南召南曰，美哉，始基之矣，猶未也。然勤而不怨矣。爲之歌邶鄘衛曰，美哉，淵乎，憂而不困者也。吾聞衛康叔武公之德如是，是其衛風乎。爲之歌王曰，美哉，思而不懼，其周之東乎。爲之歌鄭曰，美哉，其細已甚，民弗堪也，是其先亡乎。爲之歌齊曰，美哉，泱泱乎，大風也哉。表東海者，其太公乎，國未可量也。爲之歌豳曰，美哉蕩乎，樂而不淫，其周公之東乎。爲之歌秦曰，此之謂夏聲。夫能夏則大，大之至也，其周之舊乎。爲之歌魏曰，美哉，渢渢乎，大而婉，險而易行，以德輔此，則明主也。爲之歌唐曰，思深哉，其有陶唐氏之遺民乎。不然，何憂之遠也。非令德之後，誰能若是。爲之歌陳曰，國無主，其能久乎。自鄶以下無譏焉。爲之歌小雅曰，美哉，思而不貳，怨而不言，其周德之衰乎，猶有先王之遺民焉。爲之歌大雅曰，廣哉，熙熙乎，曲而有直體，其文王之德乎。爲之歌頌曰，至矣哉，直而不倨，曲而不屈，邇而不偪，遠而不攜，遷而不淫，復而不厭，哀而不愁，樂而不荒，用而不匱，廣而不宣，施而不費，取而不貪，處而不底，行而不流：五聲和，八風平，節有度，守有序，盛德之所同也。見舞象箾南籥者曰，美哉，猶有憾。見舞大武者曰，美哉，周之盛也，其若此乎。見舞韶濩者曰，聖人之弘也，而猶有慚德，聖人之難也。見舞大夏者曰，美哉，勤而不德，非禹其誰能修之。見舞韶箾者曰，德至矣哉，大矣如天之無不幬也，如地之無不載也，雖甚盛德，其蔑以加於此矣，觀止矣，若有他樂，吾不敢請已。」（九）漢書董仲舒列傳：「樂者，所以變民風，化民俗也。其變民也易，其化民也著。故聲發於和而本於情，接於肌膚，臧於骨髓。故王道雖微缺而筦絃之聲未衰也。」又禮樂志：「夫樂本性情，浹肌膚而臧骨髓。」（一〇）禮記樂記：「是故，先王愼所以感之者。」又曰：「鄭聲好濫淫志。」（一一）黃氏曰：漢書禮樂志：「周詩既備，而其器用張陳，周官具焉。典者自卿大夫師瞽以下，皆選有德之人，朝夕習業，以教國子。國子者，卿大夫之子弟也。皆學歌九德，誦六詩，習六舞，五聲八音之和。故帝舜命夔曰：女典樂，教冑子。直而溫，寬而栗。剛而無虐，簡而無傲。詩言志，歌詠言，聲依永，律和聲，八音克諧，此之謂也。」（一二）范氏曰：「漢書律曆志上：『書曰，予欲聞六律五聲八音七始詠以出納五言。』七始者，天地四時人之始也。順以歌詠五常之言。」禮樂志安世房中歌：「七始華始，肅倡和聲。」孟康曰：「七始，天地四時人之始。」尚書大傳：「七始，天統也。」鄭注：「七始，黃鐘、林鐘、大族、南呂、姑洗、應鐘、蕤賓也。」黃氏曰：左傳〔隱五年〕：「夫舞，所以節八音而行八風。」杜注：「八風，八方之風也，以八音之器，播八方之風，手之、舞之、蹈之，節其制而序其情。八方之風謂東方谷風，東南清明風，南方凱風，西南涼風，西方閶闔風，西北不周風，北方廣莫風，東北方融風。」（一三）漢書禮樂志：周道始缺，怨刺之詩起。王澤既竭，而詩不能作。王官失業，雅頌相錯。桑間濮上，鄭衛宋趙之聲並出。內則致疾損壽，外則亂政傷民。巧偽因而飾之，以營亂富貴之耳目。庶人以求利，列國以相間。故秦穆遺戎而由余去，齊人饋魯而孔子行。至於六國，魏文侯最爲好古，而謂子夏曰，寡人聽古樂，則欲寐，及聞鄭衛，余不知倦焉，子夏辭而辨之，曰，今君所好者，其溺音乎。文侯曰，敢問何謂溺音。子夏對曰，鄭音好濫淫志，宋音燕女溺志，衛音趨數煩志，齊音敖辟喬志：此四者，皆淫於色，而害於德，是以祭祀弗用也。」終不見納，自此禮樂喪矣。漢興，樂家有制氏。以雅樂聲律，世世在太樂官，但能紀其鏗鎗鼓舞，而不能言其義。高祖時，叔孫通因秦樂人，制宗廟樂。大祝迎神於廟門，奏嘉至，猶古降神之樂也。皇帝入廟門，奏永至，以爲行步之節，猶古采薺肆夏也。乾豆上，奏登歌，獨上歌，不以筦弦亂人聲，欲在位者徧聞之，猶古淸廟之歌也。登歌再終，下奏休成之樂，美神明既饗也。皇帝既酒，東廂坐定，奏永安之樂，美禮已成也。又有房中祠樂，高祖唐山夫人所作也。周有房中樂，至秦名曰壽人。凡樂，樂其所生，禮不忘本，高祖樂楚聲，故房中樂，楚聲也。孝惠二年，使樂府令夏侯寬，備其簫管，更名曰安世樂。高祖廟奏武德文始五行之舞。孝文廟奏昭德文始四時五行之舞。孝武廟奏盛德文始四時五行之舞。武德者，高祖四年作，以象天下樂己行武以除亂也。文始舞者，曰本舜招舞也。高祖六年，更名曰文始，以示不相襲也。五行舞者，本周舞也，秦始皇廿六年，更名曰五行也。四時舞者，孝文所作，以明示天下之安和也。蓋樂己所自作，明有制也。樂先王之樂，明有法也。郊祭采武德舞以爲昭德，以尊太宗廟。至孝宣采昭德舞爲盛德，以尊世宗廟。諸帝廟常奏文始四時五行舞。云高祖六年，又作昭容樂，禮容樂。昭容者，猶古之昭夏也。主出武德舞。禮容者，主出文始五行舞。舞人無樂者，將至至尊之前，不敢以樂也。出用樂者，言舞不失節，能以樂終也。大氐皆因秦舊事焉。至武帝定郊祀之禮，祠大於甘泉，就乾位也。祭后土於汾陰，澤中方丘也。乃立樂府，（師古曰，「始置之也。樂府之名，蓋起於此。」）考證曰「王應麟曰，『惠帝時，有樂府令夏侯寬，更安世樂，似非始於武帝。』『顧炎武曰，「上既言孝惠二年云云，此爾收而未貫通者也。」』（一盧心鑑 孝惠時但有樂府令之官，孝武時則置樂府署也。）采詩夜誦，有趙代秦楚之謳。以李延年爲協律都尉，多舉司馬相如等數十人，造爲詩賦，略論律呂，以合八音之調。作十九章之歌，以正月上辛，用事甘泉圜丘。使童男女七十人俱歌，昏祠至明。夜誦的解）夜常有神光如流星，止集於祠壇。天子自竹宮而望拜，百官侍祠者，數百人，皆肅然動心焉。安世房中歌十七章，「桂華一章十句」：「都荔遂芳窅窊桂華孝奏天儀若日月光乘玄四龍回馳北行羽旄殷盛芬哉芒芒孝道隨世我署文章」郊祀歌十九章，「天馬十十」：「太一況天馬下霑赤汗沫流赭志俶儻精權奇籋浮雲晻上馳體容與迣萬里今安匹龍爲友」元狩三年，馬生渥洼水中作。「天馬徠從西極涉流沙九夷服天馬徠出泉水虎脊兩化若鬼天馬徠歷無草徑千里循東道天馬徠執徐時將搖舉誰與期天馬徠開遠門竦予身逝昆侖天馬徠龍之媒游閶闔觀玉臺」太初四年，誅宛王獲宛馬作。象載瑜十八：「象載瑜，白集西食甘露飲榮泉赤雁集六紛員殊翁雜五采文神所見施祉福登蓬萊結無極」太始三年，行幸東海，獲赤雁作。其餘巡狩福應之事，不序郊

廟，故弗論。是時河間獻王有雅材，亦以爲治道非禮樂不成，因獻所集雅樂。天子下太樂官，常存肄之，歲時以備數，然不常御。常御及郊廟，皆非雅聲。然詩樂施於後嗣，猶得有所祖述。今漢郊廟詩歌，未有祖宗之事。師涉瓚之所議八音調均。又不協於鍾律。而內有掖庭材人，外有上林樂府，皆以鄭聲施於朝廷。至成帝時，鄭聲尤甚。黃門名倡丙彊景武之屬，富顯於世。貴戚五侯，定陵富平外戚之家，淫侈過度，至與人主爭女樂。哀帝自爲定陶王之時疾之；又性不好音，及即位，下詔曰：「惟世俗奢泰文巧，而鄭衛之聲興。夫奢泰則下不孫，而國貧；文巧則趨末背本者衆；鄭衛之聲興，則淫辟之化流；而欲黎庶敦樸，家給，猶濁其源而求其清流，豈不難哉。孔子不云乎，放鄭聲，鄭聲淫，其罷樂府官。」（一四）隋書音樂志曰：「清樂，其始即清商三調是也。並漢來舊曲。樂器形制，並歌章古詞，與魏三祖所作者，皆被於史籍。平陳後獲之，高祖聽之，善其節奏，曰，此華夏正聲也。」范氏曰：「宋書樂志載相和歌辭：魏六龍，厥初生，天地間，惟漢二十二世，關東有義士，對酒歌，太平時，駕虹霓，皆武帝作。登山而望遠，樂故鄉，亦在瑟調，皆文帝作。又荀勗撰清商三調，舊詞施用者：平調則西周對酒，爲武帝詞，秋風，仰瞻，別日，爲文帝詞。清調則晨上，北上，願登，蒲生，爲武帝詞。悠悠爲明帝詞。瑟調則古公，自惜，爲武帝詞。朝日上，山朝游，猛虎，帝詞。我徂，我徂，赫時帝詞。此外武帝有碣石，文帝有園山園桃，明帝有夏門，王者布大化諸篇。」（一五）黃氏曰：「晉樂志：『泰始二年，詔郊祀明堂禮樂，權用魏儀，遵周室肇稱殷禮之義，但改樂章而已。使傅玄爲之詞。』」范氏曰：「晉書樂志曰：『凡十五篇。』又傅玄造四廂樂歌三首。晉鼓吹

曲二十二首。舞歌二首。宣武舞歌四首。宣文舞歌二首。鼙舞五首。」」（一六）黄氏曰：晉樂志：「使郭夏宋識等，造正德大豫二舞。其樂章張華所作。」又曰：詩邶風簡兮：「公庭萬舞。」范氏曰：「張華作四廂樂歌十六首，晉凱歌二首，舊注但舉舞歌，非也。」（一七）范氏曰：黄先生曰：魏志杜夔傳曰：「杜夔以知音爲雅樂郎，後以世亂奔荆州。荆州平，太祖以夔爲軍謀祭酒，參太樂事。因令創制雅樂。夔善鍾律，聰思過人。時散郎鄧靜尹齊善詠雅樂歌，思尹胡能歌宗廟郊祀之曲，舞師馮肅服養曉知先代諸舞。夔總統研精，遠考諸經，近采故事。教習講肄，備作樂器。紹復先代古樂，皆自夔始也。」晉書律曆志云：「武帝泰始九年，中書監荀勗，校太樂八音不和，始知後漢至魏，尺長於古，四分有餘。勗乃部著作郎劉恭，依周禮制尺，所謂古尺也。依古尺更鑄銅律呂，以調聲韻。以尺量古器，與本銘尺寸無差。又汲郡盜發六國時魏襄王冢，得古周時玉律及鐘磬，新律聲韻闇同。於時郡國，或得漢時故鐘。吹律命之，皆應勗銘。勗銘所云此尺者，勗新尺也。今尺者，杜夔尺也。荀勗造新鐘律，與古器諧韻，時人稱其精密。惟散騎侍郎陳留阮咸，譏其聲高。聲高則悲，非興國之音，亡國之音。亡國之音哀以思，其人困。今聲不合雅，懼非德正至和之音。必古今尺有長短所致也。會咸病卒。武帝以勗律與周漢器合，故施用之。後始平掘地得古銅尺，歲久欲腐，不知所出何代，果長勗尺四分，時人服咸之妙，而莫措意焉。史臣案：勗於千載之外，推百代之法，度數既密，聲韻又契，可謂切密信而有徵也。而時人寡識，據無聞之一尺，忽周漢之兩器，雷同臧否，何其謬哉。世說稱有田父，於野地中得周時玉尺，便是天下正尺。荀勗試以校己所治金石絲竹，皆短校一米云。」隋書律曆志云：「炎曆將終，而天下大亂，樂工散亡，器法湮滅。魏武始獲杜夔，使定音律。夔依當時尺度，權備典章。及晉武受命，遵而不革。至泰始十年，光祿大夫荀勗，奏造新度，更鑄律呂。」謹案如隋唐志言，則勗尺合古周尺，而杜夔尺長於勗尺。一尺長四分七厘，不合甚明。阮咸譏勗，則晉志所謂謬也。勗尺不可考，宋王伯厚鐘鼎款識有古尺，銘云：「周尺，漢志鎦歆銅尺，後漢建武銅尺，晉前尺，並同。」此則依倣晉前尺而鑄者，得此以求古律呂，信而有徵。彥和所言，蓋亦晉志所云雷同臧否者矣。（一八）先之誤字。（一九）季札觀辭，解見上文。毛詩唐風蟋蟀：「蟋蟀在堂，歲聿其莫。今我不樂，日月其除。無已大康，職思其居。好樂無荒，良士瞿瞿。」又鄭風溱洧：「溱與洧，方渙渙兮。士與女，方秉蕑兮。女曰觀乎，士曰既且。且往觀乎，洧之外，洵訏且樂。惟士與女，伊其相謔，贈之以芍藥。」（二〇）范氏曰：「怨志訣絕，唐寫本作宛詩訣絕。古辭白頭吟：『聞君有兩意，故來相決絕。』艷歌何嘗行：『上慚滄浪之天，下顧黃口小兒。』殆彥和所指者耶。宋志皆列在大曲，故云淫辭在曲。」虛心案：禮記禮運：「丘未之逮也，而有志焉。」鄭康成曰：「志，謂識古文。」學記曰：「一年視離經辨志，」辨志，益亦謂識古文。說文：「詩，志也。」然則詩者，蓋與史同體，故曰詩，志也。孟子曰：「詩亡而後春秋作。」詩大序曰：「國史明乎得失之迹，傷人倫之廢，哀刑政之苛；吟咏性情以風其上，達於事變，而懷其舊俗者也，」故曰，詩志也，詩齊風猗嗟：「猗嗟孌兮，清揚婉兮，」曹風候人：「婉兮孌兮。」毛傳：「婉，少貌，孌，好貌。」（二一）文選洞簫賦：「遷延徙移，魚瞰雞睨」。李注魚目不瞑，雞好斜視，故取喻焉。睆，斜視也。黃氏曰：莊子【在宥】：「雲將東遊，過扶搖之枝，而適遭鴻濛，鴻濛方將拊脾雀躍而遊。雲將見之，倘然止，贄然立，曰，叟何人耶，叟何為此。鴻濛拊脾雀躍不輟，對雲將曰遊。雲將曰，願有問也。鴻濛仰而視雲將曰吁。雲將曰，天氣不和，地氣鬱結，六氣不調，四時不節。今我欲合六氣之精，以育羣生，為之奈何。鴻濛拊脾雀躍，掉頭曰，吾弗知，吾弗知。」毛詩小雅巧言：「彼何人斯，居河之麋。無拳無勇，職為亂階。」箋云：「為亂作階，言亂由之來也。」又大雅柔桑：「誰生厲階，於今為梗。」瞻卬：「懿厥哲婦，為梟為鴟。婦有長舌，維厲之階。」箋云：「階，所由上下也。」

（二二）范氏曰：「李延年唐寫本作左延年，是。左延年見魏志杜夔傳，善鄭聲者也。亦見晉書樂志。陳思語無考。黃先生曰：『增損古詞者，取古詞以入樂，增損以就句讀也。是以古樂府有與原本違異者，有不可句讀者。或者以古樂府不可句讀，遂嗤笑以為不美，此大妄也。』」

（二三）漢書禮樂志：「初，高祖既定天下，過沛，與故人父老相樂，醉酒歡哀，作風起之詩，令沛中僮兒百二十人習而歌之。」

（二四）黃氏曰：「漢書【卷九十七】外戚傳：『李夫人少而蚤卒，帝思念不已，方士齊人少翁，言能致其神，迺夜張燈燭，設帷帳，陳酒肉，而令上居他帳，遙望見好女如李夫人之貌，帝益悲感，為作詩曰：「是邪非邪，立而望之，偏何姍姍其來遲。」令樂府諸音家絃歌之。』」

（二五）范氏曰：宋書樂志：「鼓吹，蓋短簫鐃哥，蔡邕曰，軍樂也。黃帝岐伯所作，以揚德建武，勸士諷敵也。」晉書禮志中：「摯虞挽歌議曰：漢魏故事，大喪，及大臣之喪，執紼者挽歌。新禮以為挽歌出於漢武帝役人歌勞，聲辭哀切，遂以為送終之禮。雖音曲摧愴，非經典所制，不宜以歌為名。案挽歌因唱和而為摧愴之聲，衙枚所以全哀，此亦以感衆。雖非經典所載，是歷代故事，詩稱君子作歌，惟以告哀，以歌為名，亦無所嫌。宜定新禮如舊。」崔豹古今注曰：「薤露蒿里并哀歌也。本出田橫門人。橫自殺，門人傷之，為作悲歌，故有二章。至孝武時，李延年乃分二章為二曲，薤露送王公貴人，蒿里送士大夫庶人。使挽柩者歌之，亦呼為挽歌。」盧心案：後漢書禮儀志下：「大喪，太常跪曰，請拜送載車。著白系參繆紼，長三十丈，大七寸。為輓六行，行五十人。羽林孤兒，巴俞擢歌者六十人，為六列。」又「太皇太后，皇太后崩」，注：丁孚漢儀曰：「柩將發於殿，女侍史官三百人，皆著素，參以白素，引棺挽歌，下殿就車。」黃氏曰：文章志：「繆襲，字熙伯，作魏鼓吹曲及輓歌。」

（二六）范氏曰：黃先生曰此據藝文志為言。

論「文」與「質」

——歐洲民族性比較研究之一——

范任

「文」與「質」是中國古代學者批評事，物，人，政風，文化的時候常用的兩個名詞。所謂「文」，是代表事物的形式方面，表現方面，「質」，是代表事物的內容方面，本體方面，內容與形式是對待的，本體與表現是對待的，因此，「文」與「質」也是對待的。按理說，任何事物，有多少內容就應該有多少形式，有怎樣的一個本體，就應該有怎樣的一種表現，所謂「富潤屋，德潤身，」文與質應該永遠是相符的。但是，事實上卻往往不如此。古諺說：「良藥苦口利於病，忠言逆耳利於心，」這是忠言和良藥有其用而無其美，換言之，即有質無文；劉基說他買的柑子「金玉其外，敗絮其中，」這就是說那柑子有其表而無其裏，換言之，亦即有文無質。

這種文質不相符的現象，在個人的品格上，生活上，民族的文化上，時代的政風上，也所在多有。有些人「厚重少文」，又有些人「華而不實」；有些民族注重意志的活動與活動的實效，又有些民族注重智慧的活動與活動的形式。所謂「厚重少文」，所謂「意志的活動」，其結果便是道德和事功；所謂「華而不實」，所謂「智慧的活動」，其結果便是禮儀和學藝。禮儀與道德，學藝與事功，在理論上本來是相聯的，但在事實上卻常脫節而分立，正和事物之表裏不一致文質不相符一樣。

就其本身的關係而論，文與質有本末先後之分。質是本，文是末，因爲如果沒有質，便根本談不上文，正如古人所謂「皮之不存毛將安傅」，所以孔子爲宰予說：「朽木不可雕也，糞土之牆不可圬也，」這就是說宰予本質已虧，還談得上什麼學問呢！依文化演進的程序來分，質在先，文在後，所以，孔子與子夏論詩，「子夏問曰：巧笑倩兮，美目盼兮，素以爲絢兮，何謂也？子曰：繪事後素。曰：禮後乎？子曰：起予者商也，始可與言詩已矣。」

但是就其社會價值而論，文與質都是健全文化所必需的，文是生活的社會化，質是文化的推進力，理想的人或理想的社會，是文質並盛與平衡，如果二者缺一，便是一個憾事，甚至發生道德問題。所以孔子說：「質勝文則野，文勝質則史，文質彬彬，然後君子；」又說：「虞夏之質，殷周之文，至矣！虞夏之文不勝其質，殷周之質不勝其文。」既然文與質在事實上常不能平衡，則政教的最大責任便是使過於質者進於文，過於文者返於質，以期達到文質平衡的理想。春秋承「周人尊禮尙施」之敝，質不勝文，政教的責任當然是要使人歸真返璞，所以孔子又說：「先進於禮樂，野人也，後進於禮樂，君子也，如用之，則吾從先進。」

根據孔子對於文與質的一些指示，後世儒者便演繹成一種歷史哲學，一種政治理論。

司馬遷說：「太史公曰：夏之政忠，忠之敝，小人以野，故殷人承之以敬；敬之敝，小人以鬼，故周人承之以文；文之敝，小人以僿，故救僿莫若忠。三王之道若循環，終而復始。」（高祖本紀）張居正說：「世之治也，恆由文而返質。其既也，恆自質而之文。」（見辛未會試錄序）又說：「開國之初，庶事草創，人情樸古，大抵皆多質少文；凡制禮作樂，鋪張繁盛之事，皆在國之中世；當其時人以爲太平盛美，而不知衰亂萌蘖肇於此矣。」（見全集雜著類）

綜合上兩種說法，可知中國先賢對社會演進的看法是每一歷史時代分爲三個階段：第一階段是質勝文，第二階段是文質平衡，第三階段是文勝質。質勝文相當於由亂入治之世，文質平衡相當於盛世，文勝質相當於由治入亂之世。這種三階段看法不禁使人想到斯賓塞的進化論。不過，斯氏進化論的三階段說基於天然法則，而我國儒家三階段說則側重人事；基於天然則人無能爲力，所以斯氏認爲一個社會經過了三階段的歷程便消滅了；我國儒家的三階段說，以人力爲演進的動力，所以一個社會在完成了三階段的歷程的時候，只要主持政教的人知道遵循歷史法則，使人民由文返質，則社會又可以復興，因此，社會的演進是由許多三階段的循環接成而可以連續至於無窮的。

這種文質遞變論的歷史哲學，在我們看來，一面非常切合歷史事實，另一面最適於鼓舞民族的豪情。但是其中有兩點須予補充與分辨：

第一、中國古代少與其他文明民族接觸，因此先儒不能由比較的研究求出文與質的原因，他們解釋文與質的形成，始終滯留在玄學的階段，如董仲舒崇文與質配合天地陰陽（見春秋繁露）便是一例。我們用現代的科學眼光考察，應該知道文質之分是基於地理血統經濟等物質因素的，各民族社會的物質因素不同，其重文或重質的傾向也就不同。不過這一點只是先儒文質說的補充，並不是先儒文質說的否認，因為任何民族，不論他重文或重質，都有三階段的歷程；而且人類愈進化，則自然因素影響愈小，社會因素影響愈大，換言之，人力逐漸能支配歷史的演變，所以先儒的人本主義文質遞變說始終是一個屹立不動的真理。

第二、中國文字內容往往含糊，「文」「質」二字也是如此，我們必需予以辨別。我們覺得先儒說文質，至少指兩個不同的範圍：一種說法，文是指禮樂文藝，質是指道德事功，這都是些事實，是屬於民族文化範圍的；另一種說法，文是指事物的外表，質是指事物的內容，而其着眼點在人民尊講外表或內容的風尚，這是屬於民族心理範圍的。自表面上看，民族心理與文化創造是如影之隨形，有密切聯帶關係的，但仔細分析一下便覺不盡如此。比方，文藝在整個文化上講是屬「文」的方面，一個民族文藝特別發達，當然假定這民族有重文的精神，但是同樣重文的人，很可能有些專講究文藝的形式而蔑視文藝的內容，另有些人專講究文藝的內容而蔑視文藝的形式，前一種心理可稱為形式主義，後一種心理可稱為唯實主義。在質的方面也是如此。道德在文化裏是屬於「質」的，道德發達是一種重質精神的反映，但是有些人專重內心修養而抹煞一切社會關係與規律儀節，也可能有人專講究社會關係與規律儀節而毫無內心的道德修養，這兩種人，前者也是形式主義者，而後者也是唯實主義者。因此，不論是在重文的文化或重質的文化裏，都可以有唯實主義與形式主義的心理或風尚，而有關世運盛衰的正是這種唯實主義與形式主義的心理或風尚，並不是文化發展的部門稍偏於質或稍偏於文，只是一切文化發展，自其在時間上演進言之，總是文的成份逐漸加多，而文的成份加多又逐漸滋灌形式主義的心理，所以先儒論末世之敝便將事實上的文物制度與心理上的形式主義混為一談了。

有了上面兩點修正之後，我們認為先儒以文質為重心的歷史哲學是可以適用於全世界文化演進之研究的，並且，如果我們能參透其中所含的真理，很可以指導現代中國乃至世界的文化建設路線，而增加我們操縱歷史的把握。

館藏嘉靖汪刻文心雕龍校記書後

蒙文通

館藏文心雕龍十卷，明嘉靖庚子歙人汪一元仁卿刻，前有新安方元禎石巖敍。每半頁十行，每行二十字。黑綿紙印，字體鈍拙古香可欣。考錢功甫記云「此書至正乙未刻於嘉禾，宏治甲子刻於吳門，嘉靖庚子刻於新安，辛卯刻於建安，癸卯又刻於新安，萬曆乙酉刻於南昌。」此即所謂新安本也。至正本有錢惟善序，宏治本有馮允中序，新安再刊本有余誨序，萬曆本有張之象序，其可攷者如此。續天祿琳瑯十一元刻有文心雕龍一函八冊，云「書末刻吳人楊鳳繕寫。」而按之瞿目第二十二有鐵崖文集五卷，爲弘治十四年馮允中刻，云「末有姑蘇楊鳳書於楊州之正誼書院一行。」知天祿所藏，仍是馮本，並非元刻。黃蕘圃於甲子十一月題記云「即元刊亦無從問津。」於戊辰三月題記又云「得元刻本校正。」知元刻已不易見。至宋本則更無聞也。嘉靖本亦不易覯。涵芬樓所影印稱嘉靖本者，實即萬曆間張之象本。天祿涵芬所藏，佚去馮張之序，故致誤耳。丁陸藏書之富，冠於海內，要所藏仍是汪刻。此本爲友人自吳中避倭寇攜以入蜀者，年來珍籍或委棄煙燼之中，或流落滄海之外，顧此冊得巍然獨存，固足珍，亦足念也。館中先後所收有梅注本、閔刊本，皆明刻。得之成都舊家何氏，復有鈔本，曾藏於遵義鄭子尹氏，復有黃注原刻本，得於祝氏，皆屬佳本。即梅氏之注，紀氏四庫書目、阮氏未收書目皆未著錄，殆亦罕見。然由汪本視之，誠有東山小魯之慨。顧元明舊刻，脫誤累累，即如隱秀篇中脫去一葉，何義門云「至正刻於嘉禾者，即缺此，後諸刻仍之。」又序志篇亦脫一葉，至張之象初刻等皆不能補。所云阮華山得宋槧本隱秀篇全文，明人矜爲秘笈者，紀昀云以永樂大典所收舊本校勘，凡阮本所補悉無之，知出僞撰。晚季黃佩又以張戒歲寒堂詩話引劉勰云「情在詞外曰隱，狀溢詞前曰秀。」二言爲阮本所無，而宋槧之誣，遂有定讞。惟序志篇缺文，張之象補刻及梅慶生注本殆已補成完篇。然諸家無一言及爲據出何本，由梅注考之，倘卽據梁書本傳。惟本傳所載之文，校諸舊刻本未佚之文，知梁書有刪節。如生七歲以下十四字是也。則據梁書以補序志，未必卽爲完整，不可知也。而諸家無一言出梁書，是誠可異。梅注又校以廣文選，豈廣文選別據前代選本錄之，故梅氏又以梁書校其同異歟？則甚難定。至於錯簡，最足以滋人疑者，莫如宗經篇。黃叔琳於篇後記云

「是篇梅本書實記言以下，有訓詁茫昧，通乎爾雅，則文意曉然云云。無然覽文以下十字。章條纖曲下有執而後顯，採掇生辭，莫非寶也，春秋辨理云云。注四句十六字元脫，朱從御覽補。無觀辭立曉以下十二字，詠以燦矣下，有尙書則覽文如詭而尋理卽暢，春秋則觀辭立曉而訪義方隱云云。按爾雅本以釋詩，無關書之訓詁，且五經分論，不應獨舉書與春秋，奢以覽文云云。謝儀所補四句，辭亦不類，宜從王惟儉本。」

紀氏評云「此注云從王本，而所從仍是梅本。」紀又於篇後記云「以永樂大典所載舊本校勘，正與梅本相同。知王本爲明人臆改。」然今以館藏梅注本校之，黃所云梅本實卽舊刻本，而梅本正與黃所云王惟儉本同。紀云所從仍是梅本者，自亦與梅本不合。豈梅有先後數本歟？因細初刻本凡例云「元本字句多脫誤，惟梅子庾本攷訂甚備，因全依之。」今校閱本正與黃紀所云梅本合，殆皆據初刻而言也。閔本又有曹學佺序云「予友梅子庾從事於斯，音注十五，校正十七，差可讀也。予以公暇，取青州本對校之。」則曹亦據梅本。曹於宗經篇書實記言處云「此段與青州本互有同異。然以玆本爲得。」今館藏梅本，於異體者也下注云「自書實記言以下，倒錯難通，余從諸善本校定。」豈梅氏後

見曹所云青州本，改以從之歟？館藏梅本於一卷一葉版心記云「天啓二年梅子庚第六次校定藏板」，則黃紀所見皆前刻。王惟儉所見與館藏皆後改本也。必如此而黃紀所云乃可通。措此間無別一梅本，足以證其然否也。（友人趙伯鈞曾介紹一梅注本，未及校復持去。）曹云取青州本對校，而閩刻全書，惟此一處注出青州異同，他無一字及青州本者。則青州本之信否未可知。紀云爲明人臆改者，豈即曹氏爲之歟？然曹固以舊本爲得，而不取青州本也。若進而論之，實則梅黃所定，王氏所取，乃不足言。陳伯弢氏以御覽六百八載王粲荊州文學記覈之，則彥和此文全取仲宣。實與青州本不同。知舊刻固不誤也。叔琳所議，無一是處。以知校書之役，豈易易哉？獨彥和之書自昔無善槧。注楊升菴始有評本，略附校語。而朱鬱儀所校爲最有法。考朱氏自云

「余弱冠手抄雕龍，苦舊無善本，傳寫僞漏。逐注意校讎，往來三十餘年，參攷御覽、玉海諸籍，并據目力所及，補完改正，共三百二十餘字。如隱秀一篇，脫數百字，不復可補。他處倘有謬誤，所見吳歙浙本大略皆然，雖有數處改補，未若余此本之最善矣。」

自王氏校後，馮已蒼（孱守居士）借錢牧齋趙氏抄本御覽，又校得數百字。自後何義門、顧澗蘋皆有校本。馮校臨本藏愛日精廬。何校本藏皕宋樓者，則已赴海東也。黃叔琳注本於襲取梅王二氏外，引據益多，其間徵御覽校正，頗出梅氏外，豈即爲校歟？梅氏校注之功，固明人中用力最勤，兼採各家之說，亦最博。所列校注名氏中，誠有不見其說者。至如楊用修、朱鬱儀、孫無撓、謝耳伯、許伯倫、俞羨長、曹能始、柳陳父、王性凝、許無念、欽懋公、張傳度士青蓮龔仲和皆備有其說。黃叔琳纂之所收益衆，合梅黃所據校刻論之，幾嘆觀止。如稱馮本，即馮允中也。汪本即一元也。胡本即胡維新兩京遺編本

也。何本卽何鏜漢魏叢書本也。張本卽張之象也。王本卽王惟儉也。鍾惺秘書亦刻文心，兩家雖未出鍾本同異，而於書固取鍾氏之名，必鍾本異同無足取者。明代舊刻所收殆盡，第未知　校所據底本究爲何刻，其云元刻者豈卽至正本歟？苟非然者，誠難於擬議也。倘謂依升庵評點之馮本歟？似又與別出馮本之說不合，又往往云一作某而不名，殊亦難曉。或以數本同然而不可以一家專之歟？文心一書，至梅黃以來正訛補缺而後條然可誦，其勤固可不沒也。前乎黃氏者，有明張墉洪吉臣二家合注，爲清康熙間武林書坊抱青閣刻，見邵園藏書志十六。云「注中於援據訂譌補缺，皆甚明原書原文，最有根柢」。此書四庫亦未著錄，黃注亦引及之。苗書雖成於賓客之手，未厭人意，要其搜羅之勤，亦足爲壯觀也。

校讎之學，正經正史及學人常讀之籍，自以舊刻爲能正末世傳本之僞，然在私家坊刻，卽經史亦多誤，若於功令無關之籍，則宋明所刻或時益晚而後校益精。文心亦其一也。如攻媿集春秋繁露跋云：

「繁露一書，凡得四本，始得寫本於里中，亟傳而讀之，舛誤至多，恨無他本可校。已得京師印本，以爲必佳，而相去殊不遠。後見尚書程公跋語，以通典太平御覽太平寰宇記所引繁露之言，今書皆無之，遂以爲非董氏本書。今編修胡君仲方宰萍鄉，得羅氏蘭堂本，刊之縣庠，先程公所引三書之言皆在其中，則知程公所見者未廣。……
……然止於三十七篇，終不合崇文總目八十二篇之數。聞婺女潘同年叔度多收異書，屬其子弟訪之，始得此本，果八十二篇。」

審是則崇文內府所有之書，京師四方刻本且多未備。崇文總目水經注祇三十五卷，元祐間人跋則謂蜀刻祇三十卷。

如宋人校書之未精，刻書之固未備矣。斯足以見吝宋者之誣也。惟官書未備，然後往往以私書補之。如崇文說苑僅五卷，曾子固從士大夫得十五篇以足之。又墨子或惟存三卷十三篇，戰國策或惟存八卷，宋本之闕者何可勝記。而後來則悉有足本。又如潛夫論北宋本述古堂所影寫者已誤，亦賴羣書治要然後乃可校正其錯簡。是官書之闕者，私書可補之。板本之訛者，鈔本可正之。宋元無善本，而明本翻佳者，此抄本之足貴也。曩校史通，頗足證此。舊刻雕龍，無一非脫誤累累，而晚明以來乃漸可讀者，則校書之有方也。是則經史鴻篇之外，乃晚刻佳於舊刻者，實明人之力。孰謂明人不足以語於學術之途哉？知以宋槧元刊校後世之籍，而不知後人所校，有足訂舊本之誤者，所見誠隘矣。余昔嘗疑明刻多佳本，往往視宋本爲善，而尤以嘉靖本爲著。每以詢之方家，皆不能明其故。後乃知正德嘉靖之學風，實一變南宋明初之舊貫。自前後七子倡言文必西漢，詩必盛唐，而實即排斥宋人。外似惟排歐蘇之文學，而中實尤惡於程朱之義理。擯宋學則以復古爲功，斥義理則以博學爲貴。是故嘉靖以來，古籍善本日多，而博雅之學，亦超於前世。凡從事於斯者，靡不與七子之徒有淵源。即以王元美言之，其交游所謂後五子中之汪道焜，則刻春秋繁露及翻相臺本儀禮周官者也。而張佳胤則刻越絕書華陽國志者也。續五子中之趙用賢，則刻管子韓非及重修玉海者也。末五子中之胡應麟，學之宏肆，清儒殆罕其匹。八哀篇中之黃姬水，則刻前後漢紀者也。四十詠中之都穆，則與於馮刻文心雕龍，陸刻陸士龍集，徐刻鹽鐵論之役。至如刻史通者陸儼山之流，亦與七子者之徒徐禎卿齊名。而刻水經注之黃省曾，則致書李夢陽願爲弟子。若此之儔，不可縷數。凡所刊校，並稱善本。夫寧妄有無因而然者哉？然則清代攷證之學，實導源於此。至若以不讀唐以後書相號召，尤顯爲本之前後七子者，豈必自楊升庵焦弱侯而後開其端耶？凡清人之自號漢學家以譏訶明人爲名高者，如清四庫館臣之流，動譏明人之學而詆明刻之書，一概抹殺，實未了然於學術之流變。其所呵詈者皆祖述宋元學術文章之流，固有不得辭其咎者，若夫與宋元學術文章相反而别爲一派者，其術豈出清代攷據校勘家之下哉？晚季沿之，曰明學、明本云者，具吠聲之倫，更不足論也。此則余於陸刻史通、梅注文心而後知明人中自有其功不可沒，而其學不可侮者在也。顧梅黄注本雖採衆校，然於改正之處，或又略而不言，致前人以意校正之文，别無所據者，幾於示人以舊刻之實然，則不無亂真之失。如宗經篇「前修文用而未先」，曹始能讀文用疑作運用，乃梅本徑改作運用，不言爲曹所改正。辨騷篇「鴆鳥媒娀女」，梅子庚改娀爲娀，黄本徑改作娀，不言元作娀，梅改爲娀也。樂府篇至於「斬伎鼓吹」，俞長美謂斬疑作軒，乃梅本經改伎爲代，以與下「漢世鐃挽」對文，不知伎之爲岐，軒岐固不誤，而梅改爲代，又不言元本作伎。詮賦篇「招字於楚詞」，黄本云招當作拓，又徑改字作宇，不言元本作字。原道篇「爲五行之秀人實天地之心生」，人生二字固衍文，宜刪，乃梅本經刪去爲空格，不言元有人生二字，以後人校正而後歸是正者，視同舊本之原即如此。改伎爲代，則翻以舊誤之可求者，而擅改之，則幾使人不知其爲誤，致真面於不可求也。凡此之例，不勝縷數。今一以汪刻爲正，於其美脫誤字，一一注出據何書何本改正，或依誰氏之說改正。汪刻誠未善，要是廬山面目，示人以真，備注依據，使人知彥和之書，爲自晚明以來始可暢讀者，諸家之力也。凡校取梅注本，閔刻本，涵芬樓影印張之象本，黄注原刻本，鄭子尹藏抄本，從事校讎，始於王微英女士，而完成於馮鑒如女士。此書近時孫蜀丞、趙飛雲、潘石禪、劉弘度或據唐寫卷子，或據宋本御覽所得實多，并採入焉。所惜諸家監本未據舊刻，不無遺憾。今以汪本爲質，而據以過錄衆說，知固不免漏失之嫌，則惟俟之異日倘補此憾。五校畢而文通爲之記，模善之謂，夫何敢辭。

評范文瀾文心雕龍注

趙西陸

劉彥和文心雕龍一書，彌綸羣言，品列古今，實中國文學批評之奇作。舊有黃叔琳校注，其注成於賓客之手，疏漏殊多；又引書往往爲今世所無，展轉取載而不著其出處，尤未愜人意。近世瑞安孫仲容（詒讓）札迻（卷二十有文心校語），興化李審言（詳）黃注補正，蘄春黃季剛（侃）札記先後迭出，或考校其文字，或疏通其義理，補苴所及，時有諍言；皆是爲劉氏功臣。洎乎晚下，治此書者，又有范仲澐（文瀾）氏注。

范氏原著有「文心雕龍講疏」，脫稿於民國十二年（北平羅莘田先生有藏本），據其書前自序，則任南開學校教職時所作。序中略云：

曩歲遊京師，從蘄州黃季剛先生治詞章之學。先生授以文心雕龍札記二十餘篇，精義妙旨，啓發無遺。獨本札記綜例之義，稍拓其疆宇；凡古今人文辭，可與文心相發明印證者，耳目所及，悉採入錄。雖楚辭、文選、史、漢所載，亦間取之，爲便講說計也。黃注有未善，則多爲補正；其或[illegible]，則仍書黃注曰云云。

蓋即本注初稿本也。觀其疏中，多采心理學家說，強爲附會，頗病蕪雜。殆思還舊稿，爲便講述（序云：爲諸生講釋），一年以還，竟成巨帙。此則有不暇抉擇者歟？今取與此本互勘，凡斯淫文，已悉從芟汰矣。

此注民國十八年九月初刊於北平文化學社。卷首有例言稱：

以黃叔琳校本爲主，參以孫仲容手錄顧（千里）黃（蕘圃）合校本，譚復堂校本，及近人趙君萬里校唐人殘寫本，孫君蜀丞所校唐人殘寫本，據明鈔本太平御覽校，及太平御覽校三種。

校勘之資，可云詳備。繼又增入日人鈴木虎雄校記及章錫琛據涵芬樓景印宋刊本太平御覽校記兩種，於民國二十五年重刊於上海開明書店，注有未安，亦多加釐訂。即今世間通行本也。

顧范注雖取材宏富，用力精勤，[illegible]。然而罣漏仍多，疏誤不免。予以暇日讀其書，凡未敢苟同，輒隨手簽記，今稱本「貴賢」之義，約舉其失數端如左：

一曰苟取寡證。如：

體性篇：仲宣躁銳，故穎出而才果。范注云：魏志王粲傳陳壽評曰：「粲特處常伯之官，興一代之制，然其沖虛德宇，未若徐幹之粹也。」此似躁之徵。

案本書程器篇云：「仲宣輕脆以躁競」，則「躁」疑當作「躁競」。檢魏志杜襲傳：「魏國既建，爲侍中，與王粲，和洽並用。襲嘗獨見，至於夜半，粲性躁競，起坐曰：『不知公對杜襲道何等也？』洽笑答曰：天下事豈有盡耶？卿晝侍可矣，悒悒於此，欲兼之乎？」此彥和所本。范注乃引志評以當之，殊采。

二曰望文生訓。如：

附會篇：夫才量學文，宜正體製。范注云：「量」疑當作「優」，或係傳寫之誤。殆由學優則仕演化成此語。

案：太平御覽五百八十五引作「才童」，知「量」蓋「童」之譌。體性篇云：「童子雕琢，必先雅製。」與此可互證。推彥和之意，不過謂學術始習耳；與學優則仕意何與耶？

三曰不究本始。如：

時序篇：魏武以相王之尊，雅愛詩章。范注引金樓子興王篇「魏武帝御軍三十餘年，手不捨書。」云云。

案：魏志武帝紀裴注引魏書曰：「太祖御軍三十餘年，手不捨書。晝則講武策，夜則思經傳。登高必賦，及造新詩，被之管絃，皆成樂章。」此即金樓子所據。王沈之書雖佚，而陳氏國志具在；何勞舍近取遠轉引它籍？又如：

論說篇：陸機辯亡，效過秦而不及。范注云：陸機辯亡論上下二首，載文選五十三。李善注引孫盛曰：「陸機著辯亡論，言吳之所以亡也。」

案：李注引孫盛語，亦見吳志孫皓傳注。（辯當作辨。）又晉書陸機傳亦載其辯亡論，且曰：「以孫氏在吳，而祖父世為將相，有大勳於江表；深慨孫皓舉而棄之。乃論權所以得，皓所以亡。又欲述其祖父功業，遂作辯亡論二篇。」至言辯亡之規範過秦，當以陸士龍與兄平原書：「辯亡則已是過秦，對事求當可得耳。」為最先見，亦彥和之所本。范注於此，惜皆失采。

四曰不求本證。如：

諧讔篇：魏文因俳說以著笑書，薛綜憑宴會而發嘲調；辭拆推忠，而無益時用矣。黃校云：推，疑誤。范氏無注說。

案：古人之文，去今眇邈；求其確詮，多賴於取證本書。此前賢以經解經之義，亦今人所謂科學的治學態度也。即如此則，「推席」不詞，明有誤字。檢本書時序篇云：「微雅驗豆之前，雍容衽席之上。」衽席連文，知「推」蓋「衽」形近之譌。（近人潘重規讀文心雕龍札記曰：「推疑當作帷」。非是。）

又如：

附會篇：事義為骨髓，辭采為肌膚。范注引鈴木校云：「髓」御覽作「鯁」。

案：「髓」當作「鯁」。本書辨騷篇云：「骨鯁所樹，肌膚所附。」亦以骨鯁與肌膚對舉，是其證。景宋本御覽五百八十五引正作「鯁」。范氏校注雖用本證，若此，猶嫌未周焉。

五曰不求旁證。如：

夸飾篇：談歡則字與笑並，論感則聲共泣偕。范注無說。

案：陸機文賦曰：「信情貌之不差，故每變而在顏。思涉樂其必笑，方言哀而已歎。」與此意同。彥和論文與前之王充論衡，魏文典論，陸機文賦，范曄自序，後之鍾嶸詩品，劉知幾史通諸書多有互相發明處，引彼證此，足助申說。試舉數例：

夸飾篇：是以言峻則嵩高極天，論狹則河不容舠，說多則子孫千億，稱少則民靡孑遺；襄陵舉滔天之目，倒戈立漂杵之論。辭雖已甚，其義無害也。

興論衡超奇篇言諸書之應用淮況同趣。
神思篇：方其搦翰，氣倍辭前；暨乎篇成，半折心始。
何則？意翻空而易奇，言徵實而難巧也。
范曄獄中與諸甥姪書云：「文章轉進，但才少思難。每於操筆
，其所成篇，殆無全稱者。」同謂爲文者言不能足其志也。
風骨篇：若豐藻克贍，風骨不飛，則振采失鮮，負聲無
力。
即文賦所云：「或寄辭於瘁音，徒靡言而弗華。」之意。
附會篇：凡大體文章，類多枝派。整派者依源，理枝者
循幹
文賦亦云：「或因枝以振葉，或沿波而討源。」
時序篇：茂先搖筆而散珠。
詩品評張華詩云：「其體華豔，興託不奇；巧用文字，務爲妍
冶」。亦言其文字之縟綺。
論說篇：暨戰國爭雄，辨士雲踊；縱橫參謀，長短角勢
。轉丸騁其巧辭，飛鉗伏其精術。
史通言語篇云：「戰國虎爭，馳說雲湧。人持弄丸之辯，家挾
飛鉗之術。劇談者以譎誑爲宗，利口者以寓言爲主。若史記載
蘇秦合從，張儀連橫，范雎反間以相秦，魯連解紛而全趙是也
。」語意本此。
才略篇：自卿淵以前，多役才而不課學；雄向以後，頗
引書以助文
晉文類用典之所始也。史通雜說篇引此「雄向」作「向雄」。
且申其義云：「近史所載，亦多如是。故雖有王平所識，僅通
十字；霍光無學，不知一經；而述其言，必稱典誥。良由才
之天然，故聚者虛飾者矣。」范氏注例舉云：論文之術，當採

其旨意；古哲善言，隨宜鎔入。而凡此之類，并爲屏遠。
如其所云「無當雅義」者耶？
六曰勤稽關疑。如：
附會篇：如膠之粘木，豆之合黃矣。范注云：未詳其
說。
案：「豆」疑當作「白」（蘄春黃氏說）。本書原道篇
「徒張虛論，有如黃白之僞說。」黃注引呂氏春秋（別類篇）
曰：「相劍者曰：白所以爲堅也，黃所以爲牣也。黃白雜，則
堅且牣；良劍也。」是其義。又如：
程器篇：仲宣輕脆以躁競。范注云：輕脆躁競，未知其
本。「脆」疑「銳」之譌也。
案：「脆」疑爲「脫」之誤，粲傳稱其「貌寢而體弱通
」是也。「脫」「悅」字通。躁競事明載魏志杜襲傳（已詳前
）。夫陳壽國志，初非僻書；而不加稽考，遽云未知其事。「
不知蓋闕」，固當如是乎？
七曰罕加辨究。如：
夸飾篇：子雲羽獵，鞭宓妃以饟屈原。……彼洛神
，既非罔兩；而虛用濫形，不亦疏乎。范注云：文選揚
雄羽獵賦：「鞭洛水之宓妃，餉屈原與彭胥。」
案：子雲賦鞭宓妃三句各爲一事，彥和斷截其讀，實其疏
舛。其後，劉知幾史通（雜說篇）復據以折揚子法言，亦爲失
考。范注備釋其事，忘其疑矣。又如：
體性篇：士衡矜重，故情繁而辭隱。范注於「情繁辭隱
」句無說。
案：文心恆以「繁」評士衡（鎔裁篇，才略篇），其實陸
文傷繁，患在辭；「清新相接」，故不以爲病。劉熙載文概

云：「六代之文，麗才多而鍊才少；有鍊才焉 如陸士衡是也 。蓋其思既能入微，而才復足運範；故其所作，皆標然自樹質幹。文心雕龍但目以情繁辭隱，殊未盡之。」其言諒已。范注於此等皆未能置辨。

八曰抄撮習見。

范注例言六云：劉氏所引篇章，其文見存；無論習見罕遇，悉爲抄入，便省覽也。惟京都大賦，楚辭衆篇，及馬融廣成頌，曹植辨道論之類，或卷帙累積，或冗繁已甚；爲刊類計，但記出處，不復移錄。

案：文心撰章表篇，必「選文以定篇」。（見序志篇）然則篇中所徵爲文，並取足爲式。注家擇尤繕錄，以備稽考，例至善。惟如屈子之騷，賈生之賦，李康之論運命，陳琳之檄豫州，史遷報任少卿，陸機弔魏武帝，與夫史，漢，文選所錄佳篇，原書具在，人所共讀；固不必漢賦、楚辭、廣成、辨道之類始宜從省。而范氏連篇累牘，登之注中；雖取便循覽，實徒濫卷帙；斯註例之待商榷者也。

凡此之類，皆紕繆顯然。後來注家，所宜審覈。至其書大體，多本遹師黃君札記；精思碩論，時見篇中。以讀者自能尋繹而得，故不嚴論，論其闕失者。

（民國三十三年一月，於昆明旅寓）

文論主氣說發凡

傅庚生

（一）

昔人恆喜籠統以言理，所用辭字輒亦代相沿襲而不加揀擇。吾人若不審究其底蘊，而體觀於寓解，必致此彼雜廁，疑竇叢脞。如「道」之一字，雖見用於儒、法諸家，而各道其所道，詎容以一理概之？文論之中，競用而遂不剖判者，厥惟「文氣」之說。謹出卮言，詮各家之旨，區分條目，通今古之郵。幸海內博雅君子共商榷焉。

曾子孟子，皆嘗言氣，雖不過枝節之辭，通泛之論，而義蘊自有統系；且於後世衡文者，頗有濬發啓迪之功。王充云著養性之書，養氣自守，適和謂爲驗己而作，以弁養氣之篇；然仲任意在「愛精自保」，不關文事也。曹丕典論論文，可云首倡文氣之議。其後劉勰著養氣、體性等篇，韓愈揭「氣盛言宜」之論，李德裕以爲氣「貫」之乃宜，蘇轍以爲氣「形」而爲文。下逮桐城諸子，浙東章氏，莫不言氣，揆厥指歸，塗轍非一；時賢之論，亦雅有異同。

方孝岳先生謂魏文論氣指「才氣」而言，劉勰韓愈皆其嗣音，是持後先於一貫也。陳鐘凡先生謂曹丕文氣指「才性」，「風格」而言，與唐宋人以「語勢」爲文氣者不同，析之爲兩；朱東潤先生論及文氣，有似與陳說偶同。郭紹虞先生則謂蓄於內者爲才性，宣諸文者爲語勢，昔人論氣者，本混才氣語氣而爲一，指陳說爲未當。羅根澤先生則謂文氣爲自然之音律，音律爲具體之文氣，又別出新意而仍一其論矣。

蓋以論文本一事，脈絡相通；而主氣又同名，包涵太廣。論者既蔽於「氣」之辭一，遂多求其理之不歧。竊以爲曩日文氣之說，宜分五目：一曰，論氣之剛柔者，猶個性也；二曰，論氣之清濁者，猶風格也；三曰，論氣之利鈍者，猶靈感也；四曰，論氣之蓄餒者，猶思想也；五曰，論氣之貫串者，猶聲律也。以下分別論之。

（二）

劉勰文心雕龍體性篇云：「夫情動而言形，理發而文見，蓋沿隱以至顯，因內而符外者也。然才有庸儁，氣有剛柔，學有淺深，習有雅鄭，並情性所鑠，陶染所凝。是以筆區雲譎，文苑波詭者矣。故辭理庸儁，莫能翻其才；風趣剛柔，寧或改其氣；事義淺深，未聞乖其學；體式雅鄭，鮮有反其習。各師成心，其異如面。」謂文之剛柔，情性爲其本也。姚鼐復魯絜非書云：「鼐聞天地之道，陰陽剛柔而已。文者，天地之精英，而陰陽剛柔之發也。惟聖人之言，統二氣之會而弗偏；然而易詩書論語所載，亦間有可以剛柔分矣。值其時其人告語之體，各有宜也。自諸子而降，其爲文無有弗偏者。其得於陽與剛之美者，則其文如霆，如電，如長風之出谷，如崇山峻崖，如決大川，如奔騏驥；其光也如杲日，如火，如金鏐鐵；其於人也如憑高視遠，如君而朝萬衆，如鼓萬勇士而戰之。其得於陰與柔之美者，則其文如升初日，如清風，如雲，如霞，如煙，如幽林曲澗，如淪，如漾，如珠玉之輝，如鴻鵠之鳴而入寥廓；其於人也漻乎其如歎，邈乎其如有思，暖乎其如喜，愀乎其如悲。觀其文，諷其音，則為文者之性情形狀舉以殊焉。……糅而偏勝可也；偏勝之極，一有一絕無，與夫剛不足為剛，柔不足為柔者，則不可以言文。」意以為文之陰陽剛柔，有受自天地者使然，殆謂文情本於天賦之個性耳。人之內蓄於性情吡剛吡柔者為氣質，流露於文章或雄偉或韶秀者為氣韻。質剛者其文雄，質柔者其文秀，故彥和云「風趣剛柔，寧或改其氣」也。以質性情臨文者，剛則雄矣，柔則秀矣，一有一絕無可也；求文之烘托變化，糅而偏勝亦可也；質剛而心儀於文之秀，或質柔而志期於文之雄，勢必剛不足為剛，柔不足為柔，則大不可。姚氏之論，大體皆是；惟云「偏勝之極，一有一絕無」者「不可以言文」，是盲從而又誤會儒家中庸之旨，而自亂其陰陽剛柔之界，轉向彼「鄉愿」之文；非篤論也。

曾國藩聖哲畫象記云：「西漢文章，如子雲相如之雄偉，此天地遒勁之氣，得於陽與剛之美者也；此天地之義氣也。劉向匡衡之淵懿，此天地溫厚之氣，得於陰與柔之美者也，此天地之仁氣也。東漢以還，淹雅無慚於古，而風骨少隤矣。韓柳有作，盡取揚馬之雄氣，為變而內之於薄物小篇之中，豈不詭哉！歐陽氏、曾氏皆法韓公，而體質於匡劉為近。文章之變，莫可窮詰，要之不出此二途，雖百世可知也。」雖沿姚氏以持說，乃能明限二途，不淆黑白。又日記云：「吾嘗取姚姬傳先生之說，文章之道，分陽剛之美，陰柔之美。大抵陽剛者氣勢浩瀚，陰柔者韻味深美；浩瀚者噴薄以出之，深美者吞吐而出之。」則以「深美」「浩瀚」狀乘氣吡陰吡陽之奇，又以「噴薄

其青藍冰水矣。

（三）

曹丕典論論文云：「文以氣為主，氣之清濁有體，不可力強而致。譬諸音樂，曲度雖均，節奏同檢，至於引氣不齊，巧拙有素，雖在父兄，不能以移子弟。」言風格之不同與難移也。又云：「徐幹時有齊氣」，「孔融體氣高妙」，與吳質書又云：「公幹有逸氣，但未遒耳。」分論各人作品之風格也。風格者，作者之個性與經驗決定其思路，而形於文者遂有其獨特之點也。方苞欽定四書文凡例所云：「依於理以達其辭者，則存乎氣。氣也者，各稱其資材，而視所學之淺深，以為充歉者也」，正此意耳。思路者，想像活動之方向也。文學創作者，人挾其個性，稟於先天者不同；人有其遭際，染於後天者亦異。當其「精騖八極，心遊萬仞」之時，其想像之活動，感興之觸發，必人異其致，而所表現於作品者。乃各有一種風格而不同其氣也。

文心雕龍風骨篇云：「詩總六義，風冠其首，斯乃化感之本源，志氣之符契也。是以怊悵述情，必始乎風；沉吟鋪辭，莫先於骨。故辭之待骨，如體之樹骸；情之含風，猶形之包氣。結言端直，則文骨成焉；意氣駿爽，則文風清焉。若豐藻克贍，風骨不飛，則振采失鮮，負聲無力。是以綴慮裁篇，務盈守氣，剛健既實，輝光乃新。其為文用，譬征鳥之使翼也。故練於骨者，析辭必精；深乎風者，述情必顯。捶字堅而難移，結響凝而不滯，此風骨之力也。若瘠義肥辭，繁雜失統，則無骨之徵也；思不環周，索莫乏氣，則無風之驗也。昔潘勖錫魏，思摹經典，羣才韜筆，乃其骨髓峻也；相如賦仙，氣號凌雲，

辭爲辭宗，逎其風力遒也。能鑒斯要，可以定文；玆術或違，無務繁采。故魏文稱「文以氣爲主，氣之清濁有體，不可力強而致。」故其論孔融，則云「體氣高妙」；論徐幹，則云「時有齊氣」，論劉楨則云「有逸氣」。公幹亦云：「孔氏卓卓，信含異氣，筆墨之性，殆不可勝。」夫翬翟備色而翾翥百步，肌豐而力沉也；鷹隼乏采而翰飛戾天，骨勁而氣猛也。文章才力，有似於此。若風骨乏采，則鷙集翰林，采乏風骨，則雉竄文囿。唯藻耀而高翔，固文筆之鳴鳳也。」綜覽劉氏之論，以爲抒據其情思，而形於文者風，猶今之云感情、思想咸爲文學之元素，又須藉聯想作用以形之也；以爲鋪陳者辭藻，而持其綱者骨，猶今之云形式亦爲文學元素之一，又須藉分想作用以飭之也。篇中所言「氣志情思」，感情思想也；「辭藻采字聲響」，形式也。「風」似相當於聯想作用，「骨」似相當於分想作用。風骨之力既完，而創造的想像有據；想像已與，樞機以靈，氣閎於中，采肆於外。故彥和論風骨而兼及氣，原其始也，「意氣駿爽，則文風清」，明「意」爲「風」淵源之所自；論風骨而兼及采，要厥終也，「藻耀而高翔，固文筆之鳴鳳，」明「骨」與「辭」相須而後成也。舍人風骨之篇，殆沿文章風格之氣而晉求表暴之方者歟？

蘇轍上樞密韓太尉書云：「轍生好爲文，思之至深，以爲文者氣之所形；然文不可以學而能，氣可以養而致。孟子曰：『我善養吾浩然之氣』，今觀其文章，寬厚宏博，充乎天地之間，稱其氣之大小。太史公行天下，周覽四海名山大川，與燕趙間豪俊交遊，故其文疏蕩頗有奇氣。此二子者，豈嘗執筆學爲如此之文哉？其氣充乎其中，而溢乎其貌，動乎其言，而見乎其文，而不自知也。轍生十有九年矣，其居家所與游者，不過其鄉里鄉黨之人，所見不過數百里之間，無高山大野，可登覽以自廣。百氏之書雖無所不讀，然皆古人之陳迹，不足以激發其志氣。恐遂汩沒，故決然捨去，求天下奇聞壯觀，以知天地之廣大。過秦漢之故都，恣觀終南嵩華之高，北顧黃河之奔流，慨然想見古之豪傑。至京師，仰觀天子宮闕之壯，與倉廩府庫城池苑囿之富且大也，而後知天下之巨麗。見翰林歐陽公，聽其議論之宏辯，觀其容貌之秀偉，與其門人賢士大夫遊，而後知天下之文章，聚乎此也。太尉以才略冠天下，天下之所恃以無憂，四夷之所憚以不敢發，入則周公召公，出則方叔召虎，而轍也未之見焉。且夫人之學也，不志其大，雖多而何爲？轍之來也，於山見終南嵩華之高，於水見黃河之大且深，於人見歐陽公；而猶以爲未見太尉也，故願得觀賢人之光耀，聞一言以自壯。然後可以盡天下之大觀 而無憾者矣。」謂「文不可以學而能」，言不能就文章以學文，緣百氏之書，皆古人之陳迹，因迹以學文，不若詁氣以探本也。孟軻以仁義之道養氣，故其文偉，司馬遷以遊覽與交游養氣，故其文奇。皆後天之經驗疏導其個性，規範其想像，而形成文章特殊風格之效也。其養之也有素，則「氣充乎其中」；或自顧有未足，則宜謀藉外力以「激發其志氣」。子由未必志在文之奇，乃學史遷之行天下也，蓋爲求見忠獻又欲自暴其文學，故立論乃爾；雖然，理不爽也。太史公周覽天下名山大川，其文疎宕有奇氣；偉長生於北海，以齊俗舒緩，而文體亦然；文舉高志直情，寬容少忌，故體氣高妙；公幹以不敬被刑，心迹遠俗，故有逸氣，氣在人者爲品格，在文者爲風格矣。

（四）

疇昔問學之士，多摒絕方法，故步自封，故學術停滯其進步太遠，理論得失於樸棱兩可。於一切事理，往往知其然而不知其所以然。不事深求者，論「其然」而止；深求其「所以」者，又每隨於虛玄。淺深雖異，其無當於理則一。又以不似今日可得其他科學知識之輔弼，故雖廣譬繁說，終難輾辟近裏。至其用心。蓋良苦矣。陸機文賦云：「若夫應感之會，通塞之紀，來不可遏，去不可止，藏若影滅，行猶響起。方天機之駿利，夫何紛而不理？思風發於胸臆，言泉流於脣齒，紛葳蕤以馺遝，唯毫素之所擬。文徽徽以溢目，音泠泠而盈耳。及其六情底滯，志往神留，兀若枯木，豁若涸流。攬營魂以探賾，頓精爽於自求。理翳翳而愈伏，思乙乙其若抽。是以或竭情而多悔，或率意而寡尤。雖茲物之在我，非余力之所勠。故時撫空懷而自惋，吾未識夫開塞之所由。」肆力描繪靈感之動靜，而苦於不明其通塞之故；艱於探原，不得不勤捃其象耳。

李德裕文箴云：「文之爲物，自然靈氣，恍惚而來，不思而至。杼柚得之，淡而無味，琢刻藻繪，彌不足貴。如彼璞玉，磨礱成器。奢者爲之，錯以金翠，美質既雕，良寶斯棄。」「恍惚而來，不思而至」，所云自然之「靈氣」，猶靈感也。謂宜憑靈感以行文，故祇言雕琢之非貴；能志耽璞玉之全，則思與文饒之褊矣。金喟批西廂記云：「文章最妙是此一刻被靈眼覷見，便於此一刻放靈手捉住。蓋於略前一刻亦不見，略後一刻便亦不見。恰恰不知何故，却於此一刻忽然覷見，若不捉住，便更尋不出。今西廂記若干文字，皆是作者不知於何一刻中靈眼忽然覷見，便疾捉住，因而直傳到如今。細思萬千年以來，知他有何限妙文，已被覷見。却不曾捉得住，遂總付之泥牛入海，永無消息。」設靈手靈眼之辭，明忽覷忽亡之迹，正指靈感而言。不乘靈感以行文，輒如泥牛入海，徒興望歎之嘆矣。

文心雕龍神思篇云：「故思理爲妙，神與物遊。神居胸臆而志氣統其關鍵，物沿耳目而辭令管其樞機。樞機方通，則物無隱貌；關鍵將塞，則神有遯心。是以陶鈞文思，貴在虛靜。疏瀹五藏，澡雪精神，積學以儲寶，酌理以富才，研閱以窮照，馴致以懌辭。然後使玄解之宰，尋聲律而定墨；獨照之匠，闚意象而運斤。此蓋馭文之首術，謀篇之大端。」亦論靈感之來去飄忽，人力不能爲其尸主；云宜待之以虛靜，養之以積學。雖尚未能便得魚兔，其佈置荃蹄之法則似之矣。

養氣篇云：「夫耳目鼻口，生之役也；心慮言辭，神之用也。率志委和，則理融而情暢，鑽礪過分，則神疲而氣衰。此性情之數也。……若夫氣分有限，智用無涯。或慚鳧企鶴，瀝辭鐫思，於是精氣內銷，有似尾閭之波；神志外傷，同乎牛山之木。怛惕之成疾，亦可推矣。……夫學業在勤，功庸弗怠，故有錐股自厲，和熊以苦之人。志於文也，則申寫鬱滯，故宜從容率情，優柔適會。若銷鑠精膽，蹙迫和氣，秉牘以驅齡，灑翰以伐性，豈聖賢之素心，會文之直理哉？且夫思有利鈍，時有通塞。沐則心覆，且或反常；神之方昏，再三愈黷。是以吐納文藝，務在節宣。清和其心，調暢其氣，煩而即捨，勿使壅滯。意得則舒懷以命筆，理伏則投筆以卷懷。逍遙以針勞，談笑以藥勌，常弄閑於才鋒，賈餘於文勇。使刃發如新，腠理無滯。雖非胎息之邁術，亦衛氣之一方也。」此篇亦係闡述養衛靈感而善乘之以爲文之理。允宜既闕於中，乃肆於外，未可「慚鳧企鶴，瀝辭鐫思」。充其氣而衛以宜，乃謂善養浩然也。靈感之來去，既不受意識之支配，故「銷鑠精膽，蹙迫和氣」，非「會文之直理」。靈感之成熟，既仍倚學驗之沾溉，故「錐股自厲，和熊以苦」，劉氏以入養氣之篇也。云「學業在勤，功庸弗怠」，雖以反覩吐文藝之宜調暢清和，亦兼示養氣之稍重學功也。又云「從容率情，優柔適會」，猶謂創作之輒憑靈感也。然則養氣云者，質言之，即充實意識界之經驗以濬其源，而等乘靈感之湧現以存其迹也。

（五）

曾子曰：「君子所貴乎道者三：動容貌，斯遠暴慢矣；正顏色，斯近信矣；出辭氣，斯遠鄙倍矣。」君子之人，端而言，蝡而動，皆可以遠於鄙倍，是晏子之撫籌對問所以不同於高子也。文辭亦猶言辭，辭氣亦猶文氣。曾子之云氣，殆謂人之內蓄者爲思想，而外發者爲言文，誠明有自，修辭攸依也。

孟子曰：「夫志，氣之帥也；氣，體之充也。夫志至焉，氣次焉，故曰持其志無暴其氣。志壹則動氣，氣壹則動志也。我知言，我善養吾浩然之氣。其爲氣也，至大至剛，以直養而無害，則塞於天地之間。其爲氣也，配義與道；無是，餒也。是集義所生者，非義襲而取之也。行有不慊於心，則餒矣。必有事焉而勿正，心勿忘，勿助長也。無若宋人然：宋人有閔其苗之不長而揠之者，芒芒然歸，謂其人曰：今日病矣，予助苗長矣。其子趨而往視之，苗則槁矣。天下之不助苗長者寡矣。以爲無益而舍之者，不耘苗者也；助之長者，揠苗者也。詖辭知其所蔽，淫辭知其所陷，邪辭知其所離，遁辭知其所窮。生於其心，害於其政，發於其政，害於其事，聖人復起，必從吾言矣。」「志」猶感情，「氣」猶思想，思想之充於體，蓋集義所生也。他人之「言」，倚此而「知」之，孟子之「辯」，殆亦因是而未嘗「餒」歟？言辭亦猶文耳，倘孟子而言文，亦必由是理矣。

柳宗元答韋中立論師道書云：「故吾每爲文章，未嘗敢以輕心掉之，懼其剽而不留也；未嘗敢以怠心易之，懼其弛而不嚴也；未嘗敢以昏氣出之，懼其昧沒而雜也；未嘗敢以矜氣作之，懼其偃蹇而驕也。抑之欲其奧，揚之欲其明，疏之欲其通，廉之欲其節，激而發之欲其清，固而存之欲其重：此吾所以羽翼夫道也。」不敢以昏氣出之，則必以清明；不敢以矜氣作之，則必以謙巽，清明謙巽之氣，思想之純也，恒以文羽翼夫道，乃道之文也；以道抑揚其文，又文之道矣。

章學誠文史通義文德篇云：「凡言義理，有前人疏，而後人加密者，不可不致其思也。古人論文，惟論文辭而已矣。劉勰氏出，本陸機氏說，而昌論文心；蘇轍氏出，本韓愈氏說，而昌論文氣，可謂愈推愈精矣。未見有論文德者，學者所宜深省也。夫子嘗言有德必有言，又言修辭立其誠；孟子嘗論知言養氣，本乎集義；韓子亦言仁義之途，詩書之源：皆言德也。今云未見論文德者，以古人所言，皆兼本末，包內外，猶合道德文章而一之，未嘗就文辭之中言其有才有學有識，又有文之德也。凡爲古文辭者，必敬以恕。臨文必敬，非修德之謂也；論古必恕，非寬容之謂也。敬非修德之謂者，氣攝而不縱，縱必不能中節也；恕非寬容之謂者，能爲古人設身而處地也。嗟乎！知德者鮮，知臨文之不可無敬恕，則知文德矣。」韓氏論文，迎而拒之，平心察之，喻氣於水，言爲浮物；柳氏之論文也，不敢輕心掉之，怠心易之，矜氣作之，昏氣出之。夫諸賢論心論氣，未即孔孟之旨，及乎天人性命之微也。然文繁而不可殺，語變而各有當，要其大旨，則臨文主敬，一言以蔽之矣。主敬則心平，而氣有所攝，自能變化從容以合度也。夫史有三長，才學識也，古文辭而不由史出，是飲食不本於稼稿也。夫識生於心也，才出於氣也；學也者，凝心以養氣，鍊、識而成其才者也。心虛難恃，氣浮易弛；主敬者隨時檢攝於心氣之間，而謹防其一往不收之流弊也。夫緝熙敬止，聖人所以成始而成終也。其爲變也廣矣。今爲臨文檢其心氣，以是爲文德之徵而已爾。」「心」指人之理智而言，「氣」指人之感情而言。「凝心以養氣，鍊識而成才」，猶謂人之宜以理智控馭其情感，以後天之學驗充盈其先天之才性也。至推原昔賢之旨，則以檢攝心氣爲行文之方，是就文以論文，猶云藉思想以匡輔感情之偏陂也。論氣而溯乘於文，故云前此未見有文德者；論文而仍主本於集義所生之氣，故云韓柳之論未及乎天人性命之微。意必氣之靜能依於德，當於中者爲思想之善；氣之動能持以敬，發於外者爲文辭之美，然後爲知文。是其「氣」雖仍指感情而言，歸極則主於思想也。

（六）

韓愈爲古文家之宗主，雖以道自命，而究未能樂其實。言凡及道者，皆必疏膚廓，言中無物。偶發心得之論，皆偏於文章之形式者耳。既學古人之文而遺古人之道，所以仍能起而衣而振衰八代，遠承秦漢而衣被詞人者，以其能復古而變古，創法而有體，雖道之理朦昧，而文之理昭晰也。先秦西漢之文，創製而無法，得在天矯自如，失在鎔裁未當。故自東遷以降，儷耦漸生，比辭儷句以中交錯之規，切響浮聲以寫陰陽之妙；此文之理也，未可厚非。洎其末流，漸成文弊。昌黎遂起而力革之。然若盡去其文法，中無所主而唯古人之學，摹擬則變「天矯自如」爲邯鄲學步，因應則加「鎔裁未當」爲雜亂無章。隋文以後，盛唐以前，若干文士已開復古之先路，著作而未能嗇成者以此。昌黎所倡於文者深，復古人之用奇，以敵八代之倘耦，「惟陳言之務去」，不隨前人之窠臼。此於文章之辭藻能復古而變古也。古文散漫，不如駢文之整飭，昌黎乃行之以氣，「氣盛則言宜」，故於文之起伏轉接之間，別有鏗鏘之節奏，雖散行之文而於無形中仍具整飭之美。此於文章之音律能創法而有體也。韓氏於道無會於心，於文則頗有得。無會於心者乃企而求之，揭櫫以爲天下倡，當時莫傾其心，後世相率以僞；有得於衷者反輕而賤之，舉隅以爲後學責，所以鼓天下而歸之者仍在此而不在彼也。

其答李翊書云：「如是者亦有年，猶不改，然後識古書之正僞，與雖正而不至焉者，昭昭然白黑分矣。而務去之，乃徐有得也。當其取於心而注於手也，汩汩然來矣。其觀於人也，笑之則以爲喜，譽之則以爲憂；以其猶有人之說者存也。如是者亦有年，然後浩乎其沛然矣。吾又懼其雜也，迎而拒之，平心而察之，其皆醇也，然後肆焉。雖然，不可以不養也。行之乎仁義之途，游之乎詩書之源，無迷其途，無絕其源，終吾身而已矣。氣，水也；言，浮物也。水大而物之浮者大小畢浮。氣之與言猶是也，氣盛，則言之短長與聲之高下者皆宜。」無迷其途，無絕其源，終身以之，殆自知於道尚無所得也。實有未至而名已浮於天下，不得不以道自任，揠苗助長矣。此所云「氣」，亦藉孟子至大至剛而塞於天地之間者，移以爲短長高下而注於文章之內，化「集義所生」之氣爲「能文爲本」之氣；質言之，即通常所云之文氣——文章音律之抑揚頓挫而已。

李德裕文章論云：「魏文典論稱『文以氣爲主，氣之清濁有體』，斯言盡之矣。然氣不可以不貫，不貫則雖有英辭麗藻，如編珠綴玉，不得爲全璞之寶矣。鼓氣以勢壯爲美，勢不可以不息，不息則流宕而忘返。亦猶絲竹繁奏，必有希聲窈眇，聽之者悅聞；如川流迅激，必有洄洑逶迤，觀之者不厭。從兄輪常言「文章如千兵萬馬，風恬雨霽，寂無人聲，」蓋謂是矣。」氣壯而不可忘返，音繁而間以希聲，正謂文氣之抑揚頓挫也。乃引曹丕語，以氣之清濁爲聲之抗墜，蓋因類並及，未暇細辨子桓之心耳。又云：「沈休文獨以音韻爲切，重輕爲難，語雖甚工，旨則未遠矣。夫荊璧不能無瑕，隋珠不能無纇，文旨既妙，豈以音韻爲病哉？此可以言規矩之內，未可以言文外意也。……譬諸音樂，古辭如金石琴瑟，尚於至音；今文如絲竹鞞鼓，迫於促節：則知聲律之爲弊也甚矣。」散文主氣，變化無方，駢文尚諧，音聲有制，故文饒持矩內文外之說，設至音促節之喻。要之，皆足以醫昌黎所未言，可供氣盛言宜之說解焉。

劉大櫆論神與氣亦闡述此旨。論文偶記云：「行文之道，神爲主，氣輔之。曹子桓蘇子由論文，以氣爲主，是矣。然氣隨神轉，神渾則氣灝，神遠則氣逸，神偉則氣高，神變則氣奇，神深則氣靜，故神爲氣之主。至專以理爲主，則未盡其妙。蓋人不窮理讀書，則出詞鄙倍空疏，人無經濟，則雖累牘，不適於用。故義理、書卷、經濟者，行文之材料；神氣音節者，行文之能事也。」所云神氣，似指人之情感個性才識思想之整體，其虛而靜以主於內者曰神，實而動以形於外者曰氣；前者其體，後者其用也。

又云：「文章最要氣盛，然無神以主之，則氣無所附，蕩乎不知其所歸。神氣者，文之最精處也；音節者，文之稍粗處也；字句者，文之最粗處也。然予謂文而至於字句，則文之能事盡矣。蓋音節者，神氣之迹也；字句者，音節之矩也。神氣不可見，於音節見之；音節無可準，於字句準之。音節高則神氣必高，音節下則神氣必下，故音節爲神氣之迹。一句之中，或多一字，或少一字，一字之中，或用平聲，或用仄聲；同一平字仄字，或用陰平、陽平、上聲、去聲、入聲，則音節迥異，故字句爲音節之矩。積字成句，積句成章，積章成篇，合而讀之，音節見矣；歌而詠之，神氣出矣。」近人論文，不知有所謂音節者，至語以字句，必笑以爲末事。此論似高實謬。作文若字句安頓不妙，豈復有文字乎？」則謂神氣形於音節，而音節寓於字句。是神氣役音律，而音律役辭藻也。劉氏泝洄以求之，緣自賞文者言，故因表而尋裏也。

又云：「凡行文字句短長，抑揚高下，無一定之律，而有一定之妙；可以意會，而不可以言傳，學者求神氣而得之音節，求音節而得之字句，思過半矣。其要只在讀古人文字時，設以此身代古人說話，一吞一吐，皆由彼而不由我。爛熟後，我之神氣卽古人之神氣，古人之音節，都在我喉吻間；合我喉吻者，便是與古人神氣音節相似處，自然鏗鏘發金石。」教人讀讀古人文字之字句以識其音節，藉音節而進以求索古人之神氣，迹漸一而心漸同，然後退以部勒己之篇章，當可髣髴得之。字句、視而可見也，音節、讀誦之而約略可以領悟也。神氣、形而上者也，玄而論之，謂可以意會，而不可以言傳也；實而論之，殆直謂古文家之神氣卽指音律而言，無不可也。古文家慣喜縣假象於前，藉以爲重。文而已，乃必云由文以之道；音律而已，乃必云因音律以求神氣。論之愈高，卽之愈渺；欲求明審，必泯其高論而裁其切實者存之。

姚鼐古文辭類纂序云：「凡文之體類十三，而所以爲文者八，曰：神理氣味格律聲色。神理氣味者，文之精也；格律聲色者，文之粗也。然苟舍其粗，則精者亦胡以寓焉？學者之於古人，必始而遇其粗，中而遇其精，終則御其精者，而遺其粗者。文士之效法古人，莫善於退之，盡變古人之形貌，雖有摹擬，不可得而尋其迹也。其他雖工於學古，而迹不能忘，揚子雲柳子厚於斯蓋尤甚焉，以其形貌之過於似古人也。而遽擯之，謂不足與於文章之事，則過矣；然遂謂非學者之一病，則不可也。」心有神理而言有格律，質有氣味而文有聲色。此循海峯文氣之說，而廣其意旨也。格律聲色，文之形式也，略盡之矣；神理氣味，文之內容也 所舉未備。

曾國藩云：「有氣則有勢，有識則有度，有情則有韻，有趣則有味。古人絕好文章，大約於此四者之中，必有所長。」情韻、猶情感也，識度、猶思想也，趣味、猶想像也，氣勢、猶形式也；乃並賅之。又云：「雄奇以行氣為上，造句次之，選字又次之。然未有文不古雅而句能古雅 句不古雅而氣能古雅者；亦未有字不雄奇而句能雄奇，句不雄奇而氣能雄奇者。是文章之雄奇，其精處在行氣，其麤處全在造句選字也。余好古人雄奇之文，以昌黎為第一，揚子雲次之。二公之行氣，本之天授；至於人事之精能 昌黎則造句之工夫居多，子雲則選字之工夫居多。」姚曾二氏之論，皆變梧劉氏神氣音節精粗疑迹之說而明其步驟本末也。「始而遇其粗者，」初學之士皆當如是矣；「中而遇其精者，」中才以上皆可勉而致也。「終則御其精者」，子雲子厚諸人皆優為之矣；「而遺其粗者」，則昌黎最善抉剔，所以獨高；子雲子厚不能忘迹，所以為亞。論神氣聲色之精粗，文氣之雄奇與古雅，而兼及古人之短長，蓋亦許昌黎之能復古而變古，且能示範於來茲也。古文家自韓柳下逮桐城，竭其心力於文字間者，皆置重於文章之辭藻與音律，竊其辭說，可以略得其梗概。

（七）

綜上所述，以氣屬個性之剛柔者，文學感情論之支派也；以氣屬風格靈感者，文學想像論之節目也；以氣屬文辭之理識者，文學思想論之閫域也；以氣屬聲律之抗墜者，文學形式論之一體也。昔之人入主出奴，各照隅隙，必合之而後得其全，亦可就以觀其衢路也。然若不能審其分別，則其異趣，渾同以詮之，必難當昔人之旨，無從治文論之弊。管窺所及，知未必當，顧不敢以自我求同之論 漫以裁制前人立異之名，疏鑿鑽研，非由率爾。識者見之，或不至斥為強立名目，妄生分別乎？

讀完「文心」以後

施傳賢

「文心」是一部好書——我想不出比「好」字更適當的字來形容它——它給了我許多國文方面的知識，同時又講給我一個很動人的故事。我讀這本書的時候，只希望世界上眞有一個書中所說到的那樣的學校，而我就是這學校裏的學生。

「文心」把國文的讀法作法融

合成一片，並且是用故事的體裁寫出來的，因此十分親切，十分生動。枯燥乏味的材料，用故事來一調劑，使我們讀了非但不覺得厭倦，並且捨不得放手。

這本書在上學期我曾讀過一遍了，現在又翻開來，好像是舊日的良友重逢一樣，覺得十分親切。現在我把讀了之後所得的益處記在下面：

這本書矯正了我以前對於國文的許多錯誤見解。第一，我，前對於「辭」沒有充分的認識，常用許多意義不明瞭的「辭」，沒有養成翻字典查辭書的習慣。讀了「文心」中的「辭的認識」，引起了我對於用「辭」的注意。第二，我以前只知道從書中去學寫作，而忽略了實際的觀察和體驗。讀了「文心」中的「觸發」，才知道我們應該從「眼前森羅萬象的事物上獲得新的觸發」。第三，我以前只知道「詩」能吟詠「風花雪月」，而不知道「詩」也能以工場做材料。讀了「文心」才知道吟詠「風花雪月」的「田園詩」，已失了時代性：「工場詩」與「都市詩」才是新時代的產物。此外，讀了「書聲」引起了我對於朗讀的興趣，讀了「推敲」與「文章病院」增加了不少關於寫作的知識……「文心」給與我的益處眞是不少。

我得深深地感謝「文心」的作者夏葉兩位先生，也得謝謝借讀本書給我的朱先生。

梁芬

論文學的隱與秀

傅庚生

文心雕龍隱秀篇，元時刻本卽闕一頁，從『始正而末奇』到『朔風動秋草』『朔』字，是後人妄增的，紀昀已經據永樂大典校讎定案了。黃侃文心雕龍札記『仰窺劉旨，旁緝舊聞』，補作隱秀一篇，大體說來還不失彥和立篇的初意。其實文心隱秀篇的首章和後幅具在，中間缺了的不過是申論與例證的詞句，我們喫一個『燒頭尾』已經儘夠領略肥鮮的了。且把隱秀篇的頭尾抄錄在下面：

夫心術之動遠矣，文情之變深矣，源奧而派生，根盛而穎峻；是以文之英蕤，有秀有隱。隱也者，文外之重旨者也；秀也者，篇中之獨拔者也。隱以複意為工，秀以卓絕為巧，斯乃舊章之懿績，才情之嘉會也。

夫隱之為體，義主文外，祕響旁通，伏采潛發，譬爻象之變互體，川瀆之韞珠玉也。故互體變爻，而化成四象；珠玉潛水，而瀾表方圓。……（闕）

……『（朔）風動秋草，邊馬有歸心』，氣寒而事傷，此羈旅之怨曲也。凡文集勝篇，不盈十一，篇章秀句，裁可百二。並思合而自逢，非研慮之所求也。

或有晦塞為深，雖奧非隱；雕削取巧，雖美非秀矣。故自然會妙，譬卉木之耀英華；潤色取美，譬繒帛之染朱綠。朱綠染繒，深而繁鮮；英華曜樹，淺而煒燁。秀句所以照文苑，蓋以此也。

贊曰：深文隱蔚，餘味曲包。辭生互體，有似變爻。言之秀矣，萬慮一交。動心驚耳，逸響笙匏。

這篇的主旨不外兩層意思：第一，是論文學的風格有隱與秀的不同，第二，是說隱可以『潤色取美』，秀卻要『自然會妙』。我們藉今日對文學的認識作敲門磚，很容易的便可以敲開彥和的隱秀之門；再引而伸之，把文學隱與秀的質性，也可以由此弄清楚了。

什麼叫做『隱』？就是深蔚含蓄，『言有盡而意無窮』，是它的特質，『此時無聲勝有聲』，是它的奇致。作者有深曲的情思，奴役着他的想像，耳目所及，自然便會構成一種迷離曖昧的意象，能夠表現出這意象的自然便也是深曲之筆了。試一讀姜堯章過吳淞時所作的點絳脣：

燕雁無心，太湖西畔隨雲去。數峯清苦，商略黃昏雨。第四橋邊，擬共天隨住。今何許！凭欄懷古，殘柳參差舞。

是暮秋的季節了，他還在海角天涯漂泊着，由空間上的遼渺感到時間上的飄忽。縱目太湖西畔，有燕鴈隨雲飛逝，給望遠的人遺下『逝者如斯夫』的感喟，它們卻揚長去了；看來多情的是自討苦喫，轉不如無心的好。他癡望着遙遠處幾ㄐ若隱若現的山峯，由於情感的外射作用，把它們人格化了，分明見那是和自己一模一樣幾個淸苦的人兒，攢聚在一起商量着：「天色已是黃昏了，雲意還又沉沉，落一場濛濛的秋雨吧。」雲原是出入於山岫間的，淸瘦筆立着的幾點秋山，想藉秋雨來抒寫淸苦的情懷，正是它們的本分。這凭欄遠眺流浪者的情趣，跟它們底相契合了。這凄淸的景象又撩逗起懷古的情緒（也許爲了先有懷古的情思，然後纔有淸苦的感受，孰因孰果，迷離恍惚的不甚分明）。殘柳參差的舞着，也似在申訴滄桑的淸況。嫋嫋兮秋風，衰柳婆娑的舞個不停，繫住了人的雙睛，也綰住了人的心靈……直到他從這物我兩忘的境界中醒來時，我們似乎聽見這詩人輕微的歎息。這裏是情與景的交融，這裏是深曲之筆表達出深曲的、情懷；『瀾表方圓』，由於有『珠玉潛水』。——這便是『隱』。

什麽叫做『秀』？就是韶美英露，它是憑靈感的觸發，不受意識的控制，『思合而自逢，非研慮之所求』的。試一讀謝康樂在永嘉登池上樓詩：

潛虬媚幽姿，飛鴻響遠音，薄霄愧雲浮，棲川怍淵沉。進德智所拙，退耕力不任，徇祿反窮海，臥痾對空林。衾枕昧節候，褰開暫窺臨，傾耳聆波瀾，擧目眺嶇嶔。初景革緒風，新陽改故陰，池塘生春草，園柳變鳴禽。『祁祁』傷豳歌，『萋萋』感楚吟，索居易永久，離羣難處心。持操豈獨古，無悶徵在今。

自從那一日樓上窗前獨對着空林，看厭了一派蕭索氣象，便病倒在牀上，幾曾知有冬去春來？這天覺得身上輕爽些，慢慢登了樓，褰開窗帘，忽然覺得日影親人了，池塘邊陡的生出茸茸的春草。這新鮮的意趣兜地上心來，在意識上偶然畫了一條印痕，吟哦伸紙時，虧它又駸駸的奔赴腕下，這樣纔凝聚成『池塘生春草』絕唱千古的詩句。這便是『秀』。

『夫心術之動遠矣，文情之變生矣』，『心術之動』是情思之本，『文情之變』是因情思而氤氳以出的想像。『源奧而派生』的自然以『複意爲工』，『根盛而穎峻』的自然以『卓絕爲巧』；要緊的是『秀』本有『根』，『隱』亦有『源』。拋卻情思之本，便成了無源之水，無根之木。無源之水偏要紆迴曲折，其涸也可立而待，這樣表現於文學上的便是『晦塞爲深，雖奧非隱』。無根之木偏要著萼敷蕊，正是裁錦製花，都無生氣，這樣表現於文學上的便是『雕削取巧，雖美非秀』。有內蓄的情思主宰着的，猶如風行水上，自呈漣漪，花放枝頭，別有生意，這叫做『水深則回』，『根之茂者其實遂』。文之英蕤，原是從情思的根本中來。『自然會妙』的不消說得；『潤色取美』的也是貼切自己的情思，選擇最妥洽的辭句，希冀着筆下能描繪出本來的面目。『斯乃舊章之懿績，才情之嘉會也』。

且再讀秦少游的浣溪沙：

漠漠輕寒上小樓，曉陰無賴似窮秋，淡煙流水畫屏幽。　自在飛花輕似夢，無邊絲雨細如愁，寶簾閒掛小銀鉤。

描繪一種輕愁淺恨的情緒，十分熨貼。百無聊賴的他，獨坐在樓上，樓又小，寒又輕，春陰的早上卻有深秋的光景。隨便把目光游過去，是那縹着淡煙流水景物的畫屏，有意無意間在想着，看看樓外眞的景色吧，便移目到門外，看夠多時似夢的飛花，又看倦了如愁的絲雨。把目光轉挪到窗簾上，一會兒又呆呆的癡望着那閒掛着的小銀鉤……心上是輕愁淺恨，這時便在這『小』的簾鉤上玩索着『輕』，在這『銀』白色的小物事上玩索着『淺』，一時物我兩忘，完成了純美感的經驗。過後回味思量，窗側的小銀鉤和心上的輕愁淺恨融成一片，纔藉這『寶簾閒掛小銀鉤』七個字把自己覷見的意象表現出來，祇寫眼前有限景，道盡心間無限情，看它夠多麼含蓄！

過去的詩詞話裏，常提到什麼『景語』、『情語』，把這般歸於含蓄的就稱爲『以景結情』。這等的說法，容易令人誤解，以爲作者在作品的收束處，有意的拈出『景語』來掩掩藏藏的，纔顯得夠味兒似的。錯了！作者原是在這景物上一度『入而與之俱化』，構成此一意象，所以纔有這一『結』。若竟說任誰都可以取這『以景結情』作訣竅，便能寫出含蓄的好文章來，豈不滑稽？意象的創造要你自己身心有切實的感受，創造的表現要你自己的意匠去慘澹經營。景色進入你的視野，在你情思上果已挑動了什麼樣的反應，然後你的想像纔得馳騁於其間，尋得個著落。若是中無所蓄，只是學會了生拉活拽的以景結情，恐怕見不出什麼含蓄來，只能透出笨拙。另外舉一個例來說明，它便清楚了。

容齋隨筆上記着一段：

老杜縛雞行一篇云：「小奴縛雞向市賣，雞被縛急相喧爭。家中厭雞食蟲蟻，不知雞賣還遭烹。蟲雞於人何厚薄，吾叱奴兒解其縛。雞蟲得失無了時，注目寒江倚山閣。」此詩自是一段好議論，至結句之妙，非他人所能企及也。予友李德遠嘗賦東西船行，全擬其意，舉以相示云：「東船得風帆席高，千里瞬息輕鴻毛。西船見笑苦遲鈍，汗流撐折百張篙。明日風翻波浪異，西笑東船卻如此。東西相笑無已時，我但行藏任天理。」是詩誦至三過，頗自喜。余曰：「語意絕工，幾於得奪胎法；只恐『行藏任理』與『注目寒江』之句似不可同日語。」德遠以爲知言，銳欲易之，終不能滿意也。

杜工部作品之所以偉大，在他有深廣的同情心。我們如果是心眼兒細如針尖的人，羨慕他的偉大，也檢大的說，下筆便是些『大國民話』，又有什麼足取？『雞蟲得失無了時，注目寒江倚山閣』，憐憫衆生的愚蠢，一片菩薩心腸，注視着水流山兀，眞的『余欲無言』了。結句之妙，妙在『隱』——是偉大人格迸射出的電光石火，豈容別人去捕影繫風？文學的含蓄，不是打腫了臉可以充胖子的，要方寸中眞個有些蘊藉纔來得。

試再讀少游的鵲橋仙：

纖雲弄巧，飛星傳恨，銀漢迢迢暗度。金風玉露一相逢，便勝卻人間無數。柔情似水，佳期如夢，忍顧鵲橋歸路？——兩情若是久長時，又豈在朝朝暮暮。

話說得乾乾脆脆，讀將來，眞個如夏月飲冰，像哀家梨的入口便消釋。牛郎織女在每年七夕纔得一度相逢，世上似我們多少饕餮的人都替他們抱委屈，說天上的雙星還不如人間的夫婦。這庸俗的見識啊，我們一向就安於這庸俗了；驀然在眼前觸到『金風玉露一相逢，便勝卻人間無數』這般玉潔冰瑩的詞句，不由得使我們羞見自家心脇的塵濁。

『柔情似水，佳期如夢』，這三百六十日中一夕的相逢，倒撒下了三百五十九日黯然魂銷的種子；『忍顧鵲橋歸路』，是的便鐵石人兒也該斷腸。然而——『兩情若是久長時，又豈在朝朝暮暮』，看人家會轉出如此灑落的情趣來，眞風流，眞倜儻，天一般高的智慧，海一樣深的情戀，纔成就了這一篇秀美的作品。但儘管有淮海般的襟抱，創造出這般光景的一闋詞來，也還要倚『萬慮一交』的興會。我們套用王靜安的筆調，可以說：「少游詞境最淒婉（含蓄）；至『兩情若是久長時，又豈在朝朝暮暮』，則變而爲卓秀矣。」

何妨再一讀陳履常的減字木蘭花：

娉娉嫋嫋，芍藥枝頭紅樣小。舞袖遲遲，心到郎邊客已知。金尊玉酒，勸我花前千萬壽。莫莫休休，白髮簪花我自羞。

他嘗自矜說『於詞不減秦七黃九』；恕我不敬，至少他的這一闋要價減秦七。我們只能說他是志於秀了，可是還沒有臻於秀。也許因爲是晁无咎出小鬟佐飲，即席之作，沒有給他『閉門覓句』去邀致靈感的空閒吧？『娉娉嫋嫋，白髮簪花』，原已有些倚老賣老的神氣；『莫莫休休』，詞意間又有些忸怩，吞吞吐吐的，便累死也做不到穎脫而出，和『秀』早已絕了緣。我們要說淮海詞當得起『英華耀樹』，對後山只可還他一句『芍藥枝頭紅樣小』，那便是小巫見大巫了。要說筵前酬應，不容易產生好的創作嗎，試將此闋與杜牧之的『華堂今日綺筵開，誰喚分司御史來？忽發狂言驚滿座，兩行紅粉一時迴』併讀，我們會分明的覺察到『動心驚耳，逸響笙匏』的，到底還要推『杜郎俊賞』。有道是『根盛而穎峻』，詩的秀句，也有幾分要仗詩人的秀骨呢！

留秀要待靈感的觸發，含蓄要靠情景的交融，歸根結蒂一句話，還是老話頭『修辭立其誠』。祇要他的靈府心田中眞有那麼一當子事，寫出來自然能動人；想在無中生有，或是曾經著幾分勉強，就難免浮滑，晦澀。病象暴露在筆端，病根還在作者的腔子裏。

司空表聖二十四詩品中論『自然』的一則：

俯拾卽是，不取諸鄰，俱道適往，著手成春。如逢花開，如瞻歲新。眞予不奪，強得易貧。幽人空山，過雨采蘋，薄言情悟，悠悠天鈞。

就是象徵着善乘靈感的創作。正好觸著時，『俯拾卽是』；待得六情底滯而搜索枯腸，就是『強得易貧』，不免要露出寒乞相了。論『含蓄』一則：

不著一字，盡得風流。語不涉難，已不堪憂。是有眞宰，與之沉浮。如淥滿酒，花時返秋。悠悠空塵，忽忽海漚，淺深聚散，萬取一收。

就是象徵『深文隱蔚，餘味曲包』的妙境。『是有眞宰，與之沉浮』，含蓄的主宰仍然在內蓄的情思，浮者自浮，沉者自沉。如果沒有情思統攝着，只是機械式的臨收煞，便咽住，意味就索然了。

蘇東坡飲湖上初晴後雨詩：

水光瀲灩晴方好，山色空濛雨亦奇。欲把西湖比西子，淡妝濃抹總相宜。

他要把西湖比西子，我們又何妨把他這首詩來比隱與秀呢？『水光瀲灩』是秀美的模樣，『山色空濛』是隱美的模樣；眞摯高卓的情思就等是西子那天成的丰姿美韻。隨她淡妝濃抹，一顰一笑，都有惹人憐處；倘若拋開情思之本只求隱與秀的貌似，就如效顰的東施了。彥和也曾說過：「夫鉛黛所以飾容而盼倩生於淑姿；文采所以飾言，而辯麗本於情性。故情者文之經，辭者理之緯，經正而後緯成，理定而後辭暢，此立文之本源也。」（文心雕龍情采篇）大本大源上踏實了，表現的技巧就成了餘事。但是因爲隱與秀是兩個極端各有適宜的題材，各有完整的面目，通融不得，參差又不可。表現上到底也不容絲毫放鬆；淡掃蛾眉和紅豔凝香不能同時呈露在一個俊龐兒上。比如温飛卿的夢江南：

梳洗罷，獨倚望江樓。過盡千帆皆不是，斜暉脈脈水悠悠。腸斷白蘋洲。

最末一句，過去就有些人批評它，說是『意盡』。本來若是在『過盡千帆皆不是，斜暉脈脈水悠悠』處便結束了，正是言有盡而意無窮，當得起隱美之作；但是爲牽就這夢江南的詞調，不得不足上五個字去。這麼一來就成畫蛇添足了。可是我們讀馬東籬的天淨沙：

枯藤老樹昏鴉，小橋流水人家，古道西風瘦馬，夕陽西下，——斷腸人在天涯！

也是在篇末點題，爲什麼沒有『意盡』的感覺呢？這有兩個原因。第一，温詞是從思婦生活的本身說起的，說她早晨起來，梳洗之後，就倚定樓窗佇望着江上過往的船隻，一直到太陽要落山了，也沒見她所期待着的游子歸來，眼前衹賸下脈脈的斜暉，悠悠的流水，『此情此景共天涯』，多麼耐人尋味！偏在末了足上一句說她『腸斷』，便是多餘的解釋了。馬曲是一連寫了許多外在的景象都是用作陪襯的，末了纔逼出天涯客子的『斷腸』，透露了主旨，以上的話語纔有了著落。若在『夕陽西下』句便收煞了，那些紛亂的影像，如何能一貫起來呢？所以末一句不可少。第二，温詞的意境是寫居人深曲纏綿之思的，最好是孕育一種迷離惝怳的意象，而歸於含蓄，寫到『斜暉脈脈水悠悠』卻正合適，一經道破就點金成鐵。馬曲的意境是寫征夫日暮途遠的苦況的，應該是觸及一種蕭索愴涼的意象而噴薄以出。我們看：那廂是枯藤老樹，昏鴉尚且有窠巢可棲；小橋流水，那村戶人家更有多少團圞相聚的樂趣。這廂呢，卻是迤邐無盡頭的崎嶇古道，西風蹔起，瘦馬趦趄，眼看那夕陽又像大火球一般急遽的往下落。斷——腸——人——在——天——涯！這纔畫龍點睛，破壁飛去，完足了它這以剎那動萬古的秀美。

隱美就要含蓄不盡，秀美則是不恤說盡的；前者說盡了就是『續鳧』，後者偏不說盡就是『截鶴』。韶秀的作品，我們雖不相信是『神助』，卻需要眞的由作者『觸著』，寫出來便能『狀溢目前』，讓我們驚歎着虧他竟從哪裏想得起？若『只是一直說將去，這般一日作百首也得』，就會流於淺率浮滑，使我們納悶他爲什麼一定又要寫？含蓄的作品要作者在情思上眞的有所蓄積，虔誠的寫出，有時並不是掉筆花兒，卻自然而然的像神龍見首不見尾的一般，『情在辭外』，特別耐人咀嚼。若只是假意的半推半就，含胡其詞，就難免要模糊晦澀，令人如在霧裏看花了。作者能夠把由於情思，透過想像，眞眞窺見的意象，忠實的合適的表現出來，情辭表裏沒有鬆懈的地方矯揉的痕迹，便是上品。秀也好，隱也好，各有各的當行本色，各有各的動人心處。辨隱秀，是文學批評賞鑑者的閒磕牙兒；創作者原是無所容心於其間，本然已隱，自然而秀的。但也讓我們這般閒磕牙兒的人們說出我們的希望吧：文學創作者，我們相信他會時時勖勵自己的情與知軫鞄着走向寬廣、摯深、卓絕、偉大的路上去。待到情知訢合無間，進入『雲淡風輕近午天』的境地時，就着這人格的根株，放出藝文的花朵，感情眞，思想善，形式美，眞善美渾同如一，纔是文學的最高境界。這種文學風格，好像是光瑩溫潤的美玉，它映射出光瑩的特質便是秀，美包韞着溫潤的特質便是隱。美極詣的作品，會炫惑了我們的眼睛，摘不出哪一句是秀，也辨析不出它是在怎樣的孕度着隱；瞻之在前，忽然在後，道周性全，轉而又像是無德可稱。嚴滄浪所說的：

盛唐諸人，惟在興趣，羚羊掛角，無迹可求。故其妙處透徹玲瓏，不可湊泊，如空中之音，相中之色，水中之月，鏡中之象，言有盡而意無窮。

便是天人合隱秀參的最高境界。這是理想的文學標準，找不出代表作來。朱元晦說：「文字自有一個天生成腔子，古人文字自貼這天生成腔子。」『盛唐諸人』的詩也只可以說能『貼』着它罷了。

文心雕龍明詩篇義證

詹　鍈

大舜云：「詩言志，歌永言」，聖謨所析，義已明矣。

此尚書堯典文。左傳襄公二十七年：「詩以言志」。說文：「詩，志也；從言，寺聲。古文作䛳；從言，㞢聲。」楊樹達十文說義釋詩：「志字從心，㞢聲；寺字亦從㞢聲。㞢志寺古音蓋無二。古文從言㞢，『言㞢』即『言志』也。篆文從言寺，『言寺』亦『言志』也。……蓋詩以言志為古人通義，故造文者之制詩字也，即以言志為文。其以㞢為志，或以寺為志，音近假借耳。……古詩志二文同用，故許徑以志釋詩。」

是以在心為志，發言為詩，舒文載實，其在茲乎？

漢書藝文志：「書曰：『詩言志，歌詠言』。故哀樂之心感，而歌詠之聲發。誦其言謂之詩，詠其聲謂之歌。」「蓋藏於心者為志，發於言者為詩，志藏於內而不可見，詩歌發於外，所以表示藏內之志者也。

詩者，持也，持人情性；三百之蔽，義歸無邪，持之為訓，有符焉爾。

鄭玄詩譜序正義：「詩緯含神霧云：『詩者，持也』。……為詩所以持人之行，使不失隊。」按持有扶義，「持人情性」若謂節制人之感情。王闓運湘綺樓論文：「詩，承也，持也，承人心性而持之。以風上化下，使感於無形，動於自然。故貴以詞掩意，托物寄興，使吾志曲隱而自達，聞者激昂而欲赴。其所不及設施而可見施行，幽窈曠朗，抗心遠俗之致，亦於是達焉。非可快意騁辭，自使其偏頗，以供世人之喜怒也。」

人稟七情，應物斯感，感物吟志，莫非自然。

宋書謝靈運傳論：「民稟天地之靈，含五常之德，剛柔迭用，喜慍分情。夫志動於中，則歌詠外發。」文心物色篇：「歲有其物，物有其容；情以物遷，辭以情發。一葉且或迎意，蟲聲有足引心。……是以詩人感物，聯類不窮。流連萬象之際，沈吟視聽之區。寫氣圖貌，既隨物以宛轉；屬采附聲，亦與心而徘徊。」詩品序：「氣之動物，物之感人，故搖蕩性情，形諸舞詠。照燭三才，暉麗萬有，靈祇待之以致饗，幽微藉之以昭告；動天地，感鬼神，莫近於詩。」朱熹詩集傳序：「或有問於予曰：『詩何爲而作也？』予應之曰：『人生而靜，天之性也；感於物而動，性之欲也。夫既有欲矣，則不能無思；既有思矣，則不能無言；既有言矣，則言之所不能盡，而發爲咨嗟咏歎之餘者，又必有自然之音響節奏而不能已焉。此詩之所以作也。』」

昔葛天氏樂辭云，玄鳥在曲。

趙萬里先生唐寫本文心雕龍殘卷校記：「唐寫本天字氏字云字均無。按此文疑當作昔葛天樂辭玄鳥在曲，方與下文黃帝雲門理不空綺相對成文。今本衍氏字云字，唐本奪天字，均有誤，然終以唐本近是。」

呂氏春秋仲夏紀古樂篇：「昔葛天氏之樂，三人操牛尾投足以歌八闋：一曰載民，二曰玄鳥，三曰遂草木，四曰奮五穀，五曰敬天常，六曰建帝功，七曰依地德，八曰總禽獸之極。」按操牛尾投足以歌，確有古代形式。至於八闋內容，則不可考。載民或即生民，見於大雅；玄鳥見於商頌，「德」「功」等詞俱後起，其非邃古歌曲，昭然可見。

黃帝雲門，理不空綺。

殘卷校記：「唐寫本綺作絃，按唐本是也。黃本引朱校『綺當作紋』，與唐本正合。」

蔡邕獨斷：「黃帝曰雲門，顓頊曰六莖，帝嚳曰五英。」

至堯有大唐之歌，

殘卷校記：「唐寫本唐作章。」黃侃文心雕龍札記：「尚書大傳云：『報事還歸，二年譈然乃作大唐之歌。』鄭注曰：『大唐之歌，美堯之禪也。』據此文，是大唐乃舜作以美堯，則作大章者爲是。樂記曰：『大章，章之也。』鄭注曰：『堯樂名。』」

莊子天下篇：「黃帝有咸池，堯有大章。」按大章之歌久佚。

舜造南風之詩，觀其二文，辭達而已。

禮記樂記：「舜作五絃之琴，以歌南風。」文心時序篇：「有虞繼作，政阜民暇，薰風詩於元后，爛雲歌於列臣。」詩品序：「昔南風之辭，卿雲之頌，厥義敻矣。」崔述唐虞考信錄：「俗傳南風之歌云：『南風之薰兮，可以解吾民之慍兮。南風之時兮，可以阜吾民之財兮。』余按虞載之歌，詞渾厚而意深遠，此歌則詞露而意淺，聲疊而力弱，不類唐虞時語，蓋後世工於琴者所擬作。且所謂『歌南風』者，謂其聲之協於南風耳，傳所稱『節八音而行八風』是也，非其詞之爲南風也。遂以南風爲歌，亦屬附會。」

及大禹成功，九序惟歌。

尚書僞大禹謨：「禹曰：於，帝念哉？德惟善政，政在養民。水、火、金、木、土、穀、惟修；正德、利用、厚生、惟和。九功惟敍，九敍惟歌。」蔡傳：「敘者，言九者各順其理，而不汨陳以亂其常也。歌者，以九功之敘而詠之歌也。」文心原道：「夏后氏興，業峻鴻績，九序惟歌，勳德彌縟。」時序篇：「至大禹敷土，九序詠功。」

太康敗德，五子咸怨。

尚書僞五子之歌篇：「太康尸位，以逸豫滅厥德，黎民咸貳。乃盤遊無度，畋于有洛之表，十旬弗反。有窮后羿，因民弗忍，距於河。厥弟五人，御其母以從，徯於洛之汭。五子咸怨，述大禹之戒以作歌。」文心才略：「五子作歌，辭義溫雅。」

順美匡惡，其來久矣。

往古學人於詩之起源，揣測紛紜。鄭玄詩譜序云：「詩之興也，諒不於上皇之世；大庭軒轅，逮於高辛，其時有無，載籍亦蔑云焉。虞書曰：『詩言志，歌永言，聲依永，律和聲。』然則詩之道放於此乎？」其意以爲詩字首見虞書，因推定詩篇起源於虞。按尚書堯典，近人考證以爲源出晚周，非虞舜時代之作。然自鄭玄以還，歷代學人每喜於載籍搜羅實例，以見虞舜之前已有詩篇。彥和所據，若呂氏春秋、周禮、古文尚書、莊子天下篇、孔子家語等，書皆晚出，將焉取證？但疑古之風，仿自清人，彥和遠在齊梁，固無從辨其眞僞也。宋書謝靈運傳論：「夫志動於中，則歌詠外發，六義所因，四始攸繫，升降謳謠，紛披風什，雖虞夏以前，遺文不覩，稟氣懷靈，理或無異。然則歌詠所興，宜自生民始也。」蓋人情所動，感物悲愉，發爲詠歌，借抒胸臆。雖在初民，不革斯旨。是詩歌與言語而並生，隨七情以俱發，其所從來遠矣。惟殷周已前。遺文莫睹，諸子所載，多屬寓言；經史所傳，或由依託，沈氏存而不論，多聞闕疑，庶幾近之。

自商暨周，雅頌圓備，四始彪炳，六義環深。

四始之義，有毛魯韓齊四家之說。其中毛韓略同於魯，則四始之說魯爲近之。史記孔子世家：「古者詩三千餘篇，及至孔子，去其重，取可施於禮義。上采契后稷，中述殷周之盛，至幽厲之缺，始於衽席。故曰關雎之亂以爲風始，鹿鳴爲小雅始，文王爲大雅始，清廟爲頌始。」孔安國習魯詩，司馬遷嘗從安國問故，則凡史記之說詩者，皆可視爲魯詩之遺。

范文瀾文心雕龍注：「左昭十六年傳杜注：『環，周也。』六義環深，猶言六義周密而深厚。」

子夏監絢素之章，子貢悟琢磨之句，故商賜二子，可與言詩。

鐵卷校記：「按唐本監作鑒，與御覽五八六引合。」

自王澤殄竭，風人輟采。

漢書藝文志：「古有采詩之官，王者所以觀風俗，知得失，自考正也。」

班固兩都賦序：「昔成康沒而頌聲寢，王澤竭而詩不作。」

春秋觀志，諷誦舊章，酬酢以爲賓榮，吐納而成身文。

漢書藝文志：「古者諸侯卿大夫交接鄰國，以微言相感，當揖讓之時，必稱詩以諭其志，蓋以別賢不肖，而觀盛衰焉。故孔子曰：『不學詩，無以言』也。」

逮楚國諷怨，則離騷爲刺。

史記屈原列傳：「屈平之作離騷，蓋自怨生也。國風好色而不淫，小雅怨誹而不亂，若離騷者，可謂兼之矣。上稱帝嚳，下道齊桓，中述湯武，以刺世事。」（據淮南王安離騷傳文。）

秦皇滅典，亦造仙詩。

黃侃札記：「史記秦始皇本紀：『三十六年，使博士爲仙眞人詩。及行所游天下，傳令樂人歌絃之。』案上文三十五年盧生說始皇曰：『眞人者，入水不濡，入火不爇，陵雲氣，與天地久長。』於是始皇曰：『吾慕眞人。自謂眞人，不稱朕。』」

漢初四言，韋孟首唱，匡諫之義，繼軌周人。

韋孟諷諫詩見漢書韋賢傳，但傳中又引或曰：「其子孫好事，述先人之志而作是詩也。」未知孰是。

史通載文篇：「至如詩有韋孟諷諫，篇則賈誼過秦，論則班彪王命，張華述箴於女史，張載題名於劍閣，諸葛表主以出師，此皆言成軌則，爲世龜鏡。」沈德潛評此詩云：「肅肅穆穆，漢詩中有此拙重之作，去變雅未遠。」（古詩源）

孝武愛文，柏梁列韻。

文心時序：「逮孝武崇儒，潤色鴻業，禮樂爭輝，辭藻競騖：柏梁展朝讌之詩，金堤製恤民之詠。」

日知錄卷二十一：「漢武柏梁臺詩本出三秦記，云是元封三年作，而考之於史，則多不符。按史記及漢書孝景紀，中六年夏四月，梁王薨。諸侯王表：梁孝王武立二十五年薨。孝景後元年，共王買嗣，七年薨。建元五年，平王襄嗣，四十年薨。文三王傳同。又按孝武紀，元鼎二年春，起柏梁臺，是爲梁平王之二十二年，而孝王之薨，至此已二十九年。又七年始爲元封三年。又按平王襄元朔中以與太后爭樽，公卿請廢爲庶人。天子曰：梁王襄無良師傅，故陷不義，乃削梁八城，梁餘尚有十城。（原注：漢書言削五，僅有八城。）又按平王襄之十年爲元朔二年來朝，其三十六年爲太初四年來朝，皆不當元封時。又按百官公卿表：郎中令武帝太初元年更名光祿勳；典客景帝中六年更名大行令，武帝太初元年更名大鴻臚；治粟內史景帝後元年更名大農令，武帝太初元年更名大司農；中尉武帝太初元年更名執金吾；內史景帝二年分置左內史右內史，武帝太初元年更名京兆尹，左內史更名左馮翊；主爵中尉景帝中六年更名都尉，武帝太初元年更名右扶風。凡此六官，皆太初以後之名，不應預書於元封之時。又按孝武紀：太初元年冬十一月乙酉，柏梁臺災。夏五月正歷，以正月爲歲首，定官名。則是柏梁既災之後，又半歲而始改官名，而大司馬大將軍青則薨於元封之五年，距此已二年矣。反復考證，無一合者。蓋是後人擬作，剽取武帝以來官名及梁孝王世家乘輿駟馬之事以合之，而不悟時代之乖舛也，」丁福保編全漢三國晉南北朝詩，於柏梁詩後注云：「按俗本於每句官名之下，妄添人名，以致前後矛盾，顧亭林據其所注之名，駁其依託……」其言似謂顧亭林誤用柏梁詩所添人名，因以柏梁爲僞作。實則日知錄之所證，係以年代考其所載官名更立之先後，不僅駁其所注人名。丁氏未加審察，遽斥其誤，過已。按聯句中如「三輔盜賊天下危（左馮翊盛宣）」「外家公主不可治（京兆尹）」「齧妃女脣甘如飴（郭舍人）」，或則危言聳聽，或則褻瀆至尊，詎得於帝前公然賦之？其中「枇杷橘栗桃李梅（太官令）」全爲名詞疊累而成，此等句法似出於史游急就篇。又宋武帝時有華林都亭曲水聯句，純效柏梁之體而成。意者此篇或亦漢魏閒人之所爲歟？

嚴馬之徒，屬辭無方。

時序篇：「買臣負薪而衣錦，相如滌器而被繡，於是史遷壽王之徒，嚴終枚皋之屬，應對固無方，篇章亦不匱。」通變篇：「夫設文之體有常，變文之數無方。何以明其然耶？凡詩賦書記，名理相因，此有常之體也；文辭氣力，通變則久，此無方之數也。名理有常，體必資於故實，通變無方，數必酌於新聲。」鎔裁篇：「立本有體，意或偏長；趨時無方，辭或繁雜。」按禮記檀弓：「事親有隱而無犯，左右就養無方。」鄭注：「方猶常也。」無方謂無常也。漢書禮樂志：「至武帝定郊祀之禮，……乃立樂府，……以李延年爲協律都尉，多舉司馬相如等數十人造爲詩賦，略論律呂以合八音之調，作十九章之歌。」又佞幸傳：「延年善歌爲新變聲，是時，上方興天地諸祠，欲造樂，令司馬相如等作詩頌。延年輒承意弦歌，所造詩，爲之新聲曲。」文心樂府篇亦謂：「延年以曼聲協律，朱馬以騷體製歌。」今傳郊祀歌十九章，當即司馬相如等所爲。其中三言四言五言七言皆有，又或一章中諸言長短錯落，故曰「無方」。彥和之意以爲西漢有四言詩，如韋孟諷諫；有七言詩，如柏梁聯句；有長短雜言，如嚴馬諸遺什。惟「辭人遺翰，莫見五言」，則其疑西漢文人無五言詩之意，已隱躍言外。

至成帝品錄，三百餘篇，朝章國采，亦云周備。而辭人遺翰，莫見五言。

詩品序：「自王揚枚馬之徒，詞賦競爽，而吟詠靡聞。從李都尉迄班婕妤，將百年間，有婦人焉，一人而已。」

范文瀾注：「彥和之意，似謂三百餘篇中不見署名文士作五言詩，非謂三百餘篇無一五言詩也。採自民間之歌謠，非辭人所作，而儘多五言，彥和殆未嘗疑之也。」蓋五言起自民間，歌謠樂府所用爲多。文人學士每鄙其體，縱有試作，亦不自居其名。摯虞文章流別論云：「五言者，……於俳諧倡優多用之。」如李延年北方有佳人歌，除「寧不知」三字外，通體皆五言，而延年即出倡家。爰逮季漢，五言流行既久，文士遂多仿作矣。

所以李陵班婕妤見疑於後代也。

文選所錄李陵與蘇武詩三首，又蘇子卿詩四首。七首中玉臺新詠惟錄蘇武「結髮爲夫妻」一首，餘不錄。而藝文類聚、初學記及古文苑所載復有十首。明馮惟訥古詩紀以前七首爲原作，後十首爲後人擬作。後十首中李陵八首之末兩首，古文苑僅載數語，下注「闕」字，蓋唐時已佚其大半，而楊慎升庵詩話則有其末首之全文，云「見修文殿御覽」。駱鴻凱云：「此外如三良詩注及安陸王碑注並引李陵詩曰：『嚴父潛長夜，慈母去中堂。』王明君辭注引李陵詩曰：『行行且自割，無令五內傷。』陸士衡擬古詩注引李陵詩曰：「招搖西北馳，天漢東南流。』江文通雜體詩注引李陵詩曰：『何以慰我心？』與孫皓書注及檄豫州注並引李陵詩曰：『幸託不肖軀，且當猛虎步。』皆古文苑所未載，不知從何處採取。」（文選學）

御覽五八六引顏延年庭誥云：「逮李陵衆作，總雜不類，元是假託，非盡陵製。至其善篇，有足悲者。」蘇軾答劉沔書：「李陵蘇武贈別長安，而詩有江漢之語，……正齊梁間小兒所擬作，決非西漢人，而統不悟。」容齋隨筆：「予觀李詩云：『獨有盈觴酒，與子結綢繆。』『盈』字正惠帝諱，漢法觸諱者有罪，不應陵敢用之。東坡云後人所擬，可信也。」顧亭林則以禮已祧不諱，而李陵詩「獨有盈觴酒，與子結綢繆」，枚乘柳賦「盈玉縹之淸酒」，又詩「盈盈一水間」。二人皆在武昭之世，而不避諱，爲後人擬作之證。（見日知錄）翁方綱曰：「自昔相傳蘇李河梁贈別之詩，蘇武四章，李陵三章，皆載昭明文選。然文選題云蘇子卿古詩四首，不言與李陵別也。李詩則明題曰李少卿與蘇武詩三首；而其中有『攜手上河梁』之語，所以後人相傳爲蘇李河梁贈別之作。今即以此三詩論之，皆與蘇李當日情事不切。史傳陵與武別，陵起舞作歌，『徑萬里兮』五句，此當日眞詩也，何嘗有攜手上河梁之事！即以河梁一首言之，其曰『安知非日月，弦望自有時？』此謂離別之後，或尚可冀其會合耳。不思武既南歸，即無再北之理，而陵云『丈夫不能再辱』，亦自知決無還漢之期，此則日月弦望爲虛詞矣。又云：『嘉會難再遇，三載爲千秋。』蘇李二子之留匈奴，皆在天漢初年，其相別則在始元五年，是二子同居者十八九年之久矣，安得僅云三載佳會乎？就此三首，其明題爲蘇武者，而語意尚不合如此，況蘇四詩之全不與李相涉乎？藝林相傳蘇李河梁之別，蓋因李詩有攜手河梁之句，可謂言情敍別之故實。猶之許彥周詩話云『燕燕于飛一篇，爲千古送行詩之祖也。』而蘇李遠在異域，猶動文人感激之懷，故魏晉以後，遂有擬作李陵答蘇武書者。若準本傳歲月證之，皆有所不合。而詞場口熟，亦不必一一細繩之矣。」（文選旁證引）十駕齋養新錄：「觀漢書李陵傳，置酒起舞作歌，初非五言，則知河梁唱和，出於後人依託。」按文選卷三十載謝靈運擬魏太子鄴中集詩八首，倘亦失其主名，後世豈不以爲曹氏昆弟與建安七子贈答之作！蘇李詩殆亦此類耳。梁啓超在中國之美文及其歷史一書中於此辨證極詳，近人馬雍復依其意撰蘇李詩制作時代考，自蘇李詩之用字法造句法及其體裁結構，推定爲魏晉人所擬作，茲不復贅。

滄浪詩話：「班婕妤怨歌行，文選直作班姬之名，樂府以爲顏延年作。」陳柞詩品卷平：「既非班婕妤，亦非顏延年，蓋古詩十九首之類。猶白頭吟各選本皆以爲卓文君，而宋大曲作古詩，樂府詩集太平御覽亦然，玉臺新詠題爲『皚如山上雪』，原非卓文君作也。」古直詩品箋：「劉彥和謂此歌（班婕妤怨詩）見疑後代，殆因漢書不載耶？」梁啓超云：「此詩……文選李注引歌錄但稱爲『古詞』，而劉勰亦謂其『見擬於後代』，然則是否出婕妤手，在六朝時本有問題，恐亦是後人代擬耳。」陳延傑漢代婦女詩辨僞（東方雜誌二十四卷二十四號）亦以爲非班作。按陸機婕妤怨云：「寄情在玉階，託意惟團扇」，明指此詩。則此詩縱出後人擬作，亦不得晚於太康也。

按召南行露，始肇半章。

文章流別論：「古詩之……五言者，『誰謂雀無角，何以穿我屋』之屬是也。」文心章句：「五言見於周代，行露之章是也。」按大雅緜第九章：「虞芮質厥成，文王蹶厥生。予曰有疏附，予曰有先後，予曰有奔奏，予曰有禦侮。」通體五言，彥和蓋未之察耳。

孺子滄浪，亦有全曲。

孟子離婁篇：「滄浪之水清兮，可以濯我纓；滄浪之水濁兮，可以濯我足。」按歌中雖有「兮」字，實以「清」「纓」「濁」「足」爲韻，故以爲全曲五言。

暇豫優歌，遠見春秋，邪徑童謠，近在成世。

按成帝時五言歌謠，除「邪徑敗良田」一首外，尚有長安爲尹賞作歌云：「安所求子死？桓東少年場。生時諒不謹，枯骨復何葬！」見漢書酷吏尹賞傳。

閱時取證，則五言久矣。

詩品序：「夏歌曰：『鬱陶乎予心』，楚謠曰：『名余曰正則』，雖詩體未全，然是五言之濫觴也。」皎然詩式「五言周時已見濫觴，及乎成篇，則始於李陵蘇武。」明徐師曾文體明辨：「論者以爲五言之源，生於南風，衍於五子之歌，流於三百五篇，而廣於離騷，特其體未備耳。逮漢蘇李，始以成篇。」按劉氏所舉，多屬一鱗一爪，非全體五言詩也。成帝時童謠云：「邪徑敗良田，讒口害善人；桂樹華不實，黃雀巢其顚；故爲人所羨，今爲人所憐。」雖通體五言，而非「辭人遺翰」。舍人之意，乃謂西漢文士無作五言詩者，若夫五言歌謠，則行之久矣。

又古詩佳麗，或稱枚叔。

黃侃詩品講疏：「徐陵玉臺新詠有枚乘詩八首：靑靑河畔草一，西北有高樓二，涉江采芙蓉三，庭中有奇樹四，迢迢牽牛星五，東城高且長六，明月何皎皎七，行行重行行八，此皆在十九首中。玉臺又有蘭若生春陽一首，亦云枚叔作。」（見札記引）文選李善注云：「古詩蓋不知作者，或云枚乘，疑不能明也。詩云：『驅車上東門』，又云：『游戲宛與洛』，此則辭兼東都，非盡是乘明矣。」詩品講疏：「尋李注所言，是古有以十九首皆枚乘作者，故云『非盡是乘』。孝穆撰詩但以十九首有乘所作，亦因其餘句多與時序不合爾。」

其孤竹一篇，則傅毅之詞。

「冉冉孤生竹」一首，文選以爲無名氏詩。樂府詩集題作冉冉孤生竹行古辭，屬雜曲歌辭。許文雨詩品釋：「可見舊本均題爲古詩，彥和亦無斷然之意也。」

比采而推，兩漢之作乎。

殘卷校記：「唐寫本兩上有故字，乎作也。按御覽五八六引兩上有固字，固故音近而訛，疑此文當作固兩漢之作也，今本有脫誤。」范注：「以枚乘爲西漢人，傅毅爲東漢人故。」劉永濟文心雕龍明詩篇釋義：「舍人論古詩十九首，有『比采而推，固兩漢之作乎』一語，似謂十九首內有西京之作。然曰『或稱枚叔』，曰『比采而推』，則亦未定之詞，特推測比類言之，或如是耳。」詩品序云：「古詩眇邈，人世難詳，推其文體，固是炎漢之製，非衰周之倡也。」按十九首辭義繁複，自非一人之辭，一時之作。（沈德潛說）彥和據或說，歸之枚乘，疑不能明。蕭統以失其姓氏，故編在李陵之上，誠慎之也。至徐陵逕將，直斷古詩中之九首爲出於乘，旣無所據，將焉取徵？茲將十九首中諸家指爲時代可疑者，分別於下：

「驅車上東門」一首　文選李善注：「詩云：『驅車上東門』，又云：『遊戲宛與洛』此則辭兼東都，非盡是乘明矣。」詩品講疏：「阮嗣宗詠懷詩注引河南郡圖經曰：『東有三門，最北頭有上東門。』案此東都城門名也，故疑爲東漢人之辭。」梁啓超云：「『驅車上東門，遙望郭北墓』上東門爲洛城門，郭北卽北邙，顯然東京人語。」（中國之美文及其歷史）

「青青陵上柏」一首　藝苑巵談：「宛洛爲故周都會，但『王侯多第宅』，周世王侯不言第宅。『兩宮』『雙闕』亦似東京語。」詩品講疏；「古詩注曰：『漢書南陽郡有宛縣；洛，東都也。』案張平子南都賦注引摯虞曰：『南陽郡治宛，在京之南，故曰南都。』南都賦曰：『夫南陽者，眞所謂漢之舊都者也。』詩以宛洛並言，明在東漢之世。」梁啓超云：「『游戲宛與洛。洛中何鬱鬱，……長衢羅夾巷，王侯多第宅，兩宮遙相望，雙闕百餘尺。』明寫洛陽之繁盛，西漢決無此景象。」

「西北有高樓」一首　洛陽伽藍記：「城西沖覺寺在西明門外一里，西北有樓，出凌雲霄，古詩所謂『西北有高樓』也。」文選學：「西北有高樓，據洛陽伽藍記四以此樓爲西明門外之西北高樓，則楊衒之不以爲枚乘作也。」

「今日良宴會」一首　北堂書鈔引以爲曹植作，因「彈箏奮逸響，新聲妙入神」二句不類西漢語。

「去者日已疏」一首，「客從遠方來」一首　詩品上：「『去者日已疏』四十五首，雖多哀怨，頗爲總雜，舊疑是建安中曹王所製。『客從遠方來』『橘柚垂華實』亦爲驚絕矣。」觀其文義。似以爲「客從遠方來」亦在四十五首之內。

「凜凜歲云暮」一首　文選學「凜凜歲云暮……當爲東都之辭。詩云：『錦衾遺洛浦』，準以篇中地名，顯然知爲東漢之作也。」陸侃如馮沅君中國詩史：「與『游戲宛與洛』同例。」

「青青河畔草」一首，「迢迢牽牛星」一首，「庭中有奇樹」一首　前詩云：「盈盈樓上女」，次詩云：「盈盈一水間」，末詩云：「馨香盈懷袖」。梁啓超云：「漢制避諱極嚴，犯者罪至死，惟東漢對於西漢諸帝則不諱。惠帝諱盈，而十九首中有『盈盈樓上女』『馨香盈懷袖』等句，非西漢作品甚明。」

「明月皎夜光」一首　詩云：「促織鳴東壁」，促織之名始見於漢末緯書，爾雅方言等俱不載。（見劉聖旦詩學發凡）又全詩皆言秋景，惟「玉衡指孟冬」一句爲異。俞平伯著古詩明月皎夜光辨（見清華學報），博引舊說，加以論證，茲不復贅。勞榦先生近著古詩明月皎夜光節候辨（見文史雜誌），其言有云：「按古代之天文方位及中星，咸以初昏爲準則，而並及平旦者，蓋是時漏刻易於校正，五星咸可窺見，而日躔所次，亦可於是時窺定之，故斗建所在亦以初昏爲準。史記天官書雖言用昏建者杓，夜半建者衡，平旦建者魁，而其準則實在初昏之杓。……斗建之方位既以初昏爲準，若晚至夜半，則斗柄已移，顯然可見。假設此詩節候爲孟秋七月，漢時初昏斗建當在申方，但至夜半不寐，則斗柄指亥方矣。（仲秋八月斗初昏指酉，人定後指亥，亦與此略同。）詩人怨望朋友，懷有隱憂，以秋節而言斗柄指孟冬，即所以示其耿耿不寐之衷懷也。古詩情景，不寐是其一端，而歲晚懷人，獨居對月，尤常與不寐之情景相對照。在十九首中如『凜凜歲云暮』『孟冬寒氣至』『明月何皎皎』諸詩，亦皆有此意境。」若是則全詩先後時序一致，昔人以此詩爲武帝太初以前，未改用夏曆時作者，又屬無稽矣。

「孟冬寒氣至」一首　中國詩史：「此詩當亦漢末時作。」因詩中有「四五蟾兔缺」句，蟾兔並居，始見張衡靈憲，至漢末緯書方以二物象月。

以上所舉，連同「冉冉孤生竹」，可見十九首中已有十三首爲東漢或季漢之作，其足確證爲西漢之詩者竟無一焉。且十九首，以實質言，則陳旨婉曲，寄興深微；以形式言，雖不似晉宋之講求對偶，齊梁之拘束聲病，然句法調法略有型範可尋，音節亦諧暢流麗，凡此皆與西漢之作不侔。設西漢景武之際已有此類作品，自當繼續發展，絕不致中斷二百年，至建安黃初始再振其緒也。是則「行行重行行」等九首決非枚乘所作明矣。

觀其結體散文，

范注：「散文猶言敷文。」顏虛心文心雕龍集注：「廣雅釋詁三：『散，布也。』」

直而不野，

紀昀評曰：「直而不野，括盡漢人佳處。」謝榛四溟詩話：「古詩十九首平平道出，且無用功字面，若秀才對朋友說家常話，略不作意。如『客從遠方來，寄我雙鯉魚，呼童烹鯉魚，中有尺素書』是也。及登甲科，學說官話，便作腔子，昂然非復在家之時。……魏晉詩家常話與官話相半，迨齊梁開口便是官話。官話使力，家常話省力；官話勉然，家常話自然。」

婉轉附物，怊悵切情，實五言之冠冕也。

周禮太師鄭衆注曰：「比者，比方於物也；興者，託事於物也。」詩大序正義：「比之與興，雖同是附託外物，比顯而興隱。」困學紀聞引李仲蒙之言曰：「索物以托情謂之比，情附物也；觸物以起情謂之興，物動情也。」「附物」者蓋謂古詩善用比興：胡馬越鳥，陵柏澗石，江芙澤蘭，孤竹女蘿，隨手寄興，輒增嫵媚。至如「迢迢牽牛星」一首，純假牛女爲象，無一字實寫情感，而情感已活躍句下。楚辭七諫謬諫：「然怊悵而自悲。」怊悵，御覽五八六作「惆悵」義同。詩品上：「古詩，其源出於國風。陸機所擬十四首，文溫以麗，意悲而遠，驚心動魄，可謂幾乎一字千金。」沈德潛說詩晬語：「古詩十九首，……大率逐臣棄婦，朋友闊絕，遊子他鄉，死生新故之感。或寓言，或顯言，或反覆言。初無奇闢之思，驚險之句，而西京古詩皆在其下。」陳繹曾詩譜：「十九首情眞景眞事眞意眞；澄至清，發至情。」陳祚明采菽堂古詩選：「十九首所以爲千古至文者，以能言人同有之情也。人情莫不思得志，而得志者有幾？雖處富貴，慊慊猶有不足，況貧賤乎！志不可得，而年命如流，誰不感慨？人情於所愛，莫不欲終身相守，然誰不別離？以我之懷思，猜彼之見棄，亦其常也。夫終身相守者，不知有愁，亦復不知有樂，乍一別離，則此愁難已，逐臣棄妻，與朋友闊絕，皆同此旨。故十九首唯此二意，而低回反復，人人讀之，若皆傷我心者，此詩所以爲情情之物，而同有之情，人人各具，則人本自有詩也。但人有情而不能言，即能言而不能盡，故特推十九首以爲至極。言情能盡者，非盡言之爲盡也，盡言之則一覽無餘，惟含蓄不盡，故反言之，乃使人足思。蓋人情本曲，思心至不能自已之處，徘徊度量，常作萬萬不然之想。今若決絕，一言則已矣，不必再思矣。故彼棄予矣，必曰亮不棄也；見無期矣，必曰終相見也。有此不自決絕之念，所以有思，所以不能已於言也。十九首善言情，惟是不使情爲徑直之物，而必取其宛曲者以寫之，故言不盡而情則無不盡。後人不知，但謂十九首自然爲貴，乃其經營慘淡，則莫能尋之矣。」文選注引孫月峯云：「三百篇後，便有十九首，宏壯婉細，和平險急，各極其致，而終歸之渾雅。」蓋作品不難於雅，而難於渾。渾者，婉轉含蓄，抑揚低徊，繁複無痕，縫合無端，爲發抒情感最難臻之境地。古詩十九首含蓄旣富，發爲文章，故能「婉轉附物，怊悵切情」，深得渾雅之旨。

至於張衡怨篇，清典可味；

李詳文心雕龍補注：「黃注引衡詩，但作其辭曰云云，不記所出。案御覽八百三十九載衡怨詩曰：『秋蘭，嘉美人也。嘉而不獲用，故作是詩。』序當並錄之。詩與黃引同。明梅慶生凌雲兩本，並作清曲。黃據困學紀聞改典，非也。紀氏亦以清曲爲是，云曲字當作婉字解。」殘卷校記：「按黃校改曲作典，與唐本及御覽五八六引均合。」范注：「按作典字是，怨詩四言，義極典雅。」

仙詩緩歌，雅有新聲。

宋書謝靈運傳論：「若夫平子艷發，文以情變，絕唱高蹤，久無嗣響。」

暨建安之初，五言騰踊，

徐復文心雕龍正字：「按踊本當作涌，程器篇有『江河所以騰涌』句，是正字，此以聲同假用。」

文帝陳思，縱轡以騁節；

時序篇：「自獻帝播遷，文學蓬轉。建安之末，區宇方輯。魏武以相王之尊，雅愛詩章；文帝以副君之重，妙擅辭賦；陳思以公子之豪，下筆琳琅：並體貌英逸，故俊才雲蒸。」才略篇：「魏文之才，洋洋清綺。舊談抑之，謂去植千里。然子建思捷而才儁，詩麗而表逸；子桓慮詳而力緩，故不競於先鳴，而樂府清越，典論辯要，迭用短長，亦無懵焉。但俗情抑揚，雷同一響，遂令文帝以位尊減才，思王以勢窘益價，未爲篤論也。」

王徐應劉，望路而爭驅。

典論論文：「今之文人：魯國孔融文舉，廣陵陳琳孔璋，山陽王粲仲宣，北海徐幹偉長，陳留阮瑀元瑜，汝南應瑒德璉，東平劉楨公幹。斯七子者，於學無所遺，於辭無所假，咸以自騁驥騄於千里，仰齊足而並馳。」曹植與楊德祖書：「昔仲宣獨步於漢南，孔璋鷹揚於河朔，偉長擅名於青土，公幹振藻於海隅，德璉發跡於大魏，足下高視於上京。當此之時，人人自謂握靈蛇之珠，家家自謂抱荊山之玉。」魏志王粲傳：「始文帝爲五官將，及平原侯植，皆好文學。粲與北海徐幹字偉長，廣陵陳琳字孔璋，陳留阮瑀字元瑜，汝南應瑒字德璉，東平劉楨字公幹，並見友善。」詩品序：「降及建安，曹公父子，篤好斯文，平原兄弟，鬱爲文棟，劉楨王粲爲其羽翼。次有攀龍托鳳，自致於屬車者，蓋將百計，彬彬之盛，大備於時矣。」

並憐風月，狎池苑，述恩榮，敍酣宴，

魏文帝與吳質書：「徐陳應劉一時俱逝，痛何可言耶！昔日遊處，行則同輿，止則接席，何曾須臾相失？每至觴酌流行，絲竹並奏，酒酣耳熱，仰而賦詩。」謝靈運擬魏太子鄴中集詩序：「建安末，余時在鄴宮，朝夕遊識，究歡愉之極，天下良辰美景，賞心樂事，四者難並，今昆弟友朋，二三諸彥，共盡之矣。」時序篇：「仲宣委質於漢南，孔璋歸命於河北，偉長從宦於青土，公幹徇質於海隅，德璉綜其斐然之思，元瑜展其翩翩之樂，文蔚休伯之儔，于叔德祖之侶，傲雅觴豆之前，雍容衽席之上，灑筆以成酣歌，和墨以藉談笑。」駱鴻凱曰：「此則建安時代五言之蔚起，以及遊覽之作，公讌之篇，充盈藝苑，皆由魏文陳思所倡導，七子和之，新進復步其後塵，冒同祖構，由是丕然成一代之詩風也。」（文選學）

慷慨以任氣，磊落以使才；

謝靈運擬鄴中集劉楨詩序：「卓犖偏人，而文最有氣，所得頗經奇。」時序篇：「觀其時文，雅好慷慨，良由世積亂離，風衰俗怨，並志深而筆長，故梗概而多氣也。」

造懷指事，不求纖密之巧；

典論論文：「應瑒和而不壯，劉楨壯而不密。」詩品上評劉楨云：「仗氣愛奇，動多振絕，貞骨凌霜，高風跨俗，但氣過其文，雕潤恨少。」劉師培南北文學不同論：「建安之初，詩尚五言，七子之作雖多酬酢之章，然慷慨任氣，磊落使才，造懷指事，不求纖密，隱義蓄含，餘味曲包，而悲哀剛勁，洵乎北土之音。」

驅辭逐貌，唯取昭晰之能，此其所同也。

詩品講疏：「詳建安五言，毗於樂府，魏武諸作，慷慨蒼涼，所以收束漢音，振發魏響。文帝兄弟所撰樂府最多，雖體有所因，而詞貴獨創，聲不變古，而采自己舒。其餘雜詩，皆崇藻麗。故沈休文曰：『至於建安，曹氏基命，三祖陳王，咸蓄盛藻，甫乃以情緯文，以文被質。』（宋書謝靈運傳論）言自此已上，質盛於文也。若其述歡宴，愍亂離，敦友朋，篤匹偶，雖篇題雜沓，而同以蘇李古詩爲原，文采繽紛，而不能離閭里歌謠之質。故其稱景物則不尚雕鏤，敘胸情則唯求誠懇。而又緣以雅詞，振其英響，斯所以兼籠前美，作範後來者也。」詩品釋：「仲偉評文帝對揚厥弟，頗有仲宣之體；評王粲方陳思不足，比魏文有餘；評劉楨次於陳思，又評應璩祖襲魏文。因類似以相較，仍同意和之旨。因相較分高下，則存抑揚之意。」

乃正始明道，詩雜仙心，

時序篇：「於時正始餘風，篇體輕淡。」按彥和此說，頗能體會正始風氣，蓋詩至正始，質文又變，淳樸過於建安，浸假而入玄理矣。

何晏之徒，率多膚淺。

何晏篤信老莊，崇尚虛無，故其詩亦近浮聲，讀鴻鵠之篇風規可見。詩品序：「爾後陵遲衰微，迄於有晉。」蓋是時玄勝之談盛而詩微矣。

唯嵇志清峻，

黃注：「鍾嶸曰：『嵇康詩頗似魏文，過爲峻切，訐直露才，傷淵雅之致。然託喻清遠，良有鑒裁，亦未失高流矣。』」是「清」謂清遠，「峻」指峻切。清遠爲一種空靈高潔之境界，可於「贈秀才入軍十九首之十六」及「酒會詩七首之一」兩詩中見之。至於峻切，可觀其幽憤詩。是篇爲康入獄時作，心境憤慨，情不能已，秉筆直書，故脫其清遠之氣，而入峻切一途。

阮旨遙深，

文選阮籍詠懷詩顏延年注：「嗣宗身仕亂朝，常恐罹謗遇禍：因茲發詠，故每有憂生之嗟。雖志在刺譏，而文多隱避，百代之下，難以情測，故粗明大意，略其幽旨也。」詩品上：「阮籍……詠懷之作，可以陶性靈，發幽思，言在耳目之內，情寄八荒之表，洋洋乎會於風雅，使人忘其鄙近，自致遠大。頗多感慨之詞，厥旨淵放，歸趣難求。」江淹擬詠懷曰：「精衞銜木石，誰能測幽微。」胡應麟詩藪：「嗣宗詠懷，興寄沖遠。」王船山古近體詩評選：「步兵詠懷，意固逕庭，而言皆一致，信其但然，而又不徒然；疑其必然，而彼固不然。不但當時雄猜之渠長，無可施其怨忌，且使千秋以還，了無覓脚跟處。」說詩晬語：「阮公詠懷，反復零亂，興寄無端，和愉哀怨，俶詭不羈，讀者莫求歸趣。」藝概：「阮嗣宗詠懷，其旨固爲淵遠，其屬辭之妙，來去無端，不可蹤跡。」許學夷詩原辨體卷四：「嗣宗五言，詠懷八十二首中多興比體，……託旨太深，觀者不能盡通其意。」劉師培曰：「嵇阮之詩爲體迥異：大抵嵇詩清峻，而阮詩高渾，彥和所謂遙深，卽阮詩之旨言，非謂阮詩之體也。」（中古文學史）

故能標焉。

御覽五八六引無此句。劉師培曰：「詩品與彥和所評相近，亦嵇阮詩體不同之證也。要之，魏初詩歌漸趨輕靡，嵇阮矯以雄秀，多爲晉人所取法，故彥和評論魏詩，亦惟推重二子也。」

若乃應璩百一，獨立不懼，辭譎義貞，亦魏之遺直也。

才略篇：「休璉風情，則百壹標其志。」文選百一詩李注引張方賢楚國先賢傳云：「汝南應休璉作百一篇詩，譏切時事，徧以示在事者，咸皆怪愕，或以爲應焚棄之，何晏獨無怪也。」又引李充翰林論曰：「應休璉五言詩百數十篇，以風規治道，蓋有詩人之旨焉。」詩品中謂應璩詩「善爲古語，指事殷勤，雅意深篤，得詩人激刺之旨。」黃廉鶴古詩冶評百一詩「下流不可處」篇云：「本譏朝士，而借己以諷，亦微而婉矣。」

晉世羣才，稍入輕綺，張潘左陸，比肩詩衢。

御覽五八六引三國典略曰：「昔潘陸齊軌，不襲建安之風；顏謝同聲，遂革太乙之氣。」詩品序：「陸機爲太康之英，安仁景陽爲輔。」與此稍異。古詩源例言：「茂先休奕，莫能軒輊；二陸潘張，亦稱魯衞。太沖拔出於衆流之中，丰骨峻上，盡掩諸家。鍾記室季孟於潘陸之間，非篤論也。」

采縟於正始。

宋書謝靈運傳論：「降及元康，潘陸特秀，律異班賈，體變曹王，縟旨星稠，繁文綺合。」

力柔於建安。

詩品上評陸機詩：「才高詞贍，舉體華美。氣少於公幹，文劣於仲宣……然其咀嚼英華，厭飫膏澤，文章之淵泉也。」沈德潛評陸機云：「意欲逞博而胸少慧珠，筆又不足以舉之，遂開出排偶一家，西京以來空靈矯健之氣不復存矣。降自梁陳，專攻對仗，邊幅復狹，令閱者白日欲臥，未必非士衡爲之濫觴也。」（古詩源）蓋漢魏之詩，多起於患難流離之際，兩晉以後，則主供恬安娛樂之爲。凡人當困窮之境，其操危慮深，發之於文字者，每多幽婉感愴，可興可觀。反是而樂絲竹，盛讌遊，從容文藻之中，自鏤肝鉥肺，傾於精巧，故其所作，恆緻密而少氣骨，整秀而乏精神。風會之所趨，常足以致文章之升降。晉代之詩漸即繁縟，有由然矣。

或析文以爲妙，

范注：「析文，唐寫本作析文，按析文是。張遷孔耽二碑析變作析。麗辭篇：『至魏晉羣才，析句彌密，聯字合趣，剖毫析釐。』」

或流靡以自妍。

詩品上評張協詩：「文體華淨，少病累，又巧構形似之言，雄於潘岳，靡於太沖，風流調達，實曠代之高手。」翰林論：「潘安仁之爲文也，猶翔禽之羽毛，衣被之綃縠。」世說新語載謝混述孫興公語：「潘詩爛若舒錦，無處不佳。」按三張二陸兩潘之詩，雖綺靡豐縟，而氣象未見恢宏。彥和所評適得其分，若太沖之詩，雄健俊邁，又當別論矣。

此其大略也。

時序篇：「然晉雖不文，人才實盛：茂先搖筆而散珠，太沖動墨而橫錦，岳湛曜聯璧之華，機雲標二俊之采，應傅三張之徒，孫摯成公之屬，並結藻清英，流韻綺靡。前史以爲運涉季世，人未盡才，誠哉斯談，可爲歎息。」

江左篇製，溺乎玄風，嗤笑徇務之志，崇儃亡機之談。

唐寫本「徇」作「侚」。按徇與侚通，疾也。說文：「務，趣也。」段注：「趣者，疾走也；務者，言其促疾於事也。」「亡機」唐寫本作「忘機」。殘卷校記：「按唐本是也，與御覽五八六引合。」心無紛競，淡焉漠焉，謂之忘機。儲光羲詩：「達士志寥廓。所在能忘機。」司空圖詩：「語到忘機近佛心。」駱賓王和學士閨情詩啓：「河朔詞人，王劉爲稱首；洛陽才子，潘左爲先覺。若乃子建之牢籠羣彥，士衡之籍甚當時，並文苑之羽儀，詩人之龜鏡。爰逮江左，謳謠不輟。非有神骨仙才，專事玄風道意。」

袁孫巳下，雖各有雕采。

世說文學篇注引晉陽秋：「袁宏少有逸才，文章絕麗。」才略篇：「袁宏發軫以高驤，故卓出而多偏；孫綽規旋以矩步，故倫序而寡狀。」

而辭趣一揆，莫與爭雄。

詩品序：「永嘉時貴黃老，稍尙虛談，於時篇什，理過其辭，淡乎寡味。爰及江表，微波尙傳，孫綽許詢桓庾諸公詩皆平典似道德論，建安風力盡矣。」詩品下：「永嘉以來，淸虛在俗。王武子輩詩貴道家之言。爰洎江表，玄風尙備。眞長、仲祖、桓、庾諸公猶相襲，世稱孫許彌善恬淡之詞。」南齊書文學傳論：「江左風味，盛道家之言，郭璞舉其靈變，許詢極其名理，仲文玄氣，猶不盡除；謝混情新，得名未盛。」按孫綽答許詢詩云：「仰觀大造，俯覽時物，機過患生，吉凶相拂，智以利昏，識由情屈。野有寒枯，朝有炎鬱。失則震驚，得必充詘。」此外尙有贈溫嶠詩，贈謝安詩，皆平典而近玄談。

所以景純仙篇，挺拔而爲俊矣。

才略篇：「景純豔逸，足冠中興，江賦旣穆穆以大觀，仙詩亦飄飄而凌雲矣。」詩品序：「郭景純用儁上之才，變創其體；劉越石仗淸剛之氣，贊成厥美，然彼衆我寡，未能動俗。」文選郭璞遊仙詩李注：「凡遊仙之篇，皆所以滓穢塵網，錙銖纓紱，飡霞倒景，餌玉玄都。而璞之制，文多自敍，雖志狹中區，而辭無俗累，見非前識，良有以哉！」陳祚明曰：「景純本以仙姿遊於方內，其超越恒情，乃在造語奇傑，非關命意。游仙之作，明屬寄托之詞，如以列仙之趣求之，非其本旨矣。」按景純所作遊仙詩十四章，直舉胸臆，變永嘉平淡之體，無潘陸華麗之風，雖題曰遊仙。而實與阮籍詠懷左史詠史同一用意。」

劉師培中古文學史：「張華張載之屬均與士衡體近，然左思劉琨郭璞所作，渾雄壯麗，出於嗣宗。東晉之詩，其淸峻之篇，大抵出自叔夜，惟許詢支遁所作，雖多玄言，其體仍近士衡。自淵明繼起，乃合嵇阮之長。此晉詩變遷之大略也。」詩品講疏：「謝靈運傳論曰：『有晉中興，玄風獨盛，爲學窮於柱下，博物止乎七篇。馳騁文辭，義殫乎此。自建武暨於義熙，歷載將百，雖綴響聯辭，波屬雲委，莫不寄言上德，託意玄珠，遒麗之辭，無聞焉爾。』續晉陽秋（宋永嘉太守檀道鸞撰，書已佚，此見困學紀聞及文選注引。）曰：『自司馬相如王褒揚雄諸賢，世尚賦頌，皆體則詩騷，傍綜百家之言。及至建安，而詩章大盛。逮乎西朝之末，潘陸之徒，雖時有質文，而宗歸不異也。正始中，王弼何晏好莊老玄勝之談，而俗遂貴焉。至過江，佛理尤盛，故郭璞五言，始會合道家之言而韻之。詢及太原孫綽轉相祖尚，又加以三世之辭，而詩騷之體盡矣。詢綽並爲一時文宗，自此學者悉化之。』據檀道鸞之說，是東晉玄言之詩，景純實爲之前導，特其才氣奇肆，遭逢險艱，故能假玄語以寫中情，非夫鈔錄文句者所可擬況。若孫許之詩，但陳要妙，情既離乎比興，體有近乎伽陀，徒以風會所趨，仿效日衆。覽蘭亭集詩諸篇共指，所謂琴瑟專一，誰能聽之，達志抒情，復將焉賴。謂之風騷道盡，誠不誣也。文心雕龍時序篇曰：『自中朝貴玄，江左稱盛，因談餘氣，流成文體。是以世極迍邅，而辭意夷泰，詩必柱下之旨歸，賦乃漆園之義疏。故知文變染乎世情，興廢繫乎時序，原始以要終，雖百世可知也。』此乃推明崇尚玄虛之習，成於世道之艱危，蓋恬澹之言，謬悠之理，所以排除憂患，消遣年涯，智士以之娛生，文人於焉託好，雖曰無用之用，亦時運爲之矣。」

宋初文詠，體有因革，莊老告退，而山水方滋。

詩品序：「謝客山泉，……五言之警策者也。」王士禎曰：「詩三百五篇，于興觀羣怨之旨，下逮鳥獸之名，無弗備矣，獨無刻畫山水者。間亦有之，亦不過數篇，篇不過數語，如漢之廣矣，終南何有之類而止。漢魏間詩人之作，亦與山水了不相及。迨元嘉間，謝康樂出，始創爲刻畫山水之詞，務窮幽極渺，抉山谷水泉之情狀，昔人所云『莊老告退而山水方滋』者也。宋齊以下，率以康樂爲宗。」國故論衡辨詩：「玄言之殺，語及田舍。田舍之隆，旁及山川雲物，則謝靈運爲之主。」按山水詩之發生，與莊老思想仍有關涉。蓋道家重理想，而絕對理想無從實現，求其近於理想者，唯有自然界之山水。且空言玄理，既不爲人所好，而絕對理想亦無從直接表現，必也寄托於物象，方可謂詩，故曰「莊老告退，山水方滋」。重以江南佳麗之地，詩人放浪山林，漱流枕石，習染既久，刻畫自工，此亦有助於山水詩之形成也。

儷采百字之偶，爭價一句之奇，

詩品上評謝靈運云：「名章迥句，處處間起，麗典新聲，絡繹奔會。」焦竑題謝康樂集詞曰：「棄淳白之用，而競丹艭之奇，離質木之音，而任宮商之巧。豈非世運相乘，古始易解，卽謝客有不得而自主者耶？」黃庭鵠古詩冶卷十三引馮時可評曰：「康樂設奇託怪，鈎深抉隱，窮四時之變，極萬物之類。」詩品中評顏延之云：「尚巧似，體裁綺密，情喻淵深，動無虛散，一句一字，皆致意焉。」南齊書文學傳論：「顏謝並起，乃各擅奇。」

情必極貌以寫物，辭必窮力而追新，此近世之所競也。

定勢篇：「自近代辭人，率好詭巧，原其爲體，訛勢所變。厭黷舊式，故穿鑿取新。察其訛意，似難而實無他術也，反正而已。故文反正爲乏，辭反正爲奇，效奇之法，必顚倒文句，上字而抑下，中辭而出外，回互不常，則新色耳。……然密會者以意新得巧，苟異者以失體成怪。舊練之才，則執正以馭奇；新學之銳，則逐奇而失正。」物色篇：「自近代以來，文貴形似。窺情風景之上，鑽貌草木之中。吟詠所發，志惟深遠；體物爲妙，功在密附。」李諤上文帝論文體輕薄書：「江左齊梁，……遂復遺理存異，尋虛逐微，競一韻之奇，爭一字之巧，連篇累牘，不出月露之形；積案盈箱，唯是風雲之狀。世俗以此相高，朝廷據玆擢士，祿利之路旣開，愛尙之情愈篤。」蓋詩至宋一大變，氣變而諂，色變而麗，體變而整，句變而琢，於古漸遠，於律漸開。至齊之詩，更纖巧豔麗，色澤益濃，情性之眞愈不可見矣。

故鋪觀列代，而情變之數可監；撮舉同異，而綱領之要可明矣。

殘卷校記：「唐寫本監作鑒。按御覽五八六引亦作鑒，與唐本合。」神思篇：「情數詭雜，體變遷貿。」

若夫四言正體，則雅潤爲本；五言流調，則淸麗居宗。

典論論文：「詩賦欲麗。」陸機文賦：「詩緣情而綺靡。」文章流別論：「古詩率以四言爲體，而時有一句二句雜在四言之間。後世演之，遂以爲篇。……五言者，……於俳諧倡樂多用之。……夫詩雖以情志爲本，而以成聲爲節。然則雅音之韻，四言爲正，其餘雖備曲折之體，而非音之正也。」章句篇：「至於詩頌大體，以四言爲正。」詩品序：「夫四言文約意廣，取效風騷，便可多得，每苦文繁而意少，故世罕習焉。五言居文詞之要，是衆作之有滋味者也，故云會於流俗。」王闓運王志：「四言如琴，五言如笙簫，歌行七言如羌笛琵琶，繁絃雜管，故太白以爲靡。」按魏晉而後，五言轉繁，至於齊梁，遂稱極盛。然詩體雖定，而評論之士，或眷戀故昔，不忍違棄。歷隋及唐，至開元間，李白尙有「興寄深微，五言不如四言，七言又其靡也」（見孟棨本事詩）之說。蓋風雅之音，四言居多，故古人多目之爲正體。至語文隨時敍以演進，句讀亦由短而之長，亦勢所必至，無可避免。故後人寫景抒情，多驅遣五言，無復遵古製者矣。彥和此篇雖二者並重，而正體流調之別，倘不無軒輊於其間也。

華實異用，唯才所安。故平子得其雅，

才略篇：「張衡通贍，蔡邕精雅，文史彬彬，隔世相望。」

叔夜含其潤，

沈德潛云：「叔夜四言詩多俊語，不摹倣三百篇，允爲晉人先聲。」（古詩源）王闓運曰：「漢人四言，乃是箴銘一類有韻之文耳，非詩也。嵇康四言則誠妙矣，然是從五言出，蓋五言之靡者也。」

茂先凝其清，

殘卷校記：「唐寫本凝作擬。按御覽五八六引亦作擬，與唐本正合。」

才略篇：「張華短章，奕奕清暢。」

景陽振其麗。

才略篇：「孟陽景陽，才綺而相埒。」時序篇：「應傅三張之徒，並結藻清英，流韻綺靡。」詩品上評張協詩「詞采葱蒨，音韻鏗鏘」。詩源辨體卷五：「景陽五言雜詩，華采俊逸，實有可觀。如『房櫳無行迹，庭草萋以綠』『青苔依空牆，蜘蛛網四屋』『浮陽映翠林，迴飆扇綠竹』『飛雨灑朝蘭，輕露栖叢菊』『借問此何時，蝴蝶飛南園』『流波戀舊浦，行雲思故山』等句，皆華采俊逸者也。」

兼善則子建仲宣，

顏延之庭誥云：「至於五言流靡，則劉楨張華；四言側密，則張衡王粲；若夫陳思王可謂兼之矣。」宋書謝靈運傳論：「子建仲宣以氣質爲體，並標能擅美，獨映當時。」才略篇：「仲宣溢才，捷而能密，文多兼善，辭少瑕累。摘其詩賦，則七子之冠冕乎？」南齊書文學傳論：「若陳思代馬羣章，王粲飛鸞諸製，四言之美，前超後絕。」詩品序：「陳思爲建安之傑，公幹仲宣爲輔；陸機爲太康之英，安仁景陽爲輔；……斯皆五言之冠冕，文詞之命世也。」

偏美則太冲公幹。

魏文帝與吳質書：「公幹有逸氣，但未遒耳。其五言詩之善者，妙絕時人。」詩品上評劉楨云：「自陳思以下，楨稱獨步。」詩源辨體卷四：「公幹仲宣，一時未易優劣，鍾嶸以公幹爲勝，劉勰以仲宣爲優。予嘗爲二家品評：公幹氣勝於才，仲宣才優於氣。」

才略篇：「左思奇才，業深覃思，盡銳於三都，拔萃於詠史，無遺力矣。」沈德潛云：「太冲胸次高曠，而筆力又復雄邁，陶冶漢魏，自製偉詞，故是一代作手，豈潘陸輩所能比埒！」（古詩源）

然詩有恒裁，思無定位，隨性適分，鮮能通圓。

殘卷校記：「唐寫本通圓作圓通。按唐本是也，與御覽五八六引合，今本誤倒，當據乙。」體性篇：「才有庸儁，氣有剛柔，學有淺深，習有雅鄭，並情性所鑠，陶染所凝。……故辭理庸儁，莫能翻其才；風趣剛柔，寧或改其氣？事義淺深，未聞乖其學；體式雅鄭，鮮有反其習。各師成心，其異如面。」

若妙識所難，其易也將至；忽之爲易，其難也方來。

宋刊本御覽五八六引來下有矣字。體性篇：「夫才有天資，學愼始習，斵梓染絲，功在初化，器成綵定，難可翻移。故童子雕琢，必先雅製，沿根討葉，思轉自圓。八體雖殊，會通合數，得其環中，則輻輳相成。」黃侃札記：「詩有恆裁八句……見似膚廓，實則爲詩之道已具於此。隨性適分四字，已將古今家數派別不同之故，包舉無遺矣。」

至於三六雜言，則出自篇什；

文章流別論：「古之詩有三言四言五言六言七言九言。古詩率以四言爲體，而時有一句二句雜在四言之間。後世演之，遂以爲篇。古詩之三言者，『振振鷺，鷺于飛』之屬是也，漢郊廟歌多用之。五言者，『誰謂雀無角，何以穿我屋』之屬是也，於俳諧倡樂多用之。六言者，『我姑酌彼金罍』之屬是也，樂府亦用之。七言者，『交交黃鳥止于桑』之屬是也，于俳諧倡樂多用之。古詩之九言者，『泂酌彼行潦挹彼注茲』之屬是也，不入歌謠之章，故世希爲之。」章句篇：「尋二言肇於黃世，竹彈之謠是也。三言興於虞時，元首之詩是也。四言廣於夏年，洛汭之歌是也。五言見於周代，行露之章是也。六言七言，雜出詩騷，而（下有脫字）體之篇成於兩漢，情數運周，隨時代用矣。」

離合之發，則明於圖讖；

殘卷校記：「唐寫本明作萌。按御覽五八六引亦作萌，與唐本正合，當據改。」

回文所興，則道原爲始；

李詳補注：「困學紀聞卷十八評詩云：『詩苑類格謂回文出於竇滔妻所作。』文心雕龍云：『回文所興，則道原爲始。』又傅咸有回文反覆詩，溫嶠有回文詩，皆在竇妻前。」翁元圻注引四庫全書總目宋桑世昌回文類聚提要：『藝文類聚載曹植鏡銘，回環讀之，無不成文，實在蘇蕙以前。』詳案梅慶生音注本云：『宋賀道慶作四言回文詩一首，計十一句，四十八言，從尾至首，讀亦成韻。』道原無可考，恐慶字之誤也。」札記：「侃案道慶之前，回文作者已衆，不得定原字爲慶之誤。」

聯句共韻，則柏梁餘製。

文體明辨：「按聯句詩起自柏梁，人各一句，集以成篇。其後宋孝武華林曲水，梁武帝清暑殿、唐中宗內殿諸詩皆與漢同。」

巨細或殊，情理同致，總歸詩囿，故不繁云。

• 按王闓運八代詩選末卷爲雜體詩，內載離合詩迴文詩聯句及其他遊戲詩篇甚多，可參閱。

贊曰：民生而志，詠歌所含。興發皇世，風流二南。神理共契，

神思篇贊云：「神用象通，情變所孕，物以貌求，心以理應。」

政序相參。英華彌縟，萬代永耽。

「序」謂「九序惟歌」之「序」，見前。

文心雕龍上篇分析初步

執筆者：俞元桂 康家樂 陳君義 曹鴻鈞
周允盛 陳農華 羅郁紋 陳禧灊

民國三十六年春季，本校中國文學系所開專書選讀一科中，文心雕龍適列其一，本系生與修者七人，採集體研究方式，由俞元桂先生指導，將上篇之二十五篇作一初步之尋繹，按集體討論在近日中外各學府中已屬常事，而於本系尚爲試舉，玆特將其提要紀錄，刊載本期藝文，用酬研討者之辛勤，且以啓繼續者之興趣，夫學由自發，始得其眞，此余日夜所深望於同系諸君者也，至其邯鄲初步，或不免乎乖疎，是又有祈於博雅君子之教正焉。

嚴叔夏識

序志第五十

俞元桂

文心雕龍的創作，劉勰在序志篇裏已說出他自已的抱負。

第一：他以爲人要永遠地活在後人的心裏，只有「智術」的「制作」：「是以君子處世，樹德建言」。

第二：樹德建言是多方面的，「敷讚聖旨，莫若注經：而馬鄭諸儒，宏之已精：就有深解，未足立家」。於是他轉向文章理論的闡發，因爲「文章之用」，已可以看出它的重要性，何況那時「文體解散」。就是論文之作，也「並未能振葉以尋根，觀瀾而索源，不述先哲之誥，無益後生之慮」，那麼建立論文的正統，已是恰當其時了。

第三：要建立論文的正統，來「彌綸羣言」，於是他提出文的樞紐，那是「本乎道，師乎聖，體乎經，酌乎緯，變乎騷」，因爲「文章之用，實經典之枝條」：何況他「嘗夜夢執丹漆之禮器，隨仲尼而南行」，他要步武尼父，「惡乎異端」，其抱負是溢於言表的。

原道第一

紀昀評曰：「文以載道，明其當然；文原於道，明其本然。識其本乃不逐其末」。「道」在中國文學批評上是一個習見的字，而沒有固定的義界的；紀昀以劉勰的原道，似乎是聖人之「道」，或道德之「道」。我以爲劉勰所提出的原道乃是法於自然，所以他會重質而又重文，遠異唐宋諸家所見。

第一：要先明白唐儒的「道」、宋儒的「道」，與劉勰的「道」。唐韓愈以文貫道，其道爲堯舜周孔的「道」，爲「道」故而學文。原道：「堯以是傳之舜，舜以是傳之禹，禹以是傳之湯，湯以是傳之文武周公，文武周公傳之孔子，孔子傳之孟軻，軻之死，不得其傳焉」。答李秀才書：「愈之所志於古者，不惟其辭之好，好其道焉爾」。題歐陽生哀辭：「愈之爲古文，豈獨取其句讀不異於今者耶？思古人而不得見，學古道而欲兼通其辭，通其辭者，本志乎古道者也」。宋儒論文以載道，「道」是道德（狹義的禮教），求「道」而忽文。周敦頤通書：「不知務道德，而第以文辭爲能者，藝焉而已」。程顥語錄：「憂子弟之輕俊者，只教以經學念書，不得教作文字，子弟凡百玩好皆奪志」。

劉勰以文與「道」同在，即文與自然同在，「道」是自然本體不易之理，日月山川是「道」之文，人文亦然。「文之爲德也大矣，與天地並生者何哉？夫玄黃色雜，方圓體分，日月疊璧，以垂麗天之象，山川煥綺，以鋪理地之形，此蓋道之文也」。「心生則言立，言立則文明，自然之道也。傍及萬品，動植皆文，龍鳳以藻繪呈瑞，虎豹以炳蔚凝姿；雲霞雕色，有踰畫工之妙；草木賁華，無待錦匠之奇，夫豈外飾，蓋自然耳」。

第二：劉勰的「道」是自然本體不易之理，以文與「道」並生，故不忽文輕文，反而：

（1）重文：「夫以無識之物，鬱然有彩；有心之器，其無文歟」。

（2）重情性：「至夫子繼聖，獨秀前哲；鎔鈞六經，必金聲而玉振；雕琢情性，組織辭令……」。

第三：「道與文的居間關係爲聖。天地恆久不易之理，可以因聖人之贊而顯著它自然之文，聖人也可以觀察自然之文而理解天地恆久不易之理。所以他說：「爰自風姓，暨於孔氏，玄聖創典，素王述訓，莫不原道心以敷章，研神理而設教；取象乎河洛，問數乎蓍龜；觀天文以極變，察人文以成化，然後能經緯區宇，彌綸彝憲，發揮事業，彪炳辭義。故知道沿聖以垂文，聖因文而明道」。

徵聖第二

聖既然是「道」與「文」的居間人，所謂「道沿聖以垂文，聖因文而明道」；那麼徵聖是極重要的事。紀昀評曰：「此篇却是裝點門面，推到究極，仍是宗經」；是未曾看澈劉勰原意的，宗經乃是推究一切文體的本原，而每體各有其修辭之標準風格；徵聖乃是申述文的重要，而可以在「聖」的創作裏窺出修辭的方法。也就是劉勰宗經篇所說的：「勵德樹聲，莫不師聖；而建言修辭，鮮克宗經」。現在我們來看徵聖篇的內容。

第一：極言「文」的重要，以政化貴文，事蹟貴文，修身貴文。「夫作者曰聖，述者曰明。陶鑄性情，功在上哲，夫子文章，可得而聞，則聖人之情，見乎文辭矣。先王聖化，布在方冊；夫子風采，溢於格言。是以遠稱唐世，則煥乎爲盛；近褒周代，則郁乎可從。此政化貴文之徵也。鄭伯入陳，以文辭爲功；宋置折俎，以多文舉禮。此事蹟貴文之徵也。褒美子產，則云：『言以足志，文以足言』；泛論君子，則云：『情欲信，辭欲巧』。此修身貴文之徵也。然則志足而言文，情信而辭巧，迺含章之玉牒，秉文之金科矣」。

第二：「徵之周孔，則文有師矣」，乃是學他們的作法。

作者	作法	作品
鑒周日月，妙極機神	簡言達旨	春秋　喪服禮
文成規矩，思合符契	博文該情	邠詩　儒行禮
	明理立體	象夬　象離　易
	隱義藏用	四象易　五例　春秋

這裏的「簡、博、明、顯」。分明的是修辭的方法，所以劉勰繼續地說道：「體要與微辭偕通，正言共精義並用，聖人之文章，亦可見也」。

第三：劉勰立志步武尼父；述而：「子有四敎，文行忠信」；孔子說：「郁郁乎文哉，吾從周」，孔子雖然重質，而亦重文。所以劉勰也是標明「文質彬彬」的折衷文學觀。序志篇：「擘肌分理，唯務折衷」。徵聖篇也明白地說：「顏闔以爲仲尼飾羽而畫，徒事華辭；雖欲訾聖，弗可得巳，然則聖文之雅麗，固銜華而佩實者也」。

宗經第三

劉勰的文心雕龍是要做到彌綸羣言的目的，於是他便要抓住一切文章的本源與綱領，最恰當不過，那就是前聖制作的五經。因爲五經包括了人在其自然環境裏所要表現的五種文體；這五種文體也歸納了許多文章的體製，而成爲它們標準的風格。現在我試把這篇排列成一個系統：

人在自然環境裏生活的五方面	聖人對上列五方面的制作（義既極乎性情，辭亦匠於文理）	表現的方法	五經屬下的文體	文心雕龍所論列的文體	風格的標準（文能宗經體有六義）	以定勢篇來加強證明
一、象天地	易張十翼（體天）	旨遠辭文言中事隱	論說辭序	論、說	體約而不蕪	史論序注則師範於覈要
二、制人紀	書標七觀（紀言）	昭昭若日月之明離離如星辰之行	詔策章奏	詔·策·議·對·章·表·書·記·奏·啓	事信而不誕	章表奏議則準的乎典雅
三、參物序	詩列四始（言志）	摛風裁興藻辭譎喻	賦頌歌讚	騷（註）詩·樂府·賦·頌·讚·諧隱·雜文·	文麗而不淫情深而不詭	賦頌歌詩則羽儀乎清麗連珠七辭則從事於巧艷
四、效鬼神	禮正五經（立體）	據事制範章條纖曲	銘誄箴銘	祝·盟·哀·弔·銘·箴·誄·碑·	風清而不雜	箴銘碑誄則體裁於宏深
五、洞性靈之奧區，極文章之骨髓。	春秋五例（辨理）	一字見義婉章志晦	紀傳移檄	史傳·檄·移·諸子·封·禪·	義直而不回	符檄書移則楷式於明斷

（註：辨騷一篇，劉氏列於文之樞紐，故雖爲一種體製，而主旨在辨）

正緯第四

劉勰要建立正統的文論，辨僞是一樁非常重要的工作，有統的觀念，所以有信仰，所以能奮鬥，韓愈的原道，宋儒的論道，即是爭斯文斯道一脈相傳之統。劉勰首先注意辨僞的工作，所以後來的文學批評觀裏也提出觀奇正的標準。緯之所以要正，固然因爲它是僞，不過也有可採用之處，也是需要說明的。

第一：緯之僞有四，最主要的是：經正緯奇，經顯緯隱。

第二：惟緯之「事豐奇偉，辭富膏腴，無益經典，而有助文章」，與騷一樣地可以採用，那就是辨騷篇所謂「酌奇而不失其眞，翫華而不墜其實」。

辨騷第五

康家樂

第一：主旨分析：騷不是文體的一種，紀昀說；離騷乃楚辭之一篇，統名楚辭爲騷，相沿之誤也，既不是文體，何以彥和在上篇中要論到它呢？我想有二因：

（1）序志篇說：「蓋文心之作也，本乎道，師乎聖，體乎經，酌乎緯，變乎騷，文之樞紐亦云極矣」，騷的辭藻華麗，文氣奔逸，多具幻夢，是美文學當取法的一種，故文能變乎騷，才能在「重質」的原則下不忽略到「重文」。

（2）正如時序篇所說的，「爰自漢室，迄於成哀，雖世漸百齡，辭人九變，而大抵所歸，祖述楚辭，靈均餘影，於是乎在」，因爲楚辭的影響極大，故彥和不單在詮賦篇論之，且在講文章理論時也詳提之。

第二：命題的討論：何以要命篇名爲辨騷，紀昀說：「楚辭之源出於騷，浮艷之根亦濫觴於騷，辨字極爲分明」，像紀氏的說法，則是把辨字當成辨別，判別講。因楚辭之源出於騷，而浮艷之源也出於騷，故對騷不能不有淸楚之認識，或判辨，或許有人要把辨字當成治字解，理由就是自史遷以下，騷已是變成一種文體了，文史通義經解下「史遷以下，至取騷，名其全書」，騷已是文體的一種，自然可以當作處理的對象了，不過我們如果從文章的本意上看，則我們知道彥和對於騷既不作一篇的篇名，又不作文體看待，乃是把它當爲文章的一種摹本，故他在本文的末段說：「其衣被詞人，非一代也，故才高者菀其鴻裁，中巧者獵其艷辭，吟諷者銜其山川，童蒙者拾其香草，若能憑軾以倚雅頌，懸轡以馭楚篇，酌奇而不失其眞，翫華而不墜其實，則顧盼可以驅辭力，欬唾可以窮文致」，這顯然是說騷是一種文體的摹本，置備它使學習的人有可取法，所以我以爲辨字當解爲置備，因爲騷只是摹本，供人參酌而已。

第三：離騷文體產生的討論：顧亭林在他日知錄論詩體中有個意見，以爲三百篇不能不降爲楚辭，因自王道衰，詩則有變風變雅，及風刺不行時，詩則有貶責，至屈原時，君闇政壞，小人盈朝，貶責又不足以懼之，憂心煩亂，不知所愬，靈脩浩蕩，豈微言之可感，詩體解散，聊賦志以自慰，這麼說來，騷似乎是承繼詩的精神，但解散其文體。其實楚文學在中國文學思潮源流上它是站在和三百篇相峙立的位置，前者是商文學的代表，後者是周文學的代表，一個是游獵的，重自然奔放的文學，一個是農業的，重規律嚴整的文學，其作風可以不同，並非如顧氏所說的，由於詩作風的蛻變而產生的，所以彥和對於騷的產生，也只好存疑地道：「豈去聖之未遠，而楚人之多才乎」？

第四：一般人對離騷的批評：

（1）淮南王安：以爲離騷是兼國風小雅之美，其文可與日月爭光。（2）班固，提出三點：甲、思想方面——露才揚已。乙、內容方面——有抑揚過實之弊。丙、文辭方面——雅麗。（3）王逸：依經義而作，是百世無匹的作品。（4）漢宣帝：合於經術。（5）揚雄：同於詩雅。

第五：離騷文體的分析及綜論（彥和批評之微言部份）

（1）分析方面：甲、同於風雅：A.是典誥之體。B.有規諷之旨。C.含比興之義 D.具忠怨之詞。乙、異於經典：A.有詭異之辭。B.有譎怪之說。C.有狷狹之志。D.有荒淫之意。（2）總論，（彥和之批評部份）：「體憲於三代，而風雅於戰國，乃雅頌之博徒，是詞賦之英傑」。

第六：風格及特點：

（1）風格（其不同之表現如下）：甲、騷經九章：朗麗以哀志。乙、九歌九辯：綺靡以傷情。丙、遠遊天問：瓌詭而惠巧。丁、招魂招隱：豔而深華。戊、卜居：標放言之致。巳、漁父：寄獨往之才。（2）特點：甲、敍情怨則鬱伊而易感（言情），乙、述離居則愴快而難懷（說意）。丙、論山水則循聲而得貌（寫物），丁、言節候則披文而見時。（敍事）。

第七：影響：「是以枚賈追風以入麗，馬揚沿波而得奇，其衣被詞人，非一代也，故才高者菀其鴻裁，中巧者獵其豔辭，吟諷者銜其山川，童蒙者拾其香草。

第八：其他：從這篇文章中，我們可以看出彥和是個正統的儒家信徒，他對於文章觀念就堅持在「華而不失其實」的「重文重質」的上頭；在批評方面，他給我們提示了「微言」和「骨硬」，「肌膚」等述語，「骨硬」，「肌膚」是受了孟子「養氣」的影響，但微言的方法或是他自已創立的「將覈其論，必徵言焉」，這就怕批評的人會站在主觀的位置講話。

明詩第六

第一：主旨所在的討論：明是審顯的意思，劉勰寫這書的本意，無非是主張文章之用是實經典的支條，但因去聖稍遠，故文體解散，辭人好奇，言貴浮詭，如離本彌甚，將遂訛濫，因此便必須做個「振葉以尋根，觀瀾而索源，述先哲之誥，以益後生之志」，詩是文體的一種，其間經了不少的演變，因此必須審明本意，才不至流入愛奇浮詭的弊端，故說「鋪觀列代，情變之數可監，撮舉同異，綱領之要可明」。

第二：詩的理論及定義的討論：根據了尙書舜典的解釋「詩是言志」，但志是什麼呢？正義說「包管萬慮，其名曰心，感物而動，乃呼爲志」，如此說來「志」是相當於現在的「靈感」或「意像」，因它是感物而動的心的作用，這種感物而動的志是要等到表現時才能稱爲詩，否則便只有稱志，故詩大序說：「在心爲志，發言爲詩」，故「志」字應該不是像鄭康成注裏所說的，詩是言人的志意，志意是相當於現在所稱的「人格」，固然文章是作家人格的表白，但在這裏我們却無論如何是不能把它當志講的，因這只是定義的討論，不是理論的討論。

彥和自已是個出家人，注重了人性的方面，又要强調儒家尙用的主張，所以他在這篇中對詩的定義，便採取詩緯含神霧的說法「詩者持也」，持是持人之行，使不失墜，彥和以爲詩要是不能感人化物，便失了他的功用，爲了要做到這一點，他勸人應該做做思無邪的三百篇，其實詩的寫作，應該是不帶有任何企圖的，其能感人化物是詩本身的收效，並不是作者要憑了這種意思才去寫作的，這一點是彥和把詩（純文學）和文（實用的）分不開之故。

第三：詩的源流及演變：

（1）葛天氏和黃帝的樂譜（無文字），彥和當他爲詩的起源。（2）堯大唐之章，舜南風之詩，算是詩的肧形（有字）。（3）禹湯時的詩歌已建立了詩的形式及內容，因有「順美匡惡」。（4）

商周時代：詩臻於完善的境地，雅頌完備，如始彪炳，六義環深。（5）春秋時代：周室東遷，王權旁落，風人停止採詩，時人只有風誦舊章，把詩當作應酬上及文人擺官架子之用。（6）戰國至秦：楚有離騷之怨，秦有仙詩之興。（7）漢代：詩體周備：甲、四言詩倡始——韋孟。乙、七言詩倡始——孝武帝時。丙、詞賦盛行——如嚴忌司馬相如。丁、五言詩創立。（附）：五言詩係發源於春秋時之童謠，散見於詩經中召南等篇，後漢古詩一出，於是蜂擁地佔了文壇的位置，故論其完成期該是在後漢，而不是前漢，因爲前漢至成帝品錄時，尙不見有五言詩。（8）魏晉時代：五言騰踊。魏初：作家：建安七子。作風：不求纖巧，唯求昭晰，能慷慨以任事，磊落以使才。內容：憐風月，狎池苑，述恩榮，叙酣宴。正始：詩雜仙心。晉：稍入輕綺。甲、作風：采縟於正始，力柔於建安。乙、弊端：搦文爲妙，流靡麗妍。（9）南北朝時代：甲、江左搦乎玄風，笑徇務之志，崇盛亡機之說，故文弱。乙、宋：莊老告退，山水方滋。作風：情必極貌以寫物，辭必窮力而追新。

第四：批評的標準：有雅、潤、清、麗、善、美、六種。四言　雅潤爲本。五言——淸麗居宗

第五：詩之體例：四言，五言，三六雜言，圖讖，回文聯句等。

第六：其他：「舒文載實」，爲本篇之錙句。「順美匡惡」，爲詩的唯一精神，「辭謠義貞」，是代表彥和對詩的主張，因他總以爲要能如此才合於正統的文學觀。

樂府第七

俞元桂

漢書禮樂志，孝惠時，樂府令夏候寬。但樂府有記載價值者，起自武帝，禮樂志：「至武帝定郊祀之禮……乃立樂府……以李延年爲協律都尉，多舉司馬相如等數十人造爲詩歌。

李延年傳：「延年善歌爲新聲，是時上欲造樂令，司馬相如等作詩頌延年，輒承弦歌所造詩謂之

新聲曲」。

至哀帝時罷置樂府官，東漢一代，此官存置無改，然民間流行之歌謠，知音者輒被以樂而製為譜，於是樂府日多。

漢魏禪代之際，曹氏父子兄弟，咸有文采，亦能音律或治舊譜而改新辭，或撰新辭而並創舊譜，樂府從此極盛。

左傳季札觀樂：為之歌秦曰：「此之謂夏聲，夫能夏則大，大之至也。其周之舊乎」。

晉風所以稱遠——為之歌唐曰：「思深哉，其有陶唐氏之遺民乎，不然何憂之遠也，非令德之後誰能若是。

樂府：分為能入樂者與不能入樂者。

第一：務塞淫辭：不離宗經。

第二：雅聲浸微：「溺音騰沸，有泥古之弊，無文學史眼光。

第三：「時尚淫聲，故使聲辭俱鄭」，對當時宮體趨向而言，劉氏力主復古，故不免矯枉過正。

第四：樂府中有一部為有聲無辭，後人僅須填詞即可合樂，故魏晉樂府有另製新調，亦有逐古題作歌者，後樂府之樂律無存，故今日所見樂府詩，皆有辭而無聲。

詮賦第八

陳君義

第一：何謂賦：（1）賦者鋪也，鋪采摛文，體物寫志也。（2）賦者古詩之流也。（3）不歌而頌謂之賦。

第二：賦之來源：（1）古詩之流也，荀况禮智，宋玉風鈞，爰錫名號，與詩畫境。（2）受命於詩人，拓宇於楚辭。（3）信興楚而盛漢。

第三：立賦須知：（1）務求：文雖新而有質，色雖糅而有本，此立賦之大體也。（2）切忌：繁華損枝，膏腴害骨。

第四：立賦目的：（1）風軌。（2）勸戒。

頌讚第九

第一：頌：（1）何謂頌：甲、頌者容也，所以美盛德而述形容也。乙、容告神明爲之頌。（2）頌之功用：甲、頌主告神。乙、諷刺：「晉輿之稱原田，魯民之刺裘韠，直言不詠，短辭以諷」。丙、褒德顯容。（3）作頌要訣：甲、頌主告神，義必純美。乙、頌惟典雅，辭必清鑠，敷寫以賦，而不入華侈之區，敬愼如銘，而異乎規戒之域，汪洋以枝叉，唯纖曲巧致，與情而變。丙、切忌：「褒過而謬體」，「弄文而失質」，「雜以風雅」，「褒貶雜居」。

第二：讚：（1）何謂讚：讚者明也，助也。（2）讚之起源：昔虞舜之祀，樂正重讚。（3）作讚要訣：約舉以盡情，昭灼以送文。（4）讚所以促而不廣之因：必結言於四字之句，盤桓乎數韻之辭。

祝盟第十

第一：祝：（1）祝之緣起：昔伊耆始蜡，以祭八神。（2）祝之目的：甲、祭神。乙、祠田。丙、禱雨（雩）。丁、禱晴（禜）。戊、寅虔於神祇，嚴恭於宗廟也。（3）立祝之要訣：脩辭立誠，在於無媿，祈禱之式，必誠必敬，祭奠之楷，宜恭宜哀。

第二：盟：（1）何謂盟：盟者明也，祝告於神明者也。（2）盟之緣起：周衰屢盟，以及要契，始之以曹沫，終之以毛遂。（3）立盟之要訣：必序危機，奬忠孝，祈幽靈以取鑒，指九天以爲正，感激以立誠，切至以敷辭。（4）信重於盟：甲、信不由衷，盟無益也。乙、忠信可矣，無恃神焉。（5）道義重於盟：義存則克終，道廢知渝始。

箴銘第十一

曹鴻鈞

銘：

第一：銘的緣起：昔帝軒刻輿几以弼違，大禹勒筍簴而招諫，成湯盤盂，著日新之規，武王戶席，題必戒之訓，周公愼言於金人，仲尼革容於欹器，則先聖鑑戒，其來久矣。

第二：銘的意義：（1）劉勰銘箴第十一：『銘者名也』。（2）毛詩鄘風定之方中正義曰：『……銘者名也，所以因其器名，而書以爲戒也』。（3）禮記祭統：『夫鼎有銘，銘者自名也，自名以稱揚其祖先之美，而著之後世者也。爲祖先者莫不有善焉，莫不有惡焉，銘之義稱善而不稱惡，此孝子孝孫之心也』。（4）釋名釋典藝：『銘名也，述其功美使可稱名也』。

第三：銘的正名：正名的舉例：（1）夏鑄九牧之金鼎，周勒肅愼之楛矢，令德之事也。（2）呂望銘功於昆吾，仲山鏤績於庸器，計功之義也。（3）魏顆紀勳於景鐘，孔悝表勤於衞鼎，稱伐之類也。

第四：銘的流派的批評。

蔡邕銘思，獨冠古今，橋公之鉞，吐納典謨，朱穆之鼎，全成碑文，弱所長也，至如敬通雜器，準矱戒銘，而事非其物，繁略違中，崔駰品物，讚多戒少，李尤積篇，義儉辭碎，蓍龜神物，而居博奕之中，衡斛嘉量，而在臼杵之末，曾名品之未暇，何事理之能閑哉，魏文九寶，器利辭純，唯張載劍閣，其才清釆，迅足駸駸，後發前至，勒銘岷漢，得其宜矣。

箴：

第一：箴的意義：（1）劉勰銘箴第十一：『箴者，所以攻疾防患，喻鍼石也』。（2）韋昭注周語曰：『箴，箴刺王闕以正得失也』。

第二：箴的緣起：斯文之興，盛於三代，夏商二箴，餘句頗存，及周之辛甲百官箴一篇，體義備焉，迄至春秋，微而未絕，故魏絳諷君於后羿，楚子訓民於在勤，戰代已來，棄德務功，銘辭代興，箴文委絕，至楊雄稽古，始範虞箴。

第三：箴的流派的批評：崔胡補綴，總稱百官，指事配位，鞶鑑可徵，信所謂追清風於前古，攀辛甲於後代者也，至於潘勗符節，要而失淺，溫嶠傅臣博而患繁，王濟國子，引廣事雜，潘尼乘輿，義正體蕪，凡斯繼作，鮮有克衷，至於王朗雜箴，乃置巾履得其戒愼，而失其所施，觀其約文舉要，憲章戒銘，而水火井竈，繁辭不已，志有偏也。

銘箴異同的比較：夫箴誦於官，銘題於器，名目雖異，而警戒實同。

銘箴的作法：箴全禦過，故文資确切，銘兼褒讚，故體貴弘潤，其取事也必覈以辨，其摛文也必簡而深，此其大要也。陸機文賦曰：『銘博納而溫潤，箴頓挫而清壯』。

誄碑第十二

誄：

第一：誄的意義：（1）劉勰誄碑第十二曰：『誄者，累也。累其德行，旌之不朽也』。（2）墨子魯問篇：「子墨子曰，誄者道死人之志也」。（3）禮記曾子問注曰：「誄，累也，累列生時行迹，讀之以作謚」。

第二：誄的緣起：夏商以前，其詳靡聞，周雖有誄，未被于士……自魯莊戰乘邱，始及于士。

第三：誄的限制：賤不誄貴，幼不誄長。

第四．作品的批評（1）、哀公作誄，雖非叡作，古式存焉。（2）柳妻之誄惠子，辭哀而韻長。（3）楊雄之誄元后，文實煩穢。（4）杜篤之誄有譽前代，吳誄雖工，而他篇頗疎。（5）傅毅所制，文禮偏序。（6）孝山辨絜相參，觀其序事如傳，辭靡律調，固誄之才也。（7）崔瑗辨絜相參，觀其序事如傳，辭靡律調，固誄之才也。（8）崔駰誄趙；劉陶誄黃，並得憲章，工在簡要。（9）陳思叨名，而體實繁緩，文皇誄末，旨言自陳，其乖甚矣。（10）周史歌文，上闡后稷之烈，誄述祖宗，蓋詩人之則也。（11）傅毅之誄北海，始序致感，遂為後式，景而效者。

第五：誄的作法：選言錄行，傳體而頌文，榮始而哀終，論其人也，曖乎若可覿，道其哀也，悽然如可傷，此其旨也。

碑：

第一：碑的意義：（1）劉熙：『碑者埤也』。（2）說文石部：『碑豎石也，從石卑聲』。（3）釋名釋典藝：『碑，被也，此本王莽時所設也，施其轆轤以繩被其上，以引棺也，臣子追述君父之功美以書其上，後人因焉；故兼建於道陌之頭顯見之處，名其文，就謂之碑也』。

第二：碑的緣起：周穆紀跡于弇山之石，亦古碑之意也，又宗廟有碑，樹之西楹，事止麗牲，未勒勳績，而庸器漸缺，故後代用碑，以石代金，同乎不朽，自廟徂墳，猶封墓也。

第三：碑的流派的批評：（1）蔡邕：楊賜之碑，骨鯁訓典，陳郭二文，詞無擇言，周乎衆碑，莫非清允，其敘事也該而要，其綴采也雅而澤，清詞轉而不窮，巧義出而卓立，察其為才，自然而至。（2）孔融所創，有慕伯喈，張陳兩文，辨給足采，亦其亞也。（3）孫綽為文，志在碑誄，溫王郤庾，辭多枝雜，桓彝一篇，最爲辨裁。

第四：碑的作法：夫屬碑之體，資乎史才，其序則傳，其文則銘，標序盛德，必見淸風之華，昭紀鴻懿，必見峻偉之烈，此碑之制也。

哀弔第十三

哀：

第一：哀的意義：（1）文心雕龍：『哀者依也，悲實依心，故曰哀也』。（2）周書謚法解：『蚤孤短折曰哀，恭仁短折曰哀』。（3）說文：『哀，閔也，從口，衣聲』。（4）文體明辯：『哀辭者，哀死人之文也，以辭道哀，故謂之哀辭』。

第二：哀的淵源：昔三良殉秦，百夫莫贖，事均夭橫，黃鳥賦哀，抑亦詩人之哀辭乎，暨漢武封禪，而霍子侯暴亡，帝傷而作詩，亦哀辭之類矣：姚姬傳云：『哀祭類者，詩有頌，風有黃鳥，二子乘舟，皆其源也』。

第三：作品的批評：（1）崔瑗哀辭，始變前式，然履突鬼門，怪而不辭，駕龍乘雲，仙而不哀，又卒章五言，頗似歌謠，亦彷彿乎漢武也。（2）蘇順，張升：並述哀文，雖發其情華，而未極心實。（3）建安哀辭，惟偉長若善，行女一篇，時有惻怛。（4）潘岳繼作，實踵其美，觀其慮善辭變，情調悲苦，敘事如傳，結言摹詩，促節四言，鮮有緩句，故能義直而文婉，體舊而趣新，金鹿澤蘭，莫之或繼也。

第四：哀的範圍：蓋不淚之悼，故不在黃髮，必施夭昏。

第五：哀的作法：原夫哀辭大體，情主於痛傷，而辭窮乎愛惜，幼未成德，故譽止於察惠，弱不勝弱，故悼加乎膚色，隱心而結文則事愜，觀文而屬心則體耆，耆體爲辭，則雖麗而不哀，必使情往會悲，文來引泣，乃其貴耳。

弔：

第一：弔的意義：（1）文心雕龍：『弔者至也』。（2）說文：『弔問終也，從人弓，古之葬者厚衣之以薪，故人持弓會歐禽也』。（3）文體明辯：『弔文者，弔死之辭也，古者，弔生曰唁，弔死曰弔』。

第二：弔的緣起：宋水鄭火，行人奉辭，因災民亡，故同弔也，及晉築虎台，齊襲燕城，史趙蘇秦，翻賀爲弔……凡斯之例，弔之所設也。紀評曰：使趙蘇秦，乃一時說詞，不得列之弔類。

第三：作家及作品的批評：（1）賈誼浮湘，發憤弔屈，體同而事覈，辭清而理哀，蓋首出之作也。（2）相如之弔二世，全爲賦體，桓譚以爲其言惻愴，讀者歎息，及平章要切，斷而能悲也。（3）楊雄弔屈，思積功寡，意深文略，故辭韻沉膇。（4）班彪蔡邕，並敏于致語，然影附賈氏，難爲並驅耳。（5）胡阮之弔夷齊，褒而無聞。（6）仲宣所制，譏呵實工。（7）禰衡之弔平子，縟麗而輕清，（8）陸機之弔魏武序巧而文繁。

第四：作弔的限制：壓溺乖道，所以不弔。

第五：弔的作法：夫弔雖古義，而華辭未造，華過韻緩，則化而爲賦，固宜正義以繩理，昭德而塞違，割析褒貶，哀而有正，則無奪倫矣。

雜文第十四

周允盛

第一：溢箴：（1）宋玉始造對問，以申其志。（2）枚乘首製七發，蓋七竅所發，發乎嗜欲，寓規戒之意。(3)揚雄碎文璅語肇爲連珠，辭小而明潤，此三者爲文章之枝派，暇豫之末造也。

第二：種類——自對問以後：(1)客難。(2)解嘲。(3)賓戲。(4)達旨。(5)釋誨。(6)客問。(7)客咨。

第三：流派批評：(1)對問——原玆文之設，迺發憤之表志，身挫憑乎道勝，時屯寄乎情泰，莫不淵岳其心，麟鳳其采。(2)自七發以下作者相繼，七體之仿傚頗盛：文麗而義暌，理粹而辭駁，觀其大抵所歸，莫不高談宮館，壯語畋獵，窮瓌奇之服饌，極蠱媚之聲色，甘意搖骨體，艷詞動魂識，雖始之以淫侈，而終之以居正。3)連珠——文小易周足使義明而詞淨，事圓而音澤，磊磊自轉，撰者如杜篤賈逵劉珍潘勗之輩，欲穿明珠，多貫魚目，惟士衡運思，理新文敏，而裁章置句，廣於舊篇。

第四：雜文範疇(自漢以後)：典誥誓問，覽略篇章，曲操弄引，吟諷謠詠，均歸雜文之區

諧讔第十五

諧讔之起源：(一)華元棄甲，城者發睅目之謳。(二)臧紇喪師，國人造侏儒之歌，嗤戲形貌內怨爲俳也。

第一：諧之釋義——諧之言皆也，辭淺會俗，皆悅笑也。

第二：流派批評：(1)意在微諷如：甲、齊威酣樂而淳于說甘酒。乙、楚襄讌集，而宋玉賦好色。(2)譎辭飾說，抑止昏暴如。甲、優旃之諷漆城。乙、優孟之諫葬馬。丙、史遷列傳滑稽。：(3)本體不雅其流易弊。甲、東方枚臯餔糟啜醨，無所匡正，而詆嫚媟弄，故其自稱爲賦，迺亦俳也。乙、魏文因俳說以著笑書。丙、薛綜憑宴會而發嘲調雖抃推席，而無益時用矣。

第三：讔之釋義——讔者隱也，遯辭以隱意，譎譬以指事也。

第四：其表現之事實：（1）昔還社求拯於楚師喻眢井而稱麥麴。（2）叔儀乞糧於魯人歌佩玉而歌庚癸。（3）伍舉刺荊王以大鳥。（4）齊客譏薛公以海魚。（5）莊姬託辭於龍尾。（6）臧文謬書於羊裘。、

第五：功用——隱語之爲用被於紀傳大者興治濟身，其次弼違曉惑，蓋意生於權譎，而事出於機急，可與諧辭相表裏。

第六：演變——漢隱書十八篇……自魏代以來，頗非俳優，而君子嘲隱化爲謎話，使迴互其辭，或體目文字或圖象品物，纖巧以弄，思淺察以衒辭，義欲婉而正，辭欲隱而顯。

第七：作法——觀古之爲隱，理周要務，豈爲童稚之戲謔，搏髀而抃笑哉，故文辭之有諧讔，譬九流之有小說也。

史傳第十六

史：

第一：史之由來——軒轅之世，史有倉頡。

第二：釋義——史者使也。執筆左右使之記也。（1）左史記事——事經則春秋。（2）右史記事——言經則尚書。

第三：沿革：（1）唐虞——典謨。（2）商夏——誥誓。（3）周代——姬公定法，紬三正以班歷貫四時以聯事。甲、諸侯國史，彰善癉惡。乙、平王政不及雅，憲章散紊。

傳：

因此故夫子就太師以正雅頌，因魯史以修春秋，舉得失存亡以標勸戒，經文婉約。

第一：傳的意義——傳者轉也。轉受經旨。

第二：流派——前漢（1）左傳——聖文之羽翮，記籍之冠冕。（2）從横之世，秦竊天下，有戰國策。（3）陸賈作楚漢春秋。（4）子長繼志，作史記其體例爲紀，傳，書，表。（5）班固之漢書。

劉勰評語：（1）左氏綴事，於文爲約，而氏族難明。（2）史遷各傳，人始區詳而易覽。（3）孝惠委機，呂后攝政，班史立紀，違經失實。（4）張衡司史，惑同遷固。

後漢：（1）源於東觀（東觀漢記劉珍所作）。（2）袁張（後漢書爲袁山松作，後漢南記乃張瑩所作）偏駁不倫。（3）薛謝之作，疎謬少信。

魏代三雄紀傳互出如：陽秋，魏略，江表，吳錄或激抗難徵，或疎闊寡要。惟陳壽三國志，文質辨洽。晉陸機肇始而未備，王韶續末而不終，干寶述紀，以審正得序，孫盛陽秋，以約舉爲能。

第三：史傳之用途——載籍之作，必貫乎百氏，被之千載，表徵盛衰，殷鑒興廢，使一代之制，共日月而長存，王霸之跡，並天地而久大。

第四：作傳原則——依經樹則，勸戒予奪，必附聖以居宗，然後詮評昭整，苛濫不作。

第五：紀傳的困難：（1）編年綴事，按實而書，然其困難如下：甲、總會之難——歲遠，則同異難密，事積，則起訖易疎。乙、同歸一事，而數人分功，兩紀則失於複重，偏舉則病於不周。（2）本源之訛濫——追述遠代，代遠多僞，貴信史然俗皆愛奇，莫顧實理。甲、傳聞而欲偉其事。乙、錄遠而欲詳其跡——棄同即異穿鑿附會。（3）紀編同時，時同多詭——勳榮之家，雖庸夫而盡飾，迍敗之士，雖令德而常嗤。

第六：紀傳任務：（1）良史直筆，以懲戒奸慝。（2）彌綸一代，負海內之責，而贏是非之尤。

諸子第十七

陳農華

第一：何謂諸子：諸子者，諸家所著之書，語起於周秦間。漢書：「諸子之言，紛然淆亂」，又史記賈誼傳：「賈生年少，頗通諸子百家之書」，按漢書藝文志諸子百八十九家，係合賈生以後諸家言之。言「諸子百家」者，舉成數也。

第二：諸子要旨：諸子者，入道見志之書。

第三：諸子肇始：鬻子。

第四：經子異流：「……伯陽識禮，仲尼訪問，聖賢并世，經子異流」，關於經子異流之說，為國學上紛爭之問題，至今未有明確之界說，歸納之約可有二說，則今文家學派與古文家學派是也。（詳情可參閱「諸子述要」及「經子題解」）

第五：諸子派別及其批評：（1）先秦時期：周孔既歿，微言中絕，談士飆起，諸子為陰陽，儒，墨，名，法，道德六家，漢書藝文志益以縱橫，雜家，小說，是為諸子十家，其中去小說家，是為九流，承流而枝附者，不可勝算，并飛辯以馳術饜祿而餘榮矣。（2）漢代子學：秦火不及諸子，劉歆校讎，「九流」鱗萃，所編百有八十餘家。（3）魏晉子學：讕言瓆語，車不勝載。

第六：諸子讀要：（1）立場——宗經（述道言治，枝條五經）。（2）優劣辨正。甲、缺點：㈠踳駁出規。㈡混同虛誕。㈢棄教廢仁。㈣詭術妄貶。乙、體勝：㈠孟荀，理懿辭雅。㈡管晏，事覈言練。㈢列御寇，氣偉采奇。㈣鄒子，心奢辭壯。㈤墨翟，意顯語質。㈥尸佼，術通文鈍。㈦鶡冠子，深言綿綿。㈧鬼谷，奧義眇眇。㈨文子，擅辨情澈。㈩尹文，辭精約要。⑪慎到，析理巧密。⑫韓非，著博喻富。⑬呂氏，覽遠體周。⑭淮南，汎採文麗。（3）讀子要訣——宜撮綱要，覽華食實，棄邪採正，斯得百氏氣文大略。

第七：諸子體類：博明萬事爲子，適辨一理爲論，經典政術，蔓延雜說，歸入諸子。

第八：歷代諸子學之流變：夫自六國以前，去聖未遠，故能越世高談，自開戶牖、兩漢以後、體勢浸弱，雖明乎坦途而類多依採，此遠近之變也。

第九：補充：（1）子書起源異說：

據諸子學術雜教融，周秦諸子總論：「……班志所載風后，力牧，伊尹，鬻熊之作……皆後人依託（今按此皆秦漢以前爲諸子學者之所依託）子書肇始，其道德經乎」。斯說允矣。

「按劉勰所言子書肇始自鬻子誤也，傳鬻子一卷止十四篇，爲唐人所獻，姑無論書之眞僞、其殘缺不完，當無疑義，且自漢至隋，亦無注釋鬻子者……」。

（2）諸子各家源出大概：㈠儒家者流出於司徒之官。㈡道家者流出於史官。㈢陰陽家者流出於羲和之官。㈣法家者流出於理官。㈤名家者流出於禮官。㈥墨家者流出於清廟之官。㈦縱橫家者流出於行人之官。㈧雜家者流出於議官、㈨農家者流出於農稷之官。㈩小說家者流出於稗官。

（3）子書之精要：諸子學術讀子之法云：諸子之書，以儒家之荀，墨家之墨，法家之管，韓，道家之老莊，雜家之呂覽、淮南，實諸子書中之最精要，苟能先讀此八書，則其餘子部之書，皆可迎刃而解，而判別其是非眞僞，亦昭昭然黑白分矣。

舉文則儒家中和純粹，道家文質古樸，莊周則詼詭曲譬，墨家文最冗蔓，法家文最嚴肅，雜家呂覽質實，淮南縱橫意無不盡。

論說第十八

第一：何謂論：（1）論也者，彌綸羣言，而研精一理也。（2）凡說解談議訓詁之文，皆得稱之謂論。

第二：論之起源：述經叙理曰論，論者，倫也，倫理無爽，則聖意不墜，昔仲尼微言，門人追記，故仰其經目，稱爲論語，蓋羣論立言，始於玆矣。

第三：論體條流品類：（1）政論——議說——議者宜言，說者說語。（2）經論——傳注——傳者傳師，注者主解。（3）史論——贊評——贊者明意，評者平理。（4）文論——叙引——序者次序，引者胤辭。

第四：論例比較要略：（1）正體——聚述聖言通經。甲、上者：A.昭情入體。B.術兼名法。C.鋒穎精密。D.守文玄論。乙、中者：A.李康運命同論衡而過之。B.陸機辨亡効過秦而不及。丙、下者：A.銳思交辨。B.徒銳偏解。C.動極神源。D.莫詣正理。（2）論體列外：甲、江左之羣談。乙、張衡，孔融之俳說，嘲戲。丙、曹植書抄。

第五：論之體例：原夫論之爲體，所以辨正然否，窮於有數，追於無形，迹堅求通，鈎深取極，乃百慮之筌蹄，萬事之權衡也，故其義貴圓通，辭忌枝碎，必使與理合，彌縫莫見其隙，辭共心密，敵人不知所乘，斯其要也。

第六：立論抉要：心，理，辭，求其合一。（1）忌越理横斷。（2）忌辭辨以反義取通。（3）忌章句繁瑣。（4）忌文巧跡妄。

第七：何謂說：（1）說者，悅也。（2）吳訥著，文章辨體云。按：說者，釋也，述也，解釋經義，而以已意述之也。

第八：說之名起：（1）說者悅也。「兌爲口舌」古言吞悅懌，載於周禮易說卦文，爲說之起源。

（2）吳訥文章辨體中云：說之名起於吾夫子之說卦。

第九：說之流派及其批評：(1)唐虞三代——有伊尹，太公燭武等美善之說。(2)戰國時代——辨士蠭起，縱橫參謀，多騁巧詞，伏其精術之說，以爲釁祿餘榮矣。(3)兩漢時代——辨士弭節，頡頏抵嚱，多順風托勢之詞也。

第十：說之體勝；（1）說貴撫會，弘張相隨，不專綏頰，亦在刀筆。（2）煩情入機，動言中務，雖批逆鱗，而功成計合。（3）喻巧理至，惟危無咎，事緩文繁，歷騁罕遇。

第十一：說之樞要：(1)時利義貞，非爲譎敵，忠信獻主，文敏濟辭。（2）徐師增文體明辨云：說之要在傳於經義，而更出己見，縱橫抑揚，以詳贍爲上。

第十二：補充：(1)論說比較：論：㈠窮理立論。㈡論以反覆。論貴圓通。說：㈠說明其理。㈡說以說理明白。㈢說貴忠信。(2)關於論體分類：按劉勰此篇分論爲兩類。一、爲述經傳注之論。二、爲敍理義說之屬，總要則二，二者之中，分有政論，經論、史論、文論、四種。

但顧藎丞著文體論則分論爲八：㈠理論，㈡政論，㈢經論，㈣史論，㈤文論，㈥諷論，㈦寓論，㈧設論。

詔策第十九

第一：何謂詔策：（1）詔策，上告下之文也，秦以後惟天子用之，王言曰詔，詔以宣德威，宣其正大尊嚴仁愛爲貴。（2）劉熙釋名云：詔，昭也，人暗不見事宜，則有所犯，以此示之，便昭然知所由也（3）策者，簡也，連編，諸簡謂之策，古無紙筆，大事書之於策，又古命官授爵，皆用策書爲符信。

第二：詔策起源：古者王言，若軒轅唐虞，同稱爲命，其在三代，始兼「誓」，「誥」而稱之，今見於書者是也，秦幷天下，改「命」曰「制」，「令」曰「詔」於是詔策興焉——！

第三：詔策流變略要：(1)先秦時代：甲、軒轅唐虞——曰命——命，制性之本。乙、三代——事兼誓誥——誓以訓戎，誥以敷政。丙、七國——曰令——令者使也。丁、秦——曰制——天子之言曰制。(2)兩漢時代：統稱爲命，命分四品：甲、策書——策封王侯——策者簡也。乙、制書——制施赦令——制者裁也。丙、詔書——詔誥百官——詔者告也。丁、戒敕——戒敕州部——敕者正也。

第四：兩漢及魏晉詔策批評：(1)優點：甲、詔體浮新。乙、選言弘奥 丙、訓典淵雅。丁、逸羣炳耀。戊、辭義多偉。已、文淸風流。(2)缺點：甲、寵才恩舊。乙、偏黨乖張。

第五：詔策大略：(1)授官選賢，義炳重離之輝。(2)優文封策，氣含風雨之潤。(3)敕戒恆誥，筆吐星漢之華。(4)治戎燮伐，聲有洊雷之威。(5)眚災肆赦，文有春露之滋。(6)明罰敕法，辭有秋霜之烈。

第六：詔策品別及其舉勝：(1)敕戒：甲、周穆——詔之切者。乙、魏武——指事而語，勿得依違。丙、晉武——備告百官有訓典。(2)戒：戒者，愼也。甲、漢高祖，東方朔之戒，顧命之作。乙、馬援班姬。家戒女戒。(3)敎：敎者，效也，言出而民效也。甲、鄭弘之條敎，事緒明白。乙、孔融之文敎，文雖罕理。丙、諸葛孔明，詳約。丁、庾稚恭，明斷。(4)命：詔重命輕。

第九：補充：(1)敕：警飭也，詔命曰敕，漢唐以來，天子頒布臣民之書謂之詔敕，猶後世之有諭旨也。(2)「命」與「令」：「命」和「令」，本來是一種東西，朱子說：「命」猶令也，而按之字書，又說：「大曰命，小曰令」，還好像命和令，又有分別了，其實，上古時代的王言，同時稱爲「命」的，卻是創始於尚書，其用途有：㈠命官，㈡封爵，㈢飭職，㈣錫賚，㈤傳遺囑，㈥遺命。(3)詔的種類：詔之種類，略別之，如漢時有「制詔」，「親詔」，「密詔」，「特詔」，「優詔」，「中詔」，「清詔」，「手詔」，「軍詔」及「遺詔」。

檄移第二十的分析

羅郁紋

檄：

第一：檄之意義：皦也。宣露於外，皦然明白也。

第二：檄文之演進：(1)未有檄名：甲、三代以戒兵誓師，未及敵人——「昔有虞始戒於國；夏后初誓於師；殷誓軍門之外；周將交刃而誓之。故知帝世戒兵，三王誓師，宣訓我衆，未及敵人也」。乙、周穆王西征，以之爲威儀之令，文告之辭——「至周穆西征，祭公謀父，稱古有威讓之令，令有文告之辭，卽檄之本源也。丙、春秋征伐，以之振此威風，暴彼昏亂——及春秋征伐，自諸侯出，懼敵弗服，故兵出須名，振此威風，暴彼昏亂。劉獻公之所謂告之以文辭，董之以武師者也。丁、齊桓，晉厲，管仲，呂相，以詰責敵方，示討伐之由——「齊桓征楚，詰苞茅之闕；晉厲伐秦，責箕郜之焚；管仲，呂相，奉辭先路，詳其意義，卽今之檄文」。(2)已有檄名：「暨乎戰國始稱爲檄」。

第三：對於檄文作者的批評：(1)隗囂——「觀隗囂之檄亡新，布其三逆，文不雕飾，而辭切事明。隴右文士得檄之體矣」。(2)陳琳——「陳琳之檄州，壯有骨鯁，雖奸閹攜養，章密太甚，發邱摸金，誣過其虐，然抗辭書釁，皦然露骨矣」。(3)鍾會——「鍾會檄蜀，徵驗甚明」；桓公——「桓公檄胡，觀釁尤切」，並壯筆也。

第四：檄的作用：奉辭伐罪，厲辭爲武。懲惡顯數，以咫書摧堅顚固——「震雷始於曜電，出師先乎威聲，故觀電而懼雷壯，聽聲而懼兵威」。「夫兵以定亂，莫敢自專，天子親戎，則稱恭行天罰；

諸侯御師，則云肅將王誅。故分閫推轂，奉辭伐罪，非唯致果爲毅，亦且厲辭爲武，使聲如衝風所擊，氣似欃槍所掃，奮其武怒，總其罪人，懲其惡稔之時，顯其貫盈之數，搖奸宄之膽，訂信慎之心，使百尺之衝，摧折於咫書，萬雉之城，顚墜於一檄者也」。

第五：檄文的大體：譎詭煒曄抑敵揚己——「凡檄之大體，或述此休明，或叙彼苛虐。指天時，審人事，算彊弱，角權勢，標蓍龜于前驗，懸鞶鑑于已然。雖本國信，實參兵詐，譎詭以馳旨，煒曄以騰說。凡此衆條，莫或違之者也」。

第六：作檄的要點：剛健，急切，顯現，事昭理辨，氣盛辭斷——「故其植義颺辭，務在剛健；插羽以示迅，不可使辭緩；露板以宣衆，不可使義隱；必事昭而理辨，氣盛而辭斷。此其要也。若曲趣巧密，無所取才矣」。

第七：檄的別稱別用：別稱露布；別用於州郡徵吏——「或稱露布，播諸視聽也」，「又州郡徵吏，亦稱爲檄，固明舉之義也」。

移：

第一：移的意義：「移者易也」。

第二：移的作用：「移風易俗，令往而民隨者也」。

第三：移的發源：漢司馬相如父老——「相如之難蜀老，文曉而喻博，有移檄之骨焉」。

第四：對於移文作者的批評：(1)司馬相如——「相如之難蜀老，文曉而喻博」。(2)劉歆——「及劉歆之移太常，辭剛而義辨，文移之首也」。(3)陸機——「陸機之移百官，言約而事顯，武移之要者也」。

第五：移的種類：文移武移。

樞移之關係：

第一：兩者皆施於政治軍事之用——「檄移爲用，事兼文武」。

第二：檄偏攻敵；移偏煽衆——「逆黨用檄，順命資移」。

第三：大同小異——「意用小異而體義大同」。

封禪第二十一的分析

第一：封禪的意義：(1)白虎通封禪：「王者易姓而起，必升封泰山，何？報告之義也。始受命之日，改制應天，天下太平，功成封禪，以告太平也。所以必封泰山，何？萬物之始，交代之處也。必於其上何？因高告高，順其類也。故升封者增高也。下禪梁甫之基，廣厚也。皆刻石紀號者，著巳之功迹以自効也。封者廣也。言禪者，明以成功相傳也」。(2)漢書武帝紀元封元年註引孟康曰：王者功成治定，告成功於天。封，崇也，助天之高也。刻石紀號，有金策玉函金泥玉檢之封焉」。服虔曰：「增天之高，歸功於天，禪，闡也，廣土地也」。張晏曰：「天高不可及，於泰山上立封。又禪以祭之，冀近神靈也」。

第二：古君封禪的原因：「夫正位北辰，嚮明南面，所以運天樞毓黎獻者，何嘗不經道緯德以勒皇蹟者哉。錄圖曰：「潬潬喤喤，棼棼雉雉，萬物盡化」，言至德所被也。丹書曰：「義勝欲則從，欲勝義則凶，戒慎之至也。則戒愼以崇其德，至德以凝其化，七十有二君所以封禪矣」。

第三：封禪的演進與批評：(1)黃帝神靈，克膺鴻瑞，勒功喬岳，鑄鼎荊山。(2)大舜巡岳，顯乎虞典。(3)齊桓之霸，不足封禪(及齊桓之霸，爰窺王跡，夷吾譎陳，距以怪物，固知玉牒金鏤，專在帝皇也)。(4)秦皇銘岱，文自李斯，法家辭氣，體乏弘潤，然疏而能壯，亦彼時之絕采也。(5)兩漢降盛：甲、相如封禪蔚爲唱首。爾其表權輿，序皇王，炳元符，鏡鴻業，驅前古於當今之下，騰休明於列聖之下。歌之以禎瑞，讚之以介邱。絕筆茲文，固維新之作也。乙、及光武勒碑，則文自張純，首胤典謨，末同祝辭。引鈎讖，敘離亂，計武功，述文德。事覈理舉，華不足而實有餘矣。上之二家，並岱宗實跡。丙、楊雄劇秦，影寫長卿，詭言遯辭，故兼包神怪。然骨製靡密，辭貫圓通。自稱極思無遺力矣。丁、班固典引，雅有懿乎(當作采)，歷鑒前代，能執厥中。其致義會文，斐然作巧，故稱封禪靡而不典，劇秦典而不實，豈非追觀易爲明，循勢易爲力歟？上之二家專非鎸石，而體因紀禪。戊、邯鄲受命，攀擬前襲，風末力寡，輯韻成頌，雖文理順序，而不能奮飛。(6)魏：陳思魏德，假論客主，問答迂緩，且已千言，勞深勣寡，飆燄缺焉。

第四：封禪文的價值：茲文爲用，蓋一代之典章也。

第五：封禪文之作法：構位之始，宜明大體。樹骨於訓典之區；選言於宏富之路。使意古而不晦於深；文今而不墜於淺。義吐光芒，辭成廉鍔，則爲偉矣。雖復道極數殫，終然相襲，而日新其采者，必超前轍焉。

第六：河間紀昀評語中之封禪的價值：自唐以前，不知封禪之非，故封禪爲大典禮，而封禪文爲大著作，特出一門，故鄭重之。

章表第二十二的分析

第一：章表的產生：高卑聯事由卑而高的工具(由高而卑者用詔策)——「夫設官分職，高卑聯事，天子垂珠以聽，諸侯鳴玉以朝，敷奏以言，明試以功」。詔策第十九，「皇帝御寓，其言也神，淵嘿黼扆，而響盈四表，唯詔策乎」。

第二：章表的意義：「章者明也」「表者標也」。

第三：章表的作用：謝恩，讓封，陳請。

第四：章表的價值：「所以對揚王庭，昭明心曲。既其文身，且亦國華」。

第五：歷代章表的演進：（1）無文時期：堯舜時代——「堯咨四岳，舜命八元，固辭再讓之請，俞往欽哉之授，並陳辭帝庭，匪假書翰，然則敷奏以言，則章表之義也」。（2）有文時期：甲、太甲時伊尹之伊訓及太甲三篇以文翰獻替，爲章表文章之始——「至太甲既立，伊尹書誡，思庸歸亳，又作書以讚，文翰獻替，事斯見矣」。乙、周公奏文有陳謝之意——「周監二代，文理彌盛，再拜稽首，對揚休命，承文受冊，敢當丕顯，雖言筆未分，而陳謝可見」。丙、七國式不變古，名稱上書——「降及七國，未變古式，言事於主，皆稱上書」。丁、秦改曰奏——「秦初定制，改書曰奏」。戊、漢定爲章奏表議四品；後漢察舉必試章奏——「漢定禮儀，則有四品：一曰章，二曰奏，三曰表，四曰議，章以謝恩，奏以按劾，表以陳請，議以執異」。「前漢表謝，遺篇寡存；及後漢察舉必試章奏」。己、魏晉南北朝茲文昌盛，工者極多（魏初則指事造實而不美）——「魏初章表指事造實，求其靡麗則未足美矣。至於文舉之薦禰衡……並陳事之美表也」。

第六：對於章表作者之批評：（1）後漢：甲、左雄——「左雄奏議，臺閣爲式」。乙、胡廣——「胡廣章奏，天下第一」。（2）三國：甲、孔融——「文舉之薦禰衡，氣揚采飛」。乙、諸葛亮「孔明之辭後主，志盡文暢」。「以上雖華實異旨，然皆並表之英也」。丙、陳琳阮瑀——琳瑀章表，有譽當時，孔璋稱健，則其標也」。丁、曹植——陳思之表，獨冠羣才，觀其體贍而律調，辭淸而志顯，應物製巧，隨變生趣，執轡有餘，故能緩急應節矣」。（3）晉：甲、張華——逮晉初筆札，則張華爲儁，其三讓公封，理周辭要，引義比事，必得其偶，世珍鷦鷯，莫顧章表」。乙、羊祜——「及羊公之辭開府，有譽於前談」。丙、庾亮「庾公之讓中書，信美於往載」。丙、劉琨「劉琨勸進」。丁、張駿——「張駿自序」。「文致耿介並陳事之美表也」。

第七：作章表文的要點：（1）以章爲本——「章以造闕，風矩應明；表以致禁，骨采宜耀。循名課實，以章爲本者也」。（2）章須要明而非略不淺：表必雅義而清文——「是以章式炳賁志在典謨，使要而非略，明而不淺；表體多包，情僞屢遷，必雅義以扇其風，清文以馳其麗」。（3）須懇惻而不可浮侈——「然懇惻者辭爲心使，浮侈者情爲文使（一作屈）」。（4）文質並重：文——「君子秉文，辭令有斐」。質——「言必貞明，義則弘偉」，「子貢云：心以制之，言以結之，蓋一辭意也」。並重——「繁約得正，華實相勝，脣吻不滯，則中律矣」。（5）簡明恭敬——「肅恭節文，條理首尾」。

奏啓第二十三

陳鍾滢

奏啓——奏啓爲奏議類文體的一種，按奏議類中各種文字的起源，見徐師曾文體明辨中有云：「按奏疏者羣臣論諫之總名也，奏御之文，其名不一，七國以前，皆稱上書，秦初改書曰奏。漢定禮儀則有四品：一曰章以謝恩，二曰奏以按劾，三曰表以陳情，四曰儀以執異，然當時奏章，或上災異，則非專以謝恩，至於奏事亦稱上疏，則非專以按劾也。又按劾之奏，別稱彈事，尤可以徵「彈劾」爲奏之一端也，又啓八儀密奏陰陽，皁囊封板以防宣泄，謂之封事。而朝臣補外，天子使人受所欲言，及有事下議者，並以書對。則漢之制，豈特四品而已哉，然自秦有天下，以及漢孝惠，未聞有以書言事者。至孝文廣開言路，於是賈山言治亂之道名曰至言，則四品之名，亦非叔孫通之所定明矣。魏晉以下，啓獨盛行，唐用表狀亦稱書疏。宋人則監發制而損益之，故有劄，有狀，有書，有表，有封事；而劄子之用居多，蓋本唐人將子，錄子之制，而更其名，上書表章已列前編；其他篇目更有八品；一曰奏，奏者進也，二曰疏，疏者布也；……漢時諸王官屬於其君，亦得稱疏，故以附焉。……三曰對，四曰啓，啓者開也，五曰狀，狀者陳也。狀有二體，散文儷語是也。……六曰劄子，劄者刺也。七曰封事，八曰彈事；各以類從，而以至言冠於篇，以其無可附也，至於疏，對，啓，狀，劄五者，又皆以奏字冠之，以別於臣下，私相對答往來之辭」。

以上所引是說奏議類中各種文字的起源和流別，至論牠的體例，則徐氏也有一節說到。他說：「及論其文：則皆以明允篤誠爲本，辨析疏通爲要；酌古御今，治繁總要，此其大體也。「奏啓」入規而忌侈文，「彈事」明憲而戒善罵，此又學者所當知也」。

今按劉勰文心雕龍奏啓篇所論，加以分析則有以下各點：

奏：

第一：奏之起源：唐虞之臣，敷奏以言，秦漢之輔，上書稱奏，陳政事，獻典儀，上急變，劾愆謬。

第二：奏之意義：奏者進也，言敷于下，情近于上也。

第三：歷代風尚及作者。(1)秦代：甲、王綰之奏勳德……辭質而義近。乙、李斯之奏驪山……事略而意逕。(2)漢：甲、賈誼之務農。乙、鼂錯之兵事。丙、匡衡之定郊，王吉之觀禮，溫舒之綏獄，谷永之諫仙，(理既切至辭名通暢)。(3)後漢：甲、楊秉耿介於災異。乙、陳蕃憤懣於尺一，(骨鯁得焉)。丙、張衡指摘於史職。丁、蔡邕銓列於朝儀，(博雅明焉)。(4)魏：甲、高堂之天文。乙、王觀之教學。丙、王朗之節省。丁、甄毅之考課。(盡節而知治矣)。(5)晉：甲、劉頌殷勤於時務。乙、溫嶠懇惻於費役。(體國之忠規矣)。

第四：奏之體例：「固以明允篤誠爲本，辨析疏通爲首，强志足以成務，博見足以窮理，酌古御今，治繁總要」。

第五：奏之功用：（1）彈事：甲、周之太僕，繩愆糾繆。乙、秦之御史，職主文法。（2）按劾：甲、漢置中丞，總司按劾。

第六：奏之弊病：（1）各隨其志，舉例。甲、孔光之奏董賢，則實其奸回。乙、路粹之奏孔融，則誣其釁惡。丙、傅咸勁直而按辭堅深。丁、劉隗切正而劾文闊略。（2）競於詆訶，吹毛取瑕，次骨爲戾，後似善罵，多失折衷。

第七：奏之總要：「必使理有典刑，辭有風軌，總法家之式，秉儒家之文，不畏強禦，氣流墨中，無縱詭隨，聲動簡外」。

啓：

第一：啓之意義：啓者開也，高宗云：「啓乃心沃朕心」，取其義也。

第二：啓之源流：（1）兩漢——孝景諱啓，故兩漢無稱。（3）魏——魏國箋記，始云啓聞，奏事之末，或云謹啓。（3）晉——晉來盛啓，用兼表奏，陳政言事，既奏之異條，讓爵謝恩，亦表之別榦。

第三：啓之大略：必斂飭入規，促其音節，辨要輕清，文而不侈。

議對第二十四

讜言及封事

第一：讜言——讜者偏也，班伯讜言貴其直也。

第二：封事——皁囊封板，故曰封事，鼂錯受書，還上便宜，愼機密也。

議：

第一：議之源流：(1)軒轅有明臺之議。(3)洪水之難，堯咨四岳。(3)宅揆之舉，舜疇五人。(4)三代所興，詢及芻蕘。(5)春秋釋宋，魯桓務議。(6)趙靈胡服，季父爭論。(7)商鞅變法，甘龍交辨。(8)漢世始立駁議。

第二：漢魏晉風尚及作家：(1)前漢：甲、賈誼之徧代諸生。(捷於議也)。乙、主父(吾邱)之駁挾弓。丙、安國之辨匈奴。丁、賈捐之陳於朱崖。戊、劉歆之辨於祖宗。(質文不同得事要矣)。(2)後漢：甲、張敏之斷輕侮。乙、郭躬之議擅誅。(事實允當，達議體矣。丙、仲瑗博古，而銓貫有敍。(3)魏：甲、程曉之駁校事。乙、司馬芝之議貨錢。(事實允當，達議體矣)。(4)晉：甲、何曾蠲出女之科。乙、秦秀定賈充之謚。(事實允當，達議體矣)。丙、長虞識治，而屬辭枝繁。丁、陸機斷議，亦有鋒穎，而腴辭弗剪，頗累文骨，亦各有風格存焉。

第三：議之體例：(1)必樞紐經典，採故實於前代，概通變於當今，理不謬搖其枝，字不妄舒其藻。(2)議之言宜審事宜也。(3)議貴命制經典之體也。

第四：議之綱要：郊祀必洞於禮，戎事必練於兵，田穀先曉於農，斷訟務精於律，然後標以顯義，約以正辭，文以辨潔爲能，不以繁縟爲巧，事以明覈爲美，不以深隱爲奇。

第五：議之文弊：若不達政體而舞筆弄文，支離構辭，穿鑿會巧，空騁其華，固爲事實所擯，設得其理，亦爲遊辭所埋矣。若文浮於理，末勝其本，則秦女楚珠復在於茲矣，

對：

第一：對之意義：(1)對策者，應詔而陳政也。(2)射策者，探事而獻說也，言中理準，譬射候中的。

第二：對之功用：(1)造士。(2)選賢。

第三：漢世風尚及作家：（1）鼂錯——證驗古今，辭裁以辨，事通而贍，超升高第，信有徵矣。（2）仲舒——祖述春秋，本陰陽之化，究列代之變，煩而不恩者，事理明也。（3）公孫——簡而未博，然總要以約文，事切而情舉。（4）杜欽——略而指事，辭以治宣，不為文作。（5）魯丕——辭氣質素，以儒雅中策，獨入高第。

第四：魏晉之風尚：魏晉以來，稍務文麗，以文紀實，所失已多。及其來選，又稱疾不會，雖欲求文，弗可得也。

議對之略別：

駁議偏辨，各執異見。對策揄揚，大明治道。

議對之總要：

事深於政術，理密於時務，酌三五以鎔世，而非迂緩之高談，馭權變以拯俗，而非刻薄之僞論。

評論：

議之起源，遠在上古之時，如管子云「軒轅有明堂之議」此為一種證據，但祇有其名，而無明文之可供參讀。至漢之時，賈拍之之罷珠崖對策，乃為議對文字眞正之開始，觀文中子說：「議其盡天下之心乎？昔黃帝有合宮之聽，堯有衢室之問，舜有總章之訪，皆議之謂也。大哉乎并天下之謀，兼天下之智而理得矣」。至於劉氏所論議對的體例，言得最見精當，對於文字之一切利病，言得又極明審，惟是簡單予以總括言之：「凡是議對之文字，宜應立論於「平實眞切」「辭約精明」，所以備君上之採擇也。倘然文飾辭，而所言又不切中事務，則未有不厭之，迂遠疏闊之，而置之不問焉。

書記第二十五

書：

第一：書的起源：書的起源，當在春秋之時，而書之名稱，卻早見於周易尚書，易經繫辭說：「書不盡言，言不盡意」。書經舜典說：「書用識哉」，大概古代聖賢的言辭，有紀錄之價值者，都予以書起來。

第二：書之意義：書者舒也。舒布其言，陳之簡牘，取象於夬，貴在明決。

第三：歷代風尚及作家。（1）三代政暇——文翰頗疎。（2）春秋——書介彌盛。甲、繞朝贈士會以策。乙、子家與趙宣以書。丙、巫臣之遺子反。丁、子產之諫范宣。戊、子服敬叔進，弔書于滕君。多被翰墨（服改子叔敬叔）。（3）七國——詭麗輻輳。（4）漢世——辭氣紛紜。甲、前漢：A.史遷之報任安。B.東方朔之難公孫。C.楊惲之酬會宗。D.子雲之答劉歆。（志氣槃桓，各含殊采，杼軸乎尺素，抑揚乎寸心）。乙、後漢：A,崔瑗——高於文辭，善爲書記箴銘。B,陳遵占辭，百封各意。C禰衡代書，親疎得宜。（5）魏：甲、元瑜號稱翩翩。乙、文舉半簡必錄。丙、休璉留意辭翰。丁、稽康絕交，志高文偉。（6）晉：甲、趙至敍離，少年激切。

第四：書的體例：「本在盡言，言以散鬱陶託風采，故宜條暢以任氣，優柔以懌懷，文明從容，亦心聲之獻酬也」。

第五：書之流變：（1）戰國以前，君臣同書。（2）秦漢立儀，始有表奏。（3）迨至後漢，稍有名品，公府奏記，而郡將奏牋。

記：

第一：記牋由來：因書至後漢流變而有奏記及奏議。

第二：記牋意義：記者言志，進已志也。牋者表也，表識其情也。

第三：記之作家：（1）崔寔奏記於公府，則崇讓德音。（2）黃香奏牋於江夏，肅恭遺式。（3）公幹牋記，麗而規益。（4）劉廙謝恩，喻切以至。（5）陸機自理，情周而巧。

第四：牋記之式：上窺乎表，下睨乎書，使敬而不懾，簡而無傲，清美以惠其才，彪蔚以文其響，蓋牋記之分也。（書常用於平輩，牋記則多用於上行）。（戰國以前君臣同書）。

書記所總：夫書記廣大，衣被事體，筆劄雜名，古今多品，依各種名目有下列的幾種：

第一：譜——譜者普也，注序世統，事資周普。

第二：籍——籍者借也，歲借民力，條之於版。

第三：簿——簿者圃也，草木區別，文書類聚。

第四：錄——錄者領也，編以簡策，領其名數。

第五：方——方者隅也，醫藥攻病，各有所主，專精一隅。

第六：術——術者路也，算歷極數，見路乃明，九章積微。

第七：占——占者覘也，星辰飛伏，伺候乃見，精觀書雲。

第八：試——試者則也，陰陽盈虛，五行消息，變雖不常，而稽之有則。

第九：律——律者中也，黃鍾調起，五音以正，取中正也。

第十：令——令者命也，出命申禁，有若自天。

第十一：法——法者象也，兵謀無方，而奇正有象。

第十二：制——制者裁也，上行於下，如匠之制器也。

第十三：符——符者孚也，徵召防僞，事資中孚。

第十四：契——契者結也，上古純質，結繩執契。

第十五：券——券者束也，明白約束，以備情僞。

第十六：疏——疏者布也，布置物類，撮題近意。

第十七：關——關者閉也，出入由門，關閉當審。

第十八：刺——刺者達也，事叙相達，若針之通結矣。

第十九：牒——牒者葉也，短簡編牒，如葉在枝。

第二十：狀——狀者貌也，體貌本原，取其事實。

第二一：列——列者陳也，陳列事情，昭然可見。

第二二：解——解者釋也，解釋結滯，徵事以對。

第二三：辭——辭者，舌端之文，通已於人。

第二四：諺——諺者，直語也，廛路淺言，有實無華。

評論：

書的作用，便是以表言爲最大之原則，至於後世，始正式有書之體制，其中又可以分爲兩類，凡屬臣僚的敎奏稱曰上書，此是創始於樂毅之報燕惠王，若是平常親知往來所用者，便單稱爲書，此是創始鄭子家之與趙宣，劉勰說：七國獻書，詭麗輻輳，漢來筆札，辭氣紛紜；此又是說春秋以後書體文字之美妙也。楊雄說：言心聲也；書心畫也；言畫形，則君子小人見矣；於此又見得書之重要了。

書記所總多非文學範圍，彥和以廣義之文學觀，故俱列入。然與書記所定之意義不符，彥和云：書者舒也，舒布其言，記之言志，進已志也，則與譜籍方術律令……何涉。

紬繹文心雕龍風骨篇之要旨

陳 紹 倫

縱觀劉彥和一生，艱苦卓絕，棲蹤蕭寺，懼修名之不立，歎文體之日濫。自謂：「茫茫往代，既洗余聞，眇眇來世，倘塵彼觀。」自負洵不凡矣。

夫彥和以沈博絕麗之思，佩實銜華之筆。所謂：「風骨乏采，則鷙集翰林。采乏風骨，則雉竄文囿。」故作風骨一篇。一言以蔽之曰：「風者文意，骨者文辭。」二者蓋假物以爲喻；文之有意：猶網之在綱，有條不紊。故能發皇幽渺，含緜邈於尺素，吐滂沛乎寸心。文之有辭：如枝葉之在幹，故能搖芳蕤之馥馥，發青條之森森。是以文貴辭意並茂，則風骨遒勁。其曰：「辭之待骨，如體之樹骸。情之含風，猶形之包氣」者。蓋體恃骨以樹，形恃氣以生。其云：「捶字堅而難移，結響凝而不滯。」大抵修辭命意之效，故無贏字冗句。而後五色相宣，八音和會。振采欲飛，負聲有力，從此出矣。

夫風骨與意辭本爲一，就文而求風骨，不能舍意與辭也。故意司契而爲匠，文垂條以結繁。若舍其實而采其華，則但爲藻耀高翔，文筆鳴鳳。如海市蜃樓，病葉狂花。固無異飾虛車，紲鞶帨也。彥和恐學者失命意與修辭之本，而以奇巧爲務也。故揭示其旨曰：「鎔鑄經典之範，翔集子史之術。洞曉情變，曲昭文體，然後能孚甲新意，雕畫奇辭，昭體故意新而不亂，曉變故辭奇而不黷。」夫所謂風者曰：「風采」，曰：「風韻」所謂骨者曰：「骨格」曰：「骨力」。采與韻兼，格與力合，於駢體思過半矣。學者苟能體彥和之旨，樹骨訓典之區，選言宏富之域，庶乎其可也。

國家圖書館出版社簡介

國家圖書館出版社，原名書目文獻出版社，一九七九年成立。一九九六年更名為北京圖書館出版社，二〇〇八年改為現名。

本社是文化部主管、國家圖書館主辦的中央級出版社。二〇〇九年八月新聞出版總署首次經營性圖書出版單位等級評估定為一級出版社，並授予『全國百佳出版單位』稱號。

建社三十年來，依託國家圖書館的豐富館藏，並與各圖書館密切合作，形成了兩大專業出版特色：一是編輯出版圖書館學和資訊管理科學著譯作，出版各種書目索引等中文工具書。二是整理影印中文古籍等各種稀見歷史文獻；此外還編輯出版各種文史著作和傳統文化普及讀物。

國家圖書館出版社設有社長總編辦公室、財務部、營銷策劃部、古籍影印編輯室、圖書館學情報學編輯室、綜合編輯室、文史編輯室、中華再造善本編輯室、發行部、儲運部等部門。